生活在别处

（上）

天河山　著

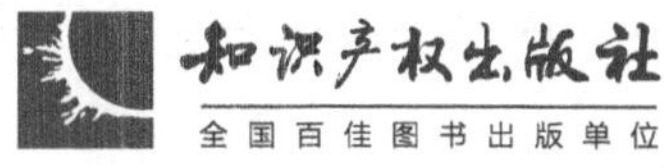

图书在版编目（CIP）数据

生活在别处/天河山著．—北京：知识产权出版社，2019.1
ISBN 978－7－5130－5828－5

Ⅰ．①生…　Ⅱ．①天…　Ⅲ．①剧本—作品集—中国—当代　Ⅳ．①I230

中国版本图书馆 CIP 数据核字（2018）第 211657 号

内容提要

本书收录了《情歌》《梅开二度》《香消玉碎》《宋家小姐》《血雨腥风》五个剧本，内容多为当代小城市百姓生活故事。作品透过普通家庭的琐碎生活，刻画了一系列生动的人物形象，歌颂了纯洁的爱情、真挚的友情和浓浓的亲情，也折射出社会中的各种矛盾、冲突和人性中丑陋的一面。

责任编辑：石红华　　　**责任印制**：孙婷婷
封面设计：刘　伟　闻　雨

生活在别处（上）
天河山　著

出版发行：知识产权出版社有限责任公司　　网　址：http：//www.ipph.cn
社　址：北京市海淀区气象路 50 号院　　邮　编：100081
责编电话：010－82000860 转 8130　　责编邮箱：shihonghua@sina.com
发行电话：010－82000860 转 8101/8102　　发行传真：010－82000893/82005070/82000270
印　刷：北京建宏印刷有限公司　　经　销：各大网上书店、新华书店及相关专业书店
开　本：880mm×1230mm　1/32　　印　张：14.375
版　次：2019 年 1 月第 1 版　　印　次：2019 年 1 月第 1 次印刷
总 字 数：580 千字　　定　价：98.00 元（上、下册）
ISBN 978-7-5130-5828-5

目　　录

情　　歌

剧中人物

程　心：马丽的丈夫。
马　丽：程心的妻子。
马福贵：马丽的父亲。
马　母：马丽的母亲。
马　玲：马丽的妹妹。
马　伦：马丽的弟弟。
程天平：程心的父亲。
程大妈：程心的母亲。
程　意：程心的弟弟。
程　飞：程心的妹妹。
张校长：程心、马丽的学校领导。
刘老师：程心、马丽的同事。
曹老师：程心、马丽的同事。
李阿姨：马丽母亲的同事。
张力达：青年一。
孟　财：青年二。
刘西洋：青年三。
杨小风：青年四。

上　部

第一场

这是小城市一所重点中学高中一年级的教师办公室。马丽老师正坐在办公桌前批改学生的作业。她的同事程心老师来到她的办公室找她。程心走到了马丽的办公桌前故意敲桌子，打扰她。

程　心　马丽老师，你在忙什么呢？

马　丽　你没有长眼睛吗？我在批改学生们的作业。

程　心　噢，批改学生们的作业。

马　丽　请坐吧，程心老师。

程　心　不客气。马丽老师，你还需要多长时间批改学生们的作业呀？

马　丽　至少还要一个小时吧。

程　心　哎呀，你还需要一个小时的时间批改学生们的作业？你能不能快一点呀？

马　丽　程心老师，你有事儿吗？

程　心　马丽老师，我想请你出去放松放松，出去玩一玩儿。

马　丽　什么？你请我出去放松放松，玩一玩儿？不会吧？

程　心　是的，马丽老师，今天不是星期六嘛，不要太辛苦了。

马　丽　谢谢。你想请我放松什么，出去玩什么？

程　心　我想请你出去吃饭、看电影，有兴趣吗？

马　丽　你想请我出去吃饭、看电影？

程　心　是呀，马丽老师，你不想出去看电影吗？

马　丽　哟，老同学，什么意思呀？铁树开花啦？难得呀。

程　心　我想请你出去吃个饭，看场电影，休闲休闲，怎么样，有时间吗？

马　丽　对不起，老同学，我为学生们批改的作业还没有完成呢。

程　心　我来帮你。

马　丽　算了吧，你来帮我？你是数学老师，你能帮我批改学生们的物理作业？

程　心　不要小瞧人，马丽老师，我们在大学读书的时候，我可是高才生，物理学得也是不差的。

马　丽　又吹上了，又吹上了。

程　心　我什么时候瞎吹过呀？我保证能帮你批改学生们的作业。

马　丽　那好吧，你要能在一小时之内，帮我批改了这些学生们的作业，我就接受你的邀请，答应陪你去看电影。

程　心　真的？马丽老师，这话可是你说的？

马　丽　这话是我说的，本人说话算数。

程　心　行，没有问题。

［程心在马丽老师的办公桌对面的椅子上坐下来，从马丽的面前拿过一叠学生们的作业本，从笔筒里抽出一支笔，帮助马丽老师批改学生们的作业。］

马　丽　程心老师，要细心哟。

程　心　你放心吧，亲爱的马丽同学，我不会马虎大意的。

马　丽　你叫我什么？亲爱的马丽同学？

程　心　是呀，这样叫你不好听吗？

马　丽　程心同学，你现在对我的称呼越来越放肆了，什么意思呀？

程　心　心有灵犀一点通嘛。

马　丽　程心老师，我听不懂。

程　心　听不懂就算了。

［这时他们的同事、青年女教师刘老师和曹老师来了，走进了办公室。］

刘老师　哟，程心老师，周末又来找马丽老师出去玩呀？

程　心　答对了，加10分。

曹老师　哟，程心老师，你近来到马丽老师的办公室来活动可是够频繁的。

程　心　刘老师、曹老师，理解万岁吧。

刘老师　对，理解万岁。二十五六岁的人了，是该找对象了。

马　丽　尊敬的刘老师，本人在工作，工作时间不许胡说八道。

刘老师　对不起，马丽老师，就当我什么也没有说好了。

曹老师　尊敬的马丽老师，说实话，你也老大不小了，该嫁人了。

马　丽　闭嘴，工作的时间，不许开玩笑。

刘老师　我不是开玩笑的，你们两个同师大的同学，在一起多合适呀。

曹老师　就是呀，你们两个人可是我们学校唯一的一对同校同学，又是一起分配到我们学校来工作的同事，这可是缘分呢。

程　心　谢谢曹老师，这话我爱听。

马　丽　去去去，你们两个人要是再乱点鸳鸯谱，我可对你们不客气啦。

刘老师　马丽老师，我说话可不是乱点鸳鸯谱的。

曹老师　马丽老师，我说话也是非常有道理的。

程　心　我也认为非常有道理。

马　丽　你少拍马屁，你想占我的便宜呀？

程　心　我占你什么便宜啦？你叫刘老师、曹老师说一说，我占你什么便宜啦？

马　丽　程心老师，你是什么意思呀？

程　心　刘老师和曹老师的话，代表了我的心。

刘老师　你看怎么样，马丽老师，我们说的没有错吧？

曹老师　要不程心老师能天天往你的办公室跑吗？

刘老师　是呀，他怎么不跑我们的办公室呢？

马　丽　鬼知道。

曹老师　因为我们已经名花有主儿了。

程　心　我没指望了。

刘老师　所以他就天天围着你转了。

曹老师　马丽老师，我们年级的老师，就剩下你一个漂亮的大姑娘了，还是赶快嫁了吧。

马　丽　去去去，两位姐姐真讨厌，影响我的工作。

刘老师　马丽老师，你工作好了，我们又不影响你什么。

曹老师　我们来是想告诉你一个好消息的。

马　丽　有什么好消息？

刘老师　我们马上要结婚了。

马　丽　真的？什么时间？

刘老师　我是“五一”结婚，来给你送请柬的。

［刘老师从手提包里拿出结婚请柬送给马丽老师。］

马　丽　这可是大喜事儿呀，恭喜你，刘老师！

程　心　没有我的请柬呢？

刘老师　少不了你的，程心老师。

［刘老师又给了程心一份结婚请柬。］

程　心　刘老师，你这事儿办得不对呀，光有请柬没有喜糖吃算什么喜事儿呀？

刘老师　谁说没有喜糖吃呀？还有喜酒请你们喝呢。

［刘老师又从包里拿出喜糖给了马丽和程心一人一份。］

曹老师　还有我的呢，我也是“五一”结婚，请二位参加婚礼。

［曹老师也从手提包里拿出请柬，送给马丽和程心。］

马　丽　曹老师，你也是“五一”结婚呢？

曹老师　是呀，“五一”不是情人节嘛。

马　丽　“五一”是什么情人节呀？乱弹琴。

曹老师　“五一”不是西方的情人节，是我和刘老师的情人节。

马　丽　曹老师，你这样说也不对，应该是你和刘老师的新娘节。

刘老师　对对对，以后“五一”就是我和曹老师的新娘节。

程　心　我说刘老师、曹老师，你们结婚还带结伴同行的呀？

刘老师　羡慕吧？

曹老师　眼红吧？

程　心　嗯，既羡慕又眼红。

刘老师　程心老师，那就赶快行动吧。

程　心　我正在抓紧时间呢。

马　丽　刘老师、曹老师，你们为什么要“五一”一起结婚呢？

刘老师　喜事成双嘛。

曹老师 就是呀。马丽老师，不要当姑娘了，跟着我们一起当新娘吧。

马　丽 坏蛋，你们两个姐姐这是故意气我吧？

程　心 曹老师、刘老师，你们两人都定在“五一”结婚，我们去参加谁的婚礼呀？

马　丽 就是呀，我们又没有分身术，你们不会错开结婚日子呀？

刘老师 看好了，马丽老师，我的结婚日期是五月一号。

曹老师 看好了，程心老师，我的结婚日期是五月二号。

刘老师 我一号是结婚大喜！

曹老师 我二号是喜事成双！

程　心 恭喜恭喜，你们都结婚了，本人八字还没有一撇呢。

刘老师 你不要着急呀，程心老师，好姑娘正在等着你呢。

程　心 在哪儿呀？我怎么没有发现呢？

曹老师 远在天边，近在眼前。你们是多好的一对梁山泊与祝英台呀。

程　心 我也是这样想的。

马　丽 羞不羞呀？程心老师，你好意思说呀？

程　心 看不上就算了，就当我什么也没有说好了。

［这时张校长从外面进来了，老校长来到马丽老师的办公室。］

张校长 各位老师，你们高中一年级的教学组的老师们我都通知到了，就差你们四位了，告诉大家一个好消息。

马　丽 张校长，您来告诉大家什么好消息？

刘老师 是发钱呢？

曹老师 还是发奖金呢？

张校长 什么发钱，发奖金呢？天天就想发钱啦？

马　丽 不发钱，还有什么好事儿呀？

张校长 是这样的，经过我们学校的领导集体研究决定，根据学生们的提议，下个星期六，我们学校要组织你们高中一年级的学生们到神女湖去春游，由我带队，这是不是好消息？

程　心 这是好事儿。

刘老师 张校长，学校组织学生们去春游有车吗？

张校长 当然有车了，到神女湖有五十多里路呢，没有车怎么行？

程　心 校长，我们高中一年级就有700多名学生，那要包多少台客车呀？

张校长 学校准备包十几台大客车。

程　心 包十几台大客车，太破费了吧？

张校长 不破费，你有什么好办法，程心老师？

程　心 张校长，学校组织学生们去春游，本来是一件好事情，可是花钱包大客车去春游，就失去意义了。

张校长 程心老师，那依你的想法，学校不该组织学生们去春游？

程　心 不是的，老校长，学校组织学生们去春游本身是对的，既可以叫学生们到大自然当中去领略大自然的风光，欣赏美景，同时又可以陶冶学生们的情操，促进学生们身心健康。可是我认为，要组织学生们去春游，要达到这样的目的，最好是组织学生们步行去春游。

张校长 步行去春游？

程　心 对呀，步行去春游，既不用学校花钱包大客车，这样可以为学校省下一笔钱，又可以培养学生们吃苦耐劳的精神，同时可以锻炼学生们的身体，陶冶学生们的情操，这是一举三得的事情呀！

张校长 程心老师，你的提议是个好想法，可是现在学校每年组织学生们去春游，包大客车已经成为惯例了。

程　心 这样的春游惯例可不好，学校组织学生们春游的目的，就是为了培养学生们吃苦耐劳的精神，陶冶学生们的情操，促进学生们身心健康的。

张校长 程心老师，你说得对。

刘老师 得了吧，张校长，你可不要听程心老师的，他是从农村出来的，他不怕苦、不怕累，可是我们学校的学生都是在城市长大的孩子，又怕苦、又怕累的。

程　心 正因为城里的孩子又怕苦，又怕累，所以我们学校才应该更加注重培养学生们吃苦耐劳的精神。现在城里的孩子们就是缺乏这方面的锻炼，所以有 30% 的学生都是小胖子，走路都大喘气。

曹老师 得了吧，土豹子，步行到神女湖去春游，要走五十多里地，来回一百多里地，你受得了，我们可是受不了。

程　心 受不了，说明教师本身也需要锻炼。

张校长 马丽老师，你的看法呢？

马　丽 校长，我完全赞同程心老师的提议，我认为组织学生们步行去春游更有意义。

刘老师 哟，哟，哟，马丽老师，你到底跟程心老师是老同学、老朋友呀，到了关键的时候就表现出来了，你跟他是一条心的？

马　丽 他说的有道理，我就赞同。

曹老师 得啦，张校长，步行到神女湖去春游，我可是不参加的，我走不起。

张校长 不行，学校组织学生们春游活动，所有的老师必须参加，没有特殊情况，不得无故缺席。因为学生太多了，我们高中一个年级就有七百多名学生，一个老师要带六十多名学生，老师不参加这样的活动怎么行呢？

刘老师 校长，要去，学校还是应该包大客车去。

曹老师 是呀，校长，来回走一百多里路去神女湖春游，我们女教师可是走不起的。

程　心 刘老师、曹老师，我们的教师应该给学生们做出榜样来。

张校长 对了，刘老师、曹老师，我觉得程心老师说得非常有道理，组织学生们步行去神女湖春游更有意义。就这样定了。

刘老师 什么？就这样定了？

张校长 是的，我拍板决定了。

程　心 校长英明！

刘老师 我尊敬的老校长，你可不要听他的。

张校长 他说的有道理，我就听他的。

曹老师 我的妈呀，程心，你个土猴子，你是成心害我们女教师呀！

程　心　我可不是想害你们，我是为了师生们健体强身着想的。

张校长　对，学校组织学生们春游的目的，就是为了健体强身。你们聊吧，我走了。

刘老师　校长，校长，你走急什么呀？我和曹老师还有事儿找您哪！

张校长　你们找我有什么事儿？

刘老师　我们找您，是想请您参加我们的婚礼。

［刘老师把结婚的请柬还有喜糖送给张校长。］

曹老师　还有我的，校长，请届时赏光。

［曹老师也向校长送上了请柬和喜糖。］

张校长　好好好，我一定去，一定去，这是大好事儿，我首先恭喜你们，婚礼我一定参加。你们结了婚，就成了拴了绳的鸟飞不了啦。

刘老师　校长，你是什么心态呀？什么小鸟飞不起来啦？

张校长　你们师范大学的毕业生，到我们学校来是宝贝呀，所以我怕你们飞了，跑了。

曹老师　哎哟我的妈呀，老校长，您早说呀，您早说我们就不结婚、不嫁人了。

张校长　姑娘们，结婚还是要结的，嫁人还是要嫁的。现在你们这些姑娘们好像就剩下一个马丽老师没有结婚、没有嫁人了吧？

刘老师　对，就剩下马丽一个漂亮的大姑娘没有结婚、没有嫁人了。

张校长　马丽老师，有对象了吗？

马　丽　还没有，我还准备飞呢。

张校长　马丽老师，你要动作快一点儿啦，争取早一点儿请我喝喜酒，老大不小了，也该结婚嫁人啦。

程　心　就是的，校长说得太有道理啦。

马　丽　一边去，不要瞎起哄。校长，您是红娘领导啊？

张校长　我从来没有当过红娘。我这个领导的责任，就是要稳定教师的队伍，保证我们省重点中学的教学质量。再见，尊敬的老师们，我还要通知其他有关教师下星期六参加春游的活动。我走了。

［张校长拿着两位女教师的请柬和喜糖走了。刘老师不满地拍了一下程心的肩膀。］

刘老师 程心老师，你简直害死人，你是故意要折腾我们吧？

程　心 哎哟！刘老师，我可不想害人，我也不想折腾人。

刘老师 程心老师，你害我们女教师有客车坐不成，偏要别出心裁，步行到神女湖去春游，你这不是故意为难我们吗？

程　心 刘老师，我这也是为了你们以后能有一个好身体。

曹老师 你可算了吧，程心老师，你这是故意整我们女教师，到神女湖去春游，来回要走一百多里地，我们能走得动吗？

程　心 走不动，说明你们的身体素质差，更需要锻炼。

刘老师 我看你是吃饱了撑的，从农村出来，身体壮得像条牛一样，你就想出这样的馊点子来折腾我们。

程　心 刘老师、曹老师，我还没有你们说的那样坏吧？

马　丽 刘老师、曹老师，我觉得程心老师的提议还是非常好的。

程　心 你们听一听，二位老师，还是有人支持我吧？

刘老师 马丽老师，没有这样拍马屁的吧？你们两个人搞反了，应该是男拍女马屁，哪有女拍男马屁的？

马　丽 去，说话真难听。你们快走吧。

曹老师 马丽老师，你们两个人是不是好上啦？

马　丽 瞎说。

曹老师 你们俩没有好上，怎么说话一唱一和像小两口一样的？

程　心 曹老师，你这话说得真有水平，太有水平啦！

马　丽 曹老师，你的嘴巴要再胡说八道，我可不参加你的婚礼了。

曹老师 好了好了，我们不胡说八道了，也不影响你们谈情说爱了。

刘老师 我们该给其他老师送请柬、送喜糖去了。

程　心 刘老师、曹老师，下星期六神女湖见啦。

曹老师 还神女湖见哪，我想着步行来回走一百多里地，我就想哭。

程　心 没有出息，女人真是水做的。

刘老师 程心老师，你就坏吧，到神女湖去春游，我们走不动，到时候就制裁你！

曹老师 对，到时候我们走不动就找他背着，叫他想出这样折腾人的坏点子来。

马　丽 你们太欺负人了吧？你们到时候都找他背，他背得过来吗？

刘老师 哟，你心疼啦，马丽老师？

曹老师 请问，马丽老师，你跟他是什么关系呀？

马　丽 同事，同学，朋友。

程　心 对了，我要背，也是首先考虑马丽同志。

刘老师 得啦，什么也不说了，你要背马丽同志，我们就主动让位了。

曹老师 再见马丽老师，再见程心老师。

［刘老师和曹老师笑着与马丽、程心告别，走出了办公室。］

程　心 走吧，马丽同学，下班时间到了，一起去看电影吧？

马　丽 看什么电影啊？我的学生作业还没有批改完呢。

程　心 看完电影之后，我回来代你批改学生们的作业。

马　丽 真的，程心老师？

程　心 放心吧，包在我身上，下星期一的早晨，上班交给你检查。

马　丽 谢谢，有人愿意学雷锋，我何乐而不为呀？

［两人从办公桌前起身，最后关了灯，走出办公室，同下。］

第二场

神女湖畔的草坪上。马丽老师和刘老师、曹老师上，三个人累得筋疲力尽，也不管草地脏不脏了，马上就坐到了草坪上，叫苦，发牢骚。

刘老师 哎呀我的妈呀，累死我啦！

曹老师 我也累坏了。马丽，你累不累呀？

马　丽 我还行吧，我没有感觉太累。

刘老师 你到底比我们年轻几岁呀。

马　丽 别自己卖老啦，你们不老。

曹老师 哎呀妈呀，我已经累得不行了，五十多里山路，走了三个多小时，好像急行军一样，我已经累得没有劲儿了。

刘老师 中午吃了饭，下午还要走回去，这不是要人的命吗？

马　丽 刘老师、曹老师，你们看学生们什么事儿也没有。

刘老师 他们到底是年轻啊！

曹老师 我们跟学生们不能比呀！

刘老师 这都是程心那臭小子干的坏事儿！

曹老师 明天上班找他算账！

刘老师 对，明天上班找他算账！

马　丽 你们上班找他算什么账啊？

刘老师 找他算什么账？这都是他想出来的花花点子，害得我们有车坐不成，非要步行到神女湖来，累得我是屁滚尿流……

［马丽听刘老师说累得屁滚尿流就笑起来。］

马　丽 哈哈……

刘老师 你笑什么笑？马丽老师，有什么好笑的？

马　丽 刘老师，你真尿裤子啦？

刘老师 可不是尿裤子啦，刚才内急，一时找不到方便的地方，内裤都尿湿了……

曹老师 别说了，刘老师，你丢不丢人呢？

刘老师 咱们都是女人，说了有什么丢人的？又没有外人。

马　丽 刘老师，你不要怪他，程心老师也是为了学校省钱嘛。

刘老师 他为了给学校省钱，可把咱们害苦了，我的两只脚都磨起泡了。

曹老师 不要说了，刘老师，程心带着学生们过来了。

刘老师 坏蛋，他要不带着学生们过来，我非要教训教训他不可！

［程心带着几个男女学生来了。］

男学生 程老师，听说神女湖有一个美丽的传说，你能讲给我们听一听吗？

程　心 神女湖是有一个美丽的传说，我听当地的老人们讲过，说神女湖是神女的眼泪变成的。

女学生 程老师，照你这么说，我们女孩子流眼泪也变成神女啦？

程　心 你们来到神女湖流眼泪，自然也就变成神女了。其实神女湖是什么？就是隐藏在深山老林里的一座大水库，天上的神女流眼泪，下大雨，自然而然就变成了湖。不过神女湖的环境优美，山清水秀，也是很好玩的。其实神女湖最好玩的地方还是前面的神女山，站在神女山上看风景，那真叫美不胜收，神女山上还有一座神女庙呢！

女学生 程老师，神女山的神女庙有多远呢？

程　心 不远，再向前面走五里路就到了。姑娘们到神女庙，可以烧香、叩头，据说呀，女孩子到神女庙烧香、叩头，丑八怪也能变成美丽漂亮的仙女呢！

女学生 程老师，你说的可是真的？

程　心 这是我们当地人的一个传说。

女学生 程老师，那你带着我们女学生到神女庙去玩吧？

程　心 我可是不带你们女学生到神女庙去玩儿，我到神女庙去烧香、叩头，我就变成女的啦，你们女生还是找你们的班主任马老师带你们去玩吧。

［程心举起照相机要为大家拍照，学生们都主动围到了三位女教师的身边，程心举起照相机为大家拍照。］

马　丽 对啦，程心老师，给我们大家照一张合影。

程　心 好，大家看镜头，一、二、三……

众人同声： 茄子！

女学生 马老师，您带我们到神女山的神女庙去玩好不好？

马　丽 程心老师，你是成心欺负我吧？你给学生们讲完了故事，你不带着学生们去玩，把球踢到了我头上？你缺德不缺德呀？

程　心 马老师，我不想去的原因是，神女庙不是我们男人去玩的地方。

马　丽 你去了又怎样？还真能把你变成女人啦？

程　心 这可说不上，我还想娶媳妇呢。

［男女学生们听到程老师的话，哈哈地笑起来。］

马　丽 程心老师，在学生们面前说话要注意影响。

程　心 你们笑什么笑？有什么好笑的？马老师，还是你带着女学生们去吧。

马　丽　程心老师，你个大坏蛋，你是成心跟我过不去是吧？你叫我带着学生们去玩儿，你为什么不带着学生们去呢？

程　心　尊敬的马老师，你不要生气嘛，她们不是你的学生嘛。

马　丽　我又不认识路。

程　心　不认识路没有关系呀，你们顺着水库边上的小路走就是了，走五里地就到地方了。

马　丽　好，你带队，带着我的学生们一起去。

程　心　马老师，如果你去，我就去。

马　丽　程心老师，你是成心将我的军呀？好，我去，你在前面带队吧。

程　心　成，我在前面带队，有谁愿意去的？

女学生们：我去！我去！我去……

马　丽　一、二、三、四、五，有五个女同学愿意跟你去的。

程　心　那你呢？你不去啦？

马　丽　加我一个，六个。刘老师和曹老师去吗？

刘老师　我可是不去了，我连路都走不动了。

曹老师　再走五里山路，我下午家都回不去了。

马　丽　男同学有愿意去的吗？

男学生　男孩子去了变女生，我们就不去了。

程　心　不愿意去就算了，愿意去的请跟我走！

女学生　走啦，去神女山啦！走啦，到神女庙烧香、变美女啦！

马　丽　刘老师、曹老师，那我跟着去了。

刘老师　你们去吧。

曹老师　你们快一点回来，中午吃了饭，下午好早一点儿回去。

程　心　时间还早着呢，现在还不到10点钟，12点之前我们能跑回来。走啦，同学们！

［程心带队，带着五个女学生和马丽一起走了。］

男学生　曹老师、刘老师，他们走了，我们到湖里去坐游船吧？

曹老师　好，曹老师请你们去坐游船。

刘老师 有这样的好事儿我也去。

[曹老师和刘老师起身，与几个男学生走了。]

第三场

山间林中小路上，程心和马丽带着五个女同学上。程心在前面带路，马丽走在队伍的最后。她累得有一点儿上气不接下气了。

马　丽 程心老师，神女庙还有多远呢？你说五里地该到了吧？

程　心 马上就到了，前面就是。过小河就到了。

马　丽 我的妈呀，累死我了。还要过河呀？

程　心 对，要过这条小河。

马　丽 过河怎么过呀？这也没有桥哇？

程　心 脱了鞋，蹚水过河。

马　丽 什么，蹚水过河？这春天的水多凉啊？春水刺骨呀！

程　心 哎呀，我的马丽老师，你怎么如此娇气呀？这河水又不宽，河水又不深，只有十多米宽，几分钟就蹚过去了。

[大家在小河边停下来，脱鞋，准备过河。]

马　丽 我大姨妈来了，怕沾凉水，怎么过呀？

程　心 你说什么？

[女学生都笑了起来。]

马　丽 乱弹琴，我跟你说什么？你又不懂。

程　心 你要怕沾凉水，我背着你过河吧？

马　丽 你背我过河？

程　心 来吧，我背你过河。

[程心走到马丽老师面前，转过身，要背她过河。女学生们哄起来。]

1号女生： 对，程老师背着马老师过河！

2号女生： 这可有好戏看了！

3号女生： 对，程老师，你背着马老师过河，我来给你们拍照！

4号女生： 照片就叫猪八戒背媳妇！

5号女生： 不对，应该叫猪八戒背媳妇过河！

马　丽　去，什么乱七八糟的？现在的学生真不像话，什么话都敢乱说。

程　心　马丽老师，来吧，还是我背着你过河吧？

马　丽　不要，你背着我过河，明天回学校就成为头版头条新闻了。

程　心　那我们大家就手牵手过河，我在前面开路，女同学们跟在我身后，最后是马老师压轴。

［程心离开马丽，首先下水过河，女学生们随后牵着他的手，其他学生一个拉着一个手过河，最后压轴的就是马丽。］

马　丽　程心，水深不深呢？

程　心　水还是有点儿深的，过小腿、到膝盖了。大家慢一点儿走，手牵好，慢慢走，一个跟着一个……

［马丽下水走了几步，就不安地叫起来。］

马　丽　哎，哎，哎，哎呀我的妈呀，救命啊……

［马丽晃来晃去就倒进水里了。程心马上跑过去。］

程　心　你怎么啦，马老师？

1 **号女生：**马老师掉进河里啦！

2 **号女生：**快把马老师拉起来！

程　心　怎么搞的？

3 **号女生：**马老师自己滑倒了！

4 **号女生：**快来帮我把马老师扶起来！

5 **号女生：**我们两个人把马老师架起来！

［女学生手忙脚乱地把马丽从水中拉起来。程心也走到马丽的身边。］

程　心　马丽老师，你怎么样？要紧不要紧呢？

马　丽　你说呢？

［马丽老师已经成为狼狈的水人，头发也湿了，衣服也湿了。］

1 **号女生：**马老师全身的衣服都湿透了。

马　丽　啊……欠……

［马丽冷得打了一个喷嚏。］

2 **号女生：**马老师，你冷不冷啊？

3 号女生：山沟里面的四月天能不冷吗？

4 号女生：马老师，你可不要冻感冒啦。

5 号女生：乌鸦嘴。

马　丽　啊……啊欠……

［马丽老师冷得又打了一个喷嚏，身子冷得抖起来。］

程　心　马老师，你真感冒啦？

马　丽　人还不要紧，就是衣服湿透了。

程　心　你怎么会摔倒呢？

马　丽　水流得太急了，结果我脚下一滑就站不住了。

程　心　哎呀，这可怎么办呢？衣服都湿透了，也没有衣服换呢。

马　丽　我的妈呀，好冷啊……

程　心　这大山沟里面，也没有一个商店，也没有卖衣服的。

1 号女生：马老师，我脱下来一件衣服给您换上。

2 号女生：马老师，我脱下来一件衣服给您穿上。

3 号女生：马老师，我也可以脱一件衣服。

马　丽　不要不要，同学们，深沟里面还是有一点儿凉的，你们穿的衣服也不多，不要把你们冻病了、冻感冒了，影响后天上课，老师可担不起责任。

4 号女生：那怎么办？马老师，你总不能穿着湿衣服吧？

程　心　这样，穿我的。

［程心从身上脱下两件衣服来，交给一位女学生，他的上半身只剩下了一件小背心。］

马　丽　程心，你不能把上身的衣服都脱给我了，这样你要冻感冒的。

程　心　我没有事儿，我是男人，我的身体好着呢。你们女同学带着马老师去找个地方换衣服吧。你们学生谁向马老师献出两条裤子来，叫马老师换上，先对付回家。我到前面的神女庙里去等你们啦！

［程心一个人率先跑步走了。］

5 号女生：马老师，我穿了两条裤子，我可以脱下来一条裤子给你。

1 号女生：我也可以脱下来一条裤子。
2 号女生：我的个子太小了，我的裤子马老师穿不了。
3 号女生：我的裤子马老师可以穿，我也可以献出一条来。
马　丽　好了好了同学们，我有两条裤子就够了。咱们找个地方换衣服吧。

［马丽和女学生们找地方换衣服下了。］

第四场

神女湖大家休息的草坪上，刘老师和曹老师忙着用树枝烧火，用小钢锅为学生们烧鱼汤喝。有不少学生端着自己带来的食物，在草坪上吃午餐呢。

刘老师　同学们，开饭喽，过来喝鱼汤喽！
曹老师　同学们，快来吃饭喽，美味的野鱼汤做好喽！
刘老师　同学们，快来喝鱼汤啦，晚了鱼汤就没有份儿喽！
曹老师　同学们，要喝鱼汤排好队啦！

［几个男、女学生欢天喜地地挤到刘老师和曹老师身边。］

男学生　刘老师，鱼汤好喝吧？
刘老师　神女湖的野鱼汤，味道美极啦！
女学生　哇，鱼汤味好香啊！
男学生　就是太少啦。
曹老师　同学们，这鱼汤好鲜哪，一人一勺，多了没有！

［学生们在刘老师和曹老师身边排队，刘老师和曹老师为学生们分鱼汤喝。这时候马丽、程心与到神女山去的女学生们回来了。马丽身穿程心的衣服，穿着女学生献给她的裤子，十分狼狈地回来了。程心还穿着小背心，冻得浑身发抖。］

程　心　尊敬的老师们，亲爱的同学们，你们不要把鱼汤都喝光啦，给我们留一口暖暖身子吧，我们冻坏啦，好冷啊！

［刘老师和曹老师还有喝鱼汤的学生们，看到程心老师和马丽老师的狼狈样子，都哈哈地笑起来了。］

刘老师　程老师、马老师，你们这是怎么啦，一个个变成这样儿啦？

马　丽　哎呀，不要提了，倒霉死了，我掉进河里了。

曹老师　哎呀，马老师，你的形象太可爱啦。

马　丽　行了，你们就不要拿我开心啦，我都要冷死了，快给我一口热水喝。

刘老师　正好有鱼汤，快来喝吧。

马　丽　谢谢，谢谢。我的妈呀，山里的春天真冷啊！

曹老师　你们不是跑到神女庙烧香、叩头，变美女去了吗？

马　丽　哎呀我的妈呀，还变美女呢，我变成落汤鸡啦。程心，快来喝一口鱼汤吧。

程　心　你喝吧，你多喝一点儿，暖暖身子，不要冻病了。

马　丽　冻病了，我就找你算账，这都是你害的！

程　心　马丽老师，你说这话就不讲理了吧？我又没有拿八抬大轿抬你去吧？

马　丽　好你个没良心的，你还不知罪呀？

程　心　我知罪，我知罪，对不起马老师……

马　丽　对不起就完了？你应该立功赎罪。

程　心　好，我愿意为你立功赎罪。你说吧，怎么个立功赎罪法？

马　丽　回去帮我背包。

程　心　好，你的东西回去我都拿上。

马　丽　这还差不多。

刘老师　那我的背包呢？程心老师？

曹老师　还有我的包呢？程心老师？

程　心　行，你们的包我都背上，只要给我一口鱼汤喝。

刘老师　那就来喝鱼汤吧。

程　心　谢谢。我的妈呀，实在太冷了。

马　丽　有哪一位男同学有穿多的衣服，愿意给程老师献出一件来？

男学生　马老师，我可以脱一件衣服给程老师穿。

男学生　马老师，我也可以脱一件衣服给程老师穿。

程　心　谢谢同学们，我有一件衣服就够了。

［一位男学生从身上脱下一件衣服，程心马上就把男学生的衣服

穿在身上了。]

曹老师　马丽，他把你害成这样了，你还想着他呀？

马　丽　他的衣服不是我穿在身上吗？我不关心他怎么办呢？

刘老师　你们到底是老同学呀，有情有义，快穿一身衣服，穿一条裤子了吧？

马　丽　去，刘老师，为人师表，不要在学生们面前乱开玩笑。

［这时张校长来了。］

张校长　老师们，同学们，大家快一点吃饭，中午休息一会儿该回去了。咱们下午2点半钟集合往回走，争取下午6点半钟走回家！

众人同声：知道了，校长！

马　丽　啊……欠……

张校长　马丽老师，你怎么啦？

马　丽　啊……欠！哎呀我的妈呀，看来我要上医院啦……

程　心　我送你去医院吧？

马　丽　讨厌，不要溜须拍马。

［马丽显然是着凉了，接二连三地打喷嚏又擦鼻涕的可怜样子，大家忍不住都笑起来了。她显然冻感冒了。］

第五场

医院病房。一道屏风，一张床，表明这是医院的病房。马丽坐在病床上一边打吊瓶，一边看书。程心一手拎着水果，一手抱着玫瑰来到病房探望她。

程　心　你好，马丽老师。

马　丽　哟，你来啦，程心老师？

程　心　来看看你。

马　丽　你怎么想着跑来看我啦？

程　心　听说你住医院了，我能不来看你吗？

马　丽　谢谢，请坐吧。

程　心　你的病好一点了吗？

马　丽　好多了，再打两天吊瓶就该出院了。

程　心　马丽老师，能住你还是多住两天吧，要把病治好了。

马　丽　我的病已经好了，医院又不是什么好地方。

程　心　我尊敬的马丽老师，你的身体怎么像林黛玉一样虚弱呀？

马　丽　去，你还好意思说呢？这还不是你害的？

程　心　奇怪了，马丽老师，你得病怎么是我害的呀？

马　丽　不是你害的是谁害的？就是你逼着我接受学生们的邀请到神女庙去造成的后果，我要是不去神女庙，我也不会掉进河里，我也就不会生病住医院来打吊瓶。

程　心　得啦，得啦，怪我，怪我，对不起马老师，是我没有保护好你。

马　丽　这跟你保护我有什么关系呀？

程　心　当然有关系了，如果当时我要在你身边，我就不会让你掉进河里，你也就不会生病到医院来打吊瓶了。

马　丽　你承认坏事儿是你干的了？

程　心　对，我承认坏事儿是我干的。

马　丽　你笑什么？

程　心　你得病，我高兴。

马　丽　什么，我得病了你还高兴？

程　心　对呀，你生病住医院了，我才有机会看望你呀。

马　丽　坏蛋，你是一种什么心态呀？

程　心　你说呢？

马　丽　我不知道。

程　心　因为我喜欢你，正好找到了巴结你的机会。

马　丽　你喜欢我？巴结我？

程　心　对呀，难道你看不出来吗？

马　丽　看不出来。

程　心　看不出来就算了。祝你早日康复吧。

［程心把手中的花束献给她，放到她身上。］

马　丽　谢谢。

程　心　香蕉和苹果是为你补养身体的。

［程心又把手中的水果放到了病床旁边的床头柜上。］

马　丽　谢谢。你就用这点东西巴结我？

程　心　这些东西算是略表寸心吧。

马　丽　你有这份心意，我的身体很快就会康复的。

［程心拉过一把椅子，在马丽的病床边坐下来。］

程　心　我也希望如此。你现在的样子看起来真美。

马　丽　我原来的样子就不美吗？

程　心　美，你在我心中永远是美丽的。

马　丽　哟，你进步啦，学会唱情歌啦。

程　心　马丽，其实我心里一直是非常喜欢你的。

马　丽　程心老师，你过去可从来没有对我说过这样肉麻的话呀。

程　心　因为我的爱一直深深地埋在心里。

马　丽　真的？你从什么时候开始喜欢我的？

程　心　上大学的时候吧。

马　丽　上大学的时候，你为什么不对我表白呢？

程　心　因为上大学的时候喜欢你的人太多，我不是其他人的竞争对手。

马　丽　你这是什么话呀？爱是平等的，难道你现在就没有竞争对手啦？

程　心　可能也有，但是我现在有爱你的方便条件和资本了。

马　丽　你有什么资本啦？

程　心　我们天天在一起工作，我天天可以见到你了。

马　丽　你真聪明，还挺有心计呀。

程　心　我给你讲一个故事吧。

马　丽　讲什么故事？

程　心　你知道我为什么会一起跟你分配到学校来工作吗？

马　丽　不知道。为什么？

程　心　告诉你吧，我原来是分配到三中工作的，后来我听说你分配到一中来工作了，我就想方设法找人，强烈要求跟你分配到一起工作，最后我的目的达到了。

马　丽　原来如此？你为什么要跟着我呀？

程　心　因为我爱你呀！

马　丽　我的妈呀，有人来啦……

［程心激动地抓住她的手，向她表白，听到有人来了，他吓得马上放手了。这时马丽的老父亲马福贵和老母亲从外面进来了。他们是来看望女儿的。］

马福贵　阿丽，你的病怎么样了呀？

马　丽　没事儿了，爸爸。

马　母　没事儿了就好。你得病住医院了，为什么不对父母说呀？

马　丽　妈妈，我这是小病，有什么可说的。

马　母　阿丽，这是谁呀？

马　丽　噢，爸爸，妈妈，这是我的同事，程心老师。

程　心　伯父好，伯母好！

马福贵　你好，你不要客气，你坐你的。

马　丽　程老师，这是我的父母。

程　心　伯父好，伯母好！

马福贵　你也是一中的老师呀？

程　心　是的，伯父。

马　丽　爸爸，他是我们学校教学生数学课的老师，我们原来既是大学的同学，现在又是在一起工作的同事。

马福贵　噢，好，以后请你多关照我们家阿丽。

程　心　我会的，伯父。

马　丽　爸爸，妈妈，大热的天，你们跑来干什么？

马　母　看你说的？我们在家听阿玲、阿伦说，你有病住医院了，爸爸妈妈能不来看你吗？

马　丽　弟弟妹妹的嘴真快，我告诉他们不要对爸爸妈妈说的……

马　母　你弟弟妹妹告诉我们是对的。我和你爸爸还以为你得了什么大病呢。

马　丽　爸爸，妈妈，我不是什么大病，就是冻感冒了，发烧，转为急性肺炎了。

马　母　转为急性肺炎了还是小病啊？

马　丽　妈妈，我很快就好了，过两天就可以出医院了。

马福贵　不是大病就好。

程　心　伯父、伯母，你们坐，我去打开水来。

马　丽　开水不用打，我现在不想喝水。

程　心　我打一瓶开水来，是给伯父伯母喝的。

马　丽　好吧，那就辛苦你了。

［程心从病床下面拿起一个开水瓶来，到外面去打水了。］

马福贵　阿丽，他是你的什么人呢？

马　丽　同事。

马　母　阿丽，他是不是你的对象啊？

马　丽　算是吧。

马福贵　阿丽，什么叫算是呀？他的家庭是城市的还是农村的？

马　丽　他的家是农村的。

马　母　什么？他的家是农村的？

马　丽　是的，妈妈。

马福贵　我看他穿衣服的样子也不像城里人，土里土气的，像一个从农村出来的孩子。

马　丽　爸爸，他是从农村出来的青年。

马　母　阿丽，他的父母是干什么的？

马　丽　他的父母就是普通的农民。

马　母　他的父母是普通的农民呢？

马福贵　种地的？

马　丽　是的，爸爸，妈妈，他的父母就是种地的农民。

马福贵　阿丽，他真的是你的对象？

马　丽　是的，爸爸。

马　母　阿丽，你怎么找一个从农村出来的对象啊？

马　丽　妈妈，他是从农村出来的青年，可他现在也是属于城里人。

马福贵　阿丽，家是农村的孩子你不能找。

马　丽　爸爸，家是农村的孩子我为什么不能找？

马福贵　因为家是农村的孩子，以后的麻烦事儿多。

马　丽　爸爸，有什么麻烦的事情？程心的家虽然是农村的，但是他的家并不穷，他的父母能供养三个孩子上大学，也不是普普通通的农民家庭吧？

马福贵　阿丽，你还是太年轻了。我希望你能明白，农村人和城市人还是不一样的。

马　丽　爸爸，我们的国家、我们的社会，已经改革开放了，现在的农村人和过去的农村人也大不一样了。

马福贵　阿丽，爸爸提醒你，不要头脑发热，农村人就是农村人，城市人就是城市人，农村人和城市人还是不一样的，还是有差别的。

马　丽　爸爸，有什么差别呀？

马福贵　差别在思维观念上，差别在生活习惯上。

马　丽　爸爸，您说的思维观念和生活习惯是可以改变的。

马福贵　改变？话说起来容易，这是要经过几代人才能改变的。

马　丽　爸爸，上数两代人，我的爷爷、奶奶，我的外公、外婆，不都是种地的农民吗？

马福贵　你这个傻孩子，怎么不听大人劝呢？

马　丽　爸爸，我认为他不错的，我们之间的了解不是一天两天了。

马　母　阿丽，你还是要好好地想一想，我们的家庭是什么家庭？你要认真仔细地想清楚，这是你一辈子的大事儿。你找一个从农村出来的青年为对象，你认为合适吗？你认为光彩吗？

马　丽　妈妈，我找对象有什么不合适的？有什么不光彩的？

马　母　孩子，你认真地想一下，两家人的条件对比一下，你就想明白了。我们的家庭是什么家庭？是城市干部的家庭。他的家庭是什么家庭？农民家庭。你爸爸大小也是一个处长，他的父母是普通农民。你找这样的对象有面子吗？

马　丽　妈妈，找对象不是面子问题吧？

马　母　阿丽，如果你的朋友、你的同事，还有我们家周围的左邻右舍，知道你找了一个农村出来的青年为对象，人家背后要笑话我们家，笑话你的。明白吗？

马　丽　妈妈，外人要笑就笑吧。这是我自己的事情，与外人有什么关系呀？

马　母　阿丽，你的脑子怎么这样糊涂呢？你脑子进水啦？你又不是找不到对象，为什么要找他呢？

马　丽　妈妈，这就是我们之间的缘分吧。

马福贵　什么也不要说了，他打水回来了。

［马丽和父母突然闭上了嘴巴，程心打开水回来了。］

程　心　伯父，伯母，我打回开水来了。你们喝水吧？

［程心拿杯子给马丽的父母倒开水。］

马福贵　不用，不用，我们不喝水。阿丽，我们走了。我们说的话，你好好想一想吧。

马　母　孩子，病好了，就回家。

程　心　伯父，伯母，你们喝了水再走吧？

［马丽的父母理也不理他，也没有说再见，老两口就走了。］

马　丽　程心，你把水拿过来给我喝吧。

程　心　好的。马丽，你的父母怎么不理我呀？

马　丽　他们可能没有听见吧。

程　心　是这样吗？马丽同学，我好像还不傻吧？

马　丽　我的吊针打完了，你把护士叫来给我拔针。

程　心　好的。［程心到屏风后面叫护士。］护士，病人的吊瓶打完了。

护　士　来了，来了，不要急。

［程心和一个年轻的护士从屏风后面出来了。］

马　丽　护士，我今天上午没有吊瓶了吧？

护　士　没有了。

马　丽　谢谢你。

护　士　我看你明天可以出院了。

马　丽　我也不想住了，明天出院。

［小护士为马丽拔了针，从屏风后面走了。］

程　心　马丽，你不要喝水啦？

马　丽　不喝了，凉一凉，回头再喝。你陪我出去散散步吧？

程　心　好的，走吧，这是美差呀。

［程心把马丽从病床上扶下地，两个人随后走出病房，到外面去散步了。］

第六场

20世纪80年代后期，一个处长的家庭也并不华美，客厅里就是一套木制沙发，一个木制茶几，一个小柜子，上面放着一台十八寸的电视机。马丽的弟弟马伦躺在沙发上，喝茶水，看电视。马丽回家来了。

马　伦　姐，你跑回家来吃饭啦？

马　丽　是的，吃了饭，我还要陪着学生们上晚自习去。

马　伦　姐，当你们学校的老师可真够累的，一天到晚就没有清闲的时候，一年四季好像也没有正常休息的时候，寒暑假我看你从来也没有好好休息过。

马　丽　我们学校是省重点高中嘛，所以对学生们的学习抓得比较紧，没有办法，谁也改变不了学校形成的这种风气。

马　伦　大姐，我听说你找了一个对象，可是真的？

马　丽　你是听爸爸妈妈说的吧？

马　伦　是的，是听爸爸妈妈说的。

马　丽　阿伦，你也关心我的对象问题啦？

马　伦　当然了，你是我大姐嘛，当小弟的哪能不关心呢？

马　丽　我谢谢你的关心，你只要不搅和我就谢天谢地了。

马　伦　姐，看你说的，我有那么坏吗？

马　丽　谁知道呢？

马　伦　姐，我听说你找的对象是一个农村青年，可是真的？

马　丽　不是农村青年，应该说家是农村的，他现在是我们学校的优秀教师。

马　伦　姐，听说他父母就是普通的农民？

马　丽　对，他父母就是普通的农民。

马　伦　姐，我真是理解不了你是怎么想的？你为什么要找一个来自农村的青年教师呢？以你的条件，在城市随便找一个人也比他强吧？

马　丽　你看看，我就知道你关心我是不怀好意。阿伦，找对象是人一辈子的终身大事，这是随随便便找的事情吗？

马　伦　姐，你既然知道找对象是一辈子的终身大事，为什么还要找一个农村青年呢？

马　丽　阿伦，我再纠正你一遍，他不是农村青年，他是我们学校的优秀青年教师。

马　伦　他家是农村的，父母又是农民，他不就是农村青年吗？

马　丽　他是农村青年又怎么啦？

马　伦　姐，我当小弟的可是为了你好，你找一个从农村来的青年教师，就不如找一个城市的青年工人。我跟你说实话吧，姐，农村人就不能找。

马　丽　你说一说看，农村人为什么不能找？

马　伦　姐，农村人不明事理，跟咱们城市人还是不一样的。

马　丽　阿伦，你的话听起来跟父母说的话是一个味儿。

马　伦　是一个意思，我跟父母的看法是一致的。

马　丽　这么说，你跟父母在背后交换过看法了？

马　伦　姐，小弟真心实意地对你说吧，你如果找一个从农村出来的青年教师，还真不如找一个城里家庭条件好的工人。

马　丽　阿伦，姐也对你说实话，姐找的对象不比城市的青年工人差。至少他是大学毕业，是一个有知识、有文化的青年教师。

马　伦　姐，你这样说话就不对了，我不是大学毕业，我就没有知识、没有文化啦？

马　丽　对不起，阿伦，我无意伤害你的自尊心和面子。我的意思是说，我非常了解他的人品，这是最重要的。

马　伦　人品？姐，人品值多少钱一斤？

马　丽　人品不是论斤计算的吧？

马　伦　姐，我觉得你的观念太有问题了。

马　丽　我的观念有什么问题？

马　伦　姐，原谅小弟我说实话，找一个从农村出来的青年教师，虽然是大学毕业，有知识，有文化，也不如找一个城市没文化的青年。

马　丽　阿伦，你说的话我就不愿意听，我情愿找一个从农村出来的，有知识、有文化的青年，也不愿意找城里没有知识、没有文化的青年。如今的社会，没有文化还谈什么城市农村呢？没有文化什么都不要谈！国家建设需要人才吧？找好工作需要文凭吧？就是谈情说爱也需要文化吧？没有文化谈什么？

马　伦　得得得，我尊敬的大姐，我说不过你，我也不跟你谈了。我还是看我的电视吧。

马　丽　你不跟我说了，我正好做饭去。

马　伦　大姐，不用你做饭了，二姐在厨房做饭呢。

马　丽　阿玲回来了？

马　伦　是的，二姐正在厨房忙着呢。

马　丽　有她做饭，我就等着吃现成的了。

［马丽也在木椅子上坐下来，拿起茶几上的水杯喝水。她的父母从外面回来了。］

马福贵　阿丽，阿伦？你们今天怎么都跑回家来吃饭啦？

马　伦　我是今天在外面没有地方混饭吃了，身上也没有钱，只有跑回家来吃了。

马福贵　阿丽呢？

马　丽　爸爸，我是不想吃食堂的饭菜了。

马　母　阿丽，阿伦，你们姐弟两人在聊什么呢？

马　伦　妈妈，我刚才跟我姐聊找对象的问题呢。

马　丽　你闭嘴。

马福贵　你们聊的怎么样啊？

马　伦　我与大姐聊了半天，她也不听我的。

马　丽　因为你说的没有道理。

马　伦　对，我说不过你，我闭嘴。

马福贵　阿丽，你找对象的问题，你是应该重新选择。

马　丽　爸爸，我们不谈论这个问题好不好？

马福贵　为什么不谈呢？你说一说看，你找的对象有什么好的？

马　丽　爸爸，我说不出他有什么好，我也说不出他有什么不好。

马　母　阿丽，你的对象问题，牵动着全家人的心，一家人都非常关心你。

马　丽　妈妈，我谢谢全家人的关心，我知道你们的意思。

马　伦　大姐，你应该听从家里人的意见。找一个从农村出来的土克西、乡巴佬，到我们家里来影响市容。

马　丽　阿伦，你怎么说话呢？你应该学会尊重人。

马　伦　姐，我说的可是大实话，你虽然不愿意听，当着父母的面儿，我也要把实话说出来，你找的对象到我们家来是水火不容的。

马　丽　你说什么？水火不容？

马　伦　是呀，大姐，你说我们家里人，谁能喜欢一个乡巴佬、土包子吧？

马　丽　你闭嘴！什么乡巴佬、土包子的？

马　伦　大姐，我说实话你生气，我就只好不说了。

马福贵　阿丽，我看着你找一个农村人心里也不舒服。

马　母　是呀，阿丽，我们全家人都劝你不要找农村人，可是为了你好。

［这时马丽的妹妹马玲从厨房里出来了。］

马　玲　呀，爸爸、妈妈回来了？大姐也回来了？全家人都回来了，正好我饭菜也做好了，大家可以吃饭了。

马　丽　饭做好了就吃饭吧。

马福贵　吃饭不着急，先说一说咱们家里的大事儿。

马　丽　爸爸，吃了饭，我还要到学校去为学生们上晚自习呢。

马福贵　阿丽，你急什么？时间还来得及，继续说一说你的对象问题。

马　丽　爸爸，我们能不能不谈论这个话题？

马福贵　为什么不谈呢？你叫阿玲说一说，你找一个从农村出来的青年，她能不能接受？

马　玲　姐，说实话，我也不能接受。你为什么要找一个来自农村的青年，以你的条件，找什么样的对象找不着？

马　丽　哎呀，你们真是烦死我了，我个人的婚姻问题，你们大家为什么要如此关心呢？

马福贵　阿丽，我们全家人关心，不是为了你好吗？

马　丽　为了我好？为了我好，我看中的对象，全家人都不满意，那你们帮我找吧。

马福贵　阿丽，你早说这样的话呀，我们全家人都可以帮你找。

马　母　是的，孩子，你找不到合适的对象，我们全家人可以帮你找。

马　丽　爸爸，妈妈，我知道你们都是为了我好。我谢了。可是在我生活的世界里，我找不到你们满意、我看中的人选，你们说怎么办呢？我一辈子不可能不结婚、不嫁人吧？

马　玲　姐，你要找有知识、有文化的城市人也不难，我就可以帮你找到。

马　伦　是的，大姐，我们全家人帮你找对象，保证能帮你找到满意的。

马　丽　那你们就帮我找吧，我看你们能帮我找到一个什么样的好对象。

马福贵　对了，阿丽，聪明人一点就醒。

马　母　孩子，你难得糊涂，到底想明白了？

马　丽　想明白了，你们帮我找吧，我看你们能帮我找到什么样的白马王子。

马福贵　好，明天我们全家人就开始行动，为你找对象。

马　丽　我答应你们的要求了，可以吃饭了吧？我的肚子已经饿了。

马　母　好，吃饭、吃饭。

马　玲　爸爸、妈妈，请吧。

马　母　阿玲，你为我们做了什么好吃的？

马　玲　有爸爸爱吃的红烧肉，有妈妈爱吃的清蒸鱼，还有大姐爱吃的西红柿炒鸡蛋。

马　伦　二姐，你给爸爸、妈妈、大姐，都做了好吃的，你给我做了什么呀？

马　玲　我给你做了凉拌萝卜丝、炒青菜。

马　伦　什么？你给我做凉拌萝卜丝、炒青菜？二姐，你这有点儿太欺负人了吧？

马　玲　我欺负你又怎么啦？你有萝卜、青菜吃，也就不错了，你知足点吧，谁叫你一天到晚不做饭？光叫我们全家人侍候你啦？

马福贵　不劳者不得食，你有饭吃也就不错了。

马　伦　得，我没话可说了。

马　母　儿子，你这是自找没趣吧？

[全家人笑起来，进厨房吃饭去了。]

第七场

还是马家客厅。马福贵坐在客厅的沙发椅上抽烟、看报纸，马丽从外面回来了。

马　丽　爸爸，女儿回来啦。客人到了吗？

马福贵　还没有，等一会儿吧。

马　丽　爸爸，您为我介绍的对象是什么人呢？

马福贵　阿丽，爸爸为你介绍的对象错不了，他是一个非常优秀的青年，非常聪明，一表人才。他爸爸是我们工业局的局长，他妈妈也是我们工业局的干部。

马　丽　爸爸，您为我介绍的对象如此优秀，又十分聪明，又是一表人才，还是当官家庭的孩子，好像十全十美啦？

马福贵 不敢说十全十美吧，我认为跟你还是比较般配的。

马　丽 爸爸，他叫什么名字？

马福贵 叫张力达，他爸爸是我的顶头上司。

马　丽 噢，他爸爸是您的顶头上司？

［这时外面有人敲门了。］

马福贵 听，有人敲门，客人来了。

［马福贵起身开门，客人张力达进来了。小伙子穿得流光水滑的，人也打扮得流光水滑的。］

张力达 马处长，我来了。遵照您说的时间，我没有迟到吧？

马福贵 没有，没有，你来的时间正好。请进，小张，快来坐。阿丽，快给客人泡茶。

［马丽看了客人一眼，为客人泡茶。］

张力达 谢谢。

马福贵 阿丽，我来给你们介绍一下，这就是我们局长的儿子张力达。小张，这是我的大女儿马丽。

张力达 你好，非常高兴认识你。

马　丽 你好，请坐吧。

［马丽为客人泡了茶，放在茶几上，示意客人坐下来喝茶。］

马福贵 小张，过来坐，我女儿是一中的物理老师。

张力达 高中的物理老师，一定是有文凭的人啦？

马福贵 对，我女儿是大学本科毕业的。请喝茶。

张力达 不客气，马处长。

马福贵 阿丽，小张是我们单位的优秀青年，非常有才华。

马　丽 噢，人才难得。

马福贵 小张，阿丽，你们聊吧，我给你们到厨房洗水果去。

张力达 马处长，您不用客气，我不吃水果。

马福贵 你来了就是我们家尊贵的客人，不要客气。

张力达 马处长，您不要客气啦。

马福贵 你们谈吧，相互了解了解。

［马福贵进厨房为客人洗水果去了。马丽和张力达两个人就在沙

发椅上坐下来。]

马　丽　你好，小张，你是什么学历呀？

张力达　我是大专毕业的。

马　丽　大专毕业的。你还接受过什么教育？

张力达　我还接受过北京一所大学的CEO培训教育。

马　丽　你接受过CEO培训教育？花了家里不少钱吧？

张力达　是呀，半年的时间，花了有2万多块钱吧。

马　丽　你有什么业余爱好呢？

张力达　我也没有什么特别的爱好，就是爱打麻将。

马　丽　噢，爱打麻将？你打麻将打得好吗？

张力达　我打麻将打得非常好，经常赢钱。

马　丽　你打麻将经常赢钱？你知道发财麻将馆吗？

张力达　知道，我是那个地方的常客。

马　丽　你是那个地方的常客？那我跟你学习打麻将吧，你马上到麻将馆去等我，我换上衣服，马上就去麻馆找你，好吧？

张力达　太好了，到麻将馆去交流我太愿意了。看来我们两人还有共同的爱好？

马　丽　我非常想学一学打麻将。

张力达　这是我的强项，我就在麻将馆等你了？

马　丽　你去吧，我随后就到。

张力达　咱们麻将馆见。

[张力达起身出门走了。马丽送走了客人，随手把门关上了。马福贵端着一盘水果从厨房出来上。]

马福贵　阿丽，客人呢？

马　丽　走啦。

马福贵　走了，到哪儿去啦？

马　丽　麻将馆。

马福贵　他到麻将馆干什么去啦？

马　丽　他说他最大的爱好就是打麻将，经常赢钱，我就叫他到麻将馆教我学习打麻将。

马福贵 他傻呀?

马　丽 他不傻，穿名牌时装，爱打麻将赢钱，说话不打折扣，也不过脑子。爸爸，这就是你为我介绍的优秀青年啊?

马福贵 这个傻孩子是不是缺心眼呀?我去找他回来!

马　丽 爸爸，不用找了，他不傻，人挺实在的。以后这样的优秀青年不用给我介绍了。我走了。浪费我的时间。

[马丽从茶几上拿起了自己外出的包，出门走了。马福贵端着水果盘，还想不明白是怎么回事儿呢。他又转身端着水果盘进厨房了。]

第八场

还是马家客厅，马丽的母亲拉着女儿马丽的手回家来了。母亲进了门，就拉着女儿坐到了沙发椅上。

马　母 阿丽，妈给你介绍的对象马上就要到咱们家来了，你快收拾收拾、打扮打扮。

马　丽 妈妈，您老人家给我介绍的对象是什么人呢?还要我打扮打扮、收拾收拾?

马　母 孩子，妈给你介绍的对象保证你满意，妈给介绍的对象是私人老板的儿子，家里非常有钱，人长得也不错。

马　丽 是吗?妈妈，他是有钱人家的公子哥?

马　母 是的，他家里可有钱了，父母都是做生意的老板。妈是托人给你介绍来的。

马　丽 妈妈，他家能有多少钱呢，您这样兴奋?

马　母 我听介绍人说，他的父母做生意一年能赚一百多万呢!

马　丽 一年能赚百万?这在我们的小城市里可算大老板啦?

马　母 可不是，我听介绍人说，他家住的是别墅。

马　丽 住别墅，大老板的儿子?人品怎么样啊?

马　母 听说小伙子长得挺帅的，人品也不错的。

马　丽 大老板的儿子，家庭住别墅，人长得挺帅的，人品也不错……妈妈，照您这么说，您给我介绍的对象还是天下难寻的白马王子啦？

马　母　那当然了，我的阿丽，妈妈给你找的对象能差吗？你起来进屋收拾收拾吧。

马　丽　妈妈，我收拾什么？

马　母　起码要打扮得漂亮一点吧？

马　丽　妈妈，我这样子还不够漂亮吗？

马　母　你的样子漂亮，但是衣服还是要换一下的。

马　丽　妈妈，我觉得我穿的衣服就挺好的。

马　母　好吧，好吧，你不愿意换就算了。你这个孩子就是不听父母的话。

马　丽　妈妈，我这不是听你们的话回来与他见面吗？

马　母　孩子，听父母的话错不了。

马　丽　妈妈，为了我的对象问题，您老人家可真费心啦。

马　母　我的阿丽呀，你不是我的宝贝女儿嘛！

［这时外面有人敲门。］

马　丽　妈妈，有人来了。

［马丽的母亲马上过去开了门。一个中年妇女带着一个年轻人进来了。］

马　母　来来来，进来坐，进来坐。

李阿姨　马大姐，我把人给你带来了。

马　母　谢谢，谢谢，快请坐吧。阿丽，这是李阿姨，是跟妈一起工作的同事，好姐妹。

马　丽　阿姨好。

李阿姨　哟，马大姐，您的姑娘长得可真漂亮、真水灵啊！

马　母　是呀，就是因为我姑娘长得漂亮，长得水灵，所以才要找好对象嘛。

李阿姨　马大姐，这个孩子就是我说的孟老板的儿子，叫孟财。他的父母可是有钱的大老板哪！

马　母　小伙子，欢迎你到我们家里来做客。

孟　财　谢谢伯母。

马　母　阿丽，你跟客人聊吧，我跟你李阿姨到我屋里说点事儿。

马　丽　好吧，妈妈。

［马丽的母亲拉着李阿姨进卧室说话，给两个年轻人让地方，下。］

孟　财　姑娘，你好。

马　丽　请坐吧。

孟　财　谢谢。一起坐吧。

［两个人相互让了一下，就在沙发椅上面对面坐下来了。］

马　丽　请问，你在哪儿工作呀？

孟　财　不好意思，我现在没有工作。

马　丽　你多大了，还没有参加工作？

孟　财　是这样，父母想叫我学习，不想安排我工作。

马　丽　哦，你是什么学校毕业的？

孟　财　我是中专毕业的，毕业了两年，父母又安排上大专。

马　丽　那你在什么学校上中专呢？

孟　财　上什么中专呢？我就是花钱买了一纸中专文凭。我父母总是逼着我学习，上了中专又逼着我上大专，我是真的想不通，我对学习非常头疼。

马　丽　你不想学习，你想干什么呢？

孟　财　我想挣钱，我不爱学习，学习有什么用啊？不如实实在在地挣点钱。我父母也没有什么文化，一样做生意，一样当老板，一样挣大钱。我父亲开的是奔驰轿车，我母亲开的是宝马轿车。

马　丽　奔驰，宝马，看来你家是真有钱啦？

孟　财　这不是吹的，我们家是本地的首富。我父母一年挣两百多万呢！

马　丽　两百多万？能人。你有什么爱好呢？

孟　财　我爱玩，爱斗地主。

马　丽　你爱玩，爱斗地主……赌博吗？

孟　财　不赌博，玩的什么劲哪？

马　丽　噢，孟财先生，你知道有一个叫斗地主的游艺室吗？

孟　财　我知道，我到你们家来，正好路过看到了。

马　丽　孟财先生，既然你爱玩斗地主，请你现在到那个斗地主的游艺室去等我吧。

孟　财　你也爱玩斗地主？

马　丽　是呀，我也爱玩斗地主。你先去吧，我随后就来。

孟　财　太好啦。我等你呀！

[孟财高高兴兴地起身出门走了。客人离开之后，马丽就把家门关了。这时马丽的母亲和介绍人李阿姨从卧室里出来了。]

马　母　阿丽，客人呢？

马　丽　走了。

马　母　走啦？干什么去啦？

马　丽　斗地主去了。

马　母　斗地主去啦？李姐，你介绍的这是什么人呢？叫他来相对象，他斗地主去了，这不是二百五吗？

李阿姨　这个缺心眼的，他脑子少根弦吧？我去把他找回来！

马　丽　李阿姨，不找用了，谢谢您费心。

[马丽不想说什么了，转身进自己卧室了。马丽的母亲和介绍人李阿姨白费心了。介绍人也在马家待不住了。]

李阿姨　马大姐，那我走了。这个孩子不是脑子进水了，就是被猪撞啦。

马　母　谢谢你，有时间来玩吧，我送送你。

[介绍人出门走了，马丽的母亲送客出门也走了。]

第九场

马玲从外面回家，迈进家门客厅就叫姐姐马丽。

马　玲　阿丽，大姐，阿丽，大姐！

[马丽从卧室出来，上。]

马　丽　什么事儿？阿玲？

马　玲　大姐，我给你介绍的对象你见不见？

马　丽　阿玲，你给我介绍的又是什么人哪？

马　玲　他是我们单位机关工作的一个青年，是两年前从美国留学回来的高才生，喝过洋墨水。父母都是在银行工作的，家庭条件也是挺好的。

马　丽　留美高才生，喝过洋墨水？

马　玲　是的，大姐，他人很不错的。

马　丽　他人在哪儿呢？

马　玲　他人就在外面小区的花花里，你要不要出去见一见他？

马　丽　你既然介绍来了，那就见一见吧。

马　玲　那我陪你出去见他？

马　丽　不要，你请他进来吧，既然已经带到家门前了，还不如在家里见呢。

马　玲　大姐，那我叫他进来？

马　丽　叫他进来吧。他叫什么？

马　玲　他叫刘西洋。

［马玲转身出门去叫客人。］

马　丽　刘西洋，喝过洋墨水……

［马丽在茶几面前坐下来，等着客人到来。马玲带着客人刘西洋从外面进来了。刘西洋手里拿着一束玫瑰花。］

马　玲　来来来，刘西洋，进来进来，这就是我的家。

刘西洋　噢，对不起，我要不要换鞋？

马　玲　不要不要，进来坐吧，这就是我姐马丽。

刘西洋　你好，这是见面礼，认识你很高兴。

［刘西洋要把手中的花送给马丽，马丽没有出手接。］

马　丽　谢谢你。请坐吧。

马　玲　刘西洋，你喝咖啡还是喝茶？

刘西洋　不用，马玲，你不用客气，我喝茶吧。

［马玲为客人泡茶，放在客人面前。马丽和刘西洋也在沙发椅上坐下来了。］

马　玲　对不起，姐，刘西洋，我要去一下卫生间，你们谈吧。

［马玲马上进卫生间，为两个人让地方了。］

马　丽　刘先生，听说你是从美国留学回来的？

刘西洋　啊，是的，我在美国留过学。

马　丽　你在美国留学了几年呢？

刘西洋　我在美国留学了两年。

马　丽　你在美国留学了两年？那你是什么学历呀？

刘西洋　我是……本科毕业……

马　丽　美国的大学本科是两年毕业吗？

刘西洋　美国的大学是学分制，没有时间限制，两年读完也可以，五年修完课程也行，只要修满学分，考试合格，就可以毕业。

马　丽　哦？你在美国什么学校留学？

刘西洋　我在美国西雅图一所私立大学留学。

马　丽　那所大学叫什么大学？

刘西洋　那所大学叫什么大学来着……

马　丽　你在美国留学了两年，还记不住叫什么大学？

刘西洋　叫……亚拉西大学……对……亚拉西大学……

马丽用英语说：你在美国生活过得好吗？

刘西洋听不懂马丽的英语：你说什么？

马丽还是用英语说话：美国的西雅图有什么好吃的，有什么好玩的？

［刘西洋一脸茫然，他根本听不懂马丽说的英语，答非所问地回答她。］

刘西洋　说实话，马丽小姐，我在美国待了两年，实在是不适应美国的社会，我又是父母的独生子，一个人在国外，人生地不熟的，又没有亲朋好友，也拿不到美国的绿卡，所以我就跑回来啦。

马　丽　刘西洋先生，这样说来，你还是爱国青年啦？

刘西洋　我认为回国找一份稳定的工作，舒服，一个人在国外打拼太累了，没有意思，所以我就选择回国了。

马　丽　请问先生，你业余爱好什么呢？

刘西洋　我的业余爱好太多了，唱歌啦，跳舞啦，旅游啦。

马　丽　唱歌，跳舞，旅游？明白了。你在美国留学了两年，花了家里多少钱呢？

刘西洋　花了有几十万吧。

马　丽　花了父母几十万？真有钱呢。

［这时马玲从卫生间里出来了。］

马　玲　姐，刘西洋，你们谈得怎么样？

马　丽　阿玲，你跟刘先生谈吧，我要进屋查一点东西。

马　玲　你要查什么？

马　丽　我要查一点资料。

［马丽说完就起身走了，回自己的卧室，不理客人了。］

马　玲　刘西洋，你最近在忙什么？

刘西洋　就是忙工作上一点乱七八糟的事情。

马　玲　你们机关工作有什么可忙的？

刘西洋　其实也没有什么可忙的，上班时间有一点儿杂事儿。

马　玲　杂事儿多吗？

刘西洋　不多，机关的工作就是自己干自己的事儿，互不干涉。

马　玲　那你们机关的人都干些什么工作呢？

刘西洋　我们干的工作，只有领导过问，其他人不过问。

马　玲　我看你们机关的人上班工作真是舒服，逛商场的，去美容美发的，工作时间到麻将馆打麻将的，都是你们机关的人。

刘西洋　这就是我们机关的工作性质。上班时间喝茶啦，看报纸啦，上网斗地主啦，正常。

马　玲　你们在机关工作的人可真舒服，我们在下面干活的人可累死了。

刘西洋　改革，国有企业的机关工作人员，就是要比下面干活的人舒服，这没有办法。

马　玲　人与人之间真是没有办法比呀，你们机关的工作人员是挣钱不干活，我们下面的人是干活不挣钱，这样的改革合理吗？

刘西洋　报纸上说了，改革就是摸着石头过河，有什么不合理的？你也赶紧让你老爸给你换到机关工作呀！

马　玲　你不要提我老爸了，我老爸是毛泽东时代教育出来的人，缺心眼儿，万事不求人。

[这时马玲的弟弟马伦从外面喝过酒回来了。]

马　伦　哟，家里来客人啦？二姐，这是谁呀？

马　玲　这是我们厂里的同事，我给大姐介绍的男朋友。

马　伦　噢，是给大姐介绍的男朋友？

马　玲　阿伦，你又喝酒了？

马　伦　喝了，中午喝的。

马　玲　你喝了多少酒呀？现在脸红得还像猪肝一样？

马　伦　喝得不多，就喝了三瓶白酒，一箱啤酒。

马　玲　三瓶白酒，一箱啤酒，还不多呀？

马　伦　又不是我一个人喝的。

马　玲　几个人喝的？

马　伦　三个人喝的。

刘西洋　马玲，你姐怎么还不出来呀？

马　玲　不知道，我也莫名其妙。她可能有重要的东西要查吧。

刘西洋　马玲，看来没戏啦。我走啦。

马　玲　刘西洋，你坐一会儿嘛，我姐她一定有事儿。

刘西洋　我不坐了。再见。

马　玲　那好，你等着我的回话吧。

[刘西洋起身走了。马玲出门送客。马伦倒在沙发椅上抽烟。过了一会儿，马玲送走了客人返回家来。]

马　伦　二姐，客人怎么走啦？

马　玲　我姐躲到屋里不出来了，气死我了。[马玲走到卧室门口敲门。] 姐，你出来，怎么回事儿呀？你躲进屋里不出来，弄得我与客人多尴尬呀？

[马丽把门打开，从屋里出来了。]

马　丽　阿玲，我上网查了一下，你给我介绍的人，他在美国上的不是什么大学，就是语言培训学校，他根本就不是什么从美国留学回来的大学生，就是在美国一所私立语言培训学校学习了两年。

马　玲　大姐，你是怎么知道的？

马　丽　我跟他说英语，他根本就听不懂，他又说他在美国留学了两年。我上网查了一下他说的大学，根本就没有注册。他的语言都不过关，怎么可能上大学呀？顶多也就是花钱买了一张假文凭，回来骗人的。

马　玲　原来是这样？那就算了吧。

马　伦　二姐，你给大姐介绍的什么对象啊？

马　玲　我介绍的不行，你给大姐介绍一个呀！

马　伦　好，看我的。大姐，你相信我吗？明天我给你介绍一个。

马　丽　你又来啦？你能给我介绍一个什么样的人呢？

马　伦　我给你介绍一个有钱的老板！

马　丽　好嘛，你给我介绍一个有钱的老板？

马　伦　是的，我有一个朋友，自己开饭店，当老板，有两家大酒店，生意做得老火啦。改革开放几年的时间，人家就发大财了，现在可有钱啦！

马　玲　阿伦，你给大姐介绍的对象靠谱吗？

马　伦　二姐，看你的话说的？我给自己的大姐介绍对象，不靠谱，我能给大姐介绍吗？

马　玲　你的话说得也对。

马　丽　好吧，你们既然都如此热心为我介绍对象，那你就介绍来我看一看吧。

马　伦　好，大姐，过两天我就安排你们在家里见面。

马　丽　好，我就听你的。

马　玲　大姐，不好意思，我给你介绍了一个水货留学生，真是不好意思。

马　丽　阿玲，现在社会的水产品太多了，这也不能怪你。我要回学校去了。

马　玲　我也要上班去了。

马　伦　大姐、二姐，你们都走了，晚饭谁做呀？

马　丽　你自己做吧。

马　玲　我们没有时间。

［马丽和马玲出门走了，马伦也不想做饭。］

马　伦　没人做饭，睡觉。

［马伦从沙发椅上起身，走进自己的房间睡觉去了。］

第十场

马家的老主人马福贵和老太婆从外面回家了。老两口手里拎着菜进门，累得有点上不来气儿，他们把手中的东西放到了地板上，随后叫人。

马福贵　阿丽！

马　母　阿玲！

马福贵　阿伦！

马　母　奇怪，家里一个人也没有？

马福贵　看来指望孩子们做饭指望不上了，还是咱们老两口做饭吃吧。

马　母　他们到底回不回来吃饭也不知道，这饭也不知道该怎么做了，做多了吧，他们不回来，我们两个人明天还要吃剩的，做少了吧，他们回来又不够吃。

［这时马伦从卧室里出来，上。］

马　伦　爸爸，妈妈，你们可回来了。

马福贵　阿伦，你在家里呀？

马　伦　我是在家呀。

马　母　你在家里，刚才你爸叫你，你怎么不回声啊？

马　伦　我刚才在卧室里给我大姐打电话呢。

马福贵　你给阿丽打电话干什么？

马　伦　我不是要给我大姐介绍对象吗？我打电话叫我大姐马上回来，客人马上就要到咱家来。

马福贵　你大姐说回来见他了吗？

马　伦　大姐答应了，她马上回来。

马　母　阿伦，给你大姐介绍对象实在太难了，她太挑剔了。

马　伦　妈，我大姐找对象挑剔也是对的，没有错儿，找对象是人生一辈子的大事儿，当然要挑好的，看着舒服的，自己满意的，还要全家人通过的。

马福贵　阿伦，你给阿丽介绍的对象又是什么人呢？

马　伦　是我的一个朋友，当老板的。

马福贵　当老板的？人怎么样啊？

马　伦　人没得说的，要钱有钱，要长相有长相。

［这时外面有人敲门，并且叫人。］

来客声音：马伦，马伦！

马　伦　我的朋友来啦。

［马伦开门，客人杨小风走进来上。］

杨小风　兄弟，我来得不晚吧？

马　伦　不晚不晚，快来坐。这是我的父母。

杨小风　伯父好，伯母好！

马　伦　爸爸，妈妈，这就是我的好朋友，四季香大酒店的老板杨小风！

马福贵　欢迎你，小伙子。

马　母　阿伦，你快招待客人吧。

马　伦　放心吧，爸爸妈妈，我不会亏待我的客人的。

杨小风　谢谢伯父，谢谢伯母，我和阿伦是好朋友，不用招待。

马福贵　杨老板，你和阿伦喝茶聊吧，我们就不陪了，我们还要做饭去。

马　母　是呀，小杨老板，晚上就在我们家里吃饭吧？

杨小风　不用，不用客气。谢谢伯父，谢谢伯母！

［马福贵和老伴儿又拎着买来的东西进厨房了。马伦和客人杨小风就在沙发椅上坐下来，马伦马上就为客人泡茶。］

马　伦　杨大哥，最近的饭店生意怎么样啊？

杨小风　还行，马马虎虎吧。

马　伦　杨大哥，咱们现在可以算是老朋友、铁哥们了，你跟我说一句实话，你一个月的收入有多少钱？

杨小风 我一个月的收入也不多，也就是几万块钱吧。

马　伦 什么？几万块钱？我的妈呀，现在开饭店真赚大钱呢！

杨小风 兄弟，不瞒你说，现在开饭店是赚钱。改革开放的社会，现在人越来越有钱了，有了钱干什么？不就是吃喝玩乐吗？

马　伦 是呀，你说得太对了，现在人有了钱就是吃喝玩乐，所以开饭店赚钱。我也想开一个饭店，就是没有本钱。

杨小风 没有本钱找你父母要哇，你父亲是大处长，你母亲又是国家干部，你家里还能拿不出个十万八万块钱来？

马　伦 嘿，不要提了，我家里是能拿出十万八万块钱来，可是那是父母留着给我以后娶媳妇用的。我父母脑子还是老脑筋，不开窍，就是不给我钱。他们还是过去人的老观念，就知道让我老老实实地上班，工作，一个月挣三百来块钱的死工资，气死我了。咱们小城市的人，脑子还是有问题，不开放。

杨小风 算你说对了，上了年纪的人，脑子已经跟不上时代的发展脚步了。尤其是像咱们生活在闭塞的小城市里面，人的脑子好像还停留在原始社会呢。

马　伦 是的，大哥，你说的这一点我非常赞同，我跟你有同感。

杨小风 阿伦，说正题吧，你给我介绍的对象呢？

马　伦 你别着急呀，你急什么呀？等一下人就回来了。

杨小风 兄弟，你不是逗我玩的吧？

马　伦 看你说的，我逗谁玩，我也不敢逗你杨老板玩呀。我还想找你借钱开饭店呢。

杨小风 说真的，兄弟，你给我介绍的对象是谁呀？她是干什么的？漂亮不漂亮？

马　伦 我给你介绍的对象是我大姐，大学本科毕业，在一中当老师的，绝对的漂亮！不好我能给你杨老板介绍吗？

杨小风 谢谢兄弟，你的红娘只要当成了，借钱不是问题。

［这时马丽从外面回来了，开门进来，上。］

马　伦 大姐，你回来得正好，客人已到了。

［杨小风马上站起来，欢迎女主人回来。］

杨小风 你好。

马　丽 你好。

马　伦 杨老板，这就是我大姐。

杨小风 认识你非常高兴。

马　丽 坐吧。

马　伦 大姐，这就是我为你介绍的杨老板，杨小风。

马　丽 杨老板是做什么工作的？

杨小风 我是开饭店的，个体户老板。

马　丽 现在的社会老板太多了。你是什么学校毕业的？

杨小风 我是技工学校毕业的，因为找不到工作，就在父母的支持下自己开饭店当老板啦。

马　丽 哦，开饭店，当老板，现在发财了吧？

杨小风 算发一点小财吧。

马　丽 你抽烟吗？

杨小风 抽烟。

马　丽 阿伦，客人抽烟，你怎么不给客人拿烟抽呢？

马　伦 我忘记了。来，兄弟，抽烟。

［马伦马上从茶几下面拿烟给客人抽。］

杨小风 还是抽我的吧。

［客人明显瞧不起马伦拿给他的烟，就从身上拿出一盒好烟来，扔给马伦一支烟，同时自己嘴上也叼了一支。］

马　丽 杨老板，你喝酒吗？

杨小风 喝，当老板，开饭店，没有不抽烟不喝酒的。

马　丽 你会打麻将吗？

杨小风 会打麻将，我要陪着客人打麻将。

马　丽 打麻将赌博吗？

杨小风 打麻将，不赌博、不带水，不刺激，玩的什么意思呀？

马　丽 抽烟、喝酒、打麻将、赌博，你们当老板的可真是五项全能啦。

杨小风 没有办法，我们当老板的就是要广交朋友，讨好客人，才能挣到钱。

马　伦 大姐，这与他们的职业有关。

马　丽 是呀，当今的社会，当老板的人都会吃喝玩乐。

杨小风 这是职业规则，没有办法。

马　丽 对不起，杨老板，我还有事儿，失陪了。你们聊吧，实在抱歉。

［马丽说完就不理客人和弟弟马伦，自己走进卧室关上了房门。］

杨小风 阿伦，你姐说话是什么意思呀？

马　伦 对不起，大哥，你说话也太实在了，我大姐就烦抽烟、喝酒、打麻将、赌博的人。

杨小风 你早说呀。

马　伦 对不起，兄弟，我大姐她实在太忙了。

杨小风 什么太忙了？马伦，你这不是调戏我吗？

［杨小风气得起身要走了。］

马　伦 哎，杨老板，你不要走哇，我还想跟你谈一谈借钱开饭店的事儿呢。

杨小风 借钱？你等着吧！

［杨老板气得马上就走了，离开了马家。马伦随后追出去送客人。马伦的父母又从厨房里出来了。］

马福贵 发生了什么事儿？客人又走了？

马　母 不知道。家里好像又没有人啦。

［这时马丽从卧室里出来，她手里拖着一个大提包。］

马福贵 阿丽，你这是要到哪儿去呀？

马　母 阿丽，你拖着这么大的皮箱干什么去呀？要出差呀？

马　丽 爸爸，妈妈，从今以后我要搬到学校去住单身公寓了。

马福贵 住单身公寓？什么意思呀？家里住不下你啦？

马　母 阿丽，你这是为什么呀？

马　丽 爸爸，妈妈，以后每天晚上我要给学生们上自习课，一般都是晚上 9 点钟下课，时间太晚了，回来很不方便，所以我就住到学校去不回来了。

马福贵 那你以后什么时间回来呀?

马　丽 以后只有星期天休息回来了。

[这时马伦和马玲姐弟两人同时从外面回来了。两人一边进门，一边打嘴架。]

马　玲 阿伦，你给大姐介绍的是什么对象啊，还不如我介绍的呢。

马　伦 我给大姐介绍的对象怎么啦?人家是老板，有钱!

马　玲 我知道他有钱。这样的有钱人，当老板，你也不能给大姐介绍!他当了几年的饭店老板，是发了点财，可他吃喝嫖赌什么都干，你怎么能给大姐介绍这样的人呢?

马　伦 二姐，你怎么知道他吃喝嫖赌什么都干呢?

马　玲 我还不了解他呀?杨小风跟我是同班同学，他上技校就开始玩女性，三年的时间，玩了五六个女同学，我太了解他了。

马　伦 我也不知道他是这样的人，我也不了解他过去的历史呀。

马　玲 阿伦，我劝你以后也少跟这样的朋友来往!

马　伦 是是是，二姐，以后我听你的。

马福贵 阿玲，阿伦，你们姐弟二人在说什么呢?

马　丽 他们在说刚才到我们家的客人，也就是阿伦给我介绍的对象。

马福贵 阿伦，你什么乱七八糟的人都敢给你大姐介绍对象呀?

马　伦 爸爸，我原来也不了解他是什么人，我也是通过朋友跟他认识的。

马　丽 行了，关于我找对象的问题，我希望家里人以后也不要为我操心了，我谢谢你们。我谢谢爸爸、妈妈，同时也谢谢阿玲、阿伦。你们为我介绍的对象我也见过不少了，吃喝玩乐的，吃喝嫖赌的，什么人都有，就是没有一个我欣赏的。他们照我敬爱的朋友程心比起来，相差太远了。我的朋友不抽烟、不喝酒、不打麻将、不赌博，就是爱看书，爱看电影。所以我的意中人就是他了!以后你们再给我介绍对象我也不见了。爸爸，妈妈，我走了，以后一个星期我回家来一次，你们也不要为我找对象的事情瞎忙活了。再见。

[马丽拖着提箱包走出了家门。]

马福贵 这个阿丽是太有主见，谁的话也不听啊，就看中那个乡巴佬了，怎么办？

马　母 我也觉得奇怪，她的脑子怎么就不转弯呢？

马　伦 我大姐的脑子有问题了。

马　玲 你们说得都不对，大姐还是有她自己的见解的，也许她的选择是对的。我们以后也就不要为她的事瞎操心了。

[大幕在马家人的对话中慢慢落下来。换景。]

第十一场

学校的单身公寓，马丽居住的房间。马丽正在房间里洗米，准备做饭呢。她的好朋友程心拎着一盒吃的东西来了，在门口故意敲门。

马　丽 请进！[马丽回身看见是程心，笑了。] 鬼东西，你来还敲什么门呢？

程　心 到姑娘的单身公寓来，总是有一点不好意思。

马　丽 德性，不好意思你还来干什么？

程　心 你猜。

马　丽 我猜不出来。我刚为学生们上完课，一下午连续上了三堂课，累死我了，我也不想动脑子了。

程　心 请问马丽老师，你在干什么？

马　丽 我正准备做饭呢，正好你来了，快帮我做饭吧。

程　心 做什么饭呢？我也忙了一下午，也累坏了。

马　丽 你为谁忙了一下午？

程　心 你猜？

马　丽 程心同志，你能不能不让我猜谜呀？做了饭，吃了饭，我还要给学生们上晚自习。

程　心 我也要为学生上晚自习的。马丽老师，你可以不用做饭了。

马　丽 不做饭，我吃什么？

程　心 你的鼻子有问题吧？

马　丽　有什么问题？

程　心　你没有闻到什么香味吗？

马　丽　我还没有注意。我看你背后拿来了什么东西？

程　心　不让看，你可以闻，闻对味了，我就给你吃。

马　丽　什么好东西？你好像带来了一股鱼腥味。

程　心　答对了，马丽老师，你的猫鼻子还挺灵的。

马　丽　你才是属猫的呢。

程　心　饿了吧？

马　丽　还行。

程　心　不饿我拿走了。

马　丽　你敢？回来！你个大坏蛋，你故意气我是不是？

程　心　你不是不饿吗？不饿就我吃了。

马　丽　你敢？

程　心　嘿，你这个人不讲理吧？我拿来的东西，我还不能吃啦？

马　丽　你叫我看一看你拿来了什么好东西。

程　心　请看，亲爱的，有你爱吃的鱼，还有你爱吃的芹菜炒木耳。

马　丽　这是你给我做的？

程　心　你说呢？

马　丽　谢谢。

［马丽马上从程心手里抢过了东西，就放到了吃饭的桌子上，坐下来就急于吃。］

程　心　别急别急，马丽老师，你还没有谢我呢。

马　丽　那我谢谢你。

程　心　你就这样谢我呀？

马　丽　我还要怎么样谢你呀？

程　心　起码也要像外国人一样送一个浪漫的礼节吧？

马　丽　坏蛋，我不吃了，你拿走吧。

程　心　你生气啦，亲爱的？

马　丽　谁是你亲爱的呀？送一点吃的东西还要外国式的谢礼。

程　心　好，我不要了，你吃吧。

马　丽　这还差不多。馋死我了。

［马丽坐在饭桌前的椅子上，就拿起筷子吃上了程心送来的饭菜。］

程　心　哎，亲爱的，你就这样吃上啦？

马　丽　你不是给我送来吃的吗？

程　心　你起码也应该向我表示感谢吧？

马　丽　那就谢谢啦。

程　心　你就会说谢谢呀？

马　丽　这不就是中国人的礼节吗？

程　心　我要的是外国人的礼节，西方人的礼节。

马　丽　门开着呢，叫外人看见多不好意思呀？

程　心　那我把门关上……

马　丽　不要关门，我吃饭不喜欢关门。

程　心　你这是什么习惯呢？

马　丽　这是怕你干坏事儿。

程　心　噢，我明白了，原来你是怕我爱你呀？

马　丽　我是怕你欺负我。

程　心　我爱你，怎么是欺负你呀？

马　丽　我不要你爱，你只要知道给我送饭来吃就行了。

程　心　怎么样，马丽，我做饭菜的手艺还不错吧？

马　丽　还行，饭菜做得挺香的，也挺好吃的。

程　心　那你还不向我表示感谢？

马　丽　你等我吃饱了、喝足了，再说吧。

程　心　马丽，我们结婚吧？

马　丽　结婚？

程　心　是呀，我们已经老大不小了。

马　丽　你想叫我嫁给你呀？

程　心　是呀，嫁给我吧，马丽！

马　丽　嫁给你？我还没有想好呢。

程　心　马丽，你什么时间能想好呀？

马　丽　等到花好月圆的时候。

程　心　每个月都有花好月圆的时候，你说是这个月还是下个月？

马　丽　你要求的速度也太快了吧？

程　心　马丽，我们真的是该结婚了。

马　丽　不着急，急什么呀？

程　心　你还不着急呀？你不着急，我可是着急了。你 23，我已经 26 啦。

马　丽　我急死你，我就是想知道，你是不是真心实意地爱我。

程　心　我当然是真心实意地爱你，你爱我一天，我爱你一辈子。

马　丽　什么？我爱你一天，你爱我一辈子？

程　心　是的，你爱我一天，我爱你一辈子。

马　丽　真的，我没有听明白，你再说一遍？

［马丽还在吃东西，程心就激动地抱住了她。］

程　心　马丽，我对你发誓：你爱我一天，我爱你一辈子！

马　丽　这是你的心里话？

程　心　是的。

马　丽　不离不弃？

程　心　不离不弃！

马　丽　你要是骗我呢？

程　心　天打五雷轰……

马　丽　不要……

程　心　我爱你，马丽！

［两人激动地拥抱接吻。］

马　丽　程心，你知道我为什么要离开家，到学校来住单身公寓吗？

程　心　不知道。为什么？

马　丽　因为我也爱你，我已经离不开你了。

程　心　那我们就结婚吧？还等什么？

马　丽　结婚，我还没有说服家里人同意呢。

程　心　只要你愿意嫁给我，她们以后会同意的。

马　丽　我的心、我的爱，已经属于你了。

程　心　我们马上去民政局拿结婚证吧？

马　丽　我还要回家拿户口本，我还要跟家里人说一声，麻烦事儿还在后面呢。

程　心　这样吧，马丽，过春节，你跟我到我家去见一见我的父母，见一见我的弟弟、我的妹妹。

马　丽　好吧，我回家跟父母说一声，争取家长的同意。

程　心　你们家的事儿真麻烦，你的父母还是戴着老花镜看人。

马　丽　你知道，我的父母、我的家人都不同意我们的婚姻。

程　心　好事多磨，你先跟我回家过春节吧。

马　丽　好吧，过春节，我争取说服家里人，然后拿结婚证，明年“五一”春暖花开的时节，我们结婚。

程　心　谢谢，我的娘子……

［程心把马丽抱起来放到了床上。］

马　丽　哎哎哎，你要干什么？门还没有关呢。

程　心　对了，门还忘记关了。

［程心过去关门，马丽马上从床上坐起来。］

马　丽　坏蛋，你要干什么？不得无礼。

程　心　我想爱你、爱你、爱你！

马　丽　别胡闹啦，羞不羞呀？咱们还没有结婚呢？你就想干坏事儿啦？

程　心　你一辈子是属于我的，我一辈子也是属于你的。

马　丽　程心，听我说，咱们还是说正事儿吧。

程　心　说什么正事儿？

马　丽　过春节到你家里去，我要给你的父母还有你的弟弟、妹妹，买什么东西？

程　心　这我还没有想过。

马　丽　你不想怎么行啊？过春节，我总不能空手到你们家去见你的父母，见你的弟弟、妹妹吧？

程　心　嗯，你是不能空手去。那就给我父母买一点礼物吧。

马　丽　你的父母抽烟吗？喝酒吗？

程　心　我父亲抽烟，不喝酒；我母亲不抽烟，也不喝酒。

马　丽　那就给你的父亲买一条好烟，好不好？

程　心　好，我听你的，你买东西，我掏钱。

马　丽　我买东西，你掏钱？那算怎么回事儿呀？

程　心　你不是我媳妇吗？

马　丽　去，现在还不是。

程　心　以后咱们俩结婚了，家庭的一切大权我就交给你了，你当家庭的财政部长。

马　丽　那你呢？你当什么？

程　心　我当外交部长啊！

马　丽　聪明，咱们就这样说定了。可是过年给你母亲买什么东西呢？

程　心　你看着买吧。

马　丽　给你的母亲买一套衣服好不好？

程　心　好，我一切都听你的。

马　丽　可是给你的弟弟、妹妹买什么东西呢？

程　心　我也不知道该给他们买什么东西。

马　丽　你说你的弟弟、妹妹，还在上大学是吧？

程　心　不，我的弟弟已经大学毕业在上海工作了，只有妹妹还在北京上大学。

马　丽　那就给他们买吃的东西，他们还是孩子。

程　心　你这个当嫂子的想得可真周到。

马　丽　不过到你家去过年，我们怎么去呢？

程　心　随你呀，到我们家去也不远，只有六十里地，既不用坐火车，也不用坐飞机，骑车去或者坐公共汽车去都可以。

马　丽　那咱们就骑自行车去吧，来一个浪漫之旅，路上边走边玩儿，高兴了咱们还可以进行骑车比赛。

程　心　骑车你不累呀？

马　丽　有什么累的？六十多里地，一小时跑三十里，两小时就骑到了，累不到哪里去。

程　心　那就照你说的办。

马　丽　还有，到你们家过年都有什么规矩？

程　心　我也不知道家里有什么规矩，我很早就从家里出来读书了。

马　丽　你们家过年，全家人是什么时间在一起吃年饭？

程　心　我们家过年，好像是全家人中午在一起吃年饭。

马　丽　程心，咱们过年这样安排，大年三十，咱们俩早上骑车出发，中午赶到你家里吃年饭。下午返回来，到我家里吃年饭。

程　心　马丽，过年这样跑你累不累呀？

马　丽　过年休息的时间多，累一点儿也无所谓。

程　心　过年，你为什么不能在我家里住两天呢？

马　丽　不行，过年我们不拿结婚证，我还不是你名正言顺的妻子，我到你们家里去住两天，回家我父母要骂我的。

程　心　老年人还是老封建。

马　丽　什么老年人老封建？"五一"结婚你就等不及啦？

程　心　当然啦，我盼望你马上就成为我的新娘子。

马　丽　程心，咱们两人就说定了，大年三十，中午在你家里吃年饭，晚上回我家吃年饭。

程　心　马丽，你们全家人要是不欢迎我怎么办？

马　丽　不会的，过年不拒外来客。我想正好利用过年的机会，我要争取说服我的家里人同意我嫁给你，同意我跟你结婚。

程　心　好吧，一切我都听你的。

马　丽　听我的，老实点儿。我的饭还没有吃完呢。

［马丽又下床坐到饭桌前，吃程心送来的东西，吃得特别香。程心看着她也高兴。落幕，换景。］

第十二场

程心的父母家。程心的父母家中的堂屋，也就是城里人的客厅。堂屋虽然挺大，就摆了一张方木桌子、几把木椅子，所以堂厅显得空空荡荡的。这里是程家人吃饭、招待客人的地方。程心的弟弟、妹妹程意和程飞也跑回家来过年了。他们忙着从伙房里端菜出来，摆到堂屋的桌子上。饭桌上的菜盘已经摆上不少了。

程　意　小飞，你见没有见过嫂子？

程　飞　我也没有见过。她是第一次到我们家里来过年。

程　意　她长得什么样儿？

程　飞　谁知道？反正是人模样，不会是动物模样。

程　意　已经快12点了，他们怎么还不跑回来呢？

程　飞　二哥，要不你出去看一看。

程　意　我出去看有什么用？我又不认识嫂子。

程　飞　你不认识嫂子，你还不认识大哥呀？

程　意　我认识大哥，大哥是自家人，有什么好接的？

程　飞　二哥，你会做上海菜吗？

程　意　会做几样上海菜。

程　飞　你是不是吹牛呀？

程　意　我吹什么牛呀？你开玩笑啦，我已经在上海毕业工作半年了，我也算半个上海人啦。

程　飞　二哥，你会做上海菜，你就到伙房去烧几样你会做的上海菜招待客人吧。

程　意　咱妈不是在伙房烧菜吗？哪儿用得着我呀？

程　飞　咱妈做的本家菜，我怕城里来的客人吃不惯。

程　意　我明白你的意思了，你是说妈做的菜不好吃。

程　飞　明白了就去做呀。你也孝敬孝敬妈，咱妈已经在伙房忙活半天了，你换她老人家出来休息一下。她老人家已经是年过半百的人了，过年全家人都回来吃饭，老妈实在太累了，太辛苦了。

程　意　好吧，好吧，我听你的，遵命。

［程意走进伙房代替母亲为客人做菜。程飞数着桌子上的菜盘。］

程　飞　一个、两个、三个、四个、五个、六个……做了有八个菜了。

［这时程飞的母亲程大妈从伙房出来了。］

程大妈 姑娘，客人来了没有？

程　飞 妈妈，客人还没有来。

程大妈 程心是怎么搞的，快到吃饭的时间了，还不跑回来？

程　飞 妈妈，您想我大哥了吧？

程大妈 是有一点儿想，不过我更想看一看从城里来的儿媳妇。

程　飞 妈妈，大哥在电话里是怎么对您说的？

程大妈 他在电话里光对我说，他要把对象带回来，要把女朋友带回家里来过年，中午吃年饭，其他也没有多说什么。

程　飞 妈妈，我哥他说没有说我嫂长得什么样儿？长得漂亮不漂亮？

程大妈 我没有问那么多，他说长得漂亮，我想儿子找的对象应该像仙女一样吧？

程　飞 妈妈，人可真有点怪，谁都夸自己的媳妇长得漂亮。

程大妈 你说的不是废话嘛，人有说自己的媳妇长得像丑八怪一样的吗？

程　飞 可也是的，情人眼里出西施。自己的媳妇即便长得像丑八怪一样，人也会说长得像花儿一样。

程大妈 你这个孩子在大学里都学什么啦？就学这些没有用的东西啦？

程　飞 妈妈，您的女儿可是学习上的尖子呢。

程大妈 我的姑娘，你现在有对象了没有啊？

程　飞 妈妈，我还没有呢。

程大妈 我的女儿，你今年也21岁了吧？也该找对象了。

程　飞 妈妈，我不着急，有得是人追我。

程大妈 傻孩子，找对象要早一点找，特别是女孩子，找对象就像买菜一样，早去挑好的选，去晚了就是别人挑过剩下的。

程　飞 妈妈，您说的有道理呀。

程大妈 妈妈是过来人，当然明白了。

［这时程心带着女朋友马丽回来了，两人进了家门，手里都拎着

东西。]

程　心　妈妈，我们回来啦。

程大妈　哎呀，我的小心，可回来了，就等你们回来吃饭了。

程　心　妈妈，这就是我的女朋友马丽。

程大妈　姑娘，你好，欢迎你到我们家里来过年。

马　丽　大妈，过年好！

程大妈　好好好，过年好，过年都好！

程　飞　哥哥，你怎么不向客人介绍我呀？

程　心　你急什么呀？毛丫头！这是我妹妹程飞，还在北京上大学的小毛头。

程　飞　什么小毛头呀？哥哥，我已经长大了，我都上大学二年级了，还叫我小毛头。嫂子过年好！

马　丽　你好，小妹妹！你为什么这样看着我？

程　飞　嫂子，你真漂亮，我哥好眼力呀！

程　心　谢谢夸奖。

程大妈　来，姑娘，快来坐，到家就是一家人，千万不要客气。

程　飞　妈妈，您刚才说的不对呀？

程大妈　什么？我什么话说得不对啦？

程　飞　您说找对象就像买菜一样，早去挑好的，晚去了就是别人剩下的。你看我哥找对象也不算早，怎么找回这样漂亮的嫂子呀？

程大妈　这是你哥命好，这就是福星高照！

[程大妈的话把几个人都说得笑起来了。]

程　心　妈妈，我爸和我弟弟呢？

程大妈　你爸出去玩去了。你弟弟说，他要做几样上海菜，欢迎姑娘到我们家来过年，他把我换下来了。你爸爸一会儿就回来。

[这时程意端着一盘菜从伙房里出来，上。]

程　意　程飞，你来瞧一瞧，咱们烧的上海菜，糖醋鱼怎么样？

程　飞　老王卖瓜，不要自卖自夸。瞧一瞧我们家谁回来啦？

程　意　哟，大哥？客人来啦？失敬失敬。

程　心　这就是我弟弟程意。

程　意　大哥，我叫客人大姐呀，还是叫嫂子呀？

程　心　随你怎么叫吧。

程　意　那就嫂子过年好！

马　丽　你好！

程　飞　妈妈，今年过春节，我们家来贵客啦，这是大吉大利呀！

程　意　是呀，妈妈，这是咱们程家喜到福到啦！

［这时程家老主人程天平晃回来了。］

程天平　老伴儿，儿子回来了吗？

程大妈　回来了，回来了，你快看看吧。

程天平　客人到了吗？

程大妈　客人也到了，就等你回来了。

程　心　马丽，这就是我爸爸。

马　丽　大叔过年好！

程　父　你好，姑娘，欢迎你来呀。全家人都回来啦，客人也到了，该吃年饭了吧？

［程心和马丽从带回来的包里往外拿东西，拿过年送给程家人的礼物。］

程　心　爸爸，妈妈，这是马丽送给你们过年的礼物！

程大妈　孩子，你来还买什么东西呀？

马　丽　大妈，这是应该孝敬老人家的。

程天平　姑娘，叫你破费啦。

马　丽　大叔，一点小礼物，谈不上破费。

程　心　程飞、程意，这是马丽送你们的礼物。

程　飞　我们也有份儿呀？

马　丽　过年了，当然人人有份儿了。

程　飞　谢谢大姐！

程　意　谢谢嫂子！

马　丽　不成敬意。

程大妈　家里的人都齐了，咱们大家该吃年饭啦。

程天平 不对，老伴儿，家里好像还少两个人。

程大妈 还少两个人？还少谁呀？这家里人不是都在这儿吗？

程天平 还少一个女婿，还少一个儿媳妇。

程大妈 对呀，还少一个女婿，还少一个儿媳妇。

程天平 你们听明白了吗？明年你们把人都给我带回来，我们程家就全家福喽！

程　意 爸爸，明年我可以保证给您带一个回来。

程　飞 二哥，你明年要是能带回来一个，我就有两个嫂子啦。

程　意 明年我敢保证能带回来一个，你能保证带回来一个吗？

程　飞 我可不敢保证，明年我还大学没有毕业呢。

程天平 明年不敢保证，那就后年。

程　飞 爸爸，后年我也不敢保证。

程天平 那就大……大……大后年……

程大妈 没正形。

［程大妈轻轻地推了老头子一下肩膀，全家人都哈哈大笑起来。］

程　心 马丽，在我们家过年热闹吧？

马　丽 嗯，喜庆。

程大妈 小心，姑娘，你们打算什么时候结婚呢？

程　心 妈妈，这我可做不了主，我要听她的。

程大妈 姑娘，你们打算什么时候结婚呢？

马　丽 大妈，结婚应该是两个人商量的事儿。如果快的话，可能是“五一”吧。

程天平 孩子，我们老人总是希望你们越快越好！

程　飞 大姐，你嫁给我哥错不了，你要成为我嫂子，我们家就大喜啦！

程　意 嫂子，你要是过了咱家的门儿呀，你就是咱们家的公主，我爸我妈是最疼爱我大哥的，我们弟妹二人也是最敬重我大哥的。

马　丽 我们两人计划是“五一”结婚的。

程天平 姑娘，你要是跟我儿子结婚，你要什么有什么，咱们家虽然是农村人，但是如今改革开放了，咱们家也算有几个钱了。我们家什么东西都可以送，彩电、冰箱、家具，保证买最好的，等你们结婚的时候，我们全家人开车给你们送过去！

程大妈 姑娘，肚子饿了吧？

马　丽 不饿，大妈。

程大妈 到点了，大家该吃饭了吧？

程天平 好，吃年饭！

程　意 吃年饭，不能忘记了放鞭炮！

程　飞 对对对，好好放几挂大炮，庆祝嫂子进咱家门儿！

程天平 那我们全家人就出去先到院子里放鞭炮，回头再吃饭！

众人同声：走！过年喽，放炮喽！喜到、福到，灶王爷到喽！

［大家欢欢喜喜出去放鞭炮，庆祝新年。舞台后面鞭炮齐鸣。落幕，换景。］

第十三场

马家客厅。马家人也在忙着晚上吃年饭，马家老主人马福贵坐在沙发上看报纸。马伦端菜从厨房出来摆到饭桌上。

马　伦 爸爸，我姐她怎么还不回来呀？

马福贵 我不知道。

马　伦 爸爸，我姐她到哪儿去了？

马福贵 我也不知道，她没有对我说。

马　伦 大过年的，我姐这么晚了也不回来吃年饭。

马福贵 等一会儿吧。

［这时马玲和她的母亲端着菜盘从厨房出来了，她们将菜盘摆上了餐桌。］

马　玲 好了，爸爸，我的菜炒完了，什么时间吃年饭呢？

马福贵 过年嘛，要等阿丽回来一起吃。

马　伦 爸爸，我还有事儿呢，咱们先吃吧？

马福贵 瞎说，大过年的，哪有全家人分开吃年饭的？

马　伦 大姐还不回来，急死我了。

马　玲　过年吃饭有什么急的？

马　伦　朋友们约我出去玩呢。二姐，大姐跑到哪儿去了？我看见她大早上走之前跟你交头接耳的。

马福贵　阿玲，这么说，你知道阿丽到哪儿去啦？

马　玲　是的，爸爸，我知道。

马福贵　她去哪儿啦？

马　玲　她跟我说，她跟着程心到他父母家去过年去了。

马福贵　什么？她跟着程心到他父母家去过年啦？

马　玲　是的，爸爸。

马福贵　她说晚上回来了吗？

马　玲　她说晚上一定赶回来吃饭。

马　母　阿丽真是太不听大人的话啦。

马　玲　爸爸，妈妈，以后咱们家里人就不要干涉我姐的婚姻大事了，随她去吧。

马　伦　哎呀，实在太可惜了，我姐一块金镶玉，掉进大粪池里啦。

马　玲　阿伦，大过年的，你说什么话？

马　伦　我说的就是老百姓的大实话。

马福贵　这就是过去老人说的，儿大不由爹，女大不由娘啦。

马　母　阿丽个人的婚事，看来我们是管不了啦。

马　玲　妈妈，我姐她愿意嫁给谁就嫁给谁吧。婚姻本来就是她个人的自由。

马福贵　你少废话。婚姻问题是她一辈子的大事儿，也是我们马家的大事儿！

[马玲吓得不敢吱声了，这时马丽开门回来了。]

马　丽　爸爸，妈妈，你们等急了吧？

马福贵　阿丽，你跑到哪儿去啦？

马　丽　爸爸，我回来得还不算晚吧？进来呀。

马福贵　后面还有谁？

马　丽　还有我的客人。

[程心双手拎着一堆东西从外面进来了。]

程　心　伯父好，伯母好，大家过年好！

马　丽　爸爸，妈妈，这些东西是程心的父母送给我们家的过年礼物；有烟、有酒，还有桔子、苹果、香菇、木耳等土特产……

马福贵　我们家过年不缺这些东西，市场上都有卖的。

马　丽　程心，把东西放下来吧。

程　心　东西放在哪儿呀？

马　丽　放在地下吧。

马福贵　阿丽，你看现在几点钟了？

马　丽　6点半，时间还不算晚吧？

马福贵　还不算晚？全家人都在等你回来吃年饭。

马　丽　爸爸、妈妈，对不起。这是程心过年给你们买的礼物。

［马丽从大包里拿出送给父母和家人的礼物，一一送给全家人，可是马家老主人好像不给面子，都不出手接东西。］

程　心　伯父，伯母，我也不知道给你们买的礼物对不对，你们是否喜欢？

［马丽把送给父母的礼物放到木椅子上，放到父亲身边。随后又从包里拿东西。］

马　丽　阿玲、阿伦，这是程心过年送给你们的礼物。

程　心　新年快乐！我也不知道送你们的礼物你们喜不喜欢？

［可是马伦也不给大姐面子，也不给客人面子，既不接东西，也不说话。只有马玲接了东西，也没有说话。马丽不高兴了。］

马　丽　你们怎么啦？大过年的，莫名其妙吧？

马福贵　人回来了，吃饭吧。

［马福贵从沙发椅上起身，坐到了餐桌前的椅子上。马丽心里有点火了。］

马　丽　爸爸，妈妈，你们太过分啦，他是我的客人！

［程心看出马家人过年并不欢迎他这位客人，只好告退了。］

程　心　马丽，我走了。

马　丽　你不要走。爸爸，妈妈，我要明白，大过年的，你们为什么不欢迎我的客人？阿玲、阿伦，你们为什么也不欢迎我的客人？

程　心　马丽，不说了，我回去了。

马　丽　不，你不要走，我出去请你吃年饭！

程　心　不用不用，我骑车一个小时就跑回家啦。

［程心出门走了。马丽气哭了。］

马　丽　爸爸，妈妈，你们对我的客人太过分啦！

马福贵　你不要废话了，过来吃饭吧。

马　丽　我不吃了，你们吃吧！

［马丽转身要出门。］

马福贵　阿丽，你要到哪儿去呀？

马　丽　我要陪我的客人，找地方过年、吃饭！

马福贵　阿丽，你回来！大过年的，哪有女儿不在家里过年的？

马　丽　爸爸，妈妈，你们对我的客人实在太没有礼貌了，我知道你们瞧不起农村人，反对我和程心的婚姻，可是今天我把话跟你们挑明了，我就是要嫁给他，我就是要跟他结婚！

马福贵　什么？你真要嫁给他？你要跟他结婚？

马　丽　是的，爸爸，我已经属于他的人了，谁也改变不了我的决心！

马　母　阿丽，你到底哪一根神经出了问题？你为什么一定要嫁给他呀？

马　丽　因为我喜欢他！

马福贵　阿丽，你要决意嫁给他，你以后就不要回家了。

马　丽　不回家就不回家！

马福贵　我们也不认你这样不听话的女儿啦。

马　丽　你们要不认我这个女儿就算了！

马　母　阿丽，你为什么如此不听爸爸妈妈的话呢？

马　丽　妈妈，我已经是成年人了，结婚、嫁人是我一辈子的大事儿，你们不理解我，我也不会听你们的。你们可以不要我，可以不叫我回家。但是我的婚姻是自由的！我一生的大事儿，我就是要自己做主！

马　伦　姐，你真是一朵鲜花插在牛粪上了，你为什么一定要嫁给他呢？

马　丽　你闭嘴！我相信他是我一生可以托付的人！

马　伦　姐，你这不是犯傻吗？

马　丽　我不跟你们说了。我出去跟他过年去啦！

马　玲　姐，你可要想好了，嫁给一个农村家庭的人，将来可能要穷一辈子的。

马　丽　穷一辈子我认命了！

［马丽倔强地出门走了。马福贵气得拍桌子。］

马福贵　你回来！这个傻孩子真是气死我啦！

［马家人气得也没有人想吃年饭，都在沙发椅上坐下来想心事。大过年的，因为马丽的婚事，闹得全家人心情不舒畅。大幕落下来。］

第十四场

马丽和程心的结婚新房，也是他们漂亮的新家。程心抱着身穿结婚礼服的新娘子马丽上，一边兴奋地叫喊，一边走进了结婚的新家。可是他们的新家空空的，好像什么东西也没有。客厅光是木地板。

程　心　娶媳妇喽，结婚啦，娶媳妇喽，结婚啦！

马　丽　亲爱的，你疯啦？不要把我摔到啦！

程　心　不会的，亲爱的，哎呀我的妈呀！

［程心抱不动新娘子了，两个人就摔倒在客厅中央的地板上了。］

马　丽　坏蛋，你把我摔了吧？

程　心　哎呀亲爱的，我太兴奋啦，我太激动啦！马丽，你终于成为我媳妇啦！

马　丽　笨蛋，你把我的屁股摔疼啦，哎哟……

程　心　真的吗？媳妇，我帮你揉一揉屁股。

马　丽　去，这还不到入洞房的时间呢。

程　心　亲爱的，我太兴奋啦，我太激动啦，你终于成为我的媳妇啦！

马　丽　你真是个笨蛋，连新媳妇都抱不动，你还有什么用啊？

程　心　亲爱的，为了结婚娶媳妇，我实在是太累了。这一个多月，我是又收拾房子，又买东西，实在太辛苦了。对不起，媳妇，把你摔疼了吧？

马　丽　你真是没有用，我才九十多斤，你也抱不动。

程　心　谁说的？我把你抱到卧室床上去吧？

马　丽　不要，我就坐在客厅的地板上，看着我们幸福的新家。

程　心　你看我把家收拾得漂亮不漂亮？

马　丽　漂亮。

程　心　美不美？

马　丽　美，你真能干，我的老公。

程　心　我们的新家好吧？

马　丽　家好，我不好？

程　心　你更好，没有你，也就没有我们幸福的家！

马　丽　说对了，亲爱的，我是你的妻子了，你会疼爱我一辈子吗？

程　心　当然，我会的，下辈子我还给你当老公，你还给我当妻子，我还给你当丈夫，你还给我当太太。我愿意世世代代当你的老公，当你的丈夫，你愿意世世代代当我的妻子吗？

马　丽　好吧，亲爱的，我也愿意世世代代当你的老婆，当你的妻子。

程　心　马丽，你说我们家什么最美？

马　丽　不知道。

程　心　你呀……

[程心抱着马丽与之接吻。这时外面有人敲门了。]

马　丽　啊，有人来庆祝我们的婚礼了，快去开门吧。

程　心　是，媳妇。

[程心起身跑去开门。马丽也从地板上站起来，整理结婚礼服。来庆贺马丽和程心结婚的嘉宾张校长和刘老师还有曹老师等人，手持礼品走进来。]

刘老师　恭喜恭喜，恭喜新娘子结婚、恭喜新郎官喜结良缘！

曹老师　祝贺祝贺，祝贺程心老师和马丽老师永结爱心！

张校长　我说什么呢？我不知该说什么了。这是我的礼物，祝你们白头到老，早得贵子吧！

［张校长送给新人的结婚礼物是一对红玫瑰大花瓶。］

程　心　谢谢，谢谢！

马　丽　谢谢老校长！

刘老师　程老师，马丽老师，这是我的意思。

［刘老师送给马丽和程心的结婚礼物是一对双喜红暖瓶。］

程　心　谢谢，谢谢！

马　丽　谢谢刘老师！

曹老师　这是我的礼物。

［曹老师送给马丽和程心的结婚礼物是一套红双喜床上用品。］

程　心　谢谢，谢谢！

马　丽　谢谢曹老师！

刘老师　我们参观参观新郎官和新娘子的新房子。

曹老师　这新房粉刷得不错，挺漂亮的！

张校长　程心老师，马丽老师，你们真是赶上好时候了，结婚就有两室一厅的新房住。

程　心　老校长，这应该谢谢您，我们青年教师还是托了学校的福。

张校长　这说明你们的运气好，结婚就有新房住。我结婚的时候，我和老婆连自己的房子也没有，我们还是住在父母家里的。

马　丽　老校长，时代不一样了嘛，你们结婚是20世纪80年代，我和程心结婚是20世纪90年代，社会进步了，向前发展了。改革开放使我们国家的人生活富裕起来了。我和程心又正好赶上了学校给我们青年教师盖房子，幸福美好的生活都叫我们年轻人赶上啦！

张校长　是呀，是呀，你们赶上好时候了。婚礼的事情都安排好了吗？

程　心　婚礼的事情我都安排好了，中午12点钟开始。

张校长 你们的婚礼在哪儿举行啊？在家里？

程　心 不是的，老校长，我们的婚礼是在学校的大食堂餐厅里举行。

张校长 在学校的食堂餐厅里举行婚礼？这是谁想出来的主意？

马　丽 这是程心想出来的。

刘老师 程老师，你可是精打细算太会省钱了。

程　心 这不是省钱，我们两个人的嘉宾主要是学校的老师，我们又住着学校的房子，这不是为了大家方便吗？

曹老师 这样安排好，在学校的餐厅里举行婚礼，又省钱，又方便大家，又经济实惠，参加婚礼的人又多，学生们都会去凑热闹的。

程　心 我们的婚礼正是根据我和马丽两个班的学生们的倡议才这样安排的。有些学生非要参加我们的婚礼，吃我们的喜糖，喝我们的喜酒。

张校长 这样的婚礼倒是别出心裁，很有意思。

刘老师 程心老师，马丽老师，我有一事不明白呀。

程　心 刘老师，你有什么事不明白？

马　丽 请讲。

刘老师 我看了半天，你们的新房粉刷得挺漂亮，可是什么家具也没有，什么家用电器也没有，这是怎么回事呀？

马　丽 我和程心本来是想买家具、买彩电的，可是程心的父母不让我们花钱买。

程　心 我的父母、我的弟弟、妹妹，还有我们家的亲朋好友，等一会儿开汽车过来，他们会把东西送过来的。

曹老师 开车送过来？程老师，你的父母过去是农民，现在是老板了吧？

程　心 不是什么老板，还是农民。

曹老师 谦虚了吧？不是老板还是农民，家里怎么可能有汽车呢？我们在座的各位可是家庭没有一个有汽车的。张校长家也没有车吧？

张校长　我家里也没有车，我还买不起。

［这时外面拥进来一群人，都是程家的亲朋好友，还有老乡等。程心的父亲程天平进来就叫起来。］

程天平　儿子，我们家里的人都来了，还有亲朋好友也全来啦，来得不晚吧？

程　心　爸爸，来得不晚，大家请进来吧！

程天平　大家快一点儿，快把东西搬进来，轻一点儿，不要碰坏了，大家小心一点儿啊！

［程家的亲人和亲朋好友都来了，后面还跟着抬电冰箱、抬大彩电、抬洗衣机，搬家具的人都进来了。房子就显得拥挤了。］

程大妈　小心，东西放在哪儿呀？你快当指挥官吧。

程　心　马丽，东西放在哪儿呀？你来安排吧。

马　丽　我也不会安排，你就叫大家看着摆吧。

［刘老师、曹老师、张校长，看到程家人抬进来的东西感到惊讶了。］

刘老师　哇，大彩电！

曹老师　还是最新产品，东方红的！

刘老师　这要一万多块吧？

曹老师　还有大冰箱！

刘老师　青岛利波海尔的！

曹老师　这也要一万多块钱吧？

张校长　还有洗衣机，水仙全自动的！

刘老师　这是最新产品，至少三千块钱！

程天平　还有家具快抬进来，慢一点啊，大家不要把东西碰坏了。儿子，小丽，这可是全实木的家具，这是家具商场最好的，你们满意吧？

程　心　满意。

马　丽　谢谢爸爸。

［农民们抬着东西进进出出，有的东西抬进了卧室，有的东西就摆在了客厅。］

程　心　马丽，电视机放在哪儿呀？

马　丽　电视机当然是放客厅了。

刘老师　哟，好漂亮的东西呀！

曹老师　马丽，你真是找了一个好婆家，你算是嫁对人啦。这比我结婚的时候气派多啦！

张校长　我结婚的时候可是什么家用电器也没有。现在看来改革开放的社会，有些农民还是真正富裕起来了，比我们城里人有钱啦。

［由于程家来的人多，他们抬进来的东西很快就摆放好了，新娘子和新郎官的家马上就显得漂亮起来了。］

程天平　小丽，你和我儿子结婚的东西，我们买的全是市场上最好的东西！

马　丽　谢谢爸爸。

程大妈　孩子，你还想要什么东西？你说话。

马　丽　不要了，妈妈，不需要了，这已经足够了。

程　意　嫂子，恭喜。您还需要我们做什么就说话。

马　丽　不需要了，不需要了。

程　飞　嫂子，您还有什么要求尽管说，我们家保证满足您的要求。

马　丽　不需要了，我没有什么要求了。大家快休息休息吧，一路辛苦啦。

程天平　孩子，我们都是开车来的，不辛苦。

程大妈　孩子，我们辛苦也高兴啊！

马　丽　爸爸、妈妈，叫大家坐一会儿吧。

程大妈　孩子，我们程家来的人多，就不坐了，都是一家人，就不用客气了。

程天平　儿子，东西都搬上来了，我们就走了。

马　丽　爸爸，你们还要参加我们的婚礼，还有喝我们的喜酒的。

程天平　喜酒肯定是要喝的，这忘不了。我忘记了一件大事儿！

马　丽　爸爸，您忘记了什么大事儿？

程天平　从家里来的时候，我忘记把送你们的结婚戒指带来了。

马　丽　爸爸，戒指忘了就算了吧，以后再说吧。

程天平　那不成，结婚哪能没有结婚的戒指戴呢？

程　心　爸爸，您跑回家拿戒指时间来不及了，我们的婚礼还有半个小时就要举行了，事后再说吧。

程天平　事后不行，结婚哪有马后炮的？还有半个小时？跑回家是来不及了。儿子，走，老爸再到商场给你们买两个戒指回来，时间还来得及。

程　心　爸爸，不需要了吧？

程大叔　瞎说，我儿子结婚，哪能不给儿媳妇戒指戴呢？程意，走，开车去商场。

程　意　好，爸爸，遵命。

［程天平和儿子程意他们先走了。］

马　丽　程心，你先把家里来的亲朋好友带到学校大食堂餐厅婚礼现场去吧？

程　心　好，我带他们去。你还在家里干什么？

马　丽　我还要等着学校的人……还要等我家里人……

程　心　好吧。家里的地方还是太小了。妈妈，小飞，还有各位父老乡亲们，大家请跟我走吧！

［程心带着从农村来的程家人都走了。屋里还剩下了张校长、刘老师和曹老师。］

刘老师　马丽，程心的父母太有钱了？他们是农民企业家吧？

马　丽　不是的，他们还是农民，不过我公公婆婆办了一个养猪场，开了一个粮食加工厂，一年能挣几个钱吧。

曹老师　挣几个钱？你说得太少了吧。

马　丽　我不知道，我就是听程心说过，他家不穷了。

刘老师　什么叫不穷啦？这就是改革开放的社会，农村出现的有钱人。

曹老师　张校长，现在农民一年挣的钱，可比我们城市中学教师挣得多了，我们的工资可是有一点儿低了，我们辛辛苦苦一年也挣不了两万块钱。

张校长　慢慢来，别着急嘛。你们现在所挣的钱，比一般企业的普通工人还是多吧？我们现在中学教师所挣的钱，比上不足，比下有余吧？不要急，以后我们中国人慢慢都会富裕起来的。现在农民富裕起来的还是少数。马丽老师是命好，找了一个比较有钱的农民家庭，但是大多数农民的家庭，还是不如我们城市中学教师收入多的，对不对？所以知足者常乐吧。

曹老师 校长说的对，校长说话就是有水平。

张校长 不要拍马屁。

刘老师 校长，您是人还是马呀？

张校长 也是的，我怎么骂自己呀？

［大家开心地笑了。］

曹老师 马丽，我们也走了。

马　丽 你们坐一会儿吧？沙发也有了，电视也有了，家里也有地方坐了。你们要到哪儿去呀？你们要喝喜酒的。

刘老师 我们当然是要喝喜酒的。我们到大食堂餐厅结婚现场去，等着喝喜酒。

马　丽 结婚现场人太多了，乱哄哄的，你们还是在我家坐一会儿吧？

张校长 不坐了，马丽老师，结婚就是需要人多，热闹，我们也到结婚现场去凑热闹。

马　丽 那好吧。感谢你们啦，老校长、刘老师、曹老师，请慢走。

刘老师 再见，新娘子。

曹老师 婚礼现场见，马丽。

张校长 马丽老师，我们在大食堂餐厅里等着参加你幸福的婚礼啦！

马　丽 谢谢，谢谢各位师长，谢谢各位师姐啦！

［张校长和刘老师、曹老师出门走了，马丽把他们送出门之后，又返回了自己的家。她看着自己漂亮的家庭客厅，看着程家人送来的东西，看着摆在客厅电视柜上面的大彩色电视机，非常高兴。她把张校长、刘老师、曹老师等同事好友送来的花瓶、礼物，找地方摆好。这时马玲和马伦从外面走进来了。］

马　玲 大姐，我们来了。

马　丽 阿玲、阿伦，就你们两人来啦？

马　伦　是的。大姐，你的婚礼都安排好了吧？

马　丽　一切安排好了。爸爸、妈妈怎么没有来呢？

马　玲　大姐，你的家太漂亮啦，好像突然之间变成神话世界了！

马　伦　大姐，你家里的东西都是从哪儿来的？好像突然之间变得富丽堂皇了，太神奇啦！

马　丽　这是程心的父母给我们送来的。

马　玲　大姐，你的家太漂亮啦！

马　丽　我问你们，爸爸妈妈怎么不来呢？

马　玲　爸爸、妈妈说，他们不来参加你们的婚礼了。

马　丽　为什么？

马　伦　爸爸妈妈叫我们来参加婚礼，代表父母送你出嫁。

马　丽　我想知道他们为什么不来？

马　玲　爸爸妈妈还是心里有气儿，不满意你和程心之间的婚姻。

马　丽　你们回去叫爸爸妈妈来看一看，不要戴着老花镜看人，不要小看了当今社会的农民。如果他们不来参加我的婚礼，我会记一辈子的！

马　玲　好的。姐，我们马上回去把爸爸妈妈拽过来！

马　伦　姐，你放心，我们回去就是拉也要把他们拉过来！

马　丽　你们去吧，我在婚礼现场等你们。

马玲、马伦同声：好的，姐，婚礼上见。

［马玲和马伦又转身走了，走出了姐姐的家门。马丽独自流下了伤心的眼泪。］

马丽自言自语：人的世俗观念怎么这样难以改变呢？

［大幕徐徐落下来。上部戏结束。中场休息。］

下　部

第一场

过了几年的幸福生活，程心和马丽的家还是那么漂亮，还是那么干净。这与家庭的主人经常打扫卫生、收拾房间是分不开的。马丽在家就闲不住，手拿抹布到处擦灰。程心下班回家，进门看见爱妻心情就十分高兴。他上前从背后把马丽的后腰抱住，亲热地抱在怀里。

马　丽　我说老公，你干什么呀？我还干活呢。

程　心　你在干什么，我亲爱的丽丽？

马　丽　我在收拾家，打扫卫生，累死我了。

程　心　亲爱的，饭做好了？

马　丽　没做，我要累死了，你还指望我给你做饭呢？

程　心　不会吧？亲爱的，你为什么不做饭呢？

马　丽　因为我不想给你做饭吃。

程　心　为什么？亲爱的，我哪儿得罪你啦？

马　丽　你没有得罪我，我就是不想给你做。

程　心　我亲爱的丽丽，你这就不对了，你这不是欺负人吗？

马　丽　我欺负你怎么啦？你想吃饭啦？

程　心　是的，丽丽同志，我肚子饿了。

马　丽　那就老实一点儿，我去给你端饭来。

程　心　谢谢，我就知道下班回家不会饿肚子的。

［程心把马丽放开，马丽就到厨房去端饭菜。程心到卫生间去洗手，然后回到客厅沙发上坐下来。马丽把饭菜从厨房端出来，放到茶几上，放到了老公面前。］

马　丽　吃吧。

程　心　亲爱的，你不吃呀？

马　丽　我等一会儿吃。

程　心　亲爱的，你这做的是什么菜呀，怎么没有好吃的？

马　丽　你要吃什么好吃的？

程　心　比如说红烧鱼啦，红烧肉啦，红烧排骨啦……

马　丽　我看你像红烧鱼、红烧肉、红烧排骨。我在家忙活了一天，根本就没有闲着，就忙活收拾家啦。

程　心　谢谢媳妇，媳妇辛苦了，快坐下来吃饭吧。

马　丽　我要休息一下，有一点累了。

程　心　亲爱的丽丽同志，以后收拾家的事儿，你就不要干了，等我来。

马　丽　程心同志，你就是瘊鱼镶金边长了一张好嘴儿，这个家脏得我实在是看不下去了。

程　心　亲爱的丽丽同志，干家务活还是你比我厉害，一天的时间，就把家收拾得干干净净、漂漂亮亮啦。

马　丽　你承认我比你能干啦？

程　心　当然啦，你要不是漂亮能干的媳妇，我能要你吗？

马　丽　你说什么，坏蛋，你再说一遍？说胖你还喘上啦？

［马丽气得用手拧他的耳朵。］

程　心　哎哟哟，媳妇，我是说着玩的，我是说着玩的呀！

马　丽　说着玩的，你想不想吃饭啦？

程　心　媳妇，对不起，我是胡说八道的，你快不要生气了，吃饭的时候生气消化不好。

马　丽　那怎么办呢？

程　心　我向你赔礼道歉，马上给你做鱼汤喝。

马　丽　鱼汤已经做好了，在厨房放着呢，你去端来喝吧。

程　心　是，太太，有鱼汤喝呀？媳妇，你在家太好啦。

［马丽松开了程心的耳朵。程心马上起身到厨房去端鱼汤。马丽用双手相互搓着摩擦手指头。程心端着一碗鱼汤从厨房出来了。］

马　丽　怎么样，亲爱的，鱼汤做得味道不错吧？

程　心　味道美极啦，赶上一级厨师的水平啦！

马　丽　多谢表扬。

［程心在沙发上坐下来，把鱼汤盆放在茶几上，慢慢喝鱼汤。马丽还是双手相互摩擦手指头，促其发热，促进血液流通。］

程　心　丽丽同志，我们结婚四年了，是不是该要孩子啦？

马　丽　我们俩年龄是不小了，是该要一个孩子了。

程　心　对啦，亲爱的，这应该是我们家庭未来的头等大事吧？

马　丽　程心同志，你是喜欢要男孩还是喜欢要女孩？

程　心　你呢，你喜欢要男孩还是喜欢要女孩？

马　丽　我喜欢要女孩。

程　心　那我也喜欢要女孩。

马　丽　老公，你怎么墙头草，随风倒，没有自己的主见呢？

程　心　我随你，这不就是妇唱夫随吗？

马　丽　谢谢你，老公，有时间我们争取要一个孩子吧。

［马丽双手还依然相互搓手，摩擦手指头。］

程　心　亲爱的丽丽同志，你的手指头怎么啦？搓来搓去的？

马　丽　老公，我的手指骨节有点疼。

程　心　怎么搞的？是碰着啦，还是伤着啦？

马　丽　不是的，我既没有伤着也没有碰着，就是手指的骨节有一点酸疼。

程　心　是什么原因造成的？

马　丽　不知道。大概是冬天的水凉，今天收拾家，凉水沾多了吧。

程　心　亲爱的，我告诉过你，冬天女人不要沾凉水，你就是不听我的。我看看是怎么啦？

［程心马上抓起妻子的双手用眼睛观察。］

马　丽　没有什么大事儿，可能过两天就好了。

程　心　不对，媳妇，你的手指骨节都是红的，你不要过两天了，明天我就陪你到医院去检查，看是怎么回事儿。

马　丽　不用，老公，明天有时间我自己到医院去看一看吧。

程　心　那快吃饭，吃了饭，我给你用热水袋暖一暖。

马　丽　不用，还是我自己去烧开水。

程　心　亲爱的，你不要动了，还是我去烧水吧。你累了，快吃饭，先用热汤碗暖一暖手。

马　丽　谢谢你，老公，我听你的。

［程心马上起身到厨房去为媳妇烧开水。马丽在沙发上坐下来，用双手捧着茶几上的热汤碗暖手。］

第二场

程心在厨房灌好了一个热水袋出来，到客厅，马上就交给了妻子马丽。

程　心　丽丽，你怎么啦，身子抖什么呀？

马　丽　不知道。我的妈呀，咱们家的冬天是越来越冷啦。

［程心听到妻子叫冷，马上到卧室里拿出来一件军大衣，披到了妻子的身上。］

程　心　丽丽，你是不是感冒啦？我觉得还可以呀，咱们家里的暖气还挺热的，我穿着毛衣也不觉得冷啊。

马　丽　可我感觉我们家实在太冷了，我全身的骨节好像都是酸疼的。

程　心　不会吧，你什么地方感觉酸疼啊？

马　丽　好像全身的骨节都有一点酸疼。

程　心　亲爱的，你不要吓唬我呀。

马　丽　我真的不是吓唬你的。

程　心　你说重点，重点是什么部位？

马　丽　重点是两条腿的膝盖骨节，走路开始疼了。

程　心　你今天到医院去看病，医生怎么说的？

马　丽　医生说我得的是风湿骨病，全身性关节炎。

程　心　什么？风骨病，全身性关节炎？

马　丽　是的，医生是这么说的。以后的冬天，我就没有好日子过了。

程　心　你得了风骨病？全身性关节炎？这怎么可能啊？医生是瞎说的。

马　丽　医生是不会瞎说的，我得的就是这样的病。

程　心　你怎么会得上这样的病呢？

马　丽　不知道，我说不清，医生也说不清。

程　心　丽丽，你不要悲观，这不算什么大病。现在的医学如此发达，风骨病肯定不算什么大病，我们找好医院，找好医生，治病就是了。

马　丽　对不起，程心，我们结婚就该要孩子的。

程　心　现在要孩子也不晚呢，前几年我们的工作实在太忙啦。

马　丽　可是医生说，我以后要治病，要吃药，就要影响生孩子的。

程　心　有如此严重吗？

马　丽　医生是这么说的。

程　心　那就先看病吧，治病的事儿要紧，先不要孩子了，等治好了病，咱们再要孩子。

马　丽　程心，问题并不这样简单呢。

程　心　那还有多复杂呀？

马　丽　我怕我的病治不好，活到老也治不好了。

程　心　瞎说。亲爱的，你不要想太多了，你要相信现在的医学水平跟过去不一样了。等我们学校放了假，我就带你到北京、上海等地，找全国一流的大医院，请全国一流的专家为你治病，我相信你的病会治好的。

马　丽　我的病要是治不好怎么办呢？

程　心　风骨病怎么可能治不好呢？我相信，北京、上海等地的大医院，会有全国一流的专家、教授为你治病，我相信你的病会治好的。

马　丽　医生说，我的病以后会越来越麻烦的，冬天不能沾凉水，什么活儿也做不成了。

程　心　那你就听医生的，以后冬天就不要沾凉水了，家里的一切事情由我来做。

马　丽　程心，从此以后，我们家里的一切事情就要辛苦你了。

程　心　辛苦一点算什么？我是男人，我是大丈夫。

马　丽　谢谢你，老公。

程　心　说什么谢呀，亲爱的？夫妻之间不就是相互照顾吗？

马　丽　程心，看来我一辈子要拖累你啦。

程　心　亲爱的，你不要说得如此悲观，咱们有病治病。我先出去给你买一辆轮椅车，以后你要走路不方便了，我就用轮椅车推着你。

马　丽　我要坐上轮椅车，一辈子就离不开人了。

程　心　丽丽，你不要说得如此悲惨。我去给你买一辆轮椅车来，人家坐轿车，你坐轮椅车，我推着你更好玩，更迷人眼球。

马　丽　程心，你也不发愁？你还有心思说笑？

程　心　亲爱的，生活就是有苦有甜，乐在其中，面对一切生活的磨难。我去买轮椅车来。

[程心吻了吻妻子的额头，走出家门，为妻子买轮椅车去了。马丽坐在沙发上，捧着丈夫为她装的热水袋哭了。]

第三场

马丽手捧热水袋走到窗前，她走路明显不像原来那么利索了。程心从外面回来，买了一辆轮椅车推进来，推到了妻子的身边。

程　心　亲爱的，你看我为你买的轮椅车好不好？

马　丽　你真的为我买轮椅车回来啦？

程　心　是呀，亲爱的，你走路不方便，我带你到北京、上海去看病，不正好用得着吗？

马　丽　程心，我不想到北京、上海去看病。

程　心　为什么不去呢？一定要去！到北京、上海的大医院，请专家教授看病，一定比我们山沟里的医生水平高。

马　丽　程心，到北京、上海去看病，就算能找到好医院，能找到好医生，看病花钱是要自费的，报不了销的。

程　心　报不了销就算了，咱们自己掏腰包。你的病是一定要治的，趁现在还年轻，抓紧时间治疗，一定能治得好。你听老公的错不了。

马　丽　程心，我真是不想到外面去治病，我怕出去白烧钱。治不好病，人财两空。

程　心　亲爱的，到外面去看病怎么是白烧钱呢？丽丽，你的观念太糊涂了。来，坐到轮椅车上来，看我为你买的轮椅车坐上舒服不舒服？

马　丽　坐轮椅车，人还有舒服的？

程　心　你先不要下结论，你坐上来试一试，感受如何？

［程心把马丽扶上轮椅车坐下来，推着她在客厅里移动。］

马　丽　程心，我坐在轮椅车上，你推着我累不累呀？

程　心　不累，我感觉挺轻松的。我推着你，到北京、上海等地去看病，正好一路观光，一路看风景，多浪漫呀。

马　丽　你带着我出去看病还浪漫呀？

程　心　不浪漫吗？亲爱的，你想象一下，我们俩人，到北京、上海的大都市，走在马路上，就是一道独特的风景。

马　丽　行啦，老公，你就不要拿我开心逗乐了。

程　心　我不是开心逗乐，亲爱的，等学校放寒假了，我就带着你到全国各地找最好的医院，请最好的医生为你看病，同时也算外出旅游了。

［程心为了叫妻子心情开朗，推着轮椅车，推着马丽走出了家门。］

第四场

北京一家风湿病医院的病房内。夜深人静，马丽躺在病床上睡觉，程心就坐在轮椅车上闭着眼睛休息，守护在她的病床旁。天大亮了，外面的阳光照进了病房，睡在病床上的马丽醒了。她看见丈夫程心还坐在轮椅车上睡觉，她就慢慢自己坐起来。看到程心疲劳的样子，她不忍心叫醒他，就自己慢慢下床。她虽然动作很轻，不过还是惊醒了丈夫。

程　心　丽丽，你要干什么？

马　丽　我想倒水，刷牙、洗脸。

程　心　你在床上不要动，我来。

马　丽　你睡好了吗？

程　心　睡好了，头脑清醒了。

马　丽　程心，我坐到轮椅车上，你到病床上来睡一会儿吧。

程　心　不用，我坐在轮椅车上睡觉已经习惯了，感觉挺好的。

马　丽　你坐在轮椅车上睡觉能舒服吗？

程　心　舒服，感觉好极了。

马　丽　你还是到床上来睡一会儿吧，医生查房时间还早着呢，你可以睡一会儿的。

程　心　不用，我已经休息好了。

［程心从轮椅车上站起来，用手搓了搓脸，然后又踢踢腿，弯弯腰，活动活动全身的筋骨。等神志清醒了，他就从病床下面拿出了洗脸盆，放到病床旁边的椅子上，又从病床下面拿出暖水瓶，往洗脸盆里倒水，把马丽的洗脸毛巾扔进水盆里，下手从水盆里拧起了湿毛巾，为妻子洗脸、擦手，进行早晨的洗漱工作。］

马　丽　程心，假期要结束了，春节也过了，你要回去上班工作了，我们该回家了吧？

程　心　是呀，是该回家了。一个月的假期，一晃就到了。

马　丽　回家的火车票买好了吗？

程　心　买好了，这些小事儿不要你操心了。

马　丽　程心，我们带的钱也花得差不多了吧？

程　心　我身上还有钱，回家足够的。

马　丽　程心，这次你带我到外面来看病，花了多少钱？

程　心　花得不多，就花了两万多块钱。

马　丽　一个月的时间，花了两万多块钱还不多呀？

程　心　我们跑了多少地方呢？北京、上海……

马　丽　我们两个人一个月的工资加起来还不到一千块钱，我们在外面一个月就把两年的钱花完了，到外面来看病太花钱了。

程　心　亲爱的，我们还在外面过春节了呢，所以花了两万多块钱也不算多。钱的事你就不要操心了。来，我来给你梳头。

［程心为马丽洗过了脸，擦过了手，又放下毛巾，拿起木梳为妻子梳头。］

马　丽　程心，我们到外面来看病，实在太花钱了，我一辈子也不想出来看病了。

程　心　丽丽，你不能这样想，我们到北京的大医院来看病，请专家、教授治病，还是有效果的。

马　丽　有什么效果呀？有一点效果有什么用？只是症状减轻了一点儿，花大钱也治不好我的病，不如在家吃中药了。

程　心　丽丽，我们到外面来看病，钱也不白花，我们还在北京过了年，还在北京玩了呢。

马　丽　可是家里的钱叫我看病花光了，回家过日子就成问题了。

程　心　钱花光了回家再挣吧，这算什么呀？你的脑子不要总是想着钱的问题。

马　丽　我不想看病花钱的问题，我的脑子还能想什么？我的人已经残废了，想别的问题也没有用了，只能想家庭的实际问题了。

程　心　丽丽，我们回家，从医院是拿中药回家还是拿西药回家呢？

马　丽　拿中药回家，吃中药还是便宜。

程　心　吃中药便宜，可是效果不佳呀，没有西药的效果好。

马　丽　效果不佳我也要吃中药，我的病已经治不好了，何必要花大钱呢？以后你为家庭承担的压力越来越大了，我不想继续花钱治我这要死不活的病了。

程　心　丽丽，你可不能这样想问题，我对你说过，你不要想钱的问题，我回家还是可以挣到钱的。

马　丽　以后的家庭就指望你一个人挣钱了，我是挣不到什么钱了，所以我们的家庭以后还是要从长计议。我以后也不出来治病了。家里的钱，以后还是要省一点花，我的身体不行了，你一定要保重身体，如果我们两个人的身体都垮了，这个家也就完了。我有病死了不要紧，你还可以活下去，如果你死了，我就没有办法活下去了。

程　心　丽丽，你说什么呢？我们年纪轻轻的，什么死呀，活的？你不要说得太悲惨了，不会的，我们两个人都会平安活到老的。

马　丽　但愿如此吧。过两天我们就出医院回家吧？

程　心　好，过两天就出医院回家。我们要出去吃早餐了，你要吃点什么？

马　丽　稀饭，咸菜。

程　心　加一个鸡蛋好不好？

马　丽　好，听你的。

程　心　听我的就对了。走，咱们出去吃早饭去。

［程心为妻子梳洗完毕，马上就用毛巾自己擦了一把脸，然后收拾东西，放到床下面，接着又把马丽抱上轮椅车，推出病房，到外面去吃早餐。］

第五场

程心抱着妻子回家，开门，走进了客厅，然后把马丽轻轻地放到了沙发上。马丽的父母随后推着轮椅车，拿着程心和马丽从北京带回来的东西跟进来了。

马　丽　爸爸，妈妈，快把东西放下吧，东西太多，提上楼来累了吧？

马福贵　不累，比起程心带你出去看病，我们轻松多了。

马　丽　爸爸，我打电话对你们说了，不叫您和妈妈到火车站去接我们，不用接，你们就是不听我的话。

马福贵　我和你妈不去火车站接你们回来，靠程心一个人累得过来吗？这又是人，又是轮椅车，又是两大包东西，还不把他累死呀？

程　心　爸爸，您言重了，人是累不死的。您二老快坐下来休息休息吧。

［马丽的父母把拿进来的东西放到沙发后面的地板上，他们也觉得累了，就到前面的沙发上坐下来。程心还不闲着，又站在沙发后面整理带回来的东西。］

马　母　阿丽，程心带着你到外面去治病，有没有效果呀，病情有好转吗？

马　丽　妈妈，我的病情不会好转了，在北京、上海的大医院，我打针吃药，住了二十多天的医院，也不见好转。

马　母　孩子，那钱不是白花啦？

马　丽　是白花了，等于扔进水里啦。我们带出去的钱也花光了。

程　心　钱花光了还会挣来的。

马　丽　问题是我的病花再多的钱，也是没有大作用的，到外面去请什么专家呀、教授啦，看病也是治标不治本，解决不了根本问题。

程　心　谁说的？我看还是有效果的。

马　丽　有什么效果呀？我以后再也不出去治病了，到外面去治病，实在不合算，人也太遭罪了。程心一天到晚二十四小时陪着我在医院里面滚，他又舍不得吃好的，又舍不得花钱住店，连睡觉的地方都没有，晚上就睡在轮椅上，人明显累瘦了。

程　心　我累瘦了吗？我没有觉得呀，我的身体好着呢。

马　丽　你就不要说宽心话了。我以后绝对不出去看病了。

程　心　丽丽，话不要这样说，有钱还是要出去治病的。

马　丽　问题是咱们家里没有钱，所有的积蓄都花光了。

程　心　花光了以后再攒钱吧。

马　丽　你说得容易，我们辛辛苦苦攒下来一点钱，都献给医院和铁路了。出去看病又治不好我的病，花钱还有什么意义呀？

马福贵　人不怕没有钱，就怕得上要命的病啊！

马　丽　是的。自从我得上了这样的病，花钱就成了无底洞。我活得苦，程心活得也很累，而且我的病还把爸爸妈妈拖累了。

马　母　阿丽，拖累爸爸妈妈不要紧，爸爸妈妈天生就是为孩子而活的。

马福贵　是的，阿丽，父母帮助你是应该的。

程　心　丽丽，你饿了吧？我给你做饭吃吧？

马　母　不要，不要，你们休息，我来做饭，你们想吃什么？

马　丽　妈妈，我也吃不下什么，我就想喝一口小米粥。

程　心　我吃什么都行。

马福贵　老太婆，我帮你一起做饭吧？

马　母　好，我们两个人做饭，叫孩子们休息吧。

［马丽的父母一起进厨房，为两个孩子做饭去了。］

程　心　丽丽，你要不要上床休息一会儿？

马　丽　不要，应该休息的是你，你太累了。

程　心　我不累，我要把拿回来的东西收拾整理一下。

马　丽　程心，你去休息一会儿吧，东西我来整理。

［程心又把北京带回来的两大提包东西，从沙发后面拎到前面的沙发上，把提包里的东西一样一样拿出来。］

程　心　不要，我不想睡觉。

马　丽　程心，这个提包里的东西不用整理，这个包里全是从北京带回来的药品。你把装衣服的提包整理一下就可以了。

程　心　我知道。我把提包里的换洗衣服都扔进洗衣机里，现在正好有时间洗掉。

马　丽　随你了。

［程心把一个提包拎进了卫生间，开洗衣机洗衣服。马丽一个人坐在沙发上，拿起了电视机的遥控器，打开了电视机，看电视。］

第六场

外面有人来敲门。马丽想从沙发上起身去开门，程心从卫生间里跑出来。

程　心　丽丽，你不用动，我来开门。

［程心打开了门，客人张校长、刘老师和曹老师，手持花卉还有水果，从外面走进来了。］

张校长　程老师，你和马丽老师回来啦？

程　心　回来了，回来了，我们也是前两天才到家的。

张校长　听说你们回来了，所以我们才跑过来看一看马丽老师。

马　丽　老校长，谢谢！刘老师、曹老师，快来坐！

程　心　老校长、刘老师、曹老师，谢谢你们关爱我家丽丽！

张校长　你说什么话呀？程心老师，马丽老师不光是你的妻子，也是我们学校的优秀老师，我能不关心吗？

刘老师　程老师，作为好姐妹，我们来看马丽是应该的。

曹老师　就是的，要不怎么会成为好朋友、好姐妹呢？

马　丽　谢谢，谢谢，大家不要站着啦，快来坐吧！

［家庭主人请客人就座，程心马上给客人泡茶、倒水。三位客人也不客气，自己就找地方在沙发上坐下来。］

曹老师　马丽，程心带着你到外面去治病，看得怎么样啊？

马　丽　不怎么样，光花钱，病也治不好，而且还越来越严重，走路不便了，坐上轮椅了。

刘老师　马丽，北京那些大医院的专家也不行吗？没有办法吗？

马　丽　看来是没有办法了。谢谢你们跑来看我。

曹老师　马丽，好姐妹不说见外的话。

张校长　马丽老师，你的病到底是什么问题呀？

马　丽　我的病就是全身性关节炎，也叫风骨病。

张校长　这样的病可麻烦了，不好治呀。

马　丽　是的，老校长，这种病是不治之症，是慢性病，不好医治。

刘老师　程心，你带着马丽都跑到什么地方去治病啦？

程　心　上海、北京有名的大医院都去过了，最后还是落脚在北京看的。

刘老师　结果就是这样？

程　心　是呀，结果不理想。

［马丽难过地哭起来了。］

马　丽　老校长，我的病就像慢性癌症，是治不好的，我十分清楚。

程　心　丽丽，不要瞎说，风骨病不是癌症。

马　丽　我得上了这样的病，就没有好日子过了，死又死不了，活又活得难受，这种病就像慢性癌症一样折磨人。我现在路也走不了啦，上下楼梯也不行了，上班也去不了啦，工作也干不成了。

张校长　唉，年纪轻轻的，你怎么会得上这样不幸的病呢？你还不到三十岁吧？

马　丽　不到，我今年只有二十八岁。

程　心　老校长，像我们家丽丽这样的情况，可以办理病退休养手续吧？

张校长 办理病退休养是可以办，问题是她办理病退休养太早了。

马　丽 老校长，我没有其他选择了，我已经成为残疾人了，不能像正常人一样走路、上班、工作了，以后也不可能上讲台为学生们讲课了，我只有办理病退休养回家养病了，以后就靠程心养着我了。

刘老师 这太悲惨了。

程　心 丽丽，不要悲观，现在医学没有治不好的病。我们可能还是没有找对医院，没有找对医生。等以后有时间，我再带你出去治病，我就不相信风骨病是治不好的病。

马　丽 程心，你就不要安慰我了，我的病医生已经说得很清楚了，是治不好的。我的病要影响以后的家庭生活，此后家里家外的重担就落在你一个人的身上了。

程　心 没关系的，丽丽，你还有我，不用担心，你丈夫是顶天立地的男子汉。

马　丽 我相信你是顶天立地的男子汉，可是我不中用了，一辈子就要拖累你啦。

［马丽越说越难过，眼泪像水一样往外流。程心马上用卫生纸给她擦眼泪。］

程　心 丽丽，你不要哭，也不要难过，你的病能治好的，一定能治好的。你还年轻，我们还有时间，我相信只要找对了医院，找对了医生，你的病一定能治好的。

刘老师 老校长，像马丽这种情况，病退回家休养能拿多少钱呢？

张校长 不知道，我也不大清楚。马丽，你的工作时间有几年呢？

马　丽 我从大学毕业到现在，工作时间应该有六年多吧。

程　心 她工作时间六年半。

张校长 工作时间六年多，病退回家也拿不了几个钱，最多也就是基本生活费。

程　心 她有基本生活费就够了。老校长，我想跟学校的领导们商量一件事情。

张校长　什么事情？你说。

程　心　老校长，我想马丽的物理课，以后就由我代劳吧？我来接替她为学生们讲物理课，可以吧？

张校长　你接替马丽老师讲物理课？

程　心　是呀，老领导，我能行，我讲得好。

张校长　可你本身有数学课，压力就够大的。

程　心　以后我想为学生们主讲数学课和物理课。

张校长　你一个人主讲两门课，你忙得过来吗？

程　心　我没有问题，老校长，主讲两门课无非也就是累一点儿嘛。

张校长　程心，你可想好了，数学课和物理课，可是两门最重要的课。

程　心　请领导放心，我知道这是两门最重要的课程，我能拿得下来！

张校长　可是，我们学校目前还没有一个老师身兼两门重要课程的，这样怕影响教学质量吧？

程　心　不会的，老校长，我保证不会影响学校的教学质量。请学校的领导能考虑一下我的请求，让我试一试吧？这样我可以为家庭多挣一点钱，以后为丽丽看病用。

张校长　程心，你的心情我是可以理解的。但是这个问题我不能自作主张，我还要跟其他领导商量一下，这不是我一个人说了算的事情。

程　心　我知道，老领导，你不能自作主张拍板决定。但是我的家庭情况比较特殊，学校的人也知道，以后我们家丽丽看病需要钱呢。

张校长　程心，说实话，你一个人为学生们主讲两门课，担子太沉太重了。

程　心　老校长，我向你保证，我原来上大学的时候，物理课是学得最好的，其次才是数学课。我想从下一学期开始，我接手马丽的课程，同时为全年级的学生们主讲数学课和物理课是没有问题的！

马　丽　不行的，程心，为全年级的学生们主讲两门重要的课程，你太累了，太辛苦了。

程　心　没有关系的，丽丽，我身体好，精力旺盛，趁年轻，多挣一点钱，你以后看病、吃药是需要钱的。

张校长　程心老师，你提出的这个请求，我现在不能答复你。不过这个问题，我一定跟学校其他的领导商量商量，定夺之后再给你答复，好吧？但是你要向我保证，教学质量绝对不能出问题。

程　心　老领导，请您相信我的能力，我有百分之百的信心讲好两门课程！

刘老师　老校长，您就让程心老师试一试吧？

曹老师　是呀，老校长，程心老师有这个能力，他也正年富力强，您可以让他试一试。

张校长　好吧，我这一票可以通过，我再跟其他校领导商议商议，争取给你这样的机会，好吧？

程　心　太好啦，谢谢老校长！丽丽以后不能工作了，我就是想多挣一点钱，以后出去为她看病。我带着她到外面去治病太花钱了，吃住都是自费的……

张校长　我知道，我能理解，你带着她到北京、上海那样的大城市大医院去看病是很花钱的。我本人同意你的请求，这没有问题。

程　心　谢谢老校长，谢谢老领导，谢谢！

张校长　程老师，你不要谢我了，以后你好好照顾马丽老师吧，我们可惜了一位优秀的物理老师呀。

马　丽　老校长，对不起，刘老师、曹老师，对不起，以后我不能跟同事们在一起工作了。

刘老师　马丽，你不要难过，以后我们会常来看你的。

曹老师　是呀，马丽，人有病就没有办法了，以后你就在家安心养病吧。

［刘老师和曹老师也同情马丽，陪她一起流眼泪。］

张校长 马丽老师，以后在家安心养病吧，我希望你能早日康复，争取重返工作岗位。

马　丽 老校长，我这一辈子看来是不可能再上讲台、继续为学生们讲课啦。

张校长 马丽老师，不要悲观失望嘛，什么事情都有可能，不是不可能。

刘老师 马丽，这是老校长和我们教研室的所有老师们的一点儿心意，这是大家送给你的两千四百块钱，还有玫瑰花和水果，请收下吧。

［刘老师和曹老师把花卉和信封装的钱袋，放到马丽的手上，放到马丽的怀抱里，同时把水果等东西放在主人家的茶几上。马丽抱着花卉，既难受又感动。］

马　丽 谢谢大家，谢谢姐妹们，谢谢同事们……

曹老师 马丽，钱虽然不多，这是大家的一份心意，希望你能多保重！

马　丽 谢谢。请你们回去代我向大家问好，代我向大家表示感谢！

刘老师、曹老师： 好的，一定转告。

张校长 程心老师，马丽老师，以后在家安心养病吧，我们就不打扰了。

［客人们站起身来，要走了。程心起身与客人们握手。］

程　心 谢谢大家，非常感谢！

马　丽 程心代我送客。

张校长 不用送，不用送。

马　丽 再见，老校长，再见，刘老师，再见，曹老师！

张校长、刘老师、曹老师： 再见，再见。

［三位客人与马丽握了手，随后出门走了。程心出门去送客。马丽看着同事们送来的礼物，哭得更加伤心了。程心送走了客人，返回家来，关上了家门。］

程　心 丽丽，你还哭呢？不要哭了，不要哭了，我亲爱的。

马　丽 我以后再也不能与同事们一起工作了，再也不能上班挣钱了。

程　心　哎呀，我的太太，这有什么好哭的？你不能上班工作了，正好在家里休息，你不能挣钱了，还有老公我呢，这有什么好哭的？不要哭了，不要哭了。

马　丽　程心，对不起，我们结婚成为夫妻在一起仅仅幸福生活了五年多的时间，我就成为残废了，什么都不能干了，以后要靠你养活，要靠你照顾了。

程　心　没有事儿的，亲爱的，我们结婚在一起幸福生活了五年多的时间，已经不短了。你算一算，亲爱的，一日夫妻百日恩，五年多的时间，一千八百多个日日夜夜，我们之间有多少的恩恩爱爱呀？

马　丽　你还有心情说笑？你可真是数学老师呀。

程　心　好啦，亲爱的，不要哭了，不要哭了，要笑对人生，你明白吗？

［程心吻着妻子的额头，安慰马丽。］

马　丽　程心，我现在最大的遗憾就是结婚的时候没有给你生一个孩子。

程　心　太太，不说这个问题了，我们的工作太忙了，当时也顾不上要孩子。

马　丽　可是现在我成为废人了，一天到晚地吃药、治病，想要孩子也要不成了。

程　心　要不成孩子就不要了，有了孩子我就照顾不好你了。

马　丽　可是人家结婚的夫妻都有可爱的小宝宝。

程　心　我就不想要孩子，我这个人想得开。你看现在的大都市，有好多结婚的夫妻都不要孩子，为什么？因为他们都向外国人学习，当丁克家族。咱们也向外国人学习，当丁克家族。

马　丽　程心，你真是这样想的？难道你真不想要孩子，你就不想当爸爸？

程　心　要孩子有什么意思呀？当爸爸一天到晚忙活孩子，又要喂奶，又要给孩子洗尿布，又要哄孩子睡觉，又要给孩子洗澡，多累人哪，你说是不是？

［马丽听了丈夫的宽心话，破涕为笑了。］

马　丽　程心，有哪一个结婚的人，不想当爸爸妈妈的呀？我现在特别想要孩子，当母亲，可惜我生不了啦。

程　心　丽丽，咱们家以后不想孩子的事情了，我们家的大事儿就是要治好你的病。

马　丽　我的病还能治好吗？

程　心　能，一定能，你要有信心。我为你煮了中药，你吃药好不好？

马　丽　好，你把药给我端来吧。

［程心进厨房去为妻子端出一碗中药来。］

程　心　亲爱的，我来喂你喝药好不好？

马　丽　不要，还是我自己来吧，现在我能做的事情还是要自己做，如果我不注意强迫自己做事儿，再过几年，我就什么事情也做不成了。

程　心　好吧，亲爱的，你自己慢慢喝药，我就到外面买菜去了。你想吃什么好吃的？

马　丽　我吃什么无所谓。你还是多想一想你自己想吃什么吧。

程　心　好，我知道了。

［程心把汤药碗交给妻子，就出门到外面买菜去了。马丽双手端着药碗自己慢慢喝中药。］

第七场

马丽坐在沙发上看电视，马丽的父母开门进来了。他们拎着食品之类的东西，来给女儿、女婿送吃的来了。

马　丽　爸爸，妈妈，你们跑来干什么？

马　母　我们来给你和程心送饺子。

马　丽　你们包饺子啦？

马　母　是呀，我和你爸爸在家里没事儿，想着你和程心好长时间没有吃饺子了，就给你们包了饺子，在家煮好了，送过来了。

马　丽　爸爸，妈妈，辛苦你们啦，你们累不累呀？

马　母　包几个饺子有什么累的？你们吃饭了吗？

马　丽　还没有，程心还没有回来呢。

马　母　那正好，你和程心中午吃饺子吧。

马　丽　谢谢爸爸妈妈。

马福贵　阿丽，程心怎么还没有回来呢？

马　丽　还要等一会儿。他每天都是这样忙忙碌碌的，一个人要主讲全年级 12 个班的数学课和物理课，所以他每天中午回来就过了 12 点。

马　母　阿丽，那饺子是你先吃，还是等他回来一块吃？

马　丽　等他回来一块吃吧。

马　母　那我先把饺子倒出来，装在盘子里吧，我怕装在饭筒里时间长了粘在一起。

马　丽　好的，妈妈，我去拿盘子。

马　母　不要，孩子，你不要动了，我去厨房拿盘子。

［马丽的母亲进厨房去拿盘子来装饺子。］

马福贵　阿丽，程心每天都这样辛苦吗？

马　丽　是的，爸爸，他每天都很辛苦，整天忙忙碌碌的，一天要为学生们讲四堂课，每天还要为家里买菜，回来为我做饭，为我洗衣服，擦地，收拾家，晚上还要备课。他实在太辛苦了，是我把他拖累了。

马福贵　阿丽，要不你回家住一段时间吧，爸爸妈妈照顾你，让他休息一段时间。

马　丽　爸爸，我也不想拖累您和妈妈呀。

马福贵　阿丽，爸爸妈妈照顾你是应该的，回家住一段时间吧，不要把程心累坏了。现在我和你妈的身体还行，还能帮忙照顾你，不能叫程心一个人太辛苦了。人不是钢铁的，把他累垮了，你以后要遭罪的。

马　丽　爸爸，有时候我也是这样想的。可是您和妈妈的年纪也大了，我实在怕拖累你们，我是个不中用的人，什么事情也做不了，活着完全是一个废人。

马福贵 孩子，你可不要这样想，爸爸妈妈现在身体挺好的，能帮助你们的时候还是要帮助你们的。

［这时马丽的母亲端了两大盘饺子从厨房出来，她把两盘饺子摆到了茶几上，摆到了马丽的面前。］

马　母 阿丽，这两盘饺子够不够你和程心吃的？

马　丽 够吃了，妈妈，足够吃了。

马　母 阿丽，要不你先吃饺子吧？

马　丽 不要，妈妈，我要等程心回来一起吃，他最爱吃饺子了。

马　母 妈知道你们爱吃饺子，所以包的是大虾猪肉馅的海鲜饺子。

马　丽 谢谢爸爸妈妈，我和程心真的有一段时间没有吃饺子了。

马福贵 阿丽，要不你还是跟爸爸妈妈回家住一段时间吧，好不好？我跟你妈妈在家里照顾你，两个人围着你转，要比程心一个人在家里照顾你轻松一些。

马　丽 我怕回家把爸爸妈妈累坏了，我是一个什么也不能干的人，连洗脸洗脚，上床睡觉，都需要有人帮忙，回去我怕把二老累病了。

马福贵 不会的，孩子，我跟你妈妈现在身体还是挺好的，累不坏的。

马　母 对了，阿丽，不行你就跟爸爸妈妈回家住一段时间，让程心也回去一起吃饭，我们帮忙照顾你，我和你爸爸已经把一间卧室收拾好了，就是准备接你回去住的。

马　丽 爸爸，妈妈，你们不用费心了，程心是不会同意我回家住的。

马　母 阿丽，他为什么不同意呀？

马　丽 程心怕我回家麻烦爸爸妈妈。所以我跟他说过这样的意见，他表示反对。

马　母 原来你们说过这件事儿？

马　丽 是的，妈妈，最近我看到程心明显累瘦了，我也心疼，我想过回家住一段时间，减轻他的压力，他不同意。他说，您二老已经年过花甲了，怕累不起了，也怕阿玲、阿伦他们两家人对我们有意见。

马福贵 他们有什么意见呢？这又不关他们两家人的事儿。你对程心说，叫他不要想太多了，爸爸妈妈就是想帮助你们。

马　丽 好了，爸爸妈妈，我知道了，这件事情以后再说吧。

[这时外面有人来敲门。]

马　母 阿丽，外面有人敲门了，谁会来呀？

马　丽 我想可能是程心的爸爸妈妈来了吧。

马　母 是你的公公婆婆来啦？

马　丽 我想可能是的。

[马福贵过去打开了门，出现在门前的还真是程心的父母。老两口手里拎了不少东西进来了。]

马福贵 哎哟，亲家？亲家母？你们好，你们好，稀客呀！

程天平 亲家，马处长，你好啦！

马福贵 好好好，亲家，不要叫我处长了，我已经退休了，不是处长了，还是叫我老马，或者叫我马福贵吧。

马　母 叫亲家是最好啦。

马福贵 是的，叫亲家最好。

程天平 亲家母，你身体还好吧？也是好久不见啦。

马　母 是呀，亲家，好久不见了。

程天平 亲家，亲家母，你们怎么会在此呀？

马福贵 这不是来看女儿女婿来嘛。

程天平 亲家，亲家母，幸会呀。

[程天平放下手里的东西，与亲家、亲家母握手。程大妈也就此放下了手中的东西。]

马　丽 爸爸，妈妈，您二老怎么大中午跑来啦？

程天平 孩子，这不是想来看看你嘛。

马福贵 亲家，亲家母，快来坐，快请坐，我来给你们泡茶。

程天平 亲家，一家人就不讲客气了，要喝水，自己来。

马福贵 亲家，你们跑来还拿这么多东西干什么？

程天平 这不是送给孩子们吃的嘛。

马　丽 谢谢爸爸妈妈。

程天平 应该的，应该的。

马福贵 亲家，亲家母，坐下来喝茶吧。

［马福贵马上为亲家、亲家母泡好了茶，放在了茶几上。］

马　母 亲家，亲家母，快坐下来说话吧。

程天平 好，坐下来说话，大家都是一家人，咱们也不用讲客气了，都坐下来说话。

［马家人和程家人都在沙发上坐下来了。］

程大妈 小丽呀，你的病治得怎么样啊？

马　丽 妈妈，病不见好，我已经坐上轮椅车离不开人了。

马　母 亲家，亲家母，说实话，孩子的病不好治了，病情越来越严重了。

程天平 亲家，你是见过世面的人，你说现在的医学这么发达，怎么就治不好孩子的病呢？奇怪了。

马福贵 亲家，现在医学也不是万能的，有些病能治，有些病就是治不好，慢慢治吧。

程天平 唉，孩子怎么会这样不幸呢？

程大妈 小丽，你现在能走路吗？

马　丽 妈妈，我现在在家里还能走路，慢慢蹭还可以，但是不能出门，不能上下楼。

程天平 小丽，你现在吃什么药呢？

马　丽 爸爸，我现在主要是吃中药。

程天平 吃中药？我听小心说，有一种进口的外国药吃了比较好，你为什么不吃西药呢？

马　丽 爸爸，那种进口的外国药太贵了，吃不起的，我吃五天的药，就等于吃了程心一个月的工资，而且药费要自理，不能报销的。

程天平 吃你说的外国药，能治好你的病吗？

马　丽 治不好，我问过医生的，治标不治本，就是比吃中药效果好一点儿。

程天平 哦，治不好病，花大钱就没有太大的意义了。

马　丽 是的，爸爸，我现在只能靠吃中药控制病情的发展。医生说，像我这样全身性的骨节风湿病，肯定是治不好的，只能是控制病情。

程大妈 小丽，小心呢？

马　丽 他上班还没有回来，不过中午要回来吃饭的。

马福贵 对了，老太婆，亲家，亲家母来了，你马上到厨房去做几个好菜，请亲家、亲家母在阿丽家吃饭。

马　母 好好好，我马上去做。亲家，亲家母，你们等着。

程天平 不用，不用，亲家，亲家母，我们不是到孩子家来吃饭的。

程大妈 亲家，亲家母，我们就是来看小丽的，坐一会儿就走。

马　丽 爸爸，妈妈，你们吃了饭再走吧。这是我父母刚为我和程心送来的饺子，还热着呢，你们吃了饺子再走。

程天平 我们不吃了，孩子，饺子还是留给你和小心吃吧。

马福贵 亲家，亲家母，既然到孩子家来了，就要吃了饭再走，不吃饭怎么行呢？那不显得咱们亲家、亲家母之间太没有情谊了吗？老太婆，快去炒几个菜来，亲家和亲家母大老远地跑来送东西，一定要吃了饭才能走。

马　母 好的，我马上去做，马上就好。亲家，亲家母，你们说话，我炒菜很快的。

程大妈 亲家母，一家人就不讲客气了，我们不是来添麻烦的。

马　母 添什么麻烦呢？知道你们是来看孩子的。我炒菜很快的，要不了两支烟的工夫就出来了。你们坐着说话，我去做了。

［马丽的母亲马上就钻进厨房去做菜去了。］

程天平 亲家，退休了吧？

马福贵 退了。现在正好有时间在家里休息，可以帮助程心照顾阿丽。

程天平 亲家，你退了休，一个月能拿到多少钱呢？

马福贵 我退休拿得不多，一个月就拿一千多块钱，还不到两千块钱。

程天平 什么？亲家，你一个大处长，退了休，一个月就拿一千多块钱？

马福贵 我拿得已经不算少了。

程大妈 小丽，你一个月的病退养老金是多少钱呢？

马　丽 妈妈，我一个月的病退养老金只有三百多块钱。

程大妈 三百多块钱？你一个月吃中药要花多少钱呢？

马　丽 妈妈，我一个月吃中药需要花五千多块钱，公家报销百分之七十，我一个月吃药要花掉一千多块钱。

程大妈 可怜的孩子，你们过得可够难的。

马　丽 妈妈，我和程心一个月的工资加起来有一千多块钱，够用了。

程天平 小丽，说实话，家里没有钱用了吧？

马　丽 爸爸，我和程心两个人生活是没有问题的，够用了。

程天平 我们家小心这个孩子自尊心太强，死要面子，回家也不愿意开口要钱，我和你妈今天是特意跑来给你们送钱来的。

马　丽 爸爸，我和程心目前还不需要钱。

程大妈 得了这样的病，哪有不需要钱的？

［程天平从手提包里拿出了一纸包钱，放到了茶几上，放到了孩子面前。］

程天平 孩子，这是5万块钱，你们先拿着用吧。

马福贵 亲家，你送来5万块钱？

程天平 是的，五万，这是我们刚从外人手里收回来的钱。

马　丽 爸爸，我和程心两个人的钱还是够花的。

程天平 拿着吧，孩子，你们看病、吃药，非常需要钱的。

程大妈 小丽，如果钱不够用，你们就开口说话。

马　丽 谢谢爸爸妈妈。

程天平 谢什么呀？小丽，你是我们家的孩子，我们是一家人，不言谢字。

［马丽感动得哭了。马福贵看到亲家、亲家母送来的钱惊呆了。］

马福贵　亲家，你们从哪儿收来这么多钱呢？

程天平　挣的。亲家，不瞒你说，我们家办了一个养猪场，养了两百多头猪，还有一个面粉加工厂，一年也能挣几个钱。小丽看病，吃药，钱不够用，可以随时说话。

马　丽　爸爸，太感谢您和妈妈啦。

程天平　你们看病，吃药，都是要花钱的，对不对？

马福贵　是的，亲家，看病，吃药，都是要花钱的。

［这时程心开门从外面回来了，他看到双方的父母都跑到家里来了，觉得有点奇了。］

程　心　爸爸，妈妈，你们怎么都跑来啦？约定好的？

马福贵　程心，我和你妈跑来，是给你和阿丽送饺子的。

程天平　我和你妈跑来，是到市内几家酒店收钱、收账的。你小子跑回家，也不对爸爸妈妈说实话，我要骂你的。

程　心　爸爸，我回家对你们说实话，你们不是要着急嘛。

程天平　你不对我们说实话，我们就不心急啦？傻小子，以后有什么事情不要瞒着父母，我们当老人的，只要有条件、有能力，就一定会帮助你们的。

程　心　爸爸，妈妈，我并不想隐瞒你们，我就是不想叫你们为我和丽丽的事情操心。

程天平　什么话？你是我儿子，小丽是我儿媳妇，我们当父母的能不操心吗？

马福贵　过去有一句老话，叫可怜天下父母心哪。

程天平　是的，亲家，他们没有孩子，他们还是理解不了我们当父母的心情。

程　心　爸爸，谁说我们不理解老人的心情？

程天平　我说的。

［程心的父亲程天平从沙发上站起来，明显要走的意思。］

马福贵　亲家，站起来干什么，真要走哇？

程天平　是的，亲家，孩子们也看到了，该送的东西也送到了，我们就走了。

马福贵 亲家，大中午的，你和亲家母怎么能走呢？要吃了饭才能走吧？

程天平 亲家，饭我们就不吃了，改日吧，改日我请你吃饭，好吧？

马福贵 亲家，为什么一定要走呢？

程天平 我还有事儿。

马　丽 爸爸，您和妈妈还是吃了饭再走吧？

程天平 不吃了，孩子，我和你妈真的还有大事儿。老伴，走啦。

［程心的母亲也从沙发上站起来，老两口看来是要走。马丽的父亲也从沙发上站起来。

马丽把公公放在茶几上的一包钱拿起来，要还给公公婆婆。］

马　丽 爸爸，妈妈，你们把钱拿回去，我和程心真的还有钱生活。

程天平 小丽，钱拿着吧，你们要不拿着，我就要生气了。钱是什么东西？钱就是社会流通货币，流进流出，就像水一样，有进有出，水才能活起来，光有进不出，水不就成了一潭死水吗？你们看病、吃药，需要钱，我们有能力帮助你们，这钱不正好花到实处了吗？如果花钱能治好你的病，你能为我们程家生个一儿半女的，花多少钱也无所谓。钱是什么东西，钱就是为社会、为人类服务的东西。

马　丽 爸爸，那我和程心就谢谢您和妈妈啦。

程天平 不用谢。儿子，好好照顾小丽。

程　心 爸爸，我会照顾好她的。你们还是吃了饭再走吧？

程天平 饭就不吃了，傻儿子，都是自家人，用不着客气。我今天真的还有大事儿，我要请几个酒店的老板吃饭，要找他们收账，找他们要钱。我们走了，亲家。

马福贵 亲家，你和亲家母大老远地跑来，又送钱，又送东西，不吃饭就走，太说不过去了吧？

程天平 亲家，说实话吧，吃饭是小事儿，要钱是大事儿，你说对吧？

马福贵 亲家，要钱自然是大事儿，可是吃了饭再走，也不影响吧？

程天平 亲家，都是一家人，大家不用客气，有时间我请你吃饭。跟亲家母说一声，不要忙活了，我们走了。

马福贵 亲家，你们实在要走，我来送送你和亲家母。

马 丽 爸爸，妈妈，我就不送你们啦。

程天平 你要能送我们就好啦。

[程心的父母出门走了。马福贵送客。程心也随着父母出门去送人。马丽拿着公公婆婆送来的钱，非常感动。马丽的母亲端着一个炒菜从厨房里出来了。]

马 母 阿丽，他们人呢？

马 丽 妈妈，我公公婆婆走了，您也不要忙活了。

马 母 他们真不吃饭就走啦？

马 丽 他们说有大事要办，留不住，走就走吧。

马 母 他们不吃饭就走了，我不是白忙活啦？

马 丽 妈妈，后面的菜就不要做了，我和程心有饺子就够吃了。

马 母 那我就不忙活了，我进厨房把火关掉。

[马丽的母亲又进厨房去了。马丽的父亲和程心送走了客人，又返回来了。马福贵穿过客厅直接进厨房找老太婆说话去了。程心来到了妻子的身边。]

马 丽 爸爸妈妈他们走啦？

程 心 走啦。我们吃饭吧？

马 丽 程心，这是你父母送来的5万块钱，怎么办？

程 心 这钱来得正好，放暑假，我又可以带着你到北京去看病啦。

马 丽 暑假还到北京去看病啊？

程 心 要看，病是一定要看的，这是一件大事儿，趁着你还年轻，我还能跑得动，抓紧时间为你看病，时间拖久了，随着年龄的增长，病就更不好治了。

马 丽 程心，我看还是算了吧，我已经对治疗我的病失去信心了，出去看病太花钱了，你陪着我太受罪了。到外面去，你吃又吃不好，睡又睡不好，我心里实在过意不去。每一次看病回来，你都非常明显的瘦一圈，我心里实在不舒服。

程 心 亲爱的，这有什么呢？我陪你出去看病正好减肥了。你不要为我想太多了。病是一定要看的。父母送来5万块钱，为我们解决大问题了。你把钱收好了。

马　丽　程心，我怕花多了你父母的钱，时间长了，你弟弟妹妹他们知道了，要对我们有意见的。

程　心　他们有什么意见呢？不会的，你放心吧。我家里的人我了解，我弟弟妹妹他们都是非常通情达理的人。我要拿筷子吃饭了，下午还要给学生们讲课呢。

［程心一个人进厨房了。马丽一个人慢慢从沙发上起身，下地，拿着钱，磨磨蹭蹭走进卧室去了。］

第八场

程心从卫生间出来，手里拿着拖布在客厅里擦地。马丽坐着轮椅车从卧室里出来，她双手转动轮椅车到了窗前，望着窗外的景色。

马　丽　程心，你把窗户给我打开，外面的阳光真好，我要晒一晒太阳。

程　心　好的。

［程心随后走到窗前，为妻子把窗户打开了，外面的阳光照射进来，风也吹进来了。］

马　丽　程心，在家千日好，出门一日难，还是家好哇。

程　心　是呀，古人流传下来的话，说得都是有道理的，外面再好也不如家。

马　丽　程心，今天外面春光明媚，阳光灿烂，我真想到楼下去转一转，我已经有好长时间没有下楼，没有出门，没有享受外面的阳光，没有闻到外面的鸟语花香了。

程　心　好，亲爱的，你等一下，我把地擦完了，就带着你下楼到外面去玩一玩儿。

［程心抓紧时间拖着客厅、卧室的地板。马丽趴在窗台上，望着窗外的景观。］

马　丽　程心，我们学校的生活小区又增加园林啦？

程　心　是的，这两年我们居住的生活小区又增加了一个花坛、一个喷水池，我们居住的环境越来越美啦。

马　丽　是呀，看着真美，花坛鲜花怒放，喷水池天女散花。

程　心　亲爱的，地板我擦完了，我带你出去转一圈。

［程心把拖布送进卫生间，随后出来，走到妻子身后，转动轮椅车要出去。马丽看着窗外的景色入迷，吓了一跳。］

马　丽　程心，你干什么？吓了我一跳。

程　心　亲爱的，你不是说要出去玩儿，要出去晒太阳，看鸟语花香吗？

马　丽　算了，我不去了。

程　心　不去啦，为什么呀？

马　丽　我改变主意了。

程　心　奇怪了，你怎么又改主意啦？

马　丽　我们家住四楼，你抱着我来回上下楼，跑得太累，太辛苦了，还是不去了。

程　心　丽丽，你想什么呢？一会儿一个主意？我抱你上下楼，就当锻炼身体了。

马　丽　我不去了，你一个星期好不容易在家里休息一天，不需要锻炼身体了。

程　心　没事儿的，亲爱的，走吧。

马　丽　不要，我不折腾你了。我们家要是住一楼就好了，住一楼，我自己就可以坐着轮椅车出去了。

程　心　住一楼？住一楼你出去是方便了。可是我们俩当时要房子的时候，就想着要四楼，要好楼层了。

马　丽　是呀，当时我还是一个充满活力的姑娘，现在看来失算了。

程　心　丽丽，我还是带你出去玩一玩吧。

马　丽　不要，我能在窗台看一看外面的景色也就知足了。

程　心　亲爱的，你又不重，我抱你上下楼，就像抱小孩子一样。

马　丽　什么小孩子呀？我体重已经一百多斤了。

程　心　丽丽，你在我的心目中就如可爱的孩子。

马　丽　什么孩子呀？我是你妻子，你想占我的便宜呀？你是不是想要孩子啦？

程　心　不想要。我是说着玩的。

［马丽抬眼望着丈夫，深情地望着程心的面孔，心中十分感慨。］

马　丽　程心，你已经有白头发了。

程　心　是呀，我们已经不年轻了，不知不觉已经四十多岁了。不过抱你下楼还是没有问题的。

马　丽　你就吹吧，你的身体素质明显不如前几年了。

程　心　当然啦，照前几年是不能相比啦，毕竟人到中年了。

马　丽　我不到外面去了，就在家里欣赏风景吧。

程　心　你真不想去啦？

马　丽　不去了，你难得在家里休息一天，不折腾你了。

［程心听从了妻子的话，嘴里自言自语，重复着妻子前面说过的话。］

程　心　住一楼，进出就方便多啦……

马　丽　亲爱的，你说什么呢？嘴里磨磨叨叨的？

程　心　亲爱的，我有一个想法，不知当说不当说。

马　丽　你有什么想法？有什么不当说的？

程　心　我想啊，等过两个月再放暑假的时候，你回父母家去住上一段时间，我想把咱们家的房子装修一下，如何？

马　丽　你想装修房子？

程　心　是呀，我们俩从结婚住进来已经有十多年了，房子从来也没有装修过。

马　丽　那时候还不兴装修房子。

程　心　可如今，所有的人，所有的家庭，都装修了房子，只有我们家还是原来的老样子，太落伍了，我也想把房子装修一下。

马　丽　程心，别人家装修房子是人家有钱，我们家没有钱装修房子，你不要与别人比。

程　心　丽丽，我不是跟别人比。你看这样好不好，暑假你不同意出去看病了，我们就用省下来的这笔钱，利用暑假四十多天的时间，我找人把咱们家的房子装修一下，怎么样？

马　丽　程心，你特别想装修房子呀？

程　心　是呀，房子装修得漂亮一点儿，住着也舒服呀。

马　丽　你要特别想装修房子，那就装修一下吧，我们家的房子住得也是太寒酸了。你要装修房子，我就到我父母家去住上一段时间。

程　心　我也是这个意思，有一个月的时间，房子装修完工了，我再把你接回来。

马　丽　那好吧，不过装修房子，钱不要花太多了。

程　心　这我知道，我会算计的，我只想简单地装修一下，不会花太多钱的。

马　丽　那好吧，暑假我就到我父母家住上一段时间，你一个人在家折腾吧。不过要注意身体，不能太累了。

程　心　这我知道，我会劳逸结合的。走吧，我还是带你出去玩一圈吧？

马　丽　程心，你累不累呀？

程　心　我不累，抱着你，拿上轮椅车，上下楼太小意思了。我要推着你到外面去好好玩一玩儿，叫你到外面去晒一晒太阳，见一见外面的世界，不能老闷在家里，你的气色已经不像正常人了。

马　丽　那就走吧，亲爱的。

程　心　走，我的小朋友。

[程心最后推着轮椅车，推着妻子走出了家门，到外面去了。]

第九场

程心推着轮椅车，推着马丽，送她回到了妻子的父母家。马福贵和老太婆正在客厅穿衣服、拿东西，准备出门，程心推着马丽进门了。

马　丽　爸爸，妈妈，你们穿衣服这是准备到哪儿去呀？

马　母　我和你爸正准备出门，到你们家里去送鸡汤、送包子哪！

马　丽　送鸡汤？送包子？那就不用送啦。

马福贵 你们回来得正好，不用我们跑腿了。

马　母 我和你爸爸为你们煮好了鸡汤，蒸好了包子，想着送过去呢。

马　丽 我们正好回家来吃，不用麻烦你们送了。

马　母 你们现在想吃吗？

马　丽 现在不想吃，东西留着晚饭吃吧。

马　母 好，留给你们晚饭吃。

［老太婆将双手拎的饭盒之类的东西又拎进厨房去了。］

马福贵 程心，今年夏天你不带阿丽到北京去看病了吧？

马　丽 爸爸，今年不去了。

程　心 丽丽不同意，我只有依她了。

马　丽 你早听我的就对了，以后永远不到外面去看病了。

马福贵 不到外面去看病也好，可以在家里省几个钱。

程　心 爸爸，是这样，我想今年的夏天把丽丽安排回家来跟您二老住一段时间，我想一个人在我们家里装修一下我们的房子。

马福贵 好哇，阿丽今天就不要走了，你回家装修房子，阿丽就在我们家里住一个夏天，我们可以好好照顾她。

程　心 谢谢爸爸妈妈，这不给你们找麻烦吧？

马福贵 什么麻烦呢？女儿回家来住，找父母什么麻烦呢？我们高兴还来不及呢。

程　心 那就谢谢爸爸妈妈帮我照顾丽丽啦。

马福贵 程心，你们家装修房子有钱吗？

程　心 有钱，学校放暑假为教师发了一年的教学鼓励奖，装修房子够用了。

马福贵 程心，你们家装修房子要不要我帮忙啊？

程　心 不要，不要，爸爸，不需要您帮忙。

马福贵 如果需要帮忙，就说一句话，我现在还是干得动的，有些事情我还是可以搭一把手的。

程　心 不需要爸爸操心，我找装修队干就是了，花钱请他们干活，我也不用多操心。

[这时马丽的母亲从厨房又返回来了。]

马福贵 老太婆，他们家装修房子，快给他们拿点钱。

马　母 好的，你们家装修房子，钱，我和你爸爸出了。

马　丽 不要，不要，爸爸，妈妈，我们不需要钱。

程　心 是的，爸爸，妈妈，钱我们就不要了，您二老只要帮我把丽丽照顾好就行了。

马福贵 照顾阿丽是我们父母理所应当的，只要我们活着，只要我们有能力帮得上忙，我们就会帮助你一起照顾她。阿丽是我们家最聪明、最可爱的女儿，也是最不幸的孩子。

马　母 老头子，不要说了。

马福贵 好了，不说了。

马　母 阿丽，程心，你们晚上还想吃什么东西？

马　丽 妈妈，有鸡汤，有包子，那就煮一点小米粥吧。

马　母 那我就为你们煮八宝粥？

马福贵 煮八宝粥还是我来吧，我是专家。

马　母 这姑娘、女婿回来了，看把你高兴的，那你就去煮八宝粥吧。

马福贵 好的，你们瞧我的手艺吧。

马　母 我正好进屋把阿丽的房间再收拾一下。

[马丽的父母一个进厨房，一个进卧室了。]

程　心 丽丽，你要不要看电视？

马　丽 不要，我要帮妈妈收拾房间，想进卧室休息一下，我有一点累了。

程　心 好，那你就到房间休息一会儿，我要去找装修队。

马　丽 好的。不过我提醒你，亲爱的，你回家装修房子不要太累了，不要太花钱了。

程　心 我知道，我明白，我心里有数，你放心吧。

[程心转身又出门走了。马丽转动轮椅车进卧室，帮助妈妈收拾房间，休息去了。]

第十场

程心把妻子安排到老丈人和老丈母娘家居住，他一个人在家并不是忙着装修房子，而是忙着找人卖房子。他从外面回家，同时带着两个买房人来看家里的房子。这两个人明显是一对恋人，准备要结婚的青年男女。程心开门，带着他们到家里来看房子。两个青年恋人，女的姓王，男的姓李。他们也是学校的青年教师。

程　心　来来来，小王老师，小李老师，请你们来看一看我们家的房子，看一看我们家的家具，还有彩电、冰箱、洗衣机等等，都是百分之百的高档货。当时买来的时候，都是市面上最好的紧俏商品，要走后门的。

［程心陪同两个客人看房子，看客厅，看卧室……］

小王老师　程老师，你们家的房子是不是真卖呀？

程　心　当然是真卖啦，不卖我请你们到家里来看房子有什么意义呀？我们家的房子还是挺好的，虽然没有装修过，但是房屋的结构好、朝向好，卧室一年四季阳光灿烂。

小李老师　程老师，你们家的房子看着还可以，就是家电有点陈旧了。

程　心　是呀……家电买的时间是长了一点儿……

小王老师　程老师，说实话，你们家的家电还是你跟马丽老师结婚的时候买的吧？

程　心　是呀，是我和妻子结婚的时候买的，不过家电的质量还是挺好的，没有出过问题。

小王老师　程老师，你们家的家用电器少说也有十年了吧？

程　心　十多年了……

小李老师　程老师，十多年的家用电器已经不能用了，要报废了。

程　心　我们家的家用电器还是挺好的，没有任何问题。

小李老师　程老师，家用电器的使用寿命也就是十年，过了十年，再使用就有危险了，容易发生火灾。

程　心　家电你们不要我可以拿走。不过房子你们愿意买吧？

小王老师　房子我们愿意买。程老师，您说多少钱吧？

程　心　小李老师、小王老师，房子你们给我 10 万块钱吧，如何？我们家的房子是 68 平方米，两面阳台，按照现在市场商品房子的价格，一平方米是两千块钱，68 平方米的房子，少说也需要 12 万，我优惠你们两万，10 万块钱可以吧？

小王老师　程老师，10 万块钱有一点儿贵了，您这是旧房子，不是新房子，已经住了十多年了，不值 10 万块钱了。

程　心　小李老师，小王老师，我们家的房子虽说住了有十多年了，不过看起来还是不错的，而且我们家的房子质量好，不像现在私人老板盖的商品房，钢筋水泥都是以次充好，我们家的房子是学校盖的第一批教职工家属楼，质量要比现在私人老板盖的商品房好多了，钢筋水泥结构非常结实。

小李老师　程老师，你们家的房子是不错，不过 10 万块钱还是有一点贵了，我们两个人马上要结婚，还真拿不出 10 万块钱来，8 万块钱怎么样？

程　心　小李老师，8 万块钱我卖不起，10 万块钱我也是硬着头皮卖的。我家是需要钱，不到万不得已，我是不会卖房子的。

小王老师　程老师，10 万块钱我们两人确实有一点接受不了，给你加 5000 块钱，85000 块钱好不好？

程　心　小王老师，85000 块钱，我也接受不了，因为我们家确实是需要钱用。要不这样，我把家用电器带上，一起 10 万块钱好不好？

小王老师　家用电器我们不需要，我们结婚要买新的。

小李老师　程老师，说实话，你的家用电器我们不要。如果你愿意加上你的家具一起卖，我们可以考虑给你 10 万块钱。

程　心　家具？我的家具我还不想卖，我的这套家具可是全实木的，而且是硬实木的，用了十多年没有变形，也没有一点裂纹，你们看表面的光亮还像镜子一样，能照见人影儿。这样的家具你们到商场去买，现在最少也不低于 3 万块钱。家具已经长价了，你们到商场去看一看，现在的家具都是什么做的？

全是三合板、五合板做的，实木家具越卖越贵了。当时我和爱人结婚的时候，父母为我们买这套家具就花了 2 万多块钱，现在的家具市场已经买不到这样的好家具了。

小李老师 你的家具还值点钱，你的家用电器已经不值钱了。如果你要光卖房子，要 10 万块钱，还是有点儿贵了。

程　心 小李老师、小王老师，你们看这样好不好？我带着家具一起卖，你们给我 12 万好不好？

小李老师 程老师，你带上家具要 12 万，又卖得太贵了，我们要不起。

程　心 那怎么办呢？说实话，小李老师、小王老师，我们的家具我还真是舍不得卖，但是没有办法，为了给妻子治病、吃药，我需要钱。你们既然看中了，我只有忍痛割爱，卖了算了。连房子带家具，你们给我 11 万好不好？不能再少了，如果低于 11 万，我就不卖了，再找其他人。

小李老师 11 万？亲爱的，你能接受吗？

小王老师 11 万就 11 万吧，程老师为了给妻子治病、吃药，也不容易，我同意成交。

小李老师 好吧，程老师，那就这样说定了，房子带家具一起 11 万。家用电器你们拿走。

程　心 好吧，就这样定了，房款要一次性付清，好吧？

小李老师 好，没有问题，过两天我们双方就到房地产公司办理过户手续。

程　心 好吧，成交。

小李老师 程老师，那我们就房地产公司见啦？

程　心 房地产公司见。

小王老师 程老师再见。

程　心 再见。

[两个买房人走了。程心看着家具，看着房子，要告别了，心里很不是滋味。家庭所有的东西都是他和妻子用过的，他们生活的物证。但是他只有咬牙卖掉了。]

第十一场

程心卖掉了房子，又要买房子。他来到了一家主人家，在外面敲门。两位家庭的老主人从房间卧室里出来，在客厅停下来。家庭的两位老主人，已经是年过花甲的老夫妻了。他们住着一间半旧房子，房间小，光线也不好，客厅的沙发家具也是破旧的。家庭的男主人开口问外面的人。

男主人　谁呀？敲门有什么事儿？

程心声音　我是来看房子的，你们家的房子卖吧？

男主人　老太婆，是来看房子的。

女主人　那就开门，让人家进来看吧。

［家庭男主人得到了老伴的指示，把门打开了，站在门前的就是来看房的程心。］

男主人　来来来，请进、请进。

程　心　大叔，阿姨，我是来看房子的。

女主人　进来看吧。

［家庭男主人和女主人把程心让进了屋。程心用眼睛观察主人家的房子。］

程　心　大叔，阿姨，你们家的房子是要卖吧？

男主人　是要卖，家庭的房子太小了，家里的儿女们都长大成人了，房子不够住了，我们家想要换大房子了。

女主人　程老师，你是一中的程老师吧？

程　心　对，阿姨，您怎么知道我是一中的程老师呀？

女主人　见过，有一次，我到学校给孙子开家长会，在学校见过你。

程　心　谢谢阿姨记得我。

女主人　程老师，你是真心来买我们家房子的？

程　心　是的，阿姨，不是真心买房子，我也不会来看房的。

女主人　程老师，你们当老师的应该比我们工人阶级有钱呢，怎么会买我们家这样的小房子、旧房子呢？

程　心　阿姨，事出有因。你们家的房子面积有多少平方米？

女主人 总面积有45平方米，也就是一室一厅一卫，还有厨房，你好好看一看，房子的结构还是很合理的。

程　心 厨房、厕所也是在家里的吧？

女主人 是的，厨房、厕所都在家里，生活很方便的。

程　心 大叔，阿姨，你们家的房子想卖多少钱呢？

男主人 程老师，你要成心实意地想买，房子就给8万块钱吧，怎么样？

程　心 大叔，你们家这样的房子要8万块钱，太贵了吧？

男主人 我们家的房子有四十五平方米呢，卖8万块钱不贵。现在的商品房要两千多块钱一平方米，我们家这45平方米的房子要9万多块钱呢，我们找你要8万块钱没有多要钱。

程　心 大叔，您这是旧房子、老房子。两千多块钱一平方米，人家是新房子。你要8万块钱，我肯定是不会买的。

女主人 小程老师，你开个价吧，你说给多少钱？

程　心 阿姨，我说一个实价，6万块钱，你们愿意卖，我就接着，你们不愿意卖就算了。

男主人 程老师，6万块钱不行，6万块钱太便宜了，不能卖。

程　心 大叔，6万块钱也不算便宜了。你们家的房子是旧房子，又是一楼，又是一室半，这样的房子已经过时了，一般人是不会买你们家这样房子的，也就是我需要，想买你们家的房子，其他人是不会买的。

女主人 程老师，你为什么需要一室半的小房子呢？

程　心 阿姨，坦诚地说吧，我家有一个病妻，全身性风湿，已经失去了生活的自理能力。我家住的又是四楼，她上下楼很不方便，不能出门，她等于与世隔绝了，长期在家里孤独地生活，越来越脱离社会了。我怕这样苦闷的生活对她的精神有影响，所以我想到了换房子，从楼上换到楼下来，为了她出门方便。我原来年轻力壮的时候，抱着她上下楼梯还不觉得什么，可是人到中年了，我抱着她上下楼，还要拿着轮椅车，我就感到越来越力不从心了。所以我才要买你们家一楼的小房子。

女主人　是这样？程老师，你真是个难得的好丈夫。

程　心　阿姨，我说的句句是实话，没有半句虚言。

女主人　小程老师，话说明处，我们家的房子6万块钱还是太便宜了，你能不能加一点钱？

程　心　阿姨，我不能再加钱了，因为我没有钱，如果你们愿意卖，我就拿下，如果你们不愿意卖，我再找其他人家。

男主人　程老师，你压价压得也太过了，7万块钱怎么样？

程　心　大叔，7万块钱我也不要。

男主人　程老师，我们家的房子7万块钱也够便宜啦。

程　心　大叔，7万块钱我肯定不要，如果你们同意卖，65000块钱吧，怎么样？

女主人　程老师，你这当老师的盘算得也太精了。

程　心　阿姨，不是我盘算得精，是我的家庭确实有困难。

女主人　你的家庭有什么困难？你们当高中老师的，挣钱也不少吧？

程　心　阿姨，坦率地说，我挣钱也不少，但是对于我的家庭来说还是不够用的。我有一个需要花钱看病、吃药的妻子，一年看病吃药的花费就是两三万块钱；我和妻子加在一起的工资，也就是够我爱人看病吃药用的。所以我的家庭生活确实有困难，经济紧张，如果不是经济方面有困难，我也不会卖掉家里两室一厅的房子，换成一间半的小房子。我这样做的目的，一方面是为了缓解家庭的经济压力，一方面是为了我的妻子以后出行方便，通过倒卖房子，我从中赚一点钱，为妻子以后提供方便条件。

女主人　原来你卖房子买房子的目的是这样？

程　心　是呀，阿姨，要不我卖房子、买房子，胡折腾有什么意义呀？

女主人　程老师，难得你对妻子有这份心，像你这样对老婆的男人，在当下物欲横流、换老婆像换衣服一样的时代已经不多见了。我们家的房子就6万块钱卖给你啦。

程　心　真的？阿姨，您同意 6 万块钱卖给我？

女主人　是的，6 万块钱卖给你了。

程　心　谢谢阿姨，谢谢您的同情和理解，房子成交啦？

女主人　成交了，就 6 万块钱成交。

程　心　谢谢谢谢。那我们明天就到房地产公司办理过户手续，我付现钱给你们。

女主人　行，程老师，就照你说的办。

程　心　谢谢谢谢，谢谢阿姨，谢谢大叔！我走了。

［程心与房屋的男女主人亲切地握手，随后高兴地走了。老两口又回房间了。］

第十二场

程心折腾好了房子，收拾好了家，就跑到老丈人和老丈母娘家接妻子。他来到马家开门进屋，看见老丈人正坐在沙发上看报纸，老太婆坐在沙发上看电视。老丈人和老丈母娘看见女婿来了，起身招呼。

马福贵　哟，程心来啦。

程　心　来啦。爸爸，妈妈，丽丽呢？

马福贵　她在房间里看书呢。

马　母　程心，你们家的房子装修好啦？

程　心　装修好了，也收拾好了。爸爸，妈妈，我就是来接丽丽回家的。

马　母　你急什么呀？孩子，阿丽在我们家住着挺好的，你不要急。

马福贵　程心，刚装修好的房子有味儿，要不你再让阿丽在我们家多住几天时间。

程　心　不用了，爸爸，丽丽住在二老家里有一个月的时间了，该回家了。

［马丽听到丈夫的声音，转动轮椅车从卧室里出来了。］

马　丽　哎呀，程心同志，你还知道接我回家呀？

程　心　这能忘吗？马丽同志，我把家收拾好了，就跑来接你了。

马　丽　亲爱的程心同志，你把家装修好啦？
程　心　装修好了，太太，我干活你还不知道吗？有条有理。
马　丽　那就向我汇报汇报，咱们家的房子装修得怎么样啊？
程　心　装修得好极了，你回家看一看就知道了。
马　丽　你花了多少钱呢？
程　心　没有花多少钱。
马　丽　没花多少钱也有个数吧？
程　心　你回家看一看吧，保你满意。
马　丽　好，我回家看一看我们家的房子装修得漂亮不漂亮。
程　心　我保证你看了要大吃一惊的。
马　丽　大吃一惊？是惊喜还是惊讶呀？
程　心　你回家看了自己感受吧。
马　丽　好，快带我回家，我要看一看是惊喜还是惊讶。
程　心　爸爸，妈妈，我们走了。
马福贵　不，等一等，我们也去看一看你们家的房子装修得到底有多漂亮。
程　心　爸爸，您和妈妈以后有时间再去看吧。
马福贵　怎么的，程心，你们家装修了房子，还怕我们去做客呀？
程　心　不是的，爸爸，我是怕您二老接受不了难闻的装修气味儿。
马福贵　你不怕，我们就去看一看。
马　母　对，我们也去看一看你装修的房子变成了什么样儿。
程　心　爸爸妈妈一定要去看，那就走吧。

[程心不好提出反对的理由，无法阻止老丈人和老丈母娘去参观装修的房子，只有推着轮椅车，推着妻子出门了。马丽的父母随后动身、换鞋，跟在女儿、女婿的身后出门了。大幕落下来，换景。]

第十三场

程心推着轮椅车，推着妻子走进了新家，马丽看到了一个家庭的新环境，傻眼了。房间又小又暗，家里什么漂亮的东西也没有；一间小客厅，摆着一张破旧的长沙发，加上一个旧茶几，一个破柜子，上面摆着家庭原来用过的旧电视机，还有一个原来用过的旧冰箱。马丽的父母随女儿、女婿的身后走进来，看到这样一个家，也傻眼了。马丽看到这样的家，完全不认识自己的家了。

马　丽　程心，这是我们的家吗？

程　心　是的，丽丽，这就是我们的新家。

马　丽　这就是我们的新家？

程　心　是呀，丽丽，我换的新家不错吧？

马　丽　程心，这还是我们的家吗？

［马丽看到这样的家有点火了。马丽的父母光看不说话。马丽实在忍不住心里的火了。］

马　丽　程心，这就是我们的新家？这就是你装修过的新家？你故意气我吧？这就是你骗我装修了一个多月的家？

程　心　是的，丽丽，我们换一个家不是很好吗？

马　丽　好？就一间半房子？

程　心　还有厨房和厕所。

马　丽　程心，你为什么要骗我？你为什么要骗我呀？

［马丽看到这样的家，对丈夫确实有点不满了。］

程　心　对不起，丽丽，这件事情我没有提前向你报告，我怕你反对，所以就自己决定了。

马　丽　程心，你给我说清楚，你为什么要骗我呀？

程　心　丽丽，你不要激动，听我以后慢慢跟你说好吗？

马　丽　不，你现在就要跟我说清楚，这到底是为什么？我们家原来是两室一厅的大房子，为什么要换成一室半的小房子？

程　心　对不起，丽丽，换房的事儿没有经过你的同意，我就私自做主了。

马　丽　我问这是为什么？你为什么要换房子？还是个一楼？

程　心　丽丽，听我跟你说，有一间半房子，我们两个人居住也就足够了，不需要太大的房子，你说是不是？

马　丽　可是这套房子不如我们家原来的房子……

程　心　丽丽，你不要生气，我就是特意为你换的一楼小房子，你不是说住一楼出门方便，到外面去进出自由，活动自如吗？以后外面天气好了，你就可以每天坐着轮椅车，到外面去见一见阳光，到外面去呼吸呼吸外界的空气，与人聊天，多好……

马　丽　程心，这样大的事儿，你为什么不提前跟我说一声？你为什么不事先跟我商量，就自作主张？

程　心　我一是怕你反对，二是为了给你一个惊喜。

马　丽　给我一个惊喜？这就是你给我的惊喜？

马福贵　阿丽，什么也不要说了。

马　母　是呀，阿丽，程心都是为了你呀。

［马丽的老父亲和老母亲，看到女儿女婿换成了这样的家，也感到心酸。］

马　丽　为了我？为了我，你也不该卖掉房子换成这样的家呀！

［马丽终于控制不住情绪，伤心难过得哭起来。这是她与丈夫结婚以来第一次对丈夫表示不满，可是程心觉得无所谓，他还不紧不慢地安慰妻子。］

程　心　丽丽，你不要难过，我们两个人用不着住原来两室一厅的大房子。小房子有小房子的好处，好收拾，好打扫卫生，你说是不是？

马　丽　程心，你不该骗我，你不该瞒着我，做出这样的傻事来……

程　心　丽丽，你不要伤心难过，东西嘛，就是旧的不去，新的不来。

马　丽　旧的不去，新的不来？可是我们家哪儿还有钱买新东西呀？

程　心　以后的事情以后再说吧。

马　丽　对不起，程心，我不是责怪你，我是恨自己不争气。改革开放二十多年了，人们的生活越过越好，人们的生活水平普遍提高了，人家的日子越过越红火。有钱的人，从小房子换成了大房子，从旧房子换成了新房子。可是我们的家呢？是越过越穷，越过越败了，从大房子换成了小房子，变成无产者了，穷得一无所有了。而这一切的根本原因，是由于我这不争气的身体和疾病造成的。我要是一个正常健康的人，我们的家不会这样落破的……对不起……

程　心　丽丽，不要哭，不要难过，等你的病好了，我们的家庭一切还会有的……

马　丽　我的病还能好吗？

程　心　能，有百分之一的希望，我们就做百分之百的努力！

马　丽　对不起，程心，是我败了咱们的家呀……

程　心　丽丽，不要为此伤感、流泪，钱算什么东西？钱就是人类社会中间转来转去的东西，我们没有必要为钱伤心。

马　丽　对不起，程心，是我让你过得这样苦，活得这样累……

程　心　这不算什么，亲爱的，我们现在过的日子，要比过去我们父辈的生活好过多了，是不是爸爸妈妈？

马福贵　孩子，时代不同了，不能这样比呀。

马　母　是的，孩子，不能这样比的。

［马丽用双臂紧紧地抱着丈夫的腰身，哭得泪流满面，不知要对丈夫说什么好了。马丽的父母看到女儿女婿这样的家境，也难过，且深受感动。］

马福贵　唉，人就怕得病啊！

马　母　是呀，家有病人，就没有好日子过啦。

程　心　丽丽，是我不好，是我自作主张，做了叫你生气的事情。

马　丽　你这是败家呀……

程　心　丽丽，你听我跟你说，我用咱们家的大房子，换成了小房子，从中赚取了5万多块钱，这笔钱够你吃两年的药了。

马　丽　程心，我对你说过了，我不看病了，也不吃药了，你为什么要卖掉我们的家呀？

程　心　丽丽，你的病不看是不行的，不吃药也是不行的。请你原谅我没有跟你商量就卖掉了家里的东西，因为我们家实在没有钱用了。

马　丽　没有钱，你也不能卖房子呀……

程　心　丽丽，我是这样想的，房子卖了，以后等咱们有钱了，还可以再买大房子。

马　丽　你说得好听，你把家里的东西都卖掉了，还拿什么钱买呀？我们家的日子不过啦？

程　心　日子还是要过的，我们家没有大房子无所谓，你说是不是？

马　丽　还有你父母给我们结婚时买的漂亮家具……

程　心　家具我也卖了。我们家过日子不需要太多的东西，东西太多了碍事儿，你在家里活动也不方便，一会儿磕了，一会儿碰了，把家具卖了，正好空间大了，你在家里活动也自由了、方便了。

马　丽　可是那房子和家具是我们两个人结婚与爱情的见证啊，你为什么要自作主张把东西卖了，你心里还有我吗？

程　心　丽丽，人不要生活在过去的回忆里，要向前看，前面还有更美丽的风景呢。我们两个人过日子，不要大房子也可以，不要家具也可以，我们把房子和家具变卖了，换成了钱，给你看病吃药用，不是更实际吗？

马　丽　可是卖出去的东西，就永远回不来啦，我心疼啊！

程　心　回不来就算了，咱们不要了。

马　丽　不要了……家里什么值钱的东西也没有了……

程　心　丽丽，你要想开一点儿，东西对我们的家庭来说永远无所谓，人是最重要的。

［马丽听了丈夫的话，哭得更伤心，更难过了。］

马　丽　程心，对不起，是我的病把家败了，是我对不起你呀……

程　心　丽丽，东西没有了不要紧，只要人在，还有什么东西能比人更重要呢？

马福贵　是呀，人比什么东西都重要。

马　丽　程心，你的话就像针尖儿一样扎进了我的心……

程　心　好了，好了，我的太太，不说没有用的话题了，这不算什么，生活总是有苦有甜的。你不要胡思乱想了，你看我们的家不是很好吗？虽然小，不会影响我们的生活，你又有两年的药钱了。

马福贵　孩子，你不要责怪程心了，他所做的一切是对的。

马　母　是的，阿丽，人比什么东西都重要。

马　丽　我要尿尿。

程　心　走走走，我的太太，不要哭了。你真是个宝，快上厕所吧。

［程心推着轮椅车，推着妻子进了卫生间，马丽的父母听了女婿的话，也感动得掉眼泪，他们更加敬重女婿了。他们望着女儿女婿的新家，唉声叹气。］

马福贵　唉，这个家呀……

马　母　走，到卧室去看一看吧。

［老两口随后进卧室去参观，查看卧室的房间。］

第十四场

中午，马丽在卧室休息。程心从卧室出来，到外面的客厅来看书。他在沙发上坐下来，外面就有人敲门了。程心马上去开门，他的父母双手拎着东西从外面进来了。

程　心　爸爸，妈妈，你们怎么又跑来啦？

程天平　听说你们家换房子了，过来看一看。

程大妈　小心，这就是你们的新家呀？

程　心　是的，妈妈。

［程心的父母观察着儿子换的新家，眼光充满了迷惑。］

程天平　儿子，你的家怎么越换越小啦？

程　心　爸爸，房子就是住人嘛，大小无所谓。

程天平　儿子，你这房子越换越不像样了。

程　心　爸爸，妈妈，你们坐吧。

［程心的父母把手上拎的东西放到了沙发旁边，就在破沙发上坐下来。程心马上为父母泡茶，放到茶几上。］

程大妈　小心，你一个人干什么呢？

程　心　我在看书，明天要给学生们讲课。

程天平　儿子，小丽呢？

程　心　她休息了，睡觉了。

程天平　她休息了，睡觉啦？

程　心　是的，她每天下午都要休息一会的。

程大妈　孩子，我们又从家里给你们带来了猪肉、木耳、老黄酒。

程　心　妈妈，你们又拿老黄酒来干什么？上一次你们拿来的老黄酒还没有喝完呢。

程大妈　孩子，小丽喝得太慢了，你每天叫她多喝一点儿，咱们家自己做的老黄酒，是去寒除风湿的，对风湿病也有疗效作用的。

程　心　是的，妈妈，你们拿来的老黄酒，去寒除风湿效果非常好，去年冬天，丽丽就没有到医院去过冬。

程大妈　效果好，你就叫小丽多喝呀，你们需要多少，妈就给你们做多少。

程　心　妈妈，太辛苦您和爸爸跑来送东西，实在不好意思。

程大妈　我的儿子，不要说傻话了，你们不是需要嘛。

程天平　儿子，你还没有手机吧？

程　心　还没有，爸爸，我还舍不得花钱买手机，挺贵的。

程天平　我给你买了一部手机，拿着用吧，话费也充好了。

程　心　谢谢爸爸，我要手机没有什么用，家里和办公室都有电话的。

程天平　谁说没有用？你有手机了，我们找你方便一些。

程　心　爸爸，那我收下了。

程天平　拿着用吧，手机里充了 1000 块钱的话费，也不知道一年够不够用。

程　心　够用了，够用了，足够用了。

程天平　儿子，说实话，看到你和小丽过的日子，我们当父母的心里真不是味儿。

程　心　爸爸，我和丽丽过得挺好的。

程天平　还挺好的？你看一看你们这个家吧，你和小丽的日子过成什么样子啦？

程　心　爸爸，苦就苦一点吧，我们已经习惯了。

程大妈　小心，家里还有钱吗？

程　心　妈妈，我们还有钱，够用的。

程天平　你们家里还有什么钱呢？房子越换越小，家具越换越旧。

程　心　爸爸，我们家能过日子就行了，要求不高。

程大妈　孩子，我们又给你送钱来了。

［母亲从身上拿出三张银行卡来，放到茶几上，放到了儿子面前。］

程　心　妈妈，我不要。

程大妈　拿着吧，孩子，家有病人是需要花钱的。

程　心　爸爸，妈妈，你们年年给钱，我和丽丽真是不好意思要了。

程大妈　爸爸、妈妈的钱，有什么不好意思要的？

程　心　我怕要多了，弟弟、妹妹他们有意见。

程大妈　他们有什么意见呢？他们的日子过得都比你好，家家都有车，家家都买了房，就是你们家的日子过得最惨啦。

程　心　妈妈，您言重了，我们家的日子过得也挺好的。

程大妈　还挺好的？你的心态好，知足者常乐。

程　心　是的，妈妈，生活本来就是知足者常乐嘛。

程大妈　孩子，这三张银行卡，有你弟弟的一张5万，有你妹妹的一张5万，最后一张是爸爸妈妈给你们的，拿着用吧。

程　心　爸爸，妈妈，这多不好意思呀？小意、小飞他们两家人生活得好吗？

程大妈　他们的日子过得都好，人家在北京、上海，买的都是三室两厅的大房子。我和你爸都去看过了。他们都是什么高级白领，两家人的孩子已经上中学啦。

程　心　时光流逝得真快呀。他们过得好，爸爸妈妈就省心啦。

程大妈　是的，我的孩子，我们最操心的就是你和小丽的事情了。

程　心　妈妈，我们也没有什么事儿。

［程心的父亲明显压低了说话的声音，对儿子说话。］

程天平　儿子，小丽睡着了吗？

程　心　她可能睡着了，我看一看，［程心起身到卧室门口，观察在里面睡觉休息的妻子，然后又返回来，坐在沙发上。］她睡着了。

程天平　儿子，爸爸想跟你说几句掏心窝子的话，你愿意听吗？

程　心　爸爸，您说。

程天平　儿子，你跟小丽离婚吧。

程　心　爸爸，您说什么？离婚？

程天平　对，离婚。照理说，爸爸是不该劝你们离婚的。

程　心　爸爸，我从来也没有想过离婚问题，为什么要离婚呢？

程天平　儿子，你们结婚也有 20 年了，家里的钱也败光了，东西也败光了，她还没有给我们程家生下一儿半女来，而且病还治不好，等于是叫你绝后了。

程　心　爸爸，离婚是不可能的。

程天平　儿子，不孝有三，无后为大。你一辈子找了这样一个可怜的媳妇，她要拖累你一辈子的。我们程家也没有亏待她，你跟她离婚回家吧？

程　心　不，爸爸，我不能跟她离婚。我们之间的感情不是一天两天了，也不是一年两年了，她现在残疾了，非常需要我，我不能离开她。

程天平　儿子，你不离开她，你以后还能有好日子过吗？你看一看你们的家过成什么样子啦？这样的日子还能过得下去吗？

程　心　爸爸，我们家的日子虽然过得苦一点儿，也没什么。虽然我们家什么值钱的东西也没有了，但是以后有钱了还是可以买回来的。她的一辈子非常需要我，我也不能离开她。做人不能没有良心，不讲道德；人无德不立，国无德不兴。当年她嫁给我的时候，她的决定遭到了全家人的反对，没有一个同意她嫁给我的，可是她顶着全家人的压力，毅然决然地选择了嫁给我，这是我一辈子也忘不了的事情。将心比心，她一辈子对得起我，我一辈子也不能对不起她。

程天平　儿子，你不离开她，我们程家的长子长孙也就断后了。

程　心　爸爸，我们程家又不是我一个孩子，我还有弟弟，还有妹妹，他们两家不都有孩子了吗？所以我没有孩子，不等于我们程家绝后了。

程天平　儿子，可是你没有孩子，你就绝后啦。

程　心　爸爸，我没有孩子也无所谓，现在都市人都是计划生育，一家就是一个孩子，以后绝后的家庭又不是我一个，我不要孩子也没有关系。可我不能跟丽丽离婚，我要离开她，实在太无德了，我做不出来。

程天平　儿子，爸爸的话你好好地想一想吧。如果你要跟她离婚，我们程家也不会亏待她，可以给她一笔钱，留给她以后看病吃药用的。

程　心　爸爸，这不是钱的事情。如果我要离开她，她以后怎么过？她生活不能自理了，离开人什么事情也做不了啦，我要离开她，她以后怎么活？不，爸爸，这样的事情我做不出来。

程天平　傻儿子，照你这么说，地球离开人就不转啦？她还有父母，她还有弟妹，她还有家里的亲人，她家里人还是可以照顾她的。

程　心　爸爸，她的父母年纪越来越大了，不可能照顾她一辈子的，老人总是要走在儿女前面的，这是大自然的规律。至于弟妹，每一个家庭都有自己的事情，谁也不可能照顾她一辈子的。只有我可以照顾她一辈子。所以，爸爸，您老人家就不要劝我跟她离婚的事情了。我已经想好了，既然今生今世老天爷把我们两个人的命运安排到一起了，我就是她永远的丈夫，她就是我一辈子的妻子，我有责任照顾她一辈子。再说了，爸爸，我已经是四十多岁的人了，也是土埋半截的人了，我还找什么小，要什么孩子呀？我也没有这样的想法和精力了。

程天平　儿子，你既然这样说，也就算了，就当我什么也没有说。

程　心　是的，爸爸，我的事情您老人家就不要管了。

程大妈　是的，天平，你操这样的心是多余的，孩子们的事情由他们自己决定吧。

程　心　是的，爸爸，我会过好我们的日子的。

程大妈　行了，老头子，我们走吧！

程天平　好，走。儿子，你既然选择了这样的人生之路，爸爸就什么话也不说了。

程大妈　我们走了，小心，你记着叫小丽多喝老黄酒，有好处的。

[程心的父母都从沙发上站起来，要走了。]

程　心　我记住了，妈妈。爸爸，您不要生我的气。

程天平　我不会跟儿子生气的，原谅我有一点自私，你不听也就算了。

程　心　爸爸，妈妈，你们不坐一会儿啦？

程天平　不坐了，我们回去还有好多事情呢。

[程心的父母走了，儿子送父母一起出去了。马丽转动轮椅车从卧室里出来了。她看到地下程心的父母送来的东西，满眼是泪。过了一会儿，程心回来了。他看到妻子在客厅里，用手摸着父母送来的东西，觉得奇怪。]

程　心　丽丽，你没有睡呀？

马　丽　我听见你父母来了，我就醒了。

程　心　你怎么啦，丽丽，你哭什么呀？

马　丽　我听见你和你父母的谈话了。

程　心　什么？你听到了什么？

马　丽　我什么都听见了，你和父母所有的话我都听到了。

[马丽见丈夫来到身边，就激动地用双手抓住了丈夫的手。]

程　心　丽丽，你不要哭，你哭什么呀？

马　丽　程心，我叫你受委屈了，一辈子也确实拖累你了。

程　心　丽丽，你说什么呀？我受什么委屈啦？我说过，生活总是有苦有甜的，你不要胡思乱想了，我不会离开你的。

马　丽　程心，说良心话，我们结婚有二十年了，也就共同生活了五年幸福美好的时光，就是结婚的头五年，我们在一起是快乐的，是幸福的，是美满的。那时候我还是一个健康的、漂亮的、身体正常的姑娘，还能够给你快乐，给你幸福。可是自从我得了风湿病之后，我就不能够给你快乐了，也不能给你幸福了，也不能满足男人的需求了。作为女人，作为妻子，我觉得挺对不起你的，我已经丧失了女性的功能，既不能为你生儿育女，也不能满足你的生理需求，实在太对不起你了。我的病又治不好，家庭也一贫如洗了，我确实拖累你了。程心，你为我付出了太多太多，我觉得特别愧对你，太对不起啦！你还年轻，你应该过一个正常人的生活，你的父亲劝你跟我离婚还是对的，也是人之常情，我能理解，我也没有什么可说的。当年我万幸地嫁给了你，这是我一辈子的荣幸！如果我要嫁给另外一个人，可能早就离婚了，不会拖这么久的。这足以说明，你是一个有良心的人、有感情的人、有灵魂的人！你对我已经足够情深意长了。说起来二十年的时间，你为了给我治病，带我跑遍了大江南北、全国各地，你为我尽心尽力了。虽然我的病没有治好，但是你对我的恩情，我一辈子也是不会忘记的！如果你要跟我离婚，我是不会为难你的。你的父母有钱，你四十来岁人也算正当年，你还可以找一个姑娘，为你们程家生儿育女，我不反对。

程　心　丽丽，你开什么玩笑啦？你当现在是过去的封建社会呀，可以纳三妻四妾的？

马　丽　程心，我说的是真心话，如果你要离婚，我同意分手。

程　心　丽丽，我们过得好好的，为什么要离婚呢？

马　丽　程心，你父亲说的还是有道理的，也是大实话，我不能为你生孩子，我不可能为你们程家传承香火、生儿育女了……

程　心　丽丽，这也没有什么呀，不能生儿育女，我们就当丁克家族好了。

马　丽　程心，你要对我说实话，你真的是这样想的吗？

程　心　我就是这样想的。父母的意见，我就当天外的风，我也不会听他们的。丽丽，你不要想太多了。

马　丽　程心，你真的不会提出跟我离婚？

程　心　不会的，亲爱的，我原来不是跟你说过吗？你爱我一天，我爱你一辈子。男子汉、大丈夫，说话是要算数的。我是不会提出离婚的，我向你保证，苍天在上，我是永远不会离开你的。

马　丽　程心，你这是爱我呢，还是同情我、可怜我呢？

程　心　丽丽，我们结婚快二十年了，二十年的时间，不要说夫妻之间的感情血浓于水了，就是两只小鸟在一起，也难舍难分了。你不要哭天抹泪了。

马　丽　谢谢你，程心，你还像原来一样爱我吗？

程　心　当然，亲爱的，你是我永远的妻子，我是你永远的丈夫。过去人常说，一日夫妻百日恩，百日的恩情比海深，我们已经是二十年的夫妻了，你还担心什么呢？

马　丽　我是担心失去你呀！

程　心　小傻瓜，你不要想太多了，我们之间的爱比天高，我们之间的情比海深。你把人生最美好的青春献给了我，你把人生最灿烂的年华献给了我，你把人生最幸福的时光献给了我，我为什么要背叛你呢？你不要胡思乱想了。

马　丽　亲爱的老公，失去你，我怕真要活不下去的。

程　心　好了，亲爱的太太，你一天到晚在家琢磨什么呢？

马　丽　老公，过一段时间就到“五一”劳动节了，你要放假休息吧？

程　心　肯定要休息的，国家的法定假日，至少要休息两天时间吧。

马　丽　休息两天？程心，你还记得今年的“五一”劳动节是什么日子吗？

程　心　“五一”劳动节，就是国际劳动节嘛。

马　丽　还有呢？

程　心　还有什么？

马　丽　糊涂蛋。今年的“五一”劳动节，正好是我们两个人结婚二十周年的纪念日。

程　心　是呀，我们结婚整整二十年了。

马　丽　咱们应该庆祝一下吧？

程　心　当然应该庆祝，太应该庆祝啦！

马　丽　老公，说实话，我们两个人结婚走过二十年太不容易啦。

程　心　有什么不容易的？不知不觉就到二十年了。

马　丽　这二十年，因为有你，我才活得非常幸福！

程　心　太太，你太会表扬我啦。

马　丽　这二十年，我让你受苦受累啦……

程　心　丽丽，你什么时候学会跟我客气起来啦？

马　丽　夫妻之间二十年，因为有你，我才活得春风如意。

程　心　夫妻之间一辈子，不就是互相关心、互相爱护、互相帮助吗？要不怎么叫夫妻呢？

马　丽　老公，因为有了你的爱，我才活得非常幸福。

程　心　哎呀，我的太太，你就不要对我唱情歌啦，我要做饭啦。

马　丽　做饭不着急，我想跟你商量一件事儿。

程　心　太太，有什么指示你就说。

马　丽　我想过“五一”请我的父母到咱们家里来过，庆祝我们结婚二十周年如何？

程　心　这没有问题，我来买，我来做。

马　丽　那就说好了，过“五一”劳动节，请我的父母到咱们家里来过，庆祝我们结婚二十周年！

程　心　好！我要看一看冰箱里还有什么东西，需要买什么东西？

马　丽　其实吃什么东西并不重要，重要的是纪念我们结婚二十周年！

程　心　那请老丈人和老丈母娘到家里来吃饭，也不能马虎了。过去的二十年，都是爸爸妈妈请我们回家去吃饭，或者是他们给我们送好吃的过来，我们从来也没有正式请过父母大人来吃过饭。

马　丽　那你就好好表现表现。

程　心　好，太太，我听你的。

［马丽和程心快乐地拍手、击掌，两个人高兴得像孩子一样。程心马上跑进厨房去查看冰箱的东西。马丽转动轮椅车也随后跟进去。］

第十五场

马丽的父母双手拎着大盒、小盒、大袋、小袋的东西，来到女儿、女婿的家里，送好吃的东西来了。老两口进门就通报女儿到了。

马　母　阿丽，我们来啦！

［马丽转动轮椅车从厨房转出来。］

马　丽　爸爸，妈妈，你们这么快就来啦？

马　母　你们不是请我们过节来吃饭吗？我们正好给你们送好吃的来啦。

马　丽　爸爸，妈妈，程心已经在厨房做上啦。

马　母　那你就告诉他不要做啦，我们在家都做好了，东西都拿过来啦！

马　丽　妈妈，你们都做了什么好东西呀？

马　母　我跟你爸爸在家忙活了一天，我蒸了两锅包子，你爸爸做了红烧排骨、清蒸鱼，还有红焖大虾、木耳炒鸡蛋、凉拌三丝，等等，全拿过来啦！

马　丽　谢谢爸爸妈妈。那我就叫程心不做啦？

马福贵　你们不要做了，我们把东西都拿来啦，摆到桌子上就可以吃饭啦。

马　丽　谢谢爸爸妈妈。程心，不要做饭啦，爸爸妈妈送吃的来啦！

［程心穿着做饭的围裙从厨房里出来了。］

程　心　爸爸、妈妈，你们送什么好吃的来啦？

马福贵　我们做了八个菜，一个汤，还有包子，吃不完。快拿盘子来！

程　心　好，我拿盘子。

［马丽的父母把带来的东西从袋子里、盒里，一样一样拿出来，放到饭桌上。程心返身进了厨房，去拿了盘子出来，放到桌子上。］

马　丽　爸爸，妈妈，你们做了这么多好吃的呀？

程　心　爸爸妈妈做的菜好香啊，满屋飘香！

马　丽　爸爸，妈妈，你们做这么多菜送过来吃得完吗？

马福贵　吃不完，你们留着明天吃。

马　丽　我怕明天也吃不完，你们做得太多啦。

马　母　饭菜都有了，可以吃饭了吧？

马福贵　不，等一等，我还有好酒呢！

马　丽　爸爸，您还带酒来啦？

马福贵　当然要带酒来啦，今天是你和程心结婚二十周年的喜庆之日，不但要喝酒，还要喝好酒，我把二十年前家里的茅台酒拿过来了，我要跟女儿女婿喝酒，干杯！

马　丽　爸爸，您知道的，我和程心不喝酒。

马福贵　我知道你们平时不喝酒，但是今天要喝，你们都要喝。我还要敬女婿三杯酒，我还有话要说呢。

马　母　阿丽，你爸爸今天高兴，要喝就喝吧。

马　丽　爸爸，今天您是要把我和程心灌醉吧？

马福贵　有这样的想法。大家都坐吧，也没有外人，用不着客气。程心，我的好女婿，过来坐，今天一定要喝酒！

程　心　好的，爸爸，今天我陪您喝。

马　丽　爸爸，要不把阿玲、阿伦他们两家人叫过来吧？

马福贵　不要叫他们，今天我不想见到他们，就我们四个人吃饭、喝酒。

马　丽　爸爸，这么多菜，还有这么多包子，叫他们两家人过来，饭菜也足够吃的。

马福贵　我说不叫就不叫。大家都坐下来。程心，过来陪我坐，今天我要跟你好好喝几杯！

程　心　好的，爸爸，舍命陪君子，我今天奉陪就是了。

马福贵　对了。阿丽，今天你也一定要喝酒！

马　丽　爸爸，您今天是怎么啦？一定要我和程心陪着您喝酒？

马福贵　爸爸有话要对你们说。坐下来，坐下来，都坐下来！

［一家四口人围着饭桌坐下来。马丽还是坐轮椅，其他人坐椅子。马老先生为每一个人的酒杯里倒上了酒，然后举起了酒杯，全家人也跟着老人家举起了酒杯。］

马　丽　爸爸，今天您老人家好像特别高兴，说点祝酒词吧？

马福贵　今天我是要说话，我要对你们说我的心里话。今天是你和程心结婚二十周年，我首先敬你们一杯！

马　丽　谢谢爸爸，真喝呀？

马福贵　当然是真喝了。

程　心　爸爸，第一杯酒，还是我和丽丽先敬您老人家吧？

马　丽　是呀，爸爸，在家宴上，应该是小辈敬长辈。

马福贵　不，在今天你们的家宴上，是长辈敬小辈！

马　丽　长辈敬小辈？为什么呀，爸爸？这不对呀。

马福贵　孩子，二十年前，你们结婚的时候，我和你妈妈太对不起你们啦。

程　心　爸爸，您老人家这话是怎么说的？

马　丽　是呀，爸爸，长辈永远是长辈，小辈永远是小辈，这是不能颠倒的。

马福贵　孩子，二十年的时间，我和你妈妈心里一直觉得非常对不起你们，所以我和老太婆今天一定要向你们道歉！

程　心　爸爸，话不能这样说呀。

马　丽　是呀，爸爸，天下哪有父母向孩子道歉的？

马福贵　我和你妈妈应该向你们道歉！二十年前，你们结婚的时候，我和你妈妈非常反对你们结婚，我们全家人都反对你们的婚姻，可是阿丽一定要坚持结婚，我们当时心里真是很不舒服，虽然强烈反对，还是没有能够阻止你们的婚姻。

程　心　爸爸，事情已经过去二十年了，不说了。

马　丽　是呀，爸爸，陈年旧事不提了。

马福贵　孩子，你们结婚的时候，我和你妈妈太对不起你们了，当时我们是老糊涂了，连你们的婚礼也没有参加，现在想起来后悔呀！

马　丽　爸爸，您和妈妈参加了我们的婚礼吧？您老忘记了吧？

马福贵　不，我没有忘记，我记得清清楚楚，我和你妈妈非常顽固，没有参加你们的婚礼……

程　心　爸爸，过去的事情就不必说了。

马福贵　不，今天我要说，我要把所有压在心里的话都说出来！你们结婚，女儿出嫁，这本来应该是我们马家高高兴兴、欢欢喜喜的大事情！可是我和你妈确实老糊涂了，没有给你们一份彩礼，也没有给你们一分钱的陪嫁，实在对不起你们啦！

程　心　爸爸，不说了，咱们喝酒好不好？

马福贵　我是要喝酒，这杯酒是我向你们道歉的酒，也是我向你们谢罪的酒！

［*马福贵一口就把酒杯的酒喝光了，随后又为自己倒酒。*］

马　丽　爸爸，您吃菜，慢一点儿喝酒。

程　心　对了，爸爸，您吃菜，少喝酒。

马福贵　孩子，我今天特别想喝酒。请你们原谅我们当时的一念之差，一时的糊涂，看不起你这个农村人，看不起你这个从农村出来的大学生，看不起你这个从乡村出来的土包子，这是传统的世俗观念决定了我们的过错。我们的眼光太近视了。

［*马福贵用手拍了拍女婿的肩膀，表示歉意。*］

程　心　爸爸，这很正常，现在的城市人还是一样瞧不起我们农村人，这种世俗的观念是难以改变的，我能理解你们当时的心态。

马福贵　可是我们错了，事实证明我们的眼光有问题。还是我女儿聪明，有眼光，义无反顾地嫁给了你，事实证明她嫁对了，这是她一辈子修来的幸福，嫁给了一个天下少有的好男人！

程　心　爸爸，您可不要这样说。

马　丽　爸爸，您说对了，您说得太对啦！

马　母　孩子，当年我和你爸爸真的是挺对不起你们的。

马　丽　妈妈，已经过去的事情就不说了。

程　心　是的，爸爸，妈妈，什么也不要说了，咱们今天不谈过去的事情。

马福贵　不，孩子，我要说，你跟我们家阿丽结婚二十年，一起走到今天，我和你妈妈亲眼看到了你对我们家阿丽的关爱、付出、照顾，你为她尽心尽力地奉献了一切，这是我们亲眼所见，实在难得呀！你为了给她治病，花光了家里所有的钱，家也卖了，值钱的东西也卖了，这是我们看在眼里、记在心里的。

程　心　爸爸，这没有什么，夫妻之间不就是互敬互爱吗？

马福贵　孩子，我活了一辈子，已近古稀之年了，也算见过或者说耳闻目睹过不少事情。

程　心　爸爸，咱不说了，喝酒好不好？我敬您老人家一个？

马福贵　不，女婿，这第二杯酒还是我敬你！

［马福贵又一口喝光了自己的酒，菜也不吃，又倒上了酒。］

马　丽　爸爸，您光喝酒，不吃菜，要喝醉的。

马福贵　姑娘，我喝不醉。老话说，久病床前无孝子，更不要说如今社会的年轻夫妻了。我活了一辈子，所见、所闻、所看到的男人，对有病的妻子，没有像你对我们家阿丽这样的，二十年如一日，不离不弃地关爱她，照顾她。我看见最多的男人是，妻子病了，男人不要了，妻子不中用了，男人走了；除了离婚，就是换老婆。社会公德已经不存在了。而你还一心一意地照顾着我们家的女儿，照顾着我们家阿丽。所以，我和老太婆特别要向你致敬！

［马福贵与女婿碰了杯，又一口喝光了自己的酒。随后他从身上拿出一张银行卡来，放到饭桌上，放到了女婿的面前。］

程　心　爸爸，您这是什么意思呀？

马福贵　程心，我的好女婿，这是一张银行卡，密码是阿丽的生日。这是我和老太婆一辈子的积蓄，我和老太婆决定交给你们啦，就算我和老太婆对你们表示的歉意和补偿吧。请收着。

程　心　爸爸，这不行，这个钱我们不能要。

马　丽　是的，爸爸，您把银行卡收起来，我们不能要您和妈妈一辈子积蓄的辛苦钱！

马福贵 孩子，拿着吧，这是我和你妈妈商量好了的，以后把家里所有的钱都交给你们。

马　丽 爸爸，这不行的，这要叫阿玲、阿伦他们两家人知道了，要造反的。

马福贵 有龙王爷在，小鬼闹不起来。

马　丽 爸爸，这我们也不能接受，阿玲和阿伦他们两家人要是知道了，要对我们有意见的。

马福贵 不要提他们。

马　丽 爸爸，这肯定不行，您和妈妈积蓄了一辈子的钱，要给了我们，阿玲和阿伦他们两家人要联合起来造反的。

马福贵 我说过了，不要提他们！父母都希望儿女们过得好，兄弟姐妹之间在人世间生存，要相互关爱，相互照应，但是他们叫我和你妈妈感到很失望。他们就是过去人所说的白眼狼。自从阿丽得了病之后，他们对你们的家庭就很少关心，很少过问，现在连问也不问了。我们当父母的看得真真切切、清清楚楚。后代人之间已经没有什么感情亲情可言了。作为长辈，我们就是要把钱送给最需要的人，送给生活最苦、最难的孩子，这是我们当父母的心意。我和你妈妈积攒下来的钱，跟他们一点关系也没有。我就是要把钱送给生活最困难、最需要的人，希望你们以后的生活不要过得太悲惨！

马　丽 爸爸，您和妈妈的心意我们领了。可是为了避免家庭闹矛盾，为了避免兄弟姐妹之间闹翻脸，我们感谢爸爸妈妈的厚爱，可是不能接受。

马福贵 为什么？阿丽，为什么你不能接受？

马　丽 爸爸，我是家庭的长女，如果我自私，弟妹们以后要对我这个姐姐有意见的。

马福贵 你不要理他们！我把他们看透了。我活着，他们翻不起大浪来；我走了，我会把身后的遗嘱交给你们。这就是我和你妈妈今天到你们家来庆祝你们结婚二十周年，亲自上门来吃饭的原因。好人必有好报，这是中国千古流传下来的美德和传统，必须要传承下去！

马　丽　爸爸，听您老人家的话，您和妈妈还是对我的将来不放心，我有程心，没事儿的。

程　心　是的，爸爸，您和妈妈要相信我，就把银行卡收起来。这是你们一辈子辛辛苦苦积攒下来的钱，留着以后养老用。

马福贵　我们养老还有钱，还有退休金，还有医保，不用你们操心。

程　心　爸爸，您和妈妈的银行卡，我们真的是不能要，但是心意我们领了。

马福贵　如果你要不把银行卡收起来，我就给你跪下啦！

［马福贵真的从桌子上拿起银行卡，在程心面前跪下来，吓得程心也惊慌不安地在老丈人面前跪下来。马丽也惊呆了。］

马　丽　爸爸，您这是干什么呀？

程　心　爸爸，您快起来。

马　丽　爸爸，您是不是喝醉啦？

马福贵　不，孩子，我没有喝醉，就喝了三杯酒，我能喝醉吗？我是为了向我的女婿致敬！感激你多年来对我们家阿丽的关爱！

程　心　爸爸，您快起来，这是小婿应该做的，您快起来，哪有泰山大人给小婿这样施礼的？

马　丽　是呀，爸爸，从古到今，都是小辈给长辈下跪，哪有长辈给小辈下跪的？

程　心　是呀，爸爸，从古到今没有这样的礼节呀，您快起来吧！

［女婿要把老丈人扶起来，可是老丈人依然跪在女婿面前，女婿也依然跪在老丈人面前，马丽看到这样的场面哭了。］

马　丽　爸爸，我求您起来吧！

马福贵　不，程心，我们家阿丽一辈子拖累你了，我和老太婆向你表示感谢！我和老太婆已经老了，风烛残年了，活不了几年啦，不可能帮你照顾女儿一辈子啦。如今的社会，金钱万能，人心都变了，变得没有人情味儿了，就剩下钱了，金钱腐蚀了灵魂，人与人之间的感情越来越虚伪了，亲人之间的感情也越来越淡薄了。我们家阿丽，作为家庭的长女，从小帮助爸爸妈妈把弟弟妹妹带大了，如今她有困难了，他们都躲了，指望不上了。我们家阿丽以后就指望你了。我和老太婆只能把阿丽的余生托付给你，我和老太婆即便走了，也会在九泉之下向你磕头致敬的！

［马丽的父亲不仅给女婿下跪表示感激之情，同时还向女婿磕头致敬，吓得女婿也给老丈人磕头回敬。］

程　心　爸爸，您老人家快起来，您不能这样！从古到今，只有晚辈给长辈磕头请安的，没有长辈给晚辈磕头致敬的，这不符合传统礼仪呀！

马福贵　程心，我的好女婿，我们家阿丽的余生就交给你啦，把银行卡收起来吧！

程　心　爸爸，我和丽丽结婚二十年了，人生已经走过大半辈子了。您老人家快起来吧，哪有泰山大人给小婿磕头的？这不对呀。

马福贵　拜托啦！

［马丽的父亲把手中的银行卡交给女婿，又规规矩矩地给女婿磕了三个头，程心才把老丈人从地板上扶起来。马丽和老母亲看到这样的场面也是潸然泪下。这就是结婚二十年，马丽和程心的欢庆家宴，既有喜也有点悲。］

程　心　爸爸，应该我向您老人家敬酒啦。今天是我和丽丽结婚二十周年的喜庆日子，我敬祝您老人家和母亲大人健康长寿、长命百岁！

马　丽　对，敬祝爸爸妈妈健康长寿、长命百岁……

［大家共同举杯，敬酒碰杯之后畅饮。大幕徐徐落下来。剧终。］

2014 年 8 月 · 车城 · 十堰

梅开二度

剧中人物

曾　光：知识青年。
宋丹心：曾光的好友、妻子。
荣　荣：曾光、宋丹心的女儿，少年学生。
舒　香：曾光的同学、好友。
舒　童：舒香的儿子，少年学生。
黄春花：农家姑娘，舒香的好友。
郭小红：女知青。
万福丽：女知青。
陆春芳：女知青。
李国成：男知青。
王中英：男知青。
武　力：男知青。
黄大叔：农村生产队长。
黄大妈：黄队长老伴。
严书记：农村大队党支部书记。
民兵连长：大队的民兵干部。
农民甲、乙、丙、丁等。

上　部

第一场

本剧故事发生的时间是20世纪70年代，地点是长江流域一个比较贫困、落后的小山村。山里的夜静悄悄的，黄家堂屋里一片黑暗。夏秋的深夜，应该是人们进入梦乡的时间，所以黄家堂屋是一片黑暗。这是知识青年们居住的地方。突然，女知青的房间里传出了惊恐的叫声。

宋丹心的声音　妈呀，开灯，快开灯！舒香，快开灯，快开灯啊！

舒香的声音　丹心，你怎么啦，丹心？你怎么啦？你叫什么？丹心？

宋丹心的声音　妈呀，舒香，快开灯，快开灯，快开灯啊！

舒香的声音　开了，开了！你怎么啦，丹心？你怎么啦？

宋丹心的声音　妈呀，吓死我啦，我的妈呀！

舒香的声音　你怎么啦，丹心，做噩梦啦？

宋丹心的声音　不是的，不是做噩梦，是老鼠，大老鼠！

舒香的声音　大老鼠？你不要怕，丹心，老鼠没有什么好怕的！

宋丹心的声音　妈呀，吓死我啦，该死的老鼠爬到我脸上来啦，这样的房子我可不敢睡啦！

舒香的声音　丹心，你要干什么去？

宋丹心的声音　太可怕啦，这样的房子老鼠成灾，我可是不敢睡啦！

［宋丹心第一个从房间里跑出来，跑到堂屋里来，开亮了灯。随后舒香和其他三个女知青也从房间里跑出来。］

郭小红　丹心，你乱叫什么？深更半夜的吓死我们啦！

宋丹心　老鼠，该死的大老鼠太可怕啦！

万福丽　老鼠？我的妈呀，我还以为是贼来啦！

陆春芳　丹心，老鼠有什么可大惊小怪的？要吓死我啦！

宋丹心　老鼠在我身上跑来跑去的，多可怕呀？

舒　香　丹心，小老鼠有多可怕呀？

宋丹心 我是最怕老鼠啦，妈呀，救救我！

舒　香 老鼠闹东京，叫妈有什么用啊？

郭小红 丹心，怕老鼠怎么办？怕老鼠就不睡觉啦？

万福丽 丹心，你叫得我们也不敢睡了。

宋丹心 真的，大老鼠在我脸上跑来跑去的，吓死我啦！

陆春芳 你别说啦，丹心，你越说大家越怕。

宋丹心 我不睡啦，大老鼠太可怕啦，实在是太可怕啦！

舒　香 丹心，不睡了怎么办？怕老鼠大家就不睡觉啦？

宋丹心 我是不睡了，要睡你们睡吧。吓死我了，吓得我魂儿都没啦！

舒　香 丹心，你真不睡觉啦？

宋丹心 我是不敢睡了。这是什么房子呀？老鼠闹翻了天！

舒　香 曾光，你出来一下！曾光，你出来一下！

曾光的声音 来啦。女同胞们，深更半夜的叫什么呀，这样大惊小怪的？

舒　香 丹心，你先安静安静，你可不要吓唬我们啦。

宋丹心 我可不是吓唬你们的，真的，大老鼠在我脸上乱爬乱跑！

舒　香 老鼠咬着你了没有？

宋丹心 老鼠倒是没有咬着我。

舒　香 没有咬到你就不要紧。

［这时曾光从男知青的房间里走出来了，来到了堂屋。］

曾　光 怎么啦，宋丹心，发生了什么事啦，好像碰到鬼啦，大喊大叫的？

宋丹心 什么鬼呀，是大老鼠咬我！

曾　光 老鼠咬你啦？我当什么事儿呢。老鼠咬你，说明你长得美，长得漂亮，长得好看。

宋丹心 我长得美，长得漂亮，老鼠就要欺我呀？

曾　光 可能是吧，要不老鼠怎么在你脸上爬，不往别人脸上爬呢？

宋丹心 去你的，人家都要吓死了，你还满嘴胡说八道的！

舒　香 曾光，我们的房间里到处是老鼠，闹得人实在睡不着，你说怎么办？

曾　光　我还以为发生什么大事儿了呢，就是小老鼠有什么可怕的？

宋丹心　不是小老鼠，是大老鼠！

曾　光　大老鼠有多大呀？

宋丹心　大得像猫一样！

曾　光　大得像猫一样？你还说得老鼠成精啦？

宋丹心　老鼠是很大的，曾光，这样的房子我可是不敢睡啦！

曾　光　不睡了，怎么办？我们的房间里也有老鼠，大家还不是一样要睡觉吗？

宋丹心　你们能睡得着，我可睡不着，我怕老鼠咬我！

曾　光　怕老鼠咬你，你就用被子把脸蒙起来。

宋丹心　用被子把脸盖上，我也不敢睡了。

曾　光　那怎么办？

宋丹心　我最怕该死的老鼠啦。

曾　光　怕怎么办呢？怕老鼠就不睡觉啦？真是的。

宋丹心　曾光，我求你为我们想一想办法吧。

曾　光　你求我有什么用啊？丹心，对老鼠我有什么办法？打又打不着，你说怎么办？

［这时其他三个男知青也从房间里出来了。］

李国成　怎么回事儿，姑娘们，深更半夜的不睡觉，大惊小怪地叫什么？

宋丹心　死老鼠，该死的老鼠要吃我……

王中英　什么？死老鼠要吃你？

武　力　不会吧？宋丹心，死老鼠变成活老虎啦，要吃人啦？

宋丹心　是的。曾光、李国成、王中英、武力，我求求你们为我们女知青想一想办法吧！

曾　光　这办法可不好想了，老鼠闹腾，我们也没有什么好办法。

舒　香　曾光，你们男知青进屋帮我们打一打吧。

曾　光　进屋打老鼠，有用吗？

舒　香　管它有用没有用，打一打，老鼠可能会老实一会儿吧。

曾　光　那就进屋打吧。

李国成　曾光，深更半夜的打老鼠？神经病吧？

王中英　老鼠夜里比人还精，打得着吗？

武　力　曾光，深更半夜的打老鼠，这不是开国际玩笑吗？

曾　光　兄弟们，姐妹们让打就打吧。

李国成　宋丹心，几只小老鼠就把你吓成了这个样子，至于吗？

宋丹心　我最怕老鼠了，李国成，我从小就怕老鼠。

王中英　这深更半夜的打老鼠不是瞎胡闹吗？宋丹心，还是回屋老老实实睡觉吧。

宋丹心　这样的房屋我可是不敢睡觉了，老鼠在我身上跑来跑去的，好像要吃了我。

武　力　我真是奇了怪了，人还有怕老鼠的？

宋丹心　这有什么好奇怪的？我天生就怕老鼠。

李国成　宋丹心，老鼠没有什么可怕的。

宋丹心　看你说的，老鼠万一咬了我怎么办？

王中英　怎么会呢？

武　力　老鼠是怕人的。

宋丹心　老鼠怕你们男的，不怕我们女的。

曾　光　有这样的说法吗？

宋丹心　当然有这样的说法。

曾　光　那就打吧。

李国成　曾光，我们拿什么打老鼠？

曾　光　只有到伙房去拿木柴棍子打老鼠。

王中英　曾光，这真是瞎胡闹，拿棍子能打到老鼠吗？

曾　光　除了棍子也没有什么东西可打老鼠的。

武　力　曾光，你有本事你打吧。

李国成　用棍子打老鼠就是闹着玩的。

曾　光　打不着老鼠，能把老鼠吓跑也行啊！

王中英　好，曾光，听你的，打吧。

武　力　那就打吧。我去拿棍子。

[武力下，到伙房去拿棍子。]

曾　光　弟兄们，咱们先进屋看一看老鼠躲藏在什么地方。

李国成　好，曾光，你当指挥官。

王中英　我们当民兵。

李国成　曾光，你说怎么打，咱们就怎么打。

王中英　我们听你的。

曾　光　咱们只要把老鼠打跑，吓走，就算完成任务。

[曾光和两个男知青进了女青年住的房间，下。]

舒　香　这样闹腾大家都不用睡觉了。

宋丹心　农民老乡的房子，怎么会有这么多的老鼠呀？

舒　香　这都是泥土房、木板房，能没有老鼠吗？

宋丹心　我们下乡来的这是什么破地方啊？劳动一天挣不到两毛钱，住的房子老鼠满屋跑，以后大家还怎么过呀？

郭小红　是呀，日子还长着呢，怎么过呀？

[宋丹心伤心地哭起来，带着其他姑娘心情也难受起来。]

舒　香　丹心，你不要哭，丹心，你不要哭，大家都不要哭。

宋丹心　舒香，我真的不敢想，我们以后怎么过，怎么生活？

舒　香　丹心，你不要想太多了，既来之，则安之，当地的农民能过，我们也一样能过。

宋丹心　舒香，我们外来的知青和本地的农民是不一样的，是不能比的，他们能过，我们不一定能过。他们是土生土长的，已经适应了这里的生活环境。而我们是外来的，生活的环境又是这样苦，我们以后很难适应的。

舒　香　苦也就是苦几年，过几年我们还有机会回城的。

宋丹心　谁知道我们在这里要待上几年呢？

舒　香　也许一年，也许两年，也许三年，也许五年……

[宋丹心与舒香的对话，引得姑娘们都哭起来了。武力从伙房拿着几根烧火的木柴棍子出来了。]

武　力　姑娘们，哭什么呀？我们男爷们马上为你们打老鼠！

[姑娘们没有答话。武力拿着棍子走进姑娘们的房间了。随后姑

娘们的房间里就传出了男知青打老鼠的敲击声和他们的吼叫声。]

众男知青的声音 嘿！——嘿！——嘿！——嘿！——嘿！——嘿！

李国成声音 曾光，这样打法根本就打不着老鼠！

曾光的声音 我也知道这样打不着老鼠，只要能把老鼠吓跑也就达到目啦！

王中英声音 嘿，嘿，嘿！你们别说，我还真打到了一只老鼠！

武力的声音 真的？中英？

王中英声音 当然是真的，快来看，打死了吧？一棍子就击中要害了！

曾光的声音 行，中英，你有功！

李国成声音 中英，你还挺神的！

王中英声音 这是真功夫！

武力的声音 这家伙，可有牛吹啦！

王中英声音 老鼠叫我打死啦，这是真的吧？这是吹牛吗？这叫水平！

[王中英拿着一只死老鼠从女知青的房屋里出来，曾光他们随后也从姑娘们的房间出来了。女知青们看见王中英手里拎着一只死老鼠都吓得向后躲。]

宋丹心 妈呀，死老鼠快扔出去！

王中英 宋丹心，你不要怕，老鼠才这么大一点儿，体重还不到一公斤，你的体重少说也有八十斤吧？你怕什么呀？

宋丹心 妈呀，王中英，你别往我跟前拿！

王中英 好好好，我把死老鼠扔出去，你们就可以安心睡觉了。

[王中英拎着死老鼠走出去了。]

曾　光 舒香、宋丹心，打老鼠就这样儿了，没打着的也吓跑了，你们可以放心睡觉了。明天白天，我找老乡要一只猫来，保佑你们平安，今天晚上你们就睡觉吧，不要闹腾啦。

宋丹心 曾光，我还是不敢进屋去睡觉。

曾　光 那怎么办？大家不可能不睡觉吧？你们进去睡吧，睡着了也就不怕了，习惯了就不会怕老鼠了。

宋丹心 我不敢睡，我怕老鼠咬我，我怕老鼠咬我的脸……

曾　光 不会的，宋丹心，老鼠叫我们吓跑了，今天晚上肯定不会来啦。

宋丹心 谁知道呢？等我们睡觉关了灯，该死的老鼠又跑回来了。

曾　光 宋丹心，那你说怎么办？你有什么好办法？

宋丹心 我有一个好办法，就怕你们男知青不愿意帮助我们。

曾　光 你说吧，只要我们能办到的。

宋丹心 你们男孩子胆儿大，能不能安排一个人睡在这间堂屋里保护我们？只要你们在堂屋里睡一个人，轮流当我们女孩子的守护神，我们在屋里睡觉心里也就踏实了。

李国成 你说什么？宋丹心，你再说一遍？

宋丹心 我说，你们男知青在堂屋里睡一个人，我们就不怕了。

李国成 我的妈呀，你这是什么鬼主意呀？

武　力 宋丹心，你可真是想得出来，不让我们睡觉啦？

宋丹心 我求求你们了，哥哥们，帮助帮助可怜的小姐妹吧，要不然我们女孩子可不敢睡觉了，睡着了心里也不得安宁。

李国成 曾光，你是户长，是我们知青的领导，这个问题你来定吧。

曾　光 宋丹心，你叫我们睡在堂屋里怎么睡呀？

宋丹心 你们从屋里拿出一张床板来，放在地下，不就可以睡人了吗？

曾　光 拿床板出来睡在地下，能吓跑老鼠吗？

宋丹心 曾光，我求你们今天在堂屋里睡一个人吧，明天白天找老乡要一只猫来，我们就不用你们守护了。

曾　光 大家说，这个问题怎么办？谁愿意当女同胞们的守护神？

李国成 有困难了找领导。

王中英 是的，这个时候领导就应该冲锋在前。

武　力 曾光，这个问题你看着办吧。

曾　光 那好吧，今天晚上我就守护姑娘们一晚上，明天我找黄队长、找老乡，要一只猫来，你们大家安心睡吧。

宋丹心 谢谢你，曾光，你真是好人，大好人！

李国成 宋丹心，曾光他是大好人，我们就是坏蛋啦？

宋丹心 曾光他是大好人，你们不是纯爷们。

武　力 宋丹心同志，这样光荣的任务只有请曾光同志担当。

李国成 是呀，他是我们知青点的当家人嘛。

曾　光 好，我来担当，你们就不要废话了。

李国成 曾光，应该勇挑重担，这才是当领导的样子。

武　力 对了，曾光同志，应该冲锋在前，这才是好领导。

李国成 曾光同志，你是应该为我们做出榜样。

曾　光 得啦，少说俏皮话吧。你们大家都安心回去睡觉吧。

宋丹心 谢谢你，曾光，谢谢老同学，非常感谢！

曾　光 行啦，我的小姐，不要客气啦，现在已经大半夜了，大家都该睡觉了。

李国成 我是要回去睡觉了。

武　力 我都要困死啦，睁不开眼睛了。

［李国成和武力马上进屋睡觉去了。］

曾　光 哎，国成，武力，你们要帮我把床板拿出来呀！

［这时正好王中英从外面回来了。］

王中英 走吧，曾光，我来帮你拿床板。

［曾光和王中英进屋拿床板，下。］

舒　香 丹心，你的要求太过分了，你怎么想得出来叫他们守护？

宋丹心 我不是为了大家着想吗？要不我们女孩子敢睡觉吗？

舒　香 丹心，你的要求可苦了曾光了。

宋丹心 苦就让他苦一晚上吧，谁让他是户长，是我们九个人的领导，又是我们的老同学呢？老同学不照顾我们谁还能照顾我们？

舒　香 你说得也对，现在大家可以安心回屋睡觉去了，有老鼠闹腾也不用怕了。

宋丹心 不要提老鼠，提老鼠我还是怕！

舒　香 怕也要回屋睡觉，我们大家不能睁着眼睛坐一晚上吧？

宋丹心 有曾光在堂屋守夜，我们在屋里睡觉心里会觉得踏实一些。

舒　香　说得对，回去睡觉吧。走吧，走吧，进屋吧。

［女知青们都回屋睡觉去了。曾光和王中英两个人抬着一张床板从屋里出来。］

王中英　曾光，床板放在哪儿呀？

曾　光　床板就放在中间地下吧，开着门睡觉，有风吹进来凉快。

王中英　那就放在中间了。

［两个人把床板放在堂屋的中央地面上。］

曾　光　嗯，还行，床板放在地下稳稳当当的，比放在板凳上稳当多了。

王中英　那你就在这里睡吧，我是要进屋睡觉去了。

曾　光　你进屋睡吧。

王中英　要不要关灯？

曾　光　不要关灯，我自己会关的。

［王中英进屋睡觉去了。剩下曾光一个人在床板上坐下来，从身上拿出笔和笔记本，静下心来，写日记。夜深了，两个屋的男女知青们也安静下来睡觉了。曾光却在床板上精神十足地写东西。过了一会儿，宋丹心又从屋里出来了。］

宋丹心　曾光……

曾　光　丹心，你怎么又出来啦，还不敢睡觉？

宋丹心　曾光，真是不好意思，我来给你送一点吃的东西，晚上辛苦你了。

曾　光　没有事儿的，你安心去睡吧。

宋丹心　给你一个苹果。

曾　光　我不需要。

宋丹心　拿着吧，万一夜里肚子饿了，可以垫一垫肚子。

曾　光　也好，谢谢你。

［宋丹心给了曾光一个苹果，曾光也不客气地收下了。］

宋丹心　曾光，你在写什么？深更半夜了还不睡觉？

曾　光　写日记。

宋丹心　写日记？你还写日记？

曾　光　写着玩的。下乡来了，新的生活开始了，写点东西留个记忆。

宋丹心　你还真行啊，痴心不改，你还真梦想当作家呀？

曾　光　有什么不敢梦想的？作家不也是人当的吗？我不也是人吗？

宋丹心　行，有骨气，坚持到底！

曾　光　谢谢。我是无聊，不写东西也是睡不着。

宋丹心　你真是有理想、有志向、有野心的人呢。

曾　光　见笑了。我是胡思乱想。回屋睡你的觉去吧。

宋丹心　曾光，上学的时候你看书着迷，现在写日记也着迷啦？

曾　光　这是爱好，也是习惯。没有事儿干什么呢？只能自己给自己找点事儿干。

宋丹心　你真是好样的，辛苦一天了，你也不觉得累？

曾　光　累是累，该做的事情还是要做的。

宋丹心　你这种精神和习惯真是令人敬佩。

曾　光　谢谢夸奖。你快回屋睡觉去吧。

宋丹心　好，我睡觉去了。明天不要忘记了找黄队长要一只猫来。

曾　光　忘不了，明天我可是不想睡在这里了。有蚊子。

宋丹心　我睡去了。我也怕蚊子咬我。

曾　光　去睡吧。明天早晨我们所有的知青还要到大队去开会呢。

宋丹心　明天开什么会？

曾　光　生产队可能要开欢迎我们知青的会吧。

宋丹心　你早一点休息，曾光，不要太累了。

曾　光　好的，我等一会儿就睡。

[宋丹心回屋，下。曾光继续在床板上写日记。舒香又从屋里出来了。]

舒　香　曾光，你怎么还不睡呀？

曾　光　我还有点事儿。你怎么也出来啦？

舒　香　我想上厕所。

曾　光　晚上出去上厕所可不大方便。你有手电吗？

舒　香　没有。从家来时忘记带了。

曾　光　我有，我去给你拿手电来？

舒　香　谢谢。

［曾光起身进屋拿手电。舒香走到床板前，俯身看着曾光写的日记。过了一会儿，曾光从屋里拿着手电出来了。］

曾　光　外面黑，小心一点儿。

舒　香　我知道。

［舒香出去上厕所去了。曾光又坐下来写日记。李国成又从屋里出来了。］

李国成　曾光，姑娘们屋里还有没有开水？

曾　光　我怎么知道？深更半夜了，你还找水喝，不怕起夜呀？

李国成　口渴的冒烟了，我想喝口水，你去给我找她们要一点开水来。

曾　光　她们已经睡了。

李国成　不可能的，我刚才还听见你跟她们说话啦。

曾　光　那就等一下吧。

李国成　等谁呀？

曾　光　等舒香回来，她出去了，一会儿就回来。

李国成　等她回来干什么呀？你就敲门叫别人起来给我倒一缸子水喝不就结了吗？

曾　光　你说得如此轻松，你怎么不敲门叫人家起来给你倒水呀？

李国成　你不是我们集体户的领导、家长嘛。

曾　光　你少来吧。你要想喝水，就等舒香回来，看她有没有开水倒给你。

李国成　好吧，好吧。曾光，我求你一点事儿可真难呢，姑娘们求你天大的事儿，你都心甘情愿地为她们服务，我求你一点儿芝麻大的小事儿，你都不愿意帮忙，这太不够哥们意思啦；还是姐妹说话好用，兄弟说话不灵啊！

曾　光　你少说屁话吧，等舒香回来我一定给你要水。

李国成　谢谢，这还算兄弟给面子。

［舒香从外面进来了。］

舒　香　你们两人不睡觉，说我什么坏话呢？

李国成　哎呀我的大姐，你可回来了，谁敢说你的坏话呀？我就是有一件小事儿想求你。

舒　香　你有什么事儿要求我？

曾　光　他神经病，深更半夜的要水喝。

舒　香　水有，我给你倒水去。

李国成　谢谢，谢谢，还是舒香姑娘好。

舒　香　不要溜须拍马。等着。

［舒香拿上李国成手里的缸子进屋里给他倒水去了。］

李国成　曾光，我们上山下乡到这样的穷地方来，以后的日子到底怎么过呀？

曾　光　我也没有想过，农民怎么过咱们就怎么过吧。

李国成　你不想不对呀，曾光，你是我们的户长，以后的苦日子可是不好当家呀。

曾　光　苦日子是不好过，那是明年的事情。今年我们有国家的财政补助，要比农民的日子好过得多。

李国成　曾光，我说的是明年、后年，我们知青的日子怎么过？

曾　光　我还没有想那么多，还没有想那么远，我想当地的农民们能过，我们知青也一样能过。

李国成　能过？曾光，我们知青怎么过？来到了这样一个穷山恶水的小山村，像黄队长那样的好劳力，一天才挣两毛钱，十天才挣两块钱，一百天才挣二十块钱；一年三百六十五天，咱们出勤出工照三百天来计算，一年才挣六十块钱，能活吗？

曾　光　你放心，李国成，饿不死人。

李国成　是呀，我也知道饿不死人，不行回家找父母要饭吃。

曾　光　国成，走一步说一步吧，后面的事情谁能想得到呢？

李国成　难呢，曾光，以后咱们知青的日子肯定是不会好过的。

曾　光　我们既然到农村来了，肯定是要吃苦受累的。你没有听到前面的几批老知青们说过吗：我们知识青年上山下乡、接受贫下中农的再教育，就是来吃苦受罪的。

李国成　老知青们说的也对，看来我们后面的命运还是要吃苦受罪。

曾　光　国成，不想那么多了，那是一百年以后的事儿。

李国成　谁说是一百年以后的事儿？曾光，时间可是过得快得很，你看，不知不觉一天的时间就过去了。

曾　光　后面的日子到时候再说吧。

［这时舒香端着水缸子出来了。］

舒　香　给你水，国成，一缸子够不够？

李国成　够了够了，谢谢你，舒香姑娘。

舒　香　一缸水有什么好谢的？

李国成　不用谢，我就回屋睡觉了。

［李国成接过自己的水缸子进屋去了。］

舒　香　曾光，你还不睡呀？

曾　光　我不着急睡觉，你先回屋睡吧。

舒　香　曾光，看来以后我们在这样的地方生活够艰难的。

曾　光　困难肯定是有的，告别了学生时代，我们就是成年人了；既然作为上山下乡的知识青年来到了农村，再苦再难我们也会挺过去。

舒　香　是呀，再苦再难也会挺过去的，时间总是向前走的。

曾　光　舒香，你说人活着为了什么？

舒　香　人活一辈子就是为了希望，为了梦想。

曾　光　可有的时候梦想是难以实现的。

舒　香　你说得对，人活一辈子，有时候可能是痴心梦想，但是有梦想的人，活得才有目标，活得才有意义。

曾　光　我也是这样想的。

舒　香　曾光，我送给你一个奖品。

曾　光　你送我什么奖品？

舒　香　你看。

［舒香从背后拿出一个大白梨来，亮在曾光的眼前。］

曾　光　大白梨？舒香，你为什么要送我这样的奖品？

舒　香　因为你为我们姑娘们睡在这里守夜，需要吃一点东西。

曾　光　舒香，你不要如此客气，东西还是你自己留着慢慢吃吧，细水长流。我们来到了这样穷的小山村，苦日子还在后面呢。

舒　香　拿着吧，曾光，我的大白梨比宋丹心的酸苹果好吃，味道好，特别水灵，特别甜，你尝一尝看。

曾　光　好，我拿着，谢谢你。

舒　香　这就对了，你要注意休息。

曾　光　你回屋睡吧，我也要休息了。

舒　香　你需要蚊香吗？这堂屋里有蚊子。

曾　光　我带的有蚊香，我自己会点的。

舒　香　丹心也是太娇气了，害得你在此守夜。

曾　光　可以理解，女孩子嘛，她又是家里最小的姑娘。不过就是一晚上也好对付，眼睛一闭天就亮了。明天我找黄队长与农民们要一只猫来，老鼠也就不敢胡闹了。

舒　香　曾光，我要睡了，你也早一点儿休息吧。

曾　光　好的，你去睡吧。

［舒香走了，回屋睡觉去了。曾光一手拿着苹果，一手拿着白梨，他的两只眼睛看着两只手上的东西，转来转去。］

曾　光　红苹果，大白梨，到底哪个好吃，哪个味道好？

［他咬了一口梨，咬了一口苹果，吃起来。他起身关了灯，坐在床板上吃水果。最后躺下来睡觉了。］

第二场

早晨，天还没有亮，黄大妈就到堂屋里来了。她开了灯。曾光醒了。

黄大妈　哟，这堂屋里怎么睡得还有人呢？

［曾光从床板上坐起来。］

曾　光　黄大妈，是我，您老人家这么早就起来啦？

黄大妈　不早了，孩子，天已经蒙蒙亮了。你没有地方睡觉呀，怎么睡到堂屋里来啦？

曾　光　大妈，我有地方睡觉，姑娘们胆儿小，怕老鼠，我在这里睡觉是给她们壮胆儿。

黄大妈 给姑娘们壮胆儿？

曾　光 是的。黄大妈，您老人家起来这么早干嘛？

黄大妈 我是来给你们做早饭的。

曾　光 来给我们做早饭？不用，不用，黄大妈，我们自己来做早饭。

黄大妈 孩子，你们会烧火做饭吗？

曾　光 黄大妈，不会我们可以学呀。

黄大妈 孩子，你们在家里没有用过木柴树枝烧火做过饭吧？

曾　光 没有。黄大妈，我们在家里都是用煤炉子烧火做饭，不烧木柴。

黄大妈 可是，烧木柴和烧煤炉子做饭是不一样的。在我们山里，都是用树枝和木柴烧火做饭的。我怕你们知青初来乍到，不会烧火做饭，所以呀，我就来给你们做两天饭，把你们教会了，你们再自己做饭吃。

曾　光 谢谢黄大妈，谢谢您！我来跟您老人家学着烧火做饭吧？

黄大妈 行，孩子。你们早晨是喜欢喝稀饭呢，还是喜欢吃干饭呢？

曾　光 大妈，我们早晨起来一般都喜欢喝稀饭。

黄大妈 那我就先到伙房烧水，你慢慢淘米吧。

曾　光 好啦，大妈，我马上淘米。

［黄大妈走了，到伙房去了。曾光开始敲男、女知青的房门。］

曾　光 起来啦，起来啦，天大亮啦！兄弟们，姐妹们，大家该起床啦！怎么没有动静啊？喂，起来啦，起来啦，天亮了，该起来啦，该起床啦，天大亮啦，都该起床啦！

［曾光把自己睡的床板拿起来，搬进了男知青的房间。舒香从女知青的屋里出来了。她把堂屋里的小桌子、小椅子摆了一下。曾光又从男知青屋里出来了。］

舒　香 曾光，昨天晚上睡得怎么样？没有睡好吧？

曾　光 还行，我觉得还可以呀，我睡好了。我这个人在哪儿睡觉都一样，躺下来就能睡到大天亮，不影响我休息。

舒　香　曾光，睡在这里真是委屈你了。

曾　光　这算什么委屈呀？我没有觉得受什么委屈，我还觉得睡在堂屋里挺美的，一个人睡这么大一间屋子。

舒　香　你真是想得开。你刚才在跟黄大妈说什么？

曾　光　我跟黄大妈说做饭的事儿。黄大妈大早晨就跑来给我们知青做饭来啦。

舒　香　那怎么好意思呀？

曾　光　就是的嘛，我也觉得不能再叫黄大妈给我们知青做饭吃了。昨天她老人家为我们忙了一整天，一直忙到晚上九、十点钟。今天又大早晨跑来给我们做饭吃，我的心里实在是觉得过意不去。黄大妈已经是五十多岁的人啦，还是我们自己来做早饭吃吧？

舒　香　好，我们两个人一起学着为大家做饭。

曾　光　我也是这个意思。你会烧火吗？

舒　香　不会可以学嘛，做饭有什么难的？

曾　光　我听黄大妈说，在这儿烧火做饭可是用木柴、烧树枝，跟我们在家里做饭是不一样的。

舒　香　我想，用木柴烧火做饭也不会太难吧？

曾　光　不知道，没做过，学着做吧。他们怎么还不起床呢？一群懒鬼，起床啦，起床啦，天已经大亮啦！

舒　香　曾光，不要叫啦，再让他们多睡一会儿吧。我们的人在家里睡懒觉已经睡习惯了。

曾　光　咱们下乡到农村来，睡懒觉的习惯就应该改一改了。我听见农民们天不亮就出去干活去啦。

舒　香　农民们是起得早。我也听见黄大叔叫农民们出工上山干活去啦。

曾　光　你没有听黄大叔昨天说嘛，要秋收了，农民们不起早不行啦。我们知青也不能睡懒觉了。

舒　香　我们刚来，还不习惯早起，慢慢适应吧。

［这时黄大妈又从伙房出来经过堂屋。］

曾　光　黄大妈，您要干什么去？

黄大妈　我要出去抱柴火来，你们的灶台上还没有烧火的木柴呢。

曾　光　大妈，我来，您坐着，我去抱柴火来。在哪儿抱呢？

黄大妈　就在外面，在我家的柴堆上。

曾　光　大妈，我去抱，不用辛苦您老人家啦。

［曾光跑出去抱木柴。］

黄大妈　舒香姑娘，你们做饭的大铁锅，我已经洗好啦。

舒　香　谢谢您，黄大妈，以后我们知青做饭就不用您老人家操心啦，我们自己来。

黄大妈　你们刚从城里来，到我们农村还不适应，我帮你们做几天饭也是可以的。

舒　香　黄大妈，您老人家就让我们自己学着做吧。

黄大妈　孩子，我怕你们做不好，烧柴、烧火烧不好。

舒　香　大妈，不要紧的，我们总是要学着做饭的。

黄大妈　你这话说得也对，你们是要学会自己做饭吃的。

［曾光抱着木柴树枝从外面进来了。］

曾　光　大妈，这些柴火够做一顿饭的吧？

黄大妈　够了，够了，足够了，这些柴火够你们一天做三顿饭的。

［曾光抱着柴火进伙房。］

舒　香　黄大妈，我们做饭不用您啦，您老人家请回去休息吧。

黄大妈　姑娘，你们会烧柴做饭吗？

舒　香　学得会的，大妈，不用您操心啦，您老人家回去忙吧。

黄大妈　你们要不用我做饭，我就回去啦？

舒　香　回去吧，大妈，谢谢您老人家！

黄大妈　那我就回去啦，姑娘。

舒　香　回去吧，大妈，我们一定会做熟饭的。

［黄大妈从大门出去，下。曾光从伙房门上。］

曾　光　舒香，烧柴火做饭还真是不好烧，烟熏火燎的，呛死个人呢。

舒　香　笨蛋，这说明你不会烧柴做饭，烧柴要空心你懂不懂？

曾　光　我不懂，那你请，我来跟你学。

舒　香　不用，我来做饭。你去找老乡要猫吧，要不来猫，你晚上还要睡堂屋守夜的。

曾　光　是呀，你说得对呀，我还是去找老乡要猫吧，我可不想晚上继续睡堂屋为你们守夜啦，这屋子蚊子多得要命，夜里咬死我啦，咬得浑身都是包。

舒　香　那你就快去找老乡要猫吧。

曾　光　对啦，要猫可是一件大事儿。我走啦。

［曾光从大门下。舒香从小伙房门下。］

第三场

宋丹心和三个女知青从屋里出来，上。

宋丹心　曾光太不像话啦，大早上就叫上了，这是不想叫人睡舒服觉啦。

郭小红　是的，他烦死人啦，天还没有亮就叫上啦。

万福丽　奇怪，曾光夜里睡得比我们还要晚，大早上他也不想睡懒觉？

陆春芳　他睡不着，所以他也不想叫我们大家睡懒觉。

［这时舒香从伙房门出来，上。］

舒　香　你们知足点吧，姐妹们，曾光一晚上睡在这样的地方能睡好吗？黄大妈大早上就跑来要给我们知青做早饭吃，你们还想着睡懒觉？

宋丹心　哎呀，晚上没有睡好，早晨起来头疼啊！

郭小红　我也是的，头现在还迷迷糊糊的。

万福丽　哎呀，我还是好困哪！

陆春芳　舒香，曾光不叫我们睡懒觉，叫我们起来干什么？

舒　香　叫你们起来活动活动，清醒清醒头脑，我们上山下乡的新生活开始啦。

［这时男知青李国成、王中英、武力三个人也从房间里出来了。］

李国成　哎呀我的妈呀，这是要人命啊，昨天晚上过了大半夜才睡觉，现在才早晨6点多钟就把我们叫起来啦。曾光这是要干什么呀？

王中英 我都困死啦。

武　力 我还想接着睡。

舒　香 你们还想着睡懒觉呢？农民们大早上就出工去啦！

李国成 我们知青刚来，还不能休息两天吗？

王中英 曾光不像话，他是故意折腾我们。

武　力 曾光跑到哪儿去啦？大早上叫我们起来干什么呀？

舒　香 大早上叫你们起来学做饭！兄弟们，姐妹们，我们应该自己开火做饭了，不能老是麻烦人家房东黄大妈了。

李国成 哎呀我的妈呀，现在我们要学做饭啦？这还是技术活儿吧？

王中英 舒香，学做饭应该是你们女同胞的事儿吧？

舒　香 谁说做饭是我们女同胞的事儿？这话是谁说的？

武　力 我提议，以后我们知青点做饭的事情就交给你们女同胞们啦。

李国成 这是个好建议！

王中英 我同意！

宋丹心 去去去，不要瞎起哄，凭什么呀？我们女同胞又不该你们男知青的，凭什么叫我们女知青做饭呢？

李国成 我觉得吧，女孩子心灵、手巧、会做饭，天生就是家庭妇女。

王中英 对，女同胞就是做饭的。

武　力 对极了，姑娘们做饭香，做饭好吃。

舒　香 我觉得吧，做饭这件事儿应该男女平等，男女都一样，应该轮流做。

李国成 舒香，我们男人哪有会做饭的？

王中英 是的，我不会做饭。

武　力 我在家从来没有做过饭。

舒　香 不会做可以学呀。

李国成 舒香，我们男同胞做饭笨手笨脚的肯定学不会。

舒　香　学不会也要学，做饭以后大家肯定是要轮流做的。

王中英　舒香，我在家也从来没有做过饭的。

宋丹心　你们在家没有做过饭，现在到农村来就要学着做饭。

武　力　哎呀我的妈呀，做饭哪儿学得会呀？

郭小红　你没有听毛主席说过吗？知识青年要虚心向贫下中农学习。农民们会做饭，我们也要学会做饭。

李国成　这做饭好像自古就是女人做的事儿。

万福丽　现在是新社会了，男女平等，男女都一样。

陆春芳　我们女孩子能做的事情，你们男人也一样能做。

宋丹心　对，说得非常对！

李国成　你们四个人说得挺押韵呢，说三句半呢？

王中英　说八句半也没有用，我们学不会做饭的。

武　力　是的，哪有老爷们围着锅台转做饭的？

舒　香　听你们三位男同胞的意思，就是不想学做饭啦？

宋丹心　你们不做，我也不做。

郭小红　对，我们也不做饭。

万福丽　我们女孩子也不是过去侍候人的丫头。

陆春芳　现在男女平等啦，谁侍候谁呀？

李国成　我说姑娘们，你们不要跟着瞎起哄好不好？

郭小红　谁瞎起哄啦？我们说得没有道理吗？

万福丽　做饭难道就该是我们女人的事儿吗？

陆春芳　没有道理嘛！

［男女知青们正在争论做饭的事情的时候，曾光从外面回来了，他左手捂着右手，右手流血了。舒香发现了，惊叫起来。］

舒　香　哟，曾光，你的手怎么流血啦？

曾　光　哎呀，不要提啦，叫老乡家的猫抓的。

舒　香　你抓猫还叫猫抓流血啦？

曾　光　是的，抓流血啦，两道血印还挺深的。

宋丹心　曾光，你抓的猫呢？

曾　光　猫没有抓着，反而叫猫抓伤了手。

宋丹心　笨蛋，你说你们男人有什么用吧？还能干什么？

曾　光　老乡家的猫死厉害，你们看把我的手抓的？

舒　香　这不像小猫抓的。

曾　光　这是小猫它妈抓的。

宋丹心　难怪啦，你抓人家的孩子，老猫还不抓你呀？

曾　光　都是为了你，你还幸灾乐祸呢？

宋丹心　为了我，我就给你拿药来，用酒精消毒，再给你上一点红药水。

曾　光　谢谢，你快去拿吧。

宋丹心　等着，真没用，猫没有抓来，手还受伤啦。

［宋丹心进女知青屋，下。］

曾　光　你们大家刚才在说什么呢？我在外面还没有进门，就听见你们叽叽喳喳的？还争论得挺热闹的。

郭小红　曾光，正好你回来啦，你当领导的说一句公道话，你们男同胞们以后不想做饭，你说这件事情怎么办？

曾　光　不想做饭？为什么不想做饭？

李国成　曾光，男人都是在外面做大事的，你说男人哪有在家里做饭的？

曾　光　李国成，你能做什么大事呀？你说来我听一听？

李国成　我能……

曾　光　我看你一天到晚也就能吃，还做什么大事呀？我们知识青年到农村来，就是接受贫下中农再教育的，这就是大事儿！做饭虽然是小事儿，也不能不做饭吧？不做饭大家吃什么？

舒　香　曾光，还是你说话有分量。

郭小红　曾光，你说的话对极啦。

万福丽　曾光，还是你理解我们女同胞。

陆春芳　曾光，你当领导的就是有水平。

王中英　完了，这当领导的不向着我们说话，我们算是白拥护你当我们九个人的领导啦。

曾　光　我当领导的，就是屁股要坐正。

武　力　我看你的屁股是坐偏啦，坐到女同胞们那边去啦，你到底是男的还是女的？

曾　光　你说我是男的还是女的？

李国成　看来做饭的事儿，我们也得学着做啦？

曾　光　不学做饭，以后你们就别吃饭啦。饿你们三天，看你们受不受得了？

王中英　得，我算是看出来啦，你不是我们男同胞的知心人。

武　力　他是姑娘们的党代表！

曾　光　大家不要说废话啦，做饭肯定是人人都要做的。

［这时宋丹心拿着药水从屋里出来啦。］

宋丹心　曾光，来上药吧。

曾　光　谢谢。哎哟，这是上的什么药水呀？还有一点疼啦。

宋丹心　这是酒精，先消毒，杀了菌之后，再涂红药水。

曾　光　谢谢。

宋丹心　好啦，没事儿啦，过两天就好啦。

曾　光　做饭的事儿，我看这样，咱们大家举手表决好不好？

舒　香　我同意举手表决。

宋丹心　我也同意。

郭小红　我举双手赞成。

万福丽　我通过。

陆春芳　我不反对。

李国成　举手表决，不行不行，举手表决明显不公平，你们女同胞人多，我们男同胞人少，而且我们男同胞还有一个叛徒……

曾　光　妈的，你说谁是叛徒？

［曾光要踢李国成，李国成闪开了。］

舒　香　那你们男同胞叫我们女同胞做饭就公平啦？

王中英　有关做饭的事儿，还是请曾光同志定夺吧。

武　力　对，听曾光同志的，大家听他安排。

曾　光　得罪人的事儿找我啦？

宋丹心　曾光，你凭良心讲，以后做饭的事儿你打算怎么安排？

曾　光　我尊重大家的意见。

宋丹心　滑头一个。

舒　香　说了等于没说。

李国成　尊敬的女同胞们，我看以后做饭的事儿还是交给你们女同胞们，我们男同胞出去挣钱、挣工分。

宋丹心　那我们女同胞在家做饭，工分钱谁给挣呢？

王中英　我们挣了工分钱，跟你们女同胞平分，双方不就扯平了吗？

宋丹心　喂，王中英，你会不会算账？我们女同胞是五个人，你们男同胞是四个人，我们多出一个人来怎么办？找谁要工分钱去呀？

武　力　找曾光，他是我们九个人的领导，找他要工分钱。

宋丹心　曾光，找你要工分钱你干吗？

曾　光　这样好像对我不公平吧？

舒　香　是不公平。

李国成　哟，舒香同志，才来两天半，你就为曾光打抱不平啦？

王中英　这样溜须拍马也太明显了吧？

武　力　昨天晚上，有人偷着给曾光送水果，今天早上又为曾光打抱不平，看来这关系进展神速，不一般啦？

舒　香　去你的，武力，你瞎说什么呀？

武　力　是我瞎说吗？

李国成　脸红什么呀？

王中英　精神焕发！

武　力　怎么又黄啦？

李国成、王中英、武力三人同声　防冷涂的蜡……哈哈哈……

舒　香　坏蛋，我不理你们啦。

［这时黄队长从大门进来，上。］

黄队长　知青孩子们，你们说什么事儿呀，这样高兴？

曾　光　黄大叔，我们在说以后做饭的事儿呢。

黄队长　你们的早饭做好了吗？

舒　香　黄大叔，早饭我做好啦。

曾　光　黄大叔，您来有什么事儿？

黄队长　我来就是看一看你们以后会不会过日子，过来关心关心你们。

曾　光　谢谢黄大叔的关心。您请坐。

黄队长　不坐啦，孩子们，我是来通知你们，吃过了饭，到我们生产队的打谷场上去，与我们生产队的社员见一见面，大家相互认识认识。你们知青来啦，首先要让我们山里的农民认识你们，以后大家再慢慢了解。

曾　光　好的，黄大叔，我们吃了饭就去。

黄队长　那你们快吃饭吧，孩子们，我走啦。

曾　光　黄大叔，我还有个事儿，想问您老人家呢。

黄队长　什么事儿，你说？

曾　光　黄大叔，以后我们自己做饭、烧柴，到哪儿去找木柴呀？

黄队长　到山上，我们山里烧火的木柴多的是。

曾　光　到山上？黄大叔，到什么山上？

黄队长　到野猪岭，那里的树木随便砍，只要不砍松树就行。

曾　光　黄大叔，到野猪岭去远吗？

黄队长　不算远，走路可能要一个多小时吧。

宋丹心　我的妈呀，走路要一个多小时，那也不算近了。

曾　光　黄大叔，砍山上的树木要钱吗？

黄队长　不要钱，随便砍。

曾　光　黄大叔，我们上山砍柴，去一趟大概需要多长时间？

黄队长　你们知青去砍柴，来回走路需要三个小时，再加上砍柴的时间，你们可能要慢一点儿，大概需要一天的时间吧。

曾　光　黄大叔，上山砍柴需要一天的时间呢？

黄队长　要，最少也需要一天的时间。

曾　光　黄大叔，我还想组织知青明天出动上山砍柴呢。

黄队长　孩子，大叔多一句嘴，女孩子最好不要叫她们上山去砍柴。

曾　光　为什么呀，黄大叔？

黄队长　因为山上有野兽，有野猪，还有狼，还有其他动物。

宋丹心 我的妈呀，有野猪，有狼？我可是不上山砍柴了。

曾　光 大叔，您说的是真的吗？

黄队长 大叔我还会骗你们吗？我们这里山大，什么动物都有，前些年还有土豹子呢，现在豹子倒是少见了，不过野猪和野狼还是常见的。你们上山砍柴可要多加小心，有的野兽还是伤人的，还要带上山砍柴的工具。

曾　光 知道了，大叔，上山砍柴我们会注意安全的。

黄队长 那你们就吃饭吧，等10点钟，我们的社员劳动休息的时间，你们到打谷场上去，我介绍你们跟我们生产队的社员见见面，大家认识认识。

曾　光 好的，黄大叔，我们10点钟保证到。

黄队长 我走啦，知青孩子们。

众知青 黄大叔再见！

黄队长 一会儿见。

［黄队长转身出大门，走啦。］

李国成 说真的，曾光，以后我们知青上山砍柴还真是个麻烦事儿。

曾　光 有什么麻烦的？不就是野兽吗？我们借上老乡的猎枪，上山砍柴带上，既打猎，又砍柴，一举两得，我觉得这是挺过瘾的事儿。运气好了，如果能打到野兽，我们大家还可以改善生活，这不是两全其美的事儿吗？

王中英 可是山里有野猪，有狼，那是伤人的野兽。

武　力 说起来还是挺可怕的。

曾　光 我们不说上山砍柴，不说野猪和狼的事儿了。我们先说做饭的事儿吧。

李国成 做饭我不行，我觉得做饭还不如上山砍柴呢。

曾　光 我说国成，这只能说明你的能力太差，需要修炼。做饭有什么难的？不就是烧开水，洗好米，米往锅里一倒，大火烧开，小火焖吗？

武　力 你说得很容易，我也不会做饭，我在家里从来没有做过饭的。

曾　光　那你们跟我学好了。

李国成、王中英、武力　好好好，曾光，我们拜你为师啦！

曾　光　你们不要起哄，我说的是正经事儿。

李国成、王中英、武力　我们拜师学艺也不是说着玩的！

舒　香　曾光，做饭的事儿，以后大家要天天做的，天天吃的，应该定下规矩来，没有规矩是不成方圆的。做饭大家都应该学会做，以后轮着来。

曾　光　你说得对。舒香，你有什么好的想法？

舒　香　我的想法是这样的，以后我们大家要在这里长期生活了，而且不是一天、两天，也不是三个月、五个月，而是一年、两年，或者是三年、五年；所以我们大家以后要朝夕相处的。我们九个人就是一个大家庭的成员，以后要相互关心，互相爱护，互相帮助。做饭说起来是一件小事儿，但是安排不好是容易产生矛盾的，是要影响大家团结的。

李国成　我说舒香同志，你能不能把话说得简明一点儿，做饭到底怎样安排？

舒　香　我的建议是轮换制，女同胞做一个星期，男同胞做一个星期。做饭买菜就安排一个人，其他人还要出工挣明年的口粮和工分。

武　力　我的妈呀，叫我做饭可是要我的命啦。

舒　香　武力，做饭没有那么可怕，做几次就学会啦。

曾　光　舒香，你说得有道理。做饭从你们女同胞开始，还是从我们男同胞开始？

舒　香　大家如果同意我的意见，就从我们女同胞开始吧。

宋丹心　我反对！为什么要从我们女同胞开始呀？

王中英　因为，你们女同胞在家里就是围着锅台转的，有经验嘛。

宋丹心　胡说，我就不会做饭。

舒　香　丹心，不会做饭可以学呀。

宋丹心　我最讨厌做饭了，火烧火燎的。

舒　香　那怎么办？大家都不做饭，吃什么，喝什么，喝西北风啊？

曾　光　大家自己说，还有谁不会做饭？

舒　香　不会做饭的，大家都要学的。

曾　光　舒香，接着说你的想法。

舒　香　我是这样想的，会做饭的带着不会做饭的，师傅带学徒。先学习两个月，两个人一组；两个月下来，不会做饭的，也应该学会做饭了，大家再独立作业。

曾　光　好，这个办法好。

舒　香　那就两个人一组，先学习两个月。

曾　光　这个办法行得通，可谁跟谁一组呢？

舒　香　自由组合。

曾　光　我看这样吧，男女组合，两个人一对，大家说怎么样？

王中英　男女组合，两个人一对？好！

武　力　正好搞对象。

李国成　还两个人一对，分的倒是挺美的。

宋丹心　曾光，你安排对象呢？男女组合，两个人一对？

曾　光　我可不是安排对象的意思，我的意思是男女搭配干活不累。

李国成　聪明，曾光，你真是聪明。这个建议太好啦！

王中英　曾光，你这个主意太妙啦！

武　力　曾光，你这个点子想绝啦！

李国成　找对象马上开始吧！

曾　光　说到找对象，你们来情绪啦？

李国成　那是呀，这样安排合情合理！

王中英　这样安排妙不可言！

武　力　这样安排天下成双！

舒　香　我说男同胞们，你们不要想歪啦。

李国成　舒香同志，男女之间找对象，以后也很正常啊！

王中英　男大当婚，女大当嫁，天经地义呀！

武　力　我们也该找对象啦，对吧？

舒　香　就你们的想法多。

宋丹心　思想不健康。

郭小红 灵魂不干净。

万福丽 思想有问题。

陆春芳 缺德。

李国成 又来三句半了。女同胞们，找对象有什么缺德的？难道你们一辈子不嫁人吗？

王中英 那就出家当尼姑好啦。

武　力 可不要都出家啦，给我留一个，我还要找媳妇呢。

［众人哄堂大笑起来。］

曾　光 好了好了，兄弟们，姐妹们，大家不要胡闹了，不要瞎扯了。说正经的，我们把做饭组合的人员安排一下，两个人一组，自愿组合。

舒　香 曾光，那就我们两个人先来吧？

曾　光 行，我跟谁组合都行。

宋丹心 舒香，你真是聪明啊，先下手为强啦。

李国成 宋丹心，我们两个人组合吧？

宋丹心 不要，我们两个人都不会做饭，搞不成。

李国成 搞不成拉倒，你还挺牛的，我再找别人。

曾　光 你找吧。

李国成 郭小红，我们两个人组合吧？

郭小红 行，但是重活累活你要干。

李国成 成，没有问题，重活累活都是我的，你就放心吧，我不会欺负女同胞的。

郭小红 这还像一个男人说的话。

李国成 我是百分之百的男人！

王中英 万福丽，我们两个人成双结对吧？

万福丽 去，什么成双结对呀？

王中英 我这话说得有问题吗？

万福丽 应该说我们两个人组合做饭。

王中英 我说的不也是这个意思吗？

万福丽 你是用词不当。就是你了。

武　力　我找谁呢？我就找陆春芳吧？

陆春芳　谢谢你，武力，谢谢你如此看得起我。

武　力　咱们俩人组合正合适。

曾　光　宋丹心，你怎么办？

宋丹心　正好多出来我一个，我就不用学做饭了。

曾　光　宋丹心，不行的，你不学做饭肯定是不行的，每一个人都要学会做饭。你不学做饭，大家做饭给你吃，时间长了别人肯定要有意见的。

宋丹心　那我就跟你学做饭。

曾　光　跟我学也行，不过我也是二半吊子，我们两个人跟着舒香一起学吧。

宋丹心　行，那我就跟你们俩人组合。

李国成　不行，不行，这样不公平，这不是明显欺负人吗？你们三个人组合，我们两个人组合，这对我们太不公平啦。

宋丹心　这有什么不公平的？

王中英　你们多一个人就不一样，多一个人就多一份力量。

宋丹心　那你说怎么办？你有什么好主意？

曾　光　这还真是个麻烦问题啦。

舒　香　我看，要不这样吧，我退出来，我一个人一个组，这样就分成了五个小组，我做每一个星期的礼拜天，你们大家可以休息一天。这样你们四个组，一个组做六天饭，四六二十四天，一个月照三十天计算，我也做六天，这样大家就公平了吧？

曾　光　对，这样就公平了，还是舒香聪明，学习好，算得精。

舒　香　行了，你就不要恭维我了，如果大家没意见，就这样定下来了。

曾　光　好，就这样定啦。大家准备吃早饭吧。

[知青九个人正要准备吃早饭的时候，一个穿着破烂衣服、穿着草鞋的农家姑娘黄春花走进来了。她一边肩上背着一个破旧黄书包，一只手里还拎着一个土布袋子，布袋子里面还有猫叫声。]

黄春花　知青大哥，你要的小猫，我给你抓来啦！

曾　光　哎呀呀，谢谢，谢谢，太感谢啦，小妹妹！

舒　香　曾光，这是从哪儿来的小妹妹呀？

曾　光　这就是我早上到她家里去抓猫的小妹妹，她家里有一只老母猫，下了四只小猫仔，我想抓两只小猫回来，结果老猫扑上来抓破了我的手，小猫没有抓着，我还光荣地负了伤，老猫带着小猫全家人跑啦，一个也不见影儿啦。你们看这位小妹妹多好，她抓了小猫主动上门给我们送来啦。

宋丹心　谢谢你，小妹妹。你坐吧。

黄春花　我不坐。大哥，我为你抓来了两只小猫，你是要两只小猫吧？

曾　光　对，我是要两只小猫。

黄春花　大哥，你看两只小白猫，你喜欢不喜欢？

曾　光　喜欢，喜欢，不论什么样的猫，以后只要能抓老鼠，我们就喜欢。

黄春花　大哥，小猫在我手中的袋子里，放哪儿呀？

曾　光　拿来交给我吧。丹心，以后养猫的事儿就交给你啦。

宋丹心　好的，小猫给我吧。

[黄春花把手中的猫布袋子交给了宋丹心，宋丹心提着布袋子转身拿进屋里去啦。]

曾　光　小妹妹，你吃过饭了吗？

黄春花　我吃过了，大哥。

曾　光　你这是要干什么去，小妹妹？

黄春花　我是要上学去。

舒　香　小妹妹，你今年多大啦？

黄春花　我 15 岁啦，大姐。

舒　香　你上学几年级啦？

黄春花　我是今年上初二，明年读高中。

舒　香　小妹妹，你叫什么名字？

黄春花　大姐，我叫黄春花。

舒　香　黄春花？是春天的春，开花的花吗？

黄春花　是的，大姐。

曾　光　舒香，你还有水果吗？

舒　香　有，我还有苹果。

曾　光　如果你不介意的话，你去给她拿两个苹果来。

舒　香　好，我马上去拿。

黄春花　不要不要，大哥，我不吃水果，大姐，我不要水果。

舒　香　小妹妹，你等着。

［舒香进屋去给黄春花拿水果。］

曾　光　春花，你坐下来休息一会儿，吃了苹果再走。

黄春花　我真的不要，大哥，我要去上学啦。

［黄春花转身要走，宋丹心从屋里出来，上。］

宋丹心　小妹妹，你的布袋子！

［宋丹心走到黄春花面前，把装小猫的布袋子还给她。］

曾　光　小妹妹，你不要怕，你急着走什么呀？

黄春花　大哥，我怕上学要迟到啦。

曾　光　你在哪儿上学呀？

黄春花　我就在河对岸的学校上学。

曾　光　就是要过独木桥的学校？

黄春花　是的，大哥，我们凤凰山就一所学校，小学和中学是在一起的。

曾　光　你过来坐一下，小妹妹，不要急着走，大姐姐去给你拿苹果去啦。

［这时舒香手里拿着两个苹果从屋里出来了。］

舒　香　小妹妹，我给你拿了两个苹果。

黄春花　我不要，大姐。

舒　香　你快拿着吧，小妹妹。

黄春花　我真的不要，大姐，我马上要去学校上课啦，没有时间吃苹果。

舒　香　上学校没有时间吃，你就放学拿回家吃。我给你放进书包里。

黄春花 谢谢大姐！

[舒香把两个苹果放进黄春花的书包里，黄春花很有礼貌地向她鞠了一躬。]

曾 光 谢谢你，小妹妹，谢谢你把小猫送过来。

黄春花 不客气，大哥，我们家也养不起太多的猫，正想送人呢。

舒 香 小妹妹，以后有时间就到我们知青点来玩吧？

黄春花 好的，大姐，我要走啦。

宋丹心 我们欢迎你常来，小妹妹。

黄春花 大哥再见，大姐再见！

众人同声：再见，小妹妹！

[黄春花高高兴兴地走了。]

郭小红 我的妈呀，这农家的小姑娘，穿得像城里要饭的叫花子一样。

陆春芳 是呀，看着有一点膈应人，恶心人。

曾 光 郭小红、陆春芳，不要小看人嘛。

郭小红 你们看她穿的衣服，补丁连补丁的。

陆春芳 她脚上还穿着一双破草鞋。

曾 光 人生来都是平等的。小姑娘虽然家里穷，可她是多么朴实的农村姑娘啊！人家主动地来给咱们送小猫，我们还不应该感谢人家吗？

舒 香 吃饭吧，到农村来了，就要学会跟农民们打成一片。

曾 光 大家吃了饭，都到打谷场上去认识认识老乡们，不要自视清高啦。入乡随俗，还是要跟当地的农民搞好关系的。我们外来的知识青年，以后就要在人家的一亩三分地上生活了，不要看不起农民。

[大家分头散开了，有进屋的，有进伙房的，众人同下。]

第四场

舒香坐在堂屋的小椅子上洗衣服。宋丹心手里拿着收割小麦的镰刀进来了，她是参加农民“双抢”劳动从田里回来的，样子看起来有点狼狈，满脸的汗水，满身的污泥，赤着双脚，进门就要水喝。

宋丹心 舒香，有凉开水喝没有？哎呀我的妈呀，累死我了，渴死我了，我要喝水！

舒　香 有水，有凉开水，我已经为你们凉好了，桌子上放着呢，自己喝吧。

宋丹心 谢谢。我的妈呀，累死我啦，这样的“双抢”真是要人命啊！

[宋丹心在小椅子上坐下来，马上就拿起小桌子的水碗喝水。]

舒　香 丹心，地里的小麦收割完啦？

宋丹心 还没有呢，听黄队长说，至少还需要几天的时间。我不干了，我干不动了，我要回家休息。

舒　香 回家休息？丹心，农民的“双抢”季节，请假回家不好吧？

宋丹心 我管不了那么多了，我不干了，我已经累得精疲力尽了，实在干不动啦。

舒　香 丹心，你不能这样，这样对你不好。

宋丹心 我怎么样啊？什么好不好的？我不想那么多啦，我不干啦，我要休息。

舒　香 丹心，要不然这样，咱们两个人换一换，你在屋里替我做饭，休息两天，我到田里去代你参加“双抢”？

宋丹心 舒香，我怎么好意思老叫你代我呢？上个星期你就代我下地出工，这个星期又叫你代，我心里实在过意不去。

舒　香 没事儿的，丹心，咱们不是好朋友好姐妹嘛。我喜欢到田里去干活。

宋丹心 瞎说，你是为了照顾我。大热的天儿，谁愿意到地里去劳作呀？大早晨4点钟就起床出工，下地收麦子，中午又不休息，晚上又干到后半夜，我们女孩子哪儿受得了这个？我是不干啦，谁愿意干谁干去，工分我是不要啦。

舒　香 丹心，你干不动了，可以在屋里休息，也不能老请假回家呀？农民的“双抢”季节，收麦子插秧是要辛苦几天的，你这个时候请假回家影响多不好。

宋丹心 我不管影响好不好了，我受不了啦，我要回家，我要回家，我要回家！我实在是受不了这样的苦啦。

舒　香 你受不了这样的苦，就在我们知青点休息两天，为大家做饭吃，我代你出工收麦子好了。

宋丹心 不，我的好姐姐，收了麦子，后面紧接着就是插秧，你也会受不了的。

舒　香 我应该能承受。你不要哭，丹心，你想一想，我们下乡两年来，农民们一年忙到头多不容易？他们辛辛苦苦披星戴月地劳动，不就是为了粮食的收成吗？所以夏季“双抢”的时间，生产队是不让随随便便请假的，你这个时候跑回家去，影响特别不好，你明白这样的道理吗？

宋丹心 道理我明白。可是，我们在这样穷的小山沟里面，干得实在太苦了，一年忙到头，还养活不了自己。我去年忙了一年，到年底分红的时候才挣了三十多块钱；如果没有家里的支援，我们能活吗？

舒　香 丹心，不要哭了，我们到农村来是受了不少苦，受了不少累，但是我们咬牙也要坚持挺过去，争取表现得好一点儿，争取早一天回家、回城。

宋丹心 我是不指望表现好回家、回城了，我没有希望了。大家都说我娇气，其实我也尽了最大的努力。可是我实在吃不了这样的苦，受不了这样的罪了。我要回家，不来了。

舒　香 不来了？那怎么行呢？丹心？你不打算回家、回城了，就准备在农村待一辈子？

宋丹心 我们回家、回城，看来是遥遥无期了，没有指望了，我们山外前几届的老知青还没有回城呢，轮到我们不知何年何月了。我要走，我要回家，我不想在农村干了。吃的不是苦，受的不是罪，活得还不如城里的一条狗。一年挣三十多块钱，还不如回家捡破烂呢。

舒　香　丹心，你胡说什么呢？我们再苦再难，在农村也是知识青年，回城捡破烂，活得连一点尊严也没有了。

宋丹心　舒香，现在还讲什么尊严呢？活得现实一点吧，我们在农村这样干下去，一年辛辛苦苦挣的钱，还养活不了自己，这样活得就有尊严啦？

［这时曾光拿着镰刀也从外面回来了。］

曾　光　舒香，饭做好了没有？

舒　香　饭做好了，就等你们回来吃饭了。

曾　光　舒香，丹心，告诉你们一个好消息！

舒　香　什么好消息？

宋丹心　现在能有什么好消息？

曾　光　国家有可能要恢复高考了。

舒　香　什么，曾光，你说什么？你再说一遍？

曾　光　我说，国家可能要恢复高考了。

舒　香　曾光，这消息可是真的？

曾　光　当然是真的。

舒　香　你这消息是从哪儿得来的？

曾　光　我是从报纸上看到的，邓小平第三次复出开始抓教育了。

舒　香　曾光，你说的消息是真的？

曾　光　千真万确，不会错的，我是从《人民日报》上看到这个消息的。邓小平最近接见了几位科学家、教育家，就中国的教育问题作出重要批示；要尽快恢复高考教育制度，扭转国家教育不正常的状态，年底国家要恢复高考招生。

舒　香　真的？这可是个好消息！

曾　光　是好消息吧？

舒　香　真是令人兴奋的好消息！

宋丹心　这算什么好消息呀？

舒　香　丹心，这对我们知青来说可是一个特大的好消息呀，我们可以通过高考改变自己的命运。我们三个人一起复习，争取一起考大学好不好？

宋丹心 我是不行了，一个初中毕业生，离开学校两年来，没有看过一本书，我是不可能考大学啦。

舒　香 曾光，你呢？

曾　光 我对数理化不感兴趣，我也学不进去啦。

舒　香 曾光，不要自卑嘛，你要复习一定能考上大学的，你不是一直在看书吗？

曾　光 我看的不是数理化方面的书。

舒　香 我知道你看的是小说，你可以报考文科类的大学嘛。

曾　光 报考文科类大学？明年高考的时候再说吧。我们现在一天到晚干活累得要死，哪儿还有时间复习功课考大学呀？

舒　香 时间是挤出来的。你陪我一起复习吧？两个人有个伴儿，可以相互鼓励。

曾　光 好吧，我可以考虑你的建议。

宋丹心 你们复习考大学吧，我是没有希望啦。

舒　香 丹心，欢迎你也参加，我们一起复习，争取年底考大学。多一个人就多一分鼓励。

宋丹心 我还是算了吧，我没有你们那样的雄心壮志。一个初中毕业生，还想考大学，可能吗？

舒　香 有什么不可能的？学习就是用脑力，没有什么难的。

曾　光 舒香，眼下最重要的问题是解决肚子问题。我肚子早就饿了，我想吃晚饭了，吃了饭，我还要出去打麦子，晚上可能还要加班加点至深夜。

舒　香 今天还要加班加点至深夜？明天不出工啦？

曾　光 谁说明天不出工啦？明天早晨还要照常出工。这是农民的“双抢”季节，收了小麦就要插秧，最少要苦干十天半个月的。

宋丹心 曾光，我是不干了，我干不动了。

曾　光 丹心，坚持一下吧，十天半个月的时间，挺一下就过去了。

宋丹心 我可是坚持不了啦，我受不了啦，你代我向黄队长请假吧。

曾　光 我代你向黄队长请假，说什么理由呢？

宋丹心 就说我来好事儿了。

曾　光 说什么？又说你来好事儿啦？这样的理由我说得出口吗？

宋丹心 女孩子来月经有什么说不出口的？

曾　光 丹心，还是你自己向黄队长请假吧。

宋丹心 我老找黄队长请假，我也不好意思。

曾　光 那我就好意思啦？

舒　香 算了，丹心，你不要经常向黄队长请假了，我代你出工，你在家为我们做饭，我跟你换好了。

宋丹心 舒香，我总是麻烦你，我也觉得不好意思。

舒　香 有什么不好意思的？大家都是一起来的姐妹，有困难帮助一下也是应该的，就这样说定了，你在知青点为大家做饭，我出去参加“双抢”，收麦子、插秧。

宋丹心 舒香，多谢你了，我真是累得受不了啦，我就想哭。

曾　光 没出息。

宋丹心 就你有出息！我们女孩子能跟你们男青年比吗？

舒　香 曾光，你少说两句。你先去吃饭吧。

曾　光 好，我吃饭。其他人都吃过了吗？

舒　香 大家都吃过了。就是你和丹心没有吃了。

曾　光 人呢？我怎么没有看见其他人呢？

舒　香 他们几位都到河边洗澡去了。

曾　光 他们晚上不干啦？

舒　香 他们晚上也不想干了，大家都说累得受不了啦。

曾　光 真够呛！参加“双抢”是累人，但是不干又怎么办？农民们辛辛苦苦忙一年，不就是为了收获粮食吗？

舒　香 曾光，你就不要管别人的事啦。你先把衣服脱下来。

曾　光 脱衣服干吗？

舒　香 我来给你洗一洗。

曾　光 不用不用，有时间我自己会洗的。

舒　香 你就脱下来吧，我几下就给你洗了，你身上一股汗酸味儿。

曾　光 我身上有味儿吗？我怎么闻不出来呀？

舒　香　你快脱下来吧，你身上的汗酸味儿都臭人了。

曾　光　是吗？谢谢。

［曾光脱了外衣扔进舒香的洗衣盆里，随后进伙房找饭吃去了。］

舒　香　丹心，你也吃饭去吧。

宋丹心　我要休息一会儿，我实在太累了，累得浑身一点劲儿也没有了。

舒　香　丹心，再坚持几天，“双抢”过去就好过了。

［这时曾光端着一碗饭出来了。］

曾　光　舒香，今天怎么有饭没菜呀？

舒　香　菜都叫大家吃光了，本来做的菜也不多，一人一口。

曾　光　你怎么不多做一点菜呀？

舒　香　我也想为大家多做一点菜，可是哪儿来的菜呀？

曾　光　什么？我们连蔬菜吃也没有了？

舒　香　你说呢？有菜我还能不给你们大家做着吃呀？

宋丹心　曾光，我有咸菜你吃不吃？

曾　光　有咸菜也行啊。

宋丹心　我给你拿咸菜去。

［宋丹心起身进屋为曾光拿咸菜去了。］

曾　光　舒香，我们的自留地里什么菜也没有了吗？

舒　香　你还好意思问呢？你有时间去看一看吧，我们知青的自留地就长草了。

曾　光　没有菜吃，这不要命吗？

舒　香　要命的事还在后面。再过一段时间，我们九个人怕米饭也要吃不上了，还菜呢，只有喝稀饭了。

曾　光　真的，有那么惨吗？

舒　香　你去看一看我们的米缸里还有多少米吧，顶多再吃十天半个月。一年的粮食，大家8个月就吃光了。

曾　光　照你这么说，我们后面吃饭都成问题啦？

舒　香　而且还是个大问题！后面你快想办法吧，不然大家就要饿肚子散伙了。

曾　光　散伙就散伙，散伙就算了，以后大家各吃各的可能还要好过一些。

舒　香　曾光，你胡说什么呢？这是你当户长应该说的话吗？散了伙大家还怎么做饭吃？我们知青点九个人一个灶，到时候为做饭都要闹起来，你这个当户主的应该想一个解决问题的办法！

曾　光　我的妈呀，到处都是头疼的问题，我的头都要爆炸了。

［宋丹心从屋里出来，手拿一小瓶咸菜递给曾光。］

宋丹心　曾光，给你咸菜。

曾　光　谢谢。你从哪儿来的咸菜。

宋丹心　当然是自己花钱买的。

曾　光　我这个户主当的是不称职呀。

舒　香　曾光，你应该动脑筋想办法，为我们这个家考虑考虑了。现在大家还有饭吃，虽然没有菜，还能对付；如果有一天大家连饭也吃不上了，大家就要找你算账了。

曾　光　找我算什么账啊？我既没有贪污，也没有多吃多占。

舒　香　你是没有贪污，也没有多吃多占，可是你没有精打细算。

曾　光　我也不会精打细算，不行就换户主，我也不想当这个户主了！

舒　香　你这是什么话？曾光，你这是懦夫的表现！后面大家要没有饭吃了，没有菜吃了，你这个当家人不能像缩头乌龟一样！

曾　光　舒香，那你说我该怎么办？我们下乡的地方就是这样的穷地方，这个当家人不好当啊！

舒　香　曾光，我也理解你的难处，但是你总要想办法学会精打细算，带领大家把生产队分给我们知青的自留地种好，想办法让大家渡过难关。

曾　光　我真是想不出什么好办法来呀，要不等其他人从河边洗澡回来，咱们开一个小会，商量一下，研究下一步该怎么办？

舒　香　这还像一个当家人说的话。

宋丹心　我看大家还是散伙吧，回家算了，大家也不用为吃饭发愁了。

舒　香　丹心，不要说这样泄气的话。我们代表的是知识青年一个整体，不能像逃兵一样跑回家去，那样的影响实在太坏了；坏的不是一个人，而是一个整体！

曾　光　舒香说得对，我们不能像逃兵一样跑回家去，逃离人生的舞台，那样太不光彩了。

宋丹心　你们要面子，我不要面子，我是想回家了。

曾　光　丹心，我们的生活还能挺得过去，你跑什么呀？我们的农民大叔大婶，在小山村里生活了一辈子，他们生活得不是一样苦中有乐吗？所以请你相信我，我会有办法的，不会叫大家饿肚子的。

宋丹心　你有什么办法？我可是受不了啦。

［这时到河边洗澡的六个知青唱着歌儿回来了。男知青们拿着毛巾和肥皂，女知青们端着洗脸盆和毛巾等东西，上。］

大家同唱　哎——是谁帮我们解锁链呐——是谁帮我们翻了身呐——感谢亲人解放军呐——感谢救星共产党啊——呀啦呀啦呀啦嗦——为咱亲人洗呀洗衣裳啊——

宋丹心　一群神经病回来了，要吃没吃，要喝没喝，还傻高兴，瞎唱歌呢。

舒　香　这是叫花子唱歌穷欢乐，不过这种精神倒是可嘉呀。

曾　光　还可嘉呢？我都要愁死啦。

宋丹心　我说兄弟姐妹们，大家饭都快要吃不上了，你们还唱得出来，笑得出来呀？

李国成　我说宋丹心同志，大家不唱不笑又怎么办？我们总不能一天到晚的像你一样地哭鼻子吧？

宋丹心　去，不要说我，你笑比哭还难看呢。

曾　光　我说兄弟姐妹们，大家也不要唱了，也不要笑了，我请大家坐下来，我想对大家说一件正经事儿，请大家安静下来。

王中英　曾光同志，你要说什么正经事儿？请讲。

武　力　曾光同志，你不会叫我们大家放假回家吧？

曾　光　美的你，又想回家吃父母的啦？

郭小红　大家要没有饭吃了，我们只有回家吃父母的。

曾　光　兄弟们，姐妹们，你的想法不要太悲观了，我们大家为什么要回家吃父母的呀？我们就不能自己想办法吗？

万福丽　想办法？想办法的事儿，还用得着我们操心吗？

曾　光　我说正经事儿，兄弟们，姐妹们，我们大家是要没有饭吃了，怎么办？

陆春芳　怎么办？没有饭吃了正好回家。

曾　光　回家找父母要饭吃？大家好意思吗？

宋丹心　回家找父母要饭吃，有什么不好意思的呀？

曾　光　回家找父母要饭吃当然可以，但是我们都是二十来岁的人啦，还要回家找父母要饭吃，我们还是年轻力壮的青年吗？

郭小红　不好意思怎么办？我们在这里自己又养活不了自己。

曾　光　我现在就是要请大家想办法，我们不回家怎样自己养活自己。

李国成　曾光，说实话，这没有什么好想的，只能说明我们的命不好，来到了这样穷的鬼地方，连兔子都不愿意来的小山村。

曾　光　不要抱怨命运了，抱怨也没有用。我看当地的农民过得还是比我们强，这说明我们知青本身有问题。

王中英　曾光，我们是不如农民，我们也不能跟农民相比，农民是土生土长的，已经适应了这样的水土环境，可是我们适应不了。

曾　光　适应不了就跑回家？这也不是办法。我们逢年过节跑回家还可以，但是长期在家里吃父母的也不行，我们还是要自己想办法，丰衣足食。

武　力　曾光，你说吧，你有什么办法？

曾　光　我也没有什么良策，所以才叫大家一起来想办法。舒香，你是咱们的管家，你有什么良策？

舒　香　我也没有什么良策。我以为，当务之急还是需要我们九个人齐心协力战胜困难。首先，我们要把生产队分给我们知青的菜园子种起来。

宋丹心 问题是，菜园子种好了，没有粮食吃怎么办？粮食从哪儿来？

舒　香 粮食再慢慢想办法吧，一样一样来，我们首先要把菜地种起来。

曾　光 菜地种起来是一条。舒香，你记上。

舒　香 好的。

宋丹心 菜地种起来，没有饭吃，还是解决不了根本问题。

李国成 我提议，实在不行，大家就凑一点钱先买一点粮食。

曾　光 你说的办法不可取，大家凑钱买粮食也不是长久之计，我们应该想办法挣钱买粮食，才是一条出路。

舒　香 对，我同意，我们大家想办法挣钱买粮食，才是长久的策略。

王中英 可是，舒香同志，我们到哪儿挣钱去呀？我们待在这样一个穷山沟里，想挣钱都没有地方挣去。

武　力 我有一个办法。

曾　光 你有什么办法？

舒　香 武力，你说出来大家听一听。

武　力 我们可以借老乡的枪上山打猎，上山打野猪，然后拿到山外去卖，一头野猪最少也能卖几十块钱，买几个月的粮食还是不成问题的。

舒　香 你说的办法不行，你这是投机倒把，倒买倒卖，是国法不允许的，这是违法行为，上面不会让的。

武　力 那你说怎么办？除此之外，我就没有什么好办法了。

曾　光 上山打野猪，拿到县城去买，这条路我认为可以试一试。

舒　香 不行的，曾光，你不要想这样的邪门歪道，这条路肯定是走不通的。

曾　光 那你说怎么办？舒香，你这也不行，那也不行，你有什么好主意？总不能叫大家饿肚子吧？

舒　香 我也没有什么好主意。不行就找其他知青点借吧，先借一点粮食来，要不就找大队、生产队借粮吃，先渡过难关。

曾　光　舒香，你也真想得出来，借了粮食怎么还？

舒　香　今年借了等粮食分下来还上就是了。

曾　光　今年借了，明年怎么办？年年借，年年还？你说的办法也不行，这不是解决问题的办法和良策。

舒　香　那你还有什么好主意？

曾　光　我觉得借老乡的猎枪，上山打野猪拿到县城去卖，换了钱再买粮食，这还是一条可以试一试的路。

舒　香　我觉得这条路是走不通的，这是投机倒把的犯罪行为，你知道吗，曾光同志？

曾　光　我知道这是上面政策不允许的，但是我们集体户九个人，总不能等着饿死吧？

宋丹心　曾光、舒香，我听老乡们说，上山砍竹子，拿到县城去一样可以卖钱的。

舒　香　丹心，有这样的事儿吗？

宋丹心　有，我是听老乡们说的，一百斤竹子能卖五块钱呢。

曾　光　一百斤竹子能卖五块钱？这也是一条解决大家吃饭问题的可行之路。

舒　香　曾光，我觉得这样的路子对我们知青可能也行不通，需要慎重。

曾　光　舒香，如果什么事情都需要慎重，那我们九个人就等着饿死，等着喝西北风吧。

宋丹心　如果大家没有饭吃，我就要回家了，我可不想饿死。

曾　光　是的，生存是第一位的，大家不能等着饿死。我拍板决定，明天我们四个男知青分成两个组，我带着一个人到黄队长家借猎枪，上山去打野猪；另外两个人上山去砍竹子，然后回来，我们拿到县城去卖，出了事情我担着，违法犯罪是我一个人的事儿！

舒　香　曾光，不行的，你为了大家也不能去做违法犯罪的事儿呀？

曾　光　我是户长，是当家人，大家没有粮食吃，我不能叫大家饿肚子，出了事情算到我头上，就这样定了。我吃了饭，还要干活去。过几天，农忙过去，谁愿意跟我上山去打猎？

李国成 曾光，我愿意跟你上山去打猎，出了事情也算我一份。

曾　光 好样的，是男子汉、大丈夫！那我们两人就上山去打野猪！

王中英 你们上山去打猎，我们和武力就上山砍竹子。

武　力 对，我们砍竹子卖。

宋丹心 曾光，你们男知青为什么要分组哇？四个人为什么不能统一行动？找老乡借上两杆枪，带上砍刀，既上山打猎，同时带砍竹子，不是一举两得吗？

曾　光 对呀，我怎么脱裤子放屁，没有想明白呢？

郭小红 曾光同志，请你说话文明一点儿。

万福丽 曾光同志，你说话是有一点儿太难听了。

陆春芳 这样说话是太不文明啦，曾光同志。

曾　光 对不起，姐妹们，我一时高兴，嘴就没有把门的了。那就说好了，我们四个男爷们，等农忙“双抢”过后，就上山打猎、砍竹子，管它违法不违法呀，解决我们九个人的吃饭问题，这是头等重要的大事！

舒　香 曾光，你们男子汉上山打猎，我们女孩子也可以跟着一起去吧？

曾　光 你们女同胞跟我们一起去干什么？

舒　香 你们上山打猎，我们也可以跟着上山砍竹子呀。

曾　光 那可不行，我们男爷们干这样违法乱纪的事情无所谓，你们女同胞跟着我们一起干坏事儿，传起来可不好听。

宋丹心 谁说上山砍竹子就是违法乱纪呀？老乡们都上山砍竹子拿到城里去卖，上面大队、公社的人也没有说老乡们违法乱纪呀？

曾　光 你说得对呀，丹心，老乡们上山砍竹子拿到城里去卖，不算违法乱纪，那我们知青上山砍竹子拿到城里去卖，也同样不能算违法乱纪。

宋丹心 对，我说的就是这个意思，我说的话还是有道理的。

曾　光　宋丹心，还是你聪明。

宋丹心　你可算了吧，出了事儿，大家可不要说这话是我说的。

曾　光　那是我说的。好了，我不跟你们扯了，兄弟们，姐妹们，吃过了饭，我还要到地里去收麦子呢。我该走了，你们休息一下也都去吧。

宋丹心　曾光，你跟黄队长帮我请个假，我就不去了吧？

曾　光　这假还是你去请吧。大家休息好了，都要去，农民“双抢”时节是一年之中最辛苦的，我们知青不去参加“双抢”实在说不过去。

宋丹心　我的妈呀，这是要人的命啊！

曾　光　宋丹心，不要说这样的话，人是累不死的。去不去你们自己看着办吧，我走了。

［曾光放下饭碗，出去了。］

李国成　走吧，领导发话了，我们还是去吧。

舒　香　大家都该去，参加“双抢”是辛苦，但是可以挣双工分，大家还是去吧。

王中英　走吧，走吧，我们还是去吧？农忙时节，“双抢”挣双工分也不是天天都有的好事儿，一天顶两天也合算，辛苦就辛苦一点吧；多挣一点工分，明年就多挣一份口粮，大家还是去吧？

舒　香　这就对了，该吃苦的时候还是要吃苦的，大家都去吧，收获的粮食里面也有我们辛勤的汗水和心血呀！

武　力　是的，辛辛苦苦干了一年，再坚持几天也就过去了。走吧，大家辛辛苦苦种的粮食，不收回来，也确实对不起我们为此付出的汗水和劳动。

［大家分头进屋，放下毛巾和洗脸盆，出来在堂屋角落里拿着劳动的工具走了。舞台上只有舒香和宋丹心两个人了。］

舒　香　丹心，你晚上真的不去加班加点收粮食啦？

宋丹心　我是不去了，我累得实在是干不动了，黄队长他愿意怎么办我就随他吧。

舒　香　丹心，大家都去了，你一个人不去影响多不好？

宋丹心　什么影响好不好，我什么也不管了。我肚子疼，我来月经啦。

舒　香　你说谎，丹心，你前几天才来的好事儿，今天怎么可能又来月经啦？

宋丹心　我愿意来，这是我自己的事儿，你管得着吗？我是要洗脸上床睡觉了。

舒　香　好，那你就上床休息吧。丹心，我代你去打谷场加班加点打粮食。

宋丹心　用不着，我谢谢你的好心好意了，你只要不出卖我就谢天谢地啦。

舒　香　丹心，你今天是怎么啦，这样大的火气？

宋丹心　我不干啦，我累得实在是受不了啦，我不干啦！

舒　香　丹心，你来月经了就在家里休息，我代你去出工，向黄队长请假好了。明天你在家里做饭，我代你到地里去参加“双抢”。你好好休息吧。

［舒香友好地拍了拍宋丹心的肩膀，宋丹心内心里非常感激。舒香拿着工具走了。宋丹心无精打采地进屋休息了。］

第五场

曾光和李国成两个人身背打猎的工具，从外面回来了。两人两手空空，满头大汗，样子十分狼狈，走进堂屋就把猎枪放到地下了，在椅子上坐下来。

曾　光　哎呀我的妈呀，累死了！累了一天，两条腿都快跑断了。

李国成　说起来伤心呢，跑了一天是白辛苦，连野鸡毛都没打着，看来打猎也不是好玩的。

曾　光　有人没有，有人没有？

李国成　有喘气的没有？

曾　光　奇怪，一点动静也没有。

李国成　怪了，连一个给咱倒开水喝的人也没有，这人都跑到哪儿去了？

曾　光　难道他们上山砍竹子，拿到城里卖竹子去啦？

李国成　你说的，有可能。咱们还是自己倒水自己喝吧，不要指望别人了。

曾　光　这帮人怎么可能到现在还不回来呢？

李国成　这很正常，县城的路好远嘛，半夜能跑回来也就不错了。

曾　光　你说得有道理，咱们还是先喝水吧。

［曾光下，到伙房找水喝去了。李国成从身上拿出烟来，点火抽烟。曾光拿着一个喝水缸子，一边走一边喝水。］

李国成　曾光，你别把水都喝光了，我嗓子也快冒烟了。

曾　光　啊，真舒服！剩下的水你喝了吧。

［曾光把手中的喝水缸子递给了李国成，他也不讲究，马上就喝起来。］

李国成　哎呀，大热的天，这井水喝起来是真美呀！

曾　光　国成，给我来支烟，你怎么吃独食呀？

李国成　你不是不抽烟吗？我也没有烟了，这是最后一根了，还有就是空烟盒了。

曾　光　给我抽两口，我也学一学。

李国成　你就学吧，学会了戒都戒不掉。

曾　光　没事儿的。

［曾光不客气地从李国成的嘴里把烟拿过来，就放到嘴上吸起来。］

李国成　这怎么没人做饭呢。现在几点钟了？

曾　光　已经8点了，外面天都黑了，什么也看不见了。

李国成　哎呀我的妈呀，这一天可是累坏了，大早上4点钟就爬起来上山去打猎，到现在才回来，累得浑身骨架都快要散了。

曾　光　我也是一样。不过今天咱俩也是运气不好，累得屁滚尿流，连野猪毛也没见着。

李国成　我奇怪，老乡上山打猎怎么就那么神呢？出去一趟就有收获，不是野猪就是野兔子，最少也能打几只野鸡回来。我们两个人就两手空空，什么东西也打不到。

曾　光　我倒是看见了两只野兔子，一枪打出去，兔子跑得比猴还快。

李国成　那是你的枪法不行，要是碰到我，那两只兔子就跑不了。

曾　光　你就吹吧，我也听见你放枪了，打的东西呢？

李国成　我那是试枪法，放的是空枪。

曾　光　你放空枪，吃饱了撑的？吓了我一跳。

李国成　看来这山上的野兽也是不好打呀。

曾　光　这跑了一天是又累又饿呀。

李国成　谁不是又累又饿呢？

曾　光　国成，今天是谁做饭呢？做饭的人怎么也会不在呢？

李国成　今天做饭的人好像是宋丹心。

曾　光　宋丹心？她跑到哪儿去啦？怎么会不做饭呢？

李国成　她没做饭？

曾　光　是的，我看伙房没有烧火。

李国成　这位小姐真是够呛！

曾　光　这上山砍竹子的人，怎么也不回来呢？

李国成　说不准他们的运气比我们好，人家砍了竹子拿到城里去卖啦。

曾　光　但愿如此呀。

李国成　我就奇怪了，宋丹心在家怎么不做饭呢？

曾　光　谁知道她？我们两人做饭吧？

李国成　为什么我们两人做饭？今天该她做饭，就等她回来做。我可是没有精力做饭了，我们两个人上山跑了一天，没有功劳也有苦劳吧。

曾　光　功劳苦劳也是白辛苦，什么收获也没有，回来还不知道大家怎样讽刺我们呢。

李国成　讽刺我们？凭什么？明天叫他们上山去试一试，打猎可不是好玩的，打猎就不是什么好差事。

曾　光　废话少说，咱们两个人还是一起做饭吧？

李国成 饭我不做，今天就等宋丹心回来给我们做饭吃。

曾　光 她是指望不上了，这人又不知跑到哪儿去玩啦。

李国成 已经8点多钟了，砍竹子的人也该回来了。等舒香他们回来给我们做饭吃吧。

曾　光 你是欺负舒香人老实好说话吧？

李国成 那怎么办？宋丹心你也惹不起，我也惹不起，大家都让她三分，已经成习惯了。

曾　光 行了，国成，你坐着喝水、休息，我去给大家做饭。

李国成 曾光，你就等着宋丹心回来做吧。她今天回来不做饭，就治她一回，不能老是惯着她的臭毛病！

曾　光 李国成，你真不像个大男人，跟一个小姑娘计较什么？

李国成 这不是我计较，大家都对她有意见。一天到晚娇惯自己、宠爱自己，又精又滑又自私，这回应该收拾她一回，不能再宠着她啦！

曾　光 我是要治一治她了，她太不像话了，做得太过分了。

李国成 你说这话我赞同。

曾　光 但是饭还是要做的，大家晚上回来还是要吃饭的。

李国成 要做你做吧，我是没有力气做饭了。要不等着大家回来一起做吧。

曾　光 等着大家回来一起做？他们今天晚上要是不回来呢？我们俩人就不吃饭啦？

李国成 你说的不可能，他们五六个人晚上怎么可能不回来呢？住哪儿去呀？

曾　光 东西卖不掉，晚上找个小旅店住一晚上，有什么不可能的？

李国成 你可算了吧，五六个人找小旅馆住一晚上？卖竹子的钱还不够旅馆费呢，你会不会算账？他们吃饱了撑的？

曾　光 你说的也对。

李国成 我敢打赌，他们晚上肯定是要回来的。［这时外面传来了知青们的话语声。］听见了没有，曾光，听见了没有？我说他们晚上肯定要回来的吧？

曾　光　你神，你是神仙，你料事如神。

［舒香、宋丹心带着其他女知青回来了。他们手里拿着扁担，拿着砍柴刀，一个个都无精打采，样子也狼狈不堪。］

宋丹心　哎呀我的妈呀，累死啦，可算到家啦！

曾　光　我说兄弟姐妹们，你们怎么两手空空回来啦？

宋丹心　不两手空空回来又怎么办？

李忠诚　你们砍竹子卖了吗？

宋丹心　哎呀，别提啦！

曾　光　怎么啦？

宋丹心　我们砍了一天竹子，拿到县城去卖，叫公社林业站的人抓住了，把我们的竹子没收了不说，还把我们教育了半天，倒霉死啦。屋漏偏遇连阴雨，人要倒了霉呀，喝凉水也塞牙。

曾　光　宋丹心，你少说怪话，今天你怎么不在家做饭呢？

宋丹心　做饭？我不是上山跟大家一起砍竹子去了吗？

曾　光　谁叫你去砍竹子的？今天不是该你做饭吗？

宋丹心　今天是该我做饭，是舒香叫我跟大家一起上山砍竹子的。

曾　光　是吗，舒香？

舒　香　是的，是我叫她跟大家一起上山砍竹子的。

曾　光　那晚上饭由谁来做？

舒　香　晚上饭？休息一下我来做吧。

宋丹心　曾光，你什么意思呀？你怎么对我说话有股火药味呀？

曾　光　什么火药味呀？现在大家都饿着肚子要吃饭，我对你说话已经够客气啦！

宋丹心　要吃饭怎么啦，大家要吃饭就找我出气儿呀？

曾　光　我不是找你出气，宋丹心，今天该你在家做饭，你不留在家里做饭乱跑什么？

宋丹心　谁乱跑啦？谁乱跑啦？我还不是为了大家才参与上山砍竹子的吗？

曾　光　你砍的竹子呢？

宋丹心　你不要问我，我已经对你说过了！

曾　光　你太不像话了，宋丹心，大家累了一天，回来还吃不上饭，你太没意思啦！

宋丹心　曾光，你找我什么事儿呀？我跟着大家上山砍竹子也不对啦？

曾　光　今天轮到你做饭，你就不该乱跑！

宋丹心　谁乱跑啦？谁乱跑啦？我怎么乱跑啦？我在家拿什么为大家做饭呢？

曾　光　当然是拿米做饭啦。

宋丹心　拿米做饭？你到伙房米缸里去看一看，我的首长，还有米吗！

曾　光　没有米啦？

宋丹心　官僚，米缸里一点米也没有啦，所以舒香才叫我跟着大家上山砍竹子的！

舒　香　曾光，今天的事儿不怪丹心。你们不要吵了。

曾　光　可是现在大家要吃饭。

宋丹心　对不起，今天的饭我不做啦！我跟大家一起上山砍竹子，要累死啦，饿死啦，我做不动啦！

[宋丹心说完自己就进女知青房间了。]

曾　光　这是什么人呢？就她毛病多，又精又滑又自私，又怕苦又怕累的，遭人恨！

[宋丹心听了曾光的话，马上又转身从屋里出来了。]

宋丹心　曾光，你说谁呢？

曾　光　我说你呢，轮到你做饭，你就屁事儿多！

宋丹心　曾光，请你对姑娘说话讲一点文明，讲一点礼貌！

曾　光　我对你说话已经够文明、够礼貌了。自私自利，又精又滑，又怕吃苦，又怕受累，你还有完没完啦？

宋丹心　谁自私自利啦？谁又精又滑啦，谁又怕苦又怕累啦？曾光，你给我把话说清楚！

曾　光　我告诉你，宋丹心，虽然你是家里的小女儿，在家里被父母娇宠坏了，下乡来，大家可以让着你一次、两次、三次，但是你不能得寸进尺，给脸不要脸！

宋丹心　你让着谁啦，我怎么得寸进尺啦？谁给脸不要脸啦？

曾　光　就是你，宋丹心，我说的就是你！

宋丹心　你有什么权利说我？曾光，你不就是个小户长吗？你有什么了不起的？

曾　光　我是没有什么了不起的，但是我要为大家主持公道！

宋丹心　公道？我大早上四五点钟就起来跟大家一起上山砍竹子，折腾到现在才回来，我还有精力做饭吗？

曾　光　你辛苦大家就不辛苦吗？谁不是大早上四点钟就起来上山的？你叫苦，我还叫累呢！

宋丹心　你一个六尺高的男汉子，你跟我比？你好意思吗？

曾　光　有什么不好意思的？大家不都是一样的人吗？

宋丹心　你不要忘记了，曾光同志，你是男的，我是女的！

曾　光　男的女的，轮流做饭都应该是一样的，平等的。今天该你做饭，你就要为大家做饭吃，你不能得寸进尺，给脸不要脸！

［宋丹心叫曾光说得受不了啦，哭起来了。］

宋丹心　谁得寸进尺啦，我怎么给脸不要脸啦？谁得寸进尺啦？我怎么给脸不要脸啦？你说，曾光，今天你要把话说清楚！

曾　光　就是你，我说的就是你，得寸进尺，给脸不要脸！我大早上三点钟就跟舒香爬起来，代你为大家做早饭吃。吃了饭，大家一起上山，打猎，砍竹子，你说谁不辛苦，谁不累？你叫苦叫累，饭也不想给大家做了，你说得过去吗？

宋丹心　曾光，你不要欺负人！

曾　光　我怎么欺负人啦？我欺负你了吗？我说得不对吗？我说的不是事实吗？

宋丹心　你说的话就是不对，你就是欺负我一个小女子！

舒　香　好啦，好啦，曾光，丹心，你们不要吵啦，今天的事情不怪丹心，要怪你们就怪我好啦，谁也不要吵啦。

曾　光　我就见不得这种人，只关心自己，不体谅别人。

宋丹心　我说我累了，我没有说不给大家做饭！你在众人面前挑拨离间，搬弄是非，你是什么意思呀？曾光，你今天一定要把话说清楚！

曾　光　我还说得不清楚吗？你自己想去吧！叫你做一点儿事情，你就叫苦连天！

宋丹心　我累得骨头都快要散架了，难道我就不能休息一会儿吗？

曾　光　你可以休息，但是饭还是要给大家做的，大家不吃饭是不行的。

宋丹心　曾光，你不要欺人太甚！

曾　光　我欺人太甚？我看你是不知好歹、不识抬举，大家越关照你，你越是好赖不知！

宋丹心　曾光，你欺负我一个软弱无能的女孩子……你欺负人……

［宋丹心越哭声音越大，越哭也越伤心。］

舒　香　好啦，好啦，曾光，你不要吵啦。好了，丹心，你也不要哭啦。

郭小红　算了，曾光，丹心确实累了，她不做就算了。我来做。

武　力　算了，曾光，好男不跟女斗。

舒　香　今天大家都辛苦了，饭还是我来做吧。

宋丹心　你做？没有米，你拿什么做饭？

舒　香　好了，我到黄大妈家去借一点米来，我来做饭。你们大家先回房间休息去吧，饭做好了，我叫你们大家起来吃饭。

［大家散了，男女知青各自走进了自己的房间。舞台上只有舒香和宋丹心两个人。］

舒　香　算了，丹心，你不要哭了。大家都累了，曾光情绪不好，你应该原谅他。

宋丹心　我不会原谅他的，他在众人面前叫我下不了台，我不会原谅他的，我恨他一辈子！

舒　香　丹心，为这样一点小事儿，你就恨他一辈子，至于吗？

宋丹心　他太欺负人啦，我身体不舒服，他还这样欺负我，我不会理他啦。

舒　香　丹心，你身体又怎么不舒服啦？

宋丹心 我头疼，累得连说话的力气也没有了，他还逼着我做饭，他还是个男人吗？

舒　香 算了，丹心，你快回屋休息吧，不要你做饭了，我来做饭。

宋丹心 还是女人善解人意。舒香，男人怎么就不理解我们女人呢？

［宋丹心抹着眼泪回屋休息了。舒香到伙房去拿了一个盆来，经过堂屋要找黄大妈借米去。曾光又从屋里出来了。］

舒　香 曾光，你怎么不休息，又出来啦？

曾　光 舒香，米缸里真的一点儿米也没有啦？

舒　香 真的一点儿米也没有了。你不该对宋丹心发火的。

曾　光 我跟你一起做饭吧？

舒　香 不用，你回屋休息吧。你今天的火气怎么这样大呢？

曾　光 我也不知道。下乡三年来，我越来越看不惯她娇爱自己，什么事都以自我为中心，就是不为别人着想。

舒　香 曾光，你是个大男人，不应该跟我们女孩子一般见识的。

曾　光 我不是跟她一般见识，我就是看不惯她什么事都为自我着想。你说今天大家谁不累？谁不辛苦？大家都累，都辛苦，既然轮到她做饭，她就应该为大家做饭，这是她的责任。她赖了吧唧的总想让别人代劳。

舒　香 我们不是好朋友、好姐妹嘛，我愿意代劳。

曾　光 好朋友、好姐妹，也没有这样的。她就是在家里被人宠坏了。到了农村既吃不得苦，又受不得委屈，就希望大家宠着她，帮助她，关照她。她就不知道爱护别人，帮助别人，关照别人。她太不懂事了，太不懂规矩了！

舒　香 算了，曾光，这件事情就算过去了。我去借米来做饭。

曾　光 算了，舒香，你也累了，你去看书吧。我去借米来做饭。

舒　香 不用，看书我晚上可以看的。

曾　光 你不是想考大学吗？想考大学你就抓紧时间看吧，到年底考试，时间已经不多了。

舒　香 曾光，你就不想考大学吗？

曾　光 我也想，可是我对数理化，实在是学不进去了。

舒　香　曾光，你的木鱼脑袋怎么不开窍呢？考大学是我们离开山村的希望和机会，可以改变我们以后的命运，我说的话你怎么就不听呢？

曾　光　你说的话固然有道理，可是对我来说，数理化看起来，实在不像看小说一样有吸引力。

舒　香　是呀，数理化看起来太枯燥了，不像看小说一样迷人。但是你可以报考文科方面的大学呀。

曾　光　我还是算了吧，我不想花精力去学习数理化了，我实在学不进去。人各有志。你想考大学，我支持你。你去看书吧。

舒　香　谢谢你，曾光，还是你理解我呀。

曾　光　老朋友啦，我当然理解啦。

舒　香　那我就去看书啦？谢谢你，辛苦你啦。

曾　光　就是做个饭嘛，有什么辛苦的？这不算个什么事儿。

舒　香　好，那我就不客气，进屋看书了。

曾　光　你去吧。好好学习，祝你考上大学，美梦成真。

舒　香　借你的吉言，还有三个多月的时间，我要为梦想拼一回！

曾　光　祝你成功。

舒　香　到底是老朋友、老同学，谢谢。

［舒香进屋，下。曾光拿起舒香放在小桌子上的米盆，想出去找黄家借米来做饭，宋丹心从屋里出了。她也不说话，就从曾光手里抢过了他手中的米盆。］

曾　光　你这是干什么？

宋丹心　我要做饭，我不用你代劳，我用不起你！

曾　光　那太好了。我正好需要休息。

［曾光转身就要进屋。］

宋丹心　你回来！

［曾光立刻停住了。他回身看见宋丹丹满眼是泪，他有点同情心了。］

曾　光　算了，丹心，你还是回屋休息，饭还是我来做吧。

宋丹心　不要。我不懂事儿，我不懂规矩，我不识抬举，我也不知道我怎么得罪你啦？

曾　光　你没有得罪我……

宋丹心　我没有得罪你，那你今天是什么意思？在众人面前故意跟我过不去？

曾　光　丹心，你是做得有点儿过了……

宋丹心　我怎么过了？一个人的能力有大小。我一个女孩子，在农村这样艰苦的环境里，你还要我怎么样？我身体不舒服，又累得精疲力尽，我就不能休息一会儿吗？你为什么有意跟我过不去？曾光，咱们还是老同学，原来也可以说是好朋友，你为什么在众人面前叫我难看？你说我怎么对不起你啦？我在什么地方得罪你啦？我从家里带来的水果、咸菜，没有少给你吃吧，你为什么这样跟我过不去？

曾　光　丹心，你别哭啦，刚才是我不好，是我不对，是我太过分了，是我对不起你行了吧？你不要哭了好不好？丹心，你不要哭了，我最见不得女孩子的眼泪了。

宋丹心　我就要哭，我就想哭，女孩子就要流眼泪！我过去没有做过什么对不起你的事，你为什么要在大家面前这样整治我，在众人面前故意恶心我？你说，曾光，过去我有什么地方对不起你的？

曾　光　丹心，你过去是没有什么地方对不起我的……

宋丹心　那你为什么要这样对待我？你为什么要这样对待我？

曾　光　得了，老同学，好朋友，你过去没有什么地方对不起我，是我一时糊涂对不起你，好吧？你不要哭了，回屋休息吧。我来代你做饭，算我向你谢罪好了。

宋丹心　我不要你用嘴巴向我谢罪，我叫你把话对我说清楚，你为什么能特别关照舒香，就不能特别关照我？

曾　光　我没有特别关照舒香啊？

宋丹心　你敢说你没有特别关照舒香？你经常帮她做饭，叫她抓紧时间学习，争取考大学，这还不是对她的特别关照？

曾　光　丹心，你这就有点小肚鸡肠了。如果你要考大学，我也一样特别关照你。

宋丹心 算了吧，我可没有那样大的雄心壮志，我也没有那样大的野心，一个初中毕业生，就异想天开地要考大学？可能吗？中国目前的大学毕业生与总人口的百分比还不足百分之一，那是万人争过独木桥。我可没有考大学的本事。

曾　光 丹心，人各有志，你没有考大学的本事，也不要对舒香的考大学热情泼凉水嘛。

宋丹心 曾光，说实话了吧？你对舒香的事怎么这样上心呢，这样有热情啊？

曾　光 她有考大学的梦想，我们就应该支持她，大家都是老同学，又是好朋友，我支持她有什么不对吗？

宋丹心 对，我没有说你不对。我跟她与你都是老同学，都是好朋友，你为什么经常关照她，总是不愿意关照我呢？

曾　光 丹心，我关照你还少啦？你凭良心说，我关照你还少吗？

宋丹心 你关照我就是少了，你总是有意无意地跟我过不去。今天嫌我不做饭了，昨天嫌我活干少了，前天嫌我出工不出力了……

曾　光 好了好了，宋丹心，你不要哭了，以后你的事我尽量关照就是了，你不要哭天抹泪了。我的老同学，我的好朋友，今天的事儿算我不对，算我不对，好不好？大家还等着吃饭呢。

宋丹心 那你帮我做饭，将功折罪。

曾　光 将功折罪？莫名其妙吧？我犯什么罪啦？

宋丹心 你欺负我啦，这还不是犯罪？

曾　光 我欺负你也算犯罪？好好好，我将功折罪，我帮你做饭，我帮你做饭，这样可以了吧？

宋丹心 你现在的表现还像一个心大量宽的男人。

曾　光 女孩子的眼泪就是多，我算是服你了，女孩子的眼泪能征服男人的心，文学家说得一点也不错。

宋丹心 我再跟你说一遍，以后你不许欺负我。

曾　光 好好好，我以后再也不欺负你啦，我以后再也不敢欺负你啦。我真是怕你伤心的泪水，好像我真欺负了你似的。

宋丹心 你就是欺负我了。

曾　光 对对对，我的小姑奶奶，就算我欺负你了，就算我欺负你了，我向你赔礼道歉，我向你谢罪，这样总可以了吧？

宋丹心 赔礼道歉用不着，谢罪承受不起，你只要帮我做饭就可以了。

曾　光 好好好，我帮你做饭，我帮你做饭。

宋丹心 我要去借米了。

曾　光 我要去挑水。

[曾光进伙房，下。宋丹心拿着米盆找黄家借米，下。]

第六场

农家姑娘黄春花从大门进来，走进黄家堂屋，她是来找舒香的。

黄春花 舒香姐，舒香姐，舒香姐在吗？

[曾光从男知青屋里出来。]

曾　光 春花，你来找舒香有什么事儿？

黄春花 是舒香姐叫我来的，是她说叫我来有事儿的。

曾　光 噢，她找你有事儿？她人不在，到河边洗衣服去啦，你坐下来等一会儿吧，她马上就回来。

黄春花 好。曾光大哥，你知道舒香姐找我有什么事儿吗？

曾　光 不知道，她也没有跟我说。

黄春花 舒香姐到底叫我来有什么事儿呢？

曾　光 她既然叫你来有事儿，你就坐下来安心等她一会儿。我来给你倒水喝。

黄春花 谢谢曾光大哥！

[黄春花在知青们吃饭的小桌子前的木椅子上坐下来，曾光在小桌子上拿起暖水瓶和一个水碗，给她倒了一碗水。]

曾　光 春花，喝水吧。

黄春花 好。曾光大哥，舒香姐到河边去洗衣服有多长时间啦？

曾　光 去了不少时间啦，也该回来啦。

黄春花　你们屋里没有人吗？

曾　光　我不是人吗？

黄春花　我问的是其他人。

曾　光　他们都到河边去洗衣服、洗澡去啦。

黄春花　那你怎么在家呢？

曾　光　我是在家给他们做饭的，今天轮到我做饭。

黄春花　曾光大哥，你的饭做好了吗？要不要我帮你做饭？

曾　光　不要，我已经为他们把饭做好啦。等一下你在我们这里吃饭吧。

黄春花　不要，谢谢。我就等舒香姐回来，问她有什么事儿。

曾　光　春花，我听说你高中毕业啦？

黄春花　是的，曾光大哥，我高中毕业啦。

曾　光　哎呀，时间过得真快呀，不知不觉你都高中毕业啦，我们来了也有三年啦。

黄春花　是呀，曾光大哥，你们来的时候，我还在读初中，现在我已经高中毕业啦。

曾　光　春花，你高中毕业啦，以后想干什么？

黄春花　曾光大哥，我已经回乡务农啦。以后可能要干大队会计吧。

曾　光　一个高中毕业生，回来干一个大队会计也成啊！

黄春花　可是我不想干大队会计，我还想读书。

曾　光　你还想读书，那就该读大学啦。

黄春花　是的。

曾　光　春花，我告诉你一个好消息，今年年底，全国就要恢复高校招生考试啦，只要你学习好，就可以考大学。

黄春花　是的，曾光大哥，我也知道这个消息啦。

［这时舒香和宋丹心等五个女知青，在河边洗了衣服，洗了澡，端着洗衣盆从河边回来啦。］

曾　光　舒香，春花找你来啦，说是你叫她来的。

舒　香　是的，是我叫她来的。春花妹。

黄春花　舒香姐，你叫我来有什么事儿？

舒　香　你先坐一下，不要着急，我慢慢跟你说。

宋丹心　春花来啦。

黄春花　是的，丹心姐，你洗了澡好漂亮啊！

宋丹心　是吗，春花妹？我漂亮吗？

黄春花　漂亮。

宋丹心　你可真会说话。你洗了澡也一定漂亮。

黄春花　我可比不了你们，我没有漂亮衣服穿。

［舒香、宋丹心和郭小红、万福丽还有陆春芳她们进了房间。舒香回了房间，放下洗衣盆，就拿着一把梳头的梳子出来，她一边梳着刚洗过的头发，一边在春花对面的椅子坐下来。］

舒　香　春花，你知道我叫你来干什么吗？

黄春花　不知道，舒香姐。

舒　香　春花妹，我有一件事儿想求你，你能帮助我吗？

黄春花　什么事儿呀，舒香姐？你说。

舒　香　我想请你给我当老师，你愿意吗？

黄春花　舒香姐，你说什么？你请我给你当老师？

舒　香　对，我想请你给我当老师。

黄春花　舒香姐，你跟春花开玩笑吧？

舒　香　我不是开玩笑的，春花，我是真心实意地请你给我当老师。

黄春花　舒香姐，我怎么可以给你当老师呀？

舒　香　你可以给我当老师，我听大队书记说了，你是县城一中最优秀的学生，是高中毕业生中最优秀的学生。我想年底考大学，我想跟你学习高中的课程。可我是初中毕业生，高中的课程没有学过，我自己学起来很吃力，所以我想请你指导我学习高中的课程，可以吗？

黄春花　舒香姐，我也想年底考大学。

舒　香　那太好啦！我们正好一起学习，你帮助我，我们年底争取一起考大学！

黄春花　我也是想年底考大学，可是我的父母不同意我考大学。

舒　香　他们为什么不同意你考大学？

黄春花 因为我家里穷，家里没有钱，父母不支持我上大学。

舒　香 春花妹，你听我的，咱们一起学习，争取年底一起考大学，后面的事情以后再说嘛，如果考不上大学，咱们就当学知识、学文化啦，如果能考上大学，到时候总会有办法的。

黄春花 舒香姐，你说的也有道理，我愿意陪着你一起学习。

舒　香 太好啦，谢谢你，春花妹。

黄春花 你谢我什么呀？我可当不了你的老师，以后我们就一起相互学习吧。

舒　香 行，你高中的课程肯定比我好，我愿意虚心向你学习。

黄春花 那我以后有时间就到你们知青点来学习？

舒　香 好，欢迎你来给我当老师。

黄春花 我当不了你的老师，我还是当你的小妹妹吧。

舒　香 那就这样说定啦。拉钩。

黄春花 拉钩？

舒　香 姐妹俩一起学习，一起考大学，不许骗人。

黄春花 好，拉钩。

[舒香和黄春花两个人手指勾在一起，曾光在旁边看着笑了。]

曾　光 哎呀，你们两个大姑娘真好玩，还像幼儿园的小朋友一样。

舒　香 去，不思进取的青年，这里没有你什么事儿。

黄春花 舒香姐，如果你没有别的事儿，那我就走啦。

舒　香 我叫你来想说的就是这件事儿。不过你等我一下，春花妹。

黄春花 舒香姐，你还有什么事儿？

舒　香 事儿倒是没有事儿啦，不过我想给你拿点东西。

黄春花 舒香姐，我不要。

舒　香 你知道我给你什么东西呀，你不要？

黄春花 什么东西我都不要。

舒　香 春花，以后舒香姐给你的东西，你就高高兴兴地拿着。等我一下，小妹妹。

[舒香马上起身进屋拿东西去啦。黄春花从椅子上站起来。]

黄春花 曾光大哥，你对舒香姐说，我走啦。

曾　光　哎——你不能走的，春花，你走啦，舒香要找我算账的。

［曾光按着黄春花的肩膀，又把她按坐在椅子上啦。舒香也拿着东西从屋子里出来啦。］

舒　香　春花妹，这是我穿过不久的两件衣服，你不要嫌弃，拿去穿吧。

黄春花　舒香姐，这怎么行呢？我怎么能要你的衣服呢？

舒　香　春花妹，我叫你拿着你就拿着，这是我穿过的衣服，不过穿了有两个月，不是新的，我穿着不合适，你穿在身上一定挺合身的。

黄春花　舒香姐，我不要，这不好。

舒　香　小妹妹，我叫你拿着你就拿着，我没有新衣服给你，你也不要客气。我穿过的衣服，比你身上的衣服要漂亮多啦。一个姑娘家，还是要穿得好看一点儿。

［舒香把两件衣服送给了黄春花，农家姑娘挺感动地站起来向舒香鞠了一躬。］

黄春花　谢谢舒香姐！

舒　香　不用谢，谢什么呀？

曾　光　春花，你等一下，我也有衣服送给你。

黄春花　曾光大哥，你的衣服我能穿吗？

曾　光　你不能穿，拿回家给你爸爸穿也是可以的。

黄春花　谢谢曾光大哥，我不要啦。

曾　光　舒香，你不能叫她走啦，我给她拿衣服去。

舒　香　好吧。春花妹，你以后就听我的，舒香姐不会亏待你的。

黄春花　舒香姐，你们对我太好啦，我实在是不好意思呀。

舒　香　有什么不好意思的？以后给你什么东西你就拿着。

［曾光进屋去拿东西，下。这时宋丹心从屋子里出来，上。］

宋丹心　舒香、春花，你们在干什么呢？

舒　香　我们在说学习、考大学的事儿呢。

宋丹心　舒香，你可找到知音了。

舒　香　我不但找到知音了，还找到一位好导师。春花学习可优秀了，正好刚从高中毕业，当我的老师没有问题。

宋丹心 所以你就把你喜欢穿的衣服也送给老师啦?

舒　香 我穿过两回的衣服，我觉得穿着不合适，我就不喜欢啦。

[这时曾光从屋子出来，也拿出来两件衣服。]

曾　光 春花，我这两件衣服，我穿着有一点小了，你拿回家给你爸爸穿，保证可以。

[曾光也把衣服送给了黄春花。]

黄春花 谢谢曾光大哥!

[黄春花又向曾光鞠了一躬。]

曾　光 不客气，旧衣服，我穿了有一年啦，不过还挺好的，没有破的地方。

宋丹心 春花，你等一下，我也有旧衣服。

黄春花 我不要啦，丹心姐，这就够啦。

宋丹心 你等一下吧，春花，我的旧衣服也挺好的。

[宋丹心又回屋去给黄春花拿旧衣服。]

黄春花 舒香姐，曾光大哥，你们实在对我太好啦，我真不知该怎样感谢你们啦。

曾　光 谢什么呀?你只要以后用心帮助指导舒香学习，争取年底帮助她考上大学，这就是最实在的感谢。

黄春花 我要跟舒香姐一起复习，争取年底一起考大学。

曾　光 舒香，有老师帮助你学习高中的课程，你就有希望考大学啦。

舒　香 谁说不是呢?叫你跟我一起学习，你又不争气。

曾　光 我不是不争气，我是实在学不进数理化。

[这时宋丹心也从屋子里拿着两件衣服出来了。]

宋丹心 春花，我这两件衣服也挺好的，不过穿了有半年了，就是有一点褪色了，但是没有破，你拿回去还是可以穿的。

[宋丹心也把衣服送给了黄春花，放到了她手上。黄春花也同样向她鞠了一躬。]

黄春花 谢谢丹心姐，谢谢!

宋丹心　春花，用不着谢，旧衣服，也不值得你鞠躬致谢。

黄春花　我看这些衣服都挺好的。

宋丹心　你穿是没有问题的。

黄春花　谢谢舒香姐，谢谢丹心姐，谢谢曾光大哥！我走啦。

曾　光　春花，你在我们这里吃饭吧？

黄春花　不要。

曾　光　那就再见了。

黄春花　再见。

宋丹心　再见，春花。

舒　香　我来送你。

黄春花　不要送，舒香姐，不要送。

［黄春花双手端着衣服，高高兴兴地转身出大门走啦。］

舒　香　这个姑娘真可怜，穿得没有一件好衣服。

宋丹心　我们送给她的衣服，够她穿两年的。

曾　光　他们农民实在是太穷了。

舒　香　现在几点钟啦？是不是该吃饭啦？

曾　光　是该吃晚饭啦，我的饭早就好啦。

宋丹心　做好啦，那就吃饭吧？

舒　香　吃饭，我的肚子早就饿啦。

［三人一起进伙房，三人同下。］

第七场

曾光端着一大盆米饭从伙房里出来，把饭盆放到堂屋的小桌子上，然后就用筷子敲起碗来。

曾　光　吃饭啦！吃饭啦！饭做好了，开饭啦，大家都来吃饭啦！

［曾光一边喊叫，一边敲得碗当当响。知青们都从各自的房屋里出来了。舒香端着大家要吃饭的碗和筷子从伙房出来，上。］

李国成　今天有大米干饭吃啦？我的妈呀，久违了，大米饭！

王中英　我觉得好像有好几年没有吃过大米干饭啦！

曾　光　今天管够，保证大家吃饱、吃好！咱们有米啦，生产队今年分粮食啦！

武　力　今天我可要多吃两碗大米饭，想死我啦！

曾　光　兄弟姐妹们，今天我报告大家一个好消息，生产队分给我们知青一千九百多斤粮食，大家不用喝稀饭啦，有米饭吃啦！

宋丹心　看把你高兴的，一千九百多斤粮食管什么用？还不够我们九个人吃一年的。

曾　光　丹心，这就不错啦，知足一点吧。今年我们九个人分的粮食，比前两年多了一百多公斤，这说明我们进步了。

宋丹心　进步是进步了，也没有什么可高兴的。我们下乡三年多了，是比过去能干了。可是我们明年的日子还是不好过呀。

舒　香　来来来，大家吃饭，大家吃饭，我给大家盛饭，我给大家盛饭！

曾　光　舒香，你把铲子放下，让大家自己盛吧，反正今天米饭做得多，不怕有人吃不着，叫大家自己盛饭吃好啦。

李国成　对啦，还是我们自己来吧！

宋丹心　大米饭有了，菜呢？有饭没菜吃什么？还是问题。

曾　光　丹心，你没有闻到米饭里的香味吗？舒香在米饭里面放了点油，放了盐，没有菜我也能吃两大碗！

宋丹心　你是男人，我可跟你比不了，我没有菜吃不下饭。

曾　光　我的小姐，你就克服克服吧，我们知青的菜园里什么菜也没有，还没有长出来啦。

宋丹心　这饭吃的，不是没有菜，就是没有饭，要不就是两样都没有，光喝稀粥。这样的苦日子也不知道什么时候能出头。

曾　光　快了快了，过几天我们的菜地里就有菜了。

舒　香　丹心，对付几天吧，大家都是这样过的。等我们知青的菜地里蔬菜长起来了，大家的日子就好过了。

宋丹心　你能对付，我可不能对付，我还有父母给我带来的咸菜，我要回屋吃饭了。

［宋丹心端着饭碗进屋吃饭去了。］

李国成　这是什么人呢？这不是故意气我们吗？

舒　香　人家有父母给她带来的咸菜，你有什么好气的？你要有从家里带来的咸菜，你也可以回屋吃，没有人生气眼红。

李国成　曾光，你再去找老乡要一点菜来吧？

曾　光　我还找老乡要菜？我可不去要了，我也不好意思三番五次地找老乡要菜了，老乡的菜也不是大风吹起来的。

王中英　曾光，要不咱们晚上出去偷一点老乡的菜吧？怎么样？

曾　光　晚上出去偷老乡的菜？

武　力　对呀，天马上要黑了，我们到老乡的菜地里偷一点菜回来，谁知道哇？

舒　香　不行，你们就不能想点别的？偷老乡的菜，良心上说不过去的。

李国成　我想吃鱼了，偷菜还不如偷鱼呢。

王中英　偷鱼到哪儿去偷哇？

李国成　到大队的鱼塘里呗。我最近发现大队的鱼塘里有好多鱼呀！

武　力　偷鱼怎么偷哇？我们又没有渔网？

李国成　我有办法，用鱼通精。

武　力　用鱼通精？

李国成　我也是听老乡说的，用鱼通精毒鱼可灵了。只要一滴鱼通精就能毒死一条大草鱼。

武　力　你说的是真的？

李国成　当然是真的，这是老乡亲口告诉我的。

武　力　那我去买一瓶鱼通精，咱们晚上到大队鱼塘去试一试？

李国成　我也是这个意思。我们有多长时间没有吃鱼啦？

王中英　有小半年了。

曾　光　我说兄弟们，吃饭吃饭好不好？哪儿那么多歪屁眼子邪道呢？

李国成　曾光，我说的可是真的，你不想吃鱼？

曾　光　想……

李国成　想不就得了嘛！咱们晚上到大队的鱼塘里去偷几条鱼来，明天晚上吃。

曾　光　不行，你们不许胡来的！

李国成　哟哟哟，还一本正经上啦。

曾　光　这是原则性的问题，不能开玩笑的。

舒　香　你们到大队的鱼塘里去偷鱼是犯法的！

王中英　到大队的鱼塘里偷几条鱼犯什么法呀？

舒　香　犯国法！

武　力　舒香，我们半夜去偷鱼，老乡们也不会知道的。

舒　香　不行的，我警告你们，不许乱来的！

李国成　女同胞们，你们说老实话，大家想不想吃鱼？

郭小红　鱼谁不想吃呀？

王中英　万福丽，你呢，想不想吃鱼？

万福丽　我也想吃鱼，可是偷鱼不行吧？

武　力　陆春芳，你呢，想不想吃鱼？

陆春芳　我也想吃鱼，可是我怕出事儿。

李国成　你怕什么？又不是叫你去偷鱼。

王中英　曾光，你看，大家都想吃鱼，咱们晚上就搞几条回来，也不要多，有几条鱼就行，香香嘴，解解馋，出不了什么大事儿的。

曾　光　要去你们去吧，我是不去，偷鸡摸狗的事儿我不干。

李国成　到底是当头儿的，想法多了。

曾　光　对，我肯定是不去，叫老乡抓住了知青偷鱼，我带头，像话吗？

李国成　得，你不去，我们去。怎么样，中英、武力？

王中英　好，我跟你去。

武　力　我也不是胆小鬼。

李国成　那就说好了，吃了饭，咱们就去买鱼通精，晚上到鱼塘去行动。

舒　香　李国成、王中英、武力，你们没毛病吧？你们真的要去偷鱼呀？

李国成　这能说着玩吗？

王中英 我们是为大家谋福利。

武　力 没错儿，我们这是为大家做好事儿。

曾　光 你们可拉倒吧，偷鸡摸狗的事儿，还为大家谋福利呢？

舒　香 叫老乡抓住了，丢我们知青的人！

李国成 放心，我们不会叫老乡抓住的。

王中英 老乡也不会深更半夜跑到鱼塘去的。

武　力 老乡也想不到我们会到鱼塘去摸鱼。

曾　光 我再说一遍，我反对你们做这样没有屁眼的事儿。

李国成 曾光，我们就去一次，不会有事儿的。

王中英 我们保证干得神不知鬼不觉，不会叫老乡知道的。

武　力 再说了，大队的鱼塘也没有人看着，怎么会有事儿？

曾　光 你们几辈子没有吃过鱼？是不是馋疯啦？吃饭，不要瞎扯淡，乱弹琴！

舒　香 国成、中英、武力，偷老乡的鱼，出了事儿可是不得了的大事儿，影响极坏！

曾　光 我再说一遍，你们不要想这样出格的事儿，有饭吃了，还想吃大鱼大肉？你们是不是平安的日子不想过了，没事儿找事儿？

李国成 不是的，曾光……

王中英 我们就是想鱼吃……

曾　光 想吃鱼，自己花钱买去！

武　力 我们不是没有钱嘛。

曾　光 没有钱就不要想吃鱼的事儿。老老实实吃饭！

李国成 好，吃饭。

王中英 我们也是为了大家着想。

武　力 不领情就算了。

［李国民、王中英、武力端着饭碗回屋吃饭去了。］

舒　香 曾光，你进去劝一劝他们，再苦再难，也不能干这样丢人现眼的事儿。

曾　光 不会的，他们也就是嘴巴上说一说而已，不会去的，你听他们瞎叫唤？

舒　香　这可说不上。我去给他们买一瓶咸菜来吃，不能叫他们干这样不光彩的事儿。

［舒香出去为他们买咸菜去了。女知青郭小红和万福丽，还有陆春芳，也端着饭碗回房间吃饭去了。曾光最后关了灯，端着饭盆回房间了。堂屋空了。］

第八场

深夜时分，李国成一身泥、一身水地手里拎着几条鱼从外面跑回来了。他的身后跟着王中英，手上同样也拎着几条鱼。两个人轻手轻脚跑进了堂屋。曾光从房间里走出来，开了灯。

曾　光　你们深更半夜的不睡觉，跑到哪儿去啦？

李国成　嘘，别说话——

曾　光　你们还真去鱼塘偷鱼去啦？

王中英　嘘，请你说话小一点声。

曾　光　你们真是胆大包天啦。

李国成　我们这不是学雷锋做好事儿，为了改善大家的生活嘛。

曾　光　得了，别卖关子啦，这要是叫老乡抓住了，真是要坏大事儿的。

王中英　不会的，偷老乡鱼塘里几条鱼算什么大事儿呀？

［这时五个女知青听到堂屋的说话声，也从房间里面出来了。］

舒　香　李国成、王中英，你们真是不听劝呢。

李国成　舒香，没事儿的，你看我们神不知鬼不觉，就把鱼摸回来了。

宋丹心　这鱼太漂亮啦！

郭小红　这鱼真新鲜！

万福丽　这鱼现在要能吃就好啦！

陆春芳　明天我们真有鱼吃啦！

李国成　姑娘们，这件事儿可是千万不能说出去的。

王中英　说出去可是不得了的。

宋丹心 我们知道。

郭小红 我们又不傻。

万福丽 我们一定保密。

陆春芳 放心吧。

曾　光 武力呢?

李国成 他还在鱼塘呢。

曾　光 他还在鱼塘?他为什么还不回来?

王中英 他说要抓几条大鱼回来。

曾　光 真是贪得无厌。你们用什么东西搞的鱼?

李国成 鱼通精。

曾　光 你们在哪儿搞的鱼通精?

王中英 在大队供销社买的。

曾　光 三个笨蛋，在大队的供销社买鱼通精，又到大队的鱼塘里偷鱼，明天老乡能不知道吗?你们的脑袋叫驴踢啦?马上去把武力叫回来，不要搞啦!

李国成 是是是，好好好。中英，你马上跑一趟!

王中英 好，我马上去把武力叫回来!

[这时武力兴致勃勃地跑回来了，他双手拎的鱼，比李国成和王中英两个人拿回来的鱼还要多几条。]

武　力 不用去叫了，我回来啦。大家看我抓回来了多少条鱼!

李国成 武力，你怎么抓了这么多鱼?

武　力 这叫本事!

王中英 武力，你真是抓鱼的高手啦。

武　力 我有绝活!

曾　光 你有什么绝活?

武　力 我把鱼通精全部倒进鱼塘里啦。

曾　光 什么?你把一瓶鱼通精全部倒进鱼塘里啦?

武　力 啊，是的，我把一瓶鱼通精全部倒进鱼塘里啦，鱼塘里的鱼起得那个快呀，一会儿一条，一会儿一条，我抓都抓不过来。后来鱼塘的水面上鱼都漂满啦。大家快去跟我抓鱼吧?

李国成　武力，你傻呀？你怎么能把一瓶鱼通精全部倒进鱼塘里呀？

王中英　那会把一塘鱼全部毒死的！

武　力　什么？

曾　光　笨蛋，你们把事情闹大啦！

武　力　不会吧？

曾　光　什么不会吧？后面的事情没有办法收场啦！

武　力　那怎么办？

曾　光　你们想办法收场吧。还愣着干什么？快去呀！

李国成　曾光，这收场怎么收啊？

曾　光　我怎么知道？

王中英　这鱼怎么办呢？

曾　光　鱼先放下！你们赶紧到鱼塘去看情况，如果老乡没有发现，你们就赶紧把鱼塘里的死鱼捞起来，想办法找地方连夜处理掉，不要留下痕迹！

舒　香　曾光，你说的办法不行。即便他们把鱼塘里的死鱼全部捞起来，处理掉，也会留下痕迹的，明天白天老乡们还是会看出问题来的。

李国成　这可怎么办呢？

王中英　事情真是闹大了吗？

武　力　问题真是如此严重吗？

曾　光　你们闯大祸啦，等着哭吧！

［三个偷鱼的知青吓傻了。］

李国成　曾光，怎么办呢？你为我们想一想办法吧。

曾　光　有什么办法好想的？出了这样大的事儿，想瞒天过海是不可能的。

王中英　兄弟姐妹们，你们不能看着我们出事儿不管吧，我们也是为了大家呀！

曾　光　胡说八道，大家谁也没有叫你们去偷鱼！

武　力　不行我们就跑吧？跑回家去躲起来。

曾　光　你们跑得了吗？跑了和尚还跑得了庙吗？

李国成　那怎么办？事情已经出啦？

舒　香　事情已经出了，跑也不是办法，躲也不是办法。我劝你们还是到大队找严书记自首去，坦白从宽，争取宽大处理。

王中英　什么？找严书记去坦白从宽，争取宽大处理，那我们的一辈子不就完了吗，以后我们还能回城，还能回家吗？

舒　香　哎呀，你们现在不要想那么多了，还是快想一点补救措施吧！

武　力　怎么补救？曾光，鱼塘里的鱼都死了，老乡们知道了能饶过我们吗？

曾　光　是呀，鱼塘里的鱼是大队老乡们的集体财产，这件事情肯定是要引起公愤、惹出麻烦来的。

宋丹心　你们听，外面的老乡好像追来啦。

李国成　什么？追来啦？

王中英　我的妈呀，坏啦，坏啦，真的坏事儿啦！

武　力　老乡真的追来啦！

［三个偷鱼人吓得手里的鱼都掉到地下了。］

舒　香　真的坏了，老乡们追来了。

郭小红　听他们说话的声音越来越近了。

万福丽　听声音好像来了还不止一个人。

陆春芳　李国成、王中英、武力，你们赶快躲起来吧！

李国成　我的妈呀，往哪儿躲呀？

王中英　正门是出不去了！

武　力　老乡们来得也太快啦！

宋丹心　你们马上躲进我们女知青的房间里，躲到床下去！

李国成　到你们女知青的房间里躲起来能行吗？

宋丹心　什么行不行的，现在已经没有什么地方可躲啦！

郭小红　你们快进去吧，再不躲就来不及啦！

王中英　完了，完了，我们真要倒大霉啦！

武　力　老乡们不会冲进来打我们吧？

万福丽　哎呀，你们快进去吧，老乡们已经进外屋大门啦！

陆春芳 你们先躲起来再说吧。快进去，快进去！

［几个女知青为了掩护同伴，把三个偷鱼的男知青推进了房间，关上了门。但是他们忘记了地下的鱼。老乡们的说话声越来越近了，越来越清楚了。］

声音一 严书记，这鱼肯定是知青偷的！

声音二 严书记，你看这泥，你看这脚印，都是从鱼塘带回来的！

声音三 严书记，这些知青太不像话啦，把我们大队鱼塘的鱼都毒死啦，一定要把他们抓起来，送到公社去！

声音四 对，一定要把他们抓起来，送到派出所去关起来！

［外面的人说着话，闯进了堂屋。带队的是大队严书记和民兵连长，后面跟着农民甲、乙、丙、丁，还有部分群众。］

曾　光 严书记。

严书记 曾光，你们知青谁到大队鱼塘去偷鱼去啦？

曾　光 我不知道。我刚从睡梦中醒来。

严书记 你不知道？你们这么多人不睡觉，在干什么？

曾　光 没干什么，我们在说话。

严书记 你们在说什么？

曾　光 我们在说自留地种菜的事儿。

农民甲 严书记，你看，这地上有鱼！

农民乙 严书记，这儿还有！

农民丙 严书记，这儿也有鱼！

农民丁 严书记，人赃俱在！

严书记 曾光，实事求是地说，你们知青谁到大队的鱼塘去偷鱼去啦？

曾　光 我不知道。

民兵连长 曾光，你不知道？你是不说实话吧？

曾　光 连长，我确实不知道。这也不关我的事儿。

民兵连长 严书记问你，谁到鱼塘去偷鱼去啦？

曾　光 你们谁知道？

［曾光故意回身问女知青，女知青们低头不语。］

严书记 曾光，你为什么不敢说实话？

民兵连长 曾光，是不是你带头到大队的鱼塘里去偷鱼的？

曾　光 我没有去。

民兵连长 你没有去，这鱼是从哪儿来的？

舒　香 曾光是没有去。

宋丹心 我也可以证明曾光没有去。

民兵连长 那谁去啦？

［知青们无语。］

严书记 你们还有人呢？

民兵连长 还有李国成、王中英、武力，他们三个人呢？

农民甲 把他们叫出来！

农民乙 鱼塘的鱼一定是他们偷的！

严书记 曾光，你把他们叫出来！

民兵连长 严书记叫你把他们叫出来，听到了没有？

曾　光 出来吧，不要躲了，躲过初一，躲不过十五的。

［三个偷鱼的知青，一个个神色不安地从女知青的房间里出来了。］

严书记 大队鱼塘的鱼是你们三个人偷的？

三人同声 是……

严书记 你们的胆子不小哇，简直无法无天啦！大队鱼塘里的鱼，你们想吃就偷几条，为什么要把鱼塘里的鱼全部毒死呀？

民兵连长 把他们三个人都给我抓起来！

农民丙 抓到公社去！

农民丁 抓到派出所去！

曾　光 严书记，慢来，有话好说，不要抓人吧？

严书记 曾光，他们去偷鱼，你知不知道这件事？

曾　光 我不知道。我有责任。

严书记 你不知道，你有责任？你们做得太过分啦！大队鱼塘里的鱼，是大队两千多号人家过年吃的鱼，你们全部给毒死啦。你们知道这是犯罪吗？

李国成　严书记，我们错啦……

王中英　严书记，我们错啦……

武　力　我们知道错了……

严书记　你们错了，现在知道错啦？

民兵连长　知道错了，晚了！把他们带走！

曾　光　连长，他们承认错了，就不要抓人了吧？

李国成　严书记，我们这是第一次……

王中英　严书记，我们再也不敢了，您就饶了我们一次吧！

武　力　严书记，我们给您磕头啦！

［三个偷鱼的知青马上在严书记和大队民兵连长面前跪下来。］

严书记　起来，起来，有什么话到大队公社说去！

曾　光　严书记，他们年轻，不懂事，您就从轻发落吧，不要带到大队公社去了。

民兵连长：什么年轻，不懂事儿？曾光，这个时候你出面为他们说话啦？刚才严书记问偷鱼的事，你怎么不说话呀？

农民甲　说他们年轻，不懂事？他们多大啦？二十多岁的人啦，还说年轻不懂事？

农民乙　你们是知识青年呢，什么事儿不懂啊？

农民丙　你们是有知识有文化的青年呢，就干这样的缺德事儿？

农民丁　还是什么有知识有文化的青年呢，就干这样祸害我们农民的事儿？

［这时黄队长和黄大妈从外面进来了。］

黄队长　怎么回事儿，严书记，深更半夜的发生了什么事儿？

严书记　他们三个人把我们大队鱼塘里的鱼全部毒死了。

黄队长　什么？你们把大队鱼塘里的鱼全毒死啦？

严书记　是的。黄队长，你说这件事儿怎么向全大队的村民们交代吧？

黄队长　你们这些孩子怎么能干这种事儿呢？你们闹得太过头啦！

李国成　对不起，黄队长，我们错了。

黄队长　你们错了，这是一句话的事儿吗？

王中英　黄大叔，我们愿意赔偿损失。

黄队长　你们愿意赔偿损失，就可以如此胡作非为吗？

武　力　黄大叔，我们是一时糊涂！

黄队长　一时糊涂？你们都是二十来岁的人啦，还不懂得一点法律法规吗？你们还是有知识有文化的青年，难道不知道干坏事儿违法吗？你们闹事儿闹得也太大了，怎么就一点儿也不考虑后果呀？

李国成　黄大叔，我们知道错了！

王中英　大叔，我们承认错了！

武　力　要打要罚我们认了，只要不把我们抓起来！

黄队长　你们犯了这样大的事儿，我看抓起来也不过分！

黄大妈　算了，老黄，孩子们已经知道错了，你就不要骂他们啦。

黄队长　严书记，鱼塘死了有多少斤鱼？

严书记　整个鱼塘全翻了，大概死了有一万多斤鱼吧。

黄队长　一万多斤鱼？你们太不像话啦！这是全村老少农民过年要吃的东西呀，你们这些胡作非为的东西，气死我啦！这件事情不能便宜了你们，一定要严肃处理！先把他们带到大队部去。严书记，先把他们押到大队部去，叫他们写出深刻的检查，听候处理！

严书记　我的意见也是这样。先把他们带走吧。

民兵连长　起来走！态度不老实，就把你们送到公社派出所去关起来！

李国成　严书记……

王中英　黄队长……

武　力　以后我们再也不敢了……

民兵连长　起来走，现在说什么也没有用了！

［民兵连长和四个农民连拉带推把他们押走了。］

严书记　老黄，你也到大队部来吧。

黄队长　是，严书记，我也要去的。

［严书记、黄队长还有黄大妈他们随后走了。知青们都关心着李

忠诚、王中英、武力三个同伴的事，他们关了灯也跟着一起出去了。大家觉也不睡了。]

第九场

天快要亮了，李国成、王中英、武力无精打采地从外面回来了。三个人开了堂屋里的灯，在小椅子上坐了下来。曾光随后从屋里出来了。

曾　光　你们回来啦？

李国成　回来啦。

曾　光　在大队部被关了一夜？

王中英　没有，在大队部写检查写了一夜。

曾　光　严书记和黄队长后来怎么说？

武　力　叫我们过两天在全村村民大会上向农民们做出深刻的检查。

曾　光　后面呢？

李国成　包赔生产队鱼塘的一切损失。

曾　光　要赔多少钱？

王中英　还不知道，可能要赔六千多块钱吧。

曾　光　一个人赔六千多块钱？

武　力　不是的，是我们三个人加起来要赔六千多块钱。

曾　光　这是怎么算的？

李国成　鱼塘死了有一万多斤鱼，一斤鱼按五毛钱算的。

曾　光　事情算处理完了？

王中英　是的。

曾　光　死鱼怎么处理？

王中英　死鱼黄队长叫我们三个人明天拿到城里去卖，卖了钱，交给大队会计，补偿损失，还差的钱，就叫我们三个人自己想办法解决。

曾　光　黄队长这样处理，算是照顾我们知青面子了。

武　力　是的，黄队长为我们三个人说了不少好话。如果没有黄队长为我们说话，我们三个人的命运可能就完了。我们的老房东对我们知青还是宽大为怀的。

李国成　要是依据民兵连长的意思，今天就要把我们三个人送到公社派出所去，然后再把我们送到县公安局，送到劳改队去劳改。

曾　光　送到劳改队去劳改，一辈子可就完了。

王中英　谁说不是呢。

武　力　民兵连长那个王八蛋真不是个东西！

曾　光　行了，事情过去了，吸取教训吧，以后不要干这样偷鸡摸狗的事情了。嘴馋是要吃大亏的。

［这时女知青们一个一个也从房间里面出来了。］

舒　香　你们吃饭吧？我给你们做饭吃？

李国成　我们不想吃饭，没有胃口。

王中英　我们发愁死鱼明天怎么卖。

武　力　现在县城活鱼才卖五毛钱一斤，死鱼四毛钱一斤能卖掉也就不错了。一万多斤鱼能卖出四千块钱吗？亏本的钱怎么办？

曾　光　先不要想那么多了。今天我们大家统一行动，把所有的鱼都拿到县城去卖，能卖多少钱算多少钱。卖不掉的鱼，我们拿回来用盐腌上，留着大家以后慢慢吃。

舒　香　我们吃掉的鱼，照五毛钱一斤算，为你们分担。

曾　光　余下还差的钱，就你们三人分担了。

李国成　好好好，谢谢，谢谢！

王中英　谢谢大家，非常感谢！

武　力　还是兄弟姐妹们好哇，还是兄弟姐妹们亲呢！

曾　光　大家都是一个集体户的成员，不管怎么说在一起也生活三年多的时间了，相互关照也是理所当然的。只是以后你们不要再干这样的傻事儿了。记住，贪小便宜、吃大亏，这是祖传下来的古训。

李国成　是的，是的。

王中英　以后我们再也不干这样的傻事啦。

武　力　这一次没有送我们去劳教队也算万幸啦。

曾　光　你们睡觉吧，好好休息休息，等有了精神，我们大家帮你们去卖鱼。

李国成　是该睡觉了。

王中英　写了一夜的检查，我的头都是沉的。

武　力　我的眼睛也睁不开了。

舒　香　我要为大家做早饭吃了。

曾　光　我要洗脸刷牙了。

［大家分头同下了。］

第十场

冬天到了，下雪了，外面漂着雪花。舒香双手捧着热水茶缸子，一边喝着热水，一边在堂屋里围着小桌子转圈，走动。曾光从屋里出来了。

曾　光　舒香，你在干什么呢？一个人堂屋里转圈不怕冷啊？

舒　香　我在等春花来。

曾　光　你等她来干什么？外面下着雪，她还会来吗？

舒　香　她一定会来的。我要跟她商量，过几天到县城一中考大学的事儿。

曾　光　你们要考大学啦，紧张吧？

舒　香　是紧张，越临近考试，心情越紧张。

曾　光　舒香，你觉得数理化学得怎么样？

舒　香　不知道，我最近是越学越糊涂啦，春花给我讲的数学题，我好像一会儿明白，一会儿糊涂。

曾　光　过几天就要参加考试了，我劝你心情还是放松放松。

舒　香　我也是想放松，可是我放松不下来呀。

曾　光　舒香，你觉得春花姑娘复习得怎么样？

舒　香　春花肯定能考上大学，这个姑娘太聪明啦，她比我可是强太多啦。

曾　光　那你跟她是不能比的，你跟她是学习高中课程，人家是复习高中的课程，你们两个人学习的基础完全是不一样的。

舒　香　是呀，我学得太苦啦，太难啦。

［这时黄春花从外面进门，上。］

黄春花　舒香姐！

舒　香　快来快来，春花，我就等你来啦。

黄春花　曾光大哥也在？

曾　光　快请坐吧，春花姑娘，外面冷吧？

黄春花　外面是冷，下雪啦。

舒　香　曾光同志，麻烦你给我们春花妹倒一碗热水好吗？

曾　光　好的好的，没有问题，我愿意为你们服务。

［曾光马上进伙房，下。舒香和黄春花两个人在小椅子上坐下来。］

黄春花　舒香姐，你叫我来还是为数学题的事儿吧？

舒　香　不是的，春花，昨天的数学难题我搞明白啦，今天脑子又迷糊啦，我想可能是要上战场了，心情太紧张的缘故吧。我想，这两天大脑需要休息休息了。

黄春花　舒香姐，这真是一种奇怪的状态，越到考试了，脑子越不够用啦。

舒　香　是的，是的，我心里也着急。

［曾光这时从伙房里端出一碗热水来。］

曾　光　什么事儿呀也不要着急，顺其自然。

舒　香　你是不着急呀，你又不参加考试。

曾　光　问题是，急有什么用啊？春花，喝水。

黄春花　谢谢曾光大哥。舒香姐，你叫我来有什么事儿？

舒　香　春花妹，我叫你来，是想跟你商量一下，过几天我们两人到县城一中参加考试的事儿。

黄春花　舒香姐，这有什么好商量的？考试我们两个人去考就是啦，一中是我的母校，所有的教室环境我都熟悉。

舒　香　问题是，全国统一考试的时间是早上 8 点钟，我们从凤凰山赶到县城去参加考试，怕时间来不及呀。

黄春花　舒香姐，时间有什么来不及的？

舒　香　你想啊，春花妹，我们赶到县城去，路上就要走三个多小时，现在天公又不作美，大雪封山啦，我们用两条腿走到县城去，最少也需要四个小时才能赶到考试现场。那么早上8点钟考试，我们夜里3点多钟就要爬起来，4点钟就要上路，夜里黑灯瞎火的，路上又看不见，我们两个人走山路多可怕呀？

黄春花　我不怕。

舒　香　可我怕呀，春花，我怕出事儿。

曾　光　说得有道理，我愿意陪你们去。

舒　香　你别打岔，就是你陪我们去，如果路上万一出点什么事儿，也要影响考试。

黄春花　舒香姐，那你说怎么办？

舒　香　春花，我的意思是我们两个人提前一天下午赶到县城去，找一家小旅馆，在县城里住下来，这样参加考试保险。

黄春花　舒香姐，你说的话固然有道理，可是你知道我的家里没有钱，我不可能在县城的小旅馆里吃住两天，我花不起这样的钱，我的父母也不会同意的。

舒　香　春花妹，我知道你家里没有钱，我给你掏钱好吧？只要你同意，我们两个人就提前一天赶到县城去，住下来，安安稳稳地参加考试，才能考出好成绩来。

黄春花　不，舒香姐，如果你要提前到县城去住下来，你就去吧。我还是一个人大早上从家里赶过去参加考试，我是不可能花钱住旅馆的，我家里也没有钱。

舒　香　春花妹，我不是说了吗？钱我来出，一切花费我来出，不需要你操心。

黄春花　舒香姐，谢谢你的好意，可是我不好意思呀。

舒　香　春花妹，你有什么不好意思的？咱们不是好姐妹吗？

黄春花　舒香姐，我经常让你花钱、破费，我真是心里过意不去。

舒　香　你听我的，春花，我们就头一天晚上赶到县城去住下来，考试的两天时间，我们就以饱满的精力去参加考试，这样才能考出好成绩来!

黄春花 舒香姐，我家里没有钱，还是你一个人去吧。

舒　香 那怎么行呢？你是我的学习导师呀！半年的时间，你让我学到了不少知识，高中的课程我都学到了，我为你花钱也是应该的。春花，你就听我的安排好啦。

曾　光 如果你们需要陪伴，我愿意陪着你们同去县城住两天，你们参加你们的考试，我正好在县城里玩两天。钱我来花，一切算我的!

舒　香 我和春花考试，怎么好意思让你花钱呢？

曾　光 这有什么呢？又花不了几个钱，今年分红，我挣的钱不是比你多吗？我请你们到县城玩两天也是应该的。

黄春花 谢谢你，曾光大哥！舒香姐，你们的好意我心领啦，可是我欠你们的情分太多，怕将来还不起呀。

曾　光 春花，你想什么呢？谁叫你还情啦？我们不是朋友吗？朋友有困难的时候就应该帮一把，这再正常不过啦。

舒　香 对，我也是这个意思。考大学是人生一辈子的大事儿，不能出问题，搞砸啦。

曾　光 那就这样说定啦，考试的时候，我陪着你们到县城去玩两天。一切花费由我来报销，我今年分红还是挣了不少钱的，有一百多块钱呢。

舒　香 曾光，花钱没有你的事儿，不过你陪着我们到县城去住两天，为我们两个姑娘当保镖，我们还是需要的。

曾　光 好，我去给你们当保镖也行啊！管他谁花钱，这样安排是对的。

黄春花 谢谢舒香姐，谢谢曾光大哥，谢谢你们支持我!

[黄春花感动得哭起来啦。]

舒　香 你怎么啦，春花，怎么还掉上眼泪啦？

黄春花 舒香姐，我是高兴的，我是被感动的。

曾　光 春花，你可不要哭啦，考上大学是真的。

舒　香 是的，春花妹，考上大学才是根本。

黄春花　我也是这样想的。

舒　香　不要哭啦，春花，我还有几道难题要问你呢。

黄春花　那你说吧，舒香姐？

舒　香　跟我来，到屋里去学，外屋太冷啦。

［黄春花跟着舒香进了女知青的房间。曾光出门到外面去啦。］

第十一场

宋丹心穿着棉军大衣从伙房里出来，她手里拿着一盆米，在堂屋小椅子上坐下来，挑米挑砂子。曾光从外面大门进来了。

曾　光　哎呀我的妈呀，外面好冷啊，冻死人啦。

宋丹心　曾光，外面又下雪了吧？

曾　光　是的，下雪了，地面的雪有一尺多厚。

宋丹心　冬天真难得过呀。

曾　光　丹心，怕冷你要多穿一点儿。

宋丹心　我穿得已经不少了。就是做饭、洗菜，手太冷了。

曾　光　菜洗了吗？没洗我来帮你洗。

宋丹心　谢谢，不用你帮忙了，菜我已经洗好了。

曾　光　你怎么先洗菜后做饭？

宋丹心　我想饭菜一起做，用萝卜丝烧饭，放点油，放点盐，又省菜，又省粮食。

曾　光　丹心，今天多做两个菜吧。

宋丹心　多做两个菜？为什么？我们哪儿还有菜啦？就剩下一点大萝卜和一点大白菜了，连春节都吃不到了。

曾　光　我们不是还有咸鱼吗？今天你多做两条鱼吧。

宋丹心　你不是说，咸鱼留着大家春节过后来吃吗？

曾　光　你今天把鱼做了吧，过春节没有吃的就算了。

宋丹心　曾光，你今天是怎么啦，嘴馋啦？

曾　光　是嘴馋啦。

宋丹心　馋猫。我们吃的油也不多了，鱼没有油怎么烧哇？

曾　光　没有油，就清蒸、水煮。

宋丹心 曾光，你今天好像有什么事儿吧？

曾　光 对，是有好事儿。

宋丹心 有什么好事儿？

曾　光 舒香回来了吗？

宋丹心 没有，到现在一个人也没有回来，收工还早着呢。

曾　光 丹心，我告诉你一个惊人的好消息。

宋丹心 什么惊人的好消息？

曾　光 舒香考上大学了！

宋丹心 什么，舒香考上大学了？

曾　光 神吧？她考上大学了。

宋丹心 你是从哪儿得来的消息？

曾　光 是大队严书记跟我说的，舒香的大学通知书来了，叫我带回来交给她。

宋丹心 你先拿来给我看一看。

曾　光 你看一看吧，人家才叫真牛，功夫不负有心人。

［曾光把通知书交给宋丹心，叫她看。］

宋丹心 舒香真了不起，她有出头之日了。

曾　光 她是我们大队知青第一个考上大学的人。

宋丹心 她马上就可以离开农村回家了。

曾　光 她的梦想成真了。

宋丹心 她真是才女呀，一个初中毕业生，居然能考上大学！

曾　光 奇迹吧？

宋丹心 是奇迹。

曾　光 奇怪，你怎么哭了？

宋丹心 舒香要走了，而我们还要继续留在农村受苦受累。

曾　光 丹心，别哭，我们也快有出头之日了。

宋丹心 我们有什么出头之日呀？

曾　光 我们知青也快要回城了。

宋丹心 什么？我们知青也快要回城啦？可能吗？

曾　光 可能。有动静了。

宋丹心　你是听谁说的？

曾　光　我是听我们知青带队的领导说的：上面有了指示精神，知青有可能大批返城。

宋丹心　是所有的知青都回城吗？

曾　光　不是的，听说是分期分批走，表现好的知青先走。

宋丹心　我们户的九个人谁先走？

曾　光　听说是郭小红和陆春芳第一批走。

宋丹心　她们两个人第一批走？她们凭什么第一批走？

曾　光　因为她们两个人有个好老爸呀。

宋丹心　她们走与她们的老爸有关系吗？

曾　光　当然有关系啦，龙生龙，凤生凤，老鼠的儿子会打洞，你明白吗？

宋丹心　我不明白你说的是什么意思？

曾　光　那我就直白地告诉你，郭小红的老爸在我们父母的工厂里大小也是个科长，陆春芳的老爸呢，听说还是个大处长，我们知识青年带队的领导，为了巴结比他更大的领导，所以第一批走的人全是所谓的干部子女，剩下来的就是老工人的儿女和知识分子的儿女，老爸既不是官，也没有权，所以只能排队后面走。

宋丹心　这是什么逻辑呀？

曾　光　这就是中国两千多年封建社会流传下来的传统逻辑。

宋丹心　照你的说法，我们知青谁走谁留，都是由我们带队的领导说了算？

曾　光　当然啦，这还需要说明吗？

宋丹心　王八蛋！

曾　光　丹心，你不要哭，哭也没有用。

宋丹心　按照你的说法，我们只能是最后一批走啦。

曾　光　认命吧。我去找黄队长要一坛子老黄酒来。今天晚上为她们要走的人举行一个欢送宴会。

宋丹心　欢送个屁！饭我都不做啦！

［宋丹心气得把米盆扔到了桌子上。］

曾　光　丹心，你饭也不为大家做啦？

宋丹心　谁走谁做去，我是不侍候啦！

［宋丹心气得起身就回屋去啦。曾光把舒香的大学录取通知书放在了桌子上，出去找黄队长要老黄酒去啦。过了一会儿，郭小红、万福丽和陆春芳回来了。］

郭小红　丹心，饭做好了吗？

万福丽　没有人答应，看来是饭做好啦。

陆春芳　这是什么呀？

［陆春芳发现了桌子上面的通知书。几个人传着看起通知书。］

郭小红　大学入学通知书？

万福丽　谁的呀？

陆春芳　这还要问吗？肯定是舒香的呀。

郭小红　我的妈呀，她真考上大学啦？

万福丽　舒香太神啦。

陆春芳　她真是才女呀。

郭小红　舒香太有才啦。

万福丽　她马上就要飞出山沟，不跟我们做伴啦。

陆春芳　舒香太了不起啦。

郭小红　她是我们知青第一个飞出山沟的金凤凰。

万福丽　她比我们聪明啊。

陆春芳　应该说，她比我们有眼光。

［这时李国成、王中英、武力三个男知青从外面回来了。］

郭小红　快来看，男同胞们，舒香考上大学啦。

李国成　什么？舒香考上大学啦？

万福丽　真考上了，你们看嘛。

武　力　她果真考上大学啦？

陆春芳　给你看看通知书。

武　力　我不看，她考上大学了，我伤心呢。

陆春芳　你伤什么心呢？她考上大学了，你不为她高兴啊？

武　力　她考上大学啦，我就找不上好对象啦，有什么好高兴的？

郭小红　别不害臊啦，癞蛤蟆还想吃天鹅肉？

武　力　想一想也不行啊？

万福丽　你怎么说话不脸红呢？

武　力　脸红什么呀？我也老大不小了，该找对象了；好不容易看中了一只白天鹅，马上又要飞走啦。

陆春芳　你呀，就做梦娶媳妇，自己想美事儿吧。

[几个人哈哈地大笑起来。舒香从外面回来了。]

舒　香　你们笑什么呢，这样高兴？

郭小红　舒香，刚才有人说看中你了，想找你谈对象呢。

舒　香　瞎说，谁胡说八道？

郭小红　我可不是瞎说的，这是有人亲口说的，大家都听见的。

万福丽　舒香，我可以证明。

陆春芳　我也可以证明。

李国成　证明有什么用啊？人马上就要飞啦，想也没有用啦。

舒　香　你们大家说什么呢？

王中英　我们大家在说有人喜欢你。

舒　香　去，狗嘴里吐不出象牙来。

李国成　武力，你怎么不说话啦？

王中英　是呀，武力，你刚才说什么来着？

武　力　我说我牙疼。

郭小红　舒香，你看这是什么？

[郭小红把大学录取通知书交给了舒香。]

舒　香　这是什么呀？

万福丽　恭喜你。

陆春芳　祝贺你。

舒　香　我不是做梦吧？我考上大学啦，这是真的吗？

郭小红　舒香，考上大学了，你要请客的。

舒　香　请客？

万福丽　对呀，你考上大学了还不请客呀？

陆春芳 舒香，你应该请我们大家吃饭！

舒　香 是呀，是的，我应该请客，我应该请大家吃饭。等我有了钱，一定请大家吃饭。

李国成 说了半天放空炮。

王中英 说了等于零。

武　力 还不如不说呢。

舒　香 兄弟们，姐妹们，放心吧，等我走的时候，我一定请大家！

［这时曾光抱着一大坛子老黄酒回来了。］

曾　光 酒来啦，酒来啦，老黄酒要来啦！

舒　香 曾光，你要一坛子老黄酒来干什么？

曾　光 不知道吧？我这是从黄队长家要来的。

舒　香 我问你要老黄酒来干什么？

曾　光 我不告诉你。兄弟们，姐妹们，今天晚上咱们大家高兴高兴，快快乐乐！

李国成 曾光，这又没有好酒，又没有好菜的，怎么高兴，怎么快乐呀？

曾　光 我找黄大妈要了两斤花生米，再叫宋丹心清蒸咸鱼，做个大白菜，烧一个萝卜丝汤，请大家晚上吃欢庆宴！

舒　香 曾光，为什么呀？

曾　光 兄弟们，姐妹们，现在我宣布，我们集体户的九个人，今天晚上要为舒香考上大学举行庆功宴！

众知青 好！

［知青们高兴地拍手鼓掌。］

李国成 好，太好啦！

王中英 晚上我们有酒喝啦！

武　力 欢迎为舒香摆酒席！

郭小红 舒香，祝贺你。

万福丽 舒香，恭喜你。

陆春芳 舒香，抱抱你。

舒　香 谢谢大家，谢谢大家，我真诚地谢谢大家。

曾　光　还有第二个好消息，我们知青九个人，有两个人可能不久的将来也要回家啦！

李国成　回家，什么意思？

曾　光　回家，就是第一批抽调回城啦！

王中英　谁呀，谁第一批走啦？

曾　光　可能是郭小红、陆春芳吧。

武　力　这是什么时候的事儿呀？怎么没有听说呀？

曾　光　过两天你们就会听说啦。

舒　香　郭小红、陆春芳，我也祝贺你们第一批回城啦。

郭小红　这还是说不准的事儿。

陆春芳　这还是没有定下来的事儿。

曾　光　不过八字已经有一笔啦。来来来，大家准备吃饭吧。

舒　香　好，准备吃饭。

［舒香高高兴兴地走进伙房了。曾光和郭小红、万福丽、陆春芳，又忙着摆桌子，又忙着摆椅子的。］

曾　光　李国成、王中英、武力，你们干什么呢？还不动啊？不想吃饭啦？

李国成　这吃的是什么庆祝饭呢？

王中英　是呀，好事儿又没有我们的。

武　力　我也没有胃口啦。

［这时舒香从伙房走出来。］

舒　香　曾光，饭还没有做呢？

曾　光　什么？饭还没有做？

舒　香　是的，饭还没有做。

曾　光　那就大家一起动手做饭吧。

舒　香　姐妹们，我们一起做饭去。

［舒香带着姑娘们进伙房做饭去啦。李国成、王中英、武力无精打采地回房间啦。剩下曾光一个人在堂屋里，显得冷冷清清。他坐下来，若有所思：家要解体啦。］

曾　光　丹心，丹心你出来一下！

［宋丹心从屋里出来上。］

宋丹心　叫我干什么？

曾　光　过来坐一下。我想知道你为什么不给大家做饭？

宋丹心　因为我想不通，她们为什么会走在我前面？

曾　光　你说的是舒香？

宋丹心　不，我说的是其他人。

曾　光　这个问题我不是跟你说过了吗？你要想开一点儿。大家在一起三年多了，没有亲情，也有感情。大家要分手了，我们这个家庭也要解体了，以后大家就要各奔前程了，不要为此留下遗憾。留下一点情感，留下一点记忆，留下一点美好的怀念，对大家都有好处。

宋丹心　可是我做不到，我没有你们男人那样的心大量宽。

曾　光　可是你也不能太小心眼啦，要给自己留下一点空间，也要给别人留下一点面子。大家最后高高兴兴地分手，吃个饭，以后也难得在一起啦。

宋丹心　我明天要去找带队的问一问，他们凭什么不让我走？

曾　光　你明天可以去问带队的，但是今天晚上的送别宴会，你还是要给大家留下一点快乐的记忆。好吗？

宋丹心　我快乐不起来。

曾　光　那也不能苦着脸，苦着脸，今天晚上大家就没有办法吃饭、喝酒啦。

宋丹心　我不是演员，让我表演强颜欢笑，也是很难的。

［这时舒香从伙房出来了，她后面跟着郭小红、万福丽、陆春芳等人，她们手中都端着一个菜碗，上。］

曾　光　吃饭啦，大家出来吃饭啦！

［这时男知青李国成、王中英、武力，也从房间里出来了。］

舒　香　菜来啦，大白菜炒辣椒！

郭小红　菜来啦，咸鱼萝卜丝汤！

曾　光　姐妹们，菜这么快就烧好啦？

万福丽　舒香干活就是快！

陆春芳 而且舒香做菜最好吃，色香味美！

李国成 你们就替舒香吹吧。

王中英 后面还有菜吗？

舒　香 没有啦。

曾　光 菜还是少了一点儿什么？

舒　香 这等于提前过年啦，大家知足吧。

［知青们把菜盆碗筷放到桌子上。］

曾　光 来来来，大家坐。你们洗手了没有？

李国成 我们还没有洗手。

王中英 我也没有洗手。

武　力 我的手挺干净的。

曾　光 大家快去洗手去。女同胞们洗过了吗？

舒　香 我们都洗过了。你看一看你自己的瓜子吧。

曾　光 噢，对了，我还没有洗手。

［男知青们进伙房洗手去了。女知青们找椅子坐了下来。］

郭小红 噢，好香啊！

万福丽 我们有好久没有闻到鱼腥味啦！

陆春芳 是呀，一天到晚白菜、萝卜，萝卜、白菜，吃得烦死啦，以后再也不想吃啦！

曾　光 对啦，还要拿一个碗来，装花生米。

［曾光进伙房去拿碗。］

舒　香 好啦，菜齐了，米饭等一下就好。大家快请坐吧。

郭小红 舒香，今天你先请，你是我们的女状元！

万福丽 是呀，女状元先请！

陆春芳 舒香今天坐正席！

舒　香 什么正席不正席的，大家一起坐吧。

［曾光拿着一个碗从伙房里出来，上。］

曾　光 今天大家谁也不要客气，咱们喝他个一醉方休！

［大家围着小桌子找椅子坐下来，舒香站着给大家碗里倒酒。李国成、王中英、武力洗手回来，上。］

李国成 对，今天往死里喝！

曾　光 胡说什么呢？今天是大喜的日子，什么往死里喝？谁也不许胡说八道的！

王中英 舒香，今天晚上你是宴会的女主人，你可要多喝几杯呀！

舒　香 我愿意陪着大家一起喝。

武　力 舒香，今天晚上你可是我们大家敬重的上宾，你要多吃一点儿，多喝一点儿。

舒　香 看来今天你们大家是不怀好意，要把我灌醉呀？

武　力 不不不，我们敢吗？

曾　光 来来来，废话少说。大家请把酒碗端起来，为舒香考上了大学喝酒！

李国成 对，为舒香考上了大学喝酒！

王中英 这酒应该喝！

武　力 这酒是祝福的歌！

宋丹心 舒香，衷心地敬贺你。

郭小红 舒香，你是我们知青的样板。

万福丽 舒香，你是我们知青的光荣。

陆春芳 舒香，你是我们知青的骄傲。

舒　香 谢谢大家，你们实在过誉啦。

曾　光 来，兄弟们，姐妹们，第一碗酒大家一定要喝光啦！

舒　香 什么？一碗酒都要喝光？曾光，你是居心不良，要把我们姐妹们灌醉吧？

曾　光 我可没有灌醉你们的意思，能者多劳，姑娘们能喝多少喝多少。来，哥们儿，咱们男子汉、大丈夫，一定要把第一碗酒喝光啦！

李国成 来，大碗喝酒，大口吃肉，这才叫男子汉、大丈夫！

王中英 喝就喝，谁怕谁呀？

武　力 我豁出去喝醉啦！

舒　香 曾光，不要这样喝酒，这样喝酒很快就要喝醉的。

曾　光 不要紧，舒香，大家为你高兴，喝醉了也高兴。我先干为敬！

李国成　是爷们都喝光啦！

王中英　我也不是孬种！

武　力　我舍命陪君子啦！

［四个男知青拿碗相碰，扬起脖子把一大碗酒都喝光啦。］

舒　香　我谢谢尊敬的哥哥们，你们快吃菜吧，不要喝醉啦。

曾　光　我没事儿。

李国成　我也不要紧。

王中英　这点酒小意思。

武　力　我就是喝醉了，也要喝！

舒　香　来来来，尊敬的大哥们，酒是要慢慢喝的，吃菜，吃菜，吃菜，不要光喝酒。

曾　光　舒香，你太了不起啦，你真是叫我们大家刮目相看呢！我原本以为，你想考大学不过是痴心梦想，想不到你真考上了。真是功夫不负有人心呢！在全公社一千多名知青，一千多名考生当中，你是唯一的一名考上了大学的中学毕业生，可喜可贺呀！

舒　香　谢谢你，曾光，你太抬举我啦。

曾　光　这不是我抬举你，舒香，这是你自己努力的结果，获取了走向大学校园的资格。

你马上就要离开农村，离开我们了，不想对大家说点什么吗？

舒　香　说点什么？说什么呢？说实话吧，我和大家在一起共同生活了三年多的时间，要分开了，我心里这份情感还真是有点难分难舍的。我要上大学了，这是我追求的梦想，但是要和兄弟姐妹们分开了，我这心里还真是有一种酸溜溜的感受，什么原因呢？因为我们大家毕竟在一个家庭里，在一个屋檐下，生活了三年多的时间，同吃一锅饭，同喝一缸水，同吃一锅菜；大家同甘苦，共命运，酸甜苦辣共同走过一段难忘的岁月。所以，我即便走了，也是不会忘记大家的。我敬大家一碗酒，谢谢大家过去对我的关心帮助及爱护。谢谢啦！

曾　光　来，兄弟姐妹们，舒香敬我们大家的酒一定要喝！

李忠诚　没说的，喝！

王中英　喝就喝！

武　力　还喝光啊？

曾　光　喝光才是纯爷们！

舒　香　曾光，大家这样喝酒真是要喝醉的。

宋丹心　醉就醉吧。我也喝，什么也不多想啦！

曾　光　对，喝，人生难得几回醉呀！

众人一起：喝，干啦！

［大家一起端着碗碰撞喝酒。］

宋丹心　舒香，我真羡慕你，你可以回城了，你可以离开农村回家了，可是我们还不知道要等到何年何月才能回家呀。

舒　香　丹心，你别着急，你们也快了，我听说知青第一批马上就要回城了。

宋丹心　可是，知青回城是有指标的，不是全部知青都可以回城的。

曾　光　来来来，喝酒，咱们不说这个话题了。

宋丹心　为什么不说呢？大家可以说一说嘛。我们户第一批要走的人是郭小红、陆春芳。

李国成　曾光，第一批回城还没有你的分儿？

曾　光　没有。

王中英　曾光，我就不明白啦。知青回城是凭什么定指标、定人员的？

宋丹心　凭老子，凭什么？

武　力　凭老子？什么意思，丹心？

宋丹心　还不明白吗？老子是当官的，你才能第一批走，老子不是当官的，只能后面走。

李国成　这是他妈的什么规矩呀？

宋丹心　这就是知青带队的领导定的规矩。

王中英　曾光，是这样吗？

武　力　照这样的规矩，也只有郭小红和陆春芳两个人能走啦。

郭小红　不是这样的。我听带队的说，知青谁走谁留，最后是根据生产队的老乡们对知青的评议决定的。

陆春花　我也听说是这样的。

宋丹心　放屁！知识青年谁走谁留，都是带队的决定的，说白了就是走后门决定的！

曾　光　丹心，你说的也不完全对……

宋丹心　曾光，你为什么不敢把事实真相告诉大家呢？

李国成　如此说来，我们老工人的儿女就没有资格回城啦？

宋丹心　是这样的。

王中英　这叫什么事儿呀？

武　力　喝酒，不想那么多啦，我们等着最后一批收秋吧。

舒　香　大家不要悲观，大家都是有希望的……

宋丹心　还有什么希望啊？

舒　香　希望在后面。

宋丹心　行啦，舒香，这里没有你的事儿。喝酒！

［宋丹心端起酒碗一口气就把酒喝光啦。］

舒　香　丹心，你怎么这样喝酒哇？

宋丹心　喝，为什么不喝？喝死了拉倒！

舒　香　丹心，你胡说些什么呀？

宋丹心　舒香，你让我喝吧，大家在一起的时间不多了。你要上大学了，其他人可以回城了，只有我没有希望了……

［宋丹心伤心地哭起来，端起碗又自己喝酒。］

舒　香　丹心，你不要伤心，还是有人留下来陪你的……

宋丹心　留下来的人，都是老爸不是当官的，我肯定是走不了。

［宋丹心越哭越伤心，带动舒香和万福丽也跟着掉眼泪了。］

曾　光　丹心，你这是干什么？怎么哭起来啦？大家应该高兴才对呀！舒香考上大学了，我们也有希望回城了，不管以后大家谁走谁留，我们总算有盼头了，这有什么好哭的？

宋丹心　曾光，不要说好听的，难道你就不想走吗？

曾　光　我也想走，走不了就算了嘛。

宋丹心　你的心态好哇，可是这样的鬼地方，我是一天也不想待啦。喝酒，喝死算啦！

［宋丹心继续喝酒，曾光马上出手把宋丹心手里的酒碗抢下来。］

曾　光　你不要喝啦，丹心，你这是干什么？

宋丹心　你不要管我，你真是令人扫兴！

曾　光　舒香考上大学了，大家也有希望回城了，这本来是一件值得高兴的事儿，可是你却莫名其妙地哭天抹泪，这酒不要喝啦。

宋丹心　喝酒是随心所欲的事情，我愿意怎么喝就怎么喝！

曾　光　丹心，你要这样说，今天的酒你就不能喝啦。

宋丹心　我要喝酒，你管我干什么，你算老几呀？

曾　光　我算老大，在知青点我是当家人，我是老大！丹心，我说话你听不听？

宋丹心　我不听，不听，不听，我凭什么听你的？

曾　光　你不听我的？好吧，今天这个酒你就不要喝啦！

宋丹心　曾光，你凭什么不让我喝酒？你为什么不让我喝酒？当官的子女都走了，有后门有路子的人都走啦，抛下我们不管了，你还要管我喝酒干什么？

曾　光　宋丹心，你真是喝酒不要命啦？

宋丹心　是的，我要喝酒，喝死了就可以回家啦！

曾　光　你胡说八道什么？心情不好就不要喝酒啦。

宋丹心　我要喝酒，你凭什么不让我喝酒？

［宋丹心要从曾光手里抢回自己的酒碗，曾光气得把碗摔到了地上。］

曾　光　我叫你喝酒，我叫你喝个屁！

舒　香　曾光，有话好好说嘛。

曾　光　好好说她听吗？她这是借酒发疯！

舒　香　那就让她喝，喝醉了，她也就老实了。

曾　光　可是她要喝出了问题怎么办？

舒　香　不会的，她喝醉了就睡了。

曾　光　那你就喝吧，拿我的碗接着喝，我来给你倒酒。

宋丹心　不要，我自己想喝酒我自己拿碗。

［宋丹心起身进伙房又去拿碗，下。］

郭小红　丹心的心情很不好。

李国成　走不了的人，心情能好吗？

郭小红　走不了只能怪自己。

王中英　郭小红，听你说话我怎么觉得不舒服呢？

郭小红　那我就不说啦。

陆春芳　其实大家先走后走，时间也相差不了多久。

武　力　谁知道呢？这可是没有谱儿的事情。

［宋丹心拿着一个碗，又从伙房回来了。］

曾　光　来，丹心，你坐下来。

宋丹心　倒酒！

曾　光　好，我来给你倒酒，我保证你有酒喝。

［宋丹心回到了自己的原位上坐下来。］

舒　香　丹心，你少喝一点酒，不要喝多了，不要喝醉了，好吗？

宋丹心　我心里有数。

［宋丹心抱起酒坛子，给自己碗里倒酒，大家都看着她。］

舒　香　丹心，你这样喝酒，能受得了吗？

宋丹心　舒香，来，我真诚地敬你一碗，祝贺你考上了大学，实现了自己的梦想！

舒　香　谢谢。丹心，你想哭就哭吧，不要用酒精麻醉自己。明天酒醒了，你还是要面对现实的，你明白吗？不要自己折磨自己。

宋丹心　舒香，你走了，我该怎么办呢？这样的苦日子，什么时候能出头啊？

舒　香　丹心，你要想开一些，知青回城，这是早一天晚一天的事儿。有第一批，就会有第二批，有第三批……

宋丹心　可是轮到我就不知道猴年马月啦。

［宋丹心站起来，端起酒碗，跟舒香的碗碰了一下，自己就喝起来。］

舒　香　丹心，这老黄酒也是醉人的。

宋丹心　醉就醉吧，我要的就是一醉解千愁！

曾　光　宋丹心，你先坐下来，听我说好不好？

宋丹心　我最不想听的就是你说话。

曾　光　那你想听谁说话？

宋丹心　我谁的话也不想听！

舒　香　丹心，你还是坐下来，听曾光说吧。

宋丹心　好，曾光，你说吧。

曾　光　好。兄弟们，姐妹们，我们上山下乡已有三年半的时间了，说起来，时间不算太长，也不算短了。三年半的时间，我们是知识青年上山下乡的最后一批知青，我们来到农村的时间还算短的。大家不要悲观失望，比起老知青来，我们的命运还算好的。大家看一看我们前几批老知青，上山下乡已有七八年了，到现在还没有回城呢。大家还是安下心来，不要着急。今天大家是为了庆祝舒香考上了大学，不要讨论回城的问题。

李国成　曾光，舒香考上了大学，不就等于回城了吗？

曾　光　舒香考上了大学，是回城了，这是她个人的本事，是她个人的才华。

王中英　是呀，人还是要有真才实学，靠个人努力奋斗才行。

武　力　舒香靠个人努力奋斗回城，这才叫光荣！

宋丹心　有个当官的好老爸，回城也一样光荣，至少不在农村受罪啦！

曾　光　来，舒香，我敬你一个。

舒　香　曾光，我不敢喝了，我怕喝醉了。

曾　光　那你就喝一口，表示表示也可以。

舒　香　好吧。

［曾光和舒香碰了一下酒碗，曾光把一碗酒喝光了，舒香喝了

一口。]

曾　光　舒香，明天我帮你把你的余粮拿到粮站去卖掉。你应该还有一百多斤余粮吧？

舒　香　不必了，我的余粮不用卖了，留给你们大家吃吧。我要走了，你们还要在这里继续生活下去，我也没有什么好东西留给大家的，就把吃不完的粮食留下来给你们吃吧。我们大家在一起三年多的时间，风雨同舟，苦乐同行，这份感情是很难得的。我想，我一辈子也不会忘记上山下乡，一个时代的符号，我曾经跟你们大家一起生活过，这是一份特殊的记忆：我们九个人在一起，组成了一个特殊的大家庭，以后大家在一起生活的机会不会再有了……

[这时喝酒过度的宋丹心突然控制不住自己，酒从她的嘴里喷出来，喷得到处都是，主要是喷到了小桌子的菜盆里。大家马上站起来，离开了桌子。]

宋丹心　啊——啊——

舒　香　你怎么啦，丹心？你不要紧吧？

李国成　这是明显喝多了。

[人们看到她喷出来的东西，都吐到了桌子上，所有的人都觉得恶心，躲开了。]

曾　光　宋丹心，你看你干得这叫什么事儿呀？

宋丹心　对不起……对不起……

曾　光　你真是令人扫兴，这酒也不能喝了，菜也不能吃了。不叫你喝，不叫你喝，你非要逞能，你非要喝，你太不像话啦！

宋丹心　滚，曾光，你冲着我瞪什么眼睛？还轮不到你来教训我！

曾　光　你再说一遍？

宋丹心　我再说一遍怎么啦？滚，还轮不到你来教训我！

曾　光　我真想教训教训你……

宋丹心　你教训我？你来教训呀，你还想打我呀？你来打吧？

曾　光　我看着你的表演恶心！

宋丹心　今天是我对不起大家，饭菜钱我出……

曾　光　这不是你出钱的事儿！你自己慢慢吃，自己慢慢喝吧！

［曾光气得转身就走了，其他人也不想吃了，默默无言地退场了，转身回房间了。宋丹心痛心地大哭起来。只有舒香在旁边陪伴她。］

舒　香　丹心，不要哭，不要太伤心难过了。我想你们在农村的日子也不会太久的，既然知青回城的计划有消息了，知青回城的日期也就不会太遥远了。

宋丹心　舒香，你就不要安慰我了，我的内心实在太苦啦！

［宋丹心又拿起桌子上的酒瓶往自己碗里倒酒。］

舒　香　丹心，你还要喝酒呀？

宋丹心　我还要喝，喝醉了就不喝了。既然大家觉得我吐得恶心，不想吃了，也不想喝了，菜不能浪费了，我要自己慢慢吃，慢慢喝。

舒　香　丹心，你听我的，不要喝了。

宋丹心　舒香，你不要管我。你可以远走高飞了，我以后还要在这里继续受苦受累。知青们以后可能都走了，也轮不到我回城，我只有学会以后一个人在这里度日如年，慢慢地吃，慢慢地喝……

舒　香　丹心，你不要这样悲观失望，不会的，知青们都回城，你也不会留下的。

宋丹心　这很难说呀。

［宋丹心又拿起碗大口喝酒。］

舒　香　丹心，你不能这样喝酒，这样喝酒要伤身体的。

［舒香想把宋丹心手里的酒碗抢下来，宋丹心不给她。曾光这时又从屋里出来了。］

曾　光　宋丹心，你还喝呀？你这样喝酒有意思吗？

宋丹心　怎么没意思？什么叫有意思，什么叫没意思？这是我的事儿，不要你管！今天的酒菜我包赔！

曾　光　你包什么赔呀？你不要喝啦，每一次喝酒就是你闹事儿！

宋丹心　我要喝，我喝酒关你屁事儿？你是什么人呢，你管我？

曾　光　我是不算什么人物，但我是知青点的负责人，我就有权力管你。我叫你喝，我叫你喝！

［曾光气得把桌子上的酒碗摔了两个到地上，摔碎了。宋丹心和舒香吓傻了。］

舒　香　曾光，你这是干什么呀？你怎么能这样？你怎么变得如此野蛮呢？有话不能好好说呀？

曾　光　我有话好好说管用吗？她听吗？你看她的德性，回城的事儿八字还没有一撇呢，她就开始闹上了。

舒　香　那你也不能对一个女孩子这样发火吧？

曾　光　噢，闹了半天还是我的不对，还是我错啦？

舒　香　当然不是我说你错了，但是你这样对丹心发火就是不对。有话就该好好说，特别是一个大男人对待一个姑娘，不能这样无礼，不能没有礼貌！

曾　光　好好好，我对她无礼，我对她没有礼貌，你把东西收拾收拾吧，叫她不要喝啦。我不管了，你叫她不要闹啦。好不好？

［曾光想进屋，不想管宋丹心的事儿，宋丹心却不叫他走。］

宋丹心　曾光，不要走！

曾　光　你叫我回来想说什么？

宋丹心　我有话对你说！

曾　光　有什么话你就说吧。

宋丹心　我真是想不明白我怎样得罪你了？你为什么总是跟我过不去，总是欺负我！

曾　光　大家看着呢，我欺负你了吗？

宋丹心　你就是欺负我啦，你总是对我横眉冷对！

曾　光　我对你横眉冷对，是因为你做事儿太过分啦！

宋丹心　我做事儿过分了，这是我的事儿！我对不起大家，明天我出钱为大家买东西补上！

曾　光　这不是你花钱补过的事儿！今天本来是大家高高兴兴的事儿，你把大家的兴趣、情绪，全搅啦！

宋丹心　今天是我们为舒香举行庆贺宴，主人都没有说什么，你对我发什么火呀？

曾　光　我就是看不惯，我就是忍不住，我就是想发火！

宋丹心　你是看我一个女孩子打不过你，骂不过你，所以你就想欺负我！

曾　光　随你怎么说吧，我就是看不惯你这样的癞皮狗德性！

宋丹心　好哇，你骂我是癞皮狗，你有什么权利骂我，你有什么权利骂我是癞皮狗？我今天不活啦，我今天不活啦！

［宋丹心上前要打曾光，曾光把她的双手抓住啦。］

曾　光　你想干什么，宋丹心，你到底想干什么，你还想打我呀？

宋丹心　我就想打你，我就想打你，你以为我是女孩子，你就可以随意欺负我呀？

曾　光　你给我老实点儿，宋丹心，你要是胡搅蛮缠，死不讲理，我就对你不客气啦！

宋丹心　你对我不客气又敢把我怎么样？你还敢打我呀？你来打我吧，你来打我呀！

［宋丹心一点也不怕他，把头伸到他眼前。］

舒　香　好啦，好啦，丹心，你冷静冷静，你冷静冷静。

曾　光　你真是小孩子睡吊篮，欠悠！

宋丹心　我就是欠悠，有本事你打我呀，有本事你打我呀！

舒　香　曾光，你赶紧走，马上回屋，好男不跟女斗。

曾　光　我不想理你啦，你简直是莫名其妙！

［曾光放开宋丹心的双手，马上转身回男知青房间下了。宋丹心气得还在哭。］

宋丹心　你欺负人欺负到我头上来啦？我不会放过你的！

舒　香　好啦，好啦，丹心，不要哭啦，不要哭啦，一切事情都过去啦，一切事情都过去啦，不要哭啦。好不好？

［舒香拿出手帕来为她擦眼泪。］

宋丹心　对不起，舒香，今天是我出丑了，闹得大家心里不痛快，日后我谢罪。

舒　香　算了，丹心，不说了，不要说了，什么也不说了。我们两个人把东西收拾收拾，大家该休息啦。

［舒香马上动手收拾桌子上的东西，宋丹心也跟着一起收拾东西，最后两人关了堂屋里的灯，端着东西进伙房下了。］

第十二场

舒香要走了，她从屋里出来，环顾生活了三年多的堂屋。她手里拎着两个旅行包，这是她要带走的东西。曾光从屋里出来了。

曾　光　舒香，你的东西都收拾好啦？

舒　香　收拾好了，该拿的东西我都带上了，我的箱子就留给你了。

曾　光　箱子你还是带走吧？

舒　香　不用了，箱子本来就是下乡时你给我做的，最后还是物归原主吧。

曾　光　舒香，你要走了，我真的为你高兴。

舒　香　真的吗？

曾　光　是真的。你就这样悄悄地走啦？不跟大家说一声再见啦？

舒　香　算了吧，我先走了，大家心里都不舒服，我就不打扰他们了。

曾　光　是呀，你先飞走了，我们还要继续留在这里，大家心里是不好过的。

舒　香　所以我就不张扬了。最后跟你一别，我想送你一点东西。

曾　光　我们想到一块啦，我也想送给你一点东西。

舒　香　太巧了。你想送我什么？

曾　光　我想送你上大学非常实用的东西。

［曾光从衣袋里拿出一支钢笔和一个笔记本来。］

舒　香　钢笔和笔记本？太好啦，这是我上大学非常需要的东西。

曾　光　我想你学习一定用得着，我祝你上大学取得好成绩。

舒　香　谢谢。曾光，此后我们就要分开了。

曾　光　是呀，分久必合，合久必分，这是自然规律嘛。

舒　香　今天一别，我们以后难得在一起了。

曾　光　不要说这样伤感的话。舒香，你想送我什么？

舒　香　我想送你两本书。

曾　光　送我两本什么书？

舒　香　巴金的《家》，还有曹禺的戏剧集。

曾　光　这两本书你是从哪儿买来的？

舒　香　这是国家重新出版的。我是求我父亲从北京买回来的。

曾　光　这两本书太贵重啦，我怎么好意思要呢？

舒　香　拿着吧，我也没有什么好东西要送给你的，你一直梦想当作家，我愿意成全你，有时间多看一看书吧，不要浪费了自己的青春和年华。

曾　光　谢谢。这两本书的分量可是太重了。

舒　香　两本书也不值几个钱。

曾　光　礼轻情义重啊！

舒　香　对，礼轻情义重。我希望你能记着，记着我们之间的友谊。同时我也希望你能抽出一定的时间，好好学习高中的课程，争取明年考大学。

曾　光　考大学我这一辈子不敢梦想了。

舒　香　你为什么不敢梦想啦？你有梦想当作家的勇气，为什么不敢梦想考大学呢？

曾　光　我说过，一方面我没有时间，一方面我没有兴趣。

舒　香　曾光，我说的话请你记着，我希望明年能在大学的校园里见到你。

曾　光　在大学的校园里见到我？

舒　香　是的，这是我的期望。

曾　光　可是我觉得我没有希望。

舒　香　我相信，你只要用心学习，以你的大脑和智商是不成问题的。

曾　光　你太高看我了吧，舒香？

舒　香　不，曾光，我最了解你。明年我们争取在大学的校园里见。

曾　光　你是逼我考大学呀？

舒　香　不，我是建议你考大学。

曾　光　看情况吧，如果我有时间——

舒　香　如果你爱我，就努力争取吧。

曾　光　如果争取不上呢？

舒　香　那就说明你对我的心不诚。

曾　光　好吧，我听你的。

舒　香　这就对了。以后有时间我会来看你的。

［两个人互赠礼品，舒香敬赠曾光的书，曾光敬赠舒香的钢笔和笔记本。］

曾　光　谢谢你。对了，舒香，我还忘记问你了，黄春花考上大学了吗？

舒　香　她考上北京的名牌大学啦，她比我考得好。

曾　光　这个农家姑娘真厉害。

舒　香　可是她的父母不让她上大学，因为她家里没有钱，接到大学的录取通知书她就哭了。

曾　光　那她怎么办呢？

舒　香　我想帮助她。

曾　光　走吧，我来送你。

［曾光要送舒香出门，宋丹心从房间里出来了，她手里拿着一个漂亮的书包。］

宋丹心　舒香，你就这样走啦？也不跟我告别啦？

舒　香　对不起，丹心，我是怕你伤心，怕你哭，怕你掉眼泪。

［宋丹心和舒香情不自禁地拥抱到一起。］

宋丹心　说真的，舒香，我真羡慕你，又忌妒你，又敬佩你。

舒　香　只要你不恨我就是好姐妹。

宋丹心　舒香，你不会忘记我吧？

舒　香　怎么会呢？

宋丹心　有时间来看看我们吧。

舒　香　我一定会来看望你们的。

宋丹心　舒香，祝你前程似锦、学业有成。这是我送给你的礼物。

舒　香　谢谢。

［宋丹心把漂亮的书包送给了舒香。］

宋丹心　我跟曾光一起送你吧。

舒　香　不要了吧？

宋丹心　走吧，我们一起送你上大学。

［舒香和宋丹心一起出门，下，曾光双手拎着女大学生的行李跟在后面同下。落幕。］

第十三场

这是凤凰山江水流域的小河边，青山绿水、风景如画的地方。曾光坐在一块青石板上看书，宋丹心坐在另一块青石板上就着河水洗衣服。

宋丹心　曾光，你过来一下，你过来帮我一个忙！

曾　光　干什么？

宋丹心　我的头发刚洗过，披头散发的洗衣服不方便，你来帮我把头发扎起来。

曾　光　怎么扎？我不会呀。

宋丹心　笨蛋，过来我教你。

曾　光　好，遵命。

［曾光走到了宋丹心的身后。］

宋丹心　听好啦，把我的头发在后面拢到一起，用头卡扎起来。

曾　光　好，我明白啦。陪你到河边来洗衣服真麻烦。这点小事儿还需要我帮忙。

宋丹心　德性，你没有看见我手上满是肥皂吗？

曾　光　看见啦，头发我也给你扎好啦。你快一点洗吧。

宋丹心　你急什么呀？天黑还早着呢。

曾　光　你是不急呀，我想急着看电影去。

宋丹心　哪儿有电影？

曾　光　公社大院，听说公社大院今天晚上放映新电影。

宋丹心　什么新电影？

曾　光　听说是根据作家路遥长篇小说改编的《人生》。

宋丹心 电影好看吗？

曾 光 谁知道？应该好看吧。小说我看过，写得很好。

宋丹心 到公社大院去看电影，路太远啦，来回要走两个小时。

曾 光 要不了，我来回一个小时足够了。

宋丹心 你是跑得快。你为什么不叫上李国成、王中英、武力他们陪你一起看电影呢？

曾 光 那三个坏蛋晚上要出去干坏事儿，说是到水库钓鱼去。

宋丹心 他们是好了伤疤忘了疼，四年前毒死大队鱼塘的事还没有记性。

曾 光 不管他们啦，他们是破罐子破摔啦，也不怕事儿啦。

宋丹心 我们下乡五年啦，人干得也是累疲啦，大家都不想干啦。

曾 光 我们的家庭成员越来越少了，人心快散啦。万福丽好像也跑回家了吧？

宋丹心 是的，她跑回家啦，女同胞就剩我一个人啦。

曾 光 丹心，你怎么不跑回家呀？

宋丹心 我不是大队会计叫我们帮忙算账嘛，不然我也跑回家啦。

曾 光 自从舒香、郭小红、陆春芳她们第一批回城的人走了之后，剩下来的人情绪和精神都受到了影响，大家都不想干啦。

宋丹心 那是呀，时间太长了，人累得没有精气神啦。

曾 光 现在大队的干部和老乡也不管我们知青了，不干就不干吧。

宋丹心 曾光，我们知青第二批回城怎么还没有消息、还没有动静啊？

曾 光 不知道，没有动静就快啦。

宋丹心 德性，你是不是对我保密呀？

曾 光 不是的，我确实没有听到消息，这有什么可保密的？

宋丹心 曾光，你怎么不去钓鱼呀？

曾 光 我不喜欢钓鱼，大热的天，到水库坐一晚上，蚊叮虫咬的，还不如看书呢。

宋丹心 你又在看什么书呢？

曾 光 还是《家》。

宋丹心 舒香送给你的书，你看起来是没完没了啦。

曾　光 闲着没事儿干，看看书，消磨消磨时间，要不怎么打发时间呢？

宋丹心 你是又想舒香了吧？

曾　光 瞎说。

宋丹心 曾光，你为什么不敢承认呢？我看你一天到晚看她送给你的书。

曾　光 这主要是我们的文化生活太少了，太寂寞啦。

宋丹心 曾光，舒香最近又给你来信了吗？

曾　光 没有，她已经有半年多的时间没有给我来信啦，也不知道为什么？

宋丹心 我知道原因。

曾　光 真的，你知道什么原因？

宋丹心 因为你不听她的话，没有考上大学，人家不要你啦。

曾　光 是这样吗？

宋丹心 你想啊，现在是什么时代？

曾　光 什么时代？

宋丹心 知识万岁的时代！我说话你可能不愿意听，但是我要跟你说实话，你跟舒香谈情说爱的事儿不可能成啦。

曾　光 怎么不可能成啦？我们之间的感情也不是一天两天啦？

宋丹心 你以为你是谁呀？你以为你对她还有吸引力呀？

曾　光 说出道理来。

宋丹心 你想啊，曾光，舒香已经是大学生啦，你还在干什么？你还在农村挖地球，她还会继续爱你吗？我劝你不要傻啦，还是不要想她啦。舒香已经是国家高等大学的高才生啦，人家毕业之后还能看上你吗？她肯定不会要你啦，我劝你还是忘记她吧。

曾　光 丹心，你怎么知道她不会要我啦？

宋丹心 你想我说的话有没有道理吧？她要是爱你，她早就该给你来信了吧？半年多的时间了，她毫无音信，她还会继续爱你吗？

曾　光　你说的还真是有一点儿道理，难道她移情别恋啦？

宋丹心　可能吧，她爱上别人也是有可能的，比如说同学啦，师哥啦，老师啦，等等吧。大千世界，什么事情都有可能发生的，你说有什么事情不可能发生的？对不对？太有可能啦。男女之间的爱情，就像冬天灶台里的一把火，烧起来热火朝天，冷起来也像夏天的冰棍一样，说化就化了，说没也就没了。你怎么啦，曾光？

曾　光　听了你的话，我好像遭了雷击一样。

宋丹心　我是说着玩儿的，你的书不要掉到河里去啦。不过我说的话，还是有一定的道理的，你自己琢磨琢磨吧。

曾　光　是呀，丹心，你说的话还真是有一定的道理，我和舒香之间的人生路以后肯定是不一样啦。

宋丹心　这就是差矩。

曾　光　难道她爱上别人啦？所以就不想理我啦？

宋丹心　你自己想吧，我点到为止啦。

曾　光　这些事儿想起来头疼。不想啦。你快洗衣服吧，我要去看电影啦。

宋丹心　你不要着急，我马上衣服就洗完啦。等一下，我陪你一起到公社去看电影。

曾　光　真的？

宋丹心　当然是真的，陪你看一场电影，散散心，分散分散精力，你就不会想头疼的事儿啦。

曾　光　那就请你快一点洗衣服吧。

宋丹心　我洗完了。曾光，我挺奇怪的，你怎么不想看书、想着看电影啦？

曾　光　《人生》这部电影我必须要看。

宋丹心　你想从电影中体味更多的东西？

曾　光　对，我现在心里苦涩苦涩的。

宋丹心　看一下路遥的《人生》你就明白啦，人就是喜新厌旧的动物，有好的不要赖的。

曾　光　我需要感悟人生。

宋丹心　这就对啦。走，你陪我洗衣服，我陪你去看电影。

曾　光　你的衣服洗完啦？

宋丹心　我的衣服洗完了。我还有奖品送给你。

曾　光　什么奖品？

宋丹心　现在我不告诉你，等到看电影的时候我再发给你奖品。

曾　光　那好吧，咱们走。

宋丹心　有人陪我洗衣服，有人请我看电影，这才叫神仙过的日子！

［两人一起走了，离开了山清水秀的河边。］

第十四场

公社大院里正在放映电影，电影场内有很多观众站着看电影。曾光和宋丹心上。

宋丹心　电影已经开演啦，我们来晚啦。

曾　光　人太多啦，电影也看不见呢。

宋丹心　你还看不见呢？

曾　光　我是能看不见。我是说你，你能看见吗？

宋丹心　我是看不见，前面站的人都把我挡住啦。

曾　光　那怎么办？到前面去？

宋丹心　前面的人太多，肯定挤不进去。

曾　光　那就到后面去吧？

宋丹心　到后面去没人，也看不见电影啊！

曾　光　谁说的？你没有看见那儿有一棵树吗？

宋丹心　树有什么用？

曾　光　你可以上树看电影啊！

宋丹心　我又不是猴子，我怎么能爬到树上去？

曾　光　我有办法。你双脚踩着我的肩膀，双手抓住树干。我蹲下来，你踩着我的双肩，我一站起来，你不就上树了吗？

宋丹心　对，爬到树上面去看电影没有人挡我。

曾　光　来吧，上去。

宋丹心　你慢一点，我怕摔下来。

曾　光　你只要双手抓住树干，双脚踩稳我的肩膀，没有问题。

宋丹心　慢一点，妈呀！

曾　光　你不要怕，没有事儿，树又不是很高嘛。

宋丹心　好啦，我上来啦。

曾　光　那你就坐在树上看电影，我站在树下看电影。

宋丹心　你可不要走远啦，电影散场我要下去的。

曾　光　我不走远，我就在树下给你当保安。

宋丹心　谢谢。坐在树上看电影还是很美的，没有人挡我。

曾　光　电影演到哪儿啦？

宋丹心　演到高加林、刘巧珍亲嘴啦……

曾　光　丹心，你说看电影有奖品发给我，奖品呢？

宋丹心　好，我给你发奖品。

曾　光　这是什么东西呀？

宋丹心　大白兔奶糖。

曾　光　你就爱吃个大白兔奶糖。

宋丹心　给你一块慢慢吃，不许一口进肚啦。

曾　光　吃糖还要受限制呀？

宋丹心　那当然啦，大白兔奶糖我还舍不得吃呢，山里没有卖的。我这也就是对你，换了别人我还不给呢。

曾　光　抠门，一次就给一块呀？

宋丹心　你还想要几块呀？一次一块慢慢吃。

曾　光　那好吧，看电影，吃大白兔奶糖，也不错，挺美的。

宋丹心　那当然啦，这叫享受。

曾　光　安静，快看电影吧。

宋丹心　曾光，你还生我的气吗？

曾　光　我生什么气呀？

宋丹心　我经常跟你吵架的事儿，你不记恨我吧？

曾　光　那算什么事儿呀？女人就是小心眼儿，吵架的事儿我根本就不放在心上，我想那些破事儿干什么？

宋丹心 你真是个好爷们。

曾　光 谢谢夸奖。再来一块。

宋丹心 你要什么？

曾　光 大白兔奶糖。

宋丹心 你这么快就吃完啦？

曾　光 一不小心，就咽下去啦。

宋丹心 我嘴里的糖还没有化呢，你就吃下去啦？你也吃得太快了吧？

曾　光 再来一块吧。

宋丹心 好，再来一块。不许再吃进去啦，再吃进去就不给啦。

曾　光 好，听你的。吃个糖也要算计。

宋丹心 这糖多贵呀，我一天才计划吃三块。

曾　光 吃糖还要计划呀？

宋丹心 当然要计划啦，不计划着吃，过两天我就没有吃的啦。

曾　光 过两天吃完了我给你买。

宋丹心 你到哪儿给我买去？凤凰山又买不着大白兔奶糖，你知道吗？

曾　光 那我就下一次回家给你多买一点回来。

宋丹心 谢谢。你说话可算数？

曾　光 当然算数，买大白兔奶糖又花不了几个钱，买两斤够你吃一个月的。

宋丹心 瞎说，两斤大白兔奶糖，还不够我吃半个月的。

曾　光 不够吃，那我就给你买三斤。

宋丹心 三斤还差不多。

曾　光 丹心，你的性格有时候像孩子一样。

宋丹心 没有办法，这是天生的，爹妈给的。

曾　光 你的个性有时候又有点像黄大叔家的大黄狗一样。

宋丹心 你说我什么？

曾　光 我说你的个性实在难以琢磨，有时候像狗一样，说翻脸就翻脸了。

宋丹心 你混蛋，你敢骂我？

［宋丹心用一只手拧着曾光的一只耳朵。］

曾　光 哎呀，手下留情，手下留情。

宋丹心 我叫你再敢瞎说，我叫你再敢瞎说？

曾　光 哎呀我的妈呀，饶命饶命，我不瞎说了，我不瞎说啦。

宋丹心 你以后再敢胡说八道，小心我把你的耳朵拧下来！

曾　光 我以后再也不敢胡说啦，我保证。

［宋丹心松开了曾光的耳朵。］

宋丹心 我不爱听你的保证。

曾　光 我的耳朵都快要叫你拧掉啦，再奖励一块糖吧？

宋丹心 你又吃完啦？

曾　光 你拧我的耳朵，我一疼，又咽下去啦。

宋丹心 不给啦，你吃糖比猴子还精！

曾　光 再给一块吧，丹心。

宋丹心 好，再给你一块，你要再吃下去可就不给啦。

曾　光 好，这一块我慢慢吃。这糖是越吃越甜，越吃越想吃。

宋丹心 那是呀，吃我的糖，又不要你花钱，你当然越吃越甜，越吃越美啦。

曾　光 我们来干什么来啦？

宋丹心 看电影啊！

曾　光 这电影演到哪儿啦？

宋丹心 电影没啦，结尾啦。

曾　光 没啦？演完啦？这看的是什么电影啊？吃了三块糖，电影就演完啦？

宋丹心 能看一个电影结尾也算不错啦，说明我们还是看到电影啦。

曾　光 就怨你，路上走得太慢了，磨磨蹭蹭的。我一个人来，四十分钟就走到了，跟你一起来，走了一个多小时，就听你讲故事啦。

宋丹心 听我讲故事，不比看电影美呀？

曾　光　行啦，电影散场啦，观众都走啦，你快下来吧。

宋丹心　我怎么下去呀？

曾　光　你跳下来，树也不算高嘛，还不到两米。

宋丹心　我怕。

曾　光　你怕什么？我接着你。

宋丹心　你可要接好啦。

曾　光　你下来吧，我保证接着你。

［曾光在树下伸出双手，接着宋丹心的双手，她从小树上跳下来，突然叫了一声，坐到了地下。］

宋丹心　哎呀我的妈呀，你坏死啦。

曾　光　你怎么啦，丹心，你怎么啦？

宋丹心　哎呀我的妈呀，我的脚崴啦，你坏，你让我跳下来！

曾　光　是真崴啦，还是假崴啦？

宋丹心　当然是真崴啦，哎呀我的妈呀，疼死我啦！

曾　光　我的妈呀，电影散场了，这也找不到人帮忙啦。要不要到医院去？

宋丹心　哎呀我的妈呀，你是故意害我呀！

曾　光　我不是的，我不是故意的。怎么办呢？

宋丹心　你快帮我揉一揉！

曾　光　哪一只脚？

宋丹心　右脚腕子。

曾　光　好，我来帮你揉。

［宋丹心把右脚抬起来，曾光又是用手揉，又是用嘴吹的。］

宋丹心　你轻一点儿。

曾　光　好，我轻一点儿。

宋丹心　就怪你，让我从树上跳下来。

曾　光　怪我，怪我。你还疼吗？

宋丹心　能不疼吗？你慢一点揉。

曾　光　好，我慢一点揉。

宋丹心　坏蛋，你是不是故意的？

曾　光　我不是故意的，我敢故意害你吗？

宋丹心　这可说不上，你对我向来都是横眉冷对的。

曾　光　不是的，我对你向来都是温柔爱护的。

宋丹心　我没有感觉到你对我的温柔爱护。

曾　光　我现在不是在给你揉脚吗？

宋丹心　你现在给我揉脚，是因为你给我造成了痛苦。

曾　光　对，可我不是故意的。

宋丹心　我也知道你不是故意的。

曾　光　你好一点儿了吗？

宋丹心　还是疼。

曾　光　我再给你揉一揉。

宋丹心　曾光，我们什么时候能回城，什么时候能回家呀？

曾　光　不知道，这个我也说不上。

宋丹心　曾光，回城的事你肯定是走在我前面了。如果有一天，轮到你回城了，你愿意为我留下来吗？

曾　光　我愿意，为了你，我愿意留下来。

宋丹心　真的？你愿意为我留下来？

曾　光　我愿意。

宋丹心　你愿意留下来陪伴我？

曾　光　我愿意。你还疼吗？

宋丹心　好像舒服一点儿啦。

曾　光　你能起来走路吗？

宋丹心　不知道，我试试看吧。

曾　光　我扶你站起来，你试着走两步。

［曾光把宋丹心从地上扶起来，宋丹心试着走两步，还是叫。］

宋丹心　不行，还是疼，走不了路。

曾　光　那怎么办呢？时间已经不早啦，该回去啦。

宋丹心　你背着我走吧？

曾　光　我背着你？路太远啦。

宋丹心　你不是能挑三百多斤东西吗？我还不到一百斤呢。

曾　光　挑东西跟背人是两回事儿。

宋丹心　你慢慢背着我走回去吧，就当锻炼身体啦。

曾　光　好吧，我背你回去。

宋丹心　咱们慢慢走吧。

曾　光　是的，总要回家的，算我倒霉啦。

宋丹心　什么话？背着我走你还不高兴啊？你看猪八戒背媳妇多高兴啊！

曾　光　那就背上走吧。

［曾光把宋丹心背到背上，背起来走路。］

宋丹心　哎呀，我这是因祸得福啦，看一场电影，还有人背着我回家，这样的感觉真好、真幸福，我已经有好多年没有享受过这样的幸福啦。

曾　光　看把你美的？我把你扔到山沟里去。

宋丹心　你敢，你舍得把我扔进山沟里吗？

曾　光　哎呀，你别刮我的鼻子呀，我背着你已经够受的啦，你就可怜可怜我吧。

宋丹心　我是想可怜你，可是坏事儿都是你干的。

曾　光　坏事儿是我干的，我也因此受到惩罚啦。

宋丹心　曾光，你背着我沉不沉？

曾　光　够沉的，背着你，好像感觉背着一头小猪一样……

宋丹心　坏蛋，我叫你瞎说。

曾　光　哎哟，你别拧我的耳朵啦。

宋丹心　我看你还敢不敢瞎说啦？

曾　光　不敢啦，不敢啦，饶命吧，我的姑奶奶！

宋丹心　谁是你的姑奶奶？我有那么老吗？

曾　光　你不老，你还是年轻漂亮的大姑娘！

宋丹心　说对啦，我还是迷人的大姑娘！背着我，你觉得美吗？

曾　光　还美呢，要累死我啦。

宋丹心　我记得我小时候，还是我爸爸背过我，我哥哥背过我，那已经是二十年前的事啦。

曾　光　你小时候，你爸爸背着你，你哥哥背着你，那是应该的。可我现在背着你算什么？

宋丹心　你也算我的哥哥呀。

曾　光　丹心，你还生我的气吗？

宋丹心　我生什么气呀？

曾　光　我叫你的脚崴啦。

宋丹心　这算什么事儿呀？过两天就好啦。

曾　光　哎呀，你也是太娇气啦。

宋丹心　曾光，你听。

曾　光　什么？

宋丹心　青蛙叫。

曾　光　还有夜莺也在叫。

宋丹心　你看天上有多美呀，有星星，有月亮……

曾　光　丹心，你在我背上，倒是有闲情逸致啦。

宋丹心　曾光，说实话，你喜欢我吗？

曾　光　喜欢。

宋丹心　你爱我吗？

曾　光　这是天意……

宋丹心　好啦，我的脚不疼啦，你把我放下来吧。

[曾光把宋丹心放到了地下。]

曾　光　你没有事儿啦？

宋丹心　啊，我没有事儿。

曾　光　你的脚不疼啦？

宋丹心　不疼啦。

曾　光　好哇，原来你是骗我的？

宋丹心　我不骗你，你能说实话吗？

曾　光　好哇，坏家伙，你累死我了，你累得我满头大汗……

[曾光抓住她，抱住她，激动地与她拥抱、接吻，大幕落下来。上部戏到此结束。]

2013年·5月·湖北·十堰

下　　部

第一场

本剧故事是四年之后，曾光和宋丹心已经回城，结为新婚夫妻，他们要在家里举办婚礼，邀请好朋友们来吃酒席。两个人的小家庭并不大，只有一间房子，既是卧室，也是家庭的活动中心，房间的中央是桌椅，周边是床和家具。戏剧开幕的时候，宋丹心在桌子上摆餐具。这时外面有人敲门，宋丹心马上走过去开门，欢迎客人的到来。

宋丹心　请进，欢迎光临！

［客人李国成、王中英、武力走进来，他们手里拿着送给新郎和新娘子的礼品。后面跟着走进来的是郭小红、陆春芳、万福丽，她们手里也同样拿着送给新婚夫妻的礼品。］

众人同声：恭喜，恭喜，新婚大喜！祝贺，祝贺，新婚福贵！

宋丹心　谢谢，谢谢！曾光，来客人啦！大家快请坐吧，不要客气，坐坐坐，请随便坐！

［曾光从门进来，上，他前身还围着做饭的围裙，显然是在外面的厨房忙碌呢。］

曾　光　感谢各位朋友大驾光临，欢迎各位好友来吃喜酒！感谢各位亲朋好友来参加我和丹心的新婚大宴，请大家随便坐吧。

宋丹心　来来来，请吃糖，请吃糖，大家请吃糖！

曾　光　来来来，请抽烟，请抽烟，各位请抽喜烟！

郭小红　我们姑娘们吃糖，不抽烟。

宋丹心　对对对，女朋友们不抽烟，请吃糖。

李国成　我们傻爷们抽烟，不吃糖。

曾　光　对对对，男爷们请抽烟，也要吃糖。

陆春芳　不对呀，曾光，你这个新郎官当的有问题呀。

曾　光　我有什么问题呀？

陆春芳 你请男同胞又吃糖又抽烟，他们不是占便宜了吗？我们女的可是吃亏啦。

曾　光 你们女同胞要抽烟，要吃糖也随意，我和丹心不反对。

王中英 哎呀，这小两口的小新房整得不错呀。

曾　光 什么不错的？一间房子太小了，还不足十五平方米，厨房、厕所还是在外面的。

武　力 你知足吧，曾光，漂亮媳妇娶到手了，新家也有啦，还有什么不满足的？

李国成 废话少说，咱们还是先上礼：一对红双喜花瓶，花是百合花。漂亮吧？

[客人们都把礼物放到了桌子上面。]

曾光、宋丹心：谢谢，谢谢！

王中英 这是我的，一对红双喜暖瓶，祝你们新婚大喜，和和美美！

曾光、宋丹心：谢谢，谢谢！

武　力 我也不知送什么礼，他们送花瓶，送暖水瓶，我就送两个红双喜脸盆吧，祝你们新婚大福，早得贵子！

曾光、宋丹心：谢谢，谢谢！

郭小红 曾光，丹心，这是我的：一对红双喜丝绸被面！

曾光、宋丹心：谢谢，谢谢！

万福丽 这是我的，一对花蝴蝶的枕套，是我刺绣的！

曾光、宋丹心：谢谢，谢谢！

陆春芳 这是我的，一床红双喜床罩！

曾　光 谢谢，谢谢，快请坐吧。

宋丹心 太感谢朋友们的深情厚义啦。

曾　光 大家抽烟的抽烟，吃糖的吃糖，不要客气。

李国成 曾光、宋丹心，你们没有请其他人吧？

曾　光 没有请外人，就请了我们原来知青户一个大家庭的成员。

李国成 你们请舒香了吗？

宋丹心 请了，我请的。

武　力 舒香怎么没有来？我们原来九个人，就少她一个。

曾　光　谁知道她来不来呢？

宋丹心　她说来的。

郭小红　她应该来。

万福丽　大家难得一聚。

陆春芳　可不是咋的，我们回城工作以后，大家就难得欢聚在一起啦。

李国成　要不是曾光和宋丹心结婚，请大家来喝喜酒，我们还是碰不到一起去。

王中英　难得呀，我们回家参加工作已经三年啦，好不容易才欢聚一堂！

武　力　说起来惭愧呀，曾光和宋丹心已经结婚啦，成家立业啦，我们混到现在连对象也没有一个。

宋丹心　武力，你也马上行动，赶紧找一个呀。

武　力　我可没有曾光的本事，漂亮姑娘左一个，右一个，都围着他转啦。

宋丹心　瞎说！

武　力　我怎么是瞎说呢？曾光开始是舒香，后来又是你……

宋丹心　闭嘴，你要再胡说八道，今天就不给你喝喜酒啦！

武　力　这是大家都知道的……

宋丹心　还不闭嘴！

武　力　好好好，闭嘴，闭嘴，我不说啦。说来说去也就是我和国成、中英混得惨，到现在混得连个对象也没有找到。

宋丹心　活该，谁让你嘴巴胡说八道啦？你们继续努力，一定会找到对象的。

李国成　哎，想一想，人比人气死人哪，你说我们是怎么混的？大家同样是上山下乡，同样是接受贫下中农的再教育，同样是在凤凰山待了五年，我们是吃苦、受罪，什么也没得着，什么好处也没有捞着。曾光呢，不急不慢的，捞了一个漂亮媳妇回家啦，这命运对我们太不公平啦。

王中英　也是的呀，我们九个知青一起下乡，四男五女，最后成双结对的就是曾光和宋丹心两个人，我和国成、中英，都是白板。

宋丹心 你们找不到对象怨谁呢？只能怨你们自己，谁让你们找对象的条件和要求太高啦？

武　力 你这话说得不对，其实我们找对象的条件和要求也不高，就是想找一个漂亮一点的，温柔一点的，善良一点的，可爱一点的……

郭小红 我的妈呀，你们的标准还不高哇？既想找一个漂亮姑娘，还想找一个温柔、善良的姑娘，你们也不拿着镜子照一照自己的模样。

武　力 我的模样怎么啦？我的模样怎么啦？我的模样儿长得还不丑吧？我的模样儿长得还算对得起观众吧？就是没有姑娘看得上我，怪了。

万福丽 得啦，男人找对象都是眼高手低，自己长得像猪八戒一样，还想要求对方漂亮、温柔、一心一意想找美女。

李国成 美女谁不想啊？谁不想找美女，想找丑八怪呀？

陆春芳 那就活该你们找不到对象啦，谁让你们太挑剔啦？

王中英 这不是我们太挑剔，找对象谁都想找一个漂亮的、温柔的、可爱的，你也不想找一个武大郎做你的丈夫吧？

陆春芳 去，坏蛋，就凭你这张臭嘴，一辈子也找不到好对象。

王中英 是呀，凭我们的自身条件和家庭条件，好姑娘都不愿意找我们，都想找老爸是当官的。对不对呀？陆春芳？

陆春芳 找什么样的对象，这就是自己的事儿啦，你们有要求，我们也有条件。

武　力 我说亲爱的姑娘们，你们都找了对象没有？

郭小红 我们就不告诉你，急死你。

万福丽 我们找不找对象，跟你有什么关系呀？

武　力 怎么没有关系，我还等着呢。

郭小红 武力，我给你介绍一个对象吧？

武　力 快说，谁家漂亮姑娘？

郭小红 那姑娘长得可漂亮啦。

武　力 说一说看，是不是我的菜？

郭小红 梳着一条大辫儿。

李国成 你就说人长得怎么样吧？

郭小红 喜欢穿一身黑衣。

王中英 还有呢？

郭小红 胸前有两排漂亮的胸扣……

武　力 得，打住，你说的漂亮姑娘还是介绍给你哥吧。

万福丽 小红，你说的姑娘是谁呀？

陆春芳 北方人都知道：老猪家姑娘。

郭小红 猪八戒它小姨子！

［众人哄堂大笑。］

武　力 郭小红，我就知道你狗嘴里吐不出象牙来。

郭小红 你不是急着找对象吗？

宋丹心 武力，我给你介绍一个对象吧。

武　力 又是猪八戒它小姨子？

宋丹心 不是的，我给你介绍的对象比猪八戒的小姨子可漂亮多啦。

武　力 你介绍的是谁家漂亮姑娘？我认识吗？

宋丹心 你肯定认识。那姑娘长得更有特点啦，走路威风十足的，身材又不胖也不瘦，两个耳朵长在头顶上，嘴巴长得尖尖的，也是喜欢穿黑衣服。

武　力 得，丹心姐，你给我打住，今天是你的结婚大喜之日，你要不老实，我们可是要闹洞房的。

万福丽 丹心姐，你给他介绍的姑娘是谁呀？

宋丹心 狗熊，前两天我看见动物园进了一头小狗熊，是母的。

［众人又是哄堂大笑。］

武　力 好哇，宋丹心，你看今天晚上闹洞房，我是怎么闹你的！

宋丹心 我不怕，我结婚了，我什么生活都体验过啦。

武　力 我的妈呀，我这大小伙还斗不过小媳妇啦。

李国成 傻了吧？我跟你说，武力，不要跟结了婚的小媳妇开玩笑，结过婚的女人什么动物没见过？

宋丹心 去，该死的李国成，说话就不着调！

王中英 我还是说正经的话，姑娘们，你们都找对象了没有？宋丹心除外，没有对象的说一声，我们可是着急啦。

武　力 是的，姑娘们，没有对象的请举手，我也想找媳妇啦。

李国成 看来姑娘们都有对象啦？一个举手的也没有？

王中英 我的妈呀，我们找对象怎么这样难呢？到现在一个也划拉不上？

武　力 姑娘们，你们倒是说一句话呀？一个个到底有没有对象？

郭小红 我们都在听你们说话，嘴巴像机关枪一样嗒嗒地说个不停，还轮不到我们说话。

李国成 我还是一个一个地问吧，郭小红你有没有对象？

郭小红 你管呢？

宋丹心 郭小红已经有对象啦，你就不要想啦。

李国成 郭小红找了谁家公子？

郭小红 我不告诉你。

曾　光 我告诉你吧，郭小红找的是宋科长的儿子。

李国成 找了宋科长的儿子？哎呀，郭小红，你找的对象看来是门当户对呀？你老爸也是科长，你找的老公公也是科长，这是按照过去封建社会的标准找的吧？

郭小红 去，滚蛋，我按照什么标准找对象，这就不是你操心的事儿啦，反正我找的对象他老爸是科长！

李国成 我的妈呀，好大的官呀！

王中英 陆春芳，你找了对象没有？

陆春芳 王中英，谢谢你关心我啦。

王中英 我关心的是你有没有对象？

陆春芳 那我就坦率地告诉你，我也有对象啦。

王中英 你也有啦？我白想啦？

陆春芳 你想什么呢？我找的对象，他老爸是处长！

王中英 我的妈呀，这对象找的，一个比一个官儿大呀，看来我们老工人的后代是找不到对象啦？山沟里的人，找对象的标准怎么是如出一辙呀？

曾　光　这就是山里人的择偶标准，知道吗？这叫古风遗传。

王中英　不对呀，曾光，我们的山沟小城是属于移民城市，不应该遗传这样的古风吧？

曾　光　不应该的事情多啦。但是山里人就是山里人，山里人就是跟外面大城市的人不一样。如果要是在北京，你要当个处长，你都不好意思对外人说。可是在我们山沟里当一个处长，那就不得了啦，以为自己是联合国秘书长啦，走路都像螃解一样横着爬的。这就是小地方的特色。过去的人为什么管县官不叫县官，叫县太爷呀？这就是封建社会遗传下来的东西。

王中英　我们现在不是封建社会呀，是社会主义社会，不应该遗传封建社会的传统吧？

曾　光　照理说是不应该，但是山里人在日常生活中比的是什么？比的就是钱，比的就是家庭背景，比的就是社会地位。

王中英　小处长算什么地位呀？就是个七品芝麻官嘛。

曾　光　七品芝麻官，在山沟里也算大官啦。

王中英　照这样的比照，我们工人的后代就不用找对象啦。

武　力　你们就说那些没有用的，还是说一些有用的吧。

王中英　那你说什么有用？

武　力　我问一问老工人的女儿万福丽姑娘，你有对象了吗？这是有用的。

万福丽　听你的话，你对我感兴趣啦？

武　力　有一点小想法。

万福丽　你早干什么去啦？现在才想起来讨好我？

武　力　我早不是不明白事儿吗？一晃时间过去啦，我们也老大不小啦，该成家立业啦，该找媳妇结婚啦。

万福丽　你现在想晚啦，下乡的时候你老是欺负我，现在我就是没有对象我也不要你。

武　力　万福丽，你不会也向郭小红和陆春芳学习，找什么大科长、大处长的儿子吧？

万福丽 我没有那么高的眼界，我找的对象就是普通工人的儿子，我们马上也要结婚啦，对不起啦。

武　力 完啦，白想啦。我的上帝呀，姑娘们一个个都有对象啦，就剩下我们这些光棍傻小子啦，将来只有出家当和尚啦！

［大家再一次哄堂大笑。这时外面有人敲门。］

曾　光 丹心，有人敲门啦。

宋丹心 一定是舒香来啦。

［宋丹心走过去开门，舒香出现在门前。］

舒　香 丹心，我来啦。

宋丹心 快进来，舒香。

舒　香 恭喜你，丹心。

［宋丹心把舒香拉进了门，两个人友好地拥抱了一下。曾光走上前去。］

曾　光 舒香，欢迎你。

舒　香 我来得不晚吧？

［曾光和舒香握手。］

曾　光 不晚，不晚，快请进来坐。

宋丹心 大家就等你来啦。

郭小红 舒香，你怎么才来呀？

舒　香 对不起各位，让你们久等啦。

［舒香跟郭小红握手。］

李国成 大学生，咱们可是好久不见啦。

舒　香 你好，李国成。

［舒香跟李国成握手。］

陆春芳 什么大学生啊？舒香，大学早就毕业了吧？

舒　香 已经毕业三年啦。

陆春芳 你在干什么工作？这几年也不跟我们联系啦？

舒　香 我在大学里当老师，当助教。

陆春芳 在大学里当老师？了不起呀，你是我们这一批人最牛的！

［舒香与陆春芳握手。］

王中英　舒香，你现在是知识分子啦，见到你很荣幸啊！

舒　香　你好，王中英。

［舒香与王中英握手。］

万福丽　舒香，几年不见，我好想你呀！

舒　香　谢谢。你还好吧，福丽？

万福丽　我挺好的。

［舒香与万福丽拥抱了一下。］

武　力　舒香，你现在是知识分子啦，是社会的精英啦！

舒　香　我算什么精英啊？

［舒香与武力握手。］

武　力　舒香，问你一个重要的问题可以吗？

舒　香　什么重要问题呀？

武　力　你有对象了吗？

舒　香　武力，你还是一个坏小子。

武　力　不，我已经长大啦。

［众人哈哈笑起来。］

李国成　诸位好友，人到齐啦，酒席是不是可以开始啦？

曾　光　可以开席啦，没有其他人啦。

王中英　那就开始吧，都是老朋友，都是自己人，早点开席找点快乐。

武　力　好，现在我宣布：曾光先生和宋丹心小姐的婚宴开始！

宋丹心　曾光，我去端菜啦？

曾　光　上菜吧，我都做好啦。

宋丹心　姐妹们，过来帮帮忙。

［宋丹心和舒香、郭小红、万福丽、陆春芳等人出去到厨房端菜去啦。］

李国成　曾光，你结婚真是盖了帽啦！

曾　光　什么盖了帽啦？

李国成　你和宋丹心结婚，老情人舒香也回来啦。你多有福气吧？

曾　光　去去去，别胡说八道，注意点影响好不好？

李国成　对不起，我说的是实话，现在不是没有女人吗？

武　力　我有点想不通，为什么桃花运就轮不到我头上？

王中英　武力，你还真惦记上舒香啦？

武　力　你没听她说，她还没有对象吗？

王中英　你还癞蛤蟆想吃天鹅肉，不死心呢？

武　力　我是说着玩的，不要当真。

王中英　曾光，你快把做饭的围裙解下来吧，看起来新郎官像家庭主妇一样。

武　力　对，新郎官结婚，当家庭妇女不好看。

曾　光　我现在也快要变为家庭主妇啦。

［曾光解下腰上的围裙来。宋丹心带着女朋友们端着菜盘进门啦，她们五个人手里每人都端着两盘菜。］

宋丹心　美味佳肴来啦！

郭小红　这新郎官做饭的手艺还真不错！

万福丽　色香味俱佳！

陆春芳　新郎官做饭的水平太高啦，原来可是没有发现呢！

宋丹心　这是我把他培养出来的！

陆春芳　还是你培训有方啊！

曾　光　来吧，大家请上席吧！

宋丹心　又没有外人，大家不要客气，请坐吧。

李国成　诸位，今天的婚宴，我有一个提议！

曾　光　你有什么提议？

李国成　今天既然是曾光和宋丹心请我们大家来吃喜宴、喝喜酒，新娘子和新郎官只能站着吃，不能坐着吃，大家说对不对？

曾　光　那你们客人呢？

李国成　我们客人可以坐着吃。

曾　光　凭什么呀？

李国成　因为我们大家要看新娘子和新郎官表演节目！

王中英　对对对，我们要看新娘子和新郎官表演精彩的节目！

武　力　好主意！

宋丹心　尊敬的先生们，你们又想出什么坏点子啦？

李国成　起码我们要看到新娘子和新郎官喝交杯酒吧？

王中英　我们还要看到新娘子和新郎官甜蜜地接吻吧？

武　力　我们还要看新娘子和新郎官入洞房吧？

李国成　什么呀？武力，你连婚宴的程序都没有搞明白，饭还没有吃，酒还没有喝，就请新娘子和新郎官入洞房啦？洞房花烛夜，那是最后的事情。

武　力　我不明白，你明白，今天的婚礼你就当主持啦！

李国成　对，我就是这个意思。

宋丹心　坏蛋，你们这帮坏小子坏死啦，难怪找不到对象啦。

李国成　今天我说了算，也当一回大官人。大家都听我的，客人们坐下来，新娘子、新郎官站着，面对面，站好喽！

王中英　国成，你就不要啰唆啦，马上开始吧。

李国成　好，现在我宣布，新娘子宋丹心和新郎官曾光的结婚喜宴正式开始！

［众人拍手鼓掌。］

武　力　国成，你也站着说，你坐着主持也不对劲儿。

李国成　好，我也站着说。

王中英　主持人，你快一点吧，接下来是什么节目？

李国成　接下来，曾光和宋丹心喜结良缘，首先是夫妻对拜？

王中英　对，程序是这样的。

李国成　那就一鞠躬吧。

武　力　这是什么节目呀？

李国成　夫妻敬爱二鞠躬！

武　力　不好看！

李国成　白头到老三鞠躬！

武　力　这都是老掉牙的节目啦，下一个，下一个。

李国成　接下来是夫妻双方喝交杯酒。

武　力　没劲，还不如我当主持呢。

李国成　喝了喜酒，夫妻双方再吃喜糖，两口子甜甜蜜蜜地过一辈子。

宋丹心　李国成，这夫妻双双吃喜糖怎么吃呀？

李国成　新娘子，听我的，你先把喜糖吃进自己的嘴里，然后叫新郎官用舌头把你嘴里的糖块舔出来。大家鼓掌欢迎！

［众人又拍手鼓掌。］

宋丹心　李国成，你坏吧，你调戏我，你一辈子也找不着对象。

王中英　新娘子，新郎官，快一点表演节目吧。

武　力　这还有一点意思。

李国成　新娘子，你糖放进嘴里了吗？

宋丹心　放进来啦，你看。

李国成　新郎官，看你的精彩表演啦。

曾　光　你这个主持人当得真是麻烦，你就直接说，我和丹心亲一个嘴不就完了吗？

李国成　亲嘴跟吃糖，意义不一样，亲嘴是爱的表达，吃糖是爱的甜蜜，表示两口子以后甜甜蜜蜜地过一辈子。

曾　光　好吧，那我们就用舌头来吃糖吧。

王中英　噢——精彩！

武　力　噢——好看！

［王中英和武力连叫带拍巴掌起哄，其他人看着曾光和宋丹心的表演拍手，欢笑。］

王中英　再来一遍！噢——

武　力　太过瘾啦！噢——

宋丹心　坏蛋，自己找个对象随便亲，随便吻，非要看我们的表演，你们不眼馋呢？

曾　光　这样行了吧？兄弟们，满足你们的要求了吧？

李国成　不行不行，你们的表演不精彩，再重来一遍！

曾　光　还要重来？

宋丹心　行啦，朋友们，你们看节目还没有完啦？

王中英　行啦，行啦，表演到位啦。

武　力　哎呀，什么时候我要是能找到一个对象，表演这样的节目就好啦。

曾　光　好啦，大家喝酒吃饭吧，菜要凉啦。

李国成　来吧，咱们祝贺新娘子、新郎官，新婚幸福喝喜酒吧？

王中英、武力：干杯！

宋丹心　谢谢各位嘉宾！

曾　光　谢谢各位朋友！

［大家举起酒杯与新娘子、新郎官碰杯、喝酒。大家随后坐下来。王中英倒了一杯酒，端杯走到曾光和宋丹心面前。］

王中英　来吧，我衷心地祝贺新娘子和新郎官喜结良缘，我敬一杯！

曾　光　感谢啦，中英。

王中英　应该的。

宋丹心　希望你也快一点找一个媳妇结婚。

王中英　我就指望你以后给我介绍啦。

宋丹心　有好姑娘，我一定帮忙。

［王中英与新娘子、新郎官碰杯喝酒，随后返回自己的座位。武力又站起来，端着酒杯，走到了曾光和宋丹心面前。］

武　力　轮到我的祝福啦，我祝愿新娘子和新郎官早得贵子！

宋丹心　去，听你说话我就来气。

武　力　我说的是实话，女人结了婚，不就该生孩子了吗？

宋丹心　你又没有媳妇，你怎么知道啊？

武　力　这是大自然的规律嘛，人人皆知呀。

［武力与曾光、宋丹心碰了杯，喝了酒，也返回了座位。这时郭小红端着一杯酒，站起来走到了一对新人面前。］

郭小红　我要说的是，你们两个人是我们下乡知青的九个人当中，唯一结成恩爱夫妻的龙凤，可喜可贺呀。

宋丹心　谢谢你，小红。

曾　光　非常感谢。

［宋丹心与一对新人碰杯，喝酒，也返回了座位。陆春芳端着酒杯站起来，走到新娘子和新郎官面前。］

陆春芳 丹心，曾光，我祝愿你们白头到老。

宋丹心 谢谢你，春芳。

曾　光 春芳，希望你也早一点结婚。

陆春芳 谢谢你的吉言。

［陆春芳也与一对新人碰杯、喝酒，返回了座位。万福丽端起酒杯站起来，走到了宋丹心和曾光的面前。］

万福丽 曾光，丹心，我要特别地感谢你们，特别地敬你们三杯酒。

郭小红 福丽，你为什么要特别地感谢曾光和丹心？

陆春芳 你为什么要特别地敬他们三杯酒？

万福丽 因为，曾光和丹心对我特别有恩，小红、春芳不知道，舒香也不知道，其他人都知道。我们最后剩下来的六个人，我和丹心，加上四个男同胞：曾光、国成、中英还有武力，我们最后从凤凰山回来的时候，是分两批回来的，第二批抽调回城的知青，只有我一个人，所以我要特别感激曾光。

郭小红 福丽，第二批回城的人，为什么只有你一个人？

舒　香 当时回城的指标不是百分之二十吗？

曾　光 对，第一批回城的指标是百分之二十，你考上大学走了，我们知青点还剩下八个人，郭小红和陆春芳走了，我们户的指标达到了百分之三十，属于超标啦。结果第二批下来的指标也是百分之二十，所以我们六个人，只能走一个人。

万福丽 我真是忘不了曾光对我的大公无私的精神，第二批回城的指标，他主动给了我，当时我是做梦也没有想到的。

曾　光 福丽，过往的小事儿就不说啦。

万福丽 不，今天我要特别感激你们，特别要祝福你们！我一辈子也忘不了这件事儿。当时曾光第二批指标是完全可以回家的，因为大家都知道，我们下乡的九个人，谁也比不了他，出工最多，挣钱最多，人又能干，老乡对他的评价也最好。我们剩下来的六个人，他是百分之百第二批可以走的人选。可是他却把指标让给了我，我会记一辈子的！

曾　光 万福丽，其实你不了解情况，我之所以第二批没有走的原因，是因为我要留下来照顾丹心，因为我们已经相爱啦，我不可能留下她不管。再说，当时你家里的条件最困难，李国成、王中英、武力呢，又因为过去偷鱼、毒死鱼的事情走不了，老乡说他们表现不好，所以我只能把指标让给你，这不是什么大公无私，而是因为我要留下来照顾丹心而已，她走不了，我也不能走，我对她发过誓的。

宋丹心 曾光是因为爱我才留下来的，这一点我特别感到自豪！

万福丽 反正不管怎么样，曾光把指标让给了我，使我特别感动。所以我要在你们新婚大喜之际，特别地祝福你们！三杯喜酒，我肯定是要喝的！

众人拍手叫：好！

宋丹心 福丽，你不会喝醉吧？

万福丽 为了表示对你们的祝福，喝醉了我也要喝！

李国成 这酒该喝！

王中英 三杯酒不算什么！

武　力 酒逢知己千杯少！

郭小红 祝福的美酒是喝不醉的！

陆春芳 喝醉了说明是真诚的祝福！

［万福丽和曾光、宋丹心喝了三杯酒，然后返回了座位。舒香最后一个站起来，端着酒杯走到曾光和宋丹心的面前。］

舒　香 丹心，曾光，我祝贺你们的婚姻天长地久，这是我的祝福。

［舒香送给曾光和宋丹心红包，她说话的声音明显沙哑，听起来要哭。］

宋丹心 舒香，你怎么啦，身体不舒服？

舒　香 不，不是的，我是为你和曾光结婚高兴的……

宋丹心 舒香，高兴你的眼圈怎么红啦？

舒　香 我也不知道。这里还有一个红包，是黄春花委托我送给你们的，请接收她对你们的祝福吧。

宋丹心 黄春花？

舒　香 对，是黄春花委托我，代表她表示对你们新婚的祝福。

曾　光　她怎么知道我和丹心结婚啦？

舒　香　是我告诉她的，她为此请我转送红包，祝你们结婚幸福。

曾　光　她怎么人不来呀？

舒　香　因为她人在广东，在深圳呢。

曾　光　她到深圳去啦？

舒　香　是的，她大学毕业以后，就跟丈夫结了婚，跑到深圳去工作啦。她丈夫的家是深圳的。

曾　光　噢，深圳是个好地方。

舒　香　当然啦，经济特区嘛。她让我代表她，向你和丹心表示衷心的祝贺。

曾光、宋丹心　谢谢，谢谢！

［舒香与曾光、宋丹心，碰了杯，喝了酒，回到座位上啦。］

曾　光　大家快吃吧，请动筷子。

宋丹心　大家吃菜吧，不能光喝酒不吃菜呀。

李国成　曾光，你和丹心不也结婚旅游跑到深圳去了吗？

曾　光　是呀，我和丹心结婚旅游，跑到广东、深圳、厦门、上海等地，转了一大圈，转了南方半个中国，也是刚跑回来。

王中英　曾光，深圳那个地方到底怎么样？给我们讲一讲。

曾　光　深圳那个地方好，可以说太好了，以后肯定有美好的前景，比我们山沟里好。

宋丹心　好什么呀？我没有看出来，到处都乱七八糟的，我不喜欢那个地方，热死人的。

武　力　哟，这小两口的见解还不一样？

曾　光　我就看中了深圳那个地方，那将来是一块风水宝地。

宋丹心　什么风水宝地呀？深圳刚开始建设，连人都很少，马路上白天都见不到人，冷冷清清的，还不如我们山里热闹，有人气儿呢。

曾　光　你说话就是妇人之见。

宋丹心　妇人之见，你还娶老婆干什么？

郭小红　丹心，新婚大喜之日，你还要跟曾光吵架呀？

宋丹心 我们出去结婚旅游就吵了一路，就是到了深圳，就开始吵架啦。

万福丽 怎么回事儿呢？结婚出去旅游还吵架呀？

宋丹心 这就是男人的真实面目，没有结婚的时候，可会疼你爱你啦，结了婚就不是那么回事儿啦。我跟他出去旅游，走一路是吵一路。

陆春芳 曾光，你是个大男人，结了婚还会欺负媳妇呀？

曾　光 不是的，女人就是头发长、见识短……

宋丹心 你给我闭嘴！

郭小红 曾光，不许你轻视我们女性。

万福丽 是的，哪有你这样的男人，娶了媳妇就不听老婆的话啦？

陆春芳 这就是男人的本性。

曾　光 得啦，我不跟你们女人说啦，我跟你们女人有理说不清、道不明。

李国成 那就跟我们男爷们说。

王中英 你在深圳跟老婆吵架到底是怎么回事儿？

武　力 老实坦白交代。

曾　光 我跟你们说，兄弟们，我和宋丹心拿了结婚证以后，就用我们两个人上班工作了三年多的时间所积攒下来的钱，跑到外面去玩了一圈，目的是旅游结婚，也是为了去见识见识外面的世界。我们主要跑的地方就是广州、深圳、厦门、上海、苏州、杭州等地。

李国成 我的妈呀，你们还跑了不少地方啊？

曾　光 我们两个人是跑了不少地方。我们开始到广东去，并没有想到去深圳，只是计划到广州。后来到了广州之后，有一家旅行社组织我们进深圳，因为深圳还属于封闭的经济特区，不让外地人随便进出的。我是怀着好奇心想进去看一看，经济特区到底是个什么样子？我想既然到了广东，就应该到经济特区去看一看。就这样，我和宋丹心就随着人家的旅游团进了深圳特区。

宋丹心 到了深圳特区，他就犯神经病啦。

王中英 他犯什么神经病啦？

宋丹心 你听他自己对大家讲。

曾　光 到了深圳特区，深圳的城市建设就给我留下了特别深刻的印象。人家那地方建得，看着就漂亮，看着就大气。邓小平圈定深圳为经济特区只有短短四年时间，深圳城区的建设已经有模有样啦，深圳的主干道、城市的基础设施建设，已经初见成效啦，什么商业街呀、大酒店呢、娱乐城啦，已经建起来不少啦，看起来真的是令人惊讶！我们山里人，真的是没有见过大世面。短短的四年时间，深圳经济特区的建设，比起我们的父辈建设了十五年的小汉水城，要漂亮多啦、壮观多啦，简直是一个天上，一个地下，不能比的呀。

宋丹心 深圳特区的建设再好，那也不是我们的家。

曾　光 可我们以后可以在那里安家呀，不是吗？我们山沟里的小城建设大军也有二十多万人啦，可是十五年的时间，建设得还像一座农村的县城一样，连深圳的一个沙头角都不如，你们说我们待在这样一个小地方，还有什么发展前景？所以我想在深圳找工作……

宋丹心 你们大家说一说，他忽发奇想是不是瞎胡闹？我们是到深圳去旅游结婚的，可是他不想走啦，要在那里找工作，我们两人之间的矛盾就这样产生啦。我说他的想法不切合实际，他说我是死脑子不转圈，我们之间的冲突就这样爆发啦。

武　力 女人的头脑和男人的头脑、思维和想法，是完全不一样的。

曾　光 我们出门旅游还不到十天，就在深圳吵起来啦。

郭小红 我理解不了，你们吵架的起因是什么呢？

宋丹心 起因就是街头小广告，你们说他是不是神经啦？我们有一天晚上出去散步，看到街头上贴了不少招工小广告，他就发神经啦。

万福丽 小广告上面是什么内容？

宋丹心 就是私人老板的招工小广告，写的什么要求、条件、工作待遇等等，写得内容可好啦，居然把他迷得神魂颠倒啦。

曾　光　招工的广告深深地吸引了我，我就想留下来不走啦，就想在深圳找工作。

宋丹心　你们说，他是不是疯啦？招工小广告他信以为真啦。

陆春芳　曾光，街头的招工小广告能是真的吗？

曾　光　是真的。

宋丹心　不可能，那些招工广告肯定是骗人的，他们招工的条件可优越啦，一个工人一个月最少一百块钱，年底还有什么年终奖。这可能吗？大家想一想，我们现在一个月挣多少钱？三十二块五毛钱，多一分钱也没有。深圳的私人老板会那样大方吗？所以我说，广告上的招工条件绝对不可能。

曾　光　怎么不可能呢？我根据广告上面写的公司地址和联系电话，找上门去，人家非常欢迎我去工作，并且保证签定劳务合同。

宋丹心　你们大家说，他脑子有没有问题吧？我们是结婚出去旅游的，是到深圳去玩的，不是到那里去工作的。我们在山里有稳定的工作，为什么还要到那里去找工作？

曾　光　到那里工作不是挣钱多吗？

宋丹心　挣钱多是好事儿，我不反对，问题是，我们在深圳既没有亲人，也没有朋友，连一个认识的人也没有，能找到好工作吗？既便找到了工作，也是临时工，不可能是长期的，还不如我们山沟里的家庭妇女大集体呢。

曾　光　我说山里人吧，真的是没有见过大世面，就像井底之蛙，眼睛只能看到头上一块碗大的天。

宋丹心　我是不如你聪明。再说啦，我们两个人一起出门旅游，你在那里找工作，我一个人回来算什么？

曾　光　我可以在那里先立足，等找到了稳定的好工作，我再回来接你一起到深圳去工作，在那里安家落户。

宋丹心　你说的好听，那样不知要等多久！我们在山里的国有大企业工作有多好，稳稳当当的，为什么要到外面去受那份罪呀？

曾　光　那不是为了多挣钱吗？我们在山里的国有大企业工作是稳当，一个月三十二块五毛钱，多一分也挣不着。可是深圳一个月的工资是一百多块钱，月薪相差三倍。人家深圳人，现在就可以看到私人自已盖漂亮房子啦。

宋丹心　我也看到啦。

曾　光　你看到人家盖那样漂亮的房子你不眼红吗？

宋丹心　我不眼红。

曾　光　这不是你的真心话。我跟大家说，深圳私人现在盖的房子，看起来就像漂亮的唐朝的皇帝宫殿一样，表面都是瓷砖琉璃瓦的，那个漂亮啊。我在东北大城市生活了十多年，又在山里小城市生活了十多年，前后加起来二十多年，我还从来没有看见过那样漂亮的私人住宅呢。深圳本地人已经开始出现有钱人啦。

宋丹心　挣钱当然是好事儿，可问题是我们两个人新婚燕尔，就过牛郎织女的生活，我接受不了。所以我不同意你在深圳工作。

李国成　你们就为了这样的小事儿吵架呀？

宋丹心　这还是小事儿呀？

王中英　我看这也不是什么大事儿。

宋丹心　你们真是不结婚不知道夫妻恩爱的重要性！

武　力　丹心，你是急着想要孩子呀？

宋丹心　去，小毛孩子，你懂什么？跟你们说也是说不清、道不明，白扯！

曾　光　为了在深圳找工作的事儿，我和丹心在旅馆里争吵了两天。

郭小红　最后结果如何？

曾　光　结果还要说吗？

宋丹心　最后他还是要听我的。

万福丽　丹心，你好样的！

宋丹心　那当然啦，他要不听我的，我就跟他回来离婚！

曾　光　我算是服啦。女人的脑子有时候就是不开窍，不灵活，而且也接受不了深圳私人老板的企业。

宋丹心　还是国有企业好，国企稳当，国企可靠，有保障。

曾　光　舒香，你怎么一句话也不说？

舒　香　我听你们说。

曾　光　舒香，你说，我和丹心的想法谁对谁错？

舒　香　你的想法有点超前了，丹心接受不了，这也是正常的。

李国成　曾光，我要是你呀，我就在深圳找个工作不回来啦。

王中英　对，有一百块钱不挣，为什么要回来挣三十二块钱呢？

曾　光　是吧？男人都是这样想的。这是我人生事业失去的一次大好机会呀！

武　力　曾光，你也是没有用，不是真正的男人，你应该继续跟丹心斗争啊！

曾　光　我斗争啦，但我也是实在没有办法，斗不过她，结了婚，就要听老婆的。更何况我们还是新婚夫妻，不听不行啊！

李国成　曾光，你是舍不得离开美丽漂亮的新娘子吧？

曾　光　这话也是真的。

王中英　可以理解，两口子相亲相爱正热火朝天哪！

武　力　两个人一天到晚亲还亲不够哪！

宋丹心　去，又来胡说八道啦！

曾　光　我们的蜜月之旅，虽然有争吵，也有小争小闹，不过总的说起来还是非常愉快的、非常幸福的。

郭小红　男人回家就老实了。

宋丹心　回家他也不老实，还不死心呢，还想到深圳去工作。

万福丽　回家不老实就收拾他。

宋丹心　是的，他回家来还闹着要去深圳，我就联合他的父母一起，还有我的父母，我们两家人都反对他，他最后的努力还是失败啦。现在还算老实啦。

曾　光　我一个人还是抗拒不过家庭众多人的压力和反对，只能在山里老老实实地过日子啦，什么想法也没有啦。来，喝酒！

李国成　对，喝酒，喝了酒还要闹洞房哪！

宋丹心　坏家伙，你们还想着闹洞房啊？

王中英　当然要闹洞房啦，不闹洞房还叫新婚大喜吗？

武　力　对啦，新婚大喜就要闹洞房，闹到天亮！

舒　香　你们闹吧，我吃饱啦，也吃好啦，对不起各位，我要先走啦。

曾　光　舒香，你要走？你为什么要走？

舒　香　我还有事儿，实在抱歉。

宋丹心　舒香，你不坐一会儿啦？

舒　香　不能坐啦，我明天还要坐火车赶回学校去，后天要给学生们上课。我走啦，你们继续吃吧，继续喝吧。

宋丹心　舒香，你明天就要坐火车回去呀？

舒　香　是的。再见啦，朋友们。

众人同声　再见，舒香！

［大家都站起来离席，送舒香走。舒香与新娘子和新郎官最后握了手，向朋友们摇摇手，走啦。曾光和宋丹心一起送舒香出门。］

李国成　舒香看起来气色很不好。

王中英　她过得看来也不怎么样。

武　力　是呀，她看起来心情挺沉重的。

郭小红　她来从头到尾就没有说过几句话。

王福丽　她从进来脸上也没有出现过高兴的笑容。

陆春芳　她走的时候，我看见她的眼里出现了泪水。

李国成　我们大家也出去送送她吧？

众人同声　好，走，喜酒回来再喝！

［大家同下。落幕。］

第二场

时过八年。舒香的父母家。舒香的老父亲因病去世。舒家在家里的客厅设了小灵堂。一张小桌子靠墙，上面摆放着舒香父亲的遗照，桌子上面还有一些敬先人的贡品。舒香胳膊上戴着黑纱，站在桌前，站在父亲的遗像前，向父亲鞠躬，为父亲烧香。舒香的儿子，一个大约八九岁的小男孩舒童从外面跑进来。

舒　童　妈妈，妈妈，家里又来人啦？

舒　香　儿子，谁来啦？

舒　童　我不知道，我不认识他们。

舒　香　来了几个人呢？

舒　童　来了不少，好像有七八个人。

舒　香　好啦，妈妈知道了，你去看姥姥吧。

舒　童　妈妈，姥姥一直在哭。

舒　香　姥爷死啦，姥姥伤心，你去劝劝姥姥，叫姥姥不要哭啦。

舒　童　好的，妈妈，我知道啦。

［舒童跑下。舒香为老父亲烧香、鞠躬。好朋友曾光、宋丹心他们来啦，后面还跟着郭小红、万福丽、陆春芳、李国成、王中英、武力等人。他们从门进来，上。］

曾　光　舒香。

宋丹心　舒香。

［舒香转身迎接客人。］

舒　香　你们来啦。

郭小红　舒香，你老父亲去世了，你怎么也不跟我们大家说一声？

舒　香　我忙得晕头转向，什么事儿也想不起来啦。

万福丽　舒香，你跟我们说一声，我们大家一起过来帮你忙啊！

舒　香　不用了，谢谢，我已经忙活完了。

陆春芳　舒香，你看你累的，脸色可不好，一点血色也没有。

舒　香　不要紧的，过两天休息一下就好啦。

李国成　舒香，你跟我们这些老朋友也太客气了，家里出了这么大的事儿，你也不跟我们说一声，就自己扛着？

舒　香　不要紧的，我扛得过去，实在怕麻烦大家。

王中英　舒香，这就是你的不对啦，虽然我们有几年的时间没有联系了，但是大家还是有老感情的，家里出了事儿，你应该跟我们言语一声的。

舒　香　我回来就开始忙碌老父亲的事儿，也没有时间通知你们。

武　力　舒香，看来你把老朋友都当外人啦。

舒　香　不是的，我确实是忙晕头了。你们大家请坐吧，我来给你们倒水喝。

宋丹心　不要，舒香，你不要忙碌啦，你看你的脸色太难看啦，好像生病一样。

舒　香　我是回来几天累的。

曾　光　舒香，你回来怎么也不跟我们提前说一声？

宋丹心　是的，舒香，你应该提前跟我们说一声的。

舒　香　我是想不起来呀，我接到了弟弟妹妹打给我的电话，说父亲病危，我就急急忙忙坐火车往家跑。下了火车，到家之后，我就赶到医院去照顾老父亲，忙前忙后地在医院里护理了老父亲几天的时间，直到老人家最后闭上眼睛，我才清闲下来。你们能想着到家里来看我，我已经表示非常感激啦。

李国成　舒香，你父亲是得什么病去世的？

舒　香　心血管疾病，最后在医院里抢救了几天也没有抢救过来。

王中英　老爷子还不到七十岁吧？

舒　香　不到七十岁，今年只有六十五岁。

武　力　这是山城第一批创业者呀，他们辛苦了一辈子，眼看着生活条件一天天好起来啦，他们也到了要走的年龄啦。

舒　香　这是大自然的规律，没有办法阻挡，没有死亡就没有再生。

曾　光　我来给老爷子鞠躬、烧香，向老人家致敬吧。

舒　香　谢谢。

［曾光走到桌子前，向老人的遗照鞠躬致敬。宋丹心和其他人随后也向去世的老人遗像鞠躬、烧香、致敬。］

曾　光　舒香，家里还有什么大事需要我们帮忙吗？

舒　香　没有啦，老人家的后事已经安排好啦，只等明天火化啦。

宋丹心　舒香，你应该注意休息。

舒　香　我是想休息，可是我睡不着。

［这时舒香的儿子小舒童又跑到妈妈面前来。］

舒　童　妈妈，妈妈，春花妈妈来啦！

舒　香　孩子，你去把春花妈妈接进来呀。

舒　童　好吧，妈妈。

［孩子又跑出去啦。］

曾　光　舒香，这是你的儿子？

舒　香　是的。

宋丹心　舒香，你结过婚啦？

舒　香　结过。

郭小红　舒香，你结婚为什么也不跟我们大家说一声？

舒　香　对不起。

万福丽　孩子都这样大啦？

舒　香　我大学毕业之后就结婚了，儿子快九岁啦。

陆春芳　你还是比我们先结婚的？

舒　香　可能是吧。

李国成　舒香，你结婚也太神秘啦。

王中英　至少应该跟我们言语一声。

武　力　我们大家还一直以为你没有结婚呢。

舒　香　对不起，以后有时间，我跟大家慢慢细说吧。

曾　光　舒香，你丈夫来了吗？叫我们认识一下吧？

舒　香　他死啦。

宋丹心　什么？他死啦？

舒　香　是的，他早死啦。

［大家惊得目瞪口呆。这时小舒童拉着黄春花从外面进来啦。黄春花穿得很时尚，手里拎着一个漂亮的皮包，眼睛上戴着漂亮的太阳镜。她显然已经不是过去凤凰山那个穷苦的农家姑娘啦。］

舒　童　妈妈，我把春花妈妈接进来啦。

黄春花　谢谢你，小舒童。

舒　童　我要去看奶奶啦！

［孩子又跑出去啦。］

舒　香　春花，你怎么今天就跑过来啦？

黄春花　舒香姐，我今天过来不迟吧？

舒　香　不迟，家父明天才火化呢。

黄春花 舒香姐，家里还有什么事情需要我帮忙？你说话，我有车，跑起来方便，跑起来也快。

舒　香 春花，不需要你跑啦，家父的一切后事都安排好啦。你来坐吧。春花，你看你还能认识这些朋友吗？

黄春花 呀，曾光大哥？

［她摘下了眼睛上的太阳镜。］

曾　光 春花，你还能认识我？

黄春花 认识，认识，曾光大哥，你还好吧？

曾　光 你看呢？

黄春花 看样子没有多大变化。你好，曾光大哥！

曾　光 你好，春花，我快认不出你啦。

［两个人热情握手。］

黄春花 曾光大哥，我们有十多年的时间没有见面啦。

曾　光 是的，有十多年啦，从你七七年考上了大学，我们就再也没有见过面。

黄春花 是呀，七七年我上大学，八一年毕业。八三年你和丹心姐结婚，我委托舒香姐送上了我的祝福，一晃又八年时间过去啦。

曾　光 可不，算起来，我们已经有十三年没有见面啦。

黄春花 曾光大哥，我一直没有忘记你。

曾　光 是吗？我还以为你不认我这个老朋友啦？

黄春花 怎么会呢？我忘记谁也不会忘记曾光大哥的。

宋丹心 春花，为什么呢？

黄春花 因为曾光大哥是个好人，我考大学的时候，他为我提供了重要的帮助。

宋丹心 哟，还有这样的事儿呀？

黄春花 有，丹心姐，你不知道吧，我和舒香姐考大学的时候，在县城小旅馆吃住了两天时间，都是曾光大哥为我们花的钱，我是一辈子也不会忘记的。

宋丹心 是吗？曾光，你还学过雷锋啊？

曾　光　那是一件小事儿，已经过去好多年啦。

黄春花　丹心姐，你也好吧？

宋丹心　好，很好。春花，你还能记得我？

黄春花　记得，记得，丹心姐我也是不会忘记的，你们下乡的时候，你和舒香姐送过我好多旧衣服，我到现在也忘不了。人穷的时候，有人真诚地帮助你，这是一辈子最难忘记的事情。

［黄春花和宋丹心握手。］

舒　香　春花，你还认识他们吗？

［这时在座的人，黄春花都认出来啦。］

黄春花　哎呀呀，这不都是老朋友吗？对不起各位大哥，对不起各位大姐，失敬，失敬！

舒　香　春花，这都是老朋友啦。

黄春花　是的，是的。你们好！对不起各位大哥、大姐，请原谅小妹春花眼睛近视啦。

［黄春花主动上前与大家握手。］

郭小红　你好，春花，我们可是不敢认你啦。

黄春花　是吗？小红姐，为什么？

郭小红　因为你的变化太大啦。

万福丽　是的，不敢认啦，春花。

黄春花　如果我没有认错的话，你是福丽姐对吧？

万福丽　对，万福丽。

黄春花　你好，春芳大姐，你还是如此健康？

陆春芳　是呀，饱食中日，无所用心，我当然身体健康啦。

李国成　你好，春花姑娘，你还认识我吗？

黄春花　认出来啦，国成大哥。你好。

李国成　你好，春花姑娘，你穿得太漂亮啦。

黄春花　我不会穿，让你们见笑啦。

王中英　春花，你穿得可像时装模特儿，太闪亮啦。

黄春花　是吗？中英大哥，你好呀。

武　力　春花，你穿得太抢眼啦，像一个外国公主。

黄春花　你好，武力大哥，你是表扬我呢，还是批评我呢？

武　力　当然是表扬，表扬。

［黄春花与所有的人都握过了手。］

舒　香　大家还是坐吧。

［所有的人都坐下来，只有舒香和黄春花还站着。］

曾　光　春花，看你穿的服装，你现在是当老板了吧？

黄春花　老板不敢当。曾光大哥，我只能说，我比过去的生活条件好啦。

宋丹心　春花，看你的气派，你可像有钱的老板娘啦？

黄春花　老板娘谈不上，不过我确实比过去有钱啦。

郭小红　春花，你看起来可是有老板的气派呀。

黄春花　我有老板的气派吗？

万福丽　绝对有，百分之百的老板娘气派。

黄春花　可是我没有觉得呀。

陆春芳　你自己感觉不出来，春花，你看起来可是今非昔比啦。

黄春花　你过奖啦，春芳大姐。

李国成　春花姑娘，你看起来可像女老板啦。

黄春花　国成大哥，我算不上有钱的老板。

王中英　春花，你发大财了吧？

黄春花　发财谈不上，不过我是够吃、够花、够用。

武　力　春花姑娘，你看起来可不像一般的人物啦。

黄春花　武力大哥，你看我像什么人物？其实我还是我，我还是凤凰山的黄春花。我的本质没有改变，我还是农家姑娘，不过我现在的经济条件比过去是好一点啦。

宋丹心　春花，你何止是好一点啦，你发大财了吧？

黄春花　没有，没有，丹心姐，我没有发大财，不过小财还是发了一点点儿。

郭小红　春花，你自己说不是有钱的老板，你是不是找了一个有钱的老公？

黄春花　我找的老公还算可以吧。

万福丽 春花，我们是不是可以理解为，你找了一个有钱的大老板？

黄春花 大老板算不上，可能比一般的人有一点钱吧。

陆春芳 春花，你如今看起来可像一位富贵太太啦。

黄春花 我像吗？其实我不是什么富贵太太。

李国成 春花姑娘，你如今可以说是有钱人了吧？

黄春花 怎么说呢，国成大哥？要说我是有钱人还远远谈不上，但是我确实比一般人可能要强一点点儿。

王中英 春花姑娘，看你穿的衣服，绝对是有钱人。

黄春花 你过奖啦，中英大哥，你看走眼啦。

武　力 春花姑娘，你不要谦虚啦，跟你比起来，我们快成要饭的叫花子啦。

黄春花 不要这样说，武力大哥，一个人要自己看得起自己，才能改变命运。你们过得也应该不错吧？改革开放十多年啦，大家都比过去有钱啦。我也一样如此。

［这时黄春花的手提包里有一个声音响起来，她马上从手提包里拿出了一部电话，那是大哥大。众人感到惊讶。］

黄春花 对不起，我接个电话。喂，老公，什么事儿呀……

李国成 中英，她拿的是什么东西呀？

王中英 大哥大。

武　力 大哥大是什么东西？

王中英 大哥大是随身电话。

李国成 我还从来也没有见过这样的电话。

王中英 山里是少见。

武　力 这样的电话需要多少钱？

王中英 这东西听说是从国外进口的，至少需要三万块钱一部吧。

李国成 我的妈呀，三万块钱？是我二十年的工资呀。

武　力 这样的电话可是够贵的。

王中英 这是有钱人用的东西，我们是用不起的。

李国成 是呀，我们可能一辈子也用不起。

王中英 瞧瞧人家，再看看我们，真是寒酸哪。同样是改革开放，人家发财啦，我们工人还是无产者。

武　力　哎呀，知足者常乐吧。每天上班、下班，没事儿打个麻将，喝点小酒，我觉得日子过得也挺好的。

王中英　还好呢？人家大哥大都用上啦，我们家里连一部电话也没有。

黄春花　喂，老公，我知道啦，我马上赶回去处理……

［黄春花把大哥大收起来，放进手提包里。］

舒　香　春花，你老公来电话有事儿？

黄春花　是有事儿。对不起，舒香姐，如果你家里的事儿不需要我帮忙啦，那我就先走一步，要去处理一件生意上的事儿。明天我再来，好吧？

舒　香　春花，你有急事儿你就去办吧。

［黄春花又从手提包里拿出一个大白信封来，放到舒香的手上。］

黄春花　舒香姐，这是我的一份心意。

舒　香　春花，我不需要钱……

黄春花　拿着吧，舒香姐，办事儿需要钱，不够你再说话。明天早上我过来。

舒　香　谢谢。春花，你要有大事儿办，你就不用过来啦。

黄春花　我一定要来的。对不起各位大哥、大姐，我有一件重要的事儿要办，必须要先告辞，先走一步啦。明天见。

［黄春花向众人打了招呼，很有礼貌地向大家摇手、微笑、致意，然后出门走啦。舒香送好朋友一起出门，下。］

宋丹心　黄春花一定当老板啦。

郭小红　是呀，人不可貌相，海水不可斗量，当年凤凰山的农家小姑娘，现在变为有钱人啦，改革开放农村人真发财啦。

万福丽　是的，现在我们城里的工人还不如山沟里的农民啦。

陆春芳　改革开放还是农村人得到了实惠呀。

李国成　看来黄春花是真的有钱啦，人家给舒香送礼拿信封装钱。

王中英　她给舒香送了有多少钱？

武　力　不知道。看信封鼓鼓的，最少可能也是一万块钱吧。

曾　光　我们也出去看一看吧，黄春花说她是开车来的，我们出去看一看她开的是什么车。

众人杂声　走，出去看一看，她开的肯定是轿车，开货车肯定就不是大老板啦！

［众人同下。］

第三场

还是舒家客厅。舒香和黄春花、曾光还有宋丹心四人上。他们显然是处理了舒香父亲的后事回来的。他们一个个都无精打采的，显得累了、疲惫了。

舒　香　家父的后事总算处理完了，我累得精疲力尽，也想休息休息啦。

黄春花　舒香，要不你上床休息吧？

舒　香　不要，白天我睡不着。你们坐吧，我也没有精力给你们端茶倒水啦。

曾　光　我们要喝水自己来，你还是坐下来休息吧。

舒　香　大家都坐吧，谢谢你们也帮我忙碌了两天。

宋丹心　应该的，舒香，你父亲的后事处理完了，你真的要好好休息一下，你的身体太虚弱啦，需要好好调养。

黄春花　舒香，听我的安排，带着儿子到凤凰山去休养几天，我来给你好好调养调养。

舒　香　不行，我想回去，我还想回去给学生们上课呢。

黄春花　你急着回学校去干什么？过两天就是“五一”劳动节，你可以在家里休息几天，过了“五一”再回去。

舒　香　我想带儿子回去，孩子还要上课呢。

黄春花　孩子上课也就耽误几天的时间，不要紧的，你带着儿子跟我走吧。还有曾光大哥、丹心姐，你们也带上孩子，跟着我到凤凰山去玩几天时间。

宋丹心　我不去凤凰山，那个地方有什么好玩的？我一辈子不想去凤凰山。

黄春花 丹心姐，去看一看吧，如今的凤凰山可跟你们下乡的时候大不一样啦，我保证叫你们大开眼界，我们的凤凰山已经变成有名的世外桃源农家乐啦！

宋丹心 一个过去又穷又苦的小山沟，变化能有多大呀？

黄春花 你们有兴趣去看一看就知道啦。

舒　香 丹心，如今的凤凰山，可跟我们过去下乡的时候完全不一样啦。

宋丹心 舒香，你去过？

舒　香 我去过。如今的凤凰山已经变成花果山，不是过去那个又穷又苦的小山村啦。

曾　光 舒香，你说的是真的吗？

舒　香 是真的，我去过几次啦。凤凰山真是变化万千，那里的老乡，家家都富裕起来啦。

曾　光 那我们就去看看吧？

宋丹心 可是我不想去，我在凤凰山吃了五年苦，受了五年罪，最后老乡还说我表现不好，压着我是最后一批回来的，我不喜欢那个地方。

曾　光 你不喜欢去算了，你在家里休息，我带着女儿去看看，反正要过“五一”劳动节啦，厂里也要放假啦，我正好带着女儿去春游。

黄春花 你们的女儿有多大啦？

曾　光 七岁多一点，今年该上学了。

黄春花 正好带着孩子去玩儿一玩儿，我们凤凰山樱桃、草莓都下来啦，可以带着孩子们去品尝品尝。

宋丹心 凤凰山现在有樱桃、草莓啦？

舒　香 有啦，春暖花开的时候，凤凰山满山遍野都是樱桃红，满地沟都是红草莓。

宋丹心 真的吗，舒香？

舒　香 是真的。

黄春花 丹心姐，你在家里待着也不知道出去玩吧？

宋丹心 不知道。我每天在家里就是上班工作、下班回家，然后就是照顾曾光和孩子，三点一线。

黄春花 丹心姐，你真是变成贤妻良母啦？你应该出去看一看，如今我们的凤凰山已经是一道亮丽的风景线，好像就是一个世外桃源，每年春暖花开的时候，到我们那里去春游的游客可多了，有买樱桃的，有买草莓的，有钓鱼的，有春游的，还有到农家乐休闲打麻将的。

宋丹心 凤凰山的变化有如此迷人吗？

黄春花 不相信你可以去看一看哪？我请你们去，包吃包住，一切免费，保证叫你们吃的高兴，玩的开心、玩的满意，还有车接车送。

宋丹心 那我去。

曾　光 你不是不想去吗？

宋丹心 春花如此热情地邀请我，我好意思不去吗？

黄春花 那我们就走吧，路上开车要跑一个多小时，正好到我家里去吃晚饭。

舒　香 春花，我就不去了吧。

黄春花 不，舒香姐，你一定要去，你需要到我那里好好调养调养。

舒　香 那好吧，我去把儿子叫过来。

[舒香起身出门，下。]

曾　光 春花，凤凰山的春游、休闲、度假、农家乐，都是你创办的？

黄春花 可以说是吧。

曾　光 那一定要去看一看。丹心，你去接孩子，把孩子一起带过来吧。

宋丹心 你想得美呀，就会动嘴支唤我？

曾　光 你不是贤妻良母嘛。

宋丹心 好，我去接孩子。

黄春花 我们等着。

[宋丹心出门下。]

曾　光　春花，你是什么时候回家来创办企业的？

黄春花　我回来有八年啦，就是你跟宋丹心结婚那一年，你们是春节前结的婚吧？我是“五一”回家来投资的。

曾　光　了不起，春花！

黄春花　其实也没有什么了不起的，我想家里太穷了，我已经长大成人了，应该为家里做一点事情，为家庭解决实际困难，所以我就拖着我的老公回来啦。

曾　光　你老公他听你的？

黄春花　他敢不听？我是他媳妇呀，他不听我的听谁的？

［曾光笑了。舒香领着儿子走进来。］

舒　香　春花，又吹上啦？你可是找了一个好老公，只能说是你命好。

黄春花　我的命是还可以，我的老公百分之百听我的。

曾　光　舒香，你的儿子有多大啦？

舒　香　八岁多了，快九岁了。快叫叔叔好。

舒　童　叔叔好！

曾　光　你好，小朋友，你叫什么名字？

舒　童　我叫舒童。

曾　光　舒童？你上几年级啦？

舒　童　我上小学三年级。

曾　光　小学三年级，六岁就上学啦？

舒　香　是的，孩子上学比较早。

曾　光　舒香，孩子为什么跟你姓？

舒　香　因为我是他妈妈。

黄春花　舒香姐，我们走吧？

舒　香　我们是可以走啦。

曾　光　我们家丹心和我女儿还没有来呢。

黄春花　我们开车去接她们好啦。

曾　光　那就走吧，开车去接她们，正好可以不用她们走过来啦。

［众人同下。幕落下来。］

第四场

凤凰山，黄春花的家庭大客厅，漂亮、宽敞、明亮。她的家也属于高档的农家乐酒店，或者说餐厅。客厅里有两套漂亮的大椅子和两个大茶几。还有一台大彩电，东西不多，但是看起来很雅观。黄春花带着客人曾光、宋丹心还有他们的女儿荣荣，舒香还有她的儿子舒童，从大门走进来，上。

黄春花 请看吧，曾光大哥、丹心姐，这就是我的家！

曾　光 我的妈呀，春花，你的家看起来真是太漂亮啦、太美观啦，跟我十五年前到你家抓猫的时候可是大不一样啦！

黄春花 那个时候我家里多穷啊，还是泥土房，是全村住得最差的人家。

曾　光 现在你们住的房子是凤凰山最好的了吧？

黄春花 差不多吧。

宋丹心 春花，你家住的别墅有多大呀？

黄春花 差不多有五百平方米吧，上中下三层楼，一楼是农家乐餐厅，这个大厅是八十平方米，两边还有四个小餐厅，也是八十平方米。后面是厨房，卫生间。二楼是八间卧室，是我家人居住的地方。三楼是八间客房，春夏来玩的游人比较多，可以到楼上住宿，吃喝玩乐，保证一流的服务。

宋丹心 我的妈呀，春花，你这是有钱的大老板啦！

黄春花 大老板还谈不上，不过在凤凰山我还算是有钱人。

曾　光 春花，你家的别墅是什么时间盖起来的？

黄春花 去年，也就是去年的夏天才盖起来的，时间不长，还不到一年的时间。

曾　光 春花，你太神啦，你真是令人刮目相看啦。

黄春花 其实也没有什么，现在改革开放的社会，有钱人多啦，我还不算有钱人。

宋丹心 春花，你还不算有钱人？

黄春花 我是不算有钱人。你们现在出去到广东、深圳那一带去看一看，那边的有钱人太多太多啦，像我这样的家庭根本不算什么有钱人，我公公婆婆家就比我们家富裕多啦。我的家庭只能在凤凰山排位还算说得过去。大家请坐吧。

［黄春花给大家泡茶。］

曾　光　春花，你们家盖这样的房子花了多少钱？

黄春花　花钱不算多，全部造价也就二十多万吧。

宋丹心　二十多万？

黄春花　是的，花了有二十多万。

宋丹心　我的妈呀，我一个月才挣一百多块钱，我和曾光两个人的工资加起来，一个月的工资也就三百块钱。二十多万，我们两个人一辈子也挣不来呀！

黄春花　当然，在国企当工人是挣不了多少钱，只能吃个稳当饭。

曾　光　春花，凤凰山的变化太大、太神奇啦，实在出人意料呀。

黄春花　没想到吧？十年的时间，我们这里修通了公路，修建了桥梁，家家盖起了新房。

曾　光　是呀，凤凰山老乡们的房屋全变样啦，好像出现了奇迹一样，过去那些破旧的、不堪入目的、摇摇欲坠的小土房、木板房，全然不见啦，取而代之的是一家家盖起来的砖瓦房，这太神奇啦。

黄春花　是呀，我们山里的老乡生活是发生了很大变化，家家都盖起了新房子，这是千真万确的。不过家家盖的房子，没有统一的标准，没有统一的规划。家庭有钱的，盖的房子都是小二楼，表面上贴瓷砖的。家庭不太富裕的，也盖起了小二楼，就是表面没有贴瓷砖，光面水泥的。看起来有点乱。

曾　光　你知足吧，春花，看到你们住上了这样漂亮的新房子，我们所谓的城里人都感到羡慕、眼红。我们家住的房子，可能还不如你们家的厨房和厕所呢。说起来真是不可思议，同样是改革开放的十多年时间，你们的生活发生了天大的变化。可是我们国企的工人呢？钱不如你们挣得多，房子不如你们住得好。我们家一间破房子住了十多年，产权还不属于自己的。看到你们的住房和生活条件，对比之下，我们真是感到自卑呀。

宋丹心 没有想到，太难想到啦，我们知青离开凤凰山的时候还是那样穷，还是那样苦，也就是十年的时间，你们就发达起来啦，太不可思议啦！

黄春花 这主要得益于国家改革开放的政策好，十年的时间，我们抓住了机会，所以改变了凤凰山贫穷落后的面貌。

曾　光 你们真是了不起，了不起呀！

黄春花 茶泡好啦，你们请喝茶吧。对了，还有两位小朋友也不能忘了，你们想吃点什么？

舒　童 春花妈妈，我们想出去玩儿。

舒　香 春花，叫孩子们出去玩吧。

黄春花 好，想出去玩，你们就出去玩吧，外面有草莓，还有樱桃，你们想吃什么，就去摘什么。

舒　香 舒童，注意安全，不要上树，明白吗？

舒　童 我知道，妈妈。

宋丹心 荣荣，你跟小哥哥出去玩好不好？

曾　荣 好。小哥哥，你带着我出去玩吧？

舒　童 好，咱们出去玩！

［两个孩子马上离开了妈妈的怀抱，拉着手跑出去啦。］

曾　光 春花，对我们讲一讲你发财的故事吧。你看起来像一个有钱的大老板啦，你是怎样发财的？又是从什么时候开始发达的？

黄春花 曾光大哥，我还真不是什么大老板，只能说比一般人有钱了，比普通人有钱了。我的发达，就是得到了国家改革开放政策的支持。我是在国家实施改革开放政策之后，我大学毕业回乡开始起步的，也就是八年前的春天，也就是在“五一”节前后，我计划回来为家里干一点事情。你们原来都知道我的家庭生活有多苦，家境有多穷。我上大学的时候，我的家还是我们凤凰山最穷的人家。你们都曾经出于同情心送给过我衣物，给过我温暖，给过我帮助。我到现在还记得，丹心姐三年的时间送过我三件衣服，舒香姐送过我两套衣服。

宋丹心 春花，你的记忆力真好，你还记这么长时间呢？

黄春花 丹心姐，受人之恩，我是点点滴滴都忘不了，一辈子也不会忘记的。

宋丹心 春花，那已经是往事啦，不算什么。

黄春花 丹心姐，对你们来说，那是小事儿，但是对我来说，就是一辈子的恩典，我是不能忘怀的。我之所以邀请你和曾光大哥到凤凰山来玩儿，就是为了感恩。

曾　光 春花，不要说感恩啦，接着讲你的故事吧，我对你的故事特别感兴趣。

黄春花 好吧，我上大学的时候，人家高兴，我发愁。舒香姐是知道的，我上大学的时候，我的学费都是县政府为我支付的；我可怜的父母连送我到北京上大学的路费也拿不出来，也是县政府为我支出的。因为我是那一年全县高考的女状元，我是全县排行榜中的第一名，所以县政府特别拿出了一笔资金来帮助我，使我有机会到北京去上大学。这是我人生中最重的一步，如果没有县政府的支持与帮助，我只能放弃上大学的机会啦。

曾　光 那你上大学以后是怎样过的，怎样生活的呢？

黄春花 说起我上大学，还有许多事情是令我非常难忘的，特别是舒香姐对我的帮助与支持，是最令我难以忘怀的。

曾　光 舒香帮助你？

黄春花 对。我上大学的时候，父母本身是不支持我的，因为我的父母是山里人，又没有文化，又没有见过大世面，过去家里又穷，山里人又认识不到知识文化的重要性，所以我的父母从小到大就没有读过书，所以他们对我上大学也没有热心情。我初中毕业以后，我的父母就不想让我读书了。说来也是巧，你们知识青年正好上山下乡到我们凤凰山来了，我就以你们为由，跟我的父母哭闹要继续读高中。你们知识青年上山下乡到我们农村来，在我们深山老林的农民们眼里可是高人一等的。父母看到你们吃得好，穿得好，又有文化，人也聪明，他们好像从中悟到了什么，最后十分勉强地同意我读了高中。高中毕业之后，你们知道我回乡干了半年农活。全国要恢复高考，舒香姐正好来找我学习高中的课程。我父母的脑子好像是越来越开窍了。但是到我真正要考大学的时候，他们又极力反对我。因为我的家里实在太穷了，实在没有钱供我读书。但是我和舒香姐一起复习高中的课程，又点燃了我要上大学的梦想，所以父母的话我也不听了。

宋丹心 春花，你真是个有主见的姑娘，太有主见啦！

黄春花 你还记得吧，曾光大哥？我考大学的时候，你还帮助过我！这么多年了，我一直没有忘记过，记得清清楚楚。你陪伴着我和舒香姐，到县城一中去参加高考，你花钱请我和舒香姐两人，在县城小旅店住了两天、两个晚上，在县城里又吃、又喝，还请我们两人走进电影院看了一场电影，说是为我们减压。那一次花了你不少钱吧？

曾　光 也没有花多少钱。

黄春花 我听舒香姐说，你花了有二十多块钱。

曾　光 可能是吧，我不记得了。

黄春花 二十多块钱，等于是当时你母亲一个月的工资了吧？

曾　光 差不多。不过那个钱是我自己挣的，是我年底分红挣的一百多块钱。

黄春花 你一年才在生产队挣了一百多块钱，你两天就为我们花掉了二十多块钱，舒香姐对我说了，我是心里特别感动。那是我一辈子第一次在县城里住旅馆，第一次在县城里下饭馆，也是第一次在县城影院里看电影，我太感动了。我们山里人虽然穷，但是并不傻，也不糊涂。曾光大哥为我们所做的好事，我一直铭记在心，念念不忘！

曾　光 春花，你用不着念念不忘，我是力所能及。

黄春花 不，曾光大哥，古人说得好：滴水之恩，当涌泉相报！

舒　香 曾光，春花经常在我面前提及你陪伴我们两人考大学的事情。

曾　光 一件小事儿，何足挂齿呢？

黄春花 曾光大哥，参加那一年的高考，对我来说就是一件大事儿呀，对舒香姐来说也是一件大事儿呀，我们一生的命运从此改变啦。

宋丹心 春花，你还是接着讲你发财的故事吧。

黄春花 好吧。其实我上大学的时候还是挺难的，我的家庭条件太困难了，不是一般的困难。那时候，我的父母在生产队里出工干活，分值太低，一个人干一天也就挣两毛钱。你们下来的时候，我的父母在生产队干一天活也挣不到四毛钱；我的父亲身体又不好，母亲的工分报酬又低，所以他们两个人一年到头累死累活也挣不到两百块钱。而我的家庭呢，父母又有六个孩子要养活，我是家中的老大，下面还有三个弟弟，两个妹妹，全家人要吃饭，要穿衣，孩子们还要上学读书，难得我父母经常哭，常常以泪洗面。我上大学的时候，虽然我的学费是由县政府给我解决的，可是我的生活费还是要我们家庭自己解决的。可是我的家里哪有钱呢？

宋丹心 那你怎么办？

黄春花 为了坚持把大学读出来，我只有找学校勤工俭学的工作岗位，争取自己挣钱养活自己，不找父母要钱。

曾　光 你的想法是对的。

黄春花 我的想法是不错，可是我在学校找了两份勤工俭学的工作，一份工作一个月才挣五块钱，两份工作加起来，一个月才挣十块钱。

宋丹心 两份工作十块钱？也太少了一点吧？

黄春花 我是一边学习，一边勤工俭学。可是一个月挣的十块钱的生活费，我省吃俭用，也就是够我二十多天的生活费，吃不到头，还有最后几天我不知道怎么过。我经常是一天只吃两顿饭，不敢吃三顿饭，为的就是省下一顿饭钱，后面能多吃几天饭。那时候我的生活是真难哪，又要学习，又要勤工俭学，学习又非常紧张，经常学习到深夜，饿得两眼昏花。同学们也因此瞧不起我，因为家里穷嘛，我什么学生集体活动也不参加，只要是花钱的活动，我从不参与，这自然也就引起了同学们对我的另眼相看，或者说是歧视与反感。不过由于我的学习成绩比较好，老师们还是比较喜欢我的，因为我的学习成绩总是在同学们中间名列前茅的。我的目的很明确，就是好好学习，争取多拿奖学金。其实我们读书的时候，大学的奖学金是很少的。我上了四年大学，从来也没有买过医疗保险。

曾　光　那你的生活费用不够怎么办？

黄春花　在我最困难的时候，还是舒香姐向我伸出了援助之手，舒香姐是我一辈子的恩人。我们上大学的时候，虽然不在同一个地方，也不在同一所大学，但是我们经常保持联系。

曾　光　舒香是怎样帮助你的？

黄春花　好像是有一次通电话吧，舒香姐？

舒　香　是的。

黄春花　我记得那一次通电话是舒香姐打给我的，当时已经是月底了，十块钱的生活费花完了，我没有钱吃饭了，最后两天，我一天就吃了一顿饭。后来晚上我与舒香姐通电话的时候，我就突然昏倒了。还是同学们把我送到了医院。舒香姐可能是在电话里听见我出事了吧？

舒　香　是的，我在电话里听见周围的同学说：快送医院，快送医院，我就知道出大事啦。

黄春花　后来舒香姐就来电话寻问我是怎么回事儿？我就如实说了：由于没有饭吃了，我饿昏了。舒香姐是个有心人，后来她就每两个月给我寄来十块钱，平均一个月五块钱，我没有记错吧，舒香姐？

舒　香　春花，不说啦。

黄春花 没事儿聊天嘛。一个月五块钱，在今天说起来不算什么，可是在我们上大学的年代，五块钱就差不多够我吃十天饭啦。我一个月也吃不了二十块钱的饭钱。舒香姐，那个时候你的父母一个月给你寄多少钱的生活费？你一直对我保密，从来也不告诉我，今天已经事过多年，你要对我说实话。

舒　香 当时我的父母一个月给我寄二十块钱，十五块钱的生活费，五块钱的零花钱。

曾　光 舒香，当时你的父母一个月给你寄二十块钱，你就给春花寄五块钱？

舒　香 是呀，好朋友有困难了吗？能帮就帮一把。什么叫好朋友，好姐妹呀？

曾　光 后来呢？

黄春花 后来舒香姐就一直给我寄生活费，我说不要她也寄，大概寄了有两年的时间吧？

舒　香 我也忘记了。

黄春花 足有两年的时间，也就是我上大四了，还有最后一年要毕业了，我才不要舒香姐给我寄的生活费了。

曾　光 你为什么不要她的生活费啦？

黄春花 因为我有对象了，有人愿意给我钱，有人愿意给我生活费了。

曾　光 你那么早就谈恋爱啦？

黄春花 我谈对象早吗？我已经大四啦，二十多岁啦，我们大学的同学有百分之六十的女生都找对象啦，丘比特之箭才射到我头上，我不算早啦。

曾　光 你找了对象，人家就愿意给你生活费啦？

黄春花 是呀，他愿意呀，他追我。

曾　光 他现在就是你老公？

黄春花 对，他后来就是我的老公，我一辈子就找了一个对象，结果就成啦。

宋丹心 春花，你也太容易叫人追到手了吧？

黄春花 丹心姐，我当时的条件不能跟别人比呀，我十分清楚我是一个农家姑娘，自身条件有限，我知道自己虽然长得不丑，可是我也长得不是光彩照人。所以有人追我，我也就心满意足啦。

宋丹心 你找的对象是你的同学吗？

黄春花 是的，我找的对象是我的同班同学。他是广东人，是个又小又瘦的小广东，是我们班姑娘瞧不起、看不上的男生，当时的流行话叫三等残废。他长得太小了，像中学生一样，不过他长出灵气来了。他开始追求我的时候，我也有一点看不上他，因为他长得还没有我高。我的身高是一米六五，他的身高还不到一米六零。不过他为人挺聪明的。我说的不是他学习聪明，而是他追求我的时候聪明。

宋丹心 他是怎样追求你的？

黄春花 他看到我经常一个人吃饭，躲着同学们，随便买两个馒头或者是四两米饭，加上一个素菜，就是一顿饭，他就主动接近我，经常在我到食堂吃饭的时候，他就主动坐到我面前来，给我加一点菜。后来时间长了，我就被他的真情所打动了。人心都是肉长的，人家长时间帮助你，哪能不领情呢？后来我就接受了他的追求，我认命啦。因为我十分清楚，我的家庭条件不允许我找对象挑三拣四的，大学毕业之后我就想把自己嫁出去，帮助家里减轻负担，帮助父母养活弟妹们。

宋丹心 所以你们就相爱啦？

黄春花 是的，我们恋爱了。我们的初恋不是感情，而是互补，他对我是追求，我对他是感激。他看到我每天吃饭都非常节俭，人瘦得像干树枝一样，他就主动为我买饭，补充营养。我开始还觉得不好意思，后来也就慢慢接受了，习以为常了。因为人与人之间的感情都是慢慢相处出来的，慢慢升温的。他后来向我表明了爱上我的心情，我也就慢慢喜欢他了。他除了人长得小，像小猴子一样，没有其他毛病。我后来不让舒香姐给我寄钱了，就是我的对象帮助了我。同学们都喜欢叫他小广东，其实他人还是挺好的。我找他找对啦。他的本名叫叶中青。大学毕业之后，我们两个人就结婚了。

宋丹心 你们大学毕业到法定年龄了吗，就结婚？

黄春花 他比我大，他的年龄比我大多啦，他大我五岁。

宋丹心 他比你大五岁呀？

黄春花 是的，我找了一个老大哥。本来我大学毕业的时候，是可以继续考研的，可是我的家庭不允许，我也就放弃啦。叶中青学习方面不如我。大学毕业之后他请求我跟他一起去广东，我也就同意了。因为他的家就是广东深圳的，当时的深圳被邓小平定为特区还不到两年的时间。我是怀着好奇心跟着他到广东深圳去的，我想去看一看经济特区到底是个什么样儿？

曾　光 你们大学毕业就跑到深圳去啦？

黄春花 是的，大学毕业之后，我们就跑到深圳结婚啦。我随丈夫把家安在了深圳。

曾　光 当时的深圳什么情况？

黄春花 当时的深圳还是一个乱七八糟的小渔村，沙头角工业区还是一个刚刚挂牌的荒地，大规模的建设还刚开始起步。不过由于占地的关系，深圳本地人已经明显比我们内地人有钱了，生活比我们过得好多了。我和叶中青结婚之后是住在他父母家里。他家的房子是新盖起来的一座小二楼。这是深圳人第一批自己家盖起来的住房。我跟叶家人住在一起虽然不宽松，不过还是觉得条件挺好的。我嫁到叶家之后，我和叶中青就分配到蛇口工业区工作，当时拿的钱也不多，一个月也就五十多块钱吧，不过要比内地人的工资高出一点了。春暖花开的时候，我和叶中青就从深圳跑回来，回到了生我养我的地方凤凰山，回家来看望我的父母，看望我的家人。女儿结婚了嘛，我自然要跑回家来向我的亲人报个喜。我的家依然是贫穷的，没有什么改变。不过政府把进山的公路修进了凤凰山，这让我感到非常的惊喜，当时修建公路主要是向外面运输木材的。公路经过我家门前，这是我回家之后看到的唯一变化。回家里住了几天，我觉得我应该为家乡做一点什么。可是做什么呢？我也想不出来。有一天晚饭后，我和叶中青到河边去洗澡。因为五月的天，河水也不凉了，广东人有每天晚上冲凉的习惯。可是我的家里又没有冲洗间，我们两个人只能到河里去洗澡。面对家乡的山水，我问叶中青：“你说我们这个地方山清水秀的，干点什么可以发财？”

他笑着回答说：“这个地方可以养鱼。”

“废话，大河奔流，我也知道可以养鱼。我问的是除此之外还可以干点什么？”

他想了一下，对我说：

“我觉得你们这个地方可以种水果：种樱桃、种草莓、种桃子、种橘子、种猕猴桃等等。”

“种水果？”

“对呀。我外婆家也是山区，不过没有你们这里的山高，也没有你们这里的山大。我外婆家的房前屋后都种的是水果，每年长得可好啦。我原来小时候经常到我外婆家去吃草莓、吃樱桃、吃橘子。我看你们这里的山地没有种东西，有点可惜，不如在山上种一些樱桃树、水果树，将来不说卖钱，至少自己家人可以吃吧？”

“嗯，你说的有道理。”

“你想干什么？”

“我想回家来干一点事情，你愿意支持我吗？”

“你叫我想一想吧。”

他当时没有给我答复。我们到处转了几天，看了几天，他什么话也没有说。我是想呢，要为家里人做一点事情，改善一下我家里人的生活条件，为家里人谋一条出路，不能这样穷下去。我虽然结婚了，不用父母养了，可是我的弟弟妹妹们还要父母养活，我当大女儿的应该为家里排忧解难。当时我只有想法，没有规划。有一天，父亲回家来对我们说，大队的鱼塘和水库要承包给个人了，可是大队的人没人愿意承包，大队的开价太高啦，每年要向大队上交一万块钱。一万块钱，当时对我们凤凰山的农民来说是一个天文数字！我对此产生了兴趣。我叫上叶中青到水库、鱼塘去转了两天，我就问他："中青，如果我要让我父亲把大队的水库和鱼塘承包下来，你愿意帮助我吗？"他说："可以考虑，需要回家跟老父亲商量一下。"

叶家是他老父亲当家。深圳人改革开放的早，胆子还是要大一些。我们两个人回到深圳之后，他就对他的老父亲说了我们家水库和鱼塘承包的事儿。他跟老父亲算了一笔账，水库有多大，鱼塘可以养多少鱼，需要投资多少钱，一年大概能收入多少钱等等。大家都说小个子聪明，光长心眼不长个子，可能也有一定的道理。他把他的老父亲心眼儿说活了。他父亲问他："谁愿意去干这样的事呢？""爸爸，我想跟春花回去，跟她家里人一起承包下来，干两年试一试看。"

我老公公一听就明白了，这是儿子和儿媳妇提前商量好的，意思就是问他老人家要钱。我老公公想了三天，最后给我们答复了：愿意出资一万，成不成也就是一万块钱，成了收回成本，败了就算啦。当时深圳的开发商占地可能给了叶家一笔钱，有多少我不知道。不过他的老父亲同意出资支持我们，我感到很高兴。虽然老人家拿出一万块钱来也有一点心疼，但是叶中青的父亲脑子还是比较活的，因为他也在深圳跑生意，当小老板，所以他还是见过世面的。不过老公公把丑话说在了前面，如果我和叶中青事业干成了，他要百分之五十的股份。这是我人生第一次看到儿子和老子在投资方面签合同，我觉得还是一件怪事儿，我当时非常不理解。

曾　光　还有这种事儿呀？儿子和老子也算得这样清楚？

黄春花　这就是生意人的精明之处，改革开放之初，中国人跟香港人学会了做生意，也就学会了签合同，亲兄弟也要明算账，一点也不马虎。我和叶中青拿着他父亲给我的一万元现金就从深圳返回来了。一万元现金当时真不是小数目。我们回到了凤凰山，又冷静下来想了两天，才找到大队书记去签合同。改革开放之初，大家真是不会做生意，都是“摸着石头过河”。我们找到严书记，与大队签定了一年的承包合同，先向大队会计交了两千元的定金，后面的八千块钱到一年时结算。双方合作十分满意。接下来，我们就用手中的八千块钱买了两万尾草鱼苗，放进了水库和鱼塘中。叶中青还买了一辆幸福牌大摩托车，同时买了一台小水泵，我们就干劲十足地干起来啦。我发动全家人起来跟着我和叶中青一起养鱼，我父母和我的弟弟妹妹们积极性也很高，全家人也都听我指挥，我叫他们干什么他们就干什么，包括叶中青也一样听我的。养草鱼嘛，需要喂草，也不用喂其他东西，我就天天叫家里人上山打草，投进水库、鱼塘里喂鱼。我和叶中青又专门看了一些养鱼的资料，学着用科学的方法养鱼。我们还用了一点钱，跑到叶中青的外婆家去，买回了一些樱桃树苗、草莓种子、橘子树苗回来，栽培到了我家的房前屋后山坡上面。我们还留了一点资金以备他用。当时的一万块钱，还真是可以办不少事情。我们全家人忙得脚打后脑勺，辛苦了大半年的时间，到年底临近春节的时候，我们全家人把水库和鱼塘里的鱼全部打捞起来，叶中青开着摩托车，带着我弟弟一起，天天驮着鱼拿到城里去卖，结果非常不错。一个月的时间，我们家卖了有六万多斤鱼。赚了有四万多块钱，除去成本费用，全家人还赚了有两万多块钱。全家人那个高兴啊！我们贫穷的家，成了万元户啦，成了凤凰山最有钱的人，老乡们那个羡慕呀，那个眼红啊，把我们家的事情都传神啦。第二年，我们全家人更有经验了，把头一年赚的钱全部投进去了，结果连本带利，我们家又多赚了有五万多块钱。我们全家人也就更有信心啦，家庭也开始发达起来啦。我想，我们全家人光搞水库和鱼塘也不行，再加上一点其他生意吧，我们接着又在水库里放养了一批甲鱼苗，结果第二年就有收获了。水果方面我又从外面引进了猕猴桃、苹果等，结果也引种成功啦。三年之后，我们家的果园也开始卖钱啦。凤凰山的老乡们也变得聪明了，他们看到我们家发达起来了，也跟着我们家人学种水果。大家都是贫苦的农民，人家有求于我，我也愿意帮忙。就这样，家家户户就跟着我们学种樱桃、草莓、橘子、苹果、猕猴桃等等。全大队的人都学着精心培育果园，我们凤凰山的果园也就发展起来啦。如今的凤凰山，已经成为远近闻名的花果山啦。乡亲们已经认定了，跟我学，会赚钱的。这是大队严书记对老乡们说的。他老人家的嘴到处为我做宣传，逢人便说，我们家去年赚了多少多少钱，前年赚了多少多少钱，结果严书记的话是越传越广，越传越神，传得十里八乡的人都说我们家是百万富翁啦。

曾　光　春花，你们家是有百万了吧？

黄春花　其实我们家头三年也没有赚多少钱，不过三万、五万还是有的。但是我们家有九口人，全部上阵了，一年赚个三五万也不算什么，平均下来一个人一年赚了还不到一万块钱，这就传得不得了啦。当然啦，我承认，我们家现在赚得钱是比过去多一些了。八年的时间过去了，我们凤凰山满山遍野都是花果啦。经过全大队两千多人的共同努力、共同开发，我们凤凰山现在是家家卖草莓、家家卖樱桃、家家卖橘子、家家卖苹果、家家卖猕猴桃。如今我们凤凰山的农民确实比以前富有了，我们的名声也传出去啦。现在我们每年的春、夏、秋，水果季节，到我们这里来买货的人络绎不绝。城里的人到我们这里来，一方面是买水果，一方面是来踏青游玩，也有人是来钓鱼休闲的。再过十年，你们再来看，我们的凤凰山一定会比现在变得更漂亮、更迷人、更好玩！

曾　光　春花，你回家来创业到现在，工作也一定很辛苦吧？

黄春花　是的，曾光大哥，我的工作是很辛苦，但是也很快乐，我们挣得是辛苦钱，但是我们的家也脱贫致富啦，我的父母和弟妹们过上了幸福的生活，这也是我最宽心的事情。我的创业经历还算成功吧。请喝茶。

[这时黄春花的丈夫叶中青从外面回来啦。]

叶中青 哟，春花，家里来客人啦？

黄春花 是的，中青，这都是我的老朋友，认识一下吧，曾光大哥、丹心姐，舒香我就不用介绍啦。

叶中青 你们好，我听春花过去说起过你们。

黄春花 这是我丈夫叶中青。

曾　光 你好！

叶中青 认识你们很高兴！

宋丹心 你好！

叶中青 请坐，不要站起来。

黄春花 中青，这就是我以前最尊敬的朋友们。

叶中青 欢迎，欢迎，欢迎你们到家里来作客呀！

宋丹心 春花，你们有孩子了吗？

黄春花 还没有，从结婚到现在，光忙于创业和工作去啦，孩子也没有要。不过后面轻松下来啦，我们也准备要孩子啦。

曾　光 你们也挺不容易的，结婚有十年了吧？为了发家致富，还没有要孩子？

黄春花 是的，一天到晚瞎忙，有干不完的工作，干不完的事情。中青，今天的工作忙完了吗？

叶中青 忙完了。我的太太，今天我要累死啦。

黄春花 我看你还站着说话呢。

叶中青 今天上午来了好多人哪，都是来买樱桃的，来买草莓的，满山遍野都是人哪，进来的路上车都堵塞了，警察都跑进来疏导交通啦。

黄春花 有那么多人吗？还没有到“五一”呀。

叶中青 有些工作单位可能是提前放假了，今天天气又好，来玩的人特别多，有来买水果的，有来春游的，有来钓鱼的。我们家楼上的六间客房都订出去啦。

黄春花 楼上的客房都订出去啦？

叶中青　都订出去啦，是来钓鱼的，晚上不走了，说是要住下来，玩两天。

黄春花　我晚上还有两家的客人要安排呢，我不是打电话告诉你了吗？

叶中青　我已经安排好了，专门为你的客人留了两套最好的客房，你放心吧，你丈夫我办事儿不会出错的。

黄春花　谢谢你，亲爱的，你去给我的客人做饭吧。

叶中青　是，太太。

黄春花　要做你最拿手的。

叶中青　当然啦，一定的，你的朋友都是贵客。

黄春花　不要忘记了两道菜：野猪肉，娃娃鱼。

叶中青　好。你们坐吧，我去给你们炒菜做饭去啦。

［叶中青转身下。］

宋丹心　春花，你的丈夫人真好，真听你的话。

黄春花　是的，丹心姐，我丈夫除了长得不体面，没有男子汉、大丈夫的气派，其他方面哪儿都好！

宋丹心　春花，晚上吃过饭了，我们走，还是不住在这儿了。

黄春花　不行，既然来了，就要安心住下来玩两天。晚上吃了饭，我带你们去参观一下我们凤凰山十年来所发生的变化，景色还是很美的哟！

［众人笑起来。］

第五场

还是黄家一楼的大客厅。夜来了，舒香和黄春花坐在客厅的两个单人木椅上，一边吃着樱桃、吃着草莓，一边随意地聊天。客厅里的灯光不是很亮，因为晚上到了人们睡觉的时间了，所以客厅灯光开得不多，或者可以说灯光有点暗淡。两个女人随便说着家常话。

黄春花　舒香，你买房子了吗？

舒　香　还没有。

黄春花　你为什么还不买房子呢？

舒　香　因为我们学校不分福利房了，只有花钱买商品房。

黄春花　商品房你也应该买一套，你不能总是跟儿子住在学校的单身公寓里吧？

舒　香　我也想买房，可是我买不起呀，我一个月挣三百来块钱，哪儿有钱买房子？

黄春花　你买吧，钱不够，我支援你，我借你钱买房。

舒　香　我不要。

黄春花　我不要你还。

舒　香　那更不要。

黄春花　舒香，你到底是怎么想的？

舒　香　我想过几年有了钱再说吧。

黄春花　舒香，你听我的，买房子不要等，以后的房子会越来越贵的。国家现在刚开始实行商品房，房价肯定是老百姓能接受的，以后房子会长价、会升值的。

舒　香　算啦，我先不考虑房子问题啦，有个单身公寓住着也不错，我还是攒钱留着以后给我儿子上大学吧。

黄春花　你这是糊涂观念，你应该买房子，以后再攒钱供你儿子上大学。

舒　香　我买房子钱不够，我还要从银行贷款，我不想借贷买房子。

黄春花　你借贷买房子怕什么呢？

舒　香　我怕生活压力大，借贷过日子难受。

黄春花　你呀，在大学里当老师真是当傻啦，从银行借钱买房子这是好事儿。

舒　香　借钱过日子还是好事儿？我接受不了。

黄春花　舒香，你的生活观念应该改变了，西方人都是借贷买房子。要不这样好不好？你从银行借贷买房子，我帮你还贷款好不好？

舒　香　不要。

黄春花　我的舒香姐，你怎么这样傻呀？

舒　香　我这个大学老师肯定是不如你这个当老板的聪明。

黄春花　笨蛋，还不听我的劝。

［这时曾光从楼上抽着烟下来了。］

曾　光　舒香，春花，你们还没有睡呀？

黄春花　现在几点钟啦？

曾　光　快十点钟啦。

黄春花　时间太早了，还睡不着。过来坐一会儿，曾光大哥，吃点樱桃、草莓吧。

曾　光　我抽烟，可以吗？

黄春花　你抽吧，我无所谓，我不怕烟味。

舒　香　我不喜欢烟味，我怕吸二手烟。

曾　光　那我就尊敬女士，不抽啦。

舒　香　你嘴巴说得好听，你是不是在宋丹心面前不敢抽烟，跑出来过烟瘾来了？

曾　光　是的，她也反感烟味。我在她面前抽烟就像犯人一样。

舒　香　那你就最好不要抽了，抽烟也没有什么好处。

曾　光　我也知道抽烟没有什么好处，可是我扔不掉，我大脑想问题的时候必须要抽烟。

黄春花　已经晚上十点钟了，你不睡觉，还想什么问题呀？

曾　光　我晚上十二点以前是不睡觉的。

黄春花　为什么？

曾　光　因为我要写东西。

黄春花　写东西？

舒　香　他喜欢文学。

黄春花　噢，我好像听你说过。曾光大哥，你还有这样伟大的梦想啊？

曾　光　我是无聊，打发时间。

舒　香　他上中学的时候就梦想当作家。

曾　光　老同学，还是你了解我呀。

舒　香　你跑出来抽烟，是丹心睡啦？

曾　光　是的，她和我的女儿睡下啦，她们每天都是十点钟之前睡觉的。

舒　香　女人是应该十点钟之前睡觉。

曾　光　那你为什么十点过了还不睡觉呢？

舒　香　我是晚上备课习惯了，也是十二点钟以后睡觉。

曾　光　你的儿子长得真可爱，像你啦。

舒　香　是吗？谢谢。

曾　光　你们聊天聊什么？我一个大男人可以听吗？

黄春花　当然可以听，我们又不是说女人的事情。

曾　光　舒香，你的教师工作累不累？

舒　香　大学老师嘛，就是备好课，给学生们讲好课，脑子累、心累。

曾　光　那就跟我写作一样，脑子累、心累。

舒　香　差不多吧，都是属于脑力劳动者。

黄春花　对啦，舒香，我有一件事儿想求你帮忙。

舒　香　什么事儿？你说吧。

黄春花　我想请你寒暑假过来帮忙，到我们的凤凰山学校来工作，怎么样？你愿意过来帮助我吗？

舒　香　我到你们这儿来能干什么工作呀？

黄春花　我想请你过来当老师。

舒　香　请我过来当什么老师呀？

黄春花　当然是当学生们的老师啦。我现在是凤凰山学校的名誉校长，是大队书记聘请我当的，我多少也要为学校做一点实际工作吧。所以我想请你寒暑假来给学生们补习功课。我们凤凰山的学校太糟糕了，中小学没有一个好老师。舒香姐是大学的老师，我想请你来到我们这里为中小学的孩子们补习英语和数学课，一定可以把孩子们的学习成绩提高上来。

曾　光　舒香是大学的老师，到你们这里来当中小学的老师，岂不是大材小用了吗？

黄春花　是大材小用了。不过我愿意请她来当老师。我的小弟弟、小妹妹正在学校读初中，明年就要中考了，学习成绩是一塌糊涂，我也没有时间操心他们的学习，看到他们的学习成绩单，我就生气。为了山里的孩子们，我想请一些好老师来。

曾　光　春花，那你也不能请一个大学的老师，到一所山里的中小学校来当老师吧？

黄春花　曾光大哥，你不明白，我是寒暑假请她过来为孩子们补习功课。

曾　光　挣外块是吧？这是好事儿呀！

舒　香　这是什么好事儿呀？

黄春花　我是有意请你来当孩子们的辅导老师的。

曾　光　挣外块可以来。

黄春花　你看，舒香姐，曾光大哥也说可以来吧？

舒　香　他是说话不牙疼，不关他的事儿，他可以不负责乱讲话。

曾　光　舒香，寒暑假，你来挣外块有什么不好的？

舒　香　你不明白春花的意思。不是我不给你面子，春花，我明白你的意思。可是我还有儿子要教育、要辅导呢。

黄春花　你正好可以把儿子一起带过来度假，叫他一起参加补习班，这样你既当了你儿子的辅导老师，也当了其他学生的辅导老师，这不是一举两得的好事儿吗？

舒　香　这怎么可能呢，春花？我既当小学生的补课老师，又当中学生的补课老师，这好像是不可能吧？一个人的精力是有限的。

黄春花　这有什么不可能的？你上午开小学生的补习班，下午开中学生的补习班，寒假十五天，暑假三十天，我保证不会亏待你的，你要多少钱，我给你多少钱。

舒　香　春花，这不是钱的事儿，我真的是没有这样的精力。

黄春花　舒香姐，你就过来帮帮我吧，好吗？这里的孩子们英语和数学的成绩，实在是太差啦，我为他们着急呀。

舒　香　不行，春花，我不能答应你。

黄春花　舒香姐，你跟我还客气什么呀？

舒　香　这不是客气。

黄春花　舒香姐，咱们就这样说定了：寒、暑假你到我这里来，既可以为孩子们补习功课，又可以带着儿子来休闲度假，同时还可以挣一点钱，何乐而不为呢？

舒　香　春花，我谢谢你的好意，可是我不能答应你。

黄春花　舒香姐，你怎么能这样不给我面子呢？你要是不给我面子我可要生气啦。你寒假过来开补习班，十五天，我给你五千块钱，暑假过来为孩子们开补习班，三十天，我给你一万块钱，吃住免费。怎么样啊？我挣了钱总是要花的嘛。

舒　香　不行，春花，你就是说出花来，我也不能答应你，我实在没有这个精力。

黄春花　反正我的话是说明确了，你好好想一想吧，我给你时间。我要洗澡去了，你们聊吧。曾光大哥，我就不陪啦。

曾　光　再见。

黄春花　明天见。

［黄春花向两人打过招呼，起身走了。舞台只剩下舒香和曾光两个人了。］

曾　光　舒香，我就不明白了，你为什么不能答应黄春花的条件呢？寒假十五天，暑假三十天，你就能挣到一万五千块钱，这是天下难找的好事儿呀。

舒　香　你不明白，曾光，你不知其因，你也不知道是怎么回事儿。

曾　光　难道这里面还有什么秘密，还有什么神秘的交易吗？

舒　香　秘密倒没有，不过你不觉得她给我开的条件太过分了吗？

曾　光　太过分啦，什么意思？

舒　香　这样的好事儿，天下打着灯笼也难找吧？

曾　光　是呀，她给你开的报酬是太高啦，可是她愿意给，你也可以心安理得地接受嘛，这有什么不可以的？

舒　香　曾光，你知道春花为什么要给我开这么高的报酬吗？

曾　光　她有钱吧。

舒　香　她有钱，她也不会随便给人吧？

曾　光　是的，她也就是对你如此吧。

舒　香　我们刚才聊天的时候，聊到了买房子问题。她问我买房了没有？问我有没有属于自己的房子？我告诉她，我没有买房子，我买不起，买房子要贷款，我觉得有压力，所以暂时不想买房子。她说我傻，叫我回去买房子。她要拿钱给我，你说我能要吗？我不能靠她的施舍过日子吧？

曾　光　对，你的想法是对的，什么事都要靠独立自主。

舒　香　我不要她的钱，她就想到了寒、暑假要请我到凤凰山来给孩子们开补习班的点子，实际上是要变相给我钱，我心里明白，可是我好意思要吗？我的儿子现在还小，不买房也不要紧，我跟儿子两个人，居住在学校教师的单身公寓里，一间房子，还有一个可以做饭的小阳台，条件还算可以，过得去，暂时不需要买房子。

曾　光　噢，原来是这么回事儿。

舒　香　你不知道原委，跟着乱掺和。

曾　光　对不起。舒香，你过得还好吗？

舒　香　一个可怜的女人，带着一个孩子，你说能过得好吗？

曾　光　舒香，你怎么啦，我的话伤到你了吗？

舒　香　没有。

曾　光　没有，你怎么要哭啦？

舒　香　我是谢谢你还如此关心我……

曾　光　舒香，你的丈夫真的死了吗？

舒　香　死啦，他在我的心里早已死啦。

曾　光　什么时候死的？

舒　香　孩子还没有出世……

曾　光　舒香，我能问你一件事儿吗？

舒　香　你问吧。

曾　光　我想问……你当年为什么就突然不理我啦，是因为我没有考上大学吗？

舒　香　丹心没有对你说过吗？

曾　光　丹心？没有，她什么也没有对我说过。

舒　香　这件事过去好多年了，不说了……

曾　光　你应该告诉我，我想知道。

舒　香　丹心为什么不告诉你？

曾　光　我们之间的事儿，跟她有关系吗？

舒　香　当然有关系，她应该告诉你的。

曾　光　可是她没有对我说过……

舒　香　你跟丹心过得还好吗？

曾　光　还可以，过得还算安宁吧。

舒　香　你们过得幸福吗？

曾　光　怎么说呢？有幸福，也有不幸福的时候。

舒　香　你们两个人吵架吗？

曾　光　夫妻之间哪儿有舌头不碰牙的？

舒　香　你们是幸福的，我过了这么多年，连一个吵架的人也没有。

曾　光　你和你丈夫之间到底发生了什么变故？

舒　香　我说过他死啦。

曾　光　不，他没有死，你说他在你的心里早已经死啦，也就是说他人还活着，对吗？

舒　香　你还是如此聪明。

曾　光　你能告诉我，你和你丈夫之间到底发生了什么？

舒　香　我不想回忆过去，回忆过去太难受啦。谢谢你还关心我，我和丈夫已经离婚啦。

［舒香站起来，拿出手帕来擦眼泪。］

曾　光　你和丈夫什么时候离婚的，结婚不久就离婚啦？

舒　香　是的，结婚不久就离婚啦。

曾　光　为什么？

舒　香　男人嘛，不就是花心嘛。

曾　光　你碰到陈世美啦？

舒　香　是的。

曾　光　你怎么会是这样的命呢？

舒　香　谁知道呢？一个女人带着孩子过得可真难哪！

曾　光　你大学毕业就结婚啦？

舒　香　是的。

曾　光　然后呢？

舒　香　然后就稀里糊涂受骗啦。

曾　光　怎么会稀里糊涂受骗呢？

舒　香　女人哪，都是不幸的动物。我一生最美好的时光就是跟你在一起谈情说爱的时候。

曾　光　我当时也是非常爱你的。

舒　香　可是命里注定了，我们一辈子没有缘分。

曾　光　是你不理我的。

舒　香　是呀，当时我太傻啦。

曾　光　是不是因为我没有听你的话考大学，你就生我的气啦？

舒　香　不是的。

曾　光　那是什么原因？

舒　香　是因为宋丹心。

曾　光　因为丹心？

舒　香　是的。我们之间的感情太深啦。从我们的父母带我们进山，来到没有人烟的荒山野岭建设汉水城，从我们两家人一起住老乡房，到我们一起上学，一起下乡，多少年的感情啊？现在回想起来，那是我一生中最美好的光阴啦。

曾　光　那时候生活可挺苦的。

舒　香　可是我们的精神快乐呀，心里幸福啊！我现在经常想起我们小时候一起上学的情景，经常想起我们一起下乡在凤凰山的生活，经常想起我们在一起谈情说爱的那些往事。可是人生有些时候命运就是阴差阳错的，我们没有成为夫妻，这也是我一生中最痛苦的事情！我知道你爱我，我也爱你，我如果跟你结婚，我相信你绝对不会抛弃我的。

曾　光　可是你为什么突然不理我了呢？

舒　香　因为中途杀出来一个宋丹心，她也莫名其妙地爱上了你。我和她是多么好的姐妹呀！我们相爱的时候，她痛苦，她难过。我上大学之后，她就坦率地对我说，她也爱上了你；她写信请求我跟你断绝关系。我怎么办呢？我思来想去，还是成全你们吧。

曾　光　你为什么不写信告诉我呢？

舒　香　我写信告诉你有何用？你们还在凤凰山的一个家庭里生活，朝夕相处；而我呢，又远隔千里，跟你只能鸿雁传情，书信往来，这种牛郎织女般的爱情虽然美，如诗如画，充满了诗情画意，但是又难得见上一面，这样的男女之爱早晚也是要出问题的。两地相思，异地相恋，最后的结局往往是以伤心痛苦的悲剧收场的。我冷静地想了想，还是算了吧，我主动让位吧，时间长了我是争不过丹心的，因为她就在你身边。从此以后我就不理你了。你给我的来信，我只能收起来，当做美好的回忆。其实我跟你中断恋爱关系，我心里也是非常痛苦的，因为我知道你，我了解你，我们两个人是属于同一类型的人，跟宋丹心是明显不一样的人，她是个不思进取的人，我们是有野心有梦想的人。

曾　光　你说得对。

舒　香　可是她生活在你身边，我人不在，这也是非常现实的问题。她在凤凰山过得太苦了，她需要有一个爱护她的人，需要有一个保护她的人，我也只能选择退出了。因为这样下去对我们三个人都是不好的。她跟你在一起，时间长了，她肯定会征服你的心。我们相离太远了，时间长了，我肯定会失去你的心，这样情场上的竞争，对我来说是明显不利的。我有自知之明，所以我也就不挡在你们中间了，我只能接受现实。所以我跟你断绝关系也是极不情愿的，但是我必须要做出明智的选择，我就这样中止了与你的联系。我不知道当时你是什么心情，你是如何想的？反正我的心情是非常痛苦的，我知道你不是一个普通的男人，我了解你。你可能会恨我吧？

曾　光　我为什么要恨你呢？

舒　香　因为我伤了你的心。

曾　光　我就是不解其中之谜。

舒　香　不过，我想你是一个男人，身边有一个姑娘爱着你，你也不会伤心太久的。我们女人就不一样，我可是伤心了好长时间呢，至少有两年的时间还想你。可是这又能怨谁呢？我只能转移感情，忘记你，切断与你的一切联系。

曾　光　后来你就又找人啦？

舒　香　是的。我上大三的时候，有一位大师哥喜欢上了我，他想方设法追求我，给我借书啦，热心帮我在图书馆占座位啦，等等。我看他的外表还行，长得人模人样的，学习也挺勤奋的。就是有一点我不太满意，他油嘴滑舌的。他嘴巴可会说啦，见人说人话，见鬼说鬼话。他的特长是会搞外交，对有用的人就巴结。他比我大四岁，属于回乡的知识青年，家还是农村的，在家乡小学当过几年教师，我们是同一批考上大学的。大学毕业以后，由于我们的学习成绩都非常优秀，所以我们两个人就同时留学校当老师了，只不过他是教学生理科类的老师，我是教学生文科类的老师。因为我们从学生到同事，其间相知也有两年了，我们就顺理成章地拿结婚证了。我们两个人找学校要了一间单身公寓，准备举行婚礼，他出国了。因为他很会来事儿，他在学校毕业工作了还不到一年，就得到了学校公派出国的机会，他是靠请客送礼的手段达到自己目的的。

曾　光　那个时候请客送礼就好用啦？

舒　香　这不稀奇，中国人经历了两千多年的封建社会，不论什么朝代，也丢不掉过去封建传统的恶习；聪明的人，会请客会送礼的人，不论处在什么社会，都是吃香的，玩得转的，受人欢迎的。有哪个领导不喜欢下面的人拍马屁？不喜欢下面的人送礼呢？所以他毕业工作了不到一年，就得到了去美国的机会，时间是一年。不过他不是去留学，也不是去读研，他只是到美国去相当于进修。他走了，可把我害苦了，他不负责任地叫我怀了孕，怀上了他的孩子。他出国的时候就没有打算回来，因为那个时候中国高校的青年教师，到国外去已经看到了外面的灯红酒绿、荣华富贵，他们的心也开始变了，跑出国门就不想回来了。这样以来，我在学校就倒霉啦，因为我们已经领取了结婚证，属于夫妻了，学校的人也都知道我怀上了他的孩子。他到外面去学习工作一年的时间到了，他本来应该按照学校的规定回来的，可是他不回来了，学校就拿我问罪。当时的社会环境还不像现在这样宽松，对出国跑出去的人已经司空见惯，不回来也觉得无所谓。那个时候可不行，那个时候中国的社会环境还没有从“无产阶级文化大革命”的运动中走出来。他花了国家的钱，花了学校的钱，跑出去不回来了，这是十分严重的问题，学校就把我当坏分子一样对待了。

曾　光　学校能把你怎么样？你是一个无辜的女人。

舒　香　我是他的老婆，是他的妻子，就要受到牵连。他人在国外不回来了，学校拿他是没有办法，可是我人在学校，学校的领导就拿我开刀，叫我写信劝他回来，学校是想利用我逼他回来。可是那个王八蛋在外面心野了，学坏了，又找女人了。我写了多少封信叫他回来，他也不听我的。我告诉他，我们有儿子了，也打动不了他的心。他还反过来劝我想办法出国，可是我怎么可能跑得出去呢？那时候出国又不像现在这样来去自由。

曾　光　你就一点办法也没有吗？

舒　香　一点办法也没有。他人不回来，学校就开始采取措施整治我们了；一方面是从他的工资里面扣除他出国一年学校为他所花的一切费用，把他的工资扣光了。从另一个方面，学校还把我调离了教师的工作岗位，分配到学校的清扫队去，跟学校的临时工一起扫大街、扫厕所。我一个人带着孩子，我就像学校的劳改分子一样，在学校里抬不起头来。

曾　光　你太可怜啦。

舒　香　你说我招谁惹谁啦？我谁也没招，谁也没惹，可是命运却落到了这样的结果。学校里什么好事儿也没有我的，学校的教职工长级、长工资没有我的份儿，学校的教职工分房子也没有我的份儿。我就是学校不挂牌、不挨批斗的五类分子。我成天以泪洗面，面对可爱的儿子，有苦说不出来。我还不敢回家来对父母说，对家里的亲朋好友说，因为这不是什么光彩的事儿，亲朋好友又帮不了我的忙，我只能自己扛着，自己默默地忍受一切苦难。后来我们学校还有出国工作的教师，他们到美国见到了我丈夫，回来之后对我说，那个王八蛋又在美国找了一个姑娘同居了，并且有了孩子。我的心碎了。

曾　光　你这时候想到离婚啦？

舒　香　是的。我写信要求他马上回来离婚，可是他又不敢跑回来，他怕跑回来学校找他的麻烦。知识分子的本性，多数是胆小如鼠，自私自利。我们的事情就这样拖着，说是夫妻，我什么好光也没有沾上。他在国外又是找小的，又是生儿育女的。我在国内拖着一个孩子，又受苦又受罪，学校的领导还把仇恨转嫁到了我头上。你说我是什么命吧？我为什么当年要考大学呢？我当年带着美好的理想走进了大学的校门，最后得到的结果却是如此的倒霉。有人说，现在的社会知识分子都是幸运儿，其实对我来说不是的。我当年如果不考大学，我也不会过得这样惨，不会活得这样累！

曾　光　不要哭了，舒香，喝点水吧？

［曾光站起来，走到她面前，为她敬上茶水，同时给她送上了纸巾，请她擦眼泪。她接过了茶杯和纸巾，一边擦眼泪，一边往下说。］

舒　香　为了改变自己的命运，我只能一边带着孩子，一边学习考研。可是我又不敢像大学毕业生一样，考全脱产学习三年的研究生，我只能考学校教师在职的研究生，因为我还有儿子要养活。结果三年在职研究生读下来，我又去找学校的领导要求回教师岗位工作。学校的领导也并不是小人之辈，还是有一些心地善良的领导，还是有一些同情我的人，他们也觉得整我整得太过分了。这本身不是我的错。后来学校的领导也就点头同意我回教师岗位工作了。可是我已经落在其他同仁的后面了，工资是最低的，房子也没有，我还是带着儿子住在教职工的单身公寓里。后来社会的政策环境宽松了，我那个王八蛋丈夫也从美国跑回来跟我闹离婚了。他已经跑回来，在北京定居了。他是美国一家商务公司的代表，可以说有钱了，还在北京买了房子，安了家。他出国我们拿结婚证的时候，我们的家庭什么东西也没有。他回来我已经把儿子养到六岁了。他既然同意回来跟我办理离婚手续，我就想找他要一点孩子的生活费、抚养费，好离好散，我的条件不算过分吧？

曾　光　不过分。

舒　香　可是，他答应得挺好的，他答应给孩子生活费、抚养费和后面的教育费等等，我也就同意跟他离婚了。

曾　光　他给你钱了吗？

舒　香　我愚蠢的地方就是我和孩子既没有拿到他的钱，也没有拿到他应该给孩子的生活费、抚养费和教育费，就跟他办理了离婚手续。我这个人还是太善良了。像我们这样在高校工作的老师，也没有什么花花肠子。我以为他有口头保证就会兑现承诺的。可是他把我骗了。事后他拒绝承认孩子是他的儿子，他也同样拒绝支付儿子的一切费用。你说他还像个男人吗？

曾　光　你可以到法院去告他！

舒　香　是的。我一气之下就把他告上了法院，要求他支付儿子的生活费、抚养费和教育费。可是这场官司一打就是两年的时间。

曾　光　一个离婚的官司，怎么会打两年的时间呢？

舒　香　我开始到法院起诉他的时候，接待我的法官对我还是非常客气的，信誓旦旦地向我表示，一定要为我做主，一定要用法律的武器为我主持公道、主持正义，我当时还满怀信心打赢这场官司，我还非常感激那位姓袁的法官一身正气。

曾　光　你认识法官吗？

舒　香　以前不认识。

曾　光　打官司是需要有人的。

舒　香　是呀，我原来没有经历过，也不知道国家的法律程序是怎么回事儿，只有边看书、边学习。法官先生长得胖胖的、肥肥的，看起来心宽体胖，挺有法官的尊严。可是我后来几次去找他，他说话的口气就变了，不像第一次接待的时候那样客气了，他还完全站在男方的立场上胡言乱语，说事情已经过去了，就不必扯皮了。而且他说话的口气对我冷淡下来了，慢慢变成了一种训斥我的口气，说我事后算账，纯粹是无理取闹。

曾　光　这是怎么回事儿呢？

舒　香　当然这里面有问题了。我虽然没有见过大世面，但是我还不傻，我知道袁法官一定是在背后叫我那个混蛋丈夫收买了，因为他就会搞请客送礼的名堂，我太了解他啦。可是我一个软弱无能的女人，在没有亲人的城市里，我找不到社会关系，而且也不会请客送礼，我实在感到很无助。我斗不过一个无情无义的小人，斗不过一个无耻的坏蛋，我心里有气，结果还把自己气病了。

曾　光　你怎么这样傻呀？气病了还是自己倒霉。

舒　香　是呀，我越想越来气，我不相信在中国的地盘上，我一个中国公民还斗不过一个假洋鬼子？他到美国去了六年，拿到了一张美国的绿卡，摇身一变成了美籍华人。法官就向着他说话了，我一个中国公民还没有讲理的地方了。我后来又继续上告，法院也怕我把事情闹大，就换了一个法官办理我们的离婚案，事情总算有了结果了。最后法院的判决下来：他支付了小孩十年的生活费、抚养费和教育费。

曾　光　国家的法律明文规定，他应该是支付小孩十八年的生活费、抚养费和教育费的。

舒　香　可是法官说，孩子是他的，也是我的，他有责任抚养孩子，我也同样有责任抚养孩子。法官就这样各打五十大板，官司也就这样了结啦。

曾　光　你那个混蛋丈夫总计赔付了你和孩子多少钱？

舒　香　小孩的生活费，加上抚养费和教育费，总计不到六千块钱。

曾　光　还不到六千块钱？算法不对吧？

舒　香　法官就是这样判的，小孩的生活费、抚养费、教育费，都是按照城市最低标准计算的。

曾　光　那你应该继续告他，继续上告呀！

舒　香　我还告谁去呀？继续告还有用吗？如今的社会是金钱万能的社会，谁有钱，谁会请客送礼，谁就有道理。我只有认倒霉啦。我一个女人，孤立无援，又不会请客，又不会送礼，又没有关系，一场离婚官司打了两年，我累得是身心疲惫。我认输了，我认倒霉了，我也没有时间和精力继续扯皮了。我婚后的生活就是这样的清苦，就是这样的不幸。我真的是活得很累很累，经常感到身心俱疲，这种苦，这种累，不是生活上的苦，也不生活上的累，而是精神上的苦、精神上的累。夫妻恩爱本来是人间最幸福的生活，最美好的情感，可是我婚后就没有得到过夫妻之间的恩爱，也没有得到过夫妻之间的幸福，得到的是精神上的痛苦和折磨。我的生活经历就是这样，既没有值得回忆的快乐，也没有值得回忆的幸福和美满。我的心灵变得麻木了。

［舒香伤心地讲完了她的故事，停下来，用纸巾继续擦眼泪。这时宋丹心穿着睡衣从楼梯上下来了。］

宋丹心　曾光，你还不回房间睡觉哇？

曾　光　现在几点钟啦？

宋丹心　已经过了半夜十二点了。舒香，你也不睡觉呀？

舒　香　对不起，时间太晚啦，我是该回房间睡觉啦。

曾　光　丹心，你怎么下来啦？

宋丹心　我已经睡一觉醒来了，发现身边没有人，我就下来啦。

曾　光　你睡你的嘛，我一会儿就上去了。

宋丹心　舒香，你在跟曾光说什么？还这样伤心？

舒　香　丹心，你不要介意，我在跟曾光说我婚姻方面的事情。不说啦，我该回房间睡觉了。明天见。

曾　光　明天见。

［舒香向曾光、宋丹心告别，上楼走了。宋丹心拉住了丈夫的衣服。］

宋丹心　曾光，你和舒香在说什么？是不是旧情复发啦？

曾　光　你说什么呢？

宋丹心　我已经在楼上听了半天了，她向你哭天抹泪的，你们之间好像有说不完的话，我要是不下来打扰你们，你们两个人可能要说到天亮吧？

曾　光　她向我诉说她生活中的不幸……

宋丹心　我也听到了。你是不是非常同情她，心里还想着她？

曾　光　不是的，你不要想多了。走吧，半夜了，上楼睡觉吧。

宋丹心　曾光，我希望你能对我说实话，你深更半夜的不睡觉，跑到楼下来听她讲述生活中的故事，你到底是什么意思？

曾　光　什么意思？什么意思也没有，就是聊天嘛。你不要疑神疑鬼的好不好？我的太太，深更半夜的你怎么莫名其妙地吃起醋来啦？

宋丹心　我知道你心里还喜欢她。我本来是不想到凤凰山来的，我对这个地方没有兴趣，我下乡的时候，当地老乡没有说我的好话，害得我最后一批才回去，我对这个地方一点好感也没有。可是春花邀请你和舒香来此游玩，我不放心，我怕你们闹出一点可笑的事情来，所以我才跟来的。

曾　光　你想什么呢？丹心，我和舒香之间已经是历史问题了，你还想那些事情干什么？

宋丹心　不是我要想，我知道你原来爱过她，心里还是有她，你要跟我说实话，你和舒香之间到底是不是旧情复发啦？

曾　光　没有的事儿，不是你想的一样。

宋丹心 这可说不上，你们两个人在一起，大晚上不睡觉，说起话来没完没了，这难道没有什么温情吗??

曾　光 亲爱的，你的脑子想问题想得太复杂了吧?

宋丹心 是我想的复杂吗?

曾　光 你不要神经过敏了，我亲爱的老婆。

宋丹心 你还知道我是你老婆?

［这时黄春花又来了。她已经洗过了澡，穿着晚上的睡衣上。］

黄春花 你们还在聊天呀?

宋丹心 春花，你也没有睡?

黄春花 我刚洗过澡。舒香呢?

曾　光 她已经上楼了。

宋丹心 春花，你还不睡觉?

黄春花 我是想睡觉了，我看到客厅的灯光还亮着，又听到了你们的说话声，我就过来了。

曾　光 春花，我想问你一件事情。

黄春花 你要问什么，曾光大哥?

曾　光 你在深圳有朋友吗?

黄春花 朋友当然有了，我在深圳不但有朋友，还有一个家呢，我的公公、婆婆、小叔子、小姨子，还有一大家子人呢。你要干什么?

曾　光 我想到深圳去找工作，你能帮我的忙吗?

黄春花 你想到深圳去找工作，这是真的还是假的?

曾　光 当然是真的。

黄春花 你想到深圳去工作是没有问题的。

曾　光 你敢保证我到深圳去找工作没有问题?

黄春花 我敢保证，不是问题。

宋丹心 你到深圳去找什么工作呀?

曾　光 你不要干涉我的事情。

宋丹心 春花，你不要听他的，家里有稳稳当当的工作，到深圳去找什么工作?他是饭吃多了撑的。

曾　光　我想到深圳去找一份好工作……

宋丹心　你想的事情太多啦，什么都想，胡思乱想。上楼睡觉去！

曾　光　你先上去吧，我要跟春花谈一谈到深圳找工作的事情……

宋丹心　不行，上楼睡觉去！到深圳找什么工作呀？你神经病吧！

曾　光　你不要干涉我的事情好不好？

宋丹心　我是你的妻子，是你的太太，我就要干涉你的事情！春花，明天我们就回家，不玩啦。

黄春花　为什么明天就要走？丹心姐，可以多玩两天嘛。

宋丹心　不玩啦，不能再玩啦，再玩下去他要学坏啦。走，上楼睡觉去！

曾　光　好好好，上楼睡觉，上楼睡觉。不说啦，春花，以后再说。

［宋丹心拉走了丈夫，拽着他回房间去睡觉。黄春花看着他们夫妻二人上楼走了，摇头笑了。然后她随手关闭了客厅里的灯，也回房睡觉了。夜深了。大幕落下来。］

第六场

曾光和宋丹心的小家庭，还是原来他们结婚的家，房间的家具也还是老家具。夜深人静，宋丹心和女儿荣荣已经在床上睡下了。曾光还坐在写字台前写东西。宋丹心在床上翻了一身，看了看还在写东西的丈夫。

宋丹心　曾光，你不上床睡觉，还干什么呢？

曾　光　你睡吧，我要写一点东西。

宋丹心　你还写什么？太晚了。

曾　光　你不要问了。

宋丹心　你写东西不能明天写呀？

曾　光　明天有明天要写的东西。

宋丹心　你在写什么？写日记，还是写小说？

曾　光　写日记。

宋丹心　亲爱的，我睡不着，我等你上床呢。

曾　光　你快睡觉吧，闭上眼睛，揉揉肚子，慢慢就睡着了。

宋丹心 我揉了有一百遍了，也没有睡着，我请你上床来。
曾　光 不要开玩笑啦，亲爱的，你快睡吧，不要打扰我的思路啦。
宋丹心 我看你不睡觉，写什么重要的东西？

[宋丹心从床上下来，走到了丈夫身边，想看丈夫写的东西，曾光却不给她看。]

曾　光 好啦，我不写啦，上床睡觉可以吧？
宋丹心 不，我要看你写的东西，你偷偷摸摸地写什么，还不让我看？
曾　光 我写的东西你不喜欢。
宋丹心 那我也要看，今天你写的东西好像挺神秘的，总是背着我。
曾　光 你看可以，但是看了之后不要生气。
宋丹心 好，我不生气，你拿来我看。
曾　光 好吧，请你过目。

[曾光把写的东西送给妻子看，宋丹心马上就惊叫起来。]

宋丹心 什么？辞职报告？
曾　光 是的，辞职报告，请你不要生气。
宋丹心 你疯啦？
曾　光 我没有疯。
宋丹心 你为什么要写辞职报告？
曾　光 因为我不想在山里干啦，我想到深圳去工作。
宋丹心 我看你是脑子有问题啦。
曾　光 我脑子没有问题。凤凰山之行对我的触动很大，对我的精神刺激也很大，所以我想辞掉工作，不干啦，到外面去找一份我喜爱的工作，能挣钱的工作。
宋丹心 你为什么不想在山里干啦？
曾　光 因为我不满意山里的工作，这样的企业对我来说没有什么好处。
宋丹心 可我们是大型国有企业！
曾　光 这样的大型国有企业，还是早一点离开的好，这样的企业对我们工人没有什么好处，也没有什么效益，看不到希望，也看不到发展的前景。像我这样的人，在这样的企业里工作不合适，不如到外面去闯一闯，到外面去见识见识。

宋丹心 我看你真是疯啦，脑子有问题啦！我们在山里的工作、生活不是很好吗？为什么对你就不合适，大家不都是一样的上班、工作、挣钱、吃饭、过日子吗？

曾　光 可是我不喜欢这样的企业，我不喜欢这样的工作，我不喜欢在山里这样地过日子，你明白吗？这不叫过日子，这叫混日子。

宋丹心 我不明白！

曾　光 你不明白，我就不跟你说了。

宋丹心 曾光，我就不懂你的脑子一天到晚在想什么？这样的企业就容不下你啦？我们的家就留不住你啦？稳稳当当的工作你不想要啦，我们的家你也不想要啦？

曾　光 家我还是想要的，但是我对工作不满意。

宋丹心 你有什么不满意的？一个人到哪儿不是挣钱、吃饭、过日子？

曾　光 可是我在这样的企业里无所作为，没有发光发热的地方，企业重用提拔的不是人才，而是溜须拍马的马屁精；当一个小班长，当一个小科长，都要靠有关系，有背景，或者请客，或者送礼，简直是可悲。不会来事儿的人，没有关系的人，没有背景的人，又不想请客、又不想送礼的人，既便有天大的才华，也得不到重用，也没有发光发热的工作岗位，也没有施展才华的舞台，所以我不想干啦，我想辞职，出去找一家能拖展我才华的企业，找一份我喜爱的工作。

宋丹心 我看你是有好日子不想过，吃饱了撑的，一天到晚就想没用的！

曾　光 你不理解我就算了，我还是要辞职的，我在这样的企业里工作了十多年，因为没有关系，没有背景，没有靠山，我也不愿意向那些低级下贱的小市民一样学习，逢年过节给领导请客送礼，争取谋个一官半职。所以像我这样的人，在这样的国有企业里是没有用武之地的，我只能选择辞职、离开。

宋丹心 你工作不如意，也不能随随便便辞职呀。

曾　光 我别无选择。

宋丹心 不行，你不能随随便便辞职，你要对我们的家庭负责，对我和孩子负责！

曾　光 我辞职就是为了对家庭负责，对老婆、孩子负责。

宋丹心 你辞职工作不要啦，这还是对家庭负责吗？这还是对老婆、孩子负责吗？

曾　光 是的。

宋丹心 是个屁！你给我听着，曾光，我不同意你辞职，到深圳去找工作！去了一趟凤凰山，你好像见到鬼啦？这是不是舒香给你出的主意？

曾　光 你想到哪儿去啦？我要辞职跟舒香没有任何关系。

宋丹心 我不相信！你们谈了一个晚上，你们都谈了什么？你原来大脑挺正常的，自从见到了舒香，知道她离了婚，失去了丈夫，你就变得不正常啦！

曾　光 你胡说什么呀？

宋丹心 是我胡说吗？你辞职除了工作上不如意，一定还有其他原因！

曾　光 还有一个原因，就是我想出书，我需要钱。

宋丹心 你想出书需要钱？

曾　光 对，我想出书需要钱。我接到了一家出版社的来信，我两个月前寄给他们的诗集，出版社同意给我出版……

宋丹心 同意出版，你还需要什么钱？

曾　光 你听我把话说完，出版社的条件是，要我出一万块的成本费，诗集出版之后，要我自己推销。这对我来说是一件重要的大事儿，也可以说是一个难题。如果你同意拿钱给我出书，我也可以不辞职。

宋丹心 这是不可能的事情！

曾　光 你说人活着为了什么？

宋丹心 人活着就是为了吃饭、穿衣、过日子……

曾　光 你说的是普通人的日常生活。

宋丹心 你出书需要多少钱?

曾　光 我出书需要一万块钱,你给吗?

宋丹心 那没有,我们两人从结婚到现在,也没有存下一万块钱。我们攒的钱,我还想留给孩子,还想着以后换房子、换大彩电呢。

曾　光 可是我需要出去找挣钱的工作,我需要挣钱出版我的书,实现我的梦想,我不能白活一辈子。

宋丹心 你的梦想太伟大啦,可是不现实!

曾　光 正是由于工作上的不如意,再加上我需要钱出书,所以我要辞职。

宋丹心 你不是疯啦,就是脑子出问题啦!我们结婚这么多年啦,在山沟里过得不是挺好吗?不愁吃,不愁穿,日子过得平平安安,家庭过得和和睦睦,你有老婆,有孩子,有幸福美满的小家庭,你还有什么不满足的?

曾　光 我不喜欢过这样无聊的小市民生活。山沟里待久了,生活就像小河里的流水一样平淡无奇;一天到晚无所事事,就是吹牛、喝酒、打麻将、斗地主,没有梦想、没有追求,知足者常乐,这不是我需要的生活。

宋丹心 那你到底需要的是什么生活?

曾　光 我需要的是我梦想的生活,自由随意的生活。

宋丹心 什么自由随意的生活?你就是不想要这个家啦!

曾　光 你要这么理解也可以。我就是想到外面去闯一闯,见识见识,不想在山沟里无聊地生活一辈子,而且在山沟里生活一辈子也混不出名堂来。

宋丹心 你以为外面的工作就那么好找吗?前几年你想去深圳工作,我反对过,那时候还是有机会,当时是我没有眼光,是我的错,我阻碍了你的行动。可是现在事情已经过去快十年的时间了,你还不死心哪?我不想你到外面去工作,就是因为这个家庭需要你，离不开你。你说我们现在的家庭生活有什么不好？我们有一个漂亮可爱的女儿，已经上学了，我们两个人一起上班工作，养一个孩子也没有什么负担，你说有什么不好？

曾　光　我没有说我们的家庭生活不好，我是说我的工作不如意，我要出书需要钱，我的梦想实现不了，所以我要出去找工作挣钱。

宋丹心　你是不是想过一个人在外面漂泊不定的生活？

曾　光　可能是吧。

宋丹心　神经病吧？你辞职就是因为工作不如意，当作家的梦想实现不了，你就要离开家庭，你也太自私了吧？

曾　光　我承认，为了自己的梦想我有一点自私，但是我必须要为我的梦想去奋斗！我不甘心一辈子白白活一生！

宋丹心　你不要对我谈你那些伟大的梦想，我不愿意听！如果你是为了我，为了孩子，为了家庭，我不同意你辞职！我们一家三口人，在山沟里生活得平平安安、舒舒服服、和和美美，我认为挺好的。

曾　光　你认为好，可我认为不如意。

宋丹心　你有什么不如意的？人活一辈子，能够平平安安不是也很好吗？

曾　光　我想出去找一个满意的工作，多挣一点钱，实现我的梦想，生活会更好。可是在山沟里面我办不到，我的梦想难以实现。

宋丹心　我亲爱的老公，你的梦想还是从实际出发吧，为了你的梦想，难道家庭你就不要啦？老婆、孩子你就不要啦？

曾　光　我没有说不要老婆、孩子，我也没有说不要家庭，我并不是永远离开你们……

宋丹心　我看你的梦想就是不想要家庭，就是不想要老婆，就是不想要孩子！

［宋丹心气得把曾光写的辞职报告给撕了。］

曾　光　你撕吧，你撕了我还写。

宋丹心　你要是不听我的，你要是敢辞职，我们就离婚！

曾　光　我辞职，并不要离婚，辞职我还可以继续找工作，至于离婚吗？

宋丹心　你到外面去能找到什么好工作？一个工人，又没有文凭，你说你到外面去能找到什么好工作？

曾　光　天无绝人之路！尤其是当今改革开放的社会，开放搞活的社会，我相信以我的才能，出去我能找到我满意的工作。

宋丹心　你的想法太不切实际啦，也太不靠谱啦，一个初中毕业生，又是一个普通工人，你到外面去也不会找到什么好工作的。改革开放的社会，是文凭决定一切的社会。你不要看一个刚毕业的大学生容易找到工作，你到外面去就不可能找到好工作！

曾　光　也不见得，我到外面私企去，还是可以找到好工作的。

宋丹心　私企能去吗？私人老板用你就给你两个钱，不用你就叫你滚蛋啦，将来没有安全可靠的保障，以后老了怎么办？

曾　光　我想不了那么多，我不想老年以后的事情，我只想眼前，我要出去找能挣钱的工作，我要出版我的著作，我要能为家庭多挣一点钱，改善我们家庭的生活。你看一看人家能干的黄春花，原来不过是一个农家姑娘，现在人家的生活比我们强百倍吧？我们目前的生活条件，连凤凰山的普通农民还不如，我还在这样的企业里干得有什么劲呢？

宋丹心　曾光，你不要太固执了好不好？我亲爱的丈夫，你连我的话都不听啦？难道我不是你可爱的妻子吗？

曾　光　你是我可爱的妻子，但是在我个人的命运上，我不会一切都听你的；我有我的梦想，我有我的追求，我有我的自由。

宋丹心　你的梦想，你的追求，你的自由，就是不想过啦？不想要家啦？不想要老婆、孩子啦？对吗？

曾　光　丹心，我并不想离婚。

宋丹心　可是你为什么不听我的？不听我的就只有离婚！

曾　光　丹心，我们从相爱到结婚，已经有十年了，就为了辞职的事儿，你就要离婚？

宋丹心　是的，你不听我的话就要离婚！

曾　光　你不要威胁我。

宋丹心　我不是威胁你！

曾　光　如果你要离婚，那就离吧。

宋丹心　什么？离婚？你居然同意跟我离婚？

曾　光　不是你说的吗？我要辞职，你就要离婚？

宋丹心　你混蛋！你是不是外面有人啦？

曾　光　我是花心的人吗？

宋丹心　那你为什么要跟我离婚？

曾　光　这怎么是我要离婚呢？是你说的要离婚的。

［宋丹心气得把手里撕碎的曾光写的辞职报告摔到他脸上，痛哭流涕。］

宋丹心　你个没有良心的，你真的不爱我和孩子啦？为什么要离婚呢？

［宋丹心气得用双手拍打曾光。］

曾　光　这是你逼我离婚。

［宋丹心突然扑进了丈夫的怀里，用双手抱着他，好像怕他跑掉一样。］

宋丹心　不，曾光，我们不要离婚，我们不要离婚，你要听我的！我听说广东深圳那边的人特别开放，好多男人跑过去就学坏啦，你不能去深圳，我不放你走，我不叫你到深圳去工作！

曾　光　丹心，我学不坏的，你要相信我。

宋丹心　谁知道呢？男人没有女人陪伴，丈夫没有妻子在身边，还有不学坏的？

曾　光　你要是不相信我，对我不放心，可以跟我一起去深圳。

宋丹心　我去深圳能干什么呢？我去深圳能找到工作吗？我们都是落伍之人，人到中年，又没有文凭，哪个老板会要我这样的女人？如今的社会，是文凭决定命运的社会，不管是什么人，只要有一纸文凭，哪怕是一头猪，也能找到工作。可是我们没有文凭的人，哪怕是天才，也没有哪个老板愿意要你。所以我劝你不要去深圳，你没有文凭，你到深圳去也不会有什么发展空间的。你听我的，亲爱的，我们老老实实地在山沟里面待着，混日子吧。我们两个人一起把我们的孩子养大成人，也就算完成一辈子的任务啦。

曾　光　丹心，你到深圳去也一样能找到工作的。黄春花不是答应帮助我们吗？

宋丹心　你听她的？生意场上的老板，都是瞎吹瞎勒的，有几个说话是靠谱的？

曾　光　不会的，丹心，黄春花是不会骗我们的。

宋丹心　你要不听我的，那就算了，我们友好地分手吧。你说得对，人各有志，你有你的梦想，你有你的追求，你有你的自由。我知道你是个与众不同的人，这也正是我当年爱上你的原因。像你这样死心眼的人，有追求、有梦想的人，在当今的社会里已经太少了，可是跟你在一起生活，我觉得实在太难了，实在太累了。你走吧，我也不想管你的事儿了。我只想带着我们的女儿荣荣，在家里平平安安地生活。改革开放的社会，人心变了，社会也变了，时间就是金钱，时间改变了社会，社会改变了人。大家都喊金钱万岁啦，人与人之间的感情也就不值钱了。你走吧，我不拦你了。我们夫妻一场，好离好散，以后你就不是我丈夫了，我也不是你的妻子了……

曾　光　可我们还是亲人，还有骨肉相连，请你不要恨我。

宋丹心　恨你有什么用呢？以后各自保重吧。你想要家里什么东西你说话。

曾　光　我什么东西也不要，家里所有的东西都留给你和孩子。我希望你们以后多保重，同时也希望你们以后过得比我好……

宋丹心　曾光，难道你就不能听我的话吗？非要离开家庭，离开老婆、离开孩子？

曾　光　我也不想离开家庭、离开老婆、离开孩子，可是我不甘心在山沟里面平平庸庸地过一辈子、混一辈子。人生只有一次，我还是要出去为了我的生命活得精彩去努力拼搏、努力进取，不管是成功还是失败，我都要出去闯一闯，谁也改变不了我的决心和意志！

宋丹心　你如果不听我的话，你要走就走吧，我给你自由……

［两个人抱在一起，哭得泪流满面。大幕落下来。］

第七场

舞台景又回到黄春花的家庭大客厅。黄春花和舒香一起从楼上下来，上。

黄春花　舒香，这就是我为你准备的为孩子们补习功课的教材，这是中学的，这是小学的，英语和数学，其他功课就不用补了。

舒　香　春花，你是非要逼着我赶鸭子上架呀。

黄春花　舒香，我相信你会给学生们补好课的，这对你来说不是什么难事儿。

舒　香　可我还需要两天时间好好地看一看教材。

黄春花　这就是你的事儿了。我相信，一个大学的老师，教小孩子们的英语和数学是没有问题的。

舒　香　这可说不好，教不好孩子们，你可不要怪我哟。

黄春花　那不会的，你只要尽职尽责就是了。天气热了，你带着儿子到凤凰山来避暑，这是多么美好的事儿。

舒　香　到你这里来过夏天是美呀，可我还是有压力的。

黄春花　不要有压力，给中、小学生讲课，有什么压力呀？

［这时候曾光随身背着一个包，从大门走进来，上。］

舒　香　咦，曾光，你怎么跑来啦？

曾　光　我是来找春花有事儿的。舒香，你怎么也跑来啦？

舒　香　我是暑假来给孩子们补课的。

曾　光　你不是不想来吗？

舒　香　盛情难却，没有办法呀，春花三番五次叫我来，我只有来了。

曾　光　来了是好事儿，挣钱嘛，有什么好推辞的？

黄春花　就是嘛，大家都是朋友，谁都有请人帮忙的时候。曾光大哥，你又跑来找我有什么事儿？

曾　光　我跑来找你就是我上次来说过的，想求你帮忙为我到深圳找工作的事儿。

黄春花　来坐，曾光大哥。丹心姐同意你到深圳去工作啦？

曾　光　她死活不同意。

黄春花　她不同意，你怎么跑来啦？

曾　光　我们离婚啦。

黄春花　什么？

舒　香　离婚啦？

曾　光　是的，我们离婚啦。

黄春花　你们为什么要离婚啦？

曾　光　夫妻之间的事儿说不清楚。

舒　香　曾光，你不会是花心了，变成陈世美了吧？

曾　光　你看我会花心吗？

舒　香　这我就不知道了，我现在是不了解男人了。

黄春花　曾光大哥，坦白地说一说吧，你和丹心姐到底为什么离婚？

曾　光　就是因为辞掉工作的事儿，她接受不了。

黄春花　就因为这样一件小事儿，你们就离婚啦？

曾　光　是的。

黄春花　莫名其妙，不可思议。现在人的婚姻也太不值钱了，就因为这样的小事，两口子十年的感情与婚姻就此结束啦？

曾　光　没有办法，我也不想离婚，可是很遗憾，事情的结果就是这样。

黄春花　坐吧，曾光大哥。说实话，你和丹心姐离婚的事儿，我听了心里真的不是滋味儿，我有点后悔答应你，帮你到深圳去找工作的事情啦。

曾　光　什么意思呀，春花？你说话不算数啦？

黄春花 不是的，曾光大哥，你到深圳去找工作的事情是不成问题的。我是觉得你和丹心姐离婚的事情办得太离谱、太荒唐了。就为一个出来工作的事情闹离婚，我怎么想心里面都不舒服。如果我不答应你到深圳去工作的事情，你们也许就不会发生闹离婚的事情吧？

曾　光 春花，你不要想太多了，我跟宋丹心离婚的事儿，跟你没有关系。

黄春花 你们离婚的事儿跟我是没有多大关系，可是我心里也感到不安呢。

曾　光 春花，还是说正事儿吧，你什么时候介绍我到深圳去工作？

黄春花 曾光大哥，你不要着急，你先在我这里待两天，我要给你打电话与深圳联系。

曾　光 那好吧，我谢谢你。

黄春花 曾光大哥，请喝茶吧。舒香姐，你也喝茶。

［三个人在椅子上坐下来。这时黄春花的丈夫叶中青从外进来，上。］

叶中青 哟，贵客来啦？

舒　香 我本是不想来的，春花开车把我接来啦。

叶中青 来就对啦。你好，曾光先生！

曾　光 你好，兄弟。

叶中青 坐坐坐，请抽烟。

曾　光 在女士们面前不要抽烟吧。

舒　香 最好不要抽，我最反感烟味啦。

叶中青 好，那就尊敬女士，不抽啦。

黄春花 中青，你怎么跑回来啦？

叶中青 变电所突然停电了。

黄春花 为什么又停电啦？

叶中青 不知道。我也查不出原因来，电器开关跳闸，合不上，我也不明白是什么原因，不敢动了，要找人来修理。

黄春花 那就赶紧找人来修理呀。

叶中青　我已经打电话过去了，两个多小时了，他们也没有派人过来修理。

黄春花　那帮修电器的老爷不派车过去接，他们是不会来人修的。

叶中青　我就是回来开车去准备接人的。

曾　光　兄弟，什么电器开关坏啦，要找人来修理？

叶中青　就是凤凰山的电器变电所，有一个变电间，每一次坏了都要请主管部门来修理。可是供电局修理班的那些老爷们，又是国家职能部门的正式职工，在山外边，不愿意进山来修理设备。他们根本不理会凤凰山的农民，所以每一次电器设备坏了，我们都要开车去接他们的人来修理，而且还要好吃好喝地招待他们，走的时候还要送一点东西，或者送一点水果，他们才愿意来修理。凤凰山的五百多户农民家庭，好像是后娘养的，总要求着人家来修理设备。所以没有办法，我马上要开车去接他们的人过来修理。你们坐着。

曾　光　你等一等，叶先生，我跟你到变电所去看一看是什么问题？

叶中青　你懂电吗？

曾　光　我就是修理电器设备的，算不上专家，也干了有十多年了。

叶中青　那太好啦，谢谢你帮忙，请你过去看一看吧。

曾　光　好，咱们过去看一看。

黄春花　曾光大哥，真是不好意思，刚来就给你找事儿。

曾　光　没关系，我去看一看吧。兄弟，有工具吗？

叶中青　工具有，什么修理工具都有，我们就是不懂行，没有人会修理。

曾　光　那就走吧，我去看一看是大故障还是小问题？

叶中青　谢谢，谢谢，可是来神医啦。

黄春花　那就辛苦你啦，曾光大哥。

曾　光　朋友之间还讲什么客气呀？

［曾光和叶中青两个人一起出门，下。这时舒香的儿子小舒童从外面跑进来了。］

舒　童　妈妈，妈妈，我什么时候跟小朋友一起上课呀？

舒　香　儿子，你不要着急，妈妈正跟春花妈妈商量事情呢。

黄春花　舒香，你瞧，你儿子都高兴到山里来跟小朋友们一起上课吧？

舒　香　儿子，你看你的书吧。妈妈要跟春花妈妈说事儿。

舒　童　那好吧。

［小舒童找了一个椅子坐下来，自己随意地看自己的书。］

舒　香　春花，这些教材我翻了一下，你请我来是有点难为我呀。

黄春花　我怎么难为你啦？

舒　香　我也是要花时间认真看几天，才能给学生讲得明白的。

黄春花　那你就花时间看嘛，这才是认真负责的好老师。

舒　香　春花，你这真是逼我上架呀。

黄春花　舒香姐，你就帮帮我吧。要不暑假四十多天，你在家里干什么呢？

舒　香　我在家里可以多多陪伴我的母亲哪。

黄春花　你的母亲也不用女儿天天在家里陪着吧？再说啦，你还有弟弟妹妹呢。你到我这里来挣一点外块不好吗？

舒　香　你这哪儿是叫我挣外块？你这是叫我发财来啦。

黄春花　谁说的？我的钱也不是白给你的，你为孩子们补习功课要认真负责的，压力还是蛮大的，你要对我们山里的孩子认真负责，不能稀里马哈地对付他们。你要认真地为孩子们讲课，我的钱也不是那么好挣的。

舒　香　春花，你要我为多少孩子补习功课呀？

黄春花　不多，八十多个孩子，小学一个班，中学一个班，上午半天为小学生补课，下午半天为中学生补课。

舒　香　小学和中学的两个班，学生是同年级吗？

黄春花　不是的。小学的一个班，有四年级的，有五年级的；中学的一个班，有初二的，有初三的。

舒　香　学生们的层次还不一样？这样的课程你叫我为学生们怎么补吧？

黄春花　这我不管，你自己想办法，我就把学生们交给你了。

舒　香　春花，你这不是强人所难吗？

黄春花　就算是吧。不过我要跟你说一下重点补习的学生是中学班，中学班的学生，明、后年就要参加中考了，这是重点，明白吗？

舒　香　春花，为不同层次的学生补课可是不好补的。

黄春花　我知道，舒香姐，好补我还有必要请你来吗？我相信你还是有办法的。补习一个月的时间，学生们的学习成绩有明显提高，我就 OK 啦。

舒　香　那学生们的成绩要是没有提高呢？你不是白请我来啦？

黄春花　不会的，我相信你是个认真负责的好老师。

舒　香　你呀，春花，你这是给我出难题呀。

黄春花　谁说的？我知道你有这样的教学水平和责任心，所以我才请你来的，换了其他人我还不请哪。

舒　香　春花，我真的是不知道该怎样为层次不同的孩子们补习功课，你确实有一点难为我了。

黄春花　舒香姐，你就不要客气啦，这有什么为难的？为中、小学生讲课你还不会讲啊？亏你还是大学的老师呢？教孩子们的英语和数学课，应该是不成问题的。

舒　香　我是大学的老师是不错，但是要转为小学生、中学生讲课，也是有难度的。

黄春花　有什么难度？

舒　香　因为时间太长了，中、小学学过的东西，我好多已经忘记了。

黄春花　忘记了不要紧，你就辛苦一下，花几天时间拣起来就是了，这有什么难的？小学、中学的时候，你没有听老师给我们讲过课呀？你就照着孩子们的教材给他们讲就是了，他们不懂的地方，你就多讲两遍。实在不行，你就把课题作业给他们写出来、做出来，叫学生们抄写两遍，这有什么难的呀？一个大学的老师，为中、小学生讲课，还会有问题吗？我想是不会有问题的。

舒　香　春花，我真的怕为孩子们讲不好，有负你的期望。

黄春花　讲不好你就给学生们多讲几遍，我又不考核你，又不处罚你，你怕什么呀？他们的学习课本资料，你有时间也多看两遍，随意讲就是了。他们要是不听话，你就告诉我，我来帮你一起教育他们！

舒　香　看来我是不接受你的要求不行了。

黄春花　你必须要接受，我请都把你请来了，你也就不要客气了。我们山里的孩子，实在是太缺乏好老师了，他们的学习愿望还是积极的，就是缺少好老师为他们讲课。所以孩子们的学习，英语、数学成绩普遍较差，我为孩子们着急呀。我的小弟弟、小妹妹都是中学生了，明、后年就要参加中考了，学习成绩是一塌糊涂，我不为他们请好老师看来是不行啦。舒香姐，你就利用寒暑假的时间，过来帮帮我，这样我也就可以不用为他们的学习操心啦。

舒　香　所以你就想到了恩赐我？

黄春花　这怎么是恩赐呢？知识就是力量，不是花钱就可以买来的！

舒　香　好啦，春花，我答应你。

黄春花　谢谢。那咱们就这样谈好了，为学生们补课三十天，辛苦费一万……

舒　香　我不要一万块钱，我们大学老师到外面讲课，一个学时是二十块钱。

黄春花　在这儿我说了算，一万就是一万。谈判成功！

舒　香　你呀，春花，你真是当老板有钱了，发烧了……

黄春花　什么也不说啦，舒香，请喝茶。

［这时叶中青和曾光又一起从外面回来了。］

叶中青　还是曾光大哥厉害呀！

曾　光　你过奖啦。

黄春花　你们怎么这快就回来啦？

叶中青　曾光大哥去了两分钟就给修好了，神啦！

曾　光　不是我神，是难者不会、会者不难。

叶中青 对，曾光大哥说得对。

黄春花 是什么问题？

叶中青 我还没有看明白，曾光大哥就修好啦。

曾　光 小问题。

叶中青 曾光大哥，你今天可是立了大功啦！你要是不来，我就要开车去请人家来修理，又要请客，又要送礼。

曾　光 我就不用送礼啦。春花，我到深圳去工作的事儿，你给我联系好了没有？

黄春花 对不起，曾光大哥，我还没有来得及打电话呢，光顾着与舒香姐谈教育孩子们的问题了。你先别着急，我马上给你联系。中青，你马上给你父亲打电话，曾光大哥要去深圳工作，请你老爸为他安排一个工作。

叶中青 曾光大哥，你到我的家族企业去工作可以吗？

曾　光 可以。你的家族企业是干什么的？

叶中青 我父亲六年前开了一家电子配件工厂，专门生产电子元件的。

曾　光 你父亲开的企业有多大呀？有多少人呢？

叶中青 目前有五百多号人吧，如果你愿意去的话，我可以打电话跟我父亲联系一下。

曾　光 那行，我愿意去，谢谢你帮忙联系。

叶中青 那好，我马上就联系。

[叶中青从衣服袋里拿出大哥大，给老父亲打电话。]

黄春花 曾光大哥，你坐吧，工作不是问题，你放心吧。

曾　光 谢谢，非常感谢。

[曾光在椅子上坐下来。叶中青与父亲通电话。]

叶中青 爸爸，你好啦！我是小青啦，我有一个事儿想求爸爸帮忙啦，我有一个好朋友，想到深圳去工作，爸爸看能不能在工厂里为他安排一个工作岗位？他是搞设备修理的，人很精明的，技术非常好，也算年轻力壮吧。三十多岁，可以说正当年，技术水平和身体素质都非常好，不好我也不会介绍他过去的。什么？叫他过去以后再说？好，明白啦，爸爸……

黄春花 中青，你把电话给我。

叶中青 我还没有跟爸爸说完呢。

黄春花 我来跟老人家说。[叶中青把大哥大给了黄春花。] 喂，爸爸，我是春花。我跟您老人家说，他是我最要好的朋友，就像我的大哥哥一样，过去对我有恩的。您能不能告诉我，他过去一个月给他开多少钱？什么？一个月五百块钱？好，我知道了。爸爸，这件事情以后再说吧。再见。

[黄春花有点不高兴，把电话断了。]

叶中青 春花，爸爸最后怎么说？

黄春花 他说一个月给曾光大哥开五百块钱的工资，太少啦。

曾　光 五百块钱的工资不少啦，我原来一个月的工资才挣两百多块钱。

黄春花 那不一样，曾光大哥，这是内地，那是深圳。在深圳工作生活，一个月五百块钱的工资，除去吃喝，除去住宿费，也就剩不下几个钱啦。

叶中青 那我再给爸爸打电话……

黄春花 不用了。我看这样吧，曾光大哥，你暂时先不要去深圳啦，好吗？你就在我这里干一段时间，我一个月给你开八百块钱的工资，而且还包吃包住，一切免费，你愿意吗？

曾　光 春花，我在这里干什么工作呢？

黄春花 你能干的工作多啦，我们这里有一个变电间，还有抽水机、电动机、打谷机、绞拌机、小型发电机等等，电器设备也不少，没有人会修理。我就是缺少一位像你这样高水平的技师，以前每次设备坏了，我都是打电话请人家来修理，又花钱，又花时间，还要车接车送，我还要操心，劳民伤财。你看你愿不愿意留下来工作。如果你同意，那就留下来。如果你不愿意，明天你就可以去深圳。这件事儿你自己琢磨琢磨，是去深圳，还是愿意留下来在我这里工作。随你选择。

曾　光 我愿意听你的，可以留下来工作一段时间。不过我吃饭、住宿怎么办呢？

黄春花 你就吃住在我家里吧，楼上有客房，你可以随意挑选一间住下来，吃饭就跟我家人一起吃，如何？

曾　光 不不不，这样太麻烦你的家里人了，而且我这个人生活习惯很不好，我要写作，经常是一个人写东西写到深夜，有时候写到大天亮，不睡觉，我怕影响你们家里人的休息，我还是找一个地方，一个人吃饭，一个人住吧。

黄春花 这还是个问题啦，你要住在哪儿呢？

曾　光 我看你们的变电间就挺好，我一个人住着自由自在。

黄春花 那地方能住人吗？

曾　光 可以呀，我刚才去修东西的时候，我看见变电间里挺好的，既干净又清静，一个人住，正合我意。

黄春花 曾光大哥，你住在那样的地方，是不是太委屈你了？

曾　光 不委屈，我觉得挺好的呀，比起我们当年下乡到凤凰山来住的房子好多了。

黄春花 那好吧，曾光大哥，你既然愿意住那样的地方，我就成全你，另外一个月给你加两百块钱的生活补贴费吧，吃住你自己打理，这样可以吗？

曾　光 可以，可以。

黄春花 好了，那就这样说定了。曾光大哥，欢迎你成为我手下的一名外来员工。

舒　香 春花，你说的不对吧？还有我呢！

舒　童 春花妈妈，还有我呢！

［小舒童在椅子上站了起来。］

黄春花 对，还有你，小舒童。舒香，曾光大哥，欢迎你们到凤凰山来教书，工作，我们以茶代酒，庆祝一下吧？

曾　光 好。

叶中青 你们大家要不要喝红酒？

黄春花 最好一人来一杯。

叶中青 有酒，我来倒。

［叶中青从一个小柜子里面拿出酒具，为大家倒酒。］

舒　童　妈妈，我也要喝酒！

舒　香　不行，小孩子哪有跟大人一起喝酒的？

黄春花　舒香，我干儿子为什么不能喝酒？

舒　香　小孩子最好不要喝酒。

黄春花　孩子，喝，听春花妈妈的。小孩子喝酒，学习可以变得更聪明！

舒　童　谢谢春花妈妈！

舒　香　春花，你呀，就瞎说吧。你将来要是有了孩子，一定当不了好妈妈。

黄春花　可能是吧。我太喜欢孩子了，我怕把孩子宠坏了。

舒　香　春花，你现在有孩子了吗？

黄春花　有了，在肚子里面装着呢，怀孕快两个月了。

舒　香　怀孕了你还敢喝酒？酒精对孩子的大脑发育可不好。

黄春花　我不怕，我又不酗酒，多少喝一点对孩子的发育还是有好处的。我之所以是全家六个孩子当中最聪明的一个，就是因为我是头生，父母那个时候的生活条件可能不错，天天喝我们家做的老黄酒，所以我的大脑发育非常好，考上了北京的大学。后来家里的孩子越生越多，生活的条件也越来越差，父母就喝不上老黄酒了，所以我后来的弟妹们，就没有一个成才考上大学的。现在就看我最小的弟弟妹妹成不成才了。来吧，舒香老师，我敬人民的教师一杯，欢迎你来教育我们山里的孩子。我的弟妹能不能考上大学，就看你这位指导老师的啦！

舒　香　春花，你说的是什么逻辑呀？你说的有科学道理吗？

黄春花　舒香姐，我是说着玩的，不要当真。

［两个女人碰杯。］

曾　光　叶先生，我敬你一个？

叶中青　谢谢，我不会喝酒，我是滴酒不能沾，沾了就要醉的。

曾　光　是吗，春花？你们两口子到底谁是男人，谁是女人呢？

叶中青　如今的社会是阴盛阳衰，从我的家庭来说就可以看得出来。

曾　光　是的，在你们家，我看春花像个男人，叶先生倒像个女人。

黄春花　他要是能代我生孩子就好了。

叶中青　我要是能生孩子，就是世界奇迹了。

黄春花　来吧，曾光大哥，我敬你一个，欢迎你到凤凰山来工作。以后的工作有你干的。不过我还是会尊重你的想法，你想到深圳去工作，随时都可以去，我会尊重你的选择。

曾　光　谢谢你，春花，我能到凤凰山来工作，我不后悔，因为我来此工作比我原来在工厂的工作好多了，工资比原来多挣了三倍，我还有什么不满足的？

黄春花　你满意就行。

曾　光　合作愉快！

［两人碰杯喝酒。］

黄春花　来，小舒童，春花妈妈祝你好好学习，天天向上！

舒　童　谢谢春花妈妈，干杯！

黄春花　好，干杯！

［大家笑起来，碰杯，喝酒。落幕。］

第八场

凤凰山变电所，曾光生活居住的地方。变电所的房间并不大，有一排动力柜，有一张小床，有一张写字台，写字台上有一盏台灯，写字台前有一把椅子，简简单单，看起来虽小，不过很干净。曾光在外面炒了菜，端着盘子，从外面进来，他把菜盘放到桌子上。

曾　光　舒童，进来吃饭啦！舒童，快来吃饭啦！

［小舒童听到曾光的叫声，从外面跑进来，他的身后跟着跑进来一条小黑狗。］

舒　童　叔叔，你的小黑狗真好玩！

曾　光　好玩吧？以后你没有事儿了，就经常来玩吧。

舒　童　叔叔，以后我会常来的。

曾　光　我也欢迎你来玩儿，孩子，你来玩，我也高兴，我有朋友啦，我不寂寞啦。

舒　童　叔叔，这个小黑狗可喜欢我啦。

曾　光　我也喜欢你。过来吃饭。

舒　童　吃饭？妈妈叫我回去，到春花妈妈家里吃饭。

曾　光　孩子，今天你就在我这里吃饭吧，叔叔给你做了好吃的。

舒　童　我看一看有什么好吃的？

曾　光　你过来看，有红烧肉，有木耳炒鸡蛋，还有鱼汤萝卜丝！

舒　童　叔叔，你一个人做这么多菜，吃得完吗？

曾　光　我吃不完，请你帮忙啦，我这是专门为你做的。

舒　童　谢谢叔叔，我妈妈不让我随便到别人家里吃饭。

曾　光　孩子，到叔叔这儿来，你可以吃饭，你妈妈也不会反对的。

舒　童　真的？

曾　光　当然是真的，你是我的小客人哪！

舒　童　叔叔，我算什么客人呢？

曾　光　你是贵客呀，你喜欢吃红烧肉吗？

舒　童　喜欢吃。

曾　光　你喜不喜欢吃木耳炒鸡蛋？

舒　童　喜欢吃。

曾　光　你喜不喜欢喝萝卜丝鱼汤？

舒　童　喜欢。

曾　光　喜欢就过来吃呀。

舒　童　叔叔，我不敢。

曾　光　你为什么不敢？

舒　童　我怕妈妈回去说我。

曾　光　不会的，孩子，你在我这儿吃饭，你妈妈不会说你的。

舒　童　真的？

曾　光　当然是真的，我跟你妈妈是老朋友啦。

舒　童　可是，你请我吃饭，也没有地方坐呀。

曾　光　有地方坐，你来坐椅子，我来坐床上，问题不就解决了吗？

舒　童　叔叔，那我就坐在椅子上吃啦？

曾　光　对，你坐在椅子上吃，我坐在床上吃，两个人的位置不多不少，正好。

舒　童　那我就坐下来吃啦，叔叔？

曾　光　快坐下来吃吧，孩子，你也饿了吧？

舒　童　我的小肚子是有一点饿了。

曾　光　饿了就坐下来吃。

舒　童　叔叔，你的狗还没有吃饭呢。

曾　光　小狗先不要管它，人吃饱了再说狗的事儿。

舒　童　小狗看着我们吃肉多可怜呢。

曾　光　那你就先给它一块肉吃。

舒　童　好，先给它一块肉吃。

曾　光　小朋友，你喝酒吗？

舒　童　我不喝，妈妈不让我喝。

曾　光　你春花妈妈不是说，小孩子喝酒学习聪明吗？

舒　童　妈妈说，那是春花妈妈逗我玩的。

曾　光　你不喝，我喝了，来一瓶啤酒解解渴。

[曾光和小舒童一起吃饭，外面有人敲门了。]

舒　童　叔叔，有人来啦。

曾　光　请进！

[舒香进门，上。]

舒　香　曾光，我儿子在你这里吧？

曾　光　在，请进来吧，舒香。

舒　童　妈妈，我在这儿呢！

舒　香　舒童，你在叔叔这儿干什么呢？

舒　童　妈妈，我在叔叔这儿吃饭呢。

舒　香　舒童，是谁叫你在这儿吃饭的呀？

舒　童　是叔叔叫我在这儿吃饭的。

舒　香　舒童，你不想回去啦？

舒　童　妈妈，叔叔养的小黑狗可好玩啦！

舒　香　叔叔养的狗好玩，你就不想妈妈啦？

舒　童　想！

舒　香　想妈妈为什么不回春花妈妈家吃饭呢？

舒　童　叔叔给我做好吃的啦。

舒　香　叔叔给你做什么好吃的啦？

舒　童　红烧肉，木耳炒鸡蛋！

曾　光　在我这儿吃是一样的。请坐吧，舒香。

舒　香　曾光，你住在这样的地方，条件有一点差吧？夏天热，冬天要冷吧？

曾　光　我觉得一个人住挺好的。

舒　香　你一个人过这样的日子不觉得苦吗？

曾　光　这算什么苦哇，你还记得十五年前我们在这里下乡的日子吗，那时候的条件有多艰苦哇？

舒　香　可是岁月流逝，如今时代不一样啦。

曾　光　虽然时代不一样了，我觉得一个人生活苦一点也无所谓。

舒　香　你是真能吃苦哇。

舒　童　叔叔，狗不吃肉了，要出去玩儿。

曾　光　那就不管它了。

舒　童　叔叔，我也不想吃了，我也想出去跟狗玩儿。

曾　光　孩子，不吃饭怎么能行呢？

舒　香　不管他，让他出去玩吧。

舒　童　我出去玩喽！

舒　香　儿子，你不要跑远啦。

舒　童　我不会跑远的，妈妈！

［舒童牵着小狗出去了。］

曾　光　舒香，请坐吧。

舒　香　我坐哪儿呀？

曾　光　你坐椅子上。

舒　香　你不是还要吃饭吗？

曾　光　我坐在床上吃是一样的，而且吃得还舒服。

舒　香　算了，我还是站着吧。

曾　光　不好意思，我来给你倒杯水。

舒　香　不用，我在春花家刚吃过饭、喝过水。

曾　光　你就是来找儿子的？

舒　香　是的，在春花家里吃晚饭，我看儿子不在，我想一定在你这里。

曾　光　他来玩了有一个下午了。

舒　香　男孩子就是喜欢狗。

曾　光　你不喜欢宠物吗？

舒　香　我不喜欢。

曾　光　我是一个人太寂寞了，找老乡要了一条小狗养着玩的。

舒　香　你养狗玩，把我儿子也吸引过来了。

曾　光　这很正常，你儿子在山里也没有什么好玩的，到我这里来玩，正好给我做个伴儿。

舒　香　你主动到山里来工作，还怕寂寞呀？

曾　光　人是群居动物，谁不怕寂寞呀？

舒　香　你怕寂寞，为什么要跟丹心离婚呢？

曾　光　我和丹心之间的事儿，我也说不明白。

舒　香　有什么说不明白的？

曾　光　我不想在国企干了，她反对我的决策，就这样简单。

舒　香　你们两个人离婚，原因不会这样简单吧？

曾　光　就这样简单，她不同意我的想法与决策，就要跟我离婚。

舒　香　曾光，你在国企有一份稳定的工作，为什么要辞职不想干啦？

曾　光　因为像我这样的人，在国企是干不出名堂来的。

舒　香　你辞了职，丹心就跟你离婚啦？

曾　光　是这样的。你说，舒香，现在辞职算个什么事儿吧？

舒　香　丹心是在山沟里生活久了，她的头脑与思维已经跟不上时代的发展步伐了。我能理解她，作为一个女人，就是希望丈夫有稳稳当当的工作，老老实实地在家里过日子。

曾　光　可是我受不了山沟里苦闷的生活。

舒　香　你的头脑与思维对她而言又太超前了。

曾　光　她理解不了我。

舒　香　你也不能理解她。

曾　光　这就是我们之间思想上的矛盾和分歧吧。

舒　香　不过你辞职事先应该跟她说好的，你不把她放在眼里，最起码是不尊重人家。她是你的太太呀。

曾　光　我提前跟她说了，可是说不通，她接受不了。

舒　香　不过你的想法她是接受不了，一个大企业的工人，有铁饭碗，说不要就不要了。曾光，你想过没有？出来闯天下也是需要本钱的？

曾　光　道理我明白。丹心也是这样说的。

舒　香　她说的问题也很实际呀，你没有文凭，在社会上就好像寸步难行，只能从事低级下等的工作。当今的社会是文凭走天下的社会，有一纸大学文凭可以随便找工作。可是你没有文凭，你就是有天大的本事，有天大的才华，也难以找到好工作，这是不争的事实。因为外人不认知你，没有人了解你的才华，没有人了解你的本事，所以你也就不容易找到满意的好工作。

曾　光　我是没有文凭，年龄也不占优势，所以我才通过春花中转找工作。

舒　香　看来你还有自知之明。

曾　光　当然啦，我又不傻。一个人的知识和才华，是外人看不见、摸不着的，即便有知识、有才华，外人也不会承认你的，因为谁都忌妒别人比自己聪明、比自己强大、比自己有才华，这是人类可悲的本性决定的；羡慕、嫉妒、恨，就是这样来的。

舒　香　你明白这样的道理就好。你抛家舍业地想到深圳去工作到底是为了什么？

曾　光　我辞职，抛家舍业，想到深圳去工作的根本原因就是我想多挣钱，我想出书。

舒　香　出书？

曾　光　对啦，出书。从你们上大学起到现在，十余年的时间，我一直从事文学创作，你送给我的两本书，一直鼓励我坚持学习创作，十多年的时间，虽然我一事无成，但我还是写出了几本书。

舒　香　曾光，你当作家的梦想一直没有中断过，还在坚持呀？

曾　光　对，为什么要中断呢？我永远不会放弃我的梦想，我已经写出了不少作品啦。

舒　香　你真了不起！什么时候能叫我欣赏欣赏你的大作呀？

曾　光　当然可以，如果你想看，我可以请你欣赏我的作品，也希望你能提出宝贵的意见。

舒　香　你的书出版了吗？

曾　光　没有。说起来悲哀，我还没有出版过著作，不过有一家出版社已经答应给我出版了，可是我没有钱出书。

舒　香　出书还要钱？出书不是有稿费吗？

曾　光　你说的是过去，现在出书是要钱的。出版社要我拿出一万元的成本费，要求作者承担费用。

舒　香　为什么要让作者承担费用？

曾　光　因为我在中国文化界是个默默无闻的小卒，谁也不认知我。我想出诗歌作品集，可是当今中国的诗歌又不受读者的欢迎，所以出版社怕亏本，要求作者自己承担出版费用。

舒　香　这就奇怪了，如今中国的大学毕业生越来越多，有知识、有文化的人越来越多……

曾　光　奇怪的是当今中国看书的人越来越少了。

舒　香　曾光，你出书需要多少钱呢？就是一万块钱？

曾　光　对，就是一万块钱，可是一万块钱我也没有。

舒　香　一万块钱出几本书？

曾　光　两本书，两部诗歌集，两百多首诗。

舒　香　难道你和丹心结婚成家了八年，家里的存款还拿不出一万块钱来？

曾　光　不瞒你说，舒香，我们家里的存款可能拿出一万块钱来，但是宋丹心不懂艺术，她也不热爱艺术，所以她也不同意我拿钱出书，因为我们家庭的存款最多可能也就一万块钱。房改马上就要开始了，宋丹心想用家里的钱买一套大一点的房子，因为我们一家三口人还是住在一间十五平方米的小房子里面，孩子也越来越大了，我们家的房子显得越来越小了。所以我要拿钱出书，宋丹心是坚决反对，我们之间的矛盾和冲突也就不可避免地产生了，而且彼此之间也没有商量的余地。我的书只能依靠我自己想法挣钱，才能出版了。我是在实在没有办法的情况下，只能辞职，寻找挣钱的工作，实现我的梦想。

舒　香　曾光，你要出书，需要一万块钱，你为什么不对我说呢？

曾　光　舒香，我好意思找你借钱吗？

舒　香　有什么不好意思的？离婚就解决问题啦？

曾　光　我也是想过找你借钱，可是借了钱，我还不起呀！舒香，我原来在厂里上班、工作，一个月辛辛苦苦也就挣两百多块钱，我一年的工资也才挣两千多块钱，我借你一万块钱，我要十年八年才能还得清，我敢借吗？与其找人借钱，我还不如找一份好工作，自己挣钱出书，圆我的梦想。我也是迫于无奈，所以才下决心辞职离婚的。

舒　香　你为了实现自己的梦想，付出的代价也是太沉重啦。

曾　光　不说这些事情啦。

舒　香　曾光，我说一句实话，可能你不爱听，你这是自找苦吃。

曾　光　苦一点无所谓，高尔基不是说过吗？苦难是人生最好的导师！

舒　香　你的精神还挺乐观的？

曾　光　你没有听过前人的说法吗？吃得苦中苦，方为人上人。

舒　香　你真是书看多了，有一点范进的精神了。

曾　光　我不希望自己成为范进，我希望自己成为新一代的诗人！

舒　香　好样的！你真是一个与众不同的人，坚持梦想这么多年，连家也不要了。

曾　光　我不是不想要家，我也希望身边能有温柔的妻子、可爱的孩子，可是我和宋丹心完全属于不一样的人，我有自己的野心和梦想，她什么也没有，什么也不想。

舒　香　这就是女人与男人不一样的地方。

曾　光　可能是吧。我这个人是属于异想天开的人、不切实际的人、喜欢幻想的人。

舒　香　像你这样的人，现实生活中越来越少了。

曾　光　你说对了，所以我跟宋丹心生活不到一起去，最后的结果只有离婚。

舒　香　曾光，你对我说实话，你还喜欢宋丹心吗？

曾　光　怎么说呢？要说我一点也不喜欢她，那就是口是心非了。

舒　香　你还爱她吗？

曾　光　其实从我内心来讲，我对她还是有感情的，我们毕竟在一起有二十多年了。你还记得吧，舒香？我们从东北跟着父母一起进山来的时候才有多大？我们还是青少年呢！可是现在我们已经快人到中年了。二十多年的时间，二十多年的感情，你说转眼之间能说消失就消失吗？不可能的！人都是有感情的动物，对吧？我爱过她，所才跟她结了婚……对不起……我是不是话多啦？

舒　香　你说的非常对。

曾　光　舒香，你怎么哭了？

舒　香　没什么……你的话让我想起了过去已往的岁月……

曾　光　舒香，我哪一句话伤着你啦？

舒　香　我没有受伤。

曾　光　你喝酒吧？

舒　香　不喝。

曾　光　啤酒，挺好喝的。

舒　香　你慢慢喝吧。结婚之后，你和宋丹心之间的感情还好吧？

曾　光　还算好吧。结婚八年，虽然我们之间也有过磕磕绊绊，也有过吵吵闹闹，但都是一些日常生活中鸡毛蒜皮的小事儿，算不了什么；吵过了，闹过了，也就过去了。我们之间闹的最大的矛盾，就是在我辞职的问题上，在我出书的问题上，她不同意。女人嘛，我也可以理解。她不让步，我也就算了。我只能自己出来想办法追求我的梦想。

舒　香　丹心是太女人了，她是属于居家过日子的小女人类型的。

曾　光　对，你说的没有错，我和她之间追求的生活梦想不一样；她所追求的是把家庭的小日子过好，有钱的话，要换一套大房子，再有钱的话，要换一台大彩电；她所追求的是普通人追求的小康生活。而我追求的梦想是当作家，写出好作品来，千古留名！所以我们之间追求的梦想不一样，最后只有分道扬镳了。

舒　香　其实作为女人，她的想法也是对的，她没有错。

曾　光　她的想法是没有错，我的想法也没有错，只不过我们是属于两种不同类型的人，想法不一样，想不到一起去，所以也就过不到一起去，离婚也就是必然的结果。

舒　香　那你们以后还打算复婚吗？

曾　光　复婚的可能是希望不大了，玻璃打碎了，再用胶水粘起来，还有意义吗？

舒　香　你的意思是说，将来要换一块新的？

曾　光　将来的事儿谁也说不准，以后顺其自然吧。我现在只想挣钱，只想出书。

舒　香　曾光，你写的文学作品能让我看一下吗？

曾　光　当然可以，不怕你笑话。

［曾光从写字台的抽屉里拿出两本整理好的文学作品手稿交给了舒香。］

舒　香　这是什么文学作品？是小说，还是诗歌？

曾　光　这是两本诗歌作品，你可以拿回去看一看。

舒　香　我一定好好欣赏欣赏。

曾　光　当然可以，最好过目了之后能提出意见。

舒　香　你就不怕我给你泼冷水？

曾　光　泼冷水，说明你有水平，看懂了，才能说出有分量的见解来。

舒　香　好吧，那我就拿回去看一看。

曾　光　你慢慢看吧。

舒　香　曾光，你的诗歌如果能打动我，我就带走，看找人能不能帮你出版。

曾　光　可是我现在没有钱……

舒　香　我知道你现在没有钱，我说的是不花钱，免费出版。

曾　光　这可能吗？现在中国出版界都以经济效益为中心，一个是有关系、有人，可以免费出版。还有一种是德高望重的专家、学者的著作，可以免费出版。还有第三种情况就是没有关系、没有人，可以花钱买书号出版；我属于第三种类型吧。

舒　香　如果你的诗歌写得好，我带回去试试看，为你想办法找人，我有一些大学的同学，有的在文化出版单位工作，我看能不能帮上你的忙。

曾　光　那太感谢啦！

舒　香　如果通过我的同学、朋友，为你出版了诗集，到时候你可要请客哟？

曾　光　那当然，成了我一定请客。

舒　香　如果不成，我冬天寒假来凤凰山的时候，再把诗稿带回来奉还。

曾　光　可以，可以，有这样的好事儿，我正求之不得呀，非常感谢！

［这时黄春花从外面走进来。］

黄春花　舒香姐，你果然在曾光大哥这里呀？

舒　香　我来找儿子。你怎么也跑来啦？

黄春花　家里有客人来啦，提出要见你。

舒　香　提出要见我？是什么客人？

黄春花　是宋丹心带着女儿来了，她也请曾光大哥过去。

曾　光　她突然跑到凤凰山来干什么？

黄春花　不知道。好像是来者不善。你们去见一见贵客吧？

舒　香　走吧，她一定是来找曾光复婚的。

曾　光　不会的，我们刚离婚，只有一个多月的时间，怎么可能马上就复婚呢？

黄春花　什么也不要说了，走吧，她好像是跑来找你们两个人的事儿的。

舒　香　她来找我们两个人的事儿？

黄春花　我听她话里的意思好像是的。

曾　光　她来找什么事儿呀？

黄春花　反正她看起来火药味十足，你们要有精神准备。

曾　光　莫名其妙吧？她来找什么事儿呀？

黄春花　不知道，你们去了就知道了。

[三人同下。落幕。]

第九场

黄家一楼大客厅。宋丹心和女儿荣荣坐在客厅里，眼睛看着彩色电视机的画面。曾光和黄春花、舒香，三个人一起从大门进来了。女儿荣荣看见爸爸，高兴地跑向父亲。

荣　荣　爸爸，爸爸，爸爸！

曾　光　荣荣，你怎么跑来啦？

荣　荣　是妈妈带我来的，我好想你呀，爸爸！

曾　光　爸爸也想你。我的女儿又长高啦。

宋丹心　你想女儿吗？

曾　光　哪有爸爸不想孩子的？

宋丹心　你还知道想女儿呀？

舒　香　丹心，咱们好长时间不见啦……

宋丹心　我听说你来啦。

黄春花　大家坐吧。我来给你们泡茶。

曾　光　你跑来干什么？

宋丹心 来看看你呀。

曾　光 谢谢。你有兴趣来看我？

宋丹心 我来看一看你的日子过得怎么样？

曾　光 我过得挺好的。

宋丹心 看样子，日子过得还是挺好的，在深山老林里，还有一个老朋友来此陪伴你。

黄春花 丹心姐，请喝茶。

宋丹心 我不喝。

黄春花 天气热，多喝点茶水，排汗下火。

宋丹心 我心里的火是茶水排不出去的。

曾　光 丹心，你怎么啦，阴个脸？

宋丹心 这应该问你呀。

曾　光 问我？问我什么？

宋丹心 荣荣，你先出去自己玩，我们大人要谈事情。

荣　荣 好吧，妈妈，您不要生气。

[荣荣走了，出去了。]

黄春花 这孩子真懂事儿。大家不要站着了，坐坐坐，有什么话坐下来说。

曾　光 丹心，你要谈什么，表情这样严肃？

宋丹心 问你呀。

曾　光 问我什么？莫名其妙。

宋丹心 曾光，你为什么要欺骗我？

曾　光 我怎么欺骗你啦？我骗你什么啦？

宋丹心 你不是闹着要去深圳工作吗？怎么不去深圳啦？

曾　光 我是要去深圳的。这跟你还有关系吗？

宋丹心 当然有，你骗我要去深圳工作，为什么不去呀？

曾　光 因为春花要把我留下来工作，所以我暂时就不去深圳啦。

宋丹心 是这样吗？春花？

黄春花 是的，他本来要去深圳工作的，是我把他留下来的。

宋丹心 春花，你为什么要把他留下来工作？

黄春花 因为我们凤凰山的工作特别需要他。

宋丹心 凤凰山的工作需要他？曾光，这就是你的雄心大志？大企业不干了，跑到小山沟里来施展你的才华？

曾　光 我愿意。在这里工作我开心，因为我的工资比原来在厂里多挣了四百多块钱，我为什么不能在小山沟里工作呢？

宋丹心 你想在这里工作不是这个原因吧？

曾　光 那你说还有什么原因？

宋丹心 你的目的是跑到这里来与老情人相会吧？

曾　光 胡说八道！

宋丹心 是我胡说八道吗？舒香，我请问一下，你怎么也跑到这里来工作啦？

舒　香 丹心，我是春花请来为山里的孩子们补习功课的。

宋丹心 为山里的孩子们补习功课？

舒　香 不相信我，你可以问春花。

宋丹心 事情怎么会这么巧呢？过去一对相亲相爱的情人，居然都返回了凤凰山工作？

黄春花 丹心姐，你不要误会……

宋丹心 是我误会吗？他们是不是又旧情复发啦？

曾　光 丹心，你说话的口气好像是来审问我们一样？

宋丹心 你怎么理解都可以。曾光，我来问你，你是不是跟舒香事先约好了一起到凤凰山来工作的，所以才打定主意要跟我离婚的？

曾　光 丹心，你能不能不胡说呀？

宋丹心 我胡说什么啦？事实已经摆在大家的眼前了，是我胡说吗？一个男子汉、大丈夫，你应该对女人说实话！

曾　光 你叫我说什么实话呀？

宋丹心 你是不是跟舒香说好了，一起到凤凰山来相会的？

舒　香 不是的，丹心……

宋丹心 舒香，我不想听你说话，我要听曾光说话。

曾　光 我不明白你的意思。

宋丹心 你不明白，我就坦率地问你，你跟我闹离婚，是不是就为了跑到凤凰山来找舒香相会的？

曾　光 你胡说什么呀？你能不能说话不带刺儿呀？

宋丹心 怎么，离家一个多月，闲我说话不好听啦？

曾　光 谁也不喜欢听难听的话。

宋丹心 那好吧，我就说一点好听的话，你是不是又爱上舒香啦？

曾　光 什么我又爱上舒香啦？

舒　香 丹心，怎么会呢？

宋丹心 男子汉、大丈夫，做事要敢作敢当，不要遮遮掩掩的，你要说实话。

曾　光 宋丹心，你不要跑来胡闹，无事生非好不好？

宋丹心 你不敢承认，是吧？你是不是又看见舒香变成了单身女人，你又爱上了她？

曾　光 哪儿有这样的事儿呀？请你不要闭着眼睛瞎说好不好，宋丹心同志？

宋丹心 是我瞎说吗？事实已经摆在这儿了，你前脚跑到凤凰山来工作，她后脚就跟着跑到凤凰山来教书，难道世界上还有这样的巧合吗？

曾　光 这就是巧合！宋丹心，你的想法不要太复杂了，我和舒香之间什么事儿也没有，你怎么能这样胡思乱想、胡乱猜疑呢？

宋丹心 我胡思乱想？我胡乱猜疑？你们两个人已经在凤凰山汇合了，这是我胡思乱想，胡乱猜疑吗？这是我看到的事实吧？

曾　光 你看到了什么事实呀？这纯粹是捕风捉影。

宋丹心 捕风捉影？你们两个已经同时出现在我面前，这还不是事实吗？

舒　香 丹心，事实不是你想象的……

宋丹心 舒香姐，我叫你一声舒香姐，世界上没有不透风的墙，知道什么叫无风不起浪吗？有人看见你们跑进凤凰山来度蜜月啦！

舒　香 度蜜月？

曾　光　不是，宋丹心，谁看见我和舒香到凤凰山来度蜜月啦？

宋丹心　要我告诉你吗？郭小红看见你到凤凰山来了，陆春芳看见春花开车接舒香和她儿子到凤凰山来啦。她们告诉我，我还不相信。

舒　香　郭小红、陆春芳？

曾　光　这些傻娘们，就会无中生有，乱弹琴！

宋丹心　这是无中生有，乱弹琴吗？你们已经在凤凰山相聚了，这还是无中生有乱弹琴吗？这是既成事实啦！

曾　光　宋丹心，我不想听你说废话，我也不想听你说没有用的话，我只能坦诚地告诉你，你听到的话纯粹是瞎扯淡，胡编乱造的谣言！

宋丹心　这是谣言吗？你们已经在一起了，难道这还是谣言吗？

曾　光　宋丹心同志，我请你不要听那些烂舌头的女人嚼舌头的话！

宋丹心　可我看到的眼前的事实又如何解释呢？

曾　光　你看到了什么事实呀？

宋丹心　你跟舒香在一起，这又如何解释呢？

曾　光　这不用解释。

宋丹心　心虚了吧？曾光同志？你和舒香之间是不是又旧情复发，重温旧情啦？请说老实话。

曾　光　我说什么老实话呀？简直莫名其妙，我跟你说不明白。

宋丹心　你承认说不明白啦？

曾　光　什么我承认说不明白啦？这是没有的事儿！你就喜欢听那些多嘴多舌的小媳妇背后烂嚼舌头的鬼话，你活得累不累呀？

宋丹心　我活得是累呀，一个女人，带着孩子，我是又当爹，又当妈，我要累死啦！

［宋丹心好像特别伤心地哭起来。］

曾　光　宋丹心，你先不要哭啦。你到凤凰山来的目的就是没事儿找事儿的，是吧？

宋丹心　谁没事儿找事儿来啦？是我没事儿找事儿吗？你放着安安稳稳的日子不过，跑到小山沟里来跟老情人相会，你对得起我和孩子吗？

黄春花 丹心姐，你说话有点太偏激啦。我说实话，舒香姐是我请来寒、暑假为山里的孩子们补习功课的。曾光大哥也是我留下来在凤凰山工作的，所有的一切事情都是我经办的，都是我决定的。

宋丹心 春花，你对我说实话，他是不是跟舒香到此秘密同居啦？

曾　光 你说话怎么这样难听啊？

宋丹心 怕我说话难听，你们不要做出见不得人的事情啊？

曾　光 我们做什么见不得人的事情啦？

宋丹心 你们做了什么事情，你们自己知道！

曾　光 我们什么也不知道。莫名其妙！

黄春花 丹心姐，你说的话有点太过分了。曾光大哥和舒香姐来我这里工作，并不像你听到的传闻那样，你不要疑神疑鬼了，我向你保证，他们之间是清清白白的。

宋丹心 清清白白的？孤男寡女在一起，还能清清白白的？你说的话谁能相信哪？我是不相信他们之间会清清白白的！

黄春花 丹心姐，你不相信我，也不相信他们，你说怎么办呢？我只能劝你丹心姐，做女人不要太小心眼了。再说了，你跟曾光大哥已经离婚了，就不要继续胡闹了，双方闹下去，对你们有什么好处呢？又有什么意义呢？只能是越闹越伤感情。

宋丹心 我真傻呀，我跟丈夫离什么婚呢？我只是恨他不听我的话，其实我还是爱他的！舒香姐，我求求你啦！

［宋丹心突然在舒香面前跪下来，拉着她的手。］

舒　香 丹心，你这是干什么呀？

曾　光 她发神经啦！

宋丹心 我是要神经啦！舒香姐，我求求你啦，不要夺我所爱，我还是爱我丈夫的，我还是爱曾光的！我就是恨他我行我素，不听我的，我求求你不要破坏我们的家庭！

舒　香 丹心，你不要这样，你起来，我怎么破坏你的家庭啦？我什么也没有做呀……

宋丹心 舒香姐，我求求你啦，我和曾光之间还是有感情的……

黄春花 宋丹心，你起来起来，你这是干什么呀？三十多岁的人了，不要出这样的洋相！

［黄春花把宋丹心从地下拉起来，让她坐到了椅子上。］

宋丹心 舒香，我知道我宋丹心比不了你，你有知识、有文化，又是大学老师，我什么也不是，我就是一个普通的工人。可是我和曾光有过婚姻，有过爱，我知道你们过去好过，爱过，可那都是已经过去的事儿了。我和曾光已经有了孩子，我们的女儿现在天天找我要爸爸，要父爱，我是没有办法向孩子交代，才跑到凤凰山来找他的。想不到你们居然又走到了一起，在这里偷偷摸摸地相爱……

舒　香 丹心，我们没有相爱……

宋丹心 我希望你不要打岔，请你听我把话说完，我求你可怜可怜我，尊敬的舒香大姐，请你可怜可怜我的孩子！

［这时宋丹心与曾光的女儿荣荣，又悄悄地从外面进来了。这个懂事的孩子根本就没有走远。她躲在大人的身后，用眼睛瞄着大人们。］

曾　光 行啦，宋丹心，你不要胡说八道啦。

宋丹心 不，我要说！舒香，你的孩子没有爸，我的孩子不能没有爹呀！虽然我和曾光之间在人生的观念上有矛盾，在思想感情上有分歧，可是我们之间还是有感情的，还是有爱的！你是一个有知识、有文化的人，你又是一个令人尊敬的大学老师，你不能夺我所爱呀！你可以找一个比他更优秀的男人成为你的丈夫！

舒　香 丹心，你说什么呢？乱七八糟的？不可理喻！

宋丹心 曾光，我想对你说，你不要在这里干啦，跟我回去！

曾　光 我跟你回去干什么？我跟你回去还有什么意义？

宋丹心 你跟我回去复婚，我在家里养着你！

曾　光 这不大可能吧？你在家里养着我，你养得起我吗？复婚我也不反对，但是我的条件是要钱、要出书，你同意吗？

宋丹心　这不可能，我没有钱给你出书，你就不要做当文学家的不切实际的梦想啦！

曾　光　你不同意我的条件，我就不能跟你回去。我回去既没有工作，又没有钱出书，我回去干什么呢？你就不要胡闹啦！

宋丹心　舒香，你说他是不是应该跟我回去？

舒　香　我不知道。我不参与你们夫妻之间的事情……

宋丹心　可是你已经参与啦，他为你跑到凤凰山来，连家也不要了，连安稳的工作也不要了，连老婆、孩子也不要了！

舒　香　丹心，不是这样的，我并没有参与你和曾光之间的事情，这跟我没有关系，我不知道他辞职，我也不知道你们之间闹离婚的事情。我确实是接受春花的邀请到凤凰山来为孩子们补习功课的。至于你和曾光之间的事，我也是听曾光对我说的。在此之前，我什么也不知道，一无所知，你不要把我拉扯到一起说事儿。

宋丹心　舒香，他怎么不对别人说呢？他怎么就偏偏对你吐苦水呢？

舒　香　人心里有苦水，总是要倒出来的。

宋丹心　这就证明他还爱你！

舒　香　你要这样说，我也没有办法。再见。

［舒香气得转身就走了，上楼了。］

黄春花　丹心姐，你说的话实在太过分了，曾光大哥和舒香姐之间本来没有什么事儿，你跑来这样地胡闹，结果把事情闹得越来越复杂，大家面子上都挂不住，以后还怎么见面？你这样胡闹太过头啦！

宋丹心　我这样闹，就是要叫他们记住，不要干偷鸡摸狗的事情，可耻！教训他们以后不要再见面！

黄春花　你的心态真是有问题啦。

曾　光　我觉得她有点儿神经啦。

宋丹心　是你把我气神经啦！

［曾光转身要走，女儿荣荣跑上前去，拉着曾光的手。］

荣　荣　爸爸，回家吧？爸爸，跟我们一起回家吧！

曾　光　荣荣，爸爸不能回去。爸爸爱你，你跟妈妈回家吧。

［曾光也不想跟宋丹心理论了，出大门走了。］

荣　荣　爸爸！爸爸！爸爸！

宋丹心　荣荣不哭，荣荣不哭，跟妈妈走！

黄春花　丹心姐，你要到哪儿去呀？

宋丹心　回家！

［宋丹心拉着女儿就出大门。］

黄春花　丹心姐，天已经黑了，山里又不通车，你们怎么回去呀？

宋丹心　走回去！

黄春花　走回去？等一等，还是我开车送你们吧！

［黄春花跟着宋丹心和她女儿的身后同下。］

第十场

夏去冬来，天气冷了。空空荡荡的黄家大客厅也显出冷清了。曾光在客厅里修理电器，他在修理客厅的电视机。他虽然穿着冬天的衣服，但双手冻得还是感觉到冷。他双手相互搓着，热手。舒香的儿子小舒童推开门从外面跑进来了。

舒　童　叔叔，曾光叔叔！

曾　光　哟，舒童小朋友，你怎么又来啦？

舒　童　是春花妈妈接我们来的！

曾　光　你妈妈来了吗？

舒　童　妈妈也来啦！

曾　光　你妈妈人呢？

舒　童　我妈妈和春花妈妈在后面呢，我先跑进来啦！

曾　光　小朋友，你想我了吗？

舒　童　想啦！

曾　光　你真想我啦？

舒　童　是真想了，半年时间不见了，我老想着叔叔的小狗！

曾　光　你这哪儿是想叔叔呀，分明是想我的狗啦。

舒　童　我也想你了，也想你的狗啦。叔叔，你的小狗还在吗？

曾　光　在，不过我的小狗儿已经长成大狗啦。

舒　童　怎么变成大狗啦？

曾　光　你想你们夏天走的时候是小狗，你们冬天回来不就变成大狗了吗？

舒　童　叔叔，你的狗在哪儿呀？

曾　光　我的狗还在我住的地方，没有带过来。

舒　童　叔叔，你为什么不把狗带过来？

曾　光　因为，我的狗不能带到春花妈妈家里来，她怕我的大黑狗。

舒　童　叔叔，你的狗现在咬人吗？

曾　光　熟人它不咬，生人它咬。

舒　童　那狗会咬我吗？

曾　光　我想狗不会咬你吧，你们原来是好朋友，它怎么会咬你呀？

舒　童　太好啦。叔叔，我要去看看你的小黑狗！

曾　光　那你去吧。

[舒童转身往外跑，这时舒香和黄春花开门进来了。]

舒　香　儿子，你这样急急忙忙的又要跑到哪儿去呀？

舒　童　我要到叔叔住的地方去看他的小黑狗！

舒　香　儿子，外面下雪啦。

舒　童　妈妈，我不怕！

[孩子出门跑了。]

曾　光　舒香，你又来啦？

舒　香　来了，放寒假了，春花也不叫我在家里待着，又把我接来了。

黄春花　舒香，你和你儿子来了，曾光就不会感到寂寞了。

舒　香　他还怕寂寞呀？

曾　光　是呀，山里的冬天太冷清了，活儿又不多，人又少，太寂寞了，真的好想你呀！

舒　香　你也学会唱这首歌啦？

曾　光　是呀，你和舒童来了，我就有伴儿了，也不会感到寂寞了。

黄春花　曾光，电视机修好了吗？

曾　光　修好了。

黄春花　是什么问题？

曾　光　不是什么大问题，就是一个电阻烧了，换上就好了，电视机可以看了。

黄春花　谢谢你又为我省钱了。

舒　香　曾光，电视机你也会修理？

曾　光　学着修。

黄春花　曾光大哥是真聪明，什么都会修理，电视机、洗衣机、空调、电冰箱、发电机、拖拉机、抽水机，好像万能，没有他不会的。

曾　光　其实也没有什么，我就是喜欢琢磨。

舒　香　我知道他聪明，就是不听人劝。

曾　光　舒香，你来了我真高兴。

舒　香　你为什么盼望我来呀？

曾　光　因为人是群居动物嘛，我也怕孤独，怕寂寞。

舒　香　你还怕孤独、寂寞呀？你不是什么也不怕吗？

曾　光　谁说的？在山沟里面过夏天我不怕，天气热的时候，可以游泳啊、钓鱼啦、散步啦。到了冬天就不成了，洗澡也洗不成了，钓鱼也钓不成了，下雪散步也散不成了，只有躲在屋里烤火，像动物一样猫冬，外面连人也见不着了。

黄春花　活该，你就不要诉苦了，我叫你回家你又不回家，愿谁呢？

曾　光　我回家也不行，过春节还早着呢，我回家去待着也不舒服，父母在家里天天磨叨我。

黄春花　他们磨叨你什么？

曾　光　不就是家庭那点破事儿嘛？什么老婆啦，孩子啦……

舒　香　什么老婆？曾光，你又找老婆啦？

曾　光　不是的，就是前妻宋丹心，她经常带着孩子到我家里去看望我父母，她跟我父母的关系还是比较好的，常来常往。我一回家，父母就唠叨我，什么丹心啦，孩子啦，复婚啦等等，烦死我啦。

舒　香　你父母又要求你跟宋丹心复婚啦？

曾　光　是的，宋丹心又后悔离婚了，她想跟我复婚，又联合我的父母说服我，我在家里待着不得安宁，我还不如在山沟里静下心来写我的东西呢。

舒　香　你心静不下来，能写出东西来吗？

曾　光　我写了不少，小有成果，半年时间我又写了一本书。

舒　香　噢，对了，曾光，我有一个好消息要告诉你。

曾　光　什么好消息？

舒　香　你猜。

曾　光　是春花要生儿子啦？

黄春花　什么呀？舒香说是给你带来了好消息，不是给我带来了好消息。

曾　光　我的好消息？我能有什么好消息呀？

舒　香　你真的想不出来？

曾　光　想不出来，我的脑子事儿太多，有点糊涂了。

舒　香　为什么脑子糊涂了？

曾　光　因为看见了你呀。

舒　香　去，淘气。我拿你什么东西啦？

曾　光　诗稿？

舒　香　你最伟大的梦想是什么？

曾　光　出书，当然是出书啦。

舒　香　恭喜你，答对了，你的诗集出版啦。

曾　光　真的，舒香，真的出版啦？

舒　香　是真的，我通过同学、朋友，把你的诗集出版啦，请你看一看满意不满意吧。

［舒香从拿来的手提包里拿出了两本书，呈现在曾光的面前，曾光又惊又喜。］

曾　光　谢谢你，舒香！太感谢啦，太意外啦！

［曾光接过出版的书，翻看着，激动得两手发抖。］

舒　香　曾光，你写的诗我都认真看过了，写得太美啦。你的诗让我看到了你的灵魂，看到了你的内心世界，看到了你的理想，看到了你的快乐，看到了你的精神世界，看到了你与众不同的性格，看到你积极进取的精神，看到了你的才华。你的诗不仅打动了我，也打动了我的同学，所以出版社为你出版了。

曾　光　舒香，谢谢，真是太感谢啦！

黄春花　让我也看一看，曾光大哥。

［黄春花饶有兴趣地从曾光手里拿过一本书翻起来。］

舒　香　曾光，看了你的诗，我好像明白了你为什么与宋丹心离婚，你们真的是属于不一样的人。你的梦想，你的追求，让我看到了一个丰富多彩的世界。你的诗能感动懂你的人。你让我看到了当代中国论坛的徐志摩。继续努力，你将来一定会成功的。我相信你将来会成为中国诗坛的一只大鹏！

曾　光　谢谢，谢谢你的鼓励，你唱的赞歌让我感到无地自容啦。

舒　香　曾光，我说的是真的。你现在还隐居在深山老林里，没有飞出去，当你扇起翅膀飞出深山老林的时候，中国文化界一定会大吃一惊的。我真羡慕你的才华。我虽然上过大学，读过研究生，身为大学的教师，可是我还不如你这个初中毕业生。我写的诗还不如你写的诗能感动我，能震撼人的灵魂。只不过你的人生之路走得太艰难了、太曲折了。如果当年你听我的，考上大学，读了研究生，你不会奋斗得这样艰苦，不会奋斗得这样累，不会奋斗得这样艰难，不会奋斗得妻离子散。不过好事多磨，你要坚持。我想对你说的是，只要你继续努力，绝不放弃，你总有一天会成功的！

曾　光　谢谢你，舒香，你真是帮了我的大忙啦！

舒　香　怎么样，曾光，你看了书的样本还行吧？

曾　光　谢谢。

黄春花　曾光大哥激动得不会讲话了，就会说谢谢了。

舒　香　如果你对样品书感到满意，我就打电话叫出版社向国内外出版发行啦？

曾　光　这还有什么说的？我百分之百地满意。舒香，你为我花了多少钱哪？

舒　香　我没有花钱，我就是请老同学吃了一顿饭，你的诗歌打动了她，经过我的同学编辑，出版社就同意出版了。合同我为你代签了，请你保存好，以后有了稿费，可不要忘记请我们吃饭啦！

［舒香又把出版合同拿给他，曾光又激动地看合同。］

曾　光　舒香，我一辈子感激你，永远感激你！请你吃饭太小意思了，你说到什么地方去吃，咱们马上就走！

舒　香　真的，曾光，一辈子感激我，这话可是你说的？

曾　光　是我说的，我身上有钱了。

舒　香　你身上既然有钱了，我也就不客气了，我要到城里最好的大酒店去吃饭，我要吃以前从来没有吃过的东西，我要吃鱼翅、龙虾、燕窝……

曾　光　行，没有问题，只要饭店有，咱们马上走！

黄春花　曾光大哥，你还真要去呀？

曾　光　那当然啦，这种事情能开玩笑吗？我一辈子追求的梦想好像做梦一样地实现了，花几个钱算什么？春花，马上开车走吧？

黄春花　我看还是算了吧，［黄春花拍了拍怀孕的大肚子。］我一个大肚子女人，又吃不了多少东西，到城里最好的大酒店，开车要跑两个小时，还不如在我的农家乐吃得美，以后再说吧。

舒　香　曾光，你真傻，你还当真啦？

曾　光　男子汉、大丈夫，说话就要算数的。

舒　香　算了吧，老朋友，冰天雪地的，春花这么大的肚子，很快就要当妈妈啦，开车跑出去也不方便，先记下一笔账，以后再说吧，记住你欠了我们一顿美味佳肴，以后有机会补上就是啦。

曾　光　那我要忘记了怎么办？

舒　香　好办，忘记了加倍处罚，请两次，吃双份，对不对春花？

黄春花　对了，不请客，舒香以后就不帮你出书啦。

舒　香　曾光，我从出版社拿回来十套书，多了我也背不动，书实在是太沉了，累得我背着包，两个肩膀都压疼了。我要留一套书，留下来以后再慢慢研读、慢慢欣赏。多余的书就交给主人啦。

［舒香从提包里把书全部拿出来，放到了茶几上。黄春花马上从茶几上拿起了一套书。］

黄春花　我也要留一套书，以后有时间好好拜读拜读你的大作。

舒　香　大诗人，请签名吧。

［舒香拿给曾光，请他在书上签名。］

曾　光　签名？

舒　香　对呀，你现在是我们的大诗人啦，你要在送给我的书上留下你的尊姓大名。

曾　光　开玩笑吧？我的签名又不值钱。

舒　香　以后可能就值钱了。

黄春花　还有我的，我也要签名。

舒　香　好了，曾光，为了你的梦想，我的神圣使命也算完成了。

曾　光　谢谢你，舒香，你太伟大啦！

舒　香　什么伟大？这是什么词儿呀，不能用在我身上。

黄春花　他太激动啦，在你面前话也不会说了。曾光大哥，你是不是爱上舒香姐啦？

舒　香　去，小妹妹不要胡说八道……

黄春花　你看，舒香，曾光大哥看你的眼神。

曾　光　是呀，我太激动啦！

黄春花　激动什么呀？变成大诗人，就语无伦次啦？

曾　光　对不起，我不是什么大诗人，我只是业余爱好。

舒　香　不要谦虚嘛，曾光，我们为有你这样的朋友感到荣幸！

黄春花　是呀，曾光大哥，在我们的朋辈之中，能出一位诗人，这是你的光荣，也是我们的荣幸啊！

曾　光　其实现在的中国人已经没有多少人喜欢看诗、读诗了，热爱诗歌的人已经越来越少了。

舒　香　其实不然，我还是比较喜欢看诗读诗的。你的大作确实感动了我，叫我也有当诗人的冲动及梦想啦！

曾　光　欢迎你也来创作诗歌呀！

舒　香　可是很遗憾，我没有你的创作才华。

黄春花　是呀，不是每一个人都会成为诗人的。我们的大学算是白读了，一天到晚忙着赚钱，知识等于白学了。

曾　光　其实中国人现在缺的不是钱，改革开放确实使中国人的生活富裕起来了，如今中国人缺的是德，缺的是文化。

舒　香　此话怎讲？

黄春花　中国人为什么缺德、缺文化？

曾　光　如今社会乱象丛生，大家有目共睹：假烟、假酒、假奶粉、毒药丸、地沟油，等等等等，好像什么东西都有假的，养猪的不吃猪肉，养鸭的不吃鸭，养鱼的不吃鱼，养鸡的不吃鸡，这不就是中国人缺德的表现吗？如果一个国家的民众都在抽假烟、喝假酒、孩子喝假奶粉、病人吃毒药丸、十三亿人都在吃地沟油，这个国家将来还能好吗？这是祸国殃民啦！

舒　香　这种乱象丛生的现象，是国人缺少文化的表现吗？

曾　光　当然是的，至少与此有关吧？从表面上看，中国的大学毕业生越来越多了，有知识、有文化的人越来越多了，其实不然，现在国人的素质越来越差了，有知识、有文化的人越来越少了。据记者们的调查，中国现在每天读书的人还不到百分之二，欧美发达国家每天读书的人是百分之八。如今的中国人就是想钱想疯了，精神空虚了，脑子里面除了钱，什么也没有了。

黄春花　有道理。

舒　香　这是中国文化的悲哀呀！

黄春花　好了，国家大事咱们不谈了。还是请坐下来喝茶吧，我站得可是受不了啦，你们不坐我要坐了。

［黄春花自己在椅子上坐下来。］

舒　香　中国人缺德、缺文化，太可怕了。曾光，我希望你有时间能写一些有关国家德育与文化教育的文章。

曾　光　这样的文章不受欢迎，我还是算了吧。

舒　香　你不是想成为大诗人吗？连这一点崇高的思想也没有啦？

曾　光　社会公德、文化的文章，可不是随便乱写的，要负责任的。

舒　香　前辈文化人不是说过吗？铁肩担道义，妙手著文章。文化人身上最重要的精神是铁肩担道义！

曾　光　可是我没有达到那样伟大崇高的思想境界。

舒　香　我希望以后你能成为有崇高思想境界的大诗人。

曾　光　谢谢你的鼓励，你太抬举我啦。

舒　香　至少应该努力争取吧？

曾　光　那样伟大的梦想怕难以实现吧？

舒　香　要对自己有信心，曾光，古人梦想过空中飞人，今天的人类不就飞上太空了吗？

黄春花　是呀，曾光大哥，我也希望你能成为大诗人，多写一些有关精神方面，有道德、有文化、有力度的诗歌作品来。

曾　光　可是梦想伟大，并不一定能实现哪！

舒　香　当然了，梦想绝非是一件容易实现的事情。北宋著名文学家欧阳修，在他的《醉翁亭记》中写道：不经风雨，难见彩虹，没有人能够随随便便成功！

黄春花　对的，任何有梦想的人，都不是随随便便能够取得成功的，他们与众不同的地方就在于坚持自己的梦想。唐僧取经还经历过九九八十一难呢。

［这时舒香的儿子小舒童又推开门从外面跑回来了。］

舒　童　妈妈，妈妈，外面又下大雪啦！

舒　香　下大雪了好，下大雪了杀细菌，杀病毒，冬天多下一点雪，春天得病的人会少。

曾　光　舒童，你怎么又跑回来啦？你不是去看狗的吗？

舒　童　那只大狗咬我，它不认识我了，我不跟它玩了。

舒　香　不跟狗玩了，你就上楼自己玩去吧。

舒　童　好的，妈妈，吃饭的时候叫我。

[舒童又自己跑上楼去了。]

黄春花　曾光大哥，说一点实际的事情吧，我有大事儿要求你帮忙啦。

曾　光　春花，你有事儿说话就是了，谈什么帮忙啊？

黄春花　我还真需要你操心了。我的肚子大得走路都感到困难了，过了春节，春暖花开，我可能就要生孩子了。我家族的事业以后就需要你多操心了，我要休息了。

曾　光　你休息了，不是还有你丈夫操心吗？

黄春花　他一个人也操心不过来，他在市中心投资了一家大酒店，刚开张，业务还不熟练，一天到晚忙得不着家，你没有发现他有半个月的时间没有回家来了吗？

曾　光　没有发现。你不是还有弟弟妹妹吗？你交给他们管理好了，我可以帮助他们的。

黄春花　他们不行，他们不是材料，他们几个脑袋加起来也不能赶上你一个。我就委托你管理了，我也求你要多操心了。

曾　光　那好，只要你信得过我。

黄春花　我相信你的聪明才智，代我管理三个月的时间，等我生了孩子，平安无事，好吧？你代我管理工作期间，我给你增加工资。

曾　光　谢谢你对我的信任。

黄春花　我生孩子期间，工作你就要多操一点心了。

曾　光　没有问题，你放心吧，祝愿你生一个大胖儿子！

黄春花　我可是喜欢小姑娘。

曾　光　别人都喜欢儿子，你为什么喜欢姑娘？

黄春花　因为我家姑娘都比儿子强。

舒　香　春花，是这样吗？

黄春花　是的，我家三个姑娘，都比男孩子要强，我三个弟弟，没有一个争气的。

舒　香　不会吧？一般来说，男孩子长大之后都比女孩子强。

黄春花　你说的定律，在我们家正好相反。

［这时大门外有人敲门。］

舒　香　春花，外面有人敲门。

黄春花　大雪纷飞，谁还会到我们家里来呀？

舒　香　也许是左右邻居吧？

黄春花　不会的，左右邻居到我们家来是从来不敲门的，这肯定是外来人。我去开门吧。

舒　香　你不要动，你不方便。

曾　光　还是我来开门吧。

［曾光过去把门打开，宋丹心披着满身的雪花从外面走进来。］

宋丹心　曾光。

曾　光　是你？下着大雪，你怎么跑进山里来啦？

宋丹心　我来看看你。

黄春花　丹心姐，来坐吧。

宋丹心　不坐。我想找曾光谈点事情。

黄春花　那你们谈吧，我们让位。

［舒香和黄春花走了，上楼，下。］

曾　光　你跑来找我谈什么？

宋丹心　我请你回家。

曾　光　请我回家？

宋丹心　是的，我请你回家，要过春节了，孩子想你。

曾　光　我现在不想回去，我还有工作，过几天吧。

宋丹心　曾光，我们复婚吧。

曾　光　复婚？

宋丹心　是的，复婚，过去离婚的事是我的错儿，我希望你能跟我回家。

曾　光　你怎么又想复婚啦？这不是开玩笑吗？

宋丹心　这不是开玩笑，我冒着大雪跑进山里来也不是开玩笑的。我请你回家，我们重新过日子。我已经买了新房子，两室一厅，已经装修好了，我请你回家继续当孩子的爸爸，尽到为父的责任！

曾　光　婚姻又不是儿戏，又不是小孩子过家家，你说离就离，你说合好就合好？这怎么可能呢？我既然被你扫地出门了，我就不想回过去的家了。

宋丹心　你想怎样，曾光，想找一个新妻子？

曾　光　这是我的事儿。

宋丹心　你是不是想娶舒香？你们走到一起啦？

曾　光　这是我的自由。

宋丹心　好你个没良心的，你喜新厌旧，我找舒香谈，我看她好意思抢走我的老公！

曾　光　丹心，你不要胡闹了好不好？

宋丹心　我就是要胡闹，我不能让她抢走我的丈夫，我不能让她抢走我的老公，我不能让她抢走孩子的爹！舒香，你下来！舒香，我请你下来！

曾　光　行啦，丹心，你就不要跑到这儿来丢人啦！

宋丹心　我不怕丢人！舒香，你下来！舒香，请你下来！

曾　光　你不要喊啦，你不要叫啦，我求你讲一点道理好不好？

宋丹心　婚姻与爱情是没有道理好讲的！

［舒香又从楼上下来了。］

舒　香　丹心，你叫我下来干什么？

宋丹心　我想找你谈一谈。

舒　香　谈什么？

宋丹心　谈婚姻与爱情问题。

曾　光　那你们谈吧，我走啦。

舒　香　曾光，你不要走，我们又没有做过什么见不得人的事情，你走什么呀？

宋丹心　让他走，我不想叫他听见我们女人之间的事情。

舒　香　光明正大，怕什么呀？我们之间好像没有什么好谈的吧？

宋丹心　不，我要跟你谈一谈，我们都是女人，彼此应该沟通。

舒　香　那你谈吧，我竖着耳朵听。

宋丹心　舒香，请你可怜可怜我吧，我们都是女人，都是不幸的女人，我请求你不要当我和曾光之间的第三者……

舒　香　我是第三者？

宋丹心　难道你认为不是吗？曾光原本是我丈夫，可是你现在经常跟他在一起，破坏了我的家庭，这是很不道德的！

舒　香　我不道德？我破坏了你的家庭？

宋丹心　是的，我请你不要当小三，舒香，我求你啦！

舒　香　我是小三吗？

宋丹心　是的。我要跟他复婚，请你不要在我们中间碍事儿……

舒　香　丹心，你不该说出这样的话，他最早是属于我的！

宋丹心　可是我们已经结婚了，他就是属于我的！

舒　香　你太自私了，宋丹心……

宋丹心　爱情本身就是自私的。我也是没有办法，因为我在农村过得实在太苦了，我非常需要他……

舒　香　曾光，我上大学的时候，你背叛了我，跟她相爱了，并且还发生过不光彩的事情，丹心怀孕了，有这样的事情吗？

曾　光　哪儿有这样的事情啊？没有，从来没有过！

舒　香　丹心，你当年是不是欺骗了我？你明明知道我和曾光相爱了，你却从中插一杠子，在我上大学的时候，你不顾姐妹之间的情分，写信欺骗我说你和曾光之间产生感情了，并且发生了不正当的关系，怀孕了……

宋丹心　可我当时确实爱上了他！

舒　香　那你也不能用欺骗的手段，把他从我手里骗走吧？

曾　光　原来还有这样的插曲？

宋丹心　那已经是过去的老黄历啦，现在不必提了。

舒　香　不，我要说，你过去用巧妙的方法破坏了我们之间的感情，你知道你害得我有多苦吗？

宋丹心　我不知道，过去的事情我只能说对不起了。

舒　香　对不起，一句多么轻松的话？可是我吃了十多年的苦，失去了一辈子的爱……

宋丹心　可是不管怎样，事情已经过去了，我们都成家了，立业了，有孩子了，你就不该来夺我所爱！

［宋丹心伤心地哭起来了，舒香也难过地哭起来了。］

舒　香　丹心，你怎么能说出这样的话来呢？你们离婚是因为你不了解他，是你不珍惜他，这跟我有什么关系呀？

宋丹心　可是我现在要跟他复婚，他不同意！

舒　香　这跟我也没有关系！

宋丹心　有关系，你们经常在一起，他还能跟我复婚吗？

舒　香　他不同意跟你复婚，我有什么办法？

宋丹心　因为他又爱上了你！

舒　香　莫名其妙……

宋丹心　舒香，我求你了，不要搅拌我和曾光之间的事了，好吗？

舒　香　我不想听你说了，这种事顺其自然吧。

宋丹心　曾光，你跟我回家复婚！

曾　光　我现在是自由战士，不会听你的。

宋丹心　曾光，我警告你，如果你要不同意跟我复婚，在这里跟舒香结了婚，我就自杀，死给你看！

舒　香　什么？自杀？

曾　光　你不要吓唬我呀……

宋丹心　我不是吓唬你，如果春节你要不回家跟我复婚，咱们走着瞧！

［宋丹心带着伤心的泪水出门走了。］

舒　香　噢，太可怕啦！

曾　光　舒香，你不要理她。

舒　香　你马上回家跟她复婚吧。

曾　光　不可能，我已经不爱她啦。

舒　香　难道你是真心爱上我了吗？

曾　光　是的。

舒　香　噢，天哪！

曾　光　既然离婚了，复婚还有什么意义呢？既然两个人不能长相知，不能长相守，不能同甘苦，再婚还有什么意义呢？

舒　香　曾光，你不要说啦……

曾　光　舒香，你不要哭了。我爱你，以后我会给你幸福的！

舒　香　我们可能在一起吗？

曾　光　当然可以在一起，我们有什么不能在一起的？我是一个单身男人，你是一个带孩子的孤寡女人，我们有什么不能结合的？

舒　香　曾光，你是真心疼爱我吗？

曾　光　是的，天地良心，我始终是敬爱你的！

舒　香　你也同样喜欢我的儿子？

曾　光　小舒童也很可爱。

舒　香　你说话不是儿戏？

曾　光　我向你保证！

舒　香　我一辈子也没有得到过男人的真爱……

曾　光　那就接受我对你的真爱吧！

舒　香　命运有时候是多么折磨人哪？我们年轻的时候相亲相爱，结果我却碍于姐妹之间的情面，把爱让给了宋丹心。如果年轻的时候我要嫁给了你，我也许不会生活得这样苦，生活得这样累……

曾　光　是的，舒香，你嫁给我吧，我会爱你一辈子的，我们本来就应该是天生的一对，我会疼爱你一辈子的！

舒　香　不，曾光，我嫁给你，丹心以后怎么办呢？她要自杀，多可怕呀……

曾　光　她不会的，她不过是嘴巴上说一说而已……

舒　香　不，以丹心的性格，她也许是做得出来的，我不能嫁给你……

［这时舒香的儿子小舒童从楼上跑下来了。］

舒　童　妈妈，妈妈，春花妈妈叫你上楼去！

舒　香　春花妈妈叫我上楼干什么？

舒　童　春花妈妈说，她怕你和荣荣的妈妈打起来！

舒　香　不会的，孩子，我们不是野蛮人……

［舒童拉着妈妈的手，拉她上楼了。曾光看着舒香和她儿子上楼，他出门走了。］

第十一场

还是黄家客厅。春暖花开了，曾光手捧漂亮的花束，来到黄家客厅，进门就叫女主人。

曾　光　春花，春花，春花！

［黄春花由舒香陪着从楼上下来了。］

黄春花　来啦，曾光大哥。

曾　光　恭喜你得了一个大胖儿子！春花，恭喜，恭喜啦！

［曾光向黄春花献上了手中的花束，黄春花看着漂亮的花束，闻了闻花香。］

黄春花　谢谢。我想要公主，结果真生了一个大胖儿子，累死我啦！

曾　光　生儿子不是更好吗？

黄春花　谁说生儿子好？儿子是名好，女儿是利好，儿子将来是三赔情郎，女儿将来是招商银行。

曾　光　春花，你是有钱的老板，还算这样的账啊？

黄春花　那怎么能不算账呢？现在不是商品经济社会吗？什么都要算账的。

曾　光　春花，你看起来保养得很好，红光满面的。

黄春花　这我要特别感谢舒香姐啦。

曾　光　你为什么要特别感谢她？

黄春花　你不知道我请她来侍候我的月子吗？

曾　光　我不知道。我在忙于工作呢。

黄春花　怎么样，曾光大哥，家里的工作还正常吧？

曾　光　放心吧，一切正常，不需要你操心了。

黄春花　谢谢，叫你费心啦。

曾　光　舒香，你怎么跑来啦？

舒　香　春花生孩子，我能不来吗？这是重点保护对象。

黄春花　是的，我都三十多岁了，生一个孩子容易吗？我家人我谁也不相信，我就相信舒香姐，所以我把她请来侍候我月子。

曾　光　春花，你是请舒香来当月嫂的？

黄春花　算是吧。不过半个多月的时间，舒香姐在医院侍候我月子，可把她累坏了。你瞧她累瘦了吧？

曾　光　看着还行。舒香，你们学校也没有放暑假呀？

舒　香　我是跟其他的老师换了一个月的课程，专门跑回来的，春花生孩子，我必须要来。

黄春花　要不怎么叫好姐妹呢？我回家来了，舒香姐就可以好好休息休息了。

舒　香　春花，你平安无事了，母子也养得挺好的，我明天就想赶回学校去了。

黄春花　不行，你要在我家里好好休息几天，我才能放你回学校去。你跟我说有一个月的时间为我服务，这还不到二十天呢。

舒　香　春花，你还赖上我啦？

黄春花　是的，我就赖上你了，你侍候我月子侍候得真好，比医院里的小护士侍候得好，比花钱请的月嫂侍候得好。

舒　香　因为我生过孩子，我有经验嘛。

黄春花　所以我就看中你了，再侍候我几天吧。

舒　香　那好吧，我遵命，碰上你这样的产妇，我算是逃不脱了。

黄春花　开玩笑的，舒香姐，半个月的时间，你在医院里为我服务真是太辛苦了，我不好意再麻烦你了。你要回去就回去吧，你家里还有儿子放心不下，我也不多留你了。不过你要休息两天时间，休息好了你可以走。

舒　香　春花，这可是你同意我走的，过两天不许再留我了。

黄春花　不留了，不留了，我知道你要急着回家看儿子去了。

曾　光　春花，你和孩子还好吧？

黄春花　我和儿子都挺好的。你看我是不是养得挺好的？

曾　光　看样子养得是挺好的。

黄春花　最重要的问题是，我肚子没了，人感觉舒服了。

曾　光　你穿的衣服有点少了，不像产妇坐月子的，你不怕着凉啦？

黄春花　没有事儿，天气热了，我穿得也不少了，我感觉浑身热得要命啊！

舒　香　你是产后虚弱，所以感觉身体发热，不能穿少了。

黄春花　我穿得可不少，就差穿棉衣了，不能再加衣服了。

曾　光　舒香，你来了，我正好想跟你商量个事儿。

舒　香　你要商量什么事儿？你说。

曾　光　我们结婚吧？

舒　香　结婚？

黄春花　好想法。

舒　香　我们在哪儿结婚呢？

曾　光　你看在什么地方结婚好？

黄春花　要不就在这里结婚，我来为你们操办！

舒　香　在山里结婚肯定不行，宋丹心知道要来闹的。

曾　光　她既然要闹，就让她闹吧，我想还是回去在我父母家举办婚礼。

舒　香　不行，丹心知道了更要闹，我是怕她。

曾　光　那你说怎么办？

舒　香　我的意见是到我的学院举办婚礼，把家也安到学校，我在学校买了一套两室一厅的房子。

曾　光　这样太好了，我也可以飞出山沟，到外面去安居乐业了。

黄春花　这个主意不错。可你的工作怎么办呢？

曾　光　我想到深圳去工作，你同意吗？我到深圳去工作离新家近便些，回家就方便了，我可以一个月回家一次，逢年过节还可以回家与舒香团聚。

黄春花　好吧，我愿意成全你们，并且衷心地祝福你们！老天有眼，你们两个人本来应该是天设地造的夫妻。等你们结婚的时候，我要送你们一份大礼！

曾　光　送什么大礼？

黄春花　我不告诉你，到时候我要给你们一个惊喜。

［这时候曾光的女儿荣荣突然从外面跑进来，孩子跑得满头大汗，累得上气不接下气。］

荣　荣　爸爸，不好啦！，爸爸，不好啦！

［孩子看见父亲就哭起来。］

曾　光　荣荣，你怎么突然跑来啦？

荣　荣　爸爸，家里出大事儿啦，家里出大事儿啦！

曾　光　荣荣，家里出什么大事儿啦？

荣　荣　妈妈，妈妈出大事儿啦！

曾　光　你妈妈出什么大事儿啦？

荣　荣　妈妈出车祸啦，妈妈出车祸啦！

曾　光　你妈妈出什么车祸啦？

荣　荣　妈妈被汽车撞啦！爸爸，你快回家吧，妈妈还在医院抢救呢！

曾　光　什么？荣荣，咱们马上回去！对不起，我要回家去看一看。

舒　香　你快走吧。

黄春花　等一等，我叫人开车送你们回去！

［众人出门同下。幕落下来。］

第十二场

医院病房。宋丹心躺在病床上，人还昏迷着，旁边还有医护人员在忙碌。曾光带着女儿荣荣一起上。

曾　光　医生，医生，病人情况怎么样？

医　生　人是抢救过来了，命是保住了，可是双腿保不住了，只有锯掉了。

曾　光　什么？双腿锯掉啦？

医　生　是的，她的双腿膝盖骨完全粉碎了，没有办法保住了，只有从膝盖上面锯了。

曾　光　下腿都没有啦？

医　生　是的，小腿都没了，就剩两条大腿了。

曾　光　医生，照你的说法，以后病人就是残疾人啦？

医　生　是的。

曾　光　医生，这也太惨了点吧？为什么要锯掉腿呢？

医　生　先生，我们已经尽力了，能保住病人的生命也就算不错了。你是她的什么人呢？

曾　光　我是病人的家属。

医　生　病人的家属？你怎么才来呀？我们为病人做手术找人签字的时候找不到人。

曾　光　对不起，我得知消息晚了，所以来迟了。

医　生　好好照看她吧，她还没有脱离生命危险呢。

曾　光　谢谢医生，我会精心照护她的。

医　生　车祸猛如虎呀！

［医护人员都走了。病房里只有一家三口人了。］

荣　荣　爸爸，妈妈双腿没有了，以后怎么办呢？

曾　光　我也不知道。

［曾光在病人床边的椅子上坐下来，怀抱着女儿，看着前妻，心里十分难受。］

荣　荣　爸爸，妈妈以后没有腿走不了路了吧？

曾　光　是的，孩子，你妈妈以后要靠拐杖或者安装假肢走路了。

荣　荣　爸爸，妈妈好可怜哪！

［女儿荣荣看着病床的妈妈哭起来。］

曾　光　荣荣，不哭了，你回家睡觉好吗？

荣　荣　我不回家睡觉，我要看着妈妈。

曾　光　你妈妈睡觉了，你也回家睡觉吧。

荣　荣　妈妈不是睡觉了，妈妈还没有醒过来呢。

曾　光　荣荣，听话，明天你还要上学的。

荣　荣　明天我不上学了，我要看护妈妈！

曾　光　孩子，妈妈出事儿了，你的学还是要上的，快回家睡觉吧，好吗？

荣　荣　我不要回家睡觉，我要看妈妈！

［这时舒香和黄春花也跑到医院来了，她们走进了病房。］

舒　香　曾光，丹心情况怎么样啦？

曾　光　人躺着呢。

黄春花　人抢救过来啦？

曾　光　人是抢救过来了，可是她的双腿没有了。

黄春花　双腿怎么啦？

曾　光　两条小腿没有了，光剩两条大腿了。

舒　香　两条小腿没有了，光剩两条大腿了？

曾　光　是的，人残废了。

黄春花　怎么会伤得这样重呢？

曾　光　谁知道呢？

舒　香　晚上谁在这儿看护？

曾　光　我，还有护士。

舒　香　明天白天呢？

曾　光　也是我，加上护士。

舒　香　一天二十四小时，就你一个人盯在这儿？

曾　光　在她没有苏醒之前，只能如此了。

舒　香　丹心的父母呢？

曾　光　她的父母已经不在山里了。

舒　香　他们到哪儿去啦？

曾　光　前几年退休，老两口回东北了，到儿子家去安度晚年去了。

舒　香　那你一个人盯在医院里也不行啊，你应该给她的父母打电话，叫她的父母回来。

曾　光　过一段时间再说吧。老两口本来对我和丹心离婚的事就想不通，叫他们再看见女儿没了双腿，成了残疾人，心里会更难受，还是晚一点告诉他们吧。

黄春花　那你应该在医院里请一个护工。

曾　光　我也是这样想的，过几天吧。

舒　香　你要注意身体，注意休息，不能把自己的身体拖垮了。

曾　光　不会的，我的身体顶得住，没有问题的。

黄春花　你和孩子吃饭了吗？

曾　光　还没有，我的脑子乱哄哄的，想不起来吃饭的事儿了。

黄春花　我想，你和孩子可能也没有吃饭，路上买了几个包子，赶快吃吧。

曾　光　荣荣，吃包子吧？

荣　荣　吃。

舒　香　孩子可怜了，没有妈妈照顾了。

曾　光　我叫她回家去睡觉，她也不回去，就是守着妈妈哭。

舒　香　孩子是这样的。荣荣，阿姨送你回家睡觉好不好？

荣　荣　不好，我不要回家睡觉！

曾　光　姑娘，吃了包子，回家睡觉吧，明天你还要上学的。

荣　荣　我不上学了！

黄春花　荣荣，阿姨开车送你回家睡觉好不好？

荣　荣　不好！

曾　光　舒香，春花，谢谢你们，你们快回去吧，时间太晚了。

舒　香　曾光，有什么事儿你说话，这几天我还在山里，需要帮忙的时候，你给春花手机打电话，我可以过来帮忙的。

黄春花　曾光大哥，需要用钱你说话。

曾　光　不麻烦你们了，我一个人什么事都能处理，你们快回去吧。

舒　香　要不我们还是把荣荣带走吧，带她回家睡觉？

曾　光　好，孩子上学不能受影响。荣荣，你跟阿姨回家吧，阿姨开车送你。

荣　荣　我不。

曾　光　回去吧，孩子，听爸爸的话。

荣　荣　好吧。

舒　香　那我们就走了，曾光，过两天等丹心醒了，我们再来看她。

曾　光　走吧，在医院里没有事儿了，有我一个人看护她就行了。

黄春花　那我们走吧，过几天再来看她。

荣　荣　爸爸再见。

曾　光　再见，孩子。

［舒香和黄春花领着荣荣走了，病房里只有躺在病床上还没有苏醒过来的病人，还有曾光。他关了室内的灯，在前妻的病床前坐着，守着，最后趴在床边睡着了。舞台灯光转暗。当舞台灯光慢慢转亮的时候，宋丹心已经清醒了。几天时间过去了。宋丹心在病床上坐起来，看到疲惫的曾光睡在自己身边，她掉眼泪了。她用手轻轻地摸着曾光的头发，曾光醒了。］

宋丹心　你睡醒啦？

曾　光　醒了。你吃药吧？

［曾光站起来，用玻璃杯倒水，拿药送给她吃。］

宋丹心　我不吃药。

曾　光　不吃药？你为什么不吃药？

宋丹心　我不想吃药。

曾　光　药还是要吃的，不吃药你怎么能好起来呢？

宋丹心　好不了就算了，我坚决不吃药！

曾　光　你不吃药是什么意思呀？拒绝治疗？

宋丹心　你管我呢？

曾　光　我不管你，谁来管你？

宋丹心　我不要你管，你走，我不想看见你！

曾　光　别闹啦，丹心，你就老老实实吃药吧！

宋丹心　我不吃药，你管我干什么？你是我什么人呢？

曾　光　我是……我还算是你的朋友，你的亲人吧？

宋丹心　我不需要朋友来照顾我，你走吧。

曾　光　你听我的，吃药好不好？

宋丹心　我说过了，我不吃药。

［宋丹心把曾光递给她的水杯和送给她吃的药挥手一打，全打到地上去了，玻璃杯掉在地上就碎了。］

曾　光　你这是干什么呀？宋丹心，你为什么不吃药？

宋丹心　我不要你管，你滚！

曾　光　你这样的病人真难侍候，好不容易抢救过来了，命算保住了，又得神经啦。

宋丹心 我双腿没有了，我还不如死了！

曾　光 你胡说什么呢？好死不如赖活着。你赶紧吃药！

宋丹心 我不吃药！

［宋丹心气得把手边病人床头柜上的东西，全扑拉到地上去了。这时一个护士拿着打点滴的掉瓶进来了。］

护　士 宋丹心，你怎么又发脾气啦？你要安心治疗，情绪不要激动。来，打点滴吧。

宋丹心 护士，我不打点滴了，请你把东西拿走！

护　士 你不打点滴怎么行呢？你的身体还没有康复呢，还是要治疗的。

宋丹心 我不治了，护士，请你把东西拿走！

曾　光 丹心，请你听护士的话好不好？马上配合治疗！

宋丹心 我不需要治疗，我不需要治疗啦！

［宋丹心从护士手里抢过打点滴的器具，随手就把东西扔到地上去了。］

护　士 她这是怎么啦？又不吃药，又不打点滴，不想治啦？

曾　光 对不起，护士，她情绪有一点失常，你稍等一下，我把她的双手绑到床架上，你再给你打掉瓶。

宋丹心 你敢？

曾　光 你不听我的话，又不听医生护士的话，我只有采取强制措施了。

［曾光从床下拿出一根白布带子来，捆绑宋丹心的双手，宋丹心气得又喊又叫。］

宋丹心 你混蛋，曾光，你是个大坏蛋！

曾　光 你不听话嘛，只有采取特殊手段啦。

宋丹心 你混蛋，曾光，你管我干什么？我不想治了，我不要治啦！我活着没有腿了，我还不如死了！

曾　光 你想什么呢？傻瓜，一天到晚不配合医生护士的治疗，就胡想八想的！

宋丹心　我恨你，曾光，你混蛋，你欺负我！

曾　光　随你怎么想吧。护士，给她打吧。

护　士　我看还是算了吧，她身子还会抗争，等她情绪平静下来再说吧。

［护士捡起地上的东西，放到药盘里，端着走了。］

曾　光　宋丹心，你为什么不配合医生、护士的治疗呢？

宋丹心　滚，我不要你管，呸！

［宋丹心用嘴向曾光吐口水，曾光马上后退，宋丹心悲伤地哭起来了。］

曾　光　宋丹心，你要听话，好好配合医生、护士的治疗，你很快就会好起来的。

宋丹心　你混蛋！我不要治啦，我想死，我没有了双腿，以后还怎么带着女儿生活？活着以后也是拖累孩子，我还不如死了的好！

曾　光　你听我说，丹心，你听我说好不好？你只是两条小腿没有了，你以后还可以生活得很好，医生不是说了吗？你以后可以配上两个假肢，一样可以像其他人一样走路，一样可以像其他人一样地正常生活……

宋丹心　我不要听，我不要听，我不要听！

［宋丹心气得想动双手又动不了，她也感觉闹累了，气得只有哭，只有流泪了。曾光在她身边坐下来，她也不用口水喷他走了。］

曾　光　你冷静冷静，好吧？丹心，来，我来给你梳理梳理头发就好了，你看你的头发乱得，本来是很漂亮的长头发，弄得像疯女人一样了。

宋丹心　你才是疯子呢。

曾　光　好好好，我是疯子，我是疯子。

宋丹心　你先给我松绑。

曾　光　好，我来给你松绑，等护士来打吊瓶再捆上。

宋丹心　你敢！

曾　光　木梳呢？

宋丹心　在床头柜上。

曾　光　我看到了。好，我来给你梳理梳理你漂亮的头发，你的长发又黑又亮，还像当姑娘的时候一样好。

［曾光用木梳给宋丹心梳理长头发，宋丹心也变得安静下来。］

宋丹心　真的吗？

曾　光　是真的。

宋丹心　曾光，谢谢你，我谢谢你半个多月来没日没夜地照顾我，看来我们之间还是有情分的。

曾　光　什么也不说了，理解万岁吧。你只要认真配合医生护士精心的治疗，我也就谢天谢地了。

宋丹心　曾光，你怕我死吧？

曾　光　什么话！

宋丹心　我的双腿没了，以后的生活不能自理了，我是真想死呀……

曾　光　你可不要胡思乱想，你还有父母，你还有女儿。

宋丹心　曾光，你还爱我吗？

曾　光　旧情还是有的。

宋丹心　正面回答我，你还爱我吗？

曾　光　你要配合医生护士好好治疗，争取身体早日康复，不要想多了。

宋丹心　你为什么不敢回答我？是呀，我以后就是残疾人了，此后的生活需要人照顾了，你不会再爱我了，我们也不可能复婚了，对吗？

曾　光　现在不是谈论复婚问题的时候……

宋丹心　曾光，不要回避我的话题，请听我把心里的话说出来。我知道你有才华，与众不同，所以我当姑娘的时候才会爱上你。可是结了婚以后，我发现跟你在一起生活太难了，你总有一些莫名其妙的想法让人接受不了。现在看来是我错了，你是对的，我们的婚姻失败责任在我……

曾　光　丹心，现在不是谈论婚姻问题的时候，你应该安心治疗，争取身体早日康复，这才是最重要的。

宋丹心　曾光，你听我继续把话说完，现在我叫你回家复婚已经是不可能了，我目前这个样子，你也不可能回来了。但是你要对我们的婚姻负责，要对我们的孩子负责。我们两个人看来是不可能破镜重圆了，但是我们两个人的孩子还是很可爱的，你把她带走吧，我不想拖累你们。我出院之后，就把我的父母叫过来接我回东北，到我哥哥那里去生活，以后不想回来了。

曾　光　丹心，这是你的真实想法？

宋丹心　是的，我已经认真想过了，请你以后照顾好我们的孩子，你以后就是打算跟舒香结婚，也不能亏待了我们的女儿。荣荣像你，她将来一定会有出息的……

［宋丹心讲得泪流满面。这时舒香和黄春花手捧花束走进了病房，走到了病床前。］

舒　香　丹心。

黄春花　我们来看你了。

宋丹心　谢谢。请坐吧。

舒　香　丹心，你怎么样？

宋丹心　能怎么样？就这样了，这就是最好的结果了。

黄春花　怎么会发生这样惨的车祸呢？

舒　香　丹心，车祸到底是怎么发生的？怎么会把双腿都搞没了呢？

宋丹心　说起来，出事儿的时候就像做了一场噩梦一样：出事儿那天，我是碰到二百五司机了，要不就是司机喝酒喝多了，开车像疯子一样，我当时过马路，突然摔了一跤，随后一辆大汽车就从我腿上压过去了……

黄春花　你当时为什么急着过马路呢？

宋丹心　我是急着要上班呢，我看时间快到了，我要迟到了，为了抢几秒钟的时间，结果就出事儿啦。我也是倒霉呀……

舒　香　就为了抢几秒钟的时间，双腿就没了。

宋丹心　是呀，想不到会出这样的事儿。

黄春花　开车的司机是个新手吧？

曾　光　你说对了。事后我到交警支队去询问了事故大队的警察，他们查证的结果是，开车的司机是刚拿到本子的新手，看见丹心过马路，他就慌了神，本想踩刹车的，结果脚踩上油门了，汽车就这样把丹心给压啦。

黄春花　现在二百五的司机太多了。

舒　香　丹心，以后请你多保重。

宋丹心　保重我也是残疾人了。

舒　香　我想跟曾光说几句话，你不介意吧？

宋丹心　你们说去吧。

舒　香　曾光，你过来一下。

［舒香把曾光叫到离病床远一点的地方。］

曾　光　舒香，你想说什么？

舒　香　曾光，以后好好照顾丹心吧，她太可怜了。作为一个单身女人，失去了生活方面的自理能力，还带着一个孩子，她以后的生活肯定是很难过的。请你回到她身边去，我们之间的一切也就随风而散吧。

曾　光　随风而散？那我们的计划呢？

舒　香　下辈子再说吧。古人云：一日夫妻百日恩。你们是N年的夫妻啦，听我的话，回去吧，回家好好照顾她。以后丹心更需要家人的关爱，更需要亲人的照顾，我们之间的一切也就到此结束吧。

曾　光　到此结束？

舒　香　是的。我们之间一生的情怀，一世的爱，就是命里注定了：有情无缘，有爱无分。再见吧。

［舒香对曾光说了话之后，又回到宋丹心的病床前。］

宋丹心　舒香，你是想跟曾光结婚吗？

舒　香　我走了。

［舒香忍不住掉眼泪，她转身掏出手帕来擦眼泪。黄春花走到了发呆的曾光身边。］

黄春花　曾光大哥，舒香姐昨天晚上哭了一夜。

曾　光　春花，看来我想到深圳去工作的事情也黄了？

黄春花　你不要想到深圳去工作了，还是在家门口工作吧。我已经为你安排好了，我丈夫在市中心又新开了一家大酒店，他一个人忙不过来，太累了，我想让他轻松一下，我决定把新开张的大酒店交给你管理，敢接手吗？

曾　光　你是说，叫我去经营酒店？

黄春花　对，我叫你去当酒店的总经理，可以吗？

曾　光　当然可以。没有问题。

黄春花　那就这样说定了。报酬呢，一个月先给你开五千块钱的工资，外加年底百分之十的效益奖提成，怎么样？

曾　光　谢谢。

黄春花　那就再见。以后好好照顾丹心姐。

［黄春花与曾光握了手，之后又走到病床前与宋丹心握了手，然后与舒香一起走了。曾光回到宋丹心身边，又拿起木梳，继续为她梳头。宋丹心感动得掉眼泪，她忍不住哭起来。大幕落下来，全剧到此结束。］

2013 年 5 月 · 湖北 · 十堰

香销玉碎

剧中人物

白如玉：高考女学生。
白金龙：白如玉的亲生父亲。
吴　媚：白如玉的亲生母亲。
刘科西：吴媚的情人，后夫，白如玉的继父。
齐　娜：白金龙的情人，后老婆，白如玉的继母。
李冬梅：白如玉的同学，好朋友。

第一场

本剧发生在一座小城市的普通人家庭。剧中小主人公白如玉，是一个十七八岁的女学生。她的父母是城市中的普通工人。所以这样的家庭看起来虽然不华丽，但是普通的家用电器、沙发、茶几还是有的。戏剧开场，剧中小主人公白如玉在客厅里用拖布拖地。她的母亲吴媚进门回家来了。吴媚看起来虽然是中年妇女，已有四十来岁，不过人长得还是挺漂亮的。她看到女儿在家里拖地，她就在门口换鞋。

吴　媚　如玉。

白如玉　妈妈下班啦。

吴　媚　下班了。给我泡杯茶。

白如玉　好的，妈妈。

[白如玉马上放下手中的拖布，拿起茶几下面的暖水瓶、杯子，为母亲泡茶。吴媚换了鞋子，在客厅的沙发上坐下来，不由自主地看了一眼前面墙上的挂钟，时间已经指到6点30分了。白如玉也为母亲泡好了茶，放到妈妈面前的茶几上。]

吴　媚　如玉，你爸爸还没有回来？

白如玉　还没有，妈妈。

吴　媚　妈的，他肯定又是出去打麻将了。

白如玉　妈妈，我们马上就要高考了，学校要为我们高考生买新的复习资料，老师要我们明天交钱。

吴　媚　你又要钱？一天到晚总是要钱，要钱，你们学校还有完没完啦？

白如玉　妈妈，老师说，高考的复习资料特别重要。

吴　媚　重要，找你爸要钱。

白如玉　妈妈，您没有钱吗？

吴　媚　我没有钱。

[孩子吓得不敢吱声了，又拿起拖布离开客厅进卫生间了。吴媚在客厅坐着慢慢地喝。过了一会儿，白金龙从外面回来进了家门，也在门口换鞋。]

吴　媚　白金龙，你怎么才回来？

白金龙　吴媚，家里还有钱吗？

吴　媚　干什么？家里没有钱了。你下班又跑到哪儿去啦，到现在才回来？

白金龙　我到麻将馆打麻将去啦。

吴　媚　你又跑到麻将馆打麻将去啦？

白金龙　是的，是齐娜拉我去的。

吴　媚　又是齐娜拉你去的？

白金龙　妈的，今天下午我又输了一千多块钱。

吴　媚　钱输光了，你又跑回家来拿钱的？

白金龙　是的，我问你家里还有钱吗？

吴　媚　你还要钱出去玩儿呀？

白金龙　我要把我输的钱打回来吧？

吴　媚　算了吧，白金龙，不要玩了，这个月你把家里的钱已经输光了。

白金龙　吴媚，我就不爱听你说这样的话，家里的钱是我一个人输光的？你也没有少花钱吧？

吴　媚　我花钱……我花的是小钱，你赌的是大钱！

白金龙　山水轮流转，我再回来拿点钱，想办法把输的钱赢回来就是了。

吴　媚　你可拉倒吧，白金龙，听我一句劝，你别玩了，家里有多少钱也不够你输的。

白金龙　你少说屁话。我就不相信我的手气总是背。

［白金龙走进卧室去拿钱，吴媚起身阻拦他不叫他进卧室拿钱。］

吴　媚　白金龙，你要干什么？家里还有一点钱，是留着过日子的。

白金龙　过日子不愁钱，手气好了，马上就赢回来啦。

吴　媚　你赢个屁钱！半年啦，光见你输钱，也不见你赢钱！

白金龙　你懂什么呀？妇人之见，麻将桌上，胜败乃是兵家常事，今天输了，明天又可以赢回来，赌桌上的钱就是这样转来转去的。

吴　媚　行啦，白金龙，歇着吧，你就不要出去玩啦。

白金龙　不玩，钱不是白输了？

吴　媚　输了就输了。

白金龙　不行，我要把输出去的钱打回来。

［白金龙冲进卧室去拿钱，吴媚马上跟进去。白金龙在卧室的柜子里找钱，吴媚不叫他乱翻。］

吴媚声音　你不要玩了，白金龙，你听我的，家里这个月就剩下五百多块钱啦。

白金龙声音　五百块钱够回本啦。

［白金龙找到了钱，拿在手里就向外走，吴媚用手扯着他的衣服不叫他走，两个人从卧室转出来，又在客厅里拉拉扯扯的，一个要出去玩，一个不让出门玩。］

吴　媚　白金龙，你还要拿着家里最后的五百块钱出去玩儿，这个月的日子不过啦？

白金龙　不过了，等我赢了钱，回来再过日子吧。

吴　媚　好，白金龙，你要出去玩，我也要出去玩，五百块钱，你不能都拿走，要给我留下一半！

白金龙　你要二百五干什么？

吴　媚　我要出去到夜总会，唱歌、跳舞、卡拉OK！

白金龙　你要二百五跳什么舞、唱什么卡拉OK呀？

吴　媚　白金龙，你可以拿钱出去赌博，我就不能拿钱出去玩啦？

白金龙　你可以出去玩，等我赢了钱回来再说吧。

［白金龙拿着钱出去赌博了，吴媚拦也拦不住，她气得拿起桌子上的一个玻璃茶杯子就摔到了地板上，玻璃茶杯碎了。白如玉吓得立刻从卫生间里跑出来，站在门口，看着父母拉拉扯扯，白金龙挣脱了老婆吴媚的拉扯，出门就走了。］

吴　媚　这日子没有办法过了。白金龙，你个王八蛋！

［吴媚气得坐在沙发上就哭起来，伤心地掉眼泪。白如玉走到妈妈身边。］

白如玉　妈妈，不要哭了。你吃饭了吗？

吴　媚　还吃什么饭呐？这个月，我们家连吃饭的钱都没有啦！

白如玉　妈妈，您不要伤心，不要难过。

吴　媚　你就不要安慰我了，如玉，这个月我们家的日子都没有办法过了，我要把你爸爸拽回来，他要不听我的，我就跟他离婚！

白如玉　离婚？

［吴媚怒火中烧地跑出了家门，出去找丈夫回来。白如玉不知所措地走到门口，望着出去的父母。过了一会儿，吴媚把丈夫白金龙又从外面拽回来，推进了家门。］

吴　媚　白金龙，你给我听好了，我警告你，这个月你要再出去赌博，我就跟你离婚。我们家已经没有钱赌博了，这个月你已经输了两千多块钱啦！

白金龙　亲爱的老婆，你让我再出去玩一晚上，两千块钱算什么呀？手气好，一晚上就打回来啦。

吴　媚　你少放屁，就会瞎吹，我不会听你的。你把家里的钱都输光了，我不跟你过啦！

白金龙　不过就拉倒，谁怕谁呀！

吴　媚　这话可是你说的，白金龙？你说话不要反悔。我要跟你离婚。

白金龙　离婚就离婚，离婚谁怕谁呀？你以为我怕呀？

吴　媚　好，你不怕，咱们就离婚，咱们家的日子实在没有办法过啦。

白金龙　离就离，离了婚，我还自由啦。

吴　媚　白金龙，红口白牙，你说话可算数，谁不离婚谁是孙子！

白金龙　对，谁不离婚谁是地下爬的。

［吴媚又发怒地拿起茶几上的玻璃茶杯摔到了地上。］

吴　媚　白金龙，你个王八蛋！

白金龙　吴媚，你长本事啦，敢在我面前摔东西啦？

吴　媚　我愿意摔，怎么啦？我买的杯子，我想摔就摔！

白金龙　你会摔，我就不会摔呀？

［白金龙也拿起茶几上的玻璃茶杯摔到地上。］

吴　媚　好，白金龙，你英雄，你好汉，咱们家的玻璃杯子还有不少，你可以随便摔！

白金龙　我摔杯子是跟你学的。不就是离婚吗？谁怕谁呀？

［白金龙又接二连三地摔了两个玻璃茶杯。］

吴　媚　你还有完没完啦？我不叫你出去赌博，我错了吗？你还来劲啦，是吧？咱们家的日子不过啦！

［吴媚又随手从茶几上拿起玻璃茶杯向地下摔，两个人好像比赛一样摔茶杯。白如玉吓得站在旁边，望着父母，闭着眼睛，用双手捂着双耳。］

白如玉　爸爸，妈妈，你们不要摔东西啦。家里本来就没有钱，摔了东西不是还要花钱买吗？

吴　媚　买什么买，我们的家庭早就该解体啦！

白金龙　解体就解体，你吓唬谁呀？我也正好不想跟你过啦！

吴　媚　白金龙，你个王八蛋，你说话要算数！

白金龙　男子汉、大丈夫，说话不算数是狗娘养的！

吴　媚　好，你马上给我滚蛋，滚蛋！

白金龙　你凭什么叫我滚蛋呢？这个家有你的一半，也有我的一半，离婚，家产也应该一人一半！

吴　媚　你三天两头出去赌博，把家里的钱早就败光了，家产还有什么你的一半？

白金龙　家产什么叫我败光了？家里不是还有房子，还有家具，还有家用电器吗？

白如玉　行啦，爸爸，妈妈，你们不要吵了。

吴　媚　如玉，我要跟你爸爸离婚，你听见了吧？他要离婚，我们把他赶出家门！滚，白金龙，你马上给我滚出去！

白金龙：滚就滚。你不要后悔！

［白金龙借此机会又跑出去赌博去了。吴媚气得坐在沙发上大哭起来。］

吴　媚　白金龙，你个王八蛋哪，你不是人，这日子没法过啦！

［白如玉只有安慰母亲，同时也想了解母亲与父亲是否真的要离婚。］

白如玉 妈妈，不要哭了。妈妈，您真的要跟我爸爸离婚呢？

吴　媚 孩子，咱们家的日子实在没有办法过下去啦，你爸爸他天天跑出去到外面赌博，这日子还怎么过呀？

白如玉 妈妈，你跟爸爸离了婚，我怎么办呢？

吴　媚 怎么办？到时候再说吧。我跟你爸爸已经过不下去了，我早就想跟他离婚了。

白如玉 妈妈，我求您不要跟爸爸离婚，我需要一个家呀！

吴　媚 如玉，你看我跟你爸爸还能过得下去吗？他一天到晚的出去吃喝玩乐、打麻将、赌博，把家里的钱都输光了。

白如玉 可是，妈妈，你跟爸爸离婚，就能解决问题吗？你不为我想一想，我以后怎样生活呀？

吴　媚 如玉，你就别烦我啦，我早就不想跟你爸爸过了。

［吴媚心烦意乱地起身回卧室去了。白如玉望着自己的家，伤心地落泪了。］

白如玉 看来我的家要保不住了。

［白如玉关了客厅的灯，回自己的小屋了。］

第二场

还是白家客厅。晚上，半夜了，白金龙拿着一个酒瓶子从外面回来了。他进门在门口开灯，换鞋，还不忘记喝酒。他已经喝多了。吴媚听到动静，从卧室里走出来。

吴　媚 白金龙，你又喝上猫尿了！把五百块钱又输光了吧？

白金龙 我没有输光，我还剩了一百块钱，买酒喝了。

吴　媚 白金龙，我已经想好了，我不跟你过了，咱们马上离婚。

白金龙 离就离，你以为离婚我怕你呀？

吴　媚 你不怕，马上离。离婚协议我已经写好了，你签字吧。

白金龙 拿来我看一看，你是怎么写的？

吴　媚 你看吧，看完了签字。

[吴媚把手中写好的离婚协议书交给白金龙，白金龙把手中的酒瓶放到茶几上，认真过目，看吴媚写的离婚协议书，过了一会儿，他不满地叫起来。]

白金龙 吴媚，你这是什么离婚协议书呀？你这是叫我光着屁股滚蛋呢！

吴　媚 什么叫你光着屁股滚蛋呢？家里的东西我都给你了，你还不满足吗？

白金龙 家里什么东西给我啦？我们家的存折呢？存款呢？钱怎么分呢？

吴　媚 什么存折，存款，钱，你想什么呢？白金龙，我们家里还有什么钱呢？

白金龙 我们家里当然还有钱了！吴媚小姐，你以为我傻呀？你是不是把我们家的存折、存款都藏起来啦？

吴　媚 我没有藏，我们家里本来也没有什么钱了。

白金龙 不可能！

吴　媚 有什么不可能的？你一天到晚拿着家里的钱，出去斗地主、打麻将、赌博，月月把家里的钱输得精光，你说家里还有什么钱吧？

白金龙 我这几个月手气是背了点儿，输了家里一点钱，可是你也没有少造家里的钱吧？你月月出去美容、跳舞，与刘科西一起上夜总会跳舞、卡拉 OK，你也没有少花家里的钱吧？

吴　媚 我花的是小钱，你输的是大钱。

白金龙 什么小钱、大钱，不都是钱吗？

吴　媚 钱当然是钱，可是你赌博输得多，我玩花的少！

白金龙 你可拉倒吧，吴媚，我虽然比你造得多一点儿，可是我挣得钱也比你多呀！

吴　媚 你少放屁吧，白金龙，你一个月比我多挣几个钱呢？

白金龙 我至少一个月要比你多挣几百块钱吧？

吴　媚 一个月多挣几百块钱，还叫多呀？

白金龙 我比你多挣一分钱，那也叫多！

吴　媚　你可算了吧，白金龙，你好意思说比我挣钱多呀？一个大男人，当了一辈子的工人，不能挣钱养家，不能挣钱养活老婆孩子，你还好意思说挣钱多呀？

白金龙　我当了一辈子工人怎么啦？我当了一辈子工人怎么啦？你不要忘记了，工人阶级是国家的主人！

吴　媚　你可拉倒吧，白金龙，你还好意思说是国家的主人？都什么年代啦？谁还把工人阶级当国家的主人呢？你看看现在社会上还有几个人正眼看工人的？现在工人叫什么你知道吗？打工仔，你明白吗？

白金龙　打工仔怎么啦？打工仔怎么啦？打工仔我也挣钱吃饭，打工仔我也挣钱养家，打工仔我也挣钱糊口啦！

吴　媚　你可拉倒吧，白金龙，你还好意思说，挣钱养家糊口呢？你一个月挣的那点钱，还不够你出去打麻将、斗地主、赌博输的。

白金龙　吴媚，我知道你现在瞧不起我了，当了一辈子的小工人，既没有当上官，也没有挣到钱。可是你不是也当了一辈子的工人吗？你也没有当上官，你也没有发大财呀！

吴　媚　白金龙，你好意思跟我比呀？我是女的，你是男的，当官挣钱是你们男人的事儿！

白金龙　我怎么就不能跟你比呀？现在的社会男女平等，男女不是一样吗？

吴　媚　现在的社会是男女平等，男女一样。可是你睁开眼睛看一看、瞧一瞧，我们周围的男人，有哪一个人不比你混得强，有哪一个男人不比你挣钱多呀？人家大小也能混个一官半职。可是只有你混得狗屁不是。我一辈子嫁给了你，算是倒了八百辈子霉，真是鲜花插在了牛粪上！

白金龙　你现在感到后悔啦？可惜没有后悔药吃。

吴　媚　我是后悔我嫁错了汉。我们家的日子实在没有办法过啦！

白金龙　没有办法过了就离婚嘛，这有什么呀？

吴　媚　白金龙，你是不是早就想好了要跟我离婚啦？

白金龙 不是你红口白牙说的嘛，不想过了。

吴　媚 我知道，你在外面有人了，有相好的情人啦，嫌我老了。

白金龙 吴媚，你还好意思说我呢？你不也在外面有人了吗？

吴　媚 你放屁！

白金龙 你说话才是放屁呢。你当我不知道哇？吴媚小姐，你跟刘科西到夜总会里跳舞、唱卡拉 OK，早就闹出鬼来啦！

吴　媚 白金龙，你好意思说我呀？你跟你的小情人齐娜小姐相好的时间也不短了吧？你当我不知道哇？地球人都知道啦！

白金龙 我跟齐娜相好，那是因为你出轨！

吴　媚 你放屁，少往我头上扣屎盆子！我跟刘科西相好才一年多的时间，你跟齐娜相好已经有两年多的时间啦！

白金龙 你不要废话，吴媚，说这些乱七八糟的事情没有意思，我不是什么好鸟，你也不是什么好东西。咱们俩是一对绿鹦鹉，谁也不要说谁。要离婚就快一点儿。

吴　媚 离婚，我百分之百地同意离婚，不离婚是孙子！

白金龙 反悔的是小娘养的。

［白如玉这时从房间里走出来，走到了父母面前。］

白如玉 爸爸，妈妈，你们不能离婚，你们离婚我怎么办呢？

吴　媚 如玉，你回屋去，不要参与爸爸妈妈的事儿！

白如玉 不，爸爸，妈妈，我不要你们离婚，我不同意你们离婚！

白金龙 你回屋去，如玉，这是大人之间的事儿，跟你小孩子没有关系。

白如玉 不，爸爸，妈妈，你们不能离婚！我求求你们啦，请你们为了我，为了咱们这个家，万万不能离婚！爸爸，妈妈，请你们看在女儿的情面上，千万千万不要离婚！我需要你们，我需要这个家，我需要父母的爱！你们结婚快二十年了，有什么事儿不能彼此原谅呢？爸爸以后少出去打麻将，少出去赌博；妈妈以后少出去跳舞，少出去唱卡拉 OK，一切问题就可以解决了。

吴　媚 如玉，你爸爸是狗改不了吃屎的，他是不可能改掉赌博的恶习的！

白金龙　你不要说我，你也同样改不掉到舞厅去跳舞，到卡拉OK去唱歌的鬼习惯，咱们俩人是半斤对八两，你没有资格说我。

白如玉　爸爸，妈妈，你们不要吵啦，不要闹啦！我求求你们，为了我，为了这个家，彼此能包容对方一点儿，能成全我这个女儿有一个父母双全的家！

吴　媚　不可能，如玉，我们这样的家庭已经没有继续维持下去的必要了，不如早一点分开、解体，大家各过个的。

白金龙　我也是这个意思，这样不正常的家庭，还是早一点解散为好。

白如玉　爸爸，妈妈，你们为我考虑过吗？你们离了婚，我以后怎样生活？怎样上大学？

吴　媚　这是你爸爸考虑的事情。

白金龙　这应该是你当妈考虑的事情。

吴　媚　白金龙，你不要忘记了，孩子姓白！

白金龙　吴媚，你也不要忘记了，孩子是你生的。

吴　媚　孩子是我生的怎么啦？难道生孩子是我一个人的事儿？

白金龙　吴媚，孩子的事儿，咱们以后再说。

白如玉　爸爸，妈妈，你们为了我，就不能在一起继续过下去了吗？

吴　媚　孩子，这样的日子实在没有办法继续过下去了。

白金龙　我也是这样认为的。

白如玉　爸爸，妈妈，你们就不要闹了好不好？

白金龙　如玉，大人之间的事儿，你小孩子不要多嘴，回屋睡觉去。

吴　媚　如玉，爸爸妈妈的事儿，跟你没有关系。

白如玉　你们这样吵架，我能回屋安心睡觉吗？

吴　媚　如玉，你老老实实回屋里待着去。

［吴媚把女儿推进了孩子的卧室。白金龙也要回卧室去找东西。］

吴　媚　你回来，白金龙，你要干什么去呀？

白金龙　我要进屋找东西。

吴　媚　你要找什么东西呀？离婚的事情还没有论明白呢。

白金龙 我回头再跟你说。

[白金龙进卧室去了。吴媚觉得说得口干舌燥，拿起桌子上的凉水自已喝水。白金龙到卧室里转了一圈，马上又出来了。]

吴　媚 你找什么东西呀？白金龙，谈离婚的问题吧。

白金龙 好哇，吴媚，看来你是早有准备了。

吴　媚 什么我早有准备了？

白金龙 离婚，看来你早就想好了要跟我离婚的事情了。

吴　媚 废话，离婚是一件大事儿，这能儿戏吗？

白金龙 吴媚，你老实说，家里的存折到哪儿去了？

吴　媚 什么存折？

白金龙 你不要装糊涂，家里的存折是不是你已经藏起来啦？

吴　媚 我没有藏。你快说吧，离婚什么条件？

白金龙 什么条件？你先说吧，你是女人，女士优先。

吴　媚 哟，你还知道女士优先呢？

白金龙 不管怎么说，夫妻一场，分手再见也应该好说好商量吧？

吴　媚 白金龙，你还会说一句人话。既然我优先，我要房子，其他东西归你了，你要什么你就拿吧。

白金龙 吴媚，凭什么你要房子呀？

吴　媚 你不是说女士优先吗？我要房子怎么啦？

白金龙 你要房子可以，那家里的钱呢，怎么分？

吴　媚 家里还有什么钱？

白金龙 家里的存折、存款，怎么分？

吴　媚 家里还有什么存折？存款？家里已经没有钱了，什么都没有了。

白金龙 你胡说八道！

吴　媚 你才胡说八道呢！家里的钱早就叫你吃光了，喝光了，赌光了，败光了！

白金龙 我还说家里的钱是你到歌舞厅去跳舞，唱卡拉 OK 造光了呢！

吴　媚 反正家里是没有钱了，至于你说的什么存款、存折，我是不知道。

白金龙 吴媚，你要无赖是吧？

吴　媚 你才是无赖呢。

白金龙 吴媚，你别以为我不知道，家里至少还应该有 5 万块钱的存款！

吴　媚 你说家里还有五万元的存款，我怎么不知道呢？我是没见着。

白金龙 存折和钱肯定是在你手里，你事先藏起来了。既然是离婚，你就应该老老实实把家里的存款拿出来，两个人平分，一人一半！

吴　媚 白金龙，你想得美吧？当年我是一个水灵灵的大姑娘，嫁给了你，十八年的时间，我变成了一个黄脸婆，你还想要家里的存款？赔我的青春损失费还不够呢！

白金龙 吴媚小姐，你这是胡搅蛮缠。当年你是漂亮的大姑娘，我还是漂亮的大帅哥呢，谁赔青春损失费呀？你讲不讲道理呀？

吴　媚 我怎么不讲理呀？白金龙，你还是不是个男人？

白金龙 我当然是男人啦，而且还是当之无愧的大男人！我让女士优先，还不是大男人吗？

吴　媚 白金龙，你既然是个大男人，就应该让着我们小女人吧？

白金龙 我可以让着你，家里的钱和房子，你只能要一样，不能全归你。

吴　媚 我说过了，我就要房子。

白金龙 你不要总说房子，钱呢，钱怎么分？

吴　媚 我已经说过了，家里没有钱。

白金龙 家里怎么可能没有钱呢？家里的存折、存款，我看见过的。

吴　媚 家里的存折、存款，早就没有钱了。

白金龙 你放屁！

吴　媚 你才放屁呢！

白金龙 吴媚，你不要欺人太甚啦！

吴　媚 我怎么欺人太甚啦？你是好欺负的？

白金龙 你不讲道理是吧？吴媚，咱们明天法院见，请法院公断！

吴　媚 到哪儿去我也不怕你！白金龙，不要说到法院去，就是到大理寺去，法官也是向着我们女人说话的。

白金龙 那就不去了。反正家里的钱和房子，你只能要一样！

吴　媚 我没有见到钱，我只要房子。

白金龙 那不行，你要房子我住哪儿去呀？

吴　媚 你愿意住哪儿去住哪儿去，反正房产归我。

白金龙 这不行，这样离婚分家产不公平！

吴　媚 什么叫公平，什么叫不公平？白金龙，你不要忘记了你是个大男人！

白金龙 大男人怎么啦？大男人也需要房子住吧？

吴　媚 你需要住房子，我有一个好主意。

白金龙 你有什么好主意？

吴　媚 你可以住到你的小情人齐娜家里去，她家里房子大，三室一厅，一个女人，又没有孩子，房子有空房间，你完全可以跟那个小寡女住到一起去。

白金龙 我是个大男人，住到女人家里去算什么？

吴　媚 哎哟，白金龙，你还知道要面子呀？要面子你找人家干什么？你看那小寡妇长得多有特点哪，小鼻子小眼的，就是皮肤黑了一点儿，掉进煤堆里找不出来。不过年龄比你小一轮，可以给你当女儿。

白金龙 你看中的刘科西长得好，大头大脑的，肥头大耳的，像猪八戒一样。

吴　媚 他长得虽然不中看，但是人家混得比你强，大小也混了一个科长，比你挣钱多吧？

白金龙 科长还是个副的……

吴　媚 副科长也带长，不像你，混了一辈子，连一个副科长也混不上，你不要笑话人家，先撒泡尿照一照你自己的样子吧。

白金龙 我的样子怎么啦？我的样子不比刘科西差吧？

吴　媚 你可拉倒吧，吹牛也不怕牙痛。

白金龙 你不要说废话，咱们继续说分家的事情，家产怎么分？

吴　媚 我要房子，东西随你拿，剩下来是我的，就这样。

白金龙 吴媚，你的心太黑了吧？家里的钱和房子，你都想得呀？

吴　媚 我只要房子。

白金龙 这样分不行！家里的房子问题，还有家里的存款、存折，还有钱的问题，以后咱们上法院去解决。我们俩人还是先分小东西。

吴　媚 好，我听你的，大问题以后咱们上法院去解决，小东西还是我先挑吧？

白金龙 分家凭什么总是你先挑哇？

吴　媚 你不是说女士优先嘛，你说话放屁呐，不算数啦？

白金龙 算数，算数，你先挑吧。

吴　媚 这还像个男爷们。

白金龙 你要什么？

吴　媚 我要电脑、电视机、电冰箱、洗衣机，其他东西我不要了，都归你了。

白金龙 哎，我说吴媚，你这样挑东西太不像话了吧？你光挑好东西，破烂留给我啦？

吴　媚 你不是废话，分家，分东西，还有不挑好东西，拣破烂的？

白金龙 我抗议，吴媚，你太过分啦！

吴　媚 我怎么过分啦？夫妻本是同林鸟，大难临头各自飞，从古到今皆如此。你是大男人，以后还要成家立业，换新的吧。

白金龙 吴媚，你这样分东西对我太不公平啦！

吴　媚 怎么不公平啦？你是大男人嘛，挣钱比我多，以后置新家，总要对新娘子有所表示吧？换新家，置新东西，这是顺理成章的事儿。

白金龙 你这样分东西我反对！

吴　媚 你反对顶屁用？咱们两个人分东西是一比一，你是个大男人，不应该欺负我这样可怜的小女人吧？

白金龙 吴媚，真有你的，翻脸无情啊，一点情面也不讲啦？

吴　媚　你不要说没用的，离婚还谈什么感情、谈什么情面呢？

白金龙　对，吴媚，你说得也对。房子你占了，钱你也藏起来了，家里的好东西由你挑选了，以后孩子的生活费、抚养费、教育费等问题，也应该归你了吧？

吴　媚　凭什么归我呀？白金龙，孩子不是你的？

白金龙　孩子是我们两个人的，可是你把家里所有的财产都霸占了，孩子还归我管呢？

吴　媚　你不管谁管？你不要忘记了你是孩子她爹。

白金龙　你还是孩子她妈呢！

吴　媚　白金龙，你不要忘了，离婚是你提出来的，我们两个人离婚，过错在你。

白金龙　什么过错在我呀？

吴　媚　是你不想过了，是你先提出离婚来的。

白金龙　我说离婚就有过错啦？

吴　媚　当然了，你在外面有情人啦，为此提出离婚，过错全在你。

白金龙　你这是血口喷人！你不是在外面也有人了吗？

吴　媚　白金龙，我知道，你早就被齐娜那个小狐狸精迷得神魂颠倒了。她比我有钱，她比我年轻，她没有孩子，她比我有资本……

白金龙　对，她比你会过日子。

吴　媚　你可拉倒吧，她还比我会过日子？笑话！

白金龙　她是个会过日子的女人，你就不是个会过日子的女人。

吴　媚　对，我是不会过日子的女人，可我是跟谁学的？还不是我们两人结婚之后我跟你学的？你一天到晚地在外面吃喝玩乐、吃喝嫖赌，这能怪我吗？

白金龙　算了吧，吴媚，你天生也不是什么好女人……

吴　媚　你放屁！我原来是一个多本分的姑娘？认识了你之后，我才学会了出去玩儿，上舞厅跳舞，到卡拉 OK 去唱歌，是你带坏我的，你是我的师傅！

白金龙　你要是个好女人，你能跟我学坏吗？

吴　媚　白金龙，我是嫁鸡随鸡，嫁狗随狗，嫁了你这样的丈夫，我才学会了吃喝玩乐的。

白金龙　算了吧，吴媚，咱们俩谁也别说谁，赶紧离婚吧，不要扯别的。

吴　媚　我也期望能快一点儿跟你离婚，我早就跟你过腻了。

白金龙　我知道，你早就想嫁给刘科西了。

吴　媚　你胡说！

白金龙　我胡说什么？刘科西跟他老婆离婚了，就等你啦，不是吗？

吴　媚　你放屁一点味都没有。

白金龙　你放屁有味，行了吧？

吴　媚　你不要废话，白金龙，你说，离了婚孩子怎么办？

白金龙　孩子当然归你啦，这还要我反复说吗？

吴　媚　归我可以，你以后掏生活费，掏学费，出孩子的抚养费！

白金龙　凭什么呀？

吴　媚　你说凭什么？凭你是孩子他爹，凭孩子姓白！

白金龙　她可以改姓，随母姓。

吴　媚　你是她爸爸，这是改不了的，你有责任抚养她。

白金龙　你还是她妈呢，你就没有责任？

吴　媚　我现在有实际困难，我养不起她，我一个月才挣一千多块钱，还不够养活我自己的。

白金龙　你可以去找刘科长，找刘科西要哇！

吴　媚　找他有什么用？如玉又不是他的女儿，又不是他的亲生骨肉，他还有自己的儿子要养活呢。

白金龙　他有儿子，你有女儿，你们正好儿女双全，一起养着。

吴　媚　白金龙，养家糊口这是你们男人的责任，不要忘记了你是男人！

白金龙　生儿育女也是你们女人的责任，吴媚，不要忘了你是母亲！

吴　媚　白金龙，你还是个男人吗？

白金龙　男人就该养活孩子，女人就不该养活孩子？

吴　媚　孩子就应该归爸，因为她姓白，她是你们白家的后代！

白金龙 我还说孩子应该归妈呢，是你把她生出来的！

吴　媚 我把她生出来怎么啦？我还有罪啦？

白金龙 是你把她生出来的，孩子就应该归你！

吴　媚 你说的是屁话，我一个人能生出孩子来？

［这时白如玉又从卧室里出来了。］

白如玉 爸爸，妈妈，你们不要吵啦，不要闹啦，我不要你们离婚，我不要你们离婚！

吴　媚 如玉，你怎么又出来啦？

白金龙 你回去回去，回屋睡觉去！

［白如玉在父母面前跪下来，泪流满面地请求父母。］

白如玉 爸爸，妈妈，我求求你们不要吵啦，不要闹啦，好不好？我求你们不要离婚，不要离婚！爸爸妈妈离了婚，我连一个稳定的家也没有了，我以后还怎样生活，怎样学习，怎样上大学呀？我求求你们不要离婚，好吗？我求你们啦！

吴　媚 如玉，我跟你爸离婚是必然的，他早就不想要这个家啦。

白金龙 说实际问题，孩子以后怎么办？

吴　媚 以后孩子当然归你啦，你是孩子的爸爸。我不想多说什么了。

白金龙 吴媚同志，你太不知羞耻了吧？你又想要房子，又想要钱，还不想要孩子？

吴　媚 房子是我名下的，当然归我。家里没有什么钱。我一个女人挣钱又少得可怜，一个月一千来块钱，还不够我一个人花的，我以后怎么可能养活孩子？她马上就要上大学了，需要生活费，还需要学杂费，等等，一年最少要一万多块钱，我怎么能养得起她？

白金龙 你这是不讲理的说法！我又没有得房子，又没有得到钱，我以后拿什么养活孩子？

吴　媚 你一个月挣两千多块钱，养活女儿是没有问题的，男人养家是天经地义的。

白金龙 可我以后还要成家，还要买房子，我拿什么养活女儿？

吴　媚　这好办，你可以先住到你的小情人齐娜家里去，那个小妖精丈夫死了，家里又有钱，又有大房子，一切都是现成的，你正好可以带着女儿一起过去。

白如玉　不，爸爸，妈妈，我哪儿也不去，我就想有一个自己的家！爸爸，妈妈，我求你们不要吵了，不要闹了，你们吵了将近二十年，闹了也快二十年，你们也该吵够了，闹够了吧？你们现在闹离婚，我怎么办？我求求你们了，爸爸，妈妈，不要离婚，不要离婚！我怕失去家，我怕失去父母！爸爸，妈妈，我求你们啦！

［白如玉给亲生的父母在地板上叩头，求情，痛哭。两个大人也觉得心里不舒服，无话可说了。他们不吵了，也不闹了，休战了。时间已过半夜了，两个人也吵累了。吴媚回卧室了。白金龙穿鞋出门走了。客厅里只剩下白如玉一个人跪在地板上哭，独自落泪。］

第三场

白天，家里人少了，白如玉一个人在家里干活，收拾家，整理东西。白金龙回来了，他从外面开了门，走进家门，同时他的身后跟着几个随他而来的搬家公司的工人，这些搬家公司的人显然是跟着他来搬运东西的。白金龙把他们让进了家门。白如玉也不干活了，用眼睛望着父亲，望着跟着父亲一起进来的搬家公司的工人。

白金龙　来来来，师傅们，进来，进来，都进来。

搬运工甲　大哥，我们要不要换鞋呀？

白金龙　不要换，不要换，换什么鞋呀，不需要换鞋了。

搬运工乙　大哥，你说吧，要搬运什么东西呀？

白金龙　别着急，师傅们，我看一看，一样一样来，先搬运家电，后搬运家具吧。

搬运工丙　大哥，爬四楼，搬东西可是够累的，够辛苦的。

白金龙　不累，我找你们搬家公司来干吗？

搬运工丁　大哥，你家里挺漂亮的。

白金龙　马马虎虎吧。

搬运工甲 大哥，你为什么要搬家呀？又换大房子啦？

白金龙 啊……是的，换大房子了。

搬运工乙 大哥，这姑娘是你的？

白金龙 这是我的女儿。

搬运工丙 噢，好漂亮的姑娘啊！

搬运工丁 大哥，你就一个孩子吧？

白金龙 就一个。多了更麻烦。

白如玉 爸爸，你带着搬家公司的人到家里来干什么？

白金龙 我带着搬家公司的人，回家来是搬东西的。

白如玉 爸爸，您要搬走？

白金龙 是的，如玉，我要搬走了。

白如玉 爸爸，不能不搬吗？

白金龙 我不搬还赖在家里干什么？我跟你妈的婚姻已经离定了。

白如玉 爸爸，那你等妈妈回来了再搬东西不行吗？

白金龙 不行，我就是趁她不在家回来搬东西的。

［白如玉什么话也不敢说了，她拿着抹布进卫生间了。客厅里，搬家公司的人已经准备要搬运东西了。］

搬运工甲 大哥，你家里要搬运什么东西呀？

白金龙 要搬的东西多了，能搬走的东西全部搬走。

搬运工乙 大哥，你把房子卖啦？

白金龙 不，我跟老婆离婚了，不过了，分家了。

搬运工丙 噢，原来是这样？大哥，你请我们来搬运东西，房子归老婆了，东西归你啦？

白金龙 是的，房子归老婆了，东西归我了。小玉，你出来给叔叔们倒一杯水！

［白如玉又从卫生间里出来，在茶几前，用暖水瓶和茶水杯为搬运工们倒水。］

搬运工丁 大哥，你这家里的东西都要搬走吗？

白金龙 对，所有的东西，只要能搬的全部搬走。

［白如玉给搬运工们倒完了水，放到茶几上，什么话也不说，走

进自己的房间了。]

搬运工甲 大哥，你家里要搬的东西不少哇；电视机、电冰箱、大沙发，卧室里面还有柜子、家具、床。你请我们四个人来搬运这么多东西，一个人就给50块钱，太少了吧？

白金龙 搬个家，一个人给50块钱，已经不少了，你们还想要多少？

搬运工乙 大哥，你请我们四个人来搬运这么多东西，一个人才给50块钱，有点儿说不过去吧？现在的物价多贵呀？50块钱够干什么的？一个人喝顿酒都不够。你给我们的劳务费实在太少了。

白金龙 你们就不要啰唆了，一个人就是50块钱，想要多了也没有。我是离了婚的人，已经变成穷光蛋了，老婆把房子占了，把家里的存款也拿走了，我是一无所有了，光着屁股滚蛋了。我要是有钱的大老板，我可以多给你们几个钱，问题是我也穷啊！

搬运工丙 大哥，离婚是越离越穷的。

白金龙 是呀，家散了，财也就散啦，没有办法。

搬运工丁 大哥，如今的社会到底怎么啦？两口闹离婚好像是闹着玩儿一样，说离就离了，夫妻之间说散就散了。

白金龙 这没有什么好奇怪的，改革开放的社会嘛，人们都见多识广啦，夫妻之间也是以金钱为主导啦，人与人之间已经没有什么感情可言啦，夫妻之间白头到老的人已经越来越少了。

搬运工甲 大哥，我有一点儿糊涂了，现在离婚的人是越来越多了，白头到老的人是越来越少了，人类社会的文明是进步了还是倒退了？

白金龙 这就说不清楚了，这都是钱闹的，离婚不是什么好事儿，家是越分越穷啦。

搬运工乙 大哥，你这话说得对，说得有道理，说得太经典了。

白金龙 行了，师傅们，大家不要废话了，马上搬运东西吧。

搬运工甲 好的，大哥，我们搬运东西是很快的。弟兄们，加油，动作快一点儿。

众搬运工 好啦！

白金龙 师傅们，搬运东西慢一点儿不要紧，要小心，不要把东西磕坏了、碰坏了。

搬运工甲 大哥，你放心吧，我们搬家公司就是吃这碗饭的，搬运东西太有经验了，不会磕，也不会碰的。

白金龙 好，那就快一点搬吧。

搬运工甲 弟兄们，快搬吧！

［四个搬运工正在里客厅搬东西，搬彩色电视机、电冰箱之类的东西。吴媚从外面跑回来了。她进了家门，就对搬运工们发火了。］

吴　媚 你们是干什么的？你们是干什么的，你们是从哪儿来的盗窃犯呀？

［几个搬运工看见进来的家庭女主人火气十足，自然停止搬东西了。］

搬运工甲 大姐，我们是搬家公司的。

吴　媚 搬家公司的？谁叫你们到我家来搬东西的？

搬运工甲 是这位大哥叫我们来搬家的。

吴　媚 是他请你们来搬家的？你们把东西都给我放下来，滚出去！

搬运工甲 大哥，这是怎么回事儿呀？

白金龙 听我的，不要理她，继续搬。

吴　媚 我看你们谁敢乱搬我家的东西？请你们出去，赶快走，要不然我就打电话报警啦！

搬运工甲 别别别，大姐，我们听你的，我们听你的。

［四个搬运工马上把搬动的东西又放下来。］

搬运工乙 大哥，这是怎么回事儿呀？东西到底搬不搬啦？

白金龙 搬，听我的，是我请你们来搬的，出了问题算我的！

吴　媚 我看你们谁敢搬？还有没有王法啦！

搬运工甲 大哥，你请我们来搬家，没有跟太太说好，这不是开玩笑吗？

白金龙 师傅们，你们听我的，继续搬，出了事儿我负责！

吴　媚 我看你们谁敢搬走我家的东西，还无法无天啦？

搬运工甲 算了吧，大哥，我们可是遵纪守法的搬家公司，违法的事情我们是不干的。

白金龙 师傅们，我可是花了钱请你们来搬家的。

搬运工甲 大哥，你花钱也不能请我们来犯法呀？是不是？我们搬家公司可是安分守法的良民，你不能花钱请我们来犯罪呀，我们可是有老婆有孩子的人。

吴　媚 师傅们，识相点儿就请你们马上走人，不然我就打电话报警了，说你们到我家来行窃的。

［吴媚马上从手提包里拿出手机来，要电话报警，搬运工们怕惹是生非。］

搬运工甲 得得得，大姐，我们马上走人，马上走人。

搬运工乙 大哥，这叫什么事儿呀？

吴　媚 你们走不走？不走我真要报警啦？

搬运工甲 马上走，大姐，我们马上就走。

白金龙 你们走吧，走吧，搬家的事情以后再说吧。

搬运工甲 大哥，给钱。

［搬运工头儿伸手向白金龙要钱。］

白金龙 给什么钱？

搬运工甲 你请我们来搬家，不给钱能行吗？

白金龙 你们也没有帮我搬运东西呀，给什么钱？

搬运工甲 大哥，这怪不得我们，这就是你的问题了。既然你请我们来搬家，就要给钱，我们不能白跑来一趟吧？

白金龙 好好好，一人给你们 10 块钱，今天算我倒霉。

搬运工乙 大哥，10 块钱太少了，我们这又是开车，又是来人的，10 块钱还不够我们的汽油费和跑腿费呢。

搬运工丙 是呀，10 块钱太少了，说不过去的。

搬运工丁 我们跑来一趟出车费就要 50。

白金龙 你们想要多少钱？

搬运工甲 还是一人 50 块钱。

白金龙 什么？还是一人 50 块钱？你们满脑子就想钱啦？

搬运工乙　大哥，不想钱谁来呀？

搬运工丙　是呀，大哥，我们来为你搬家，就是挣钱的。

白金龙　你们挣钱也没有这样挣法的吧？你们也没有给我搬东西呀，就想要钱？

搬运工丁　大哥，问题不在我们，责任也不在我们，是你家庭问题没有处理好，与我们无关。

白金龙　师傅，你们到底想要多少钱？

搬运工甲　大哥，你就一人给40块钱吧。

白金龙　一人给40块钱？不行，40块钱太多了。

搬运工乙　大哥，那就一人给35块钱也行。

白金龙　35块钱也多了，你们什么也没有帮我干，还喝了我家的水。

搬运工丙　大哥，你不能把过错算到我们头上吧？

搬运工丁　是呀，大哥，好说好商量，你就一人给我们30块钱吧。

白金龙　一个人30块钱也多了。你们四个人，就给100块钱，破财免灾，算我倒霉了。你们走吧。

［白金龙从身上拿出100块钱，交给了搬运工的负责人甲。搬运工头领拿了钱高兴了。］

搬运工甲　谢谢大哥！下一回再有这样的好事儿，大哥再打电话叫我们来。

白金龙　滚吧，快滚吧。

四搬运工　谢谢大哥，谢谢大哥。

［四个搬运工拿着100块钱走了。吴媚关上了家门，又和白金龙吵起来。］

吴　媚　白金龙，你太无耻了吧？你趁我不在家，就想把家里的东西搬走？

白金龙　吴媚，你是怎么知道的？

吴　媚　你管得着吗？

［这时白如玉从卧室里走出来，孩子的眼里满眼泪水。］

白如玉　爸爸，是我打电话叫妈妈回来的，我不想叫你们分开。

［白金龙冲到女儿面前，就打了她一巴掌。］

白金龙 你个小坏蛋，原来是你当内奸？你坏了我的大事儿！

白如玉 爸爸，你凭什么打人？难道我错了吗？

白金龙 谁叫你当间谍啦？

［白如玉手捂着被父亲打肿的脸，泪流满面。］

白如玉 我就是不想叫爸爸、妈妈离婚！

吴　媚 白金龙，你缺德不缺德呀？你趁我不在家想搞突然袭击呀？

白金龙 吴媚，家里的房子你霸占了，钱你也私吞了，东西名正言顺地应该归我吧？

吴　媚 东西归你，我反对。我们离婚的事情还没有扯清楚，还没有扯明白呢，你就想搬了东西逃跑？后面的事情就不管啦？

白金龙 你说，还有什么事情没有扯清楚，没有扯明白的？

吴　媚 还有孩子的事情没有扯清楚、没有扯明白，你说清楚，以后孩子到底归谁养活？

白金龙 孩子的问题当然归你养活啦，这还需要扯吗？

吴　媚 凭什么孩子归我养活呀？

白金龙 不归你养活还归谁养活？家里的房子你霸占了，家里的钱也被你吃掉了，你还想叫我养活孩子？天下哪儿有这样的道理呀？

吴　媚 你说的是屁话！孩子是我一个人的？不是你的？你当老子的没有责任养活孩子？

白金龙 我承认，我有责任养活孩子。可是你霸占了家里的房子，又吃掉了家里的钱，你还想叫我养活孩子？吴媚，你太不要脸了吧？

白如玉 爸爸，妈妈，你们能不能不吵啦，能不能不闹啦？我多想有一个温馨的家呀！我从小到大，听到的就是你们的吵闹声、打骂声，为了打麻将，为了赌博，为了跳舞，为了卡拉 OK，为了钱，你们吵闹不休。我们的家到底是一个什么家呀？这是一个正常的家庭吗？

［孩子的话说得两个大人感到无地自容。］

白金龙 好了，吴媚，我不跟你扯了。我要上班去了。以后咱们再扯吧。

吴　媚　滚，你永远不要回来，永远不要回这个家！

［白金龙出门走了。］

白如玉　算了，妈妈，您不要生气了，爸爸走了。

吴　媚　如玉，你给我听好了，以后你要看好我们的家，看好家里所有的东西，不能叫你爸随便搬走一样东西。我也要上班去了。

［吴媚也出门走了。家里又剩下孩子一个人看守家。白如玉抚摸着被父亲打肿的脸，带着满腹委屈的眼泪坐在了沙发上沉思。］

第四场

白如玉的好同学、好朋友李冬梅来了。她在门外敲门。白如玉从沙发上起身，为来者开门，她走到门前，先问来访者的身份。

白如玉　谁呀？

李冬梅的声音　是我，如玉，我是冬梅。

白如玉　李冬梅？

［白如玉马上把门打开了，李冬梅从门外走进来，两人是同班同学，年龄也相当。］

李冬梅　如玉，你在家干什么呢？

白如玉　在家干活。坐吧，冬梅。

李冬梅　我不坐了。我来告诉你一个好消息，如玉，高考的分数下来了，昨天晚上我上电脑帮你查了一下高考成绩，特地向你报喜来了。

白如玉　谢谢你。冬梅，我考了多少分？

李冬梅　恭喜你，如玉，你考了六百九十多分呢！

白如玉　真的？

李冬梅　我把你的各科成绩都抄写下来了，你快考满分了，准备上北大、清华吧。

白如玉　我考得有那么好吗？

李冬梅　你自己看吧，如玉，你是真厉害，你的高考成绩是我们市里的高考状元！

［李冬梅把抄写的小纸条递给好同学过目。白如玉看着各科的考试成绩难以置信。］

白如玉 这是真的？

李冬梅 这还能有假吗？我查了一下市里的高考生成绩排名，你是理科第一名！

白如玉 太好啦，我可以上大学啦！

李冬梅 功夫不负有心人呢。

白如玉 冬梅，你考得怎么样？

李冬梅 我不行，照你的考试成绩相差太远了，我考了五百八十多分。

白如玉 冬梅，你也可以上一类大学啦。

李冬梅 一本线是够了。

白如玉 冬梅，咱们到学校去找老师参谋参谋吧？看我们的成绩应该报考什么大学？

李冬梅 我来找你，就是这个意思。

白如玉 那咱们走吧？

李冬梅 你高兴了吧，如玉？

白如玉 能上大学，我当然高兴，上了大学，我就可以脱离家庭了。

李冬梅 是呀，上了大学，你就可以解放了、自由了。

白如玉 谁说不是呢？冬梅，咱们走吧？

李冬梅 走，咱们到学校去找老师当高参。

［两个女学生兴奋激动地走出了白家，关上了家门。］

第五场

吴媚回到家里，开了家门，在门口换鞋。白金龙随后也跟进来了，他也不换鞋了，就在沙发上坐下来，从身上拿出烟来，点火抽烟。吴媚看见白金龙突然来了，觉得有点奇怪。

吴　媚 白金龙，你怎么跑来啦？

白金龙 我来找你自然有事儿的。吴媚，今天姑娘正好不在家，我要跟你把姑娘的事儿扯清楚、扯明白，孩子的问题到底怎么办。

吴　媚　白金龙，你已经跟小寡妇齐娜同居了，你还找我扯什么？

白金龙　我要找你扯我们两个人的孩子如玉的事儿。

吴　媚　好，你说吧，我听。

［吴媚换了鞋子，走到白金龙对面的沙发上坐下来，两个人又为孩子问题进行谈判。］

白金龙　吴媚，咱们两个人的孩子，如玉，以后不能归我一个人养活吧？我以后还要成家，还要立业的，我不能一个人拖着一个小累赘吧？

吴　媚　你可拉倒吧，白金龙，你跟我谈什么成家、谈什么立业？你不觉得滑稽可笑吗？一个一天到晚就想着吃喝玩乐、打麻将、赌博的人，还谈什么成家、立业？我们就是普通的小市民，不要谈什么成家、立业，成家、立业是指有聪明才智的人创造一番事业，把事做成了业。至于我们普通的小市民，实实在在地讲，活着就是为了吃喝玩乐，工作就是为了挣钱吃饭，成家就是为了传宗接代；至于什么立业，不要扯那些没有用的。我看你立了二十多年业，什么也不是。立业，是对有理想、想干大事儿的人来说的，你跟我谈什么成家、立业，不是胡扯蛋的事情吗？

白金龙　好，吴媚，我们不谈成家立业，我们就谈孩子的问题。

吴　媚　对了，说得简单一点儿，要谈孩子的事情你就说吧。

白金龙　吴媚，你不能太自私了，你把好处一个人得了，把一切难题都扔给我，是吧？

吴　媚　我怎么自私啦？我得什么好处啦？什么一切难题我都扔给你啦？

白金龙　家里的东西你全得了，这是事实吧？你把孩子扔给我了，你这不是故意给我出难题吗？

吴　媚　那你说孩子的问题怎么办？白金龙，我一个可怜的小女人，一个月就挣一点够吃饭的钱，我养不起孩子，你叫我怎么办？

白金龙 我想过了，养孩子的问题咱们这样解决。

吴 媚 你说，以后孩子的问题怎么解决？

白金龙 我这些天也认真想过了，我的意见有两条。

吴 媚 说，第一条。

白金龙 第一条，如玉以后可以跟着我一起生活，但你每个月要付生活费，包括她以后上大学四年的生活费、学杂费等一切费用。

吴 媚 什么？白金龙，你叫我掏钱，每个月付给孩子的生活费，还要包括她以后大学的一切费用？

白金龙 是呀，我的要求不高吧？

吴 媚 你的要求还不高呀？

白金龙 第一条你不同意，咱们实行第二条也可以。

吴 媚 你说的第二条又是什么呢？

白金龙 我说的第二条，就是咱们两个人以后轮流养活她，实行轮换制，以后她上大学的一切费用，由我们两个人共同承担，一家一半。

吴 媚 不是，你等一等，白金龙，你再说一遍，什么叫轮换制？我没有听明白。

白金龙 轮换制，就是如玉以后由我们两个人、两个家庭，轮流换着养活。

吴 媚 轮流换着养活，怎么轮流换着养活？

白金龙 简单地说吧，就是以后孩子在我们家生活一个月，到你家来生活一个月，两家轮流换着来，一家养一个月。

吴 媚 两家轮流换着来？麻烦不麻烦呢？

白金龙 这没有什么可麻烦的。

吴 媚 照你的说法，孩子要不干呢？

白金龙 孩子干不干不是她说了算，是咱们两个人说了算。

吴 媚 你说的轮换制，我还是有一点不明白。

白金龙 你的脑子怎么这样笨呢？

吴　媚　别人都笨，就你聪明。

白金龙　吴媚，咱们不扯别的，就说轮换制：以后，如玉单月在父亲家，双月在母亲家，或者是双月在我家，单月到你家，这样轮换着来。一年 12 个月，正好你养 6 个月，我养 6 个月，谁也不吃亏，谁也不占便宜。你觉得怎么样？

吴　媚　我脑子还是没有转明白呢。

白金龙　我认为这样安排比较公平、比较合理，你说呢？

吴　媚　孩子一家养 6 个月？单月在我家，双月到你家？白金龙，你可真是想得出来，你的脑子是够聪明的。

白金龙　要不你说怎么办？你总不能叫我老吃亏，你总是占便宜吧？我认为这样安排合情合理，我也不吃亏，你也不占便宜。

吴　媚　白金龙，你真是聪明绝顶啊，你想得太妙啦。

白金龙　你不要废话，吴媚，你说，我的计划行不行？你同不同意？如果你同意这样的计划，以后孩子的问题就这样定下来，一年 12 个月，一家养 6 个月。

吴　媚　你叫我想一想，一年 12 个月，一家养 6 个月，那孩子以后上大学的问题怎么解决？

白金龙　我不是说了吗？孩子以后上大学的问题我也想过了，由你、我两人共同承担。

吴　媚　白金龙，你觉得这样安排合理吗？你是男人，我是女人。

白金龙　有什么不合理的？现在社会男女不是都一样吗？离婚，你把房子占了，钱也得了，家具也都归你了，我光着屁股走人了。作为男人，我对你够意思吧？你还叫我怎么样？你总不能欺人太甚吧？我们都还年轻，四十啷当岁，以后还是要各自成家的，一切事情现在都要说清楚吧？

吴　媚　好吧，就照你说的办。白金龙，你说吧，孩子是你先养着，还是我先养着？

白金龙　随便，这些事情好商量。

吴　媚　那就你先养着？

白金龙　还是女士优先吧。

吴　媚　好，我先养着。这个月是单月，孩子在我家，下个月是双月，轮到你和小寡妇齐娜家。一家一月，咱们把这件事情扯明白了、说清楚了，以后不要再为孩子的生活问题扯皮了。

白金龙　行，孩子的抚养问题以后就这样定了。不过你要跟孩子说清楚，你要跟小玉沟通。

吴　媚　你怎么不跟孩子说呀？

白金龙　你是孩子的母亲嘛，当妈的跟女儿好沟通。

吴　媚　好，我听你的，白金龙，孩子我先养着。

白金龙　那就这样说定了。我走了。

吴　媚　白金龙，把家里的钥匙留下来。

白金龙　对了，我是该与这个家彻底告别了。

［白金龙从身上把钥匙拿下来，扔给了吴媚，随后走出了门。］

第六场

晚上，吴媚坐在客厅的沙发上喝水，看电视，脑子里想心事。过了一会儿，白如玉从外面回来了。她在门口换鞋，情绪显得十分高兴。

白如玉　妈妈，我回来了。高考填志愿，我在老师的建议下，填写完了。

吴　媚　你填报了什么大学？

白如玉　老师建议我填报人大。

吴　媚　填报人大？你的分数北大、清华都够了，为什么要报人大？

白如玉　老师说，我的高考成绩在省里的排名是十名左右，而北大、清华在我省的录取是省里的前六名，老师说我报北大、清华没有十足的把握，所以建议我报人大。

吴　媚　随你了，你上什么大学是你的命。

白如玉　妈妈，我能到北京上大学就知足了。

吴　媚　如玉，你坐下来，妈妈要跟你说一件有关你的重要事情。

白如玉　妈妈，您要说什么？

吴　媚　如玉，妈妈想对你说，你以后生活方面的大事情。

白如玉　妈妈，您说吧，我听着。

［白如玉来到吴媚身边，在妈妈旁边的小沙发上坐下来，听妈妈说重要的事情。］

吴　媚　如玉，妈妈已经跟你爸爸离婚了，你也知道，你爸爸住到小寡妇齐娜家里去了。现在家里就剩下我们两个人了。我呢，一个女人，也没有什么本事，工作条件不好，单位又不景气，挣钱又少，所以我一个人也养不起你。经过我跟你爸爸的协商，以后你的生活是这样安排的：这个月呢，你就跟我在一起生活，吃在家里，住在家里，下一个月呢，你就住到小寡妇齐娜家里去，跟你爸爸和小寡妇齐娜在一起生活，吃在那里，住在那里……

［白如玉听了妈妈的话，惊讶地从沙发上站起来。］

白如玉　妈妈，您说什么？我听不懂。

吴　媚　听不懂，我再跟你说一遍，以后呢，你就在爸爸、妈妈两个家庭里轮换生活，一个月在妈妈家生活，一个月在你爸爸家生活，一个月轮换一次，你听懂了吧？

白如玉　妈妈，这是谁的主意？

吴　媚　这是你爸爸想出来的办法。

白如玉　妈妈，我是你们的女儿呀，你们当我是小猫小狗吗？

吴　媚　不是的，如玉，我们也是没有办法，你爸爸不想要你，妈妈一个人又养不起你。所以，我们只有采取这样的办法养活你。

白如玉　妈妈，你是说，我以后要在两个家庭里流动生活，一家生活一个月？

吴　媚　是的，孩子。

白如玉　妈妈，我不干，我不干，我不要过这样猫狗一样的生活！

吴　媚　孩子，这是你爸爸的决定。

白如玉　妈妈，您和爸爸还是我的亲生父母吗？

吴　媚　如玉，你当然是我们亲生的女儿。

白如玉　妈妈，我是你们的亲生女儿，你们就让我过这样的生活？

吴　媚　如玉，你要理解，妈妈也是没有办法呀……

白如玉　妈妈，我理解什么？您跟爸爸离婚，为什么让我过这样猫狗不如的生活？

吴　媚　孩子，以后慢慢会好起来的，等你长大了，成人了，大学毕业了，有工作了，一切都会好起来的。

白如玉　是呀，等我长大了，成人了，大学毕业了，有工作了……现在我成你们两个人的负担了，是吗？妈妈，你们为我想过吗？这样的生活我还能好好学习吗，以后还怎样上大学呀？你们当初不爱我，何必要生我呢？

吴　媚　如玉，妈妈爱你，也要面对现实呀。我现在一个月就挣一千多块钱，我实在是没有办法独立养活你。你爸爸能独立养活你，可是他又找了一个小寡妇。他说他也有难处。

白如玉　你们都有难处，所以就不要我啦，我成了多余的啦？

吴　媚　孩子，你要理解爸爸妈妈的难处。我对你把话说明白了，你爸爸的计划就是这样安排的，这个月，你在我家里生活，下个月就到你爸爸家里去。小寡妇齐娜家里有大房子住，生活条件也比我的好，你过去不受罪的。

白如玉　妈妈，那样的家再好，也不是我的家呀！你们两个人都不想要我，你们当初就不该生我！

［白如玉伤心悲愤地跑进自己的卧室，把门关上，独自哭去了。吴媚无可奈何地摇头，起身回卧室去了。房间内传出的是白玉情不自禁的哭声。］

第七场

白如玉在家里，为母亲吴媚和继父刘科西做饭、炒菜。她把炒好的菜端到客厅的饭桌了。正好吴媚和刘科西回来进门了。

白如玉　妈妈，回来了。

吴　媚　回来了。怎么不叫叔叔呢？

白如玉　叔叔好。

刘科西　好好好。

吴　媚　哎呀，上班忙碌了一天，不到下班时间我的肚子就饿了。

白如玉　妈妈吃饭吗？

吴　媚　吃饭吧。

［白如玉马上进厨房去端饭、端菜。］

刘科西　吴媚，你有这样一个宝贝女儿真不错，进门就有现成的饭吃。看来养姑娘还是比养儿子好。我的两个儿子，我把他们从小养到大，就没有吃过他们做的一顿饭。

吴　媚　老刘，现在你知道养姑娘比养儿子好了吧？

刘科西　是呀，跟你在一起生活了，我才体会到了养姑娘还是比养儿子好。

吴　媚　我姑娘好吧？这是我从小对她教育的结果。

刘科西　你有本事，看来还是你养女有方啊！

吴　媚　科西，不要说漂亮话了，快去洗手准备吃饭吧。

刘科西　好啦，我也享受享受你姑娘的福。

［刘科西到卫生间去洗手。吴媚在沙发上坐下来，拿起茶杯喝水。白如玉双手又端着两盘香味十足的菜，从厨房里走出来，放到了饭桌上。回头又进厨房去端电饭煲。吴媚喝了水，就坐到了饭桌前面，拿起筷子先吃菜。白如玉从厨房把电饭煲端出来，马上拿碗为妈妈盛饭，放到妈妈面前。刘科西从卫生间里洗了手出来，也不客气地坐到了饭桌前，已然与吴媚和白如玉成为一家人了。］

刘科西　我来看一看，姑娘给咱们做了什么好吃的东西？哟，红烧排骨，这个我爱吃；西红柿炒鸡蛋，这个也合我胃口；还有海带丝虾仁汤。小玉，你这些菜做得不错嘛，色香味美全齐啦。

吴　媚　刘科西，我姑娘做饭菜的水平怎么样，不错吧？

刘科西　不错不错，非常不错。看不出来，快赶上厨师的水平啦！

吴　媚　这就是我教育的结果。

刘科西　还是你教育有方啊！我的两个混蛋儿子，没有一个会做饭菜的。

吴　媚　这是家庭遗传，有什么样的老子，就有什么样的儿子。

刘科西　对了，有可能遗传。菜香、味美，如果有点儿小酒就更美啦。

吴　媚　刘科西，不要喝酒了，吃过晚饭，我们还要到歌舞厅去唱歌、跳舞，喝了酒招人烦。

刘科西　好，我听你的，不喝了，晚上到歌舞厅唱歌、跳舞，再喝酒。

白如玉　叔叔，那就吃饭吧。

［白如玉又为刘科西盛了饭，放到他面前。最后才为自己盛了饭，坐到了饭桌上，与两个大人一起吃饭。］

吴　媚　刘科西，我的女儿考上了北京的名牌大学，你有什么表示呀？

刘科西　有什么表示？祝贺祝贺！

白如玉　谢谢叔叔。

刘科西　阿媚，你的姑娘真好，我的两个混蛋儿子没有一个争气的。

吴　媚　这说明你跟你原来的老婆不会教育孩子。

刘科西　对，你说的非常有道理。

白如玉　妈妈，我要上大学了，需钱呢。

吴　媚　需要钱，下个月到你爸爸和齐寡妇家去生活，你找他们要。

白如玉　妈妈，我的第一年学费和生活费，您就给我出了吧？

吴　媚　如玉，我哪儿有钱呢？你在我这里吃，在我这里住，上大学还要找我要钱？

白如玉　妈妈，我不找您要钱，我找谁要钱呢？

刘科西　如玉，你要心疼你妈妈，你就应该找你爸爸和继母要钱，知道吗？

白如玉　妈妈，您就不能为我出第一次学费吗？

吴　媚　我出钱？孩子，妈妈实在穷啊，实在没有钱。

白如玉　妈妈，我一个学期的学费也就需要五千多块钱，也不算多。您为我出学费，我去找爸爸要生活费，这样可以吗？

刘科西　如玉，你的学费和生活费都应该找你爸爸要钱，他有责任为你出学费和生活费，支持你上大学，知道吗？因为他是你爸爸。

白如玉 刘叔叔，这是我家里的事情，我在跟我妈妈说话。

刘科西 好好好，我不多嘴，我不多嘴。你们家里的内部事务不关我的事儿，我不管了。

吴　媚 先吃饭，有关学费的事情以后再说。

刘科西 对对对，先吃饭，一切事情以后再说。

白如玉 妈妈，那你们吃饭吧，我不吃了。

[白如玉听了妈妈和刘科西的话，心里明显不舒服，就吃了几口饭，放下饭碗，就流着眼泪回自己房间去了。]

刘科西 孩子生气了，来脾气了。

吴　媚 对了，老刘，你能不能为我姑娘出点学费？

刘科西 什么？你叫我为你的女儿出学费？吴媚，你也真想得出来？这怎么可能呢？你姑娘考上大学好像跟我没有什么关系吧？

吴　媚 怎么没有关系呢？她现在也是你的半个女儿了。

刘科西 你可拉倒吧，我可要不起这样的女儿。

吴　媚 老刘，你不是有钱吗？

刘科西 我有钱，我的钱也不是大风刮来的，我有钱也不是为你姑娘花的，我们住在一起也有几天时间了，她连一声爸爸都不叫我，我凭什么给她出学费呀？

吴　媚 老刘，你怎么能这样讲话呀？你不是她的继父吗？

刘科西 对，你说的没有错，我是她的继父，可不是她的生身父亲，她上大学，应该找她的亲生父亲要钱，这是天经地义的事情。

吴　媚 老刘，你不是说你喜欢我吗？你爱我吗？你为什么就不能把我的女儿当你的女儿呢？

刘科西 阿媚，这是两码事儿。我是喜欢你、爱你，可是跟你姑娘上大学没有什么关系……

吴　媚 刘科西，这么说，你爱我都是假的啦？

刘科西 本来嘛，半路夫妻还谈什么爱呀、情啊？说实话吧，我喜欢你，我爱你，就是因为你比我老婆年轻，比我老婆长得漂亮……

吴　媚　这么说，你就爱我的身体，爱我比你老婆长得年轻、长得漂亮？

刘科长　是呀，这是事实嘛，爱美之心人皆有之。

吴　媚　那你为什么就不能爱我的女儿呢？你为什么就不能为我的女儿掏学费呢？

刘科西　吴媚，你说这个话就不对了，她是你的女儿，又不是我的女儿，我为什么要给她出学费呀？

吴　媚　你是她的继父呀！

刘科西　我是她的继父……可是他有亲生父亲呢……

吴　媚　你不是挣钱多吗？

刘科西　我挣钱多也不是给人乱花的。

吴　媚　这怎么是乱花呢？你这是积德行善，帮助我的女儿上大学。

刘科西　阿媚，我亲爱的，你不要给我说漂亮话、戴高帽了，我可不是活雷锋。她是你的女儿，她还有亲爸爸，她上大学找她亲爸爸要钱，这是合情合理的事情。

吴　媚　你是她继父，你为她出钱也是应该的吧？

刘科西　我又不是银行，又不是老板，我哪儿有钱为她出学费呀？

吴　媚　你一个月挣 1 万块钱，怎么能说没有钱呢？

刘科西　我的阿媚，你这话说的就没有道理啦，我挣钱也不是给你女儿花的，我们结合在一起时间也不短了，她根本就不认我这个爹，我为什么要给她出学费呀？

吴　媚　刘科西，我现在才看明白，你是个王八蛋！你只爱我的肉体，爱我的脸蛋……

刘科西　你骂我什么都无所谓，反正你叫我为你女儿上大学出钱、掏学费，这是不可能的事儿。

吴　媚　你真是个虚情假意的东西，我算白嫁给你啦！

刘科西　你嫁给我，是你愿意，这是咱们俩的缘分，可是跟你的姑娘没有什么关系。我还有两个儿子要养活呢。

吴　媚　刘科西，你真是个王八蛋，你不是人！

刘科西 阿媚，我怎么不是人啦？我跟你女儿的感情还没有到我养活她、为她付学费的地步。她上大学，应该找她的亲生父亲去要钱，这是国家法律有规定的。

吴　媚 刘科西，你他妈的骗了我两年的感情，你说结婚以后钱归我管，你的钱呢？

刘科西 我可是不敢骗你，阿媚，你嫁给我是自愿的，我又没有强迫你，我也没有逼你，是你自愿跟我在一起的，对吧？再说了，你我还没有拿结婚证呢，目前只是两个人同居、试婚，我还没有责任代你养活女儿，代她付学费。

吴　媚 刘科西，你滚，滚蛋，马上滚出去！

刘科西 滚就滚，我正好出去下饭馆。

［刘科西起身出门就走了。吴媚气得放下饭碗就哭起来，饭也不吃了。］

吴　媚 我碰到的男人为什么都是王八蛋呢？为什么没有一个好东西？赌场、舞厅里的男人，为什么都是吃喝嫖赌的王八蛋？我一辈子的命运怎么这样苦、这样倒霉呢？

［白如玉在房间里听到母亲在客厅里的哭声，她又从房间里走出来。其实她也是泪流满面。可是她还要走到母亲面前安慰哭泣的母亲。］

白如玉 妈妈，不要哭了，咱们吃饭吧。

吴　媚 孩子，你吃吧，我一点儿也吃不下去了，我没有胃口。

白如玉 妈妈，不要哭了，我不找您要钱了。下个月到爸爸家里去生活，我找爸爸要钱。

吴　媚 如玉，对不起，是妈妈不好，妈妈实在拿不出钱来为你交学费……

白如玉 妈妈，爸爸说，您不是手里有钱吗？爸爸说家里还有存款、存折……

吴　媚 孩子，家里哪儿还有什么存款、存折呀？家里的钱，这些年都叫你爸爸那个老东西，在麻将桌上打麻将、斗地主、赌博花光了、输光了。我是跟你爸爸实在没有办法过了，所以才万不得已离婚的。妈妈手里是有一点儿存款，可是这是我预备救急用的，万一我们两个人有个病、有个灾，手里没有一点钱怎么办呢？

白如玉 妈妈，您想的也对。

吴 媚 我只是没有想到，我找的另外一个男人，也是一个流氓、一个骗子、一个混蛋、一个狼心狗肺的东西，他有钱也不给我们花呀……

白如玉 妈妈，这并不奇怪，半路夫妻本来就是各敲各的鼓，各打各的锣。你为我找的继父，怎么会舍得为我花钱、支援我上大学呀？我又不是他的亲生女儿，我跟他又没有血缘关系……

吴 媚 是呀，孩子，你说得对。看来你还是要找你爸爸要钱、要学费。

白如玉 那就只有等几天，等下个月，我到爸爸和齐娜家里去生活的时候再说啦。

吴 媚 孩子，你吃饭吧，你上大学和钱的事儿，不要着急，到时候总会有办法的。

[白如玉坐到饭桌前，一个人慢慢地吃饭。吴媚坐在沙发上苦闷地想心事。]

白如玉 妈妈，如果爸爸也不给我钱，到时候怎么办呢？

吴 媚 孩子，这就看你到小寡妇齐娜家里去生活，会不会讨人喜欢啦。齐娜有钱，她丈夫死了，给她留下了一大笔钱，还有一套大房子。她现在又没有孩子。所以，你过去到他们家如果能讨她的喜欢，兴许会要来钱的。

白如玉 妈妈，她就是有钱，也是她的，她愿意帮助我吗？

吴 媚 她不愿意帮助你，你不是还有一个亲爸爸吗？到时候你就死缠着他们要钱，他们两个人的生活条件好，不差钱儿，他们高兴了，兴许就会给你钱的。

白如玉 妈妈，这叫什么事儿呀？指望人家开恩帮助我上大学，这可能吗？

吴 媚 唉，没有办法呀，希望如此吧。人穷志短、马瘦毛长啊……

［白如玉吃着饭，想着破碎的家庭，想着上大学需要钱，眼泪掉进了饭碗里。］

第八场

白如玉要换家庭，要换生活的环境了。她背着一个包，包里装着她要换洗的衣服，从卧室里出来，要出门，她的好同学好朋友李冬梅来了。

李冬梅 如玉，你这是要到哪儿去呀？

白如玉 我要到我爸爸家里去。

李冬梅 什么？到你爸爸家里去？

白如玉 是的，这个月我要到爸爸家里去生活啦。

李冬梅 你要换地方啦？跟你爸爸一起生活啦？

白如玉 是的，这是我爸爸、妈妈定下来的规矩，一个月换一个地方生活。

李冬梅 一个月换一个地方生活？这是什么意思，如玉？

白如玉 就是说，我爸爸、妈妈要求我，一个月换一个家庭的环境生活，两家来回换。

李冬梅 如玉，你的爸爸妈妈是什么东西呀？

白如玉 这就是命，我的命运就是如此。

［白如玉说着就哭起来了。］

李冬梅 如玉不哭，你的父母怎么会是这样的人呢？

白如玉 冬梅，不说了，我顶多再苦一个月，等我上了大学，离开家，就好了。

李冬梅 可怜的朋友，你接到大学录取通知书了吗？

白如玉 还没有，还没有到吧？

李冬梅 过几天该到了。

白如玉 冬梅，你这是要到哪儿去？

李冬梅 我要出去到超市买点东西，买一些上大学的必需品。

白如玉 我们一起走吧？

李冬梅 好，我们可以一起走一段路。

白如玉　冬梅，到学校拿入学通知书的时候，请你帮忙关照一下我的录取通知书。

李冬梅　我会的，你放心吧。如玉，你拿包干什么？

白如玉　这包里是我的换洗衣服，我要到父亲家去生活一个月，拿几件必不可少的换洗衣服。

李冬梅　你爸爸家住哪儿啦？

白如玉　就住前面十号楼，齐娜阿姨家。

李冬梅　你爸爸跟那个女人结婚啦？齐娜成了你的后妈啦？

白如玉　是的。

李冬梅　这叫什么事儿呀？

白如玉　如今的社会，什么怪事儿没有呢？

李冬梅　齐娜阿姨我原来认识，她比我们大不了几岁，可能还不到30岁吧。她丈夫开车出了事故，被汽车撞死了。

白如玉　冬梅，不说我家里的事儿了。

李冬梅　好吧。如玉，我去超市了。再见。

白如玉　再见。

［李冬梅先出白家门走了，白如玉随后也出去关上了家门，走了。］

第九场

白如玉进入了生父和继母新组建的家庭。这个家庭看起来是比原来的白金龙与吴媚家住的房子大多了，客厅也大了一些，客厅里摆放着大沙发、大茶几、大彩电。如玉来到这个新家，为了讨好父亲和继母，就在客厅干活。她像佣人和小时工一样，在客厅里拿着抹布，到处擦着沙发上的灰尘、茶几上的尘物，忙着收拾家务，累得满头大汗，她把这个家庭的客厅打扫得干干净净。她的父亲白金龙下班先回来了。

白金龙　如玉，你忙什么呢？

白如玉　爸爸下班了。

白金龙　下班了。哎呀，这家收拾得真漂亮、真干净啊！

[白金龙在门口换了鞋，就到沙发上坐下来。白如玉马上亲近地走到父亲面前。]

白如玉　爸爸，您喝茶吧？

白金龙　我是想喝杯清茶。

白如玉　爸爸，茶水我已经给您泡好了，您喝吧。

[白如玉把已经泡好的茶水端给父亲，白金龙马上喝了一口茶水。]

白金龙　嗯，正好喝。

白如玉　爸爸，我想跟您说一件事情。

白金龙　你说吧，什么事情啊？

白如玉　爸爸，我接到大学录取通知书了。九月一号到北京去报到。

白金龙　这是好事儿呀。

白如玉　爸爸，过一段时间我就要走了，我上大学需要钱，需要学费，需要生活费……

白金龙　你需要多少钱呢？

白如玉　一年的学杂费和生活费可能需要一万块钱吧。

白金龙　需要一万块钱？

白如玉　我只要第一年的学费和生活费，以后就不找您要了。

白金龙　需要钱，找你妈妈要去呀。

白如玉　爸爸，妈妈说她没有钱。

白金龙　她瞎说，原来家里的钱都叫她吞了，她怎么可能没有钱呢？

白如玉　爸爸，妈妈说，她手头上只有一点救急的钱，留着看病用的。

白金龙　她看病有公费医保，留着钱救什么急呀？她是骗你的，孩子。

白如玉　爸爸，您不是一个月挣两千多块钱吗？我上大学第一年的学费和生活费，您就想办法为我解决了吧？

白金龙　一万块钱不个是小数目。现在人的生活水平都提高了，一个月挣两千多块钱够干什么用的？也就够我们现在的一家三口人吃饭生活用的。

白如玉　爸爸，我上大学的问题，您总要为我想办法吧？

白金龙　是要为你想办法，以后有时间我找你妈商量商量吧。

［白如玉还想与父亲说好话，齐娜这时进门回家来了，父女两人的谈话也就停下来了。齐娜进门在门口换鞋，脸上满脸喜色。］

齐　娜　金龙，我回来啦！

白金龙　亲爱的，你可回来了。太太，今天的战果怎么样啊？

齐　娜　我的手气还行吧，打了半天的麻将，我赢了一千多块钱！

白金龙　太太，恭喜你啦！

齐　娜　怎么样，金龙，我打麻将比你厉害吧？

白金龙　是呀，齐娜小姐是谁呀？麻坛高手。

刘　娜　谢谢你的夸奖。

白如玉　阿姨，辛苦了。

白金龙　太太，吃饭吗？

齐　娜　饭做好了吗？

白如玉　饭做好了。家也收拾干净了。

白金龙　齐娜，你看我的女儿多能干，把咱们的家收拾得多漂亮！

齐　娜　嗯，看着还行，是比过去干净多了、漂亮多了。

白金龙　太太，家漂亮了、干净了，住起来就舒服了。

齐　娜　是的。家里都做了什么好吃的？

白如玉　阿姨，我为您包了三鲜馅的饺子，不知您爱不爱吃？

齐　娜　饺子好吃，我就愿意吃饺子，你怎么知道我爱吃饺子？

白如玉　我是听爸爸说的。

齐　娜　对了，以后有时间就给我多包饺子吃吧。

白如玉　好的，阿姨，只要您想吃，您就说话。

齐　娜　我的衣服洗了吗？

白如玉　洗过了，阿姨，您的衣服我都洗干净了，晒干了，收好了，放到您的衣柜里了。

齐　娜　你去把洗过的衣服拿来我看一看。

白金龙　齐娜，要吃饭了，看什么洗过的衣服呀？

齐　娜　现在吃晚饭时间太早了，我还不太想吃，夏天吃饭太早了，夜里肚子饿。我去看一看你给我洗的衣服吧。

[齐娜进卧室去检查白如玉为她洗的衣服。白如玉拿着抹布到卫生间去了。白金龙在沙发上坐下来喝茶，哼小曲儿。齐娜拿着白如玉洗过的衣服从卧室里出来了。]

白金龙 齐娜，你怎么拿这么多衣服出来啦？

齐　娜 白金龙，你看一看你的宝贝女儿给我洗的衣服，你看一看。

白金龙 怎么啦，她洗的衣服怎么啦？

齐　娜 你的宝贝女儿到哪儿去啦？这是洗的什么衣服呀？

白金龙 行了，齐娜，你不要难为孩子了，你嫌她洗的不干净，你自己再洗一遍就是了。

齐　娜 白金龙，你这是什么话？

[白如玉从卫生间里走出来。]

白如玉 怎么啦，阿姨？

齐　娜 如玉，这就是你为我洗的衣服呀？

白如玉 是的，阿姨，是我洗的。

齐　娜 这衣服都没有洗干净，你是怎么洗的？

白如玉 没有洗干净？

齐　娜 你自己看一看吧，衣领上的污渍还没有洗掉呢，叫你爸爸也看一看。

白金明 可以了，齐娜，你不要横挑鼻子竖挑眼了。孩子在家干家务，又收拾房间，又洗衣服，又包饺子的，已经是很不错的保姆了，你知足吧。

齐　娜 白金龙，你说的是什么话呀？什么叫知足吧？她到我们家来生活，总要干一点漂亮事儿，不能吃闲饭吧？我们不能白养着她吧？

白如玉 阿姨，您说我衣服没有洗干净，明天我再重新给你洗。

齐　娜 那不是浪费水和洗衣粉吗？

白金龙 好了好了，不说衣服的事情了，先吃饭吧。

齐　娜 如玉，以后洗衣服一定要记住了，衣服领子一定要用手洗、用肥皂搓，不能用洗衣机搅和，用洗衣机搅和是洗不掉污渍的。

白如玉 我知道了，阿姨，下次我一定注意。

白金龙 如玉，你去厨房煮饺子吧。

白如玉 好的，爸爸。

[白如玉又进厨房去煮饺子去了。]

白金龙 齐娜，对我的女儿，你不要太多事儿了。

齐　娜 白金龙，什么叫我太多事儿啦？她干活干不好，我就不能教育她啦？

白金龙 当然，你可以教育她，但是你不能经常教育她。

齐　娜 我也没有天天说她呀。

白金龙 齐娜，她到这个家来生活了半个月，你训斥她训斥得还少吗？

齐　娜 我教育她是为了她好，是为了她长大成人，做事要认真。

白金龙 对，你说话什么时候总是有道理。

齐　娜 本来嘛。白金龙，你什么意思呀？如玉在我这里吃，在我这里喝，在我这里住，我为她提供了这样好的生活条件，我说她几句还不应该呀？

白金龙 应该，我没有说不应该。其实我们家小玉还是个很听话、很懂事的孩子，你不用经常教育她。

齐　娜 白金龙，你有什么不高兴的？我嫁给你算是倒霉了，自己没有孩子，还要附带为你养活孩子。

白金龙 我亲爱的齐娜，你心里就平衡一点吧，我的孩子将来不也是你的孩子吗？

齐　娜 你可拉倒吧，你的女儿永远是你的女儿，她怎么会成为我的孩子？

白金龙 再说了，她过一段时间就要到北京上大学了，我们后面就可以不用管她了。

齐　娜 白金龙，你别糊涂了，到时候事儿也不会少的。

白金龙 她长大成人了，还能有什么事儿呀？

齐　娜 对了，白金龙，刚才我听见你在跟你的女儿谈什么学费问题？

白金龙 是呀，孩子接到大学录取通知书了，到北京去上大学需要学费。

齐　娜 我跟你说呀，白金龙，这个学费我们不能出。

白金龙 为什么不能出？

齐　娜 为什么不能出？你光着屁股到我这里来了，还把孩子也一起带过来叫我们养活，凭什么我们还要给她出学费呀？这个学费应该由她妈妈出。

白金龙 你说的也在理儿。

齐　娜 家里增加了一个人吃饭，这个月就多花了我五百多块钱。

白金龙 多花五百块钱也不算多呀，我一个月不是还挣两千多块钱嘛。

齐　娜 你一个月挣两千多块钱顶个屁用，你们两个人，一个月的吃喝拉撒费用，还不够用的，我还要花钱赔本养活你们。

白金龙 我的齐娜小姐，你就委屈一段时间吧，等我的女儿上了大学之后就好了。

齐　娜 等你女儿上了大学，她后面不还是要花钱吗？

白金龙 谁说的？她上了大学，就年满十八岁了，可以独立了，可以自己挣钱了。

齐　娜 一个学生能挣几个钱，到时候她不够花，还不是要找你当爸爸的要钱？

白金龙 走一步说一步吧，到时候再说啦。

［白如玉这时候双手端着两盘饺子从厨房里出来了。］

白如玉 爸爸，阿姨，饺子来啦。

齐　娜 快吃饭，快吃饭，吃了饭，我还要出去玩儿，今天打麻将的手气不错，我一定还能多赢一点钱回来。

白金龙 好的，齐娜，等一会儿我陪你一起到麻将馆去打麻将，借你的光，说不定我也能时来运转赢几个钱呢。

齐　娜 得了吧，白金龙，打麻将你什么时间赢过钱呢？

白金龙 我亲爱的太太，赌博场上，人不可能倒一辈子霉，总有时来运转的时候。你今天赢了钱，我的好运也就来了。

［白如玉把两盘饺子放到桌子上。］

白如玉 爸爸，阿姨，你们要吃蒜醋吗？

齐　娜 要吃，蒜、醋、香油，都要拿来。

白如玉 好的。

［白如玉又转身进厨房去拿东西。］

白金龙 齐娜，今天晚上出去打麻将，咱们两人速战速决，赢了钱就走。

齐　娜 对，不能打持久战，不能玩通宵。

白金龙 我也是这个意思，我最近输钱都是后半夜，玩到后半夜人就迷糊了。

齐　娜 那开场就说好了，玩到半夜十二点就撤。

［白如玉又端着碗和筷子之类的东西从厨房里出来，把东西放到桌子上，放到了父亲和齐娜的面前，为两个人摆好了。］

白金龙 如玉，你也坐下来吃饭吧。

白如玉 爸爸，我还要去煮饺子。

齐　娜 不用煮了，先吃了再说吧，两大盘饺子，我们三个人也差不多够吃了。

白如玉 好的，不够吃了我再去煮。

［白如玉这才在饭桌面前坐下来，同他们一起吃饺子。］

白金龙 如玉，你上大学准备什么时间走啊？

白如玉 学校是九月一号开学报到，我应该是月底，二十八九号走吧。爸爸，我上大学的费用问题怎么办呢？

齐　娜 吃饭，吃饭的时候不要说废话。

白金龙 孩子上大学是一件大事儿，这怎么是说废话呢？

齐　娜 我吃饭的时候，不喜欢任何人说话。再说了，如玉，你不能什么事情都找你爸爸吧？

白如玉 阿姨，我不找爸爸找谁呀？

白金龙 如玉，你的学费问题我跟你妈妈慢慢商量。

白如玉 爸爸，时间已经不多了，我希望你们能尽快决定下来。

齐　娜　如玉，你还有完没完了？你一会儿学费，一会儿生活费的，都找你爸爸要上了？你妈妈养你是干什么的？她什么也不管了？

白如玉　我妈挣钱少。

齐　娜　你妈挣钱少，不是又给你找了一个有钱的后爹吗？

白如玉　我不是他的孩子，他有钱也不愿意支援我上大学。

齐　娜　那你就什么事情都找你爸爸要？你爸爸也不是有钱的大老板，他又要买房子，又要还贷款的，借了一屁股的债，我们每个月还要向银行还贷款呢。你爸爸一个月剩下来的几个钱，还不够我们三个人吃饭用的。

白如玉　爸爸，阿姨，你们就支援我一个学期的生活费和学杂费不行吗？

齐　娜　不行，我们只能支援你一半的学杂费和生活费，其他费用找你妈妈要去！

白如玉　爸爸……

白金龙　孩子，爸爸也有难处。

白如玉　爸爸，这么说，你是不想叫我上大学啦？

白金龙　如玉，爸爸也想叫你上大学，可是我的能力也是有限的，你不能什么事情都找我，我现在也是经济危机呀，我的经济压力也很大，所以不可能为你又出学费又出生活费，希望你也能体谅我的难处。

白如玉　爸爸，你们在我面前说的这困难，那困难，你们为什么还要出去打麻将、斗地主、赌博呢？你们少玩打麻将、斗地主、赌博的钱，也就够我一年的生活费和学杂费了。

白金龙　如玉，我过去赌博，现在已经不玩了。

白如玉　爸爸，你们今天不是还准备出去赌博吗？

白金龙　谁说的？

白如玉　是你们自己说的，我的耳朵没有听错吧？

齐　娜　如玉，你管得也太宽了吧？你还管到我们大人的头上啦？我们出去玩儿，我们愿意玩，我们有钱玩。

白如玉　是呀，你们有钱玩，你们有钱出去赌博，就是没有钱支援我上大学，对吗？爸爸，您还是我的亲生父亲吗？我上大学一年的生活费和学杂费，也要不了一万块钱，您就不能支援我一下吗？

［白如玉说得痛心落泪，说得白金龙心里不舒服，齐娜的脸色也很难看。］

白金龙　如玉，你让我想一想办法吧。

齐　娜　你想什么办法，你偷钱去呀？你一年给她一万块钱的生活费和学杂费，我们两个人的日子不过啦？白金龙，你一个大男人，你还想叫我养活你呀？

白金龙　吃饭、吃饭、吃饭，不说这些乱七八糟的事情了，说这些事情头疼。

齐　娜　头疼到医院去看。

白金龙　到医院去不又要花钱吗？

白如玉　爸爸，我还有几天的时间就要走了，你们看着办吧。

［白如玉放下碗筷，饺子不吃了。］

白金龙　如玉，你不吃饭了？

白如玉　我不吃了。你们吃吧。

［白如玉流着眼泪起身回房间，把房门关上了。］

白金龙　齐娜，你看这个事儿怎么办？孩子上大学是一件大事儿呀。

齐　娜　孩子上大学是一件大事儿，我们只能给她出一半的学费和生活费，多一分钱也没有。白金龙，你要是敢背着我多给你女儿一分钱，我就叫你们从我家里滚蛋！

白金龙　唉，这日子没有办法过啦。看来人走了桃花运，就要倒八辈子霉呀。

［白金龙气得也起身扔下筷子不吃饭了，坐到沙发上点起了一支烟，抽起来。］

齐　娜　你也不吃啦？

白金龙　不吃了，你一个人慢慢吃吧。

齐　娜　你们都不吃才好，正好省我一顿饭钱，也为我节约粮食了。

白金龙　看来这二婚头的饭也不好吃呀。

齐　娜　你少说屁话。你们都滚，都滚，滚出我的家门，我不收留难民！

白金龙　你收留什么难民？谁是难民？

齐　娜　你，还有你的女儿，你们父女二人都是难民，你们跑到我家里来都指望叫我养着，不是难民是什么？

白金龙　齐娜，你不要忘了，我一个月还挣两千多块钱呢。

齐　娜　两千多块钱当什么用？还不够你一个月打麻将、喝小酒、吃饭用的。

白金龙　我一个月打麻将、喝小酒、吃饭，能花两千多块钱吗？

齐　娜　白金龙，你自己好好算一算账吧，你一个月除了打麻将、抽烟、喝小酒，过日子、吃饭，还能剩下几个钱？你还带来了一个十七八的大姑娘！你一个月挣的钱，够你们父女两人的花销也就不错了。我跟你搭伴过日子，我还要自己掏钱养活自己，凭什么？我亏大发啦。我还要为你们免费提供房子，提供生活的基地。你还想为你的女儿掏什么上大学的学杂费、生活费？你想也不要想。你要是敢不听我的，你们父女两个人就给我从家里滚蛋，走人，老娘我不跟你们过啦！

白金龙　我的姑奶奶，你能不能不说这些闹心的事儿啦？这是要我的命啊！

齐　娜　白金龙，我不是你的姑奶奶，你不要抬举我，我不是你的长辈，我也不该你们的。

白金龙　我的妈呀，我一辈子怎么这样倒霉呀？乱七八糟的家务事越扯越麻烦了。

齐　娜　你不要抱怨了，白金龙，我还一肚子苦水呢。跟你结伴生活，我上老当了。

白金龙　我亲爱的齐娜，你说话不要太难听好不好？你上什么当啦？

齐　娜　我还不算上当吗？白金龙，我跟你凑到一起生活，我得到什么好处啦？家是我的，房子也是我的，你有什么呀？要钱没钱，要房子没有房子，简直就是个无产者，一无所有。

白金龙　我一个月挣两千多块钱，不都交给你了吗？

齐　娜　你挣的钱是交给我了，可是你挣的钱还不够你们父女两人花的。

白金龙　行了，齐娜，咱们不要乱扯了。

齐　娜　我算是瞎了眼了，上你的当，受你的骗了。

白金龙　齐娜，你跟我结婚可是自愿的，我怎么骗你啦？

齐　娜　你事前说得多好听啊？结婚，你就到银行去争取贷款，为我买一套好房子，你的房子呢？到现在也没有影儿，你还要给你女儿付学费、生活费，你拿什么买房子？我现在才算明白原来你是忽悠我的。

白金龙　我不忽悠你，你能嫁给我吗？

齐　娜　骗子，你就是个骗子。

白金龙　我不理你了，我要出去散步、散散心，家里的烂事儿，越扯越心烦！

齐　娜　滚，快滚。

［白金龙从沙发上起身，出门走了。饭桌上只有齐娜一个吃饺子了。］

第十场

吴媚坐在家庭卧室的梳妆台前，一边涂口红化妆，一边梳理头发，晚上准备到歌舞厅去度过愉快的周末。刘科西坐在客厅的沙发上，一边喝茶水，一边看电视，等她出门。

刘科西　吴媚，你化妆能不能快一点儿？马上就要到七点钟了，你化妆打扮快一个小时了。

吴　媚　你急什么呀？晚上到歌舞厅去卡拉 OK，女人不得收拾得漂亮一点呀？

刘科西　你已经够漂亮了，亲爱的，不要耽误时间了。

吴　媚　好的，好的，马上就来。

［吴媚在化妆台前收拾好了，就走出卧室，来到客厅，像模特儿一样走到刘科西面前展示自己的风采。］

吴　媚　怎么样，刘科西，我漂亮吗？

刘科西　漂亮，真漂亮，女人收拾与不收拾，看起来真是大不一样。

吴　媚　那当然了，女人是三分长相，七分打扮，我是七分长相，三分打扮，稍微化妆一下就光彩照人。走吧。

刘科西　走，今天晚上咱们玩个通宵，明天休息正好睡觉。

吴　媚　对了，跟你在一起生活，我才知道什么叫生活幸福，什么叫生活快乐！

刘科西　要不咱们两个人怎么能走到一起呢？这就是志同道合、情投意合。

吴　媚　答对了，加十分。身上的钱带够了吗？

刘科西　带够了，你放心吧。

［*两个人正准备动身出门，这时外面有人敲门了。*］

吴　媚　这个时候有谁会到我家来呀？

刘科西　不是你的女儿，就是我的儿子，不会有别人来的。

吴　媚　他们来就不会有什么好事儿。

［*吴媚不高兴地打开了门，走进来的是她的女儿白如玉。*］

白如玉　妈妈。

吴　媚　如玉，你怎么跑回来了？今天还不到轮换的日子呀，还有几天时间呢。

白如玉　妈妈，我是跑回来找您说我上大学的事儿的。

吴　媚　说什么大事儿？我们要出去到歌舞厅去唱歌、跳舞、卡拉 OK。

白如玉　妈妈，你们为了我，今天就不要去什么歌舞厅了。我要上大学，我需要钱，你和爸爸谁为我出钱？你们商量好了吗？还有几天时间就要开学了，我到现在上大学的学费和生活费还没有着落，你们应该支持一下吧？

吴　媚　如玉，关于你上大学的学费和生活费问题，明天我找你爸爸商量一下好吧？

白如玉　妈妈，你们不要今天推明天，明天推后天了，我没有多少时间等你们了，我今天把爸爸叫来了，你们今天就商量、定夺，给我一个明确的答复吧。

吴　媚　你爸爸来了？

白如玉　是的，我把爸爸叫来了，他人在楼下，马上就上来了。

刘科西　阿媚，看来今天的歌舞厅是去不成了。你们谈吧，我让位，我还是出去散步，消化消化食物吧。

［刘科西起身离开沙发要出门。］

吴　媚　老刘，你不要走。

刘科西　我不走干什么？说实话，吴媚，我不想参与你们家原来的事务。

吴　媚　你这是什么话？现在我们两个人是一家人！

刘科西　好吧，太太，我听你的。

［这时白金龙从外面进来了。刘科西本来想出门的，见白金龙来了，他不出去了。双方见面场面自然有点尴尬。］

吴　媚　白金龙，你好意思来呀？

白金龙　我是没有办法，姑娘把我拽来的。

白如玉　爸爸，妈妈，我要上大学，你们今天必须给我一个明确的说法了。

吴　媚　你这个孩子心眼子真多呀。白金龙，既然来了，那就坐下来谈一谈吧。

白金龙　我们是要坐下来好好谈一谈，孩子上大学是一件大事儿。

吴　媚　那就谈吧。

白金龙　吴媚，你说孩子上大学的费用问题怎么解决？

吴　媚　我想听一听你的高见。

白金龙　还是你先说吧，女士优先。

刘科西　白金龙，你是客人，还是应该你先说。

白金龙　刘科西，我不想跟你谈，你也没有资格参与我们原来家庭的内部事务。

刘科西　好，你说得对，我不参与你们原来家庭的内部事务，但是你们也不要涉及我。

白如玉　妈妈，不好意思，我知道叫爸爸来你心里不舒服。

吴　媚　人已经来了，说这样的话还有什么意义？

白如玉　爸爸，妈妈，你们说话吧，你们谁为我出学杂费，谁为我掏生活费？我只要你们一年的学杂费和生活费。你们说吧，谁给我出钱？

白金龙　吴媚，我们离婚的时候不是说了吗？孩子上大学的费用由我们两个人共同承担。

吴　媚　由我们两个人共同承担，你这不是明显的欺负人吗？

白金龙　吴媚，这怎么又成我欺负人啦？

吴　媚　白金龙，我是女的，我一个月就挣一千多块钱；你是个男人，你一个月比我多挣几百块钱，你认为孩子上大学的费用由我们两个人共同承担，一家一半，这样合理吗？

白金龙　这有什么不合理的？

吴　媚　我认为不合理，我比你挣钱少，你比我挣钱多，共同承担显然不合理。

白金龙　你不是又嫁人了吗？你不是还有挣大钱的丈夫吗？

刘科西　打住，白金龙，你们谈你们的，不要涉及我。

白金龙　这怎么可能不涉及你呀？现在你们两个人不是一家人吗？

刘科西　是一家人，我也不能出冤大头钱吧？你刚才不是说，不叫我参与你们原来家庭的内部事务吗？现在又把我扯上啦？

白金龙　吴媚叫穷，你不是挣大钱嘛，扯上你有什么不对的？

刘科西　白金龙，你扯上我也没有用的，我现在跟吴媚只是同居，还没有拿结婚证，不属于一家人。

白金龙　原来你们是非法同居呀？

刘科西　这有什么可大惊小怪的？你管得着吗？白金龙，你不要扯没有用的，反正你们两个有关孩子的事情与我没有任何关系。

吴　媚　你们扯什么乱七八糟的？这跟孩子上大学要学费、要生活费有什么关系呀？

刘科西　这是他要扯的，不是我要扯的。

白金龙　吴媚，那你说孩子上大学的费用问题，咱们两个人怎样承担才合理？

吴　媚　我认为，你承担三分之二的费用，我承担三分之一的费用，这样才合理。

白金龙　吴媚，你的小算盘打得也太精明了吧？这是不可能的！

［这时外面又有人敲门，打断了他们的话题。］

吴　媚　这又是谁来啦？

［吴媚又打开了家门，出现在门口的人是齐娜。］

齐　娜　白金龙在吗？

吴　媚　齐娜，你怎么跑来啦？

齐　娜　难道我就不能来吗？

吴　媚　你来干什么？

齐　娜　我来找我的丈夫。

吴　媚　齐娜，这里没有你什么事儿！

齐　娜　吴媚，你能不能说话客气一点儿？我招你了还是惹你啦？

吴　媚　你就不该来！是谁叫你来的，是谁请你来的？我又没有叫你来，我也没有请你来。我也不欢迎你来！

齐　娜　不要这样嘛，吴媚小姐，我怕你跟前夫旧情未了，所以我不放心，就跟来了。

吴　媚　齐娜，你还把他当宝啦？

齐　娜　女人嘛，我当然拿他当宝啦？我既然嫁给他了，他就是我丈夫，我就是他太太，他走到哪儿，我就要跟他到哪儿。

刘科西　既然来了，那就请客人进来吧。

齐　娜　不必客气。

［齐娜不客气地走进了吴媚家的客厅，好像来挑战一样。］

白如玉　爸爸，妈妈，你们能不能为了我的事情，坐下来好好地谈一谈？

白金龙　这不正在谈你的事情吗？你妈妈不讲道理，这件事情就不好谈了。

吴　媚　白金龙，谁不讲道理啦？

白金龙　就是你不讲道理！我们当时离婚说好的，孩子上大学的费用问题，一家承担一半，但是你说话不算数，现在又变卦啦。

吴　媚　白金龙，我说的也是实际情况吧？你让我承担一半，这不是显然地欺负我一个可怜的女人吗？

白金龙　吴媚，你还可怜哪？你现在嫁了一个有钱的大科长，你成了一个有钱人的太太！

吴　媚　你就不要恭维我了，他挣的钱不属于我的。

白金龙　那你嫁他干什么？吃饱了撑的？光让他占便宜？

吴　媚　这是我的事儿，我愿意。女人就需要男人暖被窝。

刘科西　白金龙，我跟吴媚在一起，这好像跟你们孩子上大学的费用问题没有关系吧？

白金龙　你少多嘴，没人愿意听你放屁！

刘科西　你说话才是放屁呢。

白金龙　你妈了个蛋，你想找揍吧？

刘科西　白金龙，你还想打人呢？

白金龙　你就是个王八蛋的男人，想玩女人，又怕女人花你的钱！

刘科西　白金龙，你不要说我，你也不是什么好男人！

白如玉　爸爸，妈妈，我是叫你们来解决问题的，不是叫你们来打架、骂人的。

刘科西　你听见没有，白金龙，你的女儿都比你会说话。

白金龙　刘科西，你给我一边待着去，心烦我就想揍你。

刘科西　你敢？这是谁的家呀？还没有王法啦？我打不过你，我还有俩儿子呢。

白如玉　爸爸，你们不要吵啦，我就想听你们的答复，我现在没有时间看你们打架，也没有时间听你们骂人，有什么话可以心平气和地坐下来谈。

吴　媚　白金龙，你们听见了没有？你们大男人还不如孩子。

白金龙　吴媚，你不要废话，孩子上大学的费用怎么说？

吴　媚　我刚才不是说了吗？你挣钱多，你就应该多出钱，我挣钱少，我就理所当然地少拿钱。

白金龙　吴媚，你会算账啊？凭什么我要多拿钱？

吴　媚　你当爸爸的，挣钱不给孩子花，给谁花呀？

白金龙　我当爸的挣钱应该给孩子花，你当妈的挣钱就不该给孩子花吗？

吴　媚　我没有钱，我要是有钱，我不会求你的。

白金龙　那我也没有钱。

吴　媚　白金龙，你挣的钱呢？都给这个小妖精花啦？

齐　娜　吴媚，你骂谁是小妖精？

吴　媚　哟，齐娜小姐，我指名道姓骂你了吗？

齐　娜　你不是骂我，你骂谁呀？

吴　媚　我愿意骂谁就骂谁。

齐　娜　吴媚，我是妖精，你是什么？你是黄脸婆，我比你强！

吴　媚　你个不要脸的东西，你敢跑到我家里来向我示威？

齐　娜　你才不要脸呢！

吴　媚　你不要脸，你不要脸！

齐　娜　你不要脸，你不要脸！

白金龙　行了，你们不要吵了，都老实一会儿吧！吴媚，我今天说实话，我也没有钱给孩子全部交学费和生活费。

吴　媚　白金龙，你挣的钱呢？你一个月挣两千多块钱呢？

白金龙　我哪儿还有钱呢？我又结婚，又买房子，我还从银行贷了款，每个月还要还银行的钱。我又要吃饭，又要穿衣，还要养活家庭，还要养活孩子……

吴　媚　哟，白金龙，你好沉重的家庭负担呢？

白金龙　是的，坦白地说，我买房子从银行贷款，压得我喘不过气来。

吴　媚　活该！白金龙，你不要在我面前叫苦，你有钱为齐娜买房子，你就没有钱为我们的孩子上大学交钱？谁信呢？上坟烧报纸骗鬼呢？

白金龙　吴媚，实话对你说吧，我现在的日子也不好过，我从银行贷了 10 万块钱款买房子，我一个月要还银行一千多块钱的贷款，十年之后我才能全部还清。

吴　媚　你是自找的！

白金龙 对，我是自找的，我活该。但是孩子的学费和生活费我实在交不起，你说怎么办？

吴　媚 你问我呀？我也不知道该怎么办。

白如玉 爸爸，妈妈，你们没有钱为我交学费，你们当年养我干什么？

白金龙 如玉，话可要说清楚，你可是你妈生养的孩子。

吴　媚 你就说屁话！白金龙，没有你，我当年能养出孩子来？

齐　娜 吴媚，孩子也是你的，你为什么就不能为孩子交学费和生活费呢？

吴　媚 齐娜，我不跟你这个小妖精说话，你没有资格参与我们家庭的事情！

齐　娜 吴媚，我现在和白金龙是一家人，我自然要过问有关经济方面的问题。不要说我们家里现在没有钱，就是有钱，如玉上大学的费用，也不应该由白金龙一个人承担，你当妈的也有一半的责任。

吴　媚 你给我闭嘴，小妖精，你有什么权利参与我们家庭的内部事务？你给我滚出去！

齐　娜 干什么？黄脸婆，你还想动手打人呢？

吴　媚 我打你怎么啦？我们的家庭解体就是你这个小妖精搅和的。我打你怎么啦，你个不要脸的小妖精，我打你怎么啦？

［吴媚说着就动起手来打齐娜。］

齐　娜 你给我放规矩点儿，黄脸婆，傻娘们，你以为我打不过你呀？

［齐娜也动手还击，与吴媚对打起来。］

吴　媚 你个小妖精，还反了你啦？在我家里你还敢动手打我？

齐　娜 是你先动手打我的！

［白金龙马上上前阻拦两个打架的女人。］

白金龙 嘿、嘿、嘿，你们还真动手打起来啦？都住手，都住手！

齐　娜 你没有看见她先动手打我吗？你个废物，你看着你前妻动手打人，胆大妄为地欺负我，你也不说帮助我？

白金龙 行啦，行啦，都住手，君子动口不动手！

白如玉 妈妈，阿姨，你们不要打啦！

白金龙 你们谁也不要打啦！

［刘科西也上前阻挡两个打架的女人，算是把她们分开了。］

刘科西 行啦，行啦，多大个事儿呀，还需要动手打人？

吴　媚 刘科西，你也是个废物，看见人家到我们家里来欺负我，你也不敢放响屁、拉硬屎，你还算什么男人？

刘科西 吴媚，打架有什么意义呢？打架伤和气，也解决不了实际问题，还是要坐下来协商，才能解决问题。

吴　媚 你别装模做样的，刘科西，你就不像个老爷们！齐娜，你给我滚，马上滚出去！

齐　娜 你当我愿意来呀？如果你不找白金龙的事儿，我才不会来你的破家呢！

吴　媚 对，我们家是不如你的家富有，你马上滚！

齐　娜 吴媚，这话可是你说的？金龙，走！

［齐娜拉着白金龙拽他走。白如玉就不让父亲走。］

白如玉 爸爸，你不能走，你跟妈妈要解决我的问题呀！

白金龙 如玉，你眼睛不是看见了吗？这都打起来啦，还能解决什么问题呀？

白如玉 爸爸，你跟妈妈难道连我上大学一年的学费和生活费都拿不出来吗？

白金龙 如玉，你的学费我可以为你出。

白如玉 还有生活费呢？

白金龙 生活费找你妈妈要！

吴　媚 生活费也应该归你！

白金龙 吴媚，你是干什么吃的？你实在太过分了吧？你既想叫我为孩子交学费，又想叫我为孩子掏生活费，你当妈的一分钱也不想出呀？

吴　媚 我没有钱。再说了，你是一个大男人，你是男子汉、大丈夫！你就应该养家糊口，为孩子承担一切！

齐　娜　吴媚，你要这样说，我们一分钱也没有！

吴　媚　这关你屁事儿呀？你再多嘴我还打你！

齐　娜　你敢？和尚打伞无法无天啦！

［吴媚和齐娜两个人还要动手打架。白金龙马上把齐娜拉到了身后。］

白金龙　你们不要吵了，不要闹啦，谁也不要动手！吴媚，这样吧，咱们把话说在明处，孩子上大学第一年的学费和生活费，我全部掏了，第二年你来，怎么样？这样可以吧？

吴　媚　你要这样说，我不反对。

齐　娜　白金龙，你傻呀？凭什么第一年的学费和生活费我们全包啦？

白金龙　齐娜，你就不要搅和了，吴媚明年为孩子出钱也是一样的。

齐　娜　她明年要是不出呢？

吴　媚　明年有钱我就出。

齐　娜　这是屁话！

吴　媚　你说话才是屁话呢！

齐　娜　金龙，咱们走，跟这样的女人没有道理可讲，马上走人！

白金龙　不不不，问题还没有说清楚呢。

齐　娜　还说什么清楚哇？你的大脑进水啦、短路啦？你就不该来！

白金龙　吴媚，我不跟你多说了，你慢慢想去吧，能接受我的意见，咱们就签个合同，今年我来，明年你来，不能接受，你以后也就不要找我了。

［齐娜要拉走白金龙。］

齐　娜　走走走，不要跟她啰嗦啦！

白如玉　爸爸，问题还没有说清楚呢！

白金龙　如玉，我已经把话说清楚了，剩下来的问题就是你妈的事儿啦。

白如玉　齐娜阿姨，你拉爸爸要干什么去呀？

齐　娜　打麻将去！

白　玉　打麻将？

刘科西　OK！他们打麻将，咱们跳舞、唱卡拉OK，不谈就算啦。

［白玉立刻在父母面前跪下来，向他们苦苦哀求。］

白如玉　爸爸，妈妈，我求求你们为我出一年的学费和生活费吧，你们不能影响我一辈子的前程、不能影响我一辈子的命运吧?!

齐　娜　如玉，求你妈去吧，是她不想为你出钱！

吴　媚　小妖精，你再胡说八道，参与我们家的事儿，我撕烂你的嘴！

齐　娜　你来呀，吴媚，我要不打你个满地找牙，你不知道老娘我是谁！

［两个女人相互不服气，还要动手，还想打架，两个男人拦在她们中间，不让两个女人接近，避免打起来。］

刘科西　如玉，你应该求你爸爸，一个大男人，为人之父，不能拿钱出来支援女儿上大学，这是不对的。

白金龙　刘科西，你少放屁，你再胡说八道就滚出去！

刘科西　好好好，我不说了，我什么也不说了。

齐　娜　金龙，我们走吧，什么也不说了，什么也不谈了。

吴　媚　滚吧，看见你们我就恶心！

白金龙　吴媚，如果不是姑娘求我，鼻涕一把泪一把的，我是不会来找你理论的。

吴　媚　以后少来！

白金龙　如果不是姑娘拽我来，我才不会来呢。

白如玉　爸爸，妈妈，你们到底谁为我出钱上大学呀?

吴　媚　找你爸！

白金龙　找你妈！

齐　娜　走吧，金龙，跟这样的女人还有什么好谈的?

白金龙　是没有办法谈了，改日再说吧。

［齐娜拉着白金龙走了。白如玉还跪在地板上哭，等着父母的答复。］

吴　媚　滚吧！妈的，气死我了，到我家来吵架打架来啦！

刘科西　阿媚，他们走了，你也不要生气了。

吴　媚　刘科西，你也是个不中用的男人，就会在旁边看热闹！

刘科西　你叫我说什么呀？人家不让我参与你们家庭原来的事情。

吴　媚　妈的，倒霉的事儿都落到我头上啦！

刘科西　亲爱的，不要生气了。他们打麻将，咱们正好到夜总会跳舞去。到歌舞厅听一听音乐，跳几圈舞，再唱几首卡拉 OK，肚子里的气儿全跑光了。

吴　媚　对，到开心的地方去，唱歌，跳舞，什么烦恼都没有了。

刘科西　这就对了嘛，快乐一天是一天，何必要自寻烦恼呢？

吴　媚　走，到歌舞厅、夜总会去，散发散发心里的肝火。

刘科西　对的。

白如玉　妈妈，你们都去打麻将、跳舞，我上大学的事情怎么办呢？

吴　媚　以后再说吧。

［吴媚用手整理了一下与齐娜打架时弄乱的头发，到门口换鞋，随后与刘科西一起出门走了，把女儿白如玉一个人凉在了家里。可怜的姑娘还跪在地板上，流着眼泪，等着父母的答案呢。可是没有人理她了。她看着自己从小到大生活了十多年的家，悲从中来。她精神崩溃了。她自言自语：他们走了，打麻将去了，跳舞去了。她瘫坐在客厅的地板上，两眼发直、发呆。她的同学、好友李冬梅悄悄地从外面走进来了。］

李冬梅　如玉，你们家怎么啦？

白如玉　没什么。冬梅，你怎么来啦？

李冬梅　我在楼上听见你们家吵架，吵得热火朝天的，我就下来了。起来，如玉，快起来，不要哭了。

［李冬梅想把好同学、好朋友从地板上扶起来，可是白如玉就是坐在地板上哭，坐在地板上流泪，不想起来。］

白如玉　我这是什么家呀？

李冬梅　如玉，你的学费和生活费还是没有要来？

白如玉　没有。看来我没有希望上大学了。

李冬梅　如玉，你不要难过，明天再继续找他们要，还有时间的。

白如玉　不要了，不要了，我不找他们要钱了。

李冬梅　你不找他们要钱，你怎么交大学费用呀？

白如玉　爸爸一个家，妈妈一个家，我是多余的。我该走了。

李冬梅　你该走了？你就是到北京上大学，你也需要钱呢！

白如玉　冬梅，我从打记事起，就不知道什么叫家庭的快乐、家庭的幸福。我从小到大，就好像没有得到过父爱、母爱。我的童年，既没有欢乐，也没有幸福，我也不知道什么叫欢乐，什么叫幸福。我的少年时代就是这样过来的。直到我上学了，到学校里与同学们和老师在一起了，我才算得到了一点儿快乐与幸福。可是我也只是在学校里，在老师和同学们中间得到一点儿快乐与自由。回到家里，我还是什么也没有，既没有快乐，也没有自由与幸福。我的父母好像不是正常人，他们把我关在家里读书、学习，他们却热衷于出去赌博、跳舞、不务正业、不干正事儿。他们在外面输了钱、花了钱，回到家里就吵架。他们为了赌博，为了跳舞，为了钱，三天两头在家里争吵，吵得天翻地覆。我吓得不敢说话，但是他们还是经常拿我出气，打我，骂我，说养孩子花钱，养我多余。所以我小时候就跟其他小朋友不一样，除了父母两个亲人之外，我就没有其他的好同学，好朋友，大家认为我性格古怪，可是他们却不知道我心里有多苦，也不知道我从小到大这十多年的时间是怎样过来的。我也一直不好意思对同学们和朋友们说。我从小到大真的不知道什么叫家庭的欢乐、家庭的幸福。我渴望自己有一个温暖幸福的家庭，能像正常人一样的家庭，可是我什么也没有！

［白如玉坐在地板上已经哭成了泪人儿，说得好朋友李冬梅也心酸落泪。李冬梅把她从地板上扶起来，安慰她、拥抱她。］

李冬梅　如玉，你不要难过，只要上了大学，离开家庭，你就好了。

白如玉　冬梅，我不可能上大学了，没有希望了，我该走了。

李冬梅　如玉，你要到哪儿去呀？天已经黑啦。

白如玉　我是爸爸不疼、妈妈不爱的孩子，我要到天堂去寻找一个属于自己的家。

李冬梅　你要到天堂去寻找属于自己的家？如玉！

［白如玉精神崩溃了，她悲伤地走出了家门。李冬梅听明白了好同学、好朋友的话，她马上追了出去。］

第十一场

青山绿水的小河边，白如玉的亲生父母白金龙、吴媚，还有她的继父继母刘科西、齐娜站在小河边，在白如玉自杀的地方，为死去的孩子送行。白如玉的父亲，手中拿着一个白布袋子，里面装着白如玉的骨灰，他一把一把地向河水里抛撒白如玉的骨灰。吴媚双手抱着白如玉的遗像，看着前夫白金龙挥洒女儿的骨灰。刘科西和齐娜站在旁边观望。

白金龙　如玉，你走了，大家也算解脱了。

吴　媚　如玉，祝你到天堂上大学吧。

刘科西　奇怪，河对面突然飞来了一只黄鹤。

齐　娜　在哪儿呢？

刘科西　正前方。飞啦，飞啦。

吴　媚　真是一只漂亮的黄鹤。

白金龙　这说明如玉驾鹤西去了。

齐　娜　驾鹤西去表明，孩子来世有福。

白金龙　好了，如玉的骨灰撒完了，我们该走了。

齐　娜　那就走吧。

吴　媚　别急着走哇，如玉的遗照怎么办？

白金龙　你看着办，你随意处理吧，我不管了，累死我了。

吴　媚　那就让她的遗照随着河水一起漂走吧。

［吴媚把手中抱的女儿的遗照随手扔进流动的河水里。齐娜挽着白金龙的手臂走了。之后，刘科西也挽着吴媚的手臂离开了。白如玉的好朋友李冬梅在他们离开之后来到了小河边。她停留在白金龙撒骨灰的地方。她双手捧着一个骨灰盒。姑娘一边流泪，一边与好朋友告别。］

李冬梅　如玉，你不该走的，你为什么这样傻呀？你没有钱上大学，可以想办法的，你不该自杀的，你还不到18岁呀！你走了，我在世界上少了一个好朋友。我也没有什么好送你的，就送你一个骨灰盒吧，你的父母把你的骨灰扔进河里喂鱼了，我送你一个家吧，但愿你在天堂能有一个幸福美满的家庭……

［李冬梅蹲下身，把手中的骨灰盒轻轻放进河水中……大幕慢慢落下来。剧终。］

2014年6月·车城

生活在别处

（下）

天河山　著

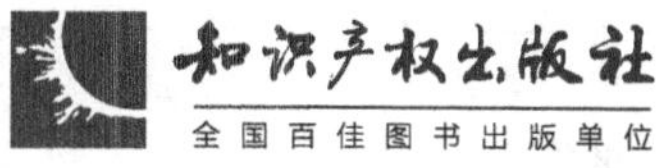

知识产权出版社
全国百佳图书出版单位

图书在版编目（CIP）数据

生活在别处/天河山著．—北京：知识产权出版社，2019.1

ISBN 978－7－5130－5828－5

Ⅰ.①生…　Ⅱ.①天…　Ⅲ.①剧本—作品集—中国—当代　Ⅳ.①I230

中国版本图书馆 CIP 数据核字（2018）第 211657 号

内容提要

本书收录了《情歌》《梅开二度》《香消玉碎》《宋家小姐》《血雨腥风》五个剧本，内容多为当代小城市百姓生活故事。作品透过普通家庭的琐碎生活，刻画了一系列生动的人物形象，歌颂了纯洁的爱情、真挚的友情和浓浓的亲情，也折射出社会中的各种矛盾、冲突和人性中丑陋的一面。

责任编辑：石红华　　　　**责任印制**：孙婷婷

封面设计：刘　伟　闻　雨

生活在别处（下）

天河山　著

出版发行：知识产权出版社有限责任公司　　网　　址：http：//www.ipph.cn

社　　址：北京市海淀区气象路 50 号院　　邮　　编：100081

责编电话：010－82000860 转 8130　　责编邮箱：shihonghua@sina.com

发行电话：010－82000860 转 8101/8102　　发行传真：010－82000893/82005070/82000270

印　　刷：北京建宏印刷有限公司　　经　　销：各大网上书店、新华书店及相关专业书店

开　　本：880mm×1230mm　1/32　　印　　张：12.125

版　　次：2019 年 1 月第 1 版　　印　　次：2019 年 1 月第 1 次印刷

总 字 数：580 千字　　定　　价：98.00 元（上、下册）

ISBN 978-7-5130-5828-5

目　　录

宋家小姐

剧 中 人 物

宋查理：宋家孩子的父亲，倪桂珍的丈夫。
倪桂珍：宋家孩子的母亲，宋查理的太太。
宋霭龄：宋家的大女儿，孔祥熙的夫人。
孔祥熙：宋霭龄的丈夫，国民政府官员。
宋庆龄：宋家的二女儿，孙中山的夫人。
孙中山：宋庆龄的丈夫，民国开国总统。
宋美龄：宋家三女儿，蒋介石的夫人。
蒋介石：宋美龄的丈夫，民国总司令，总统。
赵三伯：宋家男佣人。
宋子文：宋家大公子，国民政府官员。
宋子良：宋家二公子。
宋子安：宋家三公子。
张静江：上海帮会头目。
黄金荣：上海青帮头子。
杜月笙：上海青帮头子。
蔡元培：教育官员，学者。
刘纪文：宋美龄的第一个男朋友，有情人。
张学良：东北军统帅。
杨虎城：西北军将领。
张　群：国民党政府官员。

徐邦来：国民党政府官员。
何应钦：国民政府军事将领。
罗斯福：美国总统。
埃丽莎·罗斯福：美国总统夫人。
端纳先生：蒋介石、宋美龄的外国顾问。
陈纳德：美国空军志愿兵，中国空军飞虎队将领。
周至柔：国民党空军将领。
毛邦初：国民党空军将领。
张有谷：国民党空军将领。
戴　笠：国民党军统特务头目。
汪日章：蒋介石的工作秘书。
蔡　妈：宋美龄的保姆。
李燕娥：宋庆龄的保姆。
陈洁如：蒋介石的如夫人。
孔令俊：宋霭龄、孔祥熙的女儿。
侍　卫：蒋、宋身边的卫士。
国民党政府官员，秘书、军人，等等。

上　　部
第　一　幕

第一场

美国，皮德蒙特小镇，莫斯夫人家，宋美龄居住的地方。宋美龄一边吃着水果，一边看着报纸。首次出场的宋美龄是一个亭亭玉立的姑娘。外面有人敲门。

宋美龄　请进！

［外面还是敲门声。］

宋美龄　请进！

［外面继续敲门声。］

宋美龄　谁呀？请进！

［外面依然是敲门声，外面的人就是不进来，宋美龄没办法，只有走过去开门，出现在门口的是二姐宋庆龄。］

宋庆龄　小妹，也不出来迎接我？

宋美龄　呀，是二姐！

［宋庆龄进门来，宋美龄万分高兴地拥抱姐姐。］

宋庆龄　小妹，想不到我会来吧？

宋美龄　我说是谁淘气，光敲门不进来呢。

宋庆龄　想二姐了吧？

宋美龄　快要想死我了，二姐！

［宋美龄淘气地在二姐的脸蛋上亲了一下。］

宋庆龄　多大了，还像孩子一样淘气！

宋美龄　二姐，我是真想你了！

宋庆龄　二姐也想你了。

宋美龄　二姐说谎，想我了，为什么好长时间不来看我？

宋庆龄　我这不是来看你了吗！

宋美龄　有三个月时间了，二姐也不来看我，我还以为二姐把小妹忘记了呢。

宋庆龄 怎么会呢？美龄，我最近三个月实在太忙了，抱歉。你看二姐给你带来了什么好东西？

［宋庆龄把手里拎着的东西放到了桌子上。］

宋美龄 月饼？今天是什么日子呀？

宋庆龄 今天是八月十五中秋节，我来跟小妹团圆来了。

宋美龄 太好啦，二姐！

宋庆龄 小妹，子文还没有来吗？

宋美龄 子文兄？哥哥还没有来，你叫他来了吗？

宋庆龄 我已经打电报给他了，叫他今天一定要到小妹这里来，我们三姊妹要团聚。

宋美龄 太好了，二姐，我们三姊妹好长时间没有相聚了。

宋庆龄 所以，今天我叫子文一定要来！

宋美龄 那我现在就请莫斯夫人马上为我们三姊妹团聚做饭吧？

宋庆龄 小妹，不要麻烦莫斯夫人了，我已经把一切吃的东西全带来了，有月饼，有蛋糕，有青菜沙拉、西红柿，还有酒，应有尽有。

宋美龄 二姐，你想得真周到！

宋庆龄 二姐大学毕业了，在异国他乡，应该请大弟小妹吃饭的。

宋美龄 什么？二姐，这算是你请客呀？

宋庆龄 怎么，不可以吗？

宋美龄 不行不行，你要请客，就应该请我和哥哥吃中餐！

宋庆龄 吃中餐，在皮德蒙特小镇不方便，到波士顿又太远了，请小妹多包涵吧。

宋美龄 二姐，子文兄什么时候来呢？

宋庆龄 按时间计算，他应该到了，我还以为他先于我到达了呢。

宋美龄 他不会有事儿不来了吧？

宋庆龄 那不会的，他说一定要来的。

宋美龄 二姐，坐吧。

宋庆龄 我不要坐，我要看看我的小妹，三个月不见长高了没有？

宋美龄　二姐，我又长高了，我长得有你高了。

宋庆龄　是吗？那咱们俩比一比。

［两人背靠背要比高低时，宋子文推门进来了。］

宋子文　二姐，小妹！

宋庆龄　子文！

宋美龄　哥哥！

宋子文　二姐，小妹，你们这是干什么？

宋庆龄　我们这是玩游戏。

宋美龄　哥哥猜猜看我们在玩什么？

宋子文　这还用猜吗？试比高低。

宋庆龄　子文，你看是我高还是美龄高？

宋子文　哎呀，看样子好像美龄比你高了。

宋美龄　是吗？哥哥，我超过二姐啦？

宋子文　小妹比二姐高了。

宋庆龄　瞎说，你是偏向小妹。

宋子文　我可是一点也没有瞎说，小妹是比二姐高了。

宋庆龄　怎么会呢？一个中学生还会比我高吗？

宋美龄　二姐，我已经是高中生了。

［宋庆龄跷脚。］

宋子文　二姐跷脚也不如美龄高。

宋庆龄　哎呀，我一个大学毕业生还不如一个高中生，不比了。

宋美龄　二姐不要悲观嘛，小妹我不好意思啦。

宋庆龄　好啦好啦，我们不比身高了。

宋美龄　哥哥，你怎么也买了这么多东西呀？

宋子文　我发了一点小财，给二姐和小妹买了一点东西。

宋庆龄　子文，你来迟就是为了给我和小妹买东西？

宋子文　是呀，要不买东西我早就来了。我给你们买了好多好多好吃的东西。

宋美龄　都是好吃的呀？二姐也买了许多好吃的东西，你也买了好吃的东西，吃得完吗？

宋庆龄　怎么吃不完呢？我们姊妹三人一起吃晚餐，再把莫斯夫人全家请来一起吃。

宋美龄　那好吧，等一下我去请莫斯夫人全家来跟我们一起吃晚餐。

宋庆龄　我们是应该感激莫斯夫人全家的，我原来住在这里，莫斯夫人一家对我关照得无微不至，小妹来到美国，也住在莫斯夫人家里，我们姐妹给莫斯夫人全家找了不少的麻烦，我们是应该答谢人家的。

宋美龄　二姐说得对，莫斯夫人一家对我们宋家姐妹有恩有爱，好像我们的亲人一样，对我们关爱备至，我是一辈子也忘不了莫斯夫人一家人的。

宋庆龄　好了，等一下小妹去请莫斯夫人全家来。现在我们三姐妹先坐下来谈一谈。子文，美龄，二姐马上就要回国了。我今天来既是跟你们团聚过中秋节的，也是来跟你们告别的。

宋美龄　告别？二姐要回国啦？

宋庆龄　是的。

宋子文　二姐为什么要回国呢？

宋庆龄　因为，大姐要结婚了，我要回国接替大姐的工作。

宋美龄　大姐要结婚了？

宋庆龄　是的。

宋子文　大姐是跟那个孔祥熙博士结婚吗？

宋庆龄　是的，大姐要跟孔祥熙博士结婚，所以父亲希望我回去接替大姐的工作，继续给孙中山先生当秘书。

宋美龄　二姐，你们经常提到的孙中山先生，就是清政府通缉的著名革命家吧？

宋庆龄　是的，孙中山先生是父亲的好朋友，也是清政府通缉的著名革命家。他现在流亡日本，致力于推翻腐败无能的清政府，在中国建立一个民主自由的共和国！

宋美龄　二姐，那蒋介石是什么人呢？

宋庆龄　蒋介石？我也不知道。

宋子文　蒋介石算是一个刺客。

宋庆龄 小妹，你怎么突然想起问蒋介石来了？

宋美龄 我从美国的一份中文报纸上看到蒋介石刺杀了革命党人陶成章，成为轰动国内的一件特大新闻！

宋庆龄 小妹这样小的年纪，就开始关心国内的政治问题了？

宋美龄 是的。这不是受家庭的影响和你们的熏陶吗？

宋子文 小妹还经常看报纸吗？

宋美龄 有时间我是要看一看中文报纸的，我感觉来美国这几年，英语学好了，母语快忘记了，有好多汉字我都不认识了。

宋庆龄 小妹，作为中国人，母语可是不能忘记的。

宋美龄 我也是这样想的，所以有时间我就翻一翻中文报纸。

宋庆龄 你这样做很对，我们中国人到西方来，要学习西方的文化，同时也不能忘记了本国的文化，因为我们是中国人，大家总有一天是要回国工作的，国外不是我们的久留之地。

宋子文 二姐说得极对，本国的文化是不能丢的。

宋庆龄 小妹，你看的这不是新报纸吧？

宋美龄 这是过时的老报纸，在皮德蒙特小镇，买不到中文版的新报纸。

宋子文 是呀，皮德蒙特镇太小了，没有中文的报纸。

宋美龄 二姐，你离开美国，我以后就可怜了，没有好姐姐来照顾我了。

宋庆龄 小妹，以后二姐照顾不了你了，就让子文来照顾你好了。子文，以后小妹的一切事情就委托你关照了，你没事儿的时候，要经常来看一看小妹，家里人对小妹是最不放心的，你要照顾好她。

宋子文 我会的，二姐，你放心吧。

宋美龄 我来美国已经五年了，我也长大了，不需要人关照了。我就是舍不得二姐离开。我到美国五年来，二姐像母亲一样照顾我的生活，你走了，我的亲人就少了一个，只有我和哥哥两个人相互关照了。

宋庆龄 小妹，不要伤感，我们中国人总是要回国，总是要回家的。

宋美龄 是的，二姐，我祝贺你大学毕业了，可以回家了；我和哥哥总有一天也要回去的。

宋子文 来吧，今天是中秋节，不说伤感的话题了。我们还是开开心心地吃晚餐，到花园里去吃月饼，喝美酒，赏明月！

宋庆龄 好吧，我们到花园去吃晚餐，品月饼，喝美酒，赏明月。

宋美龄 我去请莫斯夫人一家到花园里与我们一起共度良宵！

宋庆龄 那我们就把东西拿到花园里去，等你和莫斯夫人一家了。

宋子文 那就走吧。我来拿东西。

[宋家三姊妹拿起桌子上吃的东西，出门同下。]

第二场

美国，波士顿，哈佛大学学生临时接待室。宋子文上。他来到会客室迎接客人。宋美龄从另一侧上。她见到哥哥非常惊喜。

宋美龄 哥哥！

宋子文 美龄！

[兄妹二人见面，高兴得拉手转了一圈。]

宋美龄 哥哥，你叫我到哈佛来干什么？

宋子文 小妹，我请你到哈佛来见一位朋友。

宋美龄 见一位朋友？是什么朋友？

宋子文 是我的好朋友。

宋美龄 你的好朋友？是什么贵客？他从哪儿来？

宋子文 是我的好朋友，刘纪文，他从日本来，是我们广东的一位同乡。他也是一位很有才华的青年，在日本留学。现在正好放暑假了，他想到美国来玩儿，我也正好有时间，所以我就邀请他到美国来玩儿。我们已经有五年的时间没有见面了。

宋美龄 哥哥，你邀请你的朋友到美国来玩儿，那叫我来干什么？

宋子文 你不是也正好放暑假了吗？我请你一起来玩儿，大家正好结伴同行。我们到美国的几个州去转一转，我请他来开开眼界，我们也正好放松放松，度过今年的假期。人多玩起来不好吗？

宋美龄 叫我来陪吃陪玩儿，这倒是一件好事儿，正合我意。不过你的朋友来美国玩，我参与你们的旅行活动方便吗？

宋子文 有什么不方便的？刘纪文你应该认识的，他是我小学、高中时的好同学，到我们家去过的。

宋美龄 我不记得了。不过我对哥哥邀请我陪着客人旅游、度假，我还是很有兴趣的。

宋子文 那我们就等他来，计划好了，一起去度假旅游。

宋美龄 OK，我不反对。你的朋友来了吗？

宋子文 他已经到波士顿了，说好了今天到哈佛来找我。

宋美龄 哥哥，那你就在学生会客室等他吧，我要到你们的哈佛大学图书馆去借阅几本书。

宋子文 又是文学方面的书？

宋美龄 对，我想借阅拜伦、歌德的诗集。

宋子文 那你去吧，快去快回。

宋美龄 拜拜。

［宋美龄下。宋子文掏出怀表来看了一下，随后走到值班室窗口问值班室的听差。］

宋子文 克里斯先生，有没有一个外来的中国客人来找我？

克里斯 没有，先生。

宋子文 哦，没有，那就说明我的客人还没有到。

克里斯 到了我会通知您的，先生。

宋子文 谢谢，克里斯先生。

［这时宋子文说的客人刘纪文上。］

刘纪文 子文兄！

宋子文 刘纪文？哎呀呀！

［两个朋友见面，高兴得拥抱在一起。］

刘纪文 子文兄！

宋子文 纪文，欢迎你呀！

刘纪文 不欢迎我也来啦。

宋子文 好朋友，你到美国来了几天，第一感觉印象如何呀？

刘纪文 美国太好玩啦！到美国来我并不感到陌生，因为我在这里见到了比较多的华人。

宋子文 美国的华人是不少，随处可见。

刘纪文 子文兄，我没有想到美国竟然有这么壮观的古城，波士顿真美，它让我联想到了历史书中的雅典。建国时间并不长的美利坚合众国，也会有与古老的世界文化相媲美的东西！

宋子文 你说得对纪文，波士顿就是非常有名的雅典！它的历史虽然不能和咱们古老的东方相比，但是波士顿的历史是和美国的历史紧密联系在一起的。这也就是我为什么要选中这座城市的哈佛大学读书，情愿放弃纽约的哥伦比亚大学读书的原因！

刘纪文 美国是与东方不同，与日本也不同。我刚到日本去留学的时候，吃不惯他们的料理；最近到了美国，在旧金山也吃不惯他们的西餐。想不到我跑到波士顿来，吃美国的西餐竟有中国的味道了。

宋子文 这就叫入乡随俗。我以为，在这个世界上，西方任何国家都可以找到比中国餐更好吃的饭菜。

刘纪文 子文兄，你这话说得忘祖了。

宋子文 是这样的，从吃中餐到吃西餐的转变，是很不容易接受的过程。我的妹妹美龄，就比我要坚强。她刚来美国读书的时候，只有十岁，也不习惯吃美国的西餐，可是她竟然以极大的毅力克服了困难，改变了自己的饮食习惯。与美龄相比，我自愧不如！

刘纪文 美龄？我记得在你们家，我见到过她的照片。她还是个小胖姑娘，她也来美国读书啦？

宋子文 是的，我妹妹六年前就来了，她跟着我二姐庆龄一起到美国来读书，现在已经是大学生啦。

刘纪文 什么？她已经是大学生啦？美龄在我的记忆中好像不大呀，她今年有十几岁？

宋子文 她今年十六岁，去年考取了韦尔斯利大学。

刘纪文 你妹妹只有十五岁就考取了大学？

宋子文 是的，她还是小姑娘，少年大学生。

刘纪文 她真了不起！

宋子文 你马上就可以见到她了。

刘纪文 是吗？那可太好啦。我记得她小时候的照片，是一个胖胖的小姑娘。

宋子文 女大十八变，现在她已经变成亭亭玉立的大姑娘啦，过去的丑小丫，如今变成白天鹅啦！

刘纪文 是吗？那我可要见一见你妹妹。她是学什么专业的？

宋子文 我家小妹是学文科专业的。她本来很喜欢哈佛大学的物理实验室，她说，如果不是因自己喜欢英国的文学，已经投考了韦尔斯利大学，她也想到哈佛来求学。可是，她对英国的文学、哲学，还有法国的文学和西方的音乐太一往情深了，现在几乎已经到了痴迷不能自拔的地步！

刘纪文 她如此热爱艺术，以后定会成为一个才女的！

宋子文 是的，我家小妹喜欢读莎士比亚的剧本。特别是《奥塞罗》，她可以背诵出全剧的台词。她还对亚瑟王在战场上的传奇故事津津乐道。

刘纪文 奇怪，一个女孩子，怎么会对《奥塞罗》和亚瑟王的传奇故事如此感兴趣呢？

宋子文 因为，我家小妹喜欢英雄，敬佩英雄，喜欢干大事儿的人！

刘纪文 这样的姑娘实在少见。

宋子文 当然，你不要以为我家小妹喜欢西方艺术就疏远了东方艺术，其实她对西方文学的喜爱和对艺术的追求，大多源自于她对东方文化与生俱来的熏陶。如果有一天，你到她韦尔斯利大学的宿舍去看一看，你就会惊奇地发现，我绝对不是美化自己的妹妹。你可以看见，在她的床前上方，高悬着一把东方的宝剑！

刘纪文 你说什么？一个女孩子的床前，竟然挂着一把宝剑？

宋子文 是的，你感觉惊奇吧？

刘纪文 你家小妹这样做是为了什么呢？

宋子文 不为什么，她只是要向西方的学友们宣告这样一个事实：我是东方人，东方人的宝剑可以战胜所有的西方邪恶！

刘纪文 你妹妹真了不起！听你这样一说，你妹妹身上好像有一种中国男子汉的英雄气魄和英雄情结。

宋子文 你说对了，我家小妹确实与其他女孩子不一样。她怎么还不来呢？

刘纪文 你说谁要来？

宋子文 我家小妹。

刘纪文 她马上会来吗？

宋子文 她到图书馆去借书去了，应该回来了。好朋友，你先在这里等我一下，我去找一找她。

刘纪文 好吧，你去吧。

［宋子文下。刘纪文在会客值班室的椅子上坐下来休息。宋美龄手里拿着几本书上。她用眼睛到处寻找宋子文。］

宋美龄 哥哥，哥哥！奇怪，人跑到哪儿去啦？

［刘纪文望着宋美龄，宋美龄也看到了刘纪文；两人四目相对，宋美龄转身回避了他的目光。刘纪文主动站起来，走到了姑娘的面前。］

刘纪文 小姐，如果我没有猜错的话，您就是宋美龄小姐吧？

宋美龄 对，不错，我是宋美龄。先生，您怎么知道我叫宋美龄？

刘纪文 我是你哥哥宋子文的朋友，从日本来，我叫刘纪文。

宋美龄 刘纪文？先生，您就是我哥哥的朋友刘纪文？

刘纪文 是呀，让我们相互认识一下吧。

［刘纪文伸手，宋美龄热情地与客人握手。］

宋美龄 您好，刘纪文先生，欢迎您的到来。我哥哥在等您！

刘纪文 我们刚才见过面了，他去图书馆找你去了。

宋美龄 是吗？刘先生，真是幸会！其实我哥哥早就对我说起过您，他说您早年从东莞出来，到日本留学。欢迎您到波士顿来！

刘纪文 我很高兴见到你，美龄小姐！

宋美龄　先生，您怎么知道我是宋美龄的？

刘纪文　其实这并不难猜，美龄小姐，刚才我和你哥哥子文兄还说到了你。在美国的高等学府，能来此学习的中国姑娘十分少见，尤其是在当今贫穷落后的中国，能远涉重洋到美国来读书的中国青年，毕竟是凤毛麟角，而身为中国姑娘，能到美国高等学府来学习的更是其中的佼佼者。所以您到这里来喊子文兄，我就知道您一定是美龄小姐！

宋美龄　先生，你真聪明，既会说话，又会奉承人。

刘纪文　我说的是实话，美龄小姐。能在美国的哈佛大学校园认识到你，我感到十分荣幸！

宋美龄　先生，我也深感荣幸！我哥哥子文兄管您叫纪文，那我就管您叫纪文大哥吧，如何？

刘纪文　您随意，美龄小姐，叫我纪文先生也可以，叫我纪文大哥当然更好了。

宋美龄　我是小妹，您是兄长，我只能叫您纪文大哥了。

刘纪文　随你叫吧，美龄小姐。你到图书馆借了什么书来？

宋美龄　莎士比亚的戏剧，拜伦的诗集，狄更斯的小说。

刘纪文　美龄小姐，我看一看可以吗？

宋美龄　当然可以。纪文兄也喜欢文学？

刘纪文　是呀，我也很喜欢文学，上中学的时候，我还梦想过将来要当文学家呢。

宋美龄　先生，您在日本留学，是学习什么专业的？

刘纪文　我是学物理学专业的，但是有时间我还是喜欢看一看西方的文学作品。

宋美龄　先生都读过什么西方文学作品呢？

刘纪文　我也读过莎士比亚的戏剧，拜伦的诗，狄更斯的小说。我还读过法国作家巴尔扎克的小说，德国大诗人歌德的诗，俄国诗人普希金的诗……

宋美龄　纪文先生，您也如此热爱西方的文学艺术呀？

刘纪文　是呀，我也非常热爱文学艺术，文学艺术能净化人的灵魂。

宋美龄 纪文先生，您说得太对了，我也有同感！

［这时宋子文回来了。］

宋子文 小妹，你借书回来了？

宋美龄 是的，哥哥，我非常荣幸地认识了你的好朋友刘纪文先生，不用你介绍了。

宋子文 那太好了。小妹，你听说过刘纪文先生的大名吧？

宋美龄 我没有听外人说过，就听你说过。

宋子文 我告诉你，小妹，纪文兄可是同盟会的才子，连我们的二姐夫中山先生也是很看重他的。

宋美龄 是吗？纪文先生？

刘纪文 是的，美龄小姐，我也是中山先生的同盟会会员，多年来为同盟会奔走呼号。

宋美龄 这样说来，您也像我二姐夫中山先生一样是革命分子啦？

刘纪文 是的，我是中山先生的忠实信徒。

宋子文 好了，我们三人碰头了，先不谈革命分子与同盟会了，我们还是找地方先吃饭去吧。如何？

宋美龄 哥哥是应该请客人吃饭的。

宋子文 那还用说？肯定是我请客。你们想吃什么？

宋美龄 纪文先生喜欢吃中餐还是喜欢吃西餐？

刘纪文 客随主便，我吃什么都可以。

宋子文 那就吃西餐。走吧，纪文兄，哈佛校园就有一家不错的西餐馆。

宋美龄 噢，有人请客太好了，我又可以吃到美味的奶酪、火腿啦。

宋子文 小馋猫，你就知道吃火腿、奶酪。

［三人同下。］

第三场

西餐馆。宋家兄妹和客人刘纪文同上，他们来到西餐馆，在一张小桌子前坐下来。

宋子文 小姐，请过来一下。

［一位餐馆的服务小姐走到他们的桌子前。］

服务小姐：先生，你们要吃点什么？

宋子文　纪文兄，你来点吧？

刘纪文　我不会点西餐，还是你来点吧。

宋子文　小姐，那就来奶酪、火腿，还有面包、黄油、熏雪鱼。

宋美龄　再来一份班尔获波蛋，还有法国葡萄酒。

服务小姐：奶酪，火腿，面包，黄油，熏雪鱼；还有班尔获波蛋，法国葡萄酒。先生、小姐，是这样吗？

宋子文　对。

宋美龄　不错。

服务小姐　你们还需要点什么？

宋子文　纪文兄，你想吃什么，请随意，不要客气。

刘纪文　这就足够了，不要点多了，吃不完浪费。

宋子文　那就先点这些吧，小姐，不够我们再点。

服务小姐：好的，先生。

宋美龄　请快一点上来，小姐。

服务小姐：好的，小姐，请稍等。

［服务小姐下。］

刘纪文　美龄小妹，我听子文说，你很小就来美国了，就你一个人住在皮德蒙特，那时你不感到寂寞、想家、思念家乡吗？

宋美龄　是的，纪文兄，我刚来美国的时候想过家。不过我在皮德蒙特的时候并不是我一个人，还有我二姐陪伴我，我是跟着我二姐一起来读书的，所以我并没有感到特别的寂寞，因为有我二姐照顾我。

宋子文　纪文兄，我家小妹到美国来读书的时候，只有十岁。

刘纪文　十岁？不可思议！十岁的孩子跑到美国来读书，家里人对你放心吗？你的父母大人叫你来吗？

宋美龄　你说对了，纪文大哥，我到美国来读书，父母是极力反对的。

刘纪文　那你怎么来了？

宋子文　我家小妹厉害，主见性特别强，在我父母面前又哭又闹，一定要跟着我二姐到美国来读书，父母被她闹得实在没有办法，也只好同意了。

刘纪文　十岁的孩子能闹过父母，可见小妹是个少有的姑娘啊！

宋美龄　纪文大哥，这是我的个性使然的，我认准的事情，就一定要达到目的。

刘纪文　有志气！

宋子文　纪文兄，我家小妹小小年纪，就独自跑到美国来读书，这在中国的华人当中是不多见的吧？

刘纪文　是呀，是不多见，特别是女孩子，非常少见。这注定了美龄小姐将来一定会大有作为的，将来能成大器，能成就大事业的！

宋美龄　谢谢夸奖，纪文兄。

［这时餐厅的服务小姐端着餐盘来上菜，她把端来的东西放在桌子上。］

服务小姐：请吧，先生，请吧，小姐，你们请用餐吧。

宋子文　谢谢小姐！

服务小姐：不客气。各位请慢用，需要什么服务，请叫我好了。

宋美龄　好的，谢谢！

［服务小姐向三位客人鞠躬，退下，走了。］

刘纪文　国外的服务小姐，服务态度就是好。

宋子文　纪文兄，你在日本餐厅看到的服务也是这样吧？

刘纪文　是的，日本人的服务也特别好，让人感觉用餐就是享受。

宋美龄　可在我们的国内，就看不到这样好的服务。

宋子文　是呀，国情不一样，我们的国家太落后、太贫穷了，人的素质不一样。

刘纪文　美龄小妹，请对我讲一讲你到美国来读书的故事好吗？

宋美龄　一个小姑娘的故事，讲起来好听吗？

刘纪文　一定好听，我很想听一听。

宋美龄　其实我的故事很简单，没有什么特别精彩的地方。我到美国来读书感觉到很愉快，我在美国的生活也没有什么特别值得一提的，不过就是一些早年的趣事罢了，不值得在纪文兄面前夸夸其谈。

刘纪文 不，美龄小姐，我喜欢听。这不是夸夸其谈，小时候的趣事是最值得怀念的，听起来真实。

宋子文 小妹，既然纪文兄喜欢听，那你就把二姐离开以后，你独自一个人的生活经历，你是怎样打发寂寞时光的往事讲给他听。应该说，小妹一个人在异国他乡坚持读书也是很不容易的，这样的意志是很了不起的。

刘纪文 对，子文说得对。

宋美龄 其实也没有什么了不起的。不过我到美国来读书，也是有很大收获的。我刚来美国的时候，当时的英语不过关，最多也就是小学生的水平，我在词语表达方面闹出过不少笑话！

刘纪文 这很正常，中国人讲英语当然要有个过程，任何人都难免要闹出点笑话来的。

宋美龄 谢谢你能理解我。纪文兄，我敬你一杯！

宋子文 纪文，我也敬你一杯！

刘纪文 谢谢！

［三人碰杯，喝酒。］

宋美龄 我的英语过不了关，只有努力学习，我也不怕美国的同学们笑话我。

刘纪文 有个性！

宋美龄 为了纠正我的毛病，老师试着让我从语法上分析句子。我的努力加上老师的指导，使我很快获得了成功，我在同学们面前说的英语过关了，写作水平也有了很大的提高。现在，除了我的脸表明我是中国人，其他方面已经完全西化了。

宋子文 是呀，小妹的学问做得很认真，而且她也特别努力，我是很佩服她的毅力。

刘纪文 有这样的毅力好啊，这是一个人成功必须具备的个性！

宋美龄 是的。我刚来的时候，语言不通，学习也听不懂，同学们都嘲笑我。因为在我就读的学校，同学们都是美国人，只有我是中国人，大家都拿我当怪物。可是管它怪物不怪物，我努力学习，不理会同学们的冷嘲热讽，最后我还是胜利者。我的英语水平提高了，学习成绩上来了，我超越了同学们的学习成绩，大家就开始对我另眼相看了。

刘纪文 你成功了，美龄小姐，我敬你一杯！

宋美龄 谢谢。我出国读书的时候还不满十一岁，年龄太小，还不能上大学。由于我喜欢初来的皮德蒙特小镇，小镇里的姑娘们有我可以玩乐的同伴，因此我二姐决定把我留下来，让我住在我大姐的一个同学的母亲莫斯夫人家里。我在皮德蒙特上八年级，非常愉快地在那里度过了难忘的预科阶段。跟我一起上八年级的许多同学，实际上已经是大姑娘大小伙了，这使我觉得非常有趣。他们来自遥远的山区，许多人为了攒钱到皮德蒙特来读书，曾在小学教过书。这些人对我很感兴趣，我对他们也很佩服。我开始洞察他们为了维持生计和取得接受基础教育的机会而不得不含辛茹苦地奋斗生活。我同这些贫穷的伙伴相处得很好，相处得很融洽，我能完全同我的伙伴们一样津津有味地大嚼五分钱一块的胶姆糖。这种糖通常是从老亨特先生的杂货店里买来的。我记得我那时候有三四个小女孩子一起玩乐，谁要是用五分钱硬币买来奶酪饼干或大棒棒糖果请别人吃，我们就要大庆一番，认为这是天下难得的乐事儿。

刘纪文 有意思，童年有童年的欢乐呀。

宋美龄 有意思的是，这些糖果就摆在老亨特的玻璃橱窗里面，让人看了眼馋，但是我们这些不挣钱的孩子又没有钱去买。尽管玻璃橱窗里陈列着十分诱人的商品，同时显眼的位置还摆放着斑斑点点的粘蝇纸，但是我们不大懂得苍蝇和细菌的危害，同时也不在乎那些东西。

宋子文 孩子就是孩子，不知道讲卫生，也不知道那样的东西吃了对人体有害。

刘纪文 是呀。来干一杯，我谢谢你们兄妹二人的热情款待！

［三人碰杯喝酒。］

宋美龄 我是不能喝了，两位兄长尽情喝吧。

宋子文 纪文兄，不要忘记了吃菜。

刘纪文 我是被小妹讲的故事迷住了。后来呢？

宋美龄 后来，有一个圣诞节的前几天，我的好朋友弗洛伦斯和海蒂·亨德里克森姐妹，还有弗洛西·阿迪顿和我，我们大家一致认为，圣诞节的真谛要求我们做一件有意义的事情，让每一个人都感到愉快。当时我们要做的这件乐善好施的义举所体会到的那种激动心情，是我一生中从来也没有再体会过的。我们做好事就要做得彻底，所以我们每个人拿出了二十五美分，总共凑成一块钱，买了土豆、牛奶、牛肉饼，还有苹果和橘子等等，送给铁路边上一家住着茅草屋的穷人。

宋子文 来，纪文兄，再干一杯！

［两人碰杯喝酒。］

刘纪文 小妹讲得很有意思，请小妹接着讲。

宋美龄 我们努力做到谦虚不骄，没有把自己的高尚行为告诉任何人。但是我们非常激动，连杂货店的老板老亨特先生都为我们的行为所感动。

刘纪文 是呀，小孩子做好事是令人感动。

宋美龄 我记得我当时最喜欢的是生理课，因而我主张买食糖，而且要多买，因为食糖里面含有大量的碳水化合物，可以使他们家中孱弱的小孩子获得热量，使父母有充沛的精力养活孩子。可是，参加这笔“巨额”投资的另一个心地慈善的小伙伴，则主张买土豆，因为土豆最经饿，给身体带来的热量最多。老亨特先生听着我们小朋友的激烈争论，感到又好奇又有趣又感动，最后他把每一样东西送给了我们一点儿，才算解决了问题。我们抱着大包小包的东西，吃力地走过高架桥，觉得自己仿佛就像圣女贞德一样要去执行一项神圣的使命。我们来到所选定的那户人家借以蔽身的摇摇欲坠的茅草小屋，看见那位精力疲竭、面容憔悴的女主人，拉扯着一群儿女，小孩子从母亲的裙子后面探出小脑袋来，偷偷地瞧着我们。面对这般的情景，我们都愣住了，谁也说不出一句话来。我们把纸包的东西搁下就跑，跑了很远很远的一段距离，我们扑腾乱跳的心才算安定下来。我们当中的一个伙伴，壮着胆子，回头大声喊了一句：祝圣诞节快乐！我们就加快速度，一溜烟似的逃跑了，好像做了坏事一样。

刘纪文 有意思，孩子们做了好事也像贼一样。

宋子文 这就是天真无邪的孩子！

宋美龄 应该说，我们最喜欢玩的一种娱乐方式是采榛子。我常常读很多的书，特别是喜欢坐在我住的那幢房子旁边两棵树之间的一张木凳上读书，清风拂面，感觉好极了。我住在莫斯夫人家里。她是男生宿舍的管理员。我和她住在楼下的一套房子里，同住在一起的还有她的女儿罗西娜和鲁比。莫斯夫人想对我表示亲切时，往往都让我去做软饼。但我从来也没有做好过一次，看来我生来就不是当厨师的料。我上大学以后，离开了皮德蒙特，但是我对那个环境度过的岁月记忆犹新，现在回想起来还感到愉快和幸福呢！

刘纪文 小妹，听起来你是个乐观主义者呀。

宋美龄 忧愁有什么用呢？

宋子文 是的，我家小妹从来不知道什么叫忧愁。

宋美龄 我已经吃饱喝足了。两位仁兄快点吃好不好？吃完了我请你们到大戏院去听音乐会好不好？

宋子文 好，我赞成。干杯，纪文兄！

刘纪文 我们也到此为止了，喝完了这一杯，就去听音乐会吧？

宋美龄 OK！

宋子文 听音乐会，你们两个都来情绪啦？

刘纪文 音乐会好听，比喝酒迷人。

宋子文 那好。小姐，来结账！

［餐厅的服务小姐走上来，宋子文把钱放在桌子上。］

服务小姐：谢谢先生。

宋子文　不用找啦。

服务小姐：欢迎下次光临！

宋子文　再见，小姐。

宋美龄　拜拜。

刘纪文　多谢小姐。

［三位吃饭的客人走了，餐厅的服务小姐收拾东西下。］

第四场

宋美龄的宿舍。宋美龄早晨起来洗了澡，端着脸盆和毛巾从外面走进来，走进了自己的居室。她把洗澡的脸盆和毛巾放到了门后的脸盆架子上，又把毛巾挂好，随后她走到梳妆台的镜子前面坐下来，化妆打扮。她哥哥宋子文来了，走进了妹妹居住的房间。

宋子文　小妹，快一点呀，我们在楼下已经等了有半个小时了。

宋美龄　哥哥，急什么呢？时间还早着呢。我洗了澡，应该收拾一下吧？

宋子文　女孩子出门真麻烦，纪文兄还在楼下等着呢。

宋美龄　那你叫他上来呀，到我宿舍来坐一下好了。

宋子文　他不上来，他不好意思到大学的女学生宿舍来。

宋美龄　他怕什么呀？我的宿舍就我一个人，又没有外人。

宋子文　他不上来就算了，你还是动作快一点吧。

宋美龄　哥哥，刘纪文为什么放暑假跑到美国来度假，不想着回国，不想着回家呢？

宋子文　因为，他回国就感到伤心、难受，所以他怕回国。

宋美龄　他怕回国？回国怕什么呢？

宋子文　纪文兄是一个相当重感情的人。我之所以结交他，就是因为看中了他对朋友的真诚，还有他对友情的怀念。

宋美龄　对友情的怀念？

宋子文　是呀，他对友情的怀念非常执着。他是我最好的朋友，这次跑到美国来是看我的，同时也希望和我们一起到美国各地走一走，玩一玩，忘却心中的伤感。回国他心里肯定是很痛苦的。

宋美龄 回国痛苦？他心里为什么会痛苦呢？

宋子文 因为，纪文兄有一个朋友两年前去世了，自从他的朋友去世以后，他就再也不想回国了。

宋美龄 朋友去世了，他竟然会这样痛苦，看来他是一个相当重情重义的人啦。

宋子文 是的，纪文兄的好品质就在于此，他重情重义，而且又宽厚仁慈。我们宋家的人不就是喜欢交往这样重情重义的人吗？

宋美龄 如此重情重义的人，一定是个正人君子。他去世的朋友是男人还是女人？

宋子文 是一个女人。

宋美龄 哦，是一个女人？难怪他如此伤感啦。

宋子文 是呀，他死去的朋友是一个女人，这个死去的女人叫古婉仪，是广东政界名人古应芬的干女儿。

宋美龄 那刘纪文跟这个古婉仪是什么关系呢？

宋子文 他是跟古婉仪小姐订了婚，但是还没有结婚的人。

宋美龄 也就是说，刘纪文和古婉仪是未婚夫妻？

宋子文 是的，是未婚夫妻。小妹，刘纪文这个人我是最了解他的，他胸襟坦荡，为人豪爽，又讲义气。

宋美龄 可是他的心胸太小了，为了一个未婚妻就这样悲伤，这样的男人太少见了。

宋子文 这说明纪文兄心怀情愫，对一个尚未结婚的女人尚且如此有情，可见他的道德本质有多么高尚！

宋美龄 不幸的是他们两人没有结婚，女子就故去了，这也许是一种天意。

宋子文 是呀，可能是一种天意。小妹，你也许不知道，在我们广东故里，一个人少年时指腹为婚的情况不胜枚举。而一个人有未婚妻，毕竟不等于他已经有了婚姻。我感到刘纪文这个人可以结交的原因，就在于他对一个还没有结婚的人，甚至是一个在订婚之前没有任何好感、在订婚之后又唤不起心中爱情的女人，竟然倾注了那么多的情义，这是让我最感动的地方。我没有想到，古婉仪的死，竟然会在他心中产生那样大的波澜，这是一般人做不到的。

宋美龄 哥哥，刘纪文和古婉仪是指腹为婚的未婚夫妻吗？

宋子文 不是，他们不是指腹为婚的未婚夫妻。

宋美龄 不是？哥哥，你这就把我说糊涂了，他们既然不是指腹为婚的未婚夫妻，订婚之前又没有任何好感，订婚之后又唤不起心中爱情，刘纪文为什么会为她如此伤感，如此难以忘情呢？难道她有什么过人之处？

宋子文 小妹，纪文兄年轻的时候家境贫穷，他在结识中山先生以前，曾为寻求革命道路苦苦徘徊了多时。1909 年，他参加了同盟会，后来中山先生派他回到自己的家乡果兰街，搞了一个秘密联络站，以开小店为掩护，暗中从事革命秘密活动。就是在这一时期，他认识了广东梅县的古应芬先生。古应芬你知道吗？他就是胡汉民早年在日本政法大学的同窗同学，同盟会的元老。

宋美龄 我听说过这个人，可是我不知道刘纪文和古应芬究竟有什么关系呢？

宋子文 我说明一下，你就清楚了，古应芬就是刘纪文从前的岳父大人。刘纪文深得古应芬的恩惠，古应芬对他可谓有知遇之恩，在生活上关心他，在工作上提拔他，所以才会有后来的刘纪文和古婉仪的这桩剪不断、理还乱的婚姻。因为，古婉仪是古应芬的干女儿。

宋美龄 原来是这样的婚姻关系。既然刘纪文对死去的古婉仪这样重感情，那为什么你又说刘纪文在她生前并不真爱她呢？这不是自相矛盾的概念吗？

宋子文 小妹，你现在年纪还小，还不能真正理解人间的复杂感情，其实男女之间有许多情感是说不清的。至于刘纪文为什么生前不爱古婉仪，死后又如此怀念她，与此相关的说法有很多，这只有刘纪文自己说得清。

宋美龄 听起来这里面一定有感人的故事。

宋子文 小妹，你收拾完了吗？

宋美龄 我收拾完了。哥哥，我们先到哪儿去旅行？

宋子文 先去尼亚加拉大瀑布！

宋美龄 尼亚加拉大瀑布？那可是个好玩的地方。

宋子文 既然请朋友去玩儿，那就要找好玩的地方。

宋美龄 哥哥，我们走吧？

［宋美龄起来离开梳妆台，从柜子里拿出来一个小皮箱。］

宋子文 小妹，我来帮你拿皮箱吧？

宋美龄 不要，我的皮箱不重，就是几件衣服。走吧。

［兄妹二人出门下，随手关上了房间的门。］

第五场

尼亚加拉大瀑布下面的一块岩石上。宋美龄和刘纪文上。

宋美龄 纪文兄，你看呀，这就是世界闻名的尼亚加拉大瀑布，也就是印第安语中说的“雷神之水”呀！

刘纪文 我早就听人说过，尼亚加拉大瀑布优美绝伦，甚至可以和我们中国贵州的黄果树大瀑布齐名，今天见了果然名不虚传呢！

宋美龄 纪文兄，我们坐下来休息一会儿，好吗？我有点累了。

刘纪文 是有点累了，我也想坐下来休息了。子文跑到哪儿去啦？

宋美龄 不管他，我哥哥他去找旅馆，找住处去了，他安排好了我们晚上住的地方，自然会跑来找我们的。

［两个人在岩石上坐下来休息。］

刘纪文 尼亚加拉大瀑布，看起来真是美呀！

宋美龄 纪文兄，听我哥哥说，你很早就到日本求学了，是这样吗？

刘纪文 是的，我也是少年时就到日本东京求学了，我在日本东京读完了志成中学，中途我又回国供职了。

宋美龄 回国供职？你既然在日本东京读完了中学，为什么又中途回国供职啦？

刘纪文 那时候国内同盟会刚刚改组成国民党，孙中山先生领导的国民革命正处在关键的时期，广东也掀起了反对袁世凯的运动。我在日本听说国内正是用人之时，于是，我就决定暂且中断学业回国工作。我到广州古应芬先生手下当了一名文职秘书。

宋美龄 这就是你和古婉仪小姐结识的前因？

刘纪文 是的，那时我从日本回国工作，始终没有脱离孙中山先生领导的革命组织。我追随孙中山先生从日本先回到上海，在革命党总部当事务和财政干事。我在上海结识了后来成为我岳父大人的古应芬先生，并担任他的工作秘书。后来我又跟随古先生回到广州，我们两人之间的关系也开始发生了变化。在古先生的眼里，我年轻忠厚，工作实干，他认为我是难得的人才，有意培养我，决心要把我培养成为他的继承者。这样古先生为我做媒的事情就发生了。古先生当时膝下有一个女儿，名叫婉仪；多年以前，婉仪只是古夫人的一个丫头。后来古先生见她无家可归，而自己身边又无子女，便把她收为养女，取名婉仪。只是这养女生得不好看，始终寻不到可心的夫婿。因此，当我来到古先生身边工作以后，古夫人就看中了我。两位大人一拍即合，便决定把已经成老姑娘的古婉仪许配给我。可我那时还是一个孩子，根本无意考虑自己的婚事。不过古先生毕竟是我的恩人，我在恩人面前盛情难却，只好从命，顺其自然了。

宋美龄 那你当时心里是怎么想的？

刘纪文 我当时既无从政的靠山，也无成家娶妻的资本，尽管我从内心里不喜欢古婉仪小姐，但是我心里又难拂恩师的一片苦心。我和婉仪小姐相处了有一年的时间，但是始终跟她建立不起来感情。这种建立在恩师权威阴影之下的婚姻实在痛苦，而且在彼此的心间也不会产生真挚的爱情。我当时完全没有想到，我和古婉仪之间会演变出意想不到的悲剧！就在我和古婉仪小姐正式订婚不久，古婉仪染上了重病，从此卧床不起，沉疴日危。可奇怪的是，我对古婉仪的感情竟然是在她患病之后才慢慢建立起来的。

宋美龄 你发现了她身上有什么惊人之处？

刘纪文 是的。美龄小姐，如果说我从前从日本回国，对她一无所知，就是订婚之后，在古先生家里也是仅仅见过几面，甚至连彼此说话的机会也屈指可数。但是当古婉仪病魔缠身、卧床不起、无法下地行走的病危时期，我守在她的床前，为她端食进药的时候，我才发现这个可怜的姑娘不一般。我之所以对没有任何感情的古婉仪日夜陪伴，且又不辞辛劳，全然是出于对未婚夫妻名分不得不尽的义务。然而我自己也没有想到，随着我伺候古婉仪的时间与日俱增，我们双方之间的感情居然发生了变化，我心里对她居然滋生了敬佩之情。我所以会对古婉仪产生了意想不到的好感，是因为我在护理她的过程中，惊愕地发现了古婉仪虽然其貌不扬，可是她的才华却超越常人，特别是她心灵中的美德，大大地触动了我的心。

宋美龄 她有什么惊人的才华和美德呢？

刘纪文 我和古婉仪真正碰出感情火花，并产生共鸣的基础是，我们两个人都出身于贫民家庭。从小喜欢做学问的我，绝对不会想到在古家伺候人的一个丫头，居然诗书满怀，才思敏捷，出口成诵。我无法理解一个出身寒门、地位低下的侍女丫头，究竟何时读了那么多的诗书，说起话来出口成章。她没有学历却记忆力惊人，她没有进过学堂接受教育，却能背诵出几千首唐诗宋词，而且连一首诗在哪一本书上，哪一个版本，她都了如指掌。

宋美龄 原来她是才女呀？

刘纪文 是的，她是才女，而且是十分少见的才女。通过病榻前的沟通，我才了解了一个女人的才华和智慧，以及她对人生、对爱情的独到见解。只可惜她已到将殁之日了。我心里感到沉痛与怜悯，可是我已经无力挽救她的生命，医药也同样留不住她宝贵的生命。出于我对她的种种歉疚与同情，我以难以想象的真诚，不辞辛苦地守候在她的身旁，听她给我背唐诗，背宋词，解读唐宋诗词的精彩华章。为了能让她在世上多活一段时间，我夜不解衣，不分昼夜地为她请医求药。后来当古婉仪已经不能说话的时候，我也累得快要病倒了。也许正因为我对古婉仪的精心护理，才让这个可怜的女才子在濒临死亡的边缘，又挣扎多活了一个月。最后，在将近严冬的时节，我们挥泪永别了。

宋美龄 这真是一个凄美的故事呀！

刘纪文 古婉仪死后，我把她安葬在广州白云山麓。那时山下还是一片荒凉的坟区，蒿草丛生，古树迎风。我含泪把她安葬在一片草丛中。我默默地回忆与她相处的日日夜夜，短短的半年时间，她为我背诵解读了那么多唐诗宋词，我真是感慨万千！我叹息这位苦命的少女活在人间的时间太短了，她走得太匆忙了。早知古婉仪在毫不美丽的外表下，却有着高尚和智慧的灵魂，我一定要献给她人间最美的情、最美的爱，然而她什么也没有得到，就带着万分的遗憾走了。

宋美龄 纪文兄，你到现在还难以忘记她吗？

刘纪文 是呀，我是忘不了她，这就是我怕回国的原因。她想在人间得到夫妻共享的爱，可是她什么也没有得到，就带着女人的遗憾走了，我觉得自己很对不起她。我承认她死后我仍然对她怀念不已，我的脑海里总是想着她为我背诵唐诗宋词的情景，这种痛苦的回忆强烈地震憾着我的心灵！我怀念她的才华，感叹她不幸的命运，珍视她和我有过的一段未婚夫妻的姻缘！

宋美龄 纪文兄，你不要太重感情了，人死不能复生，忘记她吧。

刘纪文 可是我到现在也忘不了她呀！

［这时宋子文跑来了。］

宋子文 纪文兄，美龄，我可找到你们啦！

宋美龄　哥哥，旅馆你安排好了吗？

宋子文　安排好了，放心吧，一切都安排好啦！

刘纪文　子文，真是辛苦你啦。

宋子文　你们在谈什么？

宋美龄　我在听纪文兄给我讲故事。

宋子文　讲什么故事？

刘纪文　我在给小妹讲古婉仪的故事。

宋子文　纪文兄，小妹，不想那些已经过去的伤心往事了。我们还是来欣赏尼亚加拉大瀑布的壮观景色吧！

宋美龄　是呀，纪文兄，如果想到人只是茫茫世间的过客，我们就该珍视今天！不然，人会很快老去的。到了变成历史的过客悄悄消失的那一天，我们再后悔自己没有找到人间的快乐，又该是多么遗憾的事情啊！

［三个人欣赏着尼亚加拉大瀑布的壮观景色，听着奔腾流水的声音，每个人都着了迷。大幕悄悄落下来。］

第　二　幕

第一场

上海。宋家客厅。宋家三小姐宋美龄从美国回来，这是宋家的一件大事儿。宋家的姐弟们倾情出动，把宋美龄接回家。大姐宋霭龄挽着小妹宋美龄的手臂走进了家门，走进了客厅。她们的身后跟着宋家的两个少公子：宋子良和宋子安；兄弟二人手里拎着宋美龄从美国带回来的四个皮箱。

宋霭龄　嗲嗲，姆妈，小妹回来啦！

宋子安　嗲嗲，姆妈，三姐回来啦！

宋美龄　到家啦，到家啦，我终于回来啦！

宋子安　嗲嗲，姆妈，三姐回来啦！

宋子良　嗲嗲，姆妈，三姐到家啦！

宋美龄 大姐，姆妈、嗲嗲，怎么不在家呀？

宋霭龄 在家的，在家的，一定在家的。

宋子安 嗲嗲姆妈一定在楼上。

宋子良 三姐，嗲嗲、姆妈早就盼着你回来啦。

宋子安 三姐，你先坐下来休息一会吧。

［宋子安和宋子良把手里的皮箱放在茶几前面。几个人走到大沙发前，坐下来休息。只有宋美龄一个人站立着，望着既眼熟又陌生的家。这时宋家老主人宋查理和老夫人倪桂珍从楼上下来了。宋家的儿女们都起身迎接父母的到来。］

宋美龄 嗲嗲，姆妈！

宋查理 美龄！

倪桂珍 我的女儿！

［宋美龄上前拥抱父亲。］

宋美龄 嗲嗲！

宋查理 我的孩子，你回来啦？

宋美龄 是的，嗲嗲，我回来了，您左一封电报右一封电报叫我回来，我敢不回来吗？

宋查理 回来就好，回来就好。孩子，你是中国人，在美国学习完了，就应该回国效力。

宋美龄 是的，嗲嗲，我听您的，所以就回来了。

宋查理 孩子，你回来就对了。

［宋美龄随后又拥抱母亲。］

宋美龄 姆妈！

倪桂珍 噢，我的小女儿，你长高啦！

宋美龄 是的，姆妈，我出国的时候是个丑小丫，现在变成大姑娘啦。

倪桂珍 美龄，你长大了，妈咪也老了。

宋美龄 姆妈，您还不老，您和嗲嗲看起来都不老。

倪桂珍 噢，还是我的美龄会说话，会讨妈咪的喜欢。

宋美龄 姆妈，您想我了吧？

倪桂珍 想啦，妈咪能不想女儿吗？

宋美龄 姆妈，我也好想好想你们的！

倪桂珍 是吗，孩子，想妈咪你怎么不想着从美国回来呢？

宋美龄 谁说的，姆妈，我这不是从美国回来了吗？

倪桂珍 那是我叫你阿爸左一封电报右一封电报把你叫回来的。

宋美龄 原来如此呀，姆妈！

倪桂珍 是呀，要不你还不想着回家来吧？

宋美龄 谁说的？我早就想嗲嗲和姆妈了。

宋查理 美龄，你从美国回来我非常高兴啊！

宋美龄 嗲嗲，我回家来也非常高兴。

宋查理 时光过得好快呀，美龄，眨眼之间你去美国留学已有九年时间了吧？

宋美龄 不，嗲嗲，已经整整十年了！

宋查理 哦，十年，不知不觉呀！

宋美龄 是的。嗲嗲，姆妈，你们坐吧，大姐也坐吧。

宋霭龄 小妹，你看，你从美国回来全家人都为你高兴！

宋子安 是呀，三姐，你回来了，你看全家人都为你欢笑！

宋美龄 亲情难忘啊！我在国外也是很想家的；想老父亲，想老母亲，想大姐，想二姐，想阿哥，想子安，想子良。你们大家都好吧？

宋子良 三姐，大家都好！

宋霭龄 小妹，全家人都担心你在美国吃苦受罪呢。

宋美龄 现在大家不用担心了，我平安回来了。

［大家都找椅子坐下来，只有美龄一个人站立着，望着家里的亲人。］

宋查理 美龄，你刚去美国的时候，好像一直生活在梅肯吧？

宋美龄 是的，嗲嗲，我在梅肯待了两年，后来又去佐治亚州的皮德蒙特生活了一个时期。

宋查理 皮德蒙特？对，我记得这个古怪的地方。美龄，我想你在美国一个人生活的时候，一定很孤单吧？

宋美龄 不，嗲嗲，我在国外生活得很愉快！

倪桂珍 美龄，你一个人在国外生活还能愉快？

宋美龄 是的，姆妈，我在美国认识了一位最好的美国女孩，她母亲莫斯夫人始终把我当成自己的女儿一样看待，所以我在美国没有受到任何磨难。

宋查理 这就好，没有受到磨难就好。

宋美龄 嗲嗲，您不用为女儿操心，我在国外一切都好！

宋查理 儿行千里母担忧，女儿到国外去读书，并且又是一个尚未成年的孩子，我们能不操心吗？

倪桂珍 说的是呀，你阿爸对你是最操心的了。你大姐和你二姐去美国读书已经快成年了，只有你出去时还是一个毛孩子。

宋美龄 姆妈，我开始到美国去有二姐照顾我，后来又有哥哥照顾我，你们有什么不放心的呢？

宋查理 美龄，我听你二姐说，你在美国学业很刻苦，取得了双学位，是这样吗？

宋美龄 是的，嗲嗲，我取得了双学位。

宋霭龄 嗲嗲，我家小妹聪明。

宋子良 是呀，三姐比大姐、二姐学习更有收获！

宋美龄 小弟，不要瞎说，我取得双学位，并不是我聪明，而是我一心一意想得到。其实大姐比我聪明，二姐比我吃苦，只是她们急于回国工作，不想要双学位罢了。

宋霭龄 还是小妹会说话。

宋子安 三姐就是聪明。

宋美龄 谢谢姐姐。子良、子安，你们就不要抬举我了。

倪桂珍 美龄，你最明显的变化就是长高了。

宋美龄 姆妈呀，我出国的时候是个小孩子，回来的时候已经成为大人了，我不长高那不就麻烦了吗？

宋查理 美龄说得对，十年的时间，孩子再不长高就麻烦了；如果还依然像小孩子一样，那就嫁不出去了。

［宋查理的话把全家人都说笑了。］

宋美龄 嗲嗲，您说什么呀？我可不出嫁，我要守着嗲嗲、姆妈。

宋查理 孩子，你这是说傻话呀，哪有大姑娘不出嫁的？

宋美龄 嗲嗲，我就不想嫁人，我要出嫁就嫁给天下难寻的英雄好汉，像二姐一样，嫁给一国之君，或者像大姐一样，嫁给有钱有势有才学的人。

宋子良 三姐就是有志向！

宋子安 三姐当然不会嫁给一般人！

宋美龄 去，你们小小年纪，懂得什么婚姻嫁娶？

［宋美龄的话，把全家人再一次逗笑了。］

倪桂珍 美龄，你那么小就去了美国，我真担心你受委屈呀。也许在那些美国人眼里，我们中国人好比怪物吧？

宋美龄 是的，姆妈，美国人看我们中国人是有点怪异，特别是我刚开始去美国的时候，有的中国男人还梳着一条大辫，好像女人一样，在西方人的眼里，显得非常可笑，不可理解。不过我到美国去，那些美国人对我还是很好的。

倪桂珍 美龄，美国人为什么会对你好呢？

宋美龄 姆妈，因为女儿聪明吧，十五岁就上了大学，所以美国人对我是另眼相看的。

宋查理 美龄年龄已经不小了吧？如果我没有记错的话，她今年应该有二十岁了吧？

宋美龄 不，嗲嗲，我今年还不到二十岁，刚满十九岁。

宋查理 美龄，你当年走的时候，还是一个黄毛丫头，现在回来竟然到了谈婚论嫁的年龄了。

宋美龄 嗲嗲，我刚才说了，我不嫁人的。

倪桂珍 这是傻话，十九岁已经快成老姑娘了。美龄，如果你不是在国外，恐怕早就该嫁人了。你的两个姐姐都已经结婚了。如今我们总算把你盼回来了，如果有合适的人家，当然是要谈婚议嫁的。

宋美龄 不，姆妈，我不想嫁人，我永远也不要嫁人的。

宋查理 孩子，你不嫁人怎么行啊？在上海谁不知道我们宋家是什么人家？如果姑娘到了出嫁的年龄还待在家里，肯定会遭到非议的。

宋美龄 嗲嗲，我年龄还小呢，不急着嫁人。

宋查理 美龄，你已经不小了。好了，婚姻大事容我好好想一想，不过美龄你放心，我既然送你去美国留学，就希望你将来生活得更好。所以将来为你选择的婚姻伴侣，肯定是一位有学识的青年。现在你刚回来，首先要做的事情是会讲标准的国语。你将来在上海生活，每天张嘴就说英语那怎么行呢？从明天开始，我要为你请一位会说标准国语的教师来指导你。

宋美龄 好的，嗲嗲，我听您的安排。

宋查理 女儿听父母的话就对了。

宋霭龄 嗲嗲，美龄嫁人的事情以后再说吧。今天美龄从美国回来，我们全家人也难得聚得这样齐，正好子安、子良都在，现在全家人就差子文、庆龄在外面没有回来，我们全家人也有几年没有这样团圆过了，今天我们家应该为欢迎小妹从美国回来举办欢乐的家庭酒会！

宋子良 好，我赞成！

宋子安 三姐回来为我们全家人带来了好福气！

宋查理 这还要说吗？我小女儿从美国回来了，我们家不但要举行欢迎酒会，晚上还要为美龄举办舞会，一切我都安排好了。我们家的酒会，就等你们接美龄回来开席啦！

宋霭龄 嗲嗲，您老人家想得太周到啦！

宋美龄 谢谢嗲嗲，谢谢姆妈，非常感谢！

宋查理 走啦，孩子们，我们全家人到餐厅去，吃饭，喝酒，庆祝我们家小女美龄小姐从美国学成归来！

众人同声：好，走啦，喝香槟酒啦！

［宋家人去餐厅，大家从一个侧门同下。］

第二场

宋家客厅。倪桂珍扶着丈夫查理从楼上下来到客厅。

宋查理 夫人，美龄的指导教师走了吧？

倪桂珍 走了，美龄刚送他走。

宋查理 美龄这孩子已经老大不小了，她的婚姻问题该是我们操心的时候了。

倪桂珍 我也希望她能快一点嫁出去。你说你给她找人，你给她找的人家呢？

宋查理 我们家的小女儿婆家不好找哇，桂珍，不过我最近看中了一个人，我想叫美龄去见一见。

倪桂珍 你看中了什么人？我见过吗？我认识吗？

宋查理 你见过，你也认识，我看中了周子清，你觉得怎样？他配得上咱们家美龄吗？

倪桂珍 周子清？这个孩子我看也是不错的，就不知道美龄能不能看中？

宋查理 我想明天带美龄去见一见他，你看行吗？

倪桂珍 美龄的婚事还是你说了算，只要你和美龄同意，我没有什么意见的。

[这时宋美龄送走了国语教师，回来了，从大门上。]

宋美龄 嗲嗲，姆妈，我把可敬的国语老师送走了，我的国语也跟老师学得差不多了，以后就不叫老师指导我了。我的语言能力已经过关了，书写也上手了，就不麻烦老师到家里来教我了。

宋查理 美龄，你认为不需要学了，那就可以不请老师来了。

宋美龄 嗲嗲，我现在是不需要老师指导了，我的中国话和上海方言都说得流畅自如，没有问题了。我完全可以出去工作了。

倪桂珍 我的美龄还是聪明啊，学什么都来得快！

宋美龄 姆妈，我本身就会说国语，您忘记我小时候在上海生活了九年，到美国去了十年，中国的语言和中国话我还是没有忘记的，只是在国外生活时间久了，说不好了，有点陌生了，现在捡回来就是了。嗲嗲，姆妈，你们听我上海话说得标准不标准？

宋查理　我的孩子，阿爸和妈咪想跟你说一件事情，你愿意听吗？

宋美龄　嗲嗲，姆妈，你们说什么事儿，我都愿意听，你们说吧。

宋查理　那好，美龄，听嗲嗲跟你说。

宋美龄　您说吧，嗲嗲，您要对我说什么事儿？

宋查理　美龄，是这样，男大当婚，女大当嫁，这是我们中国人的传统，没有什么大惊小怪的。明天，我想带你去见一个人，这个人叫周子清，你嗲嗲我早就看中了，你姆妈也见过这个人，周子清的品貌还是不错的，家庭背景也很好，我们觉得你嫁给周子清是最好的归宿，明天你跟嗲嗲去见见他，好吗？

宋美龄　嗲嗲，您要带我去相亲？这件事情不着急吧？

倪桂珍　美龄，我的孩子，你不着急，我们着急呀，你再不找婆家嫁出去，过两年就成嫁不出去的老姑娘了。

宋美龄　嗲嗲，妈妈，我又不认识周子清，就贸然跟着父亲去见他，好吗？

倪桂珍　孩子，我们中国人相亲都是这样的，你应该听大人的话。

宋美龄　可是，嗲嗲，姆妈，我心里难以接受一个不认识的陌生人，这样相亲我不习惯。

宋查理　美龄，是这样，周子清是我在教堂里认识的一个人。他也是我在上海这几年见过的所有青年中最杰出的一位，可谓是难得的人才呀！

宋美龄　嗲嗲，您是说在教堂里认识的人才？

宋查理　是的，孩子。你知道，咱们宋家都是信仰基督教的，所以在上海就不能不与教会的人有所接触。这个周子清也是信基督教的人。他原来也曾在国外留学，听说他到过欧美，只是他一心向往神学，所以回国以后便情愿放弃高官厚禄，一心扑在基督教上，我和你姆妈常常向周子清请教《圣经》。他的口才及人品，都是绝对少见的。因此我早就想，如果有一天你能和这样的人生活在一起，肯定会成为最虔诚的基督教徒！

宋美龄 嗲嗲，姆妈，我将来肯定会像你们一样，可以成为真正的基督徒的。可是，成为基督教徒就一定要嫁给教会的神父吗？

宋查理 不，美龄，你想到哪儿去了？周子清并不是神父，也不是牧师，他现在只是教会的工作人员。周子清从国外留学回来后，原本是在卫理公会供职的。后来他对神学的兴趣越来越浓，所以才到了教会工作。我和你姆妈就因为去教堂做礼拜，才认识这个年轻人的。你见了他，一定也会感到周子清的人品的可贵的。在咱们上海滩，像周子清这样既有学问又有品德的年轻人，真是凤毛麟角啊！

倪桂珍 是呀，美龄，周子清确实是个难得的好人！

宋美龄 好人？

宋查理 当然，美龄，你和周子清见见面，也并不是一定要你当场应允婚事。现在毕竟已是民国了，你和周子清又都是留过洋的人，儿女的婚事总还是要尊重你们自己的意愿，不能再像从前那样什么事都由父母包办了。

宋美龄 嗲嗲，女儿的婚姻大事，当然是急不得。

倪桂珍 美龄，你阿爸只是要你去见一见周子清，婚姻大事总要你们两人都满意才行。

宋美龄 好吧，嗲嗲，我同意您的话，去见周子清，不过婚姻大事要看双方的意见，即便我看中了周先生，周先生也不一定看中我，所以见一见也无大碍。

宋查理 那就这样说定了，美龄，有时间我带你去见周子清。

宋美龄 好吧，嗲嗲，既然您如此关心我的事，我就听从您的安排。

[宋查理这时候剧烈咳嗽起来。]

宋美龄 嗲嗲，您怎么啦？嗲嗲，您为什么咳得这样厉害？

倪桂珍 你阿爸的身体近来一直不太好，经常是这样咳嗽的。

宋美龄 看过医生了吗？

倪桂珍 看过了。查理，你该吃药了。

宋查理 走吧，吃药去。美龄，你的婚姻大事，你自己也要好好想一想。

宋美龄　好的，嗲嗲。

［倪桂珍扶着丈夫上楼去了，下。宋美龄在客厅里独自思考着婚姻大事问题，大姐宋霭龄回来了。］

宋霭龄　小妹！

宋美龄　大姐回来啦？

宋霭龄　我回来看看嗲嗲和姆妈。你一个人在想什么？

宋美龄　想心事儿。

宋霭龄　想什么心事儿，小妹，这样心事重重的？

宋美龄　大姐，我从美国一回来，父母就急着给我找人，急着把我嫁出去，这是为什么？

宋霭龄　小妹，你的婚姻问题已经成为父母心中的大事啦，你知道吗？

宋美龄　可我还不到二十岁，有必要这样着急吗？

宋霭龄　你不急，父母急呀。二十岁的大姑娘在国外来说不算什么，但是在中国早就该嫁人当母亲了。

宋美龄　可我是从国外回来的，我还不想过早地结婚，生孩子，当母亲。

宋霭龄　小妹，这是你的想法，我能理解，但是父母他们不能理解。我们和父母是两代人，看法完全不一样，他们还是过去中国社会传统的老观念。你明白吗？

宋美龄　大姐，父亲要给我做媒，去见一个叫周子清的人，你说我该怎么办？

宋霭龄　父母让你去见，那你就去见一见嘛，有什么大不了的？

宋美龄　可是，大姐，我的心里很矛盾。我跟你说过，我在国外有个刘纪文，并且我们已经自由相爱了两年。现在回国父母又要我去见一个不认识的周子清，我感到左右为难，去见吧，我对这个人根本就没有兴趣，不去见吧，又怕伤了父母的心。

宋霭龄　小妹，那你心里到底是怎么想的？

宋美龄　我不想去见什么周子清，但又怕父母对我不高兴。

宋霭龄　你不听父母的话，父母肯定不高兴。

宋美龄　可是我听了父母的话，我心里也不舒服。

宋霭龄　小妹，你回家来，注意到父亲的身体状况了吗？

宋美龄　我注意到了，父亲的身体不太好，他总是咳嗽，好像吃药也不管用。

宋霭龄　是的，小妹，父亲得了重病，可能不久将告别人世了。

宋美龄　什么？大姐，父亲得了什么重病？

宋霭龄　父亲得了癌症，是肝癌，可能活不了多长时间了，所以他对你的婚事特别着急。

宋美龄　原来是这样？

宋霭龄　是的，小妹。要我说，你就听父母的，去见一见那个周子清，不要叫父亲生气。我们当儿女的，就应该孝敬老人，叫父母高兴；争取叫老人家多活几年，不要因为你的婚事，叫父亲气伤了身子，病情加重。你懂了吗？

宋美龄　大姐，照你的说法，我一定要见周子清啦？

宋霭龄　当然应该见，为什么不见呢？至于后面成与不成那是另外一回事儿。你要做的事是叫父母高兴，至少表面上如此，要服从父母的意志，要应得过去。

宋美龄　可是，大姐，违反我意志的事情我也不愿意去做。

宋霭龄　小妹，我知道你不愿意做违心的事情，但是你应该多理解老人的心情；父亲还想活着看到你结婚出嫁呢。

宋美龄　可是大姐，我在日本的刘纪文怎么办？

宋霭龄　小妹，你和刘纪文的事情最好先不让父母知道。

宋美龄　为什么，大姐？

宋霭龄　因为，父母接受不了你在国外私定终身，像庆龄一样不听话，私奔到日本嫁给了孙中山，把父亲气得发疯。如果你再来这么一手，那父亲可真要气死了。

宋美龄　那怎么办，大姐？我回到上海，回家来，竟会遇到这样难堪的事情？

宋霭龄　谁叫你不听话，在外面和刘纪文私定终身啦？

宋美龄　可是，大姐，我们是自由恋爱，我们的婚姻为什么要听父母包办呢？

宋霭龄 那是在国外，你可以自由恋爱，回到国内来，你还是要听父母的。

宋美龄 大姐，这不就麻烦了吗？我要不听父母的，结果会怎么样啊？

宋霭龄 你千万千万不能跟父母顶牛，不能跟父母闹起来；你如果因为婚姻问题跟父母闹起来，父亲可能就活不了几天了。

宋美龄 早知道我的婚姻这样复杂，这样麻烦，我还不如不回国。

宋霭龄 不幸的是，小妹，你已经回国了，你就要听大姐的，先服从父母的意愿，以后再想办法吧。

宋美龄 那好吧，大姐，我尊重你的意见。

宋霭龄 这才是听话的小妹。陪我去看父亲吧？

宋美龄 唉，早知如此，我是不该回国呀！

宋霭龄 小妹，不要说这样的话，我们当儿女的不能没有良心，忘记了父母的养育之恩。

宋美龄 大姐，我不是忘记父母的养育之恩，我是觉得我的婚姻问题应该由我做主，不能由父母说了算。

宋霭龄 你的想法在西方社会流行，在中国社会就行不通了。

宋美龄 悲哀呀，我回家来还适应不了中国社会古老的传统了。

宋霭龄 慢慢适应吧，中国社会自古就是父母主宰儿女的婚姻大事，这样的传统已经流传几千年了，是很难改变的。

宋美龄 大姐，我们为什么不能像西方国家的青年一样，改变这样陈旧的传统呢？

宋霭龄 我们的国家刚刚在孙中山先生的领导下，推翻了两千多年的封建王朝统治，怎么可能这么快改变一切旧习呢？

宋美龄 大姐说得对呀，中国有两千多年的封建王朝统治，是不容易改变的。

宋霭龄 对，一切旧习都是很难改变的。

［姐妹两人挽着手臂上楼，下。］

第三场

还是宋家客厅。孔祥熙从山西来到上海，来到宋家，走进宋家客厅。他的身后跟着两个宋家佣人，提着皮箱。

孔祥熙 好啦，把皮箱放下，这里没有你们的事儿啦。

[一个佣人把皮箱放到门口。]

佣　人 孔先生，没有别的事儿，我们就走了，有事儿您再说话。

孔祥熙 好的，谢谢你们。

[孔祥熙从身上拿出几文钱来，赏给了拿东西的佣人。]

佣　人 谢谢老爷，多谢孔先生！

[佣人拿了赏钱高兴地退出门外走了。]

孔祥熙 霭龄，霭龄！

[这时倪桂珍老夫人从楼上下来。]

倪桂珍 是谁？谁呀？

孔祥熙 是我，岳母大人，我回来啦！

倪桂珍 是贤婿呀？你怎么突然跑来啦？

孔祥熙 我来看一看泰山大人和岳母大人，您老人家的身体还好吧？

倪桂珍 好，我的身体还好，过来坐吧，庸之。

孔祥熙 哎。姆妈，霭龄呢？

倪桂珍 霭龄在楼上睡觉呢。你找她有事儿呀？

孔祥熙 没有事儿，姆妈，我就是来看你们的。

倪桂珍 霭龄八成又是怀孕了，一天到晚吃了睡，睡了吃，也不愿意动，八成可能是怀上了姑娘。

孔祥熙 是吗？这可是大喜事儿呀！

倪桂珍 庸之，你的生意做得还好吧？

孔祥熙 姆妈，我的生意做得还好，我的生意已经做到上海来了，所以我来看看您和泰山大人！

倪桂珍 这可好，你又发财啦？

孔祥熙 姆妈，现在还不能说我发财。我给您和泰山大人从山西老家带来了一些东西。

倪桂珍　你说你，大老远地跑来，还带什么东西呀？家里什么也不缺，什么东西都有。你能来看看我们已经足矣。

孔祥熙　姆妈，其实我也没有带什么好东西，就是带了一点儿山西的土特产、新鲜货，算是我孝敬您老人家和泰山大人的！

倪桂珍　用不着啊，贤婿，路太远了，带着东西不方便，既辛苦又劳累，你有这份心就行了，以后不要带了。

孔祥熙　好的。姆妈，家里怎么没有人呢？我听霭龄说，小妹从美国回来了，怎么不见人呢？

倪桂珍　美龄跟着你岳父相亲去啦。

孔祥熙　什么？小妹跟着泰山大人相亲去了？

倪桂珍　是的，美龄已经是二十岁的大姑娘啦，家里人为她着急呀。

孔祥熙　小妹是该成家了。

倪桂珍　我们也是这样想的，美龄应该出嫁了。特别是你岳父，近来身体又不好，所以他想看着美龄嫁出去，了结一桩心事。

孔祥熙　姆妈，泰山大人的身体怎么样啦？

倪桂珍　你岳父的病啊，是越来越严重了，看来是好不了了。所以我这心里也着急，期盼美龄早一点儿嫁出去，也好叫全家人高兴高兴，用美龄的喜事儿冲一冲你岳父的病情。

孔祥熙　小妹出嫁可是一件大事儿呀，一定要给找一个好人家。

倪桂珍　大家都是这样想的，就看美龄的命了。

［这时宋霭龄从楼上下来了。］

宋霭龄　庸之？

孔祥熙　夫人！

宋霭龄　庸之，你怎么突然跑来啦？

孔祥熙　夫人，我这不是来看望你和父母大人吗？

宋霭龄　你怎么连一封电报也不来？

孔祥熙　我这不是为了给你一个惊喜吗？

宋霭龄　给我一个惊喜？坏蛋，是想孩子了吧？

孔祥熙　是的，我想孩子了，也想你了。我正好想到上海来开办银行业务，所以跑来看看你们！

宋霭龄　庸之，你把银行开到上海来了？

孔祥熙　夫人，不可以吗？

宋霭龄　我的先生，士别三日当刮目相看呢。你把银行开到上海来，能立住脚吗？能站得稳吗？有实力吗？

孔祥熙　我的夫人，没有问题，我没有十成的把握，也是有八成的把握的。

宋霭龄　我的先生，你真了不起！

［宋霭龄高兴地在丈夫脸上亲了一下，孔祥熙高兴得哈哈大笑起来。倪桂珍也笑了。这时候，宋家老主人宋查理从大门走进来，后面跟着小女儿宋美龄。两个人的脸色都不好看，也不高兴。］

孔祥熙　泰山大人！

宋查理　你来啦？庸之，什么时间到的？

孔祥熙　我刚到，岳父大人。

［宋查理与女婿握手。］

宋美龄　大姐夫……

孔祥熙　小妹，听说你从美国回来了，特来上海看看你。

宋美龄　谢谢大姐夫。

［孔祥熙与宋美龄握手。宋查理生气地坐在沙发上。］

孔祥熙　小妹，真是女大十八变，越变越好看，你真是越来越漂亮啦！

宋美龄　大姐夫，这是真的吗？

孔祥熙　是真的，小妹，你真是变漂亮了。

宋霭龄　爹爹，你怎么啦？是不是身体不舒服？

宋查理　没有。我是心里不舒服。

倪桂珍　美龄，你们与周子清见面了吗？

宋美龄　见面了，姆妈。

倪桂珍　见面了，怎么说？你对周先生的印象可好？

宋美龄　姆妈，女儿应该怎么说呢？

宋查理　你就说，他哪一点不好！

宋美龄　爹爹，周先生没有什么不好。

宋查理 我就知道你对周子清无话可说。如果我没看准，当然也不会把他介绍给你的。

宋美龄 可是，嗲嗲……

倪桂珍 美龄，你是留学美国的人，也是见过大世面的，没有什么不好意思的。既然双方见了面，你如果没有什么不同意见，那就索性把这门婚事定下来，也好了却我们父母的一桩心事。

宋美龄 不，姆妈，我不能同意！

倪桂珍 什么？你不同意？美龄，你不是对父母说傻话吧？你对周子清有什么不满意的？

宋美龄 姆妈，嗲嗲，我本来有些话是不想说的，怕惹您老人家生气。

宋查理 美龄，你给我把话说清楚，像周子清这样有学问的青年，你为什么不同意？你到底要找一个什么样的？你说出来，他有什么不好，他有什么地方配不上你？如果你能说出周子清的毛病来，我也不难为你。可是，你如果说不出让人信服的理由来，休怪我不依你！

［宋查理气得坐在沙发上浑身发抖。］

孔祥熙 泰山大人，您不要生气，听小妹慢慢说，您老人家千万不要生气。

宋霭龄 美龄，你不要说了，不要让嗲嗲生气了。

宋美龄 不，我要说！大姐，本来有些话我是不想多说的，但是现在我不得不说了。

宋查理 你说，你说周子清有什么不好之处？

宋美龄 嗲嗲，姆妈，你们大家不要这样生气我才好说。我会把为什么不同意与周子清的婚事理由说清楚的。

宋查理 你一定要说清楚，你不说清楚，我就不依你！

宋美龄 嗲嗲，您不要激动。

宋霭龄 美龄，你不要说啦！

宋查理 不，让她说！

宋美龄 嗲嗲，我与周子清先生虽然今天只见了一面，可我同意您的说法，他是一个好人，无论才华及人品，都不在我宋美龄之下。可是，尽管周子清他好，我也不能嫁给他……

［宋查理气得从沙发上站起来，暴跳如雷。］

宋查理 为什么？美龄？你给我说清楚，这究竟是为了什么？

宋美龄 因为……因为……

宋霭龄 美龄，不要说了，大姐不要你说！

宋查理 不，一定要叫她说清楚，一定要说清楚！像周子清这样忠厚的人，你为什么要把他拒之门外？

倪桂珍 是呀，孩子，你既然说他好，为什么又拒绝他呢？

宋美龄 嗲嗲，姆妈，这是因为……因为……我在美国已经有了男朋友……

宋查理 什么？你有了男朋友？他是谁？我怎么不知道?!

宋美龄 嗲嗲，您老人家不要生气，他是哥哥从前的好友，留学日本的刘纪文！

宋查理 什么？刘纪文？你怎么敢不经家庭的允许，就在国外随便结交男朋友？这简直是无法无天目无尊长！

宋美龄 嗲嗲，您老人家不要生气。

倪桂珍 美龄，婚姻大事，自古以来就是父母之命，媒妁之约，你怎么敢在外边随便结交男朋友私定终身呢？这岂不是坏了咱们宋家老祖宗的规矩？

宋美龄 姆妈，过时的封建迷信规矩早就应该废除了。现在已经是民国了。

宋查理 好……你个胆大妄为的孩子……你敢废除我们宋家祖传的规矩！即便你结交了刘纪文也不算数！任何不经父母允许的婚约，都不影响你和周子清的婚事！既然你对周子清说不出半个不字来，你的婚姻大事还是要我做主的！

宋美龄 不，嗲嗲，不，您千万不要这样做，千万不能强求我的意志！

宋霭龄 小妹，你就少说两句吧！

宋美龄 不，大姐，今天我要把话对父母说清楚。你们也许还不知道，我和刘纪文已经在美国的纽约正式订婚了。如果不相信，你们可以问问哥哥子文，是子文兄为我和刘纪文决定的终身大事……

倪桂珍 什么？子文？

宋查理 你们……你们都目无尊长……不听父母的……

［宋查理由于激愤过度，突然昏迷在了沙发上。］

倪桂珍 查理，查理！

宋霭龄 嗲嗲，嗲嗲！

宋美龄 嗲嗲，您不要这样……

孔祥熙 泰山大人，泰山大人，泰山大人！

倪桂珍 美龄，这就是你们不听话的儿女干的好事儿！

宋美龄 嗲嗲，嗲嗲……

［宋美龄吓得哭起来。］

宋霭龄 庸之，快把嗲嗲背上楼去，放到床上去！

孔祥熙 好好好，我来我来。泰山大人，您这是何苦呢！

宋霭龄 你给我闭嘴！

孔祥熙 好，我闭嘴，我闭嘴。

［孔祥熙背起老丈人就上楼了。倪桂珍吓得马上扶着丈夫，跟着女婿上楼了。客厅里只有宋家姐妹二人了。］

宋霭龄 小妹，我叫你现在不要说出刘纪文的事，你为什么不听话，你为什么要说？

宋美龄 大姐，不说怎么办？事已至此，我不得不说。我也不想伤害父母。可是从理智与道德来说，我必须要遵守和刘纪文已有的婚约！

宋霭龄 你真是个傻孩子。

宋美龄 我不能轻率地移情别恋！这种事情是不能瞒天过海的，迟早有一天是要告诉父母的。我只是没有想到，父母对我的婚事这样着急，恨不得逼着我马上就出嫁。我今天说出来也是迫不得已。

宋霭龄 小妹，大姐也体谅你。阿爸他老人家毕竟是病人，你也应该体谅老人家的心。阿爸急着要你出嫁，是想看到你有一个好的归宿。当然，这件事情也不能怪你。我现在想说的是，你当初在美国的时候，为什么要做那样的傻事？莫非仅仅担心再蹈庆龄的覆辙，你就情愿与刘纪文这样的人私定终身？

宋美龄 大姐，坦率地说，我爱他，我喜欢他，莫非我不该爱上刘纪文这样的人吗？

宋霭龄 我不反对你爱他，你当然也有权力爱他，关键的问题是你究竟爱他什么？

宋美龄 大姐，刘纪文这个人虽然出身贫寒，可是他的智慧和学识，让所有与他有过接触的人无不赞佩。尤其是他真诚无私的人品，更让我为之感动！

宋霭龄 美龄，人品和才学也值得让你感动？我看你也有点太罗曼蒂克了。我完全没有想到，你在美国读了十年书，学来的竟然是一些浪漫而又不切实际的东西。其实书本上的知识和所谓的学识，究竟在现实的中国社会能发挥多少作用，对于这一点，我也是从美国回国以后才有感性认识和理性认识的。你现在也许还处于天真烂漫的感情泥淖里不能自拔吧？

宋美龄 大姐，我听明白了，从你的话中我听出，你和阿爸原来是一样的，也在反对我和刘纪文的婚姻？

宋霭龄 美龄，大姐是过来人。我想对你说的是，一个女孩子，在当今中国择偶，不同于一个男人娶妻；如果你走错了一步，那就像下棋一样，全盘皆输。你究竟想过没有，刘纪文的过去，你究竟了解多少？刘纪文的未来，你又能得到什么？

宋美龄 大姐，莫非你也介意刘纪文从前与古婉仪之间有名无实的夫妻关系吗？

宋霭龄 我介意他们什么关系呀？

宋美龄 大姐，其实刘纪文和古婉仪之间根本就没有结过婚，他们只是名义上的夫妻……

宋霭龄 你理解错了，小妹，我并非在意此事。在我决定嫁给孔先生之前，我也听说过他在山西老家早就已经有过一房妻子，但是这并不影响我决心嫁给他。为什么像我这样有学历也有资历的人肯于给别人当填房的妻室呢？重要的是，我看到了孔先生将来在中国的政治舞台上肯定会有所作为。当然，他现在手里还没有多大的权力，只是一个人在山西经商，在山西那样的小地方开办银行。可是我敢断定他孔祥熙迟早有一天能在中国的历史上留下光彩的一页，所以我才愿意为他做出牺牲嫁给他的。不然，即便是父亲看中了他，我也是未必答应他的。

宋美龄 大姐，你看中的是大姐夫的未来？

宋霭龄 对，一个有野心的男人，将来才会有作为；一个成功的男人，将来才会在中国的历史上留下光辉的一页。你想一想，小妹，你的二姐庆龄为什么不顾父母的反对，私自跑到日本去嫁给孙中山当填房？因为孙中山先生是一个成功的男人，是中华民国的开国领袖，是国家元首、大总统，所以庆龄才会嫁给他。换句话说，庆龄不嫁给孙中山，她也不会成为民国大总统的夫人，她也不会成为大家公认的国母。庆龄比我还是聪明。你明白我的意思吗？小妹？

宋美龄 大姐，请原谅，你的小妹可能命里注定了不敢作此奢想。你和二姐将来都是中国历史上了不起的大人物，可是我情愿平平安安过一辈子。

宋霭龄 没出息的小妹，你要这样说，我们就不谈了。中国自古就有留名千古的说法，如果你嫁给了一个胸无大志的男人，一辈子也就等于白活了。你把父亲气坏了，上楼去向父亲赔礼道歉吧。

[宋霭龄拉着小妹的手要上楼，孔祥熙又从楼上跑下来了。]

宋美龄 大姐夫，阿爸怎么样？

孔祥熙 泰山大人的情况不好，快去找人请医生来！

宋美龄 那我去请医生。

宋霭龄 小妹，你快去吧。我们还是上楼去照顾父亲！

[宋美龄出大门去请医生。宋霭龄和丈夫孔祥熙又上楼去照顾父亲，下。]

第四场

还是宋家客厅。父亲病危，宋美龄的心情不好，她从楼上下来，心情很沉重。她在客厅里停地走动。正当此时，她二姐宋庆龄回来了。宋庆龄手里拎着一只皮箱，也是心绪不安地走进客厅。

宋庆龄　小妹！

宋美龄　二姐？

宋庆龄　小妹，父亲的情况怎么样？

宋美龄　二姐，父亲的情况不好，可能不行了，已到弥留之际了。

宋庆龄　我要上楼去看父亲！

［宋庆龄把皮箱扔到沙发上就要上楼。］

宋美龄　二姐，你回来。

宋庆龄　我要上楼去看父亲，小妹！

宋美龄　二姐，我知道你想上楼去看父亲，我也想上楼去看父亲，可是他不愿意见你，也不愿意见我。

宋庆龄　父亲为什么不愿意见我们？父亲为什么不想见我们？

宋美龄　还不是因为我们的婚事？父亲说，我们两人都是不听话的孩子。

宋庆龄　我和中山先生结婚已经有三年了，父亲为什么到现在还不肯原谅我？

宋美龄　这我也不知道。

宋庆龄　小妹，父亲为什么也不想见你呢？

宋美龄　我们两个人一样，不听他的话，惹他生气。

宋庆龄　那我也要上去看父亲！

宋美龄　二姐，你听我的，先不要去，不要把老人家气过去了。

宋庆龄　父亲怎么这样不理解我呢！

宋美龄　父亲也同样不理解我，他说我们两个人都是目无尊长，违反宋家祖规的叛女。

宋庆龄　父亲身边有人吗？

宋美龄　父亲身边有医生，有姆妈，还有大姐、大姐夫，还有子文、子安、子良，全家人都在他身边呢。

宋庆龄 全家人都在父亲的身边，那我们两人为什么不能上楼去看父亲？

宋美龄 二姐，我怕你突然出现在父亲的面前，他受不了这样意外的精神刺激。

宋庆龄 那你先上楼去告诉父亲，说我回家来了，庆龄回来看望他老人家。

宋美龄 好吧，二姐，你先在客厅里坐下来，我去把大姐叫下来。

［宋美龄正想上楼去叫大姐下来，母亲倪桂珍从楼上下来了。］

倪桂珍 庆龄？

宋庆龄 姆妈！

倪桂珍 我的庆龄！

宋庆龄 姆妈！

［宋庆龄扑上楼去，扑到母亲身上，拥抱母亲。］

倪桂珍 庆龄，你回来了，我的孩子？

宋庆龄 是的，姆妈，我回家来看望父亲大人！

倪桂珍 是谁叫你回来的？

宋庆龄 是小妹打电报告诉我父亲病危的。

倪桂珍 你还知道回来呀？我的庆龄，你还知道回家来看你父亲呢？

宋庆龄 对不起，姆妈，女儿出去结婚这几年，一直不敢回家来看望你们，怕二老伤心。

倪桂珍 孩子，你再不回来，怕是见不到你的父亲了。

宋庆龄 对不起，姆妈，我可以上楼去看望父亲吗？

倪桂珍 你等一下，庆龄，你父亲见到你，不知是惊还是喜？医生刚刚把他抢救过来，你先等他情况好转一点，你再上去。

宋庆龄 姆妈，父亲到现在还不肯原谅我和中山先生结婚的事情吗？

倪桂珍 庆龄，你回家来了，我们就什么话也不要说了，什么事也不要提了，一切事情让时间冲淡吧。

宋庆龄 姆妈，您老人家的身体还好吗？

倪桂珍 我的身体还好，就是你父亲身体不行了，还没有到年纪，人就要走了。

宋美龄　二姐，把姆妈扶到沙发上坐下来说话吧。

宋庆龄　姆妈，我们到沙发上坐吧？

［宋美龄和宋庆龄一边一个，扶着老母亲在沙发上坐下来，两个女儿也同时在母亲的身边坐下来。］

倪桂珍　庆龄，你跟孙先生过得还好吧？

宋庆龄　过得还好，姆妈，我和孙先生在外面生活得很好。

倪桂珍　孩子，孙先生怎么没有随你一起回家来？

宋庆龄　姆妈，孙先生正在广州第三次就任国家大总统，他的工作很忙，实在离不开，他先叫我回来看望父母，他有时间会回来的。

倪桂珍　孙先生又当大总统啦？

宋庆龄　是的，姆妈，这是他第三次复任大总统。

倪桂珍　我的孩子，你们的身体还好吧？

宋庆龄　我们的身体都很好，姆妈不用操心。

倪桂珍　庆龄，你从家里逃出去到日本跟孙中山结婚，已有三年的时间了吧？

宋庆龄　是的，姆妈，有三年多的时间了。

倪桂珍　三年多的时间，你们为什么不想着回家来看看家人？

宋庆龄　姆妈，我不敢，我怕回家来又伤了父母的心。

倪桂珍　孩子，一切事情都过去了，不要记着了，以后有时间常回家来看看吧。

宋庆龄　好的，姆妈，庆龄知道了。

［这时宋霭龄从楼上跑下来。］

宋霭龄　姆妈，嗲嗲叫你上去！

宋庆龄　大姐！

宋霭龄　庆龄，你回来啦？

宋庆龄　是的，大姐，我回来了。

宋霭龄　你回来了就好。

宋美龄　大姐，父亲的情况怎么样？

宋霭龄 还是不好。阿爸叫姆妈上去，有话要说。你们先在客厅里坐一下，有话我们回头再谈！

倪桂珍 好的，孩子们，我先上去。庆龄，等一下我叫你大姐下来叫你们上去，你们就上去。

宋庆龄 好的，姆妈。

宋美龄 大姐，把母亲扶好。

宋霭龄 我知道，放心吧，一会儿见。

［宋霭龄扶着母亲又上楼去，下。］

宋庆龄 小妹，你一直在父母身边，为什么也不敢上去看父亲呢？

宋美龄 二姐，父亲现在也见不得我。

宋庆龄 小妹也是因为婚事激怒了父亲？

宋美龄 是的，我要自由，父母要包办。我爱刘纪文，他们非要逼我嫁给周子清。为了此事，我跟父母闹起来，发生了口角。他们不理解我，还要强迫我。

宋庆龄 那你打算怎么办？

宋美龄 不知道，我现在心里也很乱。父亲的身体这个样子，我又不敢离家出走，跑出去跟刘纪文结婚。

宋庆龄 现在父亲的病情这样严重，你是不能离家出走。

宋美龄 二姐，那你说我该怎么办？我和刘纪文的事情，我也全部对你说过了，你说刘纪文到底值不值得我爱？

宋庆龄 小妹，你和刘纪文的事情本身就是一种缘分哪！刘纪文在日本的时候我也认识他。他在日本东京读书的时候是很苦的，一边读书一边勤工俭学，一边从事革命活动。他是个勤勤恳恳的好青年，孙先生也很看重他。

宋美龄 可是，大姐看不上他，大姐说勤勤恳恳的青年人将来不会有大作为的。

宋庆龄 美龄，你的事情为什么要听大姐的？你能和刘纪文这样有志气的青年在一起，一定会使你的快乐起来的。同时我也了解到，刘纪文是个重感情讲义气的人。听说你们在美国的时候，还举行过一次订婚仪式？这在咱们这样的家庭里，本身就是一次了不起的革命！

宋美龄 可是，二姐，我这种大胆的革命是需要付出代价的。阿爸就是因为我和刘纪文的事情与我发生不快。父亲甚至说，如果我不废掉和刘纪文的那个婚约，他就不认我这个女儿！想起父亲对我婚事的干涉，我心里就感到害怕，甚至不知道将来如何面对从日本求学归来的刘纪文……

宋庆龄 小妹，父亲的干涉也在情理之中，他老人家无疑是以封建道德的理念来看待和管束我们的。不过我们这代人，毕竟已经走出了封建桎梏的阴影，开始按照自己的主张设计今后的人生了。婚姻也是如此，我们不再是从前的我们了。美龄，你如果仍然想坚持和刘纪文在美国订下的婚约，你还需要付出相当大的代价。因为，在我们这样传统的封建社会里，是不允许有离经叛道的事情发生的。父亲在是如此，父亲不在了也会如此。你和刘纪文的婚事仍然要面对重重的阻力和困难，这就是我所说的代价！

宋美龄 二姐，如果有一天刘纪文回来了，我究竟该如何对他谈家里的事呢？

宋庆龄 当然应该如实相告。爱情如果不能经受风霜雪雨的考验，即便匆忙结合了，有一天也会像花儿一样凋谢的。同时，这样的处境对刘纪文来说，也是一种特殊的考验。不过美龄，你现在还小，迫在眉睫的事情还不是马上和刘纪文结婚。

宋美龄 二姐，你的意思是说，我应该尽快在上海找一些事情做？

宋庆龄 对的，你可以到社会上去做事，多做一些有意义的社会工作。要知道我们当初万里迢迢到美国去求学到底是为了什么，当然不是为了回来结婚嫁人，我们是为着回国做一番事业的。既然这样，你为什么年纪轻轻就陷在感情的泥淖里呢？

宋美龄 二姐，我懂了。

［这时大姐宋霭龄在楼上叫她们：庆龄，美龄，快上来，阿爸怕是不行啦！］

宋庆龄　阿爸！

宋美龄　嗲嗲！

［姐妹二人快步跑上楼去看望父亲。随后楼上传来了宋家人一片痛苦的哭声和叫喊声：阿爸！嗲嗲！阿爸！嗲嗲！查理呀，你不能死呀……阿爸……嗲嗲呀……］

第五场

宋家客厅。宋霭龄扶着老母亲倪桂珍从楼上下来，坐在沙发上。母女二人胳膊上都戴着黑纱，表明宋家老主人宋查理已经去世。

倪桂珍　霭龄，你小妹美龄一天到晚都在外面忙什么？

宋霭龄　谁知道她在外面忙什么？我也说不上来，大概在忙社会工作吧。

倪桂珍　美龄她在忙什么社会工作？一天到晚早出晚归的也不着家，连人也看不见。

宋霭龄　姆妈，美龄具体在外面忙什么工作，您只有问她。美龄现在的社会工作多得很，她是什么全国电影审查委员会的委员，又是什么基督教委员会的委员，还有什么上海参议会童工委员会的委员，一天到晚忙得不得了，忙得不可开交。

倪桂珍　霭龄，你最近给她介绍的人，她去看了没有？

宋霭龄　没有。小妹说她没有时间，连面也不见。

倪桂珍　难道你给她介绍的人她一个也看不上？

宋霭龄　可能是吧？她就死等她那个刘纪文。

倪桂珍　这个死心眼的孩子。

宋霭龄　姆妈，其实我给她介绍的人，都是上海社会各界名流的子弟，既有钱又有势，可是小妹对他们不感兴趣，她一个也不见。

倪桂珍　美龄这样下去，她的婚事要成问题了。

宋霭龄　姆妈，你放心，小妹是不愁嫁的，关键的问题是她忘不了她那个刘纪文。

倪桂珍　霭龄，美龄和她那个刘纪文还有来往吗？

宋霭龄 姆妈，他们的关系一直就没有断。我听庸之说，刘纪文已经从日本回国到了广州，他在孙中山的手下当军需处长。他和小妹不仅有书信往来，还有电话联系，就是一个人在广州，一个人在上海，两人少有机会见面。

倪桂珍 这些事你是听你家庸之说的？

宋霭龄 是的，姆妈，我家庸之在总统府当财政厅长，是刘纪文的顶头上司，他当然清楚。这些事，也是庸之写信来告诉我的。

倪桂珍 她和刘纪文的关系一直没有断，看来美龄这孩子脑子里只有一根筋，不易转弯呀。

宋霭龄 姆妈，慢慢来，不要急，我会有办法的。我总有一天会说服小妹离开那个刘纪文。

倪桂珍 这种事情也是强压不得的，你看着办吧，只要不耽误了美龄的婚事就好。

宋霭龄 我知道，姆妈，我知道该怎样做的。

［这时宋美龄从外面回来进门了。］

宋美龄 姆妈，大姐。

宋霭龄 小妹回来了。

倪桂珍 美龄，你吃过饭了吗？

宋美龄 姆妈，我已经在外面吃过了。

倪桂珍 美龄，你在外面都在忙些什么工作，这样晚了才回家来？

宋美龄 姆妈，今天我在忙活开办上海孤儿院的工作。那些流落街头没有父母的孩子真可怜，没有人管，没有人疼，无家可归，一年四季流浪街头，我想创办一个收留孤儿的收容院。

宋霭龄 美龄，你的工作愿望是好的，但是以后尽量争取早一点回来，你不回家，姆妈心里就想着你，不睡觉。

宋美龄 姆妈，以后我回来晚了，您睡觉就是了，不用等我回家。

宋霭龄 你说得好听，你不回家，姆妈能睡得着吗？

宋美龄 姆妈，我不会有事儿的，您放心好了。

［宋美龄也在母亲身边坐下来。］

倪桂珍 美龄，你到外面去工作，明显累瘦了。

宋美龄　我累瘦了吗？姆妈，我没有觉得呀。
宋霭龄　你是不觉得，可是姆妈心疼你呀。
宋美龄　姆妈，我累瘦一点儿不要紧的，人瘦一点儿好。
倪桂珍　人累瘦了有什么好？
宋美龄　姆妈，人瘦一点有精神呢。
倪桂珍　人瘦了还有精神？你就瞎说吧，也不知道爱惜自己的身体，人累病了，最后受苦受罪的还是你。
宋美龄　不会的，姆妈，我会调整自己的。
宋霭龄　小妹，大姐想对你说一件事情。
宋美龄　又是相亲，见人？
宋霭龄　对了。小妹，明天大姐想给你介绍一个人，你能不能去见一见？
宋美龄　大姐，我谢谢你的好意，我不想见。
倪桂珍　美龄，你为什么不见人呢？
宋美龄　姆妈，明天我还有事儿，工作没有时间。
倪桂珍　美龄，你工作再忙，见人也要不了多少时间的。
宋霭龄　美龄，明天你没有时间后天也行。
宋美龄　大姐，我后天也不想见。
倪桂珍　美龄，你的婚事这样拖下去，还要拖到什么时候呢？
宋美龄　等我有时间再说吧。
倪桂珍　美龄，你父亲已经过世有一年多的时间了，他临死的时候，心里还惦记着你的婚事。你已经是二十多岁的人了，应该嫁人了。
宋美龄　姆妈，我不想谈我的婚事。
倪桂珍　美龄，你不想谈自己的婚事怎么成呢？姑娘总是要嫁人的。
宋美龄　姆妈，我现在在外面的工作忙不过来，不想谈婚论嫁。
宋霭龄　美龄，你在外面忙工作我不反对，但是谈婚论嫁还是要的，你现在已经是上海滩的老姑娘了，若再不嫁人，流言蜚语就要出来了。
宋美龄　大姐，流言蜚语我不在乎，谁愿意说什么就让他们去说好了。

宋霭龄 美龄，你不能这样不重视自己的婚事，你是不是心里还想着那个刘纪文？

宋美龄 ……

倪桂珍 美龄，你说话呀？

宋美龄 姆妈，我们最好不谈这件事。

宋霭龄 美龄，明天我要给你介绍的人，是上海滩有名望的商界领袖之子，家里很有钱的，在上海滩也很有势力，本人也是从美国留学回来的……

宋美龄 大姐，我已经说过了，不谈这件事好不好？

宋霭龄 好好好，不谈不谈，这也不是我的事儿，我是为你瞎着急。

倪桂珍 美龄，你为什么不谈？你再不嫁人，你就要嫁不出去啦！

宋美龄 姆妈，嫁不出去我就不嫁了，正好在家里守着您。

倪桂珍 你胡说！我不要你在家里守着我，我要你嫁人！

宋美龄 姆妈，我要嫁的人，你们不同意，你们想要我嫁的人，我又不喜欢，所以我的婚事还是免谈吧。

宋霭龄 美龄，你怎么这样对姆妈说话呢？连一点礼貌也不懂啦？

宋美龄 好了，大姐，我们大家都不说了，回避这样的问题，免得大家都不高兴。

倪桂珍 你这个倔孩子，你怎么如此不听大人的话呢？

宋美龄 姆妈，我们不说了好不好？什么也不说了，我给您泡一杯茶好不好？

倪桂珍 不要，我不要喝茶，我要马上上楼睡觉。

宋美龄 对了，姆妈，我想到广州去一次，您恩准吗？

倪桂珍 去广州？

宋霭龄 美龄，你到广州去干什么？

宋美龄 二姐来信，叫我去。

[宋美龄把手中的一封信交给母亲和大姐。倪桂珍老人看信。]

宋霭龄 美龄，你不是在上海有许多工作要做吗？为什么忽然想到要去广州？

宋美龄　二姐来信叫我去广州看一看。

宋霭龄　庆龄叫你去广州有什么大事儿?

宋美龄　也没有什么大事儿。二姐来信说，叫我到广州去陪陪她，看一看现在广州的革命局势。二姐还在信上说，自从孙先生回广州光复大总统之后，那里的革命行势开始出现了可喜的局面。二姐欢迎我去广州见一见世面，到中国革命的大本营去看一看，并且欢迎我去工作。

宋霭龄　庆龄欢迎你去广州工作?

宋美龄　二姐信上是这样说的。

宋霭龄　小妹，那你的想法呢?

宋美龄　我当然要听姆妈的。

倪桂珍　走吧，你们都走吧，都离开家好啦，谁也不想在家里陪伴我老太婆!

［倪桂珍气得把手里的信随手扔了。］

宋霭龄　姆妈，您不要生气。

宋美龄　姆妈，您不同意我去，我就不去好了，何必如此生气呢?

倪桂珍　你和庆龄没有一个听话的，都是我行我素，都想躲开我!

宋霭龄　好啦，姆妈，为这样的小事儿不值得生气。

宋美龄　姆妈，我听您的话还不行吗?我不去广州了，您也不必生气。

倪桂珍　你们去吧，走吧，想干什么就干什么，我也不需要你们在家里守着我!

宋美龄　姆妈，您不要生气了。

宋霭龄　姆妈，小妹想去广州看庆龄，我觉得这也没有什么不可以的。

倪桂珍　两个不听话的姑娘想要气死我呀?庆龄不听家人的劝阻，私奔到日本与孙中山结婚，把你父亲气了个半死。美龄这又不听父母的话!我们宋家的姑娘为什么没有一个叫父母省心的?

宋霭龄　姆妈，我的婚事可是听了您和父亲的话，经你们同意了的。

倪桂珍　三个姑娘，就你一个听话的，两个小的都不听话。这是不叫我们老人活了？

宋美龄　姆妈，您老人家不要生气了。

宋霭龄　姆妈，您消消气儿，我还是扶您上楼睡觉去吧，我看您是困了。

[宋霭龄把母亲从沙发上扶起来，送老人上楼去。宋美龄吓得也不敢说话了，她从沙发上站起来，在客厅里唉声叹气。过了一会儿，大姐宋霭龄又从楼上返下来。]

宋美龄　大姐，看来姆妈是真生气了。

宋霭龄　是呀，美龄，你的婚事已经成为姆妈的一大心病了。

宋美龄　大姐，我们不说这件事儿了好不好？

宋霭龄　小妹，正好姆妈不在，我想跟你坐下来好好地谈一谈。

宋美龄　大姐，你要跟我谈什么？

宋霭龄　谈你的婚事。

宋美龄　大姐，你又来啦？

宋霭龄　美龄，你真的是很在乎那个刘纪文吗？

宋美龄　大姐，你又来跟我谈刘纪文的话题是什么意思？

宋霭龄　姐妹两人随便交流交流嘛，有什么不可以的？

宋美龄　大姐，我和刘纪文的问题，在我们家太敏感了，还是不谈为宜。

宋霭龄　我倒是想听一听，小妹你对刘纪文到底有多深的感情？

宋美龄　大姐，你的话是什么意思呀？

宋霭龄　美龄，你应该是个聪明人，莫非你真把在美国你与刘纪文搞得什么订婚仪式看得很重要吗？

宋美龄　大姐，做人不能言而无信吧？

宋霭龄　言而无信？哈哈哈……

宋美龄　大姐，你笑什么？

宋霭龄　你真是个傻孩子，我笑你太幼稚啦！

宋美龄　大姐，我幼稚？

宋霭龄　小妹，其实在别人眼里，所谓的订婚仪式本来就算不得什么，因为它本身就是一场青春的游戏，又没有法律文书为证，因此也就没有任何法律效力。你还怕什么呢？怕良心过不去吗？我的意思是说，你现在本来是可以随便选择自己的人生伴侣的！

宋美龄 不，大姐，我和你的想法不同。我认为人以信为本，人无信不立。如果婚约也可以随随便便，不守信用，那么，今后在这个世界上生活，还有谁敢相信我宋美龄呢？

宋霭龄 美龄，看来你还是太青春了，我真是看不出来，你是如此忠诚于那个刘纪文。

宋美龄 大姐，为人诚实一点不好吗？

宋霭龄 为人诚实一点当然好，但是要相对而言。刘纪文他有什么过人之处，能让我的小妹如此动心痴情呢？

宋美龄 大姐，他对我的情怀令我非常感动。

宋霭龄 可是，我的小妹，一个女人生活在这个世界上，靠的莫非就是一个情字吗？情究竟能维持多久呢？

宋美龄 大姐，青春与爱情不靠情字靠什么呢？

宋霭龄 小妹，你已经是二十多岁的大姑娘了，莫非还如此天真？这说明你在美国读的书、学到的知识，没有起到什么好作用，等于白读了，留学生快变成傻子啦。你这个人实在太痴情啦！

宋美龄 大姐，一个女人，连自己仰慕的情人都不忠实，那么你是让我做一个言而无信的人吗？

宋霭龄 好了，小妹，我们不争了。我当然不是让你做一个不仁不义的人。美龄，我是说呀，一个连自己的生命价值也不懂的女孩，又怎么能选择好自己的夫婿呢？

宋美龄 大姐，你说什么我听不懂。

宋霭龄 小妹，大姐有话实说吧，我说得不好听一点，我发现你到现在还不懂得什么是爱情，什么是婚姻！

宋美龄 大姐，我还不懂什么是爱情，什么是婚姻？

宋霭龄 是呀，你不懂，你根本就不懂什么是爱情、什么是婚姻！爱情是可以浪漫的，可是婚姻却来不得半点浪漫。它是严肃的，特别是对于我们女人来说，选好了丈夫就是成功了一半。

宋美龄 大姐，此话如何讲？

宋霭龄 小妹，你说我当初为什么要嫁给孔先生呢？我是中国近代史上第一个到美国去留学的姑娘！凭我的相貌，凭我在美国的学历，我为什么一定要嫁给一个已经结过婚的老山西呢？我看中的是孔祥熙的长相吗？肯定不是，他其貌不扬。我看中的是孔先生有一天能在政治上有所造就！这样的人虽然比不上一个小白脸漂亮，可是他能给我带来许多实惠。在中国如果光有一张漂亮的小白脸，而手中没有权力和金钱，那我们女人就得不到什么光，还可能受一辈子委屈。我不知道你在和刘纪文订婚的时候，是不是有过这样的想法，是否考虑到我刚才说到过的因素？我的小妹，小白脸是中看不中用，你明白吗？

宋美龄 大姐，你不应该这样中伤刘纪文。我知道，刘纪文现在是不能和孔先生相比。他没有大姐夫那样有钱，也不如大姐夫那样有活动势力，可是他也并非是你认为的中看不中用的小白脸。他不是无能之辈，他现在已经是孙先生手下的军需处长了，莫非这还看不出他将来的前程吗？

宋霭龄 小妹呀小妹，你的目光实在有些太短浅了，一个小小的军需处长算得了什么呀？如果你到广州去看一看你就会发现，在军政府里，像刘纪文那样的小处长多如牛毛。而像小妹你这样留学美国而又才品双绝的待嫁姑娘，在中国又能找出几个来呀？如果你情愿委身于刘纪文那样的小人物，那小妹实在有点太屈才了，换句话说，小妹确实太受委屈了。

宋美龄 大姐，你说我有那么才品双绝、才色双全吗？

宋霭龄 小妹，你如果稍稍站得高一点，眼光看得远一点儿，至少应该在军政府里找一个万里挑一的男人，不说小妹像庆龄一样找一个一国之君吧，至少也应该找一个闻名中国的英雄。我们宋家三姐妹，绝不应该找一个默默无闻的人，绝不应该找一个碌碌无为的无名之辈！

宋美龄 大姐，你言重了。我从来也没有想过有那样大的野心。我当然羡慕你和二姐好命运，都找到了了不起的大人物。可是天下只有一个大总统，莫非你不觉得这样的玩笑开得过大了吗？

宋霭龄 不，小妹，大姐跟你说的并非是玩笑话，你听进去对你一定是有好处的。天下虽然只有一个孙中山，可是天下的英雄比比皆是，现在正是乱世出英雄的年代，小妹可千万不要鼠目寸光啊！

宋美龄 我鼠目寸光？中国的英雄比比皆是，莫非刘纪文就算不得英雄吗？

宋霭龄 他算什么英雄啊？屈屈一个小处长，至多算一个小官吏。

宋美龄 大姐，照你的说法，我定要到广州去见一见世面，开一开眼界。

宋霭龄 对了，我聪明的小妹，人活一辈子就应该胸怀大志！正像古人说的，雁过留声，人过留名。什么叫留名千古啊？就是把自己的名字留在人间，那才叫留名千古！

宋美龄 大姐，多谢您的指教！

宋霭龄 不敢，我只是随便说一说而已。

宋美龄 大姐，我明后天就想去广州。

宋霭龄 那我就在上海照顾母亲。

宋美龄 多谢大姐，辛苦你了。

宋霭龄 应该的。小妹，跟我上楼去，我请你看几本书，你就明白我说的道理了。不要死抓着你那个刘纪文不放手。

[姐妹二人关灯，挽手上楼，下。大幕落下来。]

第　三　幕

第一场

广州总统府，孙中山与宋庆龄住所。宋庆龄亲自接回了从上海来广州的妹妹宋美龄。姐妹两人同时从大门进来，步入客厅，同上。

宋庆龄　小妹，到家了，我和孙先生就住在这里。

宋美龄　二姐，你和二姐夫住的地方还真不错。

宋庆龄　是的，小妹，我和孙先生住在越秀楼里，前面不远处就是总统府，我们住在这里工作、生活，都是很方便的。小妹，你累了吧？

宋美龄　是的，二姐，我是有一点累了，从上海跑到广州来，路程太远，一路太辛苦，我是有些疲劳了。

宋庆龄　小妹，那你就坐下来休息一会儿。你喝茶还是喝咖啡？

宋美龄　来一杯龙井茶吧。

宋庆龄　好的，我来给你泡茶。

宋美龄　二姐，我怎么敢劳驾你呀？家里的佣人呢？

宋庆龄　我喝茶向来喜欢自己泡的。我也陪你喝龙井茶。

［宋庆龄从茶几下面拿出茶具，为小妹泡茶，也为自己泡茶。］

宋美龄　二姐，这里居住的环境很不错，鸟语花香的。

宋庆龄　是的，住着也算安静。

宋美龄　二姐，你在广州生活上已经习惯了吧？

宋庆龄　习惯了。广州这个地方冬天比上海好过，夏天有一点热。

宋美龄　广州这个地方，冬天来还是很舒服的。

宋庆龄　是的。小妹，你比以前成熟多了。

宋美龄　是吗？二姐，你从哪方面看出来的？

宋庆龄　从你的神情和气质上看出来的。

宋美龄　二姐，我又长大了，当然比过去成熟一些了。

宋庆龄　小妹，姆妈的身体还好吧？

宋美龄　姆妈的身体还好，就是经常为了我的婚事跟我斗气儿。

宋庆龄　姆妈还是反对你和刘纪文的婚事？

宋美龄　是的。父亲走了，母亲又代替了父亲想主宰我的婚事。

宋庆龄　姆妈怎么如此糊涂呢？

宋美龄　姆妈年纪大了，爱操心儿女的婚事，我也能理解。

宋庆龄 老年人，爱操心儿女的婚事，这也是理所当然的。

宋美龄 可问题是姆妈对我太操心了，天天逼着大姐给我找人，逼着我去见面。

宋庆龄 那你就无声反抗好了。

宋美龄 有时候，我对姆妈和大姐的操心真是心里烦死了。

宋庆龄 小妹，你的眼神好像与从前不同了，多了几分忧郁。

宋美龄 是的，二姐，我都快要成为老姑娘了，还没有嫁出去，我这心里也是七上八下的不得安宁。

宋庆龄 那你就出嫁好了，何必要折磨自己呢？

宋美龄 二姐，问题是，我的婚事不如我所愿。

宋庆龄 小妹，你和刘纪文还仍然保持着通信的联系吗？

宋美龄 是的，二姐，我决定到广州来，就是因为他多次写信催我到这里来，所以我才好不容易取得了姆妈的同意跑到广州来的。

宋庆龄 姆妈知道你是接受刘纪文的邀请到广州来的吗？

宋美龄 不知道，姆妈要是知道我来广州是为了刘纪文，她肯定是不会让我来的。这一次姆妈之所以点头同意我到广州来，还是二姐给我写的信起了很大的作用。

宋庆龄 大姐知道你到广州来吗？

宋美龄 大姐倒是不反对我到广州来，她也在姆妈面前为我说了不少好话，姆妈才同意放我出来的。

宋庆龄 姆妈真是越老越爱操心。

宋美龄 江山易改，本性难移，人越老，本性越难以更改。

宋庆龄 小妹，看来你到广州来得不容易呀？

宋美龄 是的，二姐，我来广州，好像比我当年跟你去美国留学还要难。

宋庆龄 真的吗，小妹？

宋美龄 我是自我感觉如此。

宋庆龄 小妹，你既然难得来广州，那就在广州多玩一段时间吧。

宋美龄 是的，二姐，我也是这样想的。既然出来了，家里姆妈又有大姐和小弟们照顾，我就争取在广州多玩一段时间。

宋庆龄 广州的秋天和冬天还是很好过的，你就在我这里多住一段时间好了。

宋美龄 广州的秋天好像上海的夏天一样有点热。

宋庆龄 小妹，你要不要去冲凉啊？

宋美龄 我是想痛痛快快地洗个澡，换一身衣服，我的身上有汗味了。

宋庆龄 那我去叫人给你烧洗澡水。

宋美龄 不用，二姐，天气热，凉水我也是一样可以洗的。

宋庆龄 那可不行！小妹，你旅途劳累，还是洗个热水澡舒服。来人，来人！

[宋庆龄的女佣人李燕娥上，她从里面的房间出来。]

李燕娥 夫人，什么事？

宋庆龄 燕娥，这是我家小妹，你快去给我家小妹烧洗澡水。

李燕娥 好的，夫人。

[李燕娥又返回原来出来的门下。]

宋庆龄 小妹，刘纪文知道你来广州吗？

宋美龄 他还不知道，我没有提前告诉他。

宋庆龄 你为什么不提前告诉他？

宋美龄 我想给他一个惊喜。明、后天，我再打电话约他见面。

宋庆龄 小妹，还是你们年轻人浪漫啊。

宋美龄 二姐，你也不老，为何看不惯我们年轻人呢？

宋庆龄 你错了，小妹，我不是看不惯年轻人，我是羡慕你们年轻人的浪漫。

宋美龄 二姐，你以后也学着西方年轻人的浪漫，不要把自己看成像老阿婆一样的。

宋庆龄 是的，我是应该向小妹学一学，多一点西方青年的浪漫色彩。小妹，你想吃点什么水果？香蕉还是苹果？

宋美龄 我什么水果也不想吃，我就是想喝水。

宋庆龄 那你就喝水吧，茶水可以喝了。

[宋庆龄将一杯茶递给小妹。]

宋美龄 谢谢二姐。

宋庆龄 到二姐这里来了，就像到了家里一样，不要这样客气。

宋美龄 二姐，你在广州经常见到刘纪文吧？

宋庆龄 能见到。

宋美龄 二姐，刘纪文在广州工作怎么样？还好吧？

宋庆龄 刘纪文在广州工作干得很好。我听孙先生多次对我说起过他对刘纪文的印象。他说早年的刘纪文和邓仲元受孙先生之命前往先生的故里，开了一家庆利商店，也就是同盟会的地下联络站，专为先生他们传递情报，同时也掩护过许多那里的革命党人。这次刘纪文从日本毕业回来工作，就破例以年轻军人的身份让他出任了军需处的处长。据说这还是孙先生亲自提名的。孙先生说，他年龄虽然不大，可是资历却让人赞许。后来我还听说，当年孙先生去日本组织中华革命党的时候，也是这个刘纪文起了很大的作用，他在日本东京的总事务所里做过总干事的，很得孙先生的好感！

宋美龄 二姐，照你这样说，刘纪文在国民党内的资历也不浅呢？

宋庆龄 是的。我听先生说，刘纪文是党国青年后备力量中的精英。特别是他从日本求学归来之后，很受军政府上下的一致好评。刘纪文在当大本营军需处长和审计局长期间，敢于公正执法。他的清正、廉洁、无私，在革命军中是很有名气的。孙先生还说，他管理的军需处，几乎没有发生过任何贪污受贿的事情，从前先生最担心的就是革命营垒内部管理军需物资的人手脚不干净，可是刘纪文却让他放心。

宋美龄 是吗？二姐，尽管如此，刘纪文在一些人眼里仍然是一个普通人。他也许一辈子也不会成为大人物，所以有人就说，我嫁给刘纪文这样的人是愚蠢的冲动。你怎么看呢，二姐？

宋庆龄 我不赞成这样的说法，美龄，不管这些观点是什么人强加给你的，我都不赞成。如果一个女人的命运和大人物结合起来，也许会更有意义。这一点我不想否认。可是和小人物的结合就一定没有作为吗？不，不是的。美龄，我以为选择伴侣的基础首先在于彼此心里有无共鸣之处。如果对方和你没有共同语言，没有任何共鸣之处，即便他是一个大人物，给你究竟又会带来什么呢？

宋美龄 二姐，你这样说，我心里就舒服多了。从前，我对人生与爱情的理解都是片面的，在和刘纪文相遇美国之前，我把爱情想象得无比美好。订婚以后我才感到爱情原来这样复杂。彼此爱得越深的人，就越会遭遇痛苦。相互爱慕是痛苦，彼此思念也是一种痛苦，当有情人不能结合时更是痛苦。尤其在我们这样的家庭里，选择婚姻的归宿是这样的艰难，更不会想到会遇到如此大的阻力。现在我好不容易来到了广州，我有一种海阔天空的自由感觉。既然二姐理解我，同情我，我就想留在广州，请二姐帮忙，争取把我和刘纪文的婚事办了。

宋庆龄 那好哇，美龄，既然你的心思已经飞来广州，想嫁给刘纪文，我愿意成全你们。好在刘纪文就在这里，你可以随时与他见面的。你们的婚事你们先计划好，然后我就为你们安排结婚，安排婚礼，等等。

宋美龄 谢谢二姐，到时候我们少不得要麻烦二姐的。

宋庆龄 谢什么呀？二姐为小妹操办婚事还不应该吗？

宋美龄 结婚之事，等我和纪文见了面之后再定吧。

宋庆龄 好，那我就听你们的好消息了？

宋美龄 多谢二姐。二姐夫呢？

宋庆龄 他在前面总统府办公，每天要到很晚才回家，经常是工作没有白天没有黑夜。

宋美龄 孙先生工作那么忙啊？

宋庆龄 是呀，一个新国家的领导人不好当啊！我们的国家虽然推翻了腐败落后的封建王朝政府，建立了中华民国新政府，可是全国各地的大小军阀都冒出来了。要想平定天下，保国安民，还要我们的国民继续奋斗，统一军阀还有很长一段时间艰苦奋斗的路程要走。你二姐夫这个民国大总统，三起三落，一天到晚操得那心哪！五十多岁的人，看起来像六十多岁的小老头了。

宋美龄 二姐，你现在讲话好像一个政治家，或者说，像一个国家的妇女领导人了。

宋庆龄 这完全是受了你二姐夫的影响，一天到晚在他身边工作、生活，自然而然心里想的也就是国家大事、民族大事了。

宋美龄 好啊！二姐，我真的羡慕你和孙先生，你们将来都是国家了不起的伟大人物，都会在中华民族的史册上，留下光辉的记录！

宋庆龄 小妹过奖了。

宋美龄 这是真的，二姐。

[这时宋庆龄的小保姆李燕娥又从小门上。]

李燕娥 夫人，为客人洗澡水烧好了，客人现在要洗澡吗？

宋美龄 当然要洗！二姐，洗过澡，休息好了，我要去见刘纪文。

宋庆龄 小妹，那就请你到卫生间去洗澡吧。

宋美龄 谢谢二姐安排得如此周到。谢谢你，姑娘！

宋庆龄 小妹，这是我请来的小保姆李燕娥，一个很勤快的姑娘。

宋美龄 姑娘，那你以后可要照顾好我的二姐和我二姐夫的生活哟！

李燕娥 我会的，小姐。

[宋美龄、宋庆龄和小保姆李燕娥同时从小门下。]

第二场

广州一家酒店惠如楼的一间小餐厅。一位女侍者引领着刘纪文上。

女侍者 先生，请您坐在这里吧，这间小房间清静，窗外的夜景也算美。

刘纪文 好的，谢谢小姐。

女侍者 请问先生，您想要点什么？

刘纪文 先来一杯咖啡吧。

女侍者 好的，先生，一杯咖啡，是吗？

刘纪文　对，一杯咖啡。

［酒店女侍者退出房间下，并且关上了门。刘纪文走到窗前望着窗外的景色。这时宋美龄推门进来了，她故意敲了敲门，告诉刘纪文有人来了。刘纪文以为是酒店女侍者，连头也没有回。宋美龄又故意敲了敲门，刘纪文回身，他看见进来的人是宋美龄，感到十分惊喜。］

宋美龄　先生，我可以进来吗？

刘纪文　美龄！

宋美龄　先生，欢迎我来吗？

刘纪文　美龄，可见到你啦！

［刘纪文激动地跑到宋美龄面前，两人激动地拥抱在一起。］

宋美龄　先生，对小姐不得无礼。

刘纪文　我的美龄！

［刘纪文激动地吻了一下宋美龄。］

宋美龄　酒店的人进来了。

刘纪文　我不管，我想死你啦，我的美龄！

宋美龄　是真的还是假的？

刘纪文　天地为证！

［这时酒店的女侍者真的出现在门口，两人马上分开了。］

女侍者　先生，您的咖啡来了。

刘纪文　送进来吧。

女侍者　是，先生。

［女侍者把为刘纪文端来的咖啡放在桌子上。］

刘纪文　小姐，给我的客人也来一杯咖啡！

女侍者　好的，先生。

［女侍者随后又退出了房间，把门关上了。］

刘纪文　坐吧，美龄。

宋美龄　纪文，想不到我来广州吧？

刘纪文　太意外啦，我做梦也没有想到你会来广州！我原来请你来广州，你总是说你的母亲不叫你来，可是你怎么突然跑来啦？

宋美龄 这是机密。

刘纪文 美龄，你坦率地告诉我，你母亲同意我们的婚事了吗？

宋美龄 没有。纪文，我们不谈这个话题好吗？

刘纪文 这么说，你母亲还是反对我们的婚事？

宋美龄 纪文，你在广州生活得还好吧？

刘纪文 没家没业的，有什么好？谈不上好与坏。

宋美龄 纪文，真想我了吧？

刘纪文 是呀，美龄，我们已经有两年的时间没有见面了。

宋美龄 纪文，实在抱歉，我一直没有时机到广州来看你。

刘纪文 道歉的话，解不了相思的苦。美龄，你比以前变得丰满了。

宋美龄 纪文，你是说我变胖了？

刘纪文 不，丰满不是胖，是一种美。我从前在美国波士顿第一次见到你的时候，你还是个清纯的小姑娘，可是如今你变得成熟了，身材也长高了，人也变白了。

宋美龄 纪文，你不至于见面就如此嘲笑我吧？

刘纪文 当然不是，我当然不是嘲笑你。我的意思是说，你比原来漂亮了，迷人了。

宋美龄 坏蛋，难怪你见了面就又是吻又是抱的，也不怕外人看见。

刘纪文 看见就看见吧，怕什么呢？我们订婚已有三年的时间了，从我们相识相爱到现在，已有五年的时间了，一个巴掌的时间都过去了，我们还不能结婚，还不能成家，还不能成为夫妻，这到底是为什么？

宋美龄 纪文，这是因为，我们之间的情分还不到时候，上帝还要考验我们之间的爱情。

刘纪文 美龄，你为什么如此怕你的老母亲呢？

宋美龄 因为，母亲是把我们带到世界上来的人，我们不能因为自己的私心而伤了敬爱的慈母心。

刘纪文 美龄，你这是什么话呀？难道你就不能冲破封建迷信的封锁线，完成我们的婚姻大事吗？

宋美龄 纪文，我是母亲的小女儿，在婚姻问题上没有自主权，所以我们不说这个话题了。

刘纪文 美龄，那你说，我们的爱情还要经历多长时间的磨难，才能完婚呢？

宋美龄 大概还要经历一段时间吧。

刘纪文 还要经历一段时间？我的天哪！你能不能告诉我，美龄，你敬爱的母亲和家庭为什么反对我们的婚姻？

宋美龄 告诉你有什么必要呢？告诉你只会增加你的痛苦。

刘纪文 美龄，我谢谢你，虽然你不想对我说什么，但我还是能品出其中的苦味。

［*这时酒店的女侍又端着盘子上来了。*］

女侍者 小姐，您要的咖啡来了。先生，您点的菜、要的酒，也上来了。

刘纪文 谢谢你，小姐。

宋美龄 谢谢。

女侍者 先生，小姐，请慢用。

［*女侍者为客人摆好吃的东西就走了。*］

刘纪文 来吧，美龄，请！

宋美龄 纪文，你的菜点多了。

刘纪文 这是欢迎你来广州，我特意点的你爱吃的菜，多就多吃一点吧。

宋美龄 谢谢。

刘纪文 美龄，对我说实话，你为什么突然跑到广州来啦？

宋美龄 纪文，等我吃饱了，喝足了，我就告诉你。

刘纪文 那你就放开肚子吃吧。

宋美龄 纪文，还是说一说你吧，你和从前相比明显地瘦多了，是营养不良还是工作累的？

刘纪文 说实话，我的军需工作并不是很累，就是学非所用，我决定不干了！

宋美龄 什么？你不想干了？那你以后想干什么工作？

刘纪文 我想出国去欧洲考察经济，而且马上就要走了。

宋美龄 什么？你想出国考察欧洲的经济？

刘纪文 是的。

宋美龄 什么时间走呢？

刘纪文 可能过几天吧。

宋美龄 这太突然了。纪文，这么重大的事情，你为什么不提前写信告诉我呢？

刘纪文 我提前写信告诉你了，上个星期就把信寄走了。

宋美龄 可我没有收到你的信。

刘纪文 信可能还在路上呢。美龄，你怎么突然不高兴了？

宋美龄 纪文，你到欧洲去考察的事情为什么就不能提前跟我商量商量？

刘纪文 我原来是计划跟你提前商量商量，可是我请你到广州来谈论婚事，你迟迟不来广州，我就自己做主了。

宋美龄 你还怪上我了？我迟迟不来不是有困难吗？

刘纪文 你什么事情都要听家里父母的，我跟你说又有什么用呢？

宋美龄 跟我说没用？是呀，你可以不跟我说的。你出国考察要去多长时间？

刘纪文 不知道，也许半年，也许一年。

宋美龄 也许半年，也许一年？刘纪文，这样大的事情，你在计划实施的过程中，竟然不能提前向我透露一点口风，也不能提前写信征询一下我的意见？

刘纪文 美龄，我想这件事情应该是我个人的事情吧。

宋美龄 对，这是你个人的事情，完全是你个人的事情，但是你提前跟我说一声，写信向我征询一下我的意见，也没有什么不可以的吧？

刘纪文 当然，我没有考虑那么多，我向你道歉。

宋美龄 马后炮，道歉还有什么用？刘纪文，我真是对你想不明白，广东军政府正是需要你大有作为的时候，你为什么忽然别出心裁地想到国外去考察经济？

刘纪文 美龄，说实话吧，我不是干军需处长的材料。我在日本留学的时候，我喜欢的是政治和军事。当然，到了美国之后，我又感到实业将来可能是我最喜欢的事业。可是我从日本回国到了广州，恰好孙中山先生在广州组织军政府，正是用人之际。可是军政府并不考虑我个人的工作兴趣，这样我就不得不从事我不喜欢的职业。开始上面叫我做审计工作，当审计局长。审计工作我觉得没有意义，一天到晚无非是跟数字打交道，我不喜欢这样的工作，所以我不得不提出辞呈。后来上面领导又安排我做军需工作，让我每天埋在那些粮食、军服、武器、枪械、子弹等等乱七八糟的东西里面，我成天就跟物资打交道。我讨厌这种工作，每天让我埋在那些乱糟糟的事务中，还要不断地和各方面人士发生纠纷和矛盾，一天到晚地跟人争啊，吵哇，简直叫人头疼，实在让我心烦意乱，所以我对军需工作更没有热情了。美龄，现在我才知道，我在日本早稻田大学读书时的美好理想，一旦运用到实践工作中，就像肥皂泡一样一个个地破灭了，消失了。所以，我现在非常厌恶我的工作环境，由此我决定出国考察，辞了一切工作。

宋美龄 纪文，这就是你目中无人，不把我放在眼里的理由吧？

刘纪文 不，美龄，你误会了。本来有些话，我是想以后慢慢对你说的，可是现在我们既然说到这儿了，我就只有把我所有心里的想法都说给你听了。对不起，美龄，并不是我目中无人，我实在是对审计工作和军需工作没有热情。请原谅我没有提前跟你说，也请你原谅我没有时间在广州陪你了。

宋美龄 纪文，莫非我来的不是时候？

刘纪文 不，不是的。美龄，实在不巧得很，我已经向军政府大本营递交了辞呈申请，正好革命军大本营为了将来革命事业的需要，组织一个考察团要到英、法等国家去考察经济，而且也正合我意，我就参加了这个考察团。上面的批复报告已经下来了，我只好服从命令，军令不可违呀……

宋美龄 军令不可违？是呀，既然军令不可违，那你就出国考察去吧。你太让我失望了。

刘纪文 对不起，美龄，是这样，我刚才已经对你说过了，我不喜欢军需工作，所以我就向军政府打报告，希望到欧美等国家去进修……

宋美龄 你还要出去进修?

刘纪文 当然，美龄，我这样做也是实不得已，因为我一个人在广州，生活实在太寂寞了。你想啊，一个没有家室的男人，与其在军队里碌碌无为地管理他自己不喜欢的工作，还不如趁着年轻到国外去多学一点东西，将来回来报效祖国。我想现在的中国也许并不缺少一个为孙中山先生管理军需工作的人，但是如果我将来在国外学到了先进经验，特别是把欧洲国家那些经济方面的先进经验学过来，那将来肯定会对国家、对国家的革命事业有重要帮助的。所以我就这样做了，绝对没有任何不良的意思，请你原谅我……

宋美龄 纪文，既然你的要求符合革命的需要，为什么还要请求我的原谅呢？我是不会阻拦你的。

刘纪文 谢谢你能理解我。美龄，我在决定前往欧洲考察的时候，是考虑到至少暂时我们还没有结婚的可能。因为，我已经从你的来信中，读到了许多让我感到难以成婚的困难：家庭的压力，泰山大人的反对。所以我想之又想，既然我们暂时结不了婚，那我还不如到国外去学习知识。可是我没有想到你这个时候突然来广州，上面出国考察团的计划也批下来了，过几天就要启程了……

宋美龄 纪文，你的理想还是伟大的，我祝你出国考察取得成功，多余的话我们就不说了。

刘纪文 美龄，你不要这样说，如果你愿意，我可以向上面申请撤回我的出国考察计划，我情愿受到上面的责难，也愿意留下来陪你在广州玩一玩。

宋美龄 不，那就不必要了。

刘纪文 美龄，你怎么啦？你怎么哭啦?

宋美龄 没什么，我是被你的理想和计划感动的。

［宋美龄拿出手帕来擦眼睛，刘纪文不知如何是好了。］

刘纪文 美龄，对不起，如果我说错了什么，我做错了什么，请你原谅。

宋美龄 不，你没有错，不需要我的原谅，我是为了你的远大志向高兴而流泪的。

刘纪文 不，美龄，你说谎，你的眼泪分明是责怪我。

宋美龄 我有什么权利责怪你呢？我只是心里难受，确实心里不舒服。

刘纪文 美龄，你快吃点东西吧，我点的菜都是你爱吃的。

宋美龄 不，我什么也不想吃了。

刘纪文 你不吃东西怎么行呢？那我们喝酒？

宋美龄 不，酒我也不想喝了。

刘纪文 那你想干什么？

宋美龄 我想出去走一走，这房间的空间太小了，太闷气了。

刘纪文 这东西不吃了？

宋美龄 不吃了，要吃你一个人吃吧。

［宋美龄起身向外走，刘纪文站起来想拦着她，宋美龄把他推开了。］

刘纪文 美龄，这菜还没有吃呀！有什么话，我们坐下来慢慢说。美龄，美龄……

［宋美龄生气地走了，刘纪文马上随后追出房间去了。］

第三场

孙中山和宋庆龄的住所，客厅。宋庆龄从楼上下来，与从大门外进来的小保姆李燕娥在客厅相碰。

宋庆龄 燕娥，看见孙先生了吗？

李燕娥 孙先生还在总统府办公。

宋庆龄 现在都晚上几点钟了，他还不回来？

李燕娥 夫人，现在已经九点钟了。

宋庆龄 先生也该回来吃宵夜了。

李燕娥 夫人，您先休息吧，我来等孙先生。

宋庆龄 不，燕娥，你也累了一天了，你去洗个澡，回房休息吧。

李燕娥 不，夫人，我不累。

宋庆龄 听话，燕娥，你听我的，马上去洗澡休息。我来等孙先生，还有我家小妹回来，我才能安心休息。

李燕娥 那好吧，夫人，我去了？

宋庆龄 你去吧，燕娥，你该休息了。

李燕娥 谢谢夫人。

［小保姆从小门下，走了。宋美龄这时从外面回来，从大门进来了。］

宋美龄 二姐。

宋庆龄 你回来了，小妹？

宋美龄 二姐是在等我，还是在等姐夫？

宋庆龄 我是在等你，也是在等你姐夫。

宋美龄 孙先生还没有回来？

宋庆龄 是的，孙先生还在总统府办公呢，每天都是很晚了才回来，经常是工作到深夜，有时到天亮。这几天他的身体不太好，老胃病又犯了，我嘱咐他早一点回来，可他到现在也没有回来。

宋美龄 二姐，您为什么不打电话叫他回来呢？

宋庆龄 他在总统府办公的时候，我不能用电话打扰他。

宋美龄 这是二姐夫对你的约定？

宋庆龄 就算是吧。他在总统府办公的时候，是不能随便打扰的。美龄，你喝水吗？

宋美龄 二姐，我自己来。

［姐妹两人在沙发上坐下来。］

宋庆龄 美龄，见到刘纪文啦？

宋美龄 见到了。

宋庆龄 美龄，你回家来好像不高兴？

宋美龄　见了他，我高兴不起来了。

宋庆龄　见了他高兴不起来？为什么，美龄？

宋美龄　他太气人了。

宋庆龄　刘纪文欺负你啦？

宋美龄　那他还不敢。他要出国，要到欧洲国家去考察，他也不对我提前说一声，害得我自作多情跑到广州来，还兴高采烈地梦想和他结婚呢。

宋庆龄　小妹，结婚的事你跟他说了吗？

宋美龄　没有，我不想跟他说了。

宋庆龄　小妹，你就为这样的小事儿跟他生气呀？

宋美龄　二姐，这还是小事情吗？我欺骗母亲、背着大姐，跑到广州来想跟他结婚，他居然事前不言不语，突然要出国考察。他眼里还有我宋美龄吗？他根本就没有把我放在眼里、放在心上！

宋庆龄　小妹，话不能这样说。

宋美龄　二姐，那话应该怎样说？

宋庆龄　小妹，凭心而论，你不应该责怪刘纪文。

宋美龄　二姐，我不责怪他，我还责怪我自己吗？

宋庆龄　小妹，当年刘纪文从日本学成归国的时候，曾明确向你表露过结婚的想法，那时你不答应人家……

宋美龄　二姐，那能怪我吗？当时不是有客观原因吗？他从日本回国的时候，父亲刚刚故去不久，我能答应跟他结婚吗？父亲本来就反对我们私定终身，他老人家直到临死前，还要求我嫁给周子清，这两件不幸的事迫使我无法从父亲权威的阴影里走出来。再加上母亲的反对，大姐吹冷风，我当时怎么可能嫁给他？

宋庆龄　小妹，这就怨不得人家了。刘纪文一个人在广州，无家无室的，在这种情况下他有出国的念头，这也并不奇怪；因为他是一个孤独的男人，无事可做，就想找点事情做。这也是难能可贵的。小妹，如果你站在刘纪文的角度上考虑问题，你就能理解他了。其实他心里也是很苦的。

宋美龄 二姐，我知道他心里也很痛苦，我们宋家在对待我和刘纪文的婚姻问题上，确实使他感觉心灰意冷，我也觉得对不起他。但是，我不能理解的是，他为什么自作主张，要出国考察也不提前跟我通报一声？他要出国进修，也不提前跟我说一声呢？

宋庆龄 刘纪文还要出国进修？

宋美龄 是的，这是他自己说的。

宋庆龄 这个书呆子，他本身就是归国留学生，他还出国进什么修呀？

宋美龄 他想出国考察也好，他想出国进修也好，我都不反对。问题是，这些事他应该早对我说，结果他什么也不对我说，害得我跑到广州来想跟他结婚的时候，他要出国走人了。二姐，你说我这心里是什么感受？

宋庆龄 小妹，这一点他做得是不对，但是你应该原谅他。说到底，这不能怪他，也不能怪你，要怪就怪我们的家庭和父母影响了你们的婚姻。

宋美龄 二姐，如果他知道尊重我，知道尊重我们之间的感情，他就应该及早写信告诉我，他要出国考察的计划，他要出国进修的打算，我也就不至于这样可笑地跑到广州来，想着在这里跟他结婚，嫁给他！

宋庆龄 小妹，你如果希望刘纪文留下来，我可以跟孙先生说一声，很容易把他留下来。

宋美龄 那就不必了。二姐，看来我和刘纪文之间的感情还需要发展，还需要磨合，只有等到水到渠成的时候，才能自愿走进婚姻的殿堂。他要出国就让他去吧，我也不想拦着他。我们之间的感情必须要建立在相互尊重的基础上。如果一方出于勉强，那就亵渎了我们苦苦追求的纯真感情。

宋庆龄 小妹，你说得自然也有道理。你还记得俄国伟大的诗人普希金的一首诗吗？

宋美龄　什么诗？

宋庆龄　《假如生活欺骗了你》。

宋美龄　当然记得。

宋庆龄　假如生活欺骗了你，不要忧郁，也不要愤慨；不顺心的时候暂且容忍，相信吧，快乐的日子就会到来……

宋美龄　我们的心永远向前憧憬，尽管活在阴沉的现在，一切都是暂时的，转瞬即逝，而那逝去的将变得可爱……

宋庆龄　小妹，普希金这首昂扬向上的诗告诉了我们什么哲理？

宋美龄　二姐，我懂了。

宋庆龄　有情人之间，就应该相互尊重，相互理解。

宋美龄　我知道了，二姐。

［这时孙中山先生从外面回来了，宋美龄和宋庆龄都从沙发上站起来，迎接孙中山。］

宋美龄　二姐夫回来啦！

孙中山　回来了，美龄。

宋庆龄　先生，你饿了吧？

孙中山　我是感觉胃不舒服了，回来吃点东西。

宋庆龄　先生，我去给你拿夜宵。

孙中山　多谢夫人。

［宋庆龄从小门下去给孙中山拿夜餐。］

孙中山　美龄，每次见到你，我都觉得不好意思，你来广州，我也没有时间陪你出去玩儿。

宋美龄　先生，我能理解，我不介意。

孙中山　小妹，你到广州来了几天，你对广州的印象如何？

宋美龄　广州与上海的情景完全不同……

［这时一个青年军官从外面走进来，站在门口向孙中山立正敬礼。此人便是蒋介石。］

蒋介石　报告大总统，中正奉命前来晋见大总统！

孙中山　来来来，介石，我到处找你，快请进来！

［蒋介石向前面跨了几步，停在孙中山面前。］

蒋介石　大总统有什么指示？

孙中山　介石呀，是这样，我有一个想法……

蒋介石　大总统，这位漂亮的小姐是谁呀？

孙中山　这是我的妻妹，美龄小姐。

蒋介石　妻妹？美龄小姐？

孙中山　是呀，她就是夫人的小妹，美龄，到广州来玩的。

蒋介石　美龄小姐，认识您很荣幸！

孙中山　美龄，这是我们军政府大本营的参谋长……

［蒋介石向宋美龄敬了一个军礼，宋美龄吓得坐不住了，从沙发上站起来。］

宋美龄　先生，你们谈，我不打扰了。

［宋美龄向孙中山和蒋介石点了一下头，转身走了，从小门下去找姐姐去了。］

孙中山　介石，我想指派你率领一个军事代表团去苏俄考察军事，怎么样，你愿意去吗？

蒋介石　大总统，您是有联俄的主张？

孙中山　是的，我现在对联苏俄的主张，只是有个初步的想法，还不成熟，我想派你去苏俄考察一下军事如何？

蒋介石　好好好，大总统，您的意见和主张让我从心里感动。您对革命形势的分析入木三分，特别是大总统准备联俄国的主张，更是高瞻远瞩，大胆设想，中正完全赞同！

孙中山　介石，我之所以这样想，是因为我们国民党经历了多次革命失败的惨痛教训，才从心里反省我们国民党的错误啊。当然，我想联合俄国共产党人的想法，也不是凭空而来的，这是由于去年十二月我在桂林会见了共产国际代表马林先生，从那以后，我才忽然感到俄国共产党的许多经验对我们国民党是有益的。

蒋介石　大总统所言极是！

孙中山　马林先生告诉我，最好在改组国民党的同时，考虑和共产党的合作。现在，我感到共产党不但不是我们的敌人，甚至还是我们的朋友！

蒋介石 对对对，大总统说的话让我耳目一新，共产党确实可以成为我们的朋友，我们国民党也确实到了非改组不可的地步了。

孙中山 当然，我急于和俄共取得联系的另一个动因，还是今年四月与共产党人瞿秋白、张太雷和共产国际代表马林先生在广州的谈话。他们告诉我苏俄红军的情况，让我大吃一惊，原来世界上竟有这样了不起的军队；他们是列宁和斯大林领导的红军，我很羡慕。介石，如果我们国民党也有这样一支类似苏俄红军的队伍，那我就不会为中国今后的革命前途担忧了，因为有了这样的军队，就能打败各地割据纷争的军阀！所以，我想在适当的时候，派你到苏俄去实地考察一下，你以为如何呀？

蒋介石 到苏俄去考察，大总统如有此动议，那就把去苏俄考察的任务交给我好了。大总统，只要您发一句话，我任何时候都可以充当您的马前卒！

孙中山 好，介石，我不但要你去苏俄考察军事，我还想在时机成熟时，在广州开办一所学校。

蒋介石 大总统要在广州开办学校？如果我没有猜错的话，大总统是想开办一所培养军事人才的学校吧？

孙中山 正是正是。我们国民党也要有苏俄红军那样战无不胜的军队才行，不然，我们只能做各路军阀的败兵，政府也不会长久。我们的当务之急是要培养一批现代化的军事家和战略家。介石，你敢挑这个担子吗？

蒋介石 报告大总统，我敢，只要有大总统给我撑腰，我什么都敢。如果大总统想在广州开办培养军事家的学校，那么我会尽一切努力，说什么也要为大总统培养出一批军官来！

孙中山 好，介石，我就欣赏你这种勇往直前的精神！

蒋介石 多谢大总统夸奖！介石想冒昧地问一件事情。

孙中山 有什么事，你尽管说好了。

蒋介石 大总统，刚才那位漂亮的小姐真是夫人的亲小妹吗？

孙中山　是呀，美龄是夫人的亲妹妹，她在美国留学多年，所以你不认识她。美龄可不是一般寻常的女子，她在美国获得了双学位，是一位少见的才女，她的学识不逊于姐姐庆龄。有时她讲起英国文学来，我也感到她不枉留学美国一回，尤其是她谈起莎士比亚的戏剧来，更是头头是道。

蒋介石　哦，真没有想到，有其姐必有其妹呀，她真是国色天香，天人一般哪！

孙中山　哈哈哈……介石，你怎么忽然注意起美龄来了？莫非我们现在商谈的"联俄、联共"的大计，与美龄的突然出现有什么关联吗？

蒋介石　大总统，介石明白您的主张了，"联俄、联共"，到苏俄去考察军事，准备开办成立培养军事人才的军官学校，这些想法我都赞成。大总统确实英明，具有远见卓识呀，中正敬佩大总统的战略眼光，并且随时听命于大总统的指示，愿为国家与革命赴汤蹈火，万死不辞！

孙中山　好，介石，到苏俄去考察军事的任务我就交给你负责了，回来之后，我就指派你专职开办军事学校！

蒋介石　是，大总统！我可以走了吗？

孙中山　你回去马上写一份到苏俄去考察的报告，待我审批。

蒋介石　是，大总统！

［蒋介石向孙中山敬礼，转身下，孙中山送蒋介石一起出门下。宋庆龄和宋美龄这时一起又从餐厅小门出来了。］

宋庆龄　先生人不在了，莫非这夜宵又不想吃啦？

宋美龄　二姐，孙先生可能是送客去了。

宋庆龄　这一天到晚忙得饭也不定时吃了。

宋美龄　二姐，刚才来的那位军人是谁呀？

宋庆龄　刚才来的军人是蒋中正。

宋美龄　蒋中正？我听姐夫叫他介石呀。

宋庆龄　介石是他的字，中正是他的名。

宋美龄　哦，蒋中正？他是军政府的什么人物？

宋庆龄 他是军政府大本营的参谋长。美龄，你怎么突然问起他来啦？

宋美龄 这个军官我觉得有点怪，他到府上来找孙先生请示工作，目光却不停地溜着我，看得我都有点紧张，不知所措了。

宋庆龄 小妹，你紧张什么呀？

宋美龄 他的目光盯着我，好像剑光一样，可是他的耳朵却在听着姐夫说话，你说他奇怪不奇怪。

宋庆龄 这有什么可奇怪的？男人嘛，看见漂亮姑娘就想多溜几眼，这没有什么好奇怪的。

宋美龄 这样的军人有点太可笑了。

宋庆龄 军人有什么可笑的？你的刘纪文现在不也是一名军人吗？

宋美龄 不，二姐，我觉得姓蒋的跟刘纪文不一样，他们不属于一类人。蒋中正？二姐，这个蒋中正是不是前两年在广州，陈炯明发动武装叛乱的时候，救过姐夫命的蒋中正？

宋庆龄 小妹，你怎么知道这件事呢？

宋美龄 小妹关心国家大事嘛，当然喜欢看报纸、看书。我去年在上海的时候，看过一本小册子，写的是《孙大总统广州蒙难记》，作者好像就是蒋中正。

宋庆龄 对，不错，就是他写的。

宋美龄 他是个军人，还挺有文才呀？

宋庆龄 前两年，广东军阀陈炯明突然叛变革命，在广州城发动武装叛乱，想谋害大总统孙中山先生。我和先生逃到永丰舰上，蒋介石从浙江赶来登上了永丰舰，确实保护过我和孙先生。蒋介石为了自己的政治前途，写了那本小册子。孙先生也因此对蒋介石产生了特别的好感。

宋美龄 那他现在一定是我姐夫面前的红人了吧？

宋庆龄 是的，孙先生很喜欢他，非常欣赏他的忠勇。所以，去年国民革命军平息了陈炯明的反革命叛乱，返回广州成立军政府，孙先生就把他从东路军调到自己身边来，在总统府担任大本营的参谋长，总管大本营的一切要务。

宋美龄 难怪他春风得意，在姐夫面前也不失军人的本色，左一个敬礼，右一个立正的，把我吓得在他们面前不敢坐了。

宋庆龄 他有什么可怕的？

宋美龄 我倒不是怕他，我是觉得这个姓蒋的目光太热情了，盯着我看个不停。

宋庆龄 你不要理他。姓蒋的就是这一点不好，看见漂亮姑娘目光就多情。

宋美龄 二姐，这也太可笑了吧？我又不认识他。

宋庆龄 这是好色男人的通病。

［这时孙中山先生又从外面进来了。］

孙中山 你们两个人在说什么呢？

宋庆龄 我和小妹在说你的军事将领蒋介石先生呢。

孙中山 哦，蒋介石可是个很英勇的军事人才！刚才我和介石谈得很好，我决定派他前往苏俄去考察军事。这个青年军官身上就是有一股子军人的忠勇精神！

宋庆龄 看来天下人都不是神仙和圣人，原来我先生也喜欢蒋介石的吹吹捧捧。不过我要提醒你，先生，越是喜欢吹捧你的人，越是应该提防小心。

孙中山 庆龄，我们都不是圣人。我知道你看不惯蒋介石的吹捧作风，不过你也不必看得过于严重。蒋介石的这种作风，据说和他以前受到的家庭影响有关。我听说他的父辈，早年在浙江乡下开了一家盐铺，生意人嘛，当然会曲意奉承，这也不足为怪。我只要他的忠勇就行了，我重用他也是人尽其才！

宋庆龄 先生，你快去餐厅吃夜宵吧，我已经为你准备好了。

孙中山 好，谢谢夫人。美龄还吃夜宵吗？

宋美龄 我不吃了，先生，您到餐厅去慢慢吃吧。我要上楼去洗澡、睡觉。明天我还要陪着刘纪文出去买几身衣服，作为送他出国的礼物。

宋庆龄 对了，小妹，刘纪文要出国，你是应该快快乐乐地为他送行，一切小事儿不要放在心上。

宋美龄 快乐也罢，不快乐也罢，有情人相爱一场，不管心里有多少委屈，分别的时候也应该笑脸相送。我让位了，二姐，二姐夫，留下来的时间请你们说一说私房话吧。

孙中山 调皮的姑娘。

宋美龄 晚安。

宋庆龄 晚安。

[宋美龄向庆龄和孙中山先生摆摆手，上楼去了。]

孙中山 这个小妹心态还算是开朗的，她来广州玩得不是很开心吧？

宋庆龄 小妹脸上在笑，其实心里在哭。她想到广州来跟刘纪文结婚的，不曾想刘纪文马上要出国了，这婚是结不成了，她能开心吗？

孙中山 庆龄，要不要我帮忙，把刘纪文扣下来晚走几天？成全他们完婚？

宋庆龄 不要，小妹说了，结婚不是求人的事情，他们的事情还是由他们自已解决吧。

孙中山 不要帮忙就算了，我要吃夜宵了。

宋庆龄 走吧，先生，我陪你一起到餐厅去吃夜宵，免得你一个人吃得不香。

孙中山 谢谢夫人。

宋庆龄 先生，你要学会爱惜自已的身体。

孙中山 我知道了，夫人，身体就是革命的本钱，你说的话我已经听过几百遍了。

宋庆龄 可是我天天说，你一句也没听进去。

孙中山 听进去了，夫人，就是工作起来忘得太快了。

[宋庆龄挽着孙中山，两个一起从小门下，到餐厅去吃夜宵。]

第四场

景同前场，还是孙中山与宋庆龄的住所客厅。宋庆龄来到客厅，在沙发上坐下来，看报纸，喝茶。蒋介石从大门进来了，站在门口立正敬礼。

蒋介石 报告！

宋庆龄 是蒋先生？来来来，快请坐，快请坐！

［宋庆龄站起来欢迎他。］

蒋介石 夫人，大总统在家吗？

宋庆龄 在家，在家，他在楼上，昨天晚上工作得太晚了，我叫他多睡一会儿。蒋先生，你找大总统有事吗？

蒋介石 夫人，我来找大总统自然是有事的，既然大总统还在休息，我就不便打扰了。

宋庆龄 你等一下，蒋先生，不要急嘛，他该起来了，我上楼去叫他，你不妨在沙发上坐下来，喝喝茶，我上楼去叫他。

蒋介石 好，谢谢夫人。

宋庆龄 介石先生，你为什么如此客气呀？坐下来不行吗？

蒋介石 多谢夫人！

［宋庆龄为他泡茶。］

宋庆龄 介石先生，你还是为了去苏俄考察军事的事情找孙先生吗？

蒋介石 是的，夫人，大总统把这样光荣的使命交给我，我能不重视吗？我要尽快努力地工作，向大总统交上一份满意的答卷。

宋庆龄 是呀，蒋先生的工作精神实在可嘉，难怪大总统欣赏你的才华呢。

蒋介石 夫人过奖了，我蒋中正能得大总统的信任，深感荣幸。党有今日，国有今天，全靠大总统的英明领导与决策。没有大总统对我的栽培，我蒋介石又算得了什么？

宋庆龄 介石先生，话可不要这样说，大总统喜欢你，也是你努力工作的结果。

蒋介石 夫人说得对，夫人说得也有道理，我能深得大总统的关爱，这也是我跟随大总统的缘分哪！上次跟着大总统在永丰舰上大难不死，全靠大总统鸿恩浩荡，保佑同志们平安哪！

宋庆龄 介石先生，你这话说得就不对了，戡叛战争的胜利，全靠我军全体官兵的共同作战，是全体努力的结果。我看单靠他一个人，恐怕我们是炮灰一把了吧？

蒋介石 夫人说得对，夫人说得对。

宋庆龄 介石先生，你先坐着喝茶，我上楼去叫先生下来，你等着啊！

蒋介石 谢谢夫人，谢谢夫人！

［宋庆龄上楼去叫孙中山。蒋坐在沙发上喝茶。过了一会儿，孙中山从楼上下来了。］

孙中山 介石，你来啦。

［蒋立即起身敬礼。］

蒋介石 大总统，介石来打扰了。

孙中山 你坐嘛，我已经起来了，听见你和夫人在下面说话了。

蒋介石 大总统，出访苏俄的军事考察计划报告我已经写好了。

孙中山 好，拿来我看一看。我就知道你办事雷厉风行！

［蒋向孙中山转交计划报告。］

蒋介石 大总统请过目吧。

孙中山 我们坐下来说话。介石，我先提前向你透个风，等你从苏俄考察回来，我想任命你为军校的校长，如何？

蒋介石 那太好啦！

孙中山 你要尽快把军校开办起来，争取尽快培养出我们自己的军事家、军事人才。怎么样，有信心吗？

［蒋又站起来，激动地向孙中山敬礼。］

蒋介石 谢谢大总统对我的信任，介石绝对不会辜负大总统对我的期望！

孙中山 好好好，坐下来说话，坐下来说话。介石呀，老实讲，我们也是患难之中见真情啦！上一次广州蒙难，也多亏了老友在难中解救。说实在的，我原来对你们江浙人还是有点看法的，说的多，做的少，油头滑脑的。自从上次蒙难，我才真正认识你了。人才难得，好好干，干好了，军校校长还是前途无量的！

蒋介石 谢谢大总统，介石愿意追随孙先生为革命事业奋斗一生，战斗一生！如果需要，我愿意把心掏给您！

孙中山 我可不要你的心，没有心人就活不成了。我只要你有为革命事业奋斗一生的精神，这是最重要的！

蒋介石 请大总统放心，介石向您保证为革命事业奋斗一生！

孙中山 好，如果同志们都有你这种为革命事业奋斗一生的精神，我们的中华民国革命一定会取得成功的。你的报告我先看一看。你还有事儿吗？

蒋介石 大总统，我还有一件个人的私事，不知当讲不当讲？

孙中山 有什么话你就说嘛，什么当讲不当讲？你只管说。我从前对同志们说过，大家既然是革命同志，那就不管是公事还是私事，只要我能帮忙的，我一定尽力而为之！

蒋介石 这样就好，这样就好。我想请大总统帮我一个忙，给我当个参谋。

孙中山 什么事要我给你当参谋？只要我能办到，尽量成人之美。

蒋介石 大总统，您也许不记得了，前几天我在您官邸见了夫人的小妹一面，回去之后几天寝食不安，所以我想麻烦大总统劳神，能不能让我和令妹再见一面？

孙中山 什么，你想和美龄再见一面？

蒋介石 对的，大总统。

孙中山 你是说，你想再见美龄，是这个意思吧？

蒋介石 对，大总统，是这个意思。国有国父，家有家长，我们这些跟随大总统闹革命的单身汉还缺老婆呀！总统阁下向来关心部下的生活，这样的事情也一定会帮忙吧？如果令妹现在还没有许配如意郎君，我不知是否可以向她求婚？

孙中山 你说什么？向美龄求婚？

蒋介石 对，我想向美龄小姐求婚！

孙中山 介石，我听说你在溪口老家有原配妻室呀！

蒋介石 唉！大总统有所不知，因感情不和，我们早几年间就分居了。

孙中山 这我还不知道。我还听说你有一个小美人姚小姐呢？

蒋介石 大总统是听陈士英说的吧？她那个人长得倒像花儿一样，可是一无所知，我已经去信跟她脱离关系了。

孙中山 哦，那就是说，你现在什么女人也没有了，就是单身汉一个了？

蒋介石 关于我的事，请大总统多关照！我需要的妻室，应该是以后有用的人才，主要是有文化教养，懂得外文，而且日后也好给我当助手，我认为美龄小姐是最合适的人选！

孙中山 介石同志，我很佩服你的大胆和勇敢，可是这件事情恐怕不是凭着军人的勇敢就能成功的事情。因为美龄毕竟是美龄，她不太可能再次见你。当然，你向她求婚也是不可能获得成功的。

蒋介石 为什么呢，大总统？

孙中山 因为，美龄不喜欢军人。

蒋介石 是吗？她怎么会不喜欢军人呢？其实美龄小姐也不见得不喜欢军人吧？因为，她姐姐庆龄不就是和革命的军人结合在一起了吗？大总统就不是军人吗？

孙中山 我是军人吗？

蒋介石 大总统领导革命军，不是军人又怎么能领导中国革命呢？再说了，我蒋某人可以说是军人，也可以说不是军人，如果我换上长袍马褂，不一样可以当一个文化人吗？对吧，大总统？

孙中山 介石同志，你的文章确实写得也很好，我已经看过了你写的东西，你确实不是一个简单的军人。当然，是不是军人并不重要，关键的问题是，美龄是个留学生，她不可能把自己的命运和我们国家的军事政治结合在一起。

蒋介石 怎么会呢，大总统？难道美龄小姐是国外的留学生，就不关心国家大事了吗？

孙中山 再说了，据我所知，美龄早年在美国留学期间，已经有了她喜欢的心上人，所以我劝你还是算了吧，适可而止吧。

蒋介石 什么？美龄早在美国留学就有人了？

孙中山 是的，我听说双方已经有了婚约了。

蒋介石 大总统，有了心上人，也不一定能成为夫妻吧？大总统，不知美龄小姐喜欢的是何许人也，我可以结识一下吗？

孙中山 此人你一定认识，他就是跟你同样到日本留过学的刘纪文。

蒋介石 刘纪文？我没有听他说过呀？可是做过审计局长、军需处长的刘纪文？

孙中山 正是此人，介石同志，而且他们已经有了订婚的承诺。

蒋介石 大总统，订婚承诺不过是一句空话、一纸空文。美龄小姐既然是待嫁而没有嫁的姑娘，我为什么不能追求她呢？天下的女人都是要嫁人的，正所谓一家女，百家求嘛。

孙中山 介石同志，我劝你还是死了这条心吧，你原来有过家室，美龄是绝对不会考虑的。

蒋介石 大总统，我的家室并不要紧，只要美龄小姐愿意，家室问题我是可以解决的。现在我感到困难的问题是两个：一是美龄小姐她能不能看上我；二是她和刘纪文是不是真有婚约。不过大总统，事在人为，无论如何您也要设法向美龄小姐说一说我蒋某人对她的好感。看了一眼就忘不掉了，即便我们不能成为夫妻，做个友人也是可以的吧？

孙中山 介石同志，这样的事还是等一等吧。不过我可以为你试一试，但是这种事儿还是要靠你们自己努力的，我总不能包办代替吧？

蒋介石 那是那是。只要大总统暗中帮我的忙，我就千恩万谢了。

孙中山 你谢我可能没有用，我觉得此事没有希望。

蒋介石 大总统，介石拜托了。大总统如果没有其他的指示，我就走了。

孙中山 好吧，出国的事情，你要做好一切准备。

蒋介石 是，大总统！

[蒋介石起身向孙中山敬礼，转身走了。蒋介石出了大门，宋庆龄就从楼上下来了。]

宋庆龄 先生，你和蒋介石说什么，说了这么长的时间？

孙中山 介石说，他要向美龄求婚，求我帮忙。

宋庆龄 什么？他要向美龄求婚？求你帮忙？真亏他蒋某人说得出口。在广州城至少有一两个情妇的蒋中正，竟然会打我妹妹美龄的主意？他也太可笑了。先不说他家中是否有妻室，即便他现在是光棍一条，我也不会让我家的美龄嫁给他这种人！

孙中山 庆龄，你先不要代替美龄过早地下结论。人的眼光是不一样的，有所不同，你看不起的人，说不定别人就有兴趣。所以，不管此事的结果如何，我也想把蒋介石的原意找机会向美龄说一说。当然，我们的原意是成人之美。

宋庆龄 不行！先生，这件事情你就不要管啦！刘纪文和小妹之间的感情已经很深，已经到谈婚论嫁的地步了，两颗心早已经贴在一起了。退一万步说，即便美龄和刘纪文的婚事不成功，也轮不到他蒋某人打这种主意。在我看来，美龄她就是死，也不能嫁给像蒋介石这种人！

孙中山 夫人，一件小事儿，你为何如此激动啊？

宋庆龄 他蒋某人就不是什么好人，他想打我家小妹的主意，休想！你不能管这件事儿！

孙中山 好好好，夫人，我不管这件事儿，你也不要生气了。何必如此生气呢？

宋庆龄 我就是觉得你对姓蒋的太好了，好过分啦。

孙中山 夫人，蒋介石是难得的军事人才，对国民革命还是很忠诚的。我们在广州蒙难的时候，蒋介石在永丰舰上日日夜夜地守卫着我们，这段生死与共的患难感情是不该忘记的。

宋庆龄 那在小妹的婚姻问题上，你也不能没有原则呀？他蒋介石是个什么东西？老家有一房妻室，广东有一个小老婆，还有一个小情人。他在上海乱玩女人，这样的男人你还要介绍给小妹？你是何道理？

孙中山 好好好，夫人，我听你的，我不管此事，我不管此事，你也不要跟我生气了。

宋庆龄 这本来就不是你该管的事儿！

孙中山　好了好了，夫人，算我多此一举，算我多此一举，你不要生气了。好吧？

［这时宋美龄闷闷不乐地从外面大门进来，上。］

宋庆龄　美龄？

宋美龄　二姐。

宋庆龄　人送走了？

［宋美龄点点头。］

孙中山　哦，今天是刘纪文他们代表团出国的日子。

宋庆龄　小妹，你不要难过，他很快就会回来的。

宋美龄　他这一走，还不知道什么时候回来。

宋庆龄　出国考察嘛，能去多长时间？去不了多长时间的。

宋美龄　二姐，你跟二姐夫刚才在说我什么呢？

宋庆龄　小妹，没有说你什么。

孙中山　美龄，我正和你二姐在说有人向你求婚的事情呢。

宋美龄　有人向我求婚，是不是那个叫蒋介石的蒋先生？

宋庆龄　小妹，你怎么知道是蒋介石要向你求婚？

宋美龄　这不奇怪，我接到了他的一封情书，他写来的一封求爱信。

宋庆龄　一封情书？一封求爱信？

孙中山　这个蒋介石是太痴情了，背着我搞双管齐下呀。

宋庆龄　小妹，他写给你的求爱信在哪儿？

宋美龄　在我这里。

［宋美龄把手中的信件递给了姐姐庆龄。］

宋庆龄　你这封信是从哪儿来的？

宋美龄　这是你的小保姆李燕娥刚才交给我的。

［宋庆龄把信随手递给了孙中山。］

宋庆龄　先生，这太不像话啦！

孙中山　夫人，不必恼怒，其实见了这样的求爱信也大可不必生气。美龄也不必要为此事烦恼。蒋介石给你写这样的求爱信，也没有什么不好。你想啊，他迫不及待地给你这样的情书，不恰好说明一个问题吗？

宋庆龄 说明什么问题？

孙中山 夫人，这至少说明，美龄生得出奇的美丽，不然，蒋介石又怎么会只见一面，就迷得走火入魔呢？

宋庆龄 美龄的漂亮自不必说，但是她的美丽、漂亮，跟蒋介石有什么关系呢？

孙中山 怎么会没有关系呢？夫人，自古英雄爱美人，这可是古往今来历史人物的爱情规律！蒋介石也不例外。其实，如果美龄看中了他，也没有什么不好的。

宋庆龄 不，先生，不！这是根本不可能的事情！前面我已经说过了，蒋介石的人品有问题，我们也不能因为他在陈炯明的叛乱中永丰舰的事情，就给他的一生下结论。但是，如果先生确有成全此事的意向，那么我情愿看到美龄死，也不希望她嫁给蒋介石这种人！

孙中山 夫人不必如此激动，我们可以听一听美龄的意见嘛。

宋美龄 二姐，孙先生说得对，你不必如此激动，也不必要为了小妹的事情如此生气。我在美国读书及回国在上海工作的时候，也有许多许多多情的青年给我写过情书，向我示爱，我已经司空见惯了。只是，先生，我跟蒋介石素不相识，他就对我这样痴情，好像有点太可笑了吧？

宋庆龄 再说，他蒋介石已有了妻室儿女，他为什么还要这样不明道理，继续纠缠美龄不放？况且他现在并不是一般的普通百姓，他是大本营的参谋长。先生，如果您要容忍蒋介石这样胡闹下去，那么不仅对美龄会造成烦恼，就是对您和政府的大本营也可能带来许多不利的影响！

孙中山 嗯，夫人这样说，似乎有道理。不过不要紧，我明天郑重地找蒋介石谈一谈，也请美龄不要往心里去，千万不要记在心上，这不是什么了不起的大事儿。

宋美龄 先生，我是不会往心里去的。二姐，过几天我就要回上海了。

宋庆龄 小妹要走？你是不是还怕蒋介石继续纠缠你，借此离开广州？

宋美龄　不是的，二姐，蒋介石对我来说，只是陌路人、马路求爱者，不值一谈。我是接到了姆妈两封催我回上海的信，还有刘纪文也不在广州了，所以我想继续待在广州也没有什么意义。我在这里无事可做，觉得很无聊，不如回到上海去照顾姆妈，同时回到上海去继续做一些有意义的工作。这样我就可以忘记心里的烦恼，寻求我快乐的生活。

孙中山　小妹说得对，心里不痛快，就努力勤奋地工作，在工作中求取快乐。

宋庆龄　美龄，你要想工作，在广州也同样可以找到有意义的工作。

宋美龄　不，二姐，我的工作基地在上海，我还是回上海去继续开展我的工作。我只是希望我离开广州，返回上海前，二姐和二姐夫能抽时间陪我一起好好吃一顿饭，我的条件不过分吧？

宋庆龄　是呀，先生，我们是该好好为美龄举办一次家宴。

孙中山　那就今天为美龄举办家宴，我陪美龄喝酒！

宋美龄　谢谢先生，那就这样说好了？

宋庆龄　我去叫大师傅多做几道美味佳肴！

宋美龄　不要，我来给二姐、二姐夫做西餐。

孙中山　那好吧，今天我们在家举办家宴，吃小妹做的西餐。

宋美龄　那就走吧，我马上开始动手做。

宋庆龄　我来给小妹打下手。

孙中山　那我就等着吃西餐啦！

［三人同时笑起来，高兴地进厨房、进餐厅，从小门下。大幕落下来。］

第　四　幕

第一场

上海，宋家客厅。宋家保姆蔡妈在客厅里清扫卫生，用布拖把擦地。宋美龄在楼上自己的房间里弹钢琴，排解心中的苦闷之情。钢琴优美的音乐回响在宋家住宅里。她弹奏的是莫扎特的钢琴名曲《费加罗的婚姻》。这时宋家大姐宋霭龄回家来了，从大门走进客厅。

宋霭龄 蔡妈。

蔡　妈 大小姐，您回来啦！

宋霭龄 是的，蔡妈，美龄在楼上？

蔡　妈 是的，大小姐，三小姐在楼上她自己的房间里弹钢琴呢。

宋霭龄 美龄，美龄，小妹！

蔡　妈 大小姐，她听不见的。

宋霭龄 蔡妈，那你上楼去把她叫下来，我有要紧的事儿找她说！

蔡　妈 好的，大小姐，您请坐在沙发上等她。

［蔡妈放下拖把上楼去叫宋美龄。宋霭龄坐在沙发上自己倒水喝。过了一会儿，钢琴声停下来，随后宋美龄和保姆从楼上下来了。蔡妈又拿起拖把，出大门到外面去拖地去了。］

宋美龄 大姐回来啦。

宋霭龄 小妹，你弹的莫扎特的钢琴曲《费加罗的婚姻》，实在太好听了，你弹了可能有几百遍了吧？

宋美龄 大姐，我就喜欢这首曲子。

宋霭龄 小妹，你不是喜欢曲子，是思念人吧？你是不是又在想你那个在国外的小白脸刘纪文？

宋美龄 大姐来找我有事儿吗？

宋霭龄 当然有事儿，大姐来请你晚上到大姐家去吃饭。

宋美龄 大姐，不要了吧？我不想去，我想在家里清清静静地休息一天。

宋霭龄 小妹，你在家里弹钢琴，这叫清清静静地休息吗？

宋美龄 大姐，我在家弹钢琴就是休息。

宋霭龄 小妹，大姐来请你晚上到我家去吃饭还请不动啊？

宋美龄 大姐请我吃饭有什么好事儿呀？

宋霭龄 当然是有好事儿了，是一件大好事儿！

宋美龄 是什么大好事儿呀？

宋霭龄　北伐军总司令蒋介石先生，率领国民革命军到了上海！

宋美龄　这我知道。大姐，这跟你请我吃饭有什么关系呢？

宋霭龄　当然有关系了，我要请蒋总司令到我家里去吃饭，所以我也要请我的小妹一起去参加我们的家庭舞会。

宋美龄　大姐是举办家宴，欢迎蒋总司令和北伐军到上海？

宋霭龄　说得对，是这个意思。

宋美龄　大姐，你请蒋总司令到家里举行舞会，我去好吗？

宋霭龄　大家认识一下，交个朋友，有什么不好的？认识蒋总司令这样的人，对我们宋家以后是大有好处的！

宋美龄　可是，大姐，我跟蒋总司令的关系又不是很熟，就是五年前在广州见过一面，我去参加宴会不好吧？

宋霭龄　有什么不好的？我和蒋总司令是老朋友了，我在给孙中山先生当秘书的时候就认识了蒋介石，那时他还是一个普通的革命党人。可是就这样短短的十几年光景，他居然成为北伐军的总司令、国民党的要人。他这次率领北伐军开进大上海，可以说是风光无限哪！

宋美龄　是呀，蒋总司令是够风光的了，我看到上海这几天的报纸上，刊登的都是关于他率领北伐军开进大上海的新闻和照片。

宋霭龄　小妹，你也注意到了报纸上的重要新闻？

宋美龄　是的，大姐，上海报纸这几天的版面上，多是报道有关蒋总司令与北伐军的新闻。

宋霭龄　小妹，我请你陪同蒋总司令这样的人一起吃饭跳舞有什么不可以的？你看人家蒋介石多风光啊？如今他不仅是北伐军的总司令，而且还担任国民党军事委员会的主席，同时还兼任国民党中央党部军人部的部长。可以说，蒋介石已经成为国民党的实权人物，同时也成为全国人都关注的重点人物！

宋美龄　是呀，他的变化真大呀，五年前，我在广州见到他的时候，他还是官职不是太大的军政府大本营的参谋长，二姐夫中山先生不幸去世的时候，他也就是个黄埔军校的校长。不过短短的五年时间，他率领黄埔军校的北伐军一路东征，从广东出发，一路作战，竟然连克长沙、武汉、南昌，一路胜利开进大上海，这真是不可思议，蒋介石的名气现在是越来越大了！

宋霭龄 小妹，你现在也关注军人政治啦？

宋美龄 是的，大姐，我承认，我在五年前去了广州，开了眼界，增长了见识，我的思想发生了很大的改观。我从前太注重做学问和功课了，所以看到官场上的政治人物不习惯，有些格格不入，现在我能接受他们了。

宋霭龄 小妹，这样就好。我从前对你说过，不要小看了军人，可是你的清高、你在国外留学的经历，束缚了你选择人生前途的手脚。你看现在的蒋介石多风光啊？可他从前什么也不是。如果他不进入军界，不进入政界，有谁会认识今天的蒋介石是何许人？

宋美龄 大姐说得对，军界和政界原来对我来说都是陌生的，现在我才认识到，一个人要想留名千古，只有和军界政界结合起来，才有可能在历史上留下光彩的一页。

宋霭龄 你说得不错，小妹，当代社会仍然是一个以男性为主的社会，我们女人虽然不能在政治舞台上充任主角，可是也绝不能庸庸碌碌地空活一生，所以我原来对你说过，没有政治做靠山的小白脸其实并不可取。

宋美龄 大姐，你了解蒋介石吗？

宋霭龄 小妹，我太了解他了，我跟着孙中山先生在海外革命的时候，他蒋某人还什么也不是呢。不过应该承认，蒋介石看来很聪明，原来他不过是上海滩的一个小地痞，但是他从军从政以后，好像是直线上升，居然能成为当今中国赫赫有名的人物，这是一般人想不到的。对了，小妹，他还希望今天晚上在我家的家宴上能见到你。

宋美龄 什么？他希望见到我？

宋霭龄 是的，这是他亲口说的。小妹，给个面子吧？

宋美龄 他怎么想到要见我呢？

宋霭龄 在上海滩，谁不知道我们宋家三姐妹呀？他说他有五年时间没有看见你了，他还十分关心你呢。

宋美龄 他十分关心我？

宋霭龄 是的，他还问我，你有没有结婚，你有没有嫁人。

宋美龄 大姐，这个姓蒋的看来是精明过人呢，你欢迎蒋总司令的家庭宴会看来我不能去。

宋霭龄 小妹，你为什么不能去呢？

宋美龄 我要在家里照顾姆妈。

宋霭龄 你这是什么理由呀？

［这时宋家保姆蔡妈又从外面大门走进来。］

蔡　妈 三小姐，有你一封信，是从外国寄来的。

宋美龄 快拿过来，这一定是纪文来的！

［宋美龄听说国外来的信，异常兴奋，保姆把信递给她，宋美龄就撕开了信封，马上展开看信。保姆又转身出去了。］

宋霭龄 小妹，一封信就把你高兴成这样儿了，至于吗？是不是刘纪文又在给你讲英美诗人的爱情故事呀？

［宋美龄看着刘纪文的来信，眼泪就掉下来了。］

宋美龄 他心里根本就没有我，他心里根本就没有我！

［宋美龄气得要撕刘纪文的信件，宋霭龄把信从美龄手里拿过来了。］

宋霭龄 不要撕呀，他信里写了什么？［霭龄从美龄手里拿过信来看，念出来。］美龄，我的剑桥学业即将完成，我本该归国与你践行婚约，然而我又接到广东省政府的公函，指令纪文继续在海外蹉跎，以期前往欧美各国再行考察，因而归国的时间只好再次延续，正所谓国家事小也为大，个人事大也为小。既然纪文身负政府使命，索性既来之则安之，纪文在今秋明年冬，还将有一次欧美之行……纪文并非是无情无义之人，几次接妹信函均有归国相聚之意，然而世事多变，无法以人的主观意愿为转移。相信妹也会与纪文一样，情同此心，勿急勿躁，相信归期必当不远，届时纪文定将与美龄重温旧情……

宋美龄 他已经出去五年了，至今还不想回国。大姐，我的命好苦！

［美龄伤心地哭起来。］

宋霭龄 小妹，刘纪文根本就没有把你放在心上，他太自私了！你苦苦等了他若干年，等来的就是这样的结果？他到欧洲考察了两年，随后又在英国剑桥大学进修了三年，至今还不想回国，你还等他干什么？美龄，你的年龄一天比一天大了，如果还要像以前那样痴情地等下去，苦等着那个姓刘的小白脸，那你可就要等苦了。依我看，你不能再吊在他一棵树上等死了。刘纪文在国外求学考察，而且多年不归，这本身就是一种极端自私的表现。像他这样无情无义的人，你即便将来嫁给了他，也注定不会有什么幸福的。况且他始终不在国内，他这样的人还有什么指望呢？我劝你千万不要再等了！本来这几年给你提媒的人不少，有些人甚至很有政治前途，可是都被你这一腔痴情错过去了。你已经是年近三十的老姑娘了，早已经错过了谈婚论嫁的最佳年华。现在如果再去寻找初婚的男子，肯定不会有理想中的人了。如果要说怪的话，也要怪你自己的痴情任性，大好的年华已经过去了。好在你现在还不到三十岁，如果真到了三十岁，那么你就只能嫁给一个过来人了。小妹，我劝你再也不要这样执迷不悟啦！

宋美龄 大姐，我明白得太晚了，我太傻了。既然他心里没有我，索性就让他去吧。

宋霭龄 小妹，你早该清醒啦！为了自己的人生前景，你必须要嫁给一个事业上和前途上对你有用的人、对你有所帮助的人。这个人不是刘纪文，应该是另外的人选。

宋美龄 大姐，这样的人我现在还到哪儿去找呀？

宋霭龄 你听大姐的，大姐帮你找，大姐一定要帮助你找到一位有名望、有地位、有身份、有影响的如意郎君。今天晚上你先到大姐家里去吃饭。

宋美龄 大姐，我没有心情了，我不想去了。

宋霭龄 美龄，你听我的，一定要去，大姐晚上派车来接你。大姐还有事儿，先走一步了，晚上我叫人来接你。

宋美龄 那好吧，大姐。

宋霭龄 晚上见，小妹。

[宋霭龄把刘纪文的信还给了宋美龄，与小妹握了手，走了。宋美龄送大姐到门口，撕碎了手里刘纪文的信件，同时也撕破了与刘纪文之间的感情，然后转身上楼去了。]

第二场

孔家客厅。家庭主人孔祥熙和宋霭龄，在家里宴请上海社会各界的名流，一起来欢迎北伐军总司令蒋介石先生到上海来。孔家客厅真是灯火辉煌。孔祥熙和宋霭龄站在客厅门口，热情洋溢地迎接到来的客人：张静江、黄金荣、杜月笙等客人。

孔祥熙 欢迎欢迎，欢迎张先生！

张静江 感谢孔先生在家里举行欢迎蒋总司令的家宴，请我们来，甚是荣幸！

宋霭龄 静江兄，多日不见，您可好啦？

张静江 好好好，霭龄女士，多谢多谢呀！

孔祥熙、宋霭龄： 里面请，里面请！

孔祥熙 啊呀，欢迎欢迎，欢迎黄先生啊！

黄金荣 客气客气。庸之兄如此盛情，请我们来参加欢迎蒋总司令的家宴，不胜感谢呀！

宋霭龄 黄先生，您什么时候学会客气了？我们还怕请你请不来呢。

黄金荣 霭龄女士请我们来参加蒋总司令的家宴，我们敢不来吗？

宋霭龄 里面请，黄先生！

黄金荣 谢谢，谢谢，谢谢！

孔祥熙 欢迎，欢迎，欢迎杜先生！

杜月笙 感谢感谢，非常感谢孔先生！蒋总司令到上海来，大家欢聚一堂，非常高兴，非常高兴啊！

宋霭龄　杜先生，好久不见，见到你好高兴啊！

杜月笙　霭龄女士，孔夫人，杜月笙受您的邀请非常荣幸啊！

宋霭龄　大家都是蒋总司令的朋友，蒋总司令到上海来，大家当然应该欢聚一堂啦！

孔祥熙　大家请坐，大家请坐，蒋总司令马上就到！

宋霭龄　大家请坐下来喝茶吧。上茶！

[孔家的两个年轻的女佣人端着茶盘上，分别向客人敬茶。]

女佣甲　先生，请喝茶！

女佣乙　先生，请喝茶！

宋霭龄　大家请随意，蒋总司令已经在路上了。

[这时外面传来了通报声：蒋总司令到！刚才落坐的客人们马上又站起来，迎接蒋总司令的到来。孔祥熙和宋霭龄马上到门口迎接。]

孔祥熙　欢迎蒋总司令驾到！

宋霭龄　欢迎蒋总司令光临！

[蒋介石穿着一身军装上，他向大家致意，致礼。]

蒋介石　好好好，大家好，老朋友们，多年不见，中正向大家致敬啦！

[蒋介石与大家握手问候。]

蒋介石　静江兄，你好哇，中正这次重返上海，见到静江老先生万分高兴啊！

张静江　蒋总司令，大家都欢迎你到上海来呀，大家都非常想念你呀！

蒋介石　静江兄，我出去了十几年，也非常想念大家呀！

黄金荣　蒋总司令，大家都期盼着你来上海呀！

蒋介石　黄老先生，我也期盼着与上海的老朋友见面呢！

杜月笙　蒋总司令，月笙祝您福星高照啦！

蒋介石　谢谢月笙先生。也感谢上海各界的老朋友们，我谢谢大家还没有忘记我蒋某人！中正此次率领北伐军开进大上海，还望得到老朋友的大力支持和帮助啦！我希望上海的老朋友们能够帮我维持上海的平安，保证百姓的安居乐业！

张静江 是的，是的，蒋总司令请放心，我们一定支持您和北伐军！

黄金荣 蒋总司令，大家都是多年的老朋友，今天也可以称之为一家人，我们一定支持蒋总司令和您的国民军！

杜月笙 蒋总司令，老朋友不是外人，您有什么指示，有什么吩咐，大家一定有钱的出钱，有力的出力，全力以赴支持蒋总司令的北伐军！

蒋介石 我谢谢大家支持中华民国的革命事业，谢谢大家支持我的北伐军，谢谢大家支持我蒋某人；大家支持我蒋某人，也就是支持了中国的革命事业！

［大家对蒋介石发表的言论表示欢迎，热烈鼓掌。这时宋美龄从外面进来了。］

孔祥熙 美龄？快进来，快进来，客人们正在等候你呢！

宋霭龄 来来来，小妹，快来认识一下蒋总司令！［宋霭龄把小妹引到蒋介石面前。］蒋总司令，我家小妹来啦，您还认识吧？

蒋介石 宋小姐？你好，我们又见面了，大家正等着您来呢！

宋美龄 蒋总司令，美龄见到您好高兴！

蒋介石 宋小姐，想当年我们在广州孙先生家里见过一面，时光过得真快呀，没有想到眨眼之间就是五年光景了。美龄小姐，您还好吗？

［蒋主动与宋美龄握手。］

宋美龄 谢谢蒋总司令，我很好。您率领北伐军南征北战，劳苦功高，我祝贺您一路风光，胜利开进大上海！

蒋介石 美龄小姐，有学问的人说话就是与众不同。谢谢美龄小姐，谢谢美龄小姐，您也十分关注我的北伐军？

宋美龄 当然了，总司令阁下，您统率的北伐军已经是全国人关注的对象，蒋总司令眼下也是中国人十分关注的英雄！

蒋介石 美龄小姐，您可是太会说话了！您还是那么漂亮！

宋美龄 蒋总司令，美龄虽然漂亮，可是不及蒋总司令风光啊！

蒋介石　啊……过奖了，过奖了，实在过奖了。美龄小姐，我蒋某人在您面前可不敢说风光啊，今天您在这里可是最漂亮、最风光的美人啦！

宋美龄　多谢蒋总司令的夸奖，美龄实不敢当。

宋霭龄　庸之，客人差不多来齐了，可以开席啦！

孔祥熙　好好好，这样吧，蒋总司令，请大家进餐厅入席吧！

宋霭龄　蒋总司令，您带个头，您先请！

蒋介石　美龄小姐，您是女士，还是您先请吧？

宋美龄　蒋总司令，您是远道而来的客人，而且也是今天晚上最重要的客人，还是您先请！

孔祥熙　蒋总司令，美龄说得对，我看大家就不要客气了，大家一起去餐厅入席吧！

众客人　还是蒋总司令先请！

宋霭龄　小妹，你不妨陪着蒋总司令一起入席吧？

宋美龄　那好，请吧，蒋总司令。

蒋介石　好好好，大家一起去餐厅，谁也不要客气了，大家一起入席吧！

众客人　好——！

［大家一起拍手鼓掌，表示高兴，欢迎蒋总司令入席。大家一起从侧门依序同下。］

第三场

孔家一间小客厅。宋美龄先是一个人来到小客厅，在沙发上坐下来，想清静一下，休息一下，没有想到蒋介石随后也进来了。宋美龄立即站起来，向蒋表示礼仪。

宋美龄　蒋总司令！

蒋介石　美龄小姐。

宋美龄　蒋总司令为什么不喝酒了？

蒋介石　美龄小姐，我本来是不善烟酒的，再喝酒就要喝醉了，我还是找个地方休息为好。

宋美龄　蒋总司令，你为什么不喜欢烟酒呢？男人不都喜欢烟酒吗？

蒋介石　美龄小姐，我这个男人和其他男人不一样，我一向不喜欢烟酒，平时是烟酒不沾的，场面上的事也只能应付一下。

宋美龄　蒋总司令，可是从您指挥千军万马的才能当中，我觉得您应该是百分之百的男人。

蒋介石　是的，美龄小姐，我指挥千军万马是所向无敌的将军，可是要以烟酒论英雄，我就不行了。

宋美龄　蒋总司令，您请坐吧。

蒋介石　美龄小姐，您也请坐。

［两个人在沙发上面对面坐下来。］

宋美龄　蒋总司令，您为什么要到这儿来呢？

蒋介石　美龄小姐，自从当年在广州见了您一面，虽然五年的时间过去了，可是我蒋某人无时无刻不在怀念那次幸遇呀！

宋美龄　蒋总司令，五年的时间对于我宋美龄来说，只是短暂的一瞬间，可是对蒋先生来说，却是翻天覆地的变化呀！

蒋介石　是的，美龄小姐，五年的时间，我的变化很大，这要感谢您二姐夫孙中山先生对我的栽培和信任，没有孙先生对我的关爱与提拔，我蒋某人也不会有今天的！

宋美龄　唉，不幸的是，我二姐夫中山先生已经过世三年了。

蒋介石　是的，中山先生已经过世三年了，我永远怀念他。中山先生不仅是我们中华民国的国父，同时也是我的大恩师呀！所以，我蒋某人到什么时候也忘不了他，是孙先生亲自任命我为黄埔军官学校的校长，因此才会有我蒋某人的今日！

宋美龄　蒋总司令，这么说，您对中山先生还是很有感情的？

蒋介石　是的，美龄小姐，古人云，一日为师，终身为父嘛。孙中山先生是我们中华民国的缔造者，所以我蒋某人终身也忘不了敬爱的国父！

宋美龄　谢谢您，蒋先生，我代表二姐谢谢您。看来您还是个很重感情的人呢？

蒋介石　您说对了，美龄小姐，国父孙中山是我一辈子最感激的人！

宋美龄 蒋先生，我听说，北伐之后，先生雄心勃勃，正准备筹划组建新国民政府，不知传闻是否当真？

蒋介石 是的，美龄小姐，当真的，当真的。中正这次兴兵北伐，就是想把中山先生的三民主义思想变成现实，打倒军阀，统一中国。孙先生在世的时候，就想建立统一的中国政府，可惜先生英年早逝，没有实现这一计划。现在革命的时机成熟了，所以我决心很快就在南京成立国民政府。到那时，我要让南北军阀割据的分裂局面彻底结束！请美龄小姐相信，只要我们有强大的军队，就不怕军阀的对抗，统一中国的问题一定是能够实现的。当然，对共产党我们也绝不能手软……

宋美龄 对共产党也不能手软，这是什么意思？

蒋介石 我的意思就是说，我们革命党人不能叫共产党的组织在中国发展壮大起来，不能叫共产主义之风在中国成了气候！

宋美龄 蒋先生，这我就不懂了，莫非蒋先生忘记了孙中山先生生前提出的三大政策吗？“联俄、联共、扶助农工”，这可是三民主义的核心内容。

蒋介石 当然当然，孙先生原来提出过的三大政策，我是一定要忠实执行的。可是国民党若想要成其大事业，就不得不铲除异己，这是政治的需要。美龄小姐，我现在希望的是，我的一切革命活动，都能获得您的支持与理解。

宋美龄 蒋先生，这与我有什么关系呀？

蒋介石 美龄小姐，我想实现伟大的革命目标，身边没有一位品德超群的内贤夫人是不行的。孙中山先生如果身边没有你二姐庆龄女士，他的革命事业就不会如此辉煌。我蒋某人才疏学浅，更需要像美龄小姐这样才华出众、智慧超群，而且又是留学美国的人来支持我。不然我就会一事无成。不知美龄小姐是否看得起我蒋中正？

宋美龄 蒋先生，要成就大业，不惜排除异己，对此我能理解。只是在当今之中国，如果实现统一，不团结各党各派的政治力量，可能是不行的吧？

蒋介石　美龄小姐的见地自然有道理，实现中国的统一，当然要团结各党各派的政治力量，但是共产党不在团结之列……

［这时宋霭龄和孔祥熙从外面进来了。］

宋霭龄　蒋总司令，您手下的人来接您了。

孔祥熙　蒋总司令，家宴吃得还算满意吧？

［蒋介石和宋美龄站起来。］

蒋介石　好好好，孔先生，家宴吃得太美了，中正感激万分，并且特别要感激大阿姐霭龄的一片心意。多谢孔先生，多谢大阿姐！

孔祥熙　蒋总司令，欢迎您到上海来，也欢迎您常到家里来做客！

蒋介石　好好好，我的人来接我了，那我就走了。

宋霭龄　蒋先生，作为老朋友，没事儿就常来玩吧。

蒋介石　谢谢大阿姐。我和小妹的事儿，就全拜托大阿姐了。

宋霭龄　放心吧，蒋总司令。

蒋介石　那就再见了。美龄小姐，我希望您能记住我说过的话！

宋美龄　再见，蒋先生。

［蒋介石与孔祥熙和宋家姐妹握手告别走了，孔祥熙和宋霭龄送客人出门了。宋美龄还在房间里沉思默想她与蒋介石之间的事儿。宋霭龄送走了客人又回来了。］

宋霭龄　小妹，你现在就走吗？

宋美龄　大姐，是你有意安排蒋总司令到这里来向我示爱的？

宋霭龄　是的，小妹。

宋美龄　我的大姐，你知不知道现在我对谈婚论嫁、谈情说爱已经没有精神、没有情绪了，你还给我添什么乱呢？

宋霭龄　小妹，是女孩子总要结婚，总要嫁人的，这是个不可回避的问题。

宋美龄　大姐，我跟刘纪文现在还没有理清楚呢，你又给我扯上了蒋介石，你这不是在我心灵的创口上撒盐吗？你知不知道你这样做对我来说是很痛苦的？

宋霭龄　小妹，婚姻大事，以后有时间听大姐慢慢跟你说。你要回家陪姆妈，马上就走吧。

宋美龄 大姐，我真是怕你了。

宋霭龄 走吧，我送你回家，大姐路上慢慢跟你说，你会接受的。

［姐妹两个手挽手同下。］

第四场

宋家客厅。宋子文扶着老母亲倪桂珍从楼上下来，儿子扶助老母亲在沙发上坐下来，母子两人面对面就座。

倪桂珍 子文，你小妹的婚事怎么办呢？美龄眼看着就要成为三十岁的老姑娘了，至今婚姻问题还没有解决，这已经是我们宋家的大问题了。

宋子文 姆妈，我也为她着急，我这次回家来过春节，一定要好好劝劝她，争取帮助她解决了婚姻的大问题。

倪桂珍 你小妹的婚事看来不好解决了，难得找到一个她中意的男人嫁出去了，姆妈这心里呀，实在是为她着急呀。

宋子文 姆妈，小妹的婚事拖到现在没有解决确实成了问题，我们大家过年好好劝劝她，找一个过得去的男人嫁出去也就算了，关键的问题是小妹的条件不能要求太高了，不能像从前一样了。

倪桂珍 孩子，姆妈也是这样想的，美龄已经二十九岁，过了年就三十岁了，条件太高了，真是嫁不出去了。这个傻姑娘还死等着那个刘纪文，可那个不识抬举的刘纪文还在国外留学不归，这样下去是不成的。

宋子文 姆妈，您不要急，等小妹回来，我跟她提一个人，看她愿意不愿意。

倪桂珍 你要给她提的是什么人？可要她能接受的。

宋子文 谁知道她能不能接受呢？试着看吧。我要提的人是国民党元老，国民党内德高望众的谭延闿，他看中了我家小妹，托人求我做媒。

倪桂珍 谭延闿？我知道此人，当过国民党的中央秘书长，现在当什么司令？

宋子文　姆妈觉得怎样？

倪桂珍　就是年龄大了一点儿，等美龄回来你跟她说一说看吧。

［这时宋家大姐宋霭龄和丈夫孔祥熙回家来了。两个人手上拿了不少东西回家来过年。］

宋霭龄　姆妈，子文！

孔祥熙　姆妈大人，您好。子文兄弟什么时间回家来的？

宋子文　大姐夫，我已经回来两天了。我正好到上海来办事儿，也正好回家来过年。大姐和大姐夫还好吧？

宋霭龄　我们一切都很好。

孔祥熙　生活工作都满意。

［宋子文和大姐、大姐夫握手。］

倪桂珍　正好霭龄和庸之也回来了，你们大家都在，等美龄回来了，你们几个人给我说一说美龄，劝她及早解决婚事问题，美龄的婚事不能再拖了。

宋霭龄　姆妈，美龄的婚事问题交给我好了，我来为小妹安排她的终身大事，有时间我会找她谈，我会开导她的。

倪桂珍　霭龄，你有人给美龄介绍了？

宋霭龄　有，我有一个合适的人选给她介绍。

倪桂珍　你提媒的人是谁呀？

宋霭龄　现在条件还不成熟，等我开通了小妹的思想再说吧。

倪桂珍　霭龄，你身为大姐，是应该多关心关心美龄的婚事，过了年，她就三十了，再不出嫁，以后就难得嫁出去了。

宋霭龄　姆妈，美龄的婚事我会关心的，就怕她不听我的。

［全家人正在说美龄，宋美龄就从外面回来了。］

宋美龄　你们大家在说我什么呢？大姐、大姐夫回来啦？

宋霭龄　是的，小妹，我们是回家来过年的。

孔祥熙　我们是过年回来看望姆妈的。

宋美龄　我好累呀！你们大家吃饭了吗？

倪桂珍　还没有，我们都还没有吃，就等你回来吃饭呢。

宋美龄 那就吃饭吧，我都快要饿昏了。

倪桂珍 吃饭先不着急，正好你回来了，美龄，你哥、你大姐，还有你大姐夫也回来了，全家人也算到齐了，你先坐下来，我们有话跟你说。

宋美龄 有话跟我说，连饭也不吃了?

倪桂珍 吃饭不着急，你的婚姻大事比吃饭更重要。

［美龄听到姆妈提到自己的婚事，吓得不吱声了。］

宋子文 美龄，要过年了，你的工作还这样忙啊？早出晚归的?

宋美龄 是的，阿哥，越是要过年了，我的工作越是忙。孤儿院的孩子们过年没有吃的，没有穿的，我总要想办法为孩子过年筹款，为孩子们过年操心。我这个孤儿院的家长是不好当的。大哥，大姐，大姐夫，你们有钱，就为我的孤儿院献出一点爱心吧，如何?

宋子文 好，小妹既然说话了，我就过年为孩子们献出一点爱，捐两万块大洋，如何?

宋美龄 好，谢谢阿哥！大姐，大姐夫呢?

宋霭龄 子文既然捐两万块大洋，那我和庸之就捐四万块大洋。

孔祥熙 小妹，怎么样，你感到满意吗?

宋美龄 那我就代表孤儿院的孩子们多谢大姐，多谢大姐夫了!

倪桂珍 美龄，你坐下来，不要一天到晚忙工作。今天咱们全家人都齐了，正好坐下来谈一谈你的婚事。

宋美龄 姆妈，现在我们全家人难得在一起相聚了，还是不要谈我的婚事了，大家说一说高兴的事情吧?

倪桂珍 你坐下来，不要乱打岔。今天你大姐，你大姐夫，还有你阿哥都在，我们全家人最好能把你的婚事问题说清楚。你心里到底是怎么想的？你也开口对大家说一说心里话。

［全家人听到这样沉闷的话题，马上沉静下来了。］

宋子文 美龄，大哥回家来过年，姆妈就一天到晚说你的婚事，你是该找一个人结婚了。

倪桂珍 美龄，从前有那么多官场的大人物到咱家来提亲做媒，就因为你有个刘纪文，结果都被我不客气地挡过去了，为此也得罪了不少人。可是我如今再也不能让你空等了，因为你的年龄一天比一天大了，都快成了嫁不出去的老姑娘了，所以全家人为你的婚事操心，这是我们宋家的头等大事儿。所以我主张你的婚事要尽快定下来，不能再等了，事情拖下去也没有什么好处的。有人托你哥哥子文做媒，为你提亲，你看人合适不合适？

宋美龄 哥哥，你又为我提亲做媒？

宋子文 美龄，是这样，我也知道你可能不理解哥哥。不错，从前我为你跟刘纪文提亲……

倪桂珍 不要提刘纪文，就是那个刘纪文害得美龄到现在还没有嫁出去！

宋子文 好的，姆妈。小妹，你的婚姻问题是大哥对不起你……不过我始终恪守在美国的承诺，即便姆妈和大姐对刘纪文都没有好感，我也始终劝说他们接受刘纪文。可是刘纪文现在始终在英国迟迟不归，什么时候回国也说不清，所以你不能再等下去了，你们都是超过结婚年龄的人了。特别是小妹，一个待嫁的姑娘，如果到了三十岁还不结婚，那又成何体统了？

［美龄听到哥哥说话，坐不住了，站起来，一个人走到窗户跟前去流眼泪。］

倪桂珍 美龄，你倒是说话呀，你和刘纪文的事情什么时候了结？

宋子文 美龄，本来，这些年来许多友人都希望促成你的婚姻。可是，因为有了刘纪文，所有的人都被我谢绝了。小妹，我理解你的心情，你是一个重感情的人。我也给刘纪文写过信，希望他早一些兑现婚约。可是遗憾得很，刘纪文他到今天也没有马上回国结婚的意思。小妹，你说，我们苦苦等了他这些年，可他在英国却有无法修完的学业。你这样继续等下去，如何得了？我做哥哥的，将来又怎样向父亲的在天之灵交代呀？

倪桂珍 美龄，你说话呀？不要光抹眼泪，不说话。

宋子文　小妹，姆妈和大姐为了你的婚事，已经对我多次发火了，大家都责怪我不该在美国支持你们订婚。好在当年在纽约的订婚，仅仅是口头的约定，没有法律文件制约任何一方必须守约。小妹，现在既然刘纪文一而再再而三地推迟回国成婚，那么他将来也就怪不得我们宋家不守信用了。所以我主张你尽快地解决自己的终身大事儿，尽快地解决自己的婚姻问题！

倪桂珍　美龄，你阿哥说得入情入理，你为什么不说话？我刚才已经说过了，你再也不能等那个刘纪文了。他走他的阳关道，咱走咱的独木桥，以后谁也不理谁就结了。这次你无论如何不能再任性了。你哥哥最近又给你物色了一个人，人家看中了你。

宋美龄　哥哥，是什么人又看中了我，叫你来提亲？

宋子文　谭先生。

宋美龄　什么？谭先生？

宋霭龄　子文，是哪一位谭先生？

宋子文　就是谭祖庵，谭延闿。

宋美龄　哥哥，我从来就不认识什么谭先生！

倪桂珍　你怎么会不认识谭延闿呢？谭先生如今在广州已经当上了什么司令，威望又高，他是孙先生从前的老部下，他看中了你，也是值得庆幸的好事儿呀！

宋美龄　姆妈，您说什么？让我嫁给那个湖南人谭延闿？真没有想到哇，他也敢打我的主意？真是荒唐得很，他那么一大把年纪，可我还是未婚女子……

宋霭龄　子文，你是有点儿太荒唐，谭延闿怎么能行呢？

孔祥熙　谭延闿年纪有点大了，他有五十岁了。

宋子文　小妹，是这样，谭先生他提出求婚，也是在情理之中。因为，谭先生的夫人病逝了，所以他求婚也不足为怪。在广州已经有许多人给谭将军做媒提亲，其中品貌俱佳的姑娘也有不少，可是谭先生一个也看不中。最后他托人来找我求情，说自从前几年在广州见过美龄一面，他就喜欢上了小妹。我想，谭先生是个郑重的人，他不但做过湖南省省长和湘军总司令，孙先生在世的时候，他就当选了国民党的中执委和秘书长，现在是继任黄埔军校的校长，在国民党内声望很高。他是一个前途无量的人，他不过比小妹年长十七岁，他还不到五十岁……

宋美龄 不行，我不能同意！哥哥，亏你想得出，居然又为小妹来做这样的大媒？我不稀罕他谭延闿当过什么司令，也不看重他当过什么国民党的秘书长！我只知做人要讲信义，刘纪文虽然一直到现在也没有回国，可是我不能背叛他。虽然我和刘纪文只有口头约定，可是我不能负他。他什么时候回国，我就什么时候和他结婚！任何人休想趁人之危，暗中打我宋美龄的主意，那都是徒劳的，我宋美龄不会这样嫁人的！

［宋美龄用双手捂面痛哭，宋子文也不知该说什么了，沉默了。但是老太倪桂珍还敢说。］

倪桂珍 美龄，你发什么痴呀？我没有见过像你这样不明事理的孩子！你阿爸在世的时候，就多次告诫你不能私定终身，你就是不听话，现在知道不听老人言的苦头了吧？再说，你和刘纪文的事情，咱们家里始终是没有承认的。况且，他现在根本就没有把你放在心上，他也没有把你们从前在美国订的口头约定当一回事儿，一个人跑到国外读书去了这么些年。你想，如果说不守信约的话，首先是他刘纪文不守信约。你已经在上海苦苦等了他若干年，也算是仁至义尽了。如今还要一味地让自己这样空盼下去，天下还有你这样傻的人吗？要知道，美龄，像谭先生这样的人看中了你，也是很难得的事情。可你居然这样执迷不悟。美龄，我劝你要好好地想一想，千万不能一误再误了！

宋美龄 不，姆妈，我没有什么好想的。刘纪文他虽然没有回国，可他始终没有不守信约。既然他现在没有说出不与我结婚的话，我就不能背着他做出让人不齿的事情来。请你们转告谭先生，我谢谢他，他的好意我心领了。可是要让我嫁给他，那是永远不可能的，我宋美龄就是一辈子当老姑娘，也不会嫁给他的！

[宋美龄说完，悲伤地跑上楼去。宋美龄的又哭又闹又反抗，把母亲和哥哥也闹糊涂了。]

倪桂珍 唉，这孩子真是不听话呀！

宋霭龄 姆妈，这也不能怪美龄。

宋子文 小妹的婚事看来是真成问题了。

宋霭龄 子文，这件事情你也提得不合适，怎么能叫小妹嫁给谭延闿呢？与其叫小妹嫁给谭延闿，我看还不如叫小妹嫁给蒋介石呢。

宋子文 大姐，你说什么，叫小妹嫁给蒋介石？

宋霭龄 对呀，我以为叫小妹嫁给谭延闿，那就不如嫁给蒋介石。

倪桂珍 什么蒋介石？这怎么又冒出来一个蒋介石？

宋子文 大姐，亏你想得出来，蒋介石是什么人你又不是不知道？

宋霭龄 我知道蒋介石是什么人。但是蒋介石目前是北伐军的总司令，是国民党的军事委员会主席，又是军人部长，他掌握着国民党的党政军大权，而且也掌握着中国未来的命运。他的地位远比谭延闿高吧？而且蒋介石也比谭延闿年轻有为，将来中国的天下很有可能便是蒋中正主持。

宋子文 大姐，你不要忘记了，蒋介石是有家室的人！

宋霭龄 谭延闿原来不也有家室吗？

宋子文 大姐，蒋介石与谭延闿有所不同，这不能混为一谈。

宋霭龄 这两个人怎么就不能放在一起谈呢？怎么就不能放在一起比呢？

倪桂珍 霭龄，你提的事情更荒唐！我们家美龄即便成了老姑娘，也轮不上嫁给蒋介石这样声名狼藉的军人当填房！再说了，蒋某人在家乡还有妻室，还有儿女，难道你忘记了基督教的教规了吗？既然蒋某人有家室，你还同意把美龄嫁给蒋介石，这究竟是何用意？

宋霭龄 姆妈，蒋介石有家室这有什么可大惊小怪的？我和庆龄哪个不是嫁给了曾经有家室的人呢？再说了，蒋介石他在浙江老家有妻室，那也是父母之命，媒妁之言，肯定是没有夫妻感情的。我们一旦同意把美龄嫁给蒋介石，我就有办法让他把家里的妻子处理掉。只要他把离婚的相关手续办了，和美龄结婚有什么不可以的呢？

倪桂珍 荒唐，荒唐，你的想法太荒唐！

宋霭龄 我的姆妈，现在美龄已经到了什么年龄了，你老人家还这样挑三拣四的？刘纪文现在倒也没有妻室，可是他远在英国不回来，您老人家又站出来反对。现在刘纪文和我们家美龄的婚事终于走到了尽头，莫非咱们大家要眼看着美龄成为老姑娘，永远待在家里不嫁人吗？

宋子文 大姐，我反对美龄嫁给蒋介石，这实在太委屈咱家小妹了！

宋霭龄 那你叫美龄嫁给谭延闿，就不委屈咱家小妹啦？

倪桂珍 不行，霭龄，你替姆妈分忧的心情我当然理解。不过美龄的婚事也绝不能儿戏。尽管她和刘纪文的事情不了了之，可是我还是不能就这样随便地把她打发了。再说，我听说姓蒋的也不是什么好东西，他不但在浙江老家有妻室，在上海早年到处拈花惹草的事儿也不说了，单只说他有名有姓的女人也搞了不少。他身边现在不是还有两个姨太太吗？什么陈洁如，姚怡诚；既然他有姨太太，你让美龄嫁给他，那又成什么了？美龄的名分不过是三姨太罢了，这不成！

宋霭龄 姆妈，您说的问题是说到点子上了。不过，姆妈也大可不必介意，在上海滩上混过的人，哪一个不沾染一点坏习气呢？有头有脸的人物，家有三妻四妾的还在少数吗？再说，在奉化老家姓毛的女人，蒋介石明媒正娶的妻子，我已经问过蒋先生了，他对我说，他们已经分居好多年了，早就分手了。至于那个姓姚的女人，她已经被蒋先生打发到苏州去了，自然也成不了什么气候。只有那个叫陈洁如的女人，现在跟他生活在一起。不过，姆妈，这些都是不值得一谈的小事儿。不管姓蒋的从前有过多少女人，我都会叫他处理干净的。姆妈，您可以放心就是了，只要咱们家同意把美龄嫁过去，他姓蒋的首先就要答应和以前所有的女人分手，而且我保证，他一定要把咱家美龄光明正大地娶过去，我要他明媒正娶，这还不行吗？

倪桂珍 不，霭龄，明媒正娶我也不想要美龄嫁给姓蒋的，因为姓蒋的不但有妻子，我还听说他有两个儿子。你说，美龄嫁过去就当母亲，这又成何体统？

宋霭龄 姆妈，我看这也没有什么，孙先生不也有儿女吗？庆龄决定和孙先生结婚的时候，他儿子已经读大学，年龄与庆龄相比也几乎相差无几。为什么孙中山可以先有孩子，蒋介石就不能有孩子呢？再说，蒋介石也不是两个孩子，准确地说，只有一个儿子，现在还在苏俄。至于另外一个嘛，其实那是戴季陶先生寄养在他那里的。姆妈，这些都是小事儿，既然蒋某人将来有大出息，我们宋家为什么不能把美龄嫁过去呢？我敢这样对您说，蒋先生将来在中国的地位，绝不会比孙先生和我的孔先生逊色。我想美龄嫁给蒋介石，是最合适不过的了，莫非定要把美龄嫁给像刘纪文那样没有作为又没有出息的小白脸？

倪桂珍 霭龄，你不要再说下去了！反正我是不能把一个如花似玉的女儿，嫁给姓蒋这种人的。再说了，他姓蒋的信基督教吗？

宋霭龄 姆妈，这个我还不太清楚。

倪桂珍 还不是嘛，他姓蒋的和咱们宋家就不是一路人。像蒋介石这样在上海滩上混过的人，游手好闲，乱勾女人，他绝对不可能信基督教的。

宋霭龄 姆妈，为什么？

倪桂珍 因为，信基督教的人都是善良的好人，他姓蒋的喜欢放荡；再说了，军人有几个不杀生害命的？他手上有血污的，咱宋家这样的人家会允许他上门吗？霭龄，依我看，这是坚决不行的，你就死了这份心吧！

宋霭龄 那就不说了。姆妈，到吃饭的时间了，咱们大家吃饭吧？

倪桂珍 吃饭！要过年了，美龄的婚事闹得全家人不得安宁，连家人在一起吃饭也不得太平。霭龄，你上楼去叫美龄下来吃饭，不要把她饿着了。

宋霭龄 好的，姆妈。子文先扶着姆妈去餐厅，庸之把吃的东西拿到厨房去，我上楼去叫小妹下来吃饭。

[宋子文，倪桂珍，还有孔先生，进餐厅从侧门下，霭龄上楼去叫美龄。宋家客厅暂时平静下来了。过了一会儿，宋家姐妹俩宋美龄和宋霭龄从楼上下来了。]

宋美龄 大姐，你说我的婚事该怎么办？

宋霭龄 小妹愿意听我的吗？

宋美龄 我不反对听大姐的意见。

宋霭龄 小妹，你要听大姐的，我就劝你嫁给蒋介石。

宋美龄 大姐，你拿我开什么玩笑？

宋霭龄 小妹，我不是跟你开玩笑的，我是认真的。

宋美龄 大姐，我对蒋介石没有兴趣，而且我们之间也没有感情。

宋霭龄 小妹，你应该具有远见卓识，我劝你嫁给蒋介石是有道理的。我相信蒋中正有一天会成为一国之君，会成为中国的国家领袖的！

宋美龄 大姐为何有如此预见？

宋霭龄 你没有听蒋介石说过吗，北伐胜利之后，他要在南京成立新的国民政府吗？

宋美龄 我听他说过的。

宋霭龄 蒋介石他为什么要在南京成立新的国民政府？说白了，他就是想当中国的领袖，想当中国的统帅！

宋美龄 我已经知道了他有这样的雄心壮志。可是姆妈反对怎么办？

宋霭龄 美龄，有我在，你什么也不要怕。只要你本人同意，一切都好办。至于姆妈，你千万不要在意，老太太难免有固执的看法，如果有一天她看到了蒋介石的成功，如果她看到你的态度像对刘纪文的态度那样坚决，我想姆妈她也不能永远横在你面前的。再说，过几天我还可以说服姆妈，我相信老太太最后一定会听我的，我最了解她老人家了。

宋美龄　可是，大姐，我可是不当蒋介石的小老婆，或者姨太太。

宋霭龄　谁叫你当蒋介石的小老婆和姨太太了？叫你当他的小老婆和姨太太，我也不会答应，我也不会同意的。我家小妹是从美国回来的才女，是天下难找的，要当就要当他名正言顺的妻子！

宋美龄　好吧，大姐，既然我宋美龄的婚姻走到了这样可怜可悲的境地，我就索性听你的。我命里面注定了一辈子得不到幸福美满的婚姻，那我就决定为政治结婚，为政治嫁人！

宋霭龄　聪明，我的小妹，你真聪明，这才叫具有远见卓识！

宋美龄　不过大姐，我有三个条件！

宋霭龄　你说，小妹。

宋美龄　第一条：姓蒋的必须与他老家的结发妻室离婚！

宋霭龄　这还用说？

宋美龄　第二条：姓蒋的必须与原来所有的女人断绝关系！

宋霭龄　那当然。

宋美龄　第三条：我要求明媒正娶，堂堂正正地做蒋夫人！

宋霭龄　你说的这三个问题，都好处理，我去找蒋介石亲自谈。

宋美龄　那我就谢谢大姐了。我愿意听你的。

宋霭龄　这就对了，小妹，为政治结婚，为政治嫁人，也许将来你会成为中华民国的第一夫人，也许会因此而留名青史呢！

宋美龄　这可能吗？大姐？

宋霭龄　有什么不可能的？庆龄将来就会留名青史的。

［这时宋子文从餐厅门出来上。］

宋子文　大姐，小妹，你们不吃饭了？姆妈在等你们呢。

宋霭龄　小妹现在还不开心，等一会儿吃饭也不要紧。

宋美龄　阿哥，我现在也没有胃口，什么也不想吃。

宋子文　大姐，小妹，我劝你们千万不要还想着嫁给蒋介石那样的傻事儿！

宋霭龄 小妹为什么不能想呢？

宋子文 蒋介石是个政治流氓，你们千万不要看他今天红得发紫，其实这个人只是利用了孙中山先生的威望罢了。他有什么德品、他有什么思想、他有什么号召力？北伐军刚刚打下了几座城池，他蒋某人便迫不及待地要搞军事独裁，梦想党、政、军大权独揽，号令国民政府，并且为此挑起了迁都之争。他这样做是搬起石头砸自己的脚，让人看清了他的政治野心。是最近在武汉召开的国民党二中全会上，通过了坚持国共合作的原则和反对军事独裁、限制蒋介石权力的决定。二姐庆龄在会上当选为五人主席团成员，她对蒋介石近期的表现十分不满，对蒋氏近来的所作所为更是深恶痛绝。这些事难道你们一点也不知道吗？大姐，小妹，你们可不能只看眼前，不计后果。把小妹嫁给这样一个人，岂不是将鲜花插在牛粪上了吗？

宋霭龄 子文，你胡说些什么呀？这是小妹她自己的婚姻大事，你是她哥哥，有些话你当然可以说。但是，我劝你不要把自己在官场上对蒋先生不好的看法带回家里来。小妹的婚事，最好让她自己拍板。她看中了什么人，就嫁给什么人。当年如果不是你在美国赞同她和刘纪文的婚事，也不会让小妹和刘纪文那个小白脸拍拖了这么长时间。要知道，在那时美龄还不懂得什么是恋爱和婚姻呢，在那种时候，她和刘纪文订婚，你就是不该支持！

宋子文 大姐，这怎么能怪上我呢？看中了刘纪文，那是小妹她自己的主意呀！

宋美龄 大姐，阿哥，你们不要争吵了，现在什么都不要说了。

宋子文 大姐，关于小妹与蒋介石的事情，我劝你们千万要慎重。你们不会比我和二姐庆龄更了解蒋介石的品行。其实他蒋介石并不是孙先生真正的拥护者，以前他的投机主义掩盖着他的狼子野心。现在国民党内对他的政治品质已经有许多人看清了。可是你们竟然被姓蒋的暂时在北伐战争中的成功蒙蔽了。要把小妹嫁给他，我总是感到不放心。所以我才说，绝对不是因为我和蒋某人有什么私人恩怨。我和蒋介石从来就没有个人之间的恩怨，我是从小妹的切身利益考虑，所以才对你们坦诚进言！

宋美龄 哥哥，我谢谢你的好意，美龄会慎重考虑，决定自己的终身大事的。

宋霭龄 怎么样，子文，我说的不会错吧？小妹她不是没有主见的人，她一旦看准了什么人，即便是全家人都反对，她也会义无反顾的。如果我们全家人再这样叫美龄等下去，也许连蒋介石这样的人也要错过了。

宋子文 美龄，从前你和刘纪文拍拖了那么多年，最后没有任何结果，这也许我有些责任。可是现在你毕竟不是从前在美国读书时的小姑娘了，我希望这一次你一定要拿好主意，别人的话只能作为参考，其他的话，我也不想多说了。姆妈等着你们吃饭呢。

[宋子文转身进餐厅门下了。他显然生气了。]

宋美龄 大姐，子文兄怎么会对蒋介石有如此大的偏见呢？

宋霭龄 小妹，你不要理他。子文之所以反感蒋介石，那是因为受了庆龄的影响，庆龄看不惯蒋介石，他们的政治主张不一样。可是子文他怎么就不看一看眼前的现实呢？眼前的蒋介石虎虎生威，事业正如日中天，依我看，今后中国的天下就是蒋某人的天下。美龄，你如果一生想做平平庸庸的女人，喜欢过平平常常的家居生活，你就不要选择蒋介石。但是，你如果真像先前对我说的，再有选择的话，一定要选择一个英雄才肯嫁，那我就劝你选择蒋介石。

宋美龄 为什么呢？

宋霭龄 依我看，他可能就是中国将来最大的一个英雄！你没有看到报纸上早就有人把他称之为中国的拿破仑吗？

宋美龄 大姐，小妹就听信你的，不管前面是福还是祸，我就决定冒险选择我的人生；我不甘心一辈子做一个平平庸庸的女人，我就选择蒋介石了。至于家里人反对，我不怕！

宋霭龄 这就对了，小妹，听我的才是我聪明的妹妹。

宋美龄 大姐，我们进餐厅吃饭吧，不要叫姆妈等急了。

宋霭龄 走吧。

［姐妹俩手挽手进餐厅同下。］

第五场

大华饭店，大华舞厅。舞厅的深处有一个红地毯圆台，圆台的墙壁上挂着孙中山的大幅画像，画像两边挂着国民党党旗和中华民国的国旗。圆台的前面摆放着各色鲜花，一个双喜字占据了显赫的位置。在圆台的一边，坐着白俄罗斯的管弦乐队，他们穿着白衣白裤，手执乐器。在圆台的另一边，站着来自世界各国的记者。在舞厅的周围，同时也来了许多参加婚礼庆典的嘉宾、朋友，还有蒋、宋两家的亲人，宋霭龄、倪桂珍、宋子良、宋子安等，同时还有国民党的将军、政客、高级来宾等。时间已到，外面传来了鞭炮声，表示隆重的婚礼即将开始。婚礼主持人蔡元培先生兴致勃勃地登上主持台，向大家鞠躬致意。

蔡元培 先生们，女士们，朋友们！良辰已到，今天是大喜的日子，客盈满厅。我，蔡元培，非常荣幸地受蒋中正先生和宋美龄小姐的委托，为他们主持盛大的婚礼！大家欢迎新郎蒋中正先生和新娘宋美龄小姐入场，向众位嘉宾亲朋好友致谢致礼！有请新人出场！

［这时大厅里响起了热烈的掌声，管弦乐队同时奏起了《婚礼进行曲》。蒋介石穿着美欧式白色燕尾西服，由孔祥熙陪同，后面跟着四位男傧相从左台出场。宋美龄由哥哥宋子文陪同，后面跟着四位女傧相从右台出场。大厅的人们用欢呼声和掌声向新人表示祝贺。新郎和新娘在舞厅的圆台子前面走到了一起，新娘子手持鲜红的玫瑰花，站在新郎的身旁，接受各国记者们的拍照。］

蔡元培 请新郎、新娘，首先向国父孙中山先生三鞠躬！一鞠躬！二鞠躬！三鞠躬！

[蒋介石和宋美龄向孙中山画像行了三鞠躬礼。]

蔡元培　请新郎、新娘，向宋老夫人三鞠躬！一鞠躬！二鞠躬！三鞠躬！

[蒋介石和宋美龄又向宋老夫人倪桂珍行了三鞠躬礼。]

蔡元培　请新郎、新娘，向来宾来客三鞠躬！一鞠躬！二鞠躬！三鞠躬！

[蒋介石和宋美龄又向来宾来客三鞠躬。]

蔡元培　新婚燕尔夫妻对拜三鞠躬！一鞠躬！二鞠躬！三鞠躬！

[蒋介石和宋美龄又相互致敬三鞠躬。]

蔡元培　下面请新郎、新娘宣读结婚誓言，并相互赠送结婚戒指！

蒋介石　亲朋好友大家好！我，蒋中正，情愿遵从上帝的意旨，娶宋美龄为妻。从今以后无论安乐患难，健康疾病，一切与美龄同共。我必将尽心竭力地爱敬你，保护你，终身不渝，相爱一生……

[蒋介石走到宋美龄面前，把一枚戒指戴在宋美龄的手指上。]

蔡元培　请宋美龄小姐，向新郎宣读结婚誓言，并赠送戒指！

宋美龄　我，宋美龄，情愿遵从上帝的旨意，嫁给蒋中正，以先生为重。从今以后无论安康患难，还是健康疾病，一切与先生同共。我将尽心尽力地敬爱你，保护你，终身不渝。上帝明鉴，这是我宋美龄诚诚实实的承诺。如今特将戒指授予丈夫，以此坚盟，相守一生……

[宋美龄同样把一枚戒指亲手戴到蒋介石的手指上。这时大厅里掌声如雷，记者们忙着拍照。]

蔡元培　先生们，女士们，朋友们，请大家为新郎新娘祝福，为国家的统一祝福！

[大厅再一次响起暴雨般的掌声。]

蒋介石　先生们，女士们，朋友们，谢谢大家为我们祝福！我和美龄结婚之后，革命工作将无疑会取得更大的进步，因为我今后将能更安心地担负起革命的重任！从现在起，我们两人决心为中国的革命事业作出最大的贡献！

宋美龄 谢谢大家的祝福，我宋美龄将全力支持先生的工作，争取为中国的革命事业尽职尽责！谢谢大家，谢谢各位亲朋好友！

蔡元培 先生们，女士们，尽情欢笑，尽情向新郎新娘表示祝福吧！

［这时有两个孩子上台向蒋介石和宋美龄献花，众人热烈地拍手鼓掌，记者们争着上前给他们拍照。大厅里继续着《婚礼进行曲》的管弦乐。大幕落下来。］

中　　部

第　五　幕

第一场

南京，中央军校，蒋宋官邸客厅。蒋介石和宋美龄上。

宋美龄 达令，我们的蜜月生活结束了，我们夫妻之间的生活也就正式开始了。我们也该做事儿了。

蒋介石 是的，夫人，我们的婚旅圆满结束了，现在是该静下心来做事儿了。

宋美龄 达令，我能为你做些什么呢？

蒋介石 夫人，你先当我的机要秘书吧。

宋美龄 好吧。当你的机要秘书主要干什么工作呢？

蒋介石 负责保管最机密的文件，负责处理最要紧的事务。

宋美龄 可我现在什么也不会做呀，我还是需要学习的。

蒋介石 夫人，我相信以你的聪明才智，你会很快就上手的。

宋美龄 达令，你不要美言我了。你先说，当前最重要的工作计划是什么？

蒋介石 我计划马上率领军队出兵中原，进行第二次北伐。

宋美龄 你要统兵出去打仗？

蒋介石 是的，夫人，我要率领北伐军向北方进军，去征服全国各地大大小小的军阀，叫他们听从我南京政府的指挥。我希望夫人能够协助我完成统一中国的神圣使命，实现孙中山先生生前的愿望和梦想，实现统一中国的伟大事业！

宋美龄 先生，这是非常了不起的事业，也是艰难伟大的事业！

蒋介石 是的，夫人，全国有三十多个省份，现在地方军阀各自为政，如同一盘散沙，我必须率领北伐军去征服他们，叫他们统一在我南京政府的旗帜下，这是一项光荣而又艰巨的使命！

宋美龄 达令，你的理想是伟大的，但是能实现吗？

蒋介石 夫人，古人云：有志者，事竟成！我南京国民政府如今有强大的军队做后盾，我想，我一定能够征服各自为政的地方军阀。所以，我要率领我的军队进行第二次北伐，攻克那些地方军阀，完成统一中华的伟大事业，不达目的决不收兵！

宋美龄 达令的雄心壮志令人敬佩，但是全国各地的军阀太多了，光靠武力能征服吗？

蒋介石 当然，夫人，征服军阀不光要靠武力，还要靠智慧，也需要靠钱收买，恩威并用。为此，我想请你大姐夫孔先生，还有你的阿哥子文兄，到南京来，分别出任南京政府的财政部长和中央银行行长。

宋美龄 这倒是个好主意。

蒋介石 只要我们控制了财政大权，有了强大的军队，何愁征服不了地方军阀呢？

宋美龄 你是说，有了钱，有了强大的军队，就有可能实现统一中国的战略目标？

蒋介石 对的，我的夫人，所以我请你来当我的机要秘书，以后就是要办这样重要的大事。而且我们新成立的南京国民政府，也需要外国人的支持，特别需要的是，以贷款的形式，取得美元或者英镑的支持，才有可能利用政治、经济和军事手段，打败中国各地的军阀，建立统一强大的中华民国！

宋美龄 达令，我明白你的意思了。

蒋介石 夫人，你重要的工作还在后面呢，我需要你工作上的支持、生活上的关心、精神上的支撑，帮助我来完成统一中国、建立强大国家的神圣使命！

宋美龄 达令，我会尽力而为的。你进兵中原，主要的军阀对手是谁呢？

蒋介石 目前北方的军阀对手主要是张作霖、冯玉祥，还在阎锡山，其他地方小军阀不足为虑。我说的张作霖、冯玉祥、阎锡山，这些军阀都很难对付，也很有势力。他们盘据一方，称霸一个天地。冯玉祥的军队有二十四万人，分别驻守在山东、河南等地。阎锡山也有二十万军队，驻守在山西不出来。最强大、最难对付的当属东北军的张作霖，有三十多万军队，而且武器为日本装备，实力强大。东北虎张作霖是最难对付的，他和东北军已经占据了北平，大有向全国扩张的野心。他在北平以中华民国安国军总司令自居，公然与我南京国民政府相抗衡。所以我首先要拉拢冯玉祥，稳住阎锡山，打败张作霖。我已经命令进兵中原，开始了第二次北伐战争的计划。

宋美龄 达令，那我也跟你进兵中原。

蒋介石 夫人，我们新婚不久，你还是在南京留守吧，南京还是要安全一些。

宋美龄 不，先生，我既然嫁给了你，就有责任伴随在你的左右。

蒋介石 不，夫人，你在南京也一样可以发挥重要的作用。我已经邀请张作霖到南京来谈判，希望和平解决问题。你也可以邀请张作霖的太太到南京来玩。

宋美龄 先生，我懂了，你走的是兄弟结拜之路，我应该走夫人的外交路线。

蒋介石 对了，夫人，你就是比一般女人聪明。

宋美龄 达令过奖了。

［两人相视而笑，这时蒋介石的秘书进来了。］

秘　书 报告总司令，东北王张作霖已经来电，拒绝来南京和谈。

蒋介石 他拒绝来南京和谈，那我就进兵中原，跟他战场上见。

秘　书　是，总司令。

［秘书转身下。］

宋美龄　达令，你什么时候率军出征呢？

蒋介石　过几天就走。我要在河南与东北军开战。

宋美龄　达令，你不是说张作霖在北平吗？

蒋介石　张作霖是在北平，但是他的东北军，已经由他的儿子东北军少帅张学良指挥，开到了河南一线。

宋美龄　达令，这么说，你出兵河南是跟东北军少帅张学良打仗？

蒋介石　是的，张学良指挥两个军团正在河南等我呢。

宋美龄　达令，你想不想跟张学良和谈？

蒋介石　我跟张学良怎么能和谈呢？他又不是东北军的统帅，他没有资格跟我谈判。

宋美龄　那我就不想多说什么了。达令，我陪你一起去南征北战，争取为统一中国助你一臂之力。

蒋介石　夫人，战场上你不怕吗？

宋美龄　战场有什么可怕的？有你这个总司令保护我，我还怕什么呀？

蒋介石　夫人说的有道理，不过到北方去作战，可是要吃苦头的。

宋美龄　我不怕，我正想目睹一下什么叫战争呢？

蒋介石　那就跟我走吧。有夫人陪着我督战，统一中国一定会成功的。

［两人同下。］

第二场

北平，六国饭店，蒋介石和宋美龄下榻的地方。蒋介石的秘书走进来。

秘　书　报告！

［蒋介石从里面房间里出来，上。］

蒋介石　什么事？

秘　书　报告总司令，我来报告一个好消息，东北王张作霖在沈阳皇姑屯附近被日本人密谋炸死了。

蒋介石 什么？东北王张作霖在沈阳被日本人炸死了？

秘　书 是的，总司令。

蒋介石 消息可靠吗？

秘　书 消息绝对可靠，总司令。

蒋介石 这不是什么好消息。我知道了，你去吧。

秘　书 是，总司令。

［秘书转身下去。］

蒋介石 张作霖被日本人炸死了？这太意外了。

［宋美龄从里面房间出来，上。］

宋美龄 达令，你在自言自语说什么呢？

蒋介石 我在说东北军阀张作霖被日本人炸死了。下一步该怎么办？

宋美龄 什么？张作霖被日本人炸死了？

蒋介石 是的，夫人，刚才汪秘书来报的。

宋美龄 东北军老帅突然死了，这怎么可能呢？

蒋介石 我也是感到很突然，现在回想起来，张学良正在河南与我北伐军大战的时候，突然撤退了，我以为是天助我也，原来是东北出大事儿了，东北的天塌了。

宋美龄 达令，张作霖被日本人谋害了，这到底是好事儿还是坏事儿呢？

蒋介石 这也说不上是好事儿，日本人密谋杀害了张作霖，说明日本人要打东北的主意没有得逞。

宋美龄 照你的说法，张作霖的死亡，对东北还是坏事儿了？

蒋介石 是的，张作霖的死亡，对东北的局势是有重大影响的。不过，张作霖突然死亡，对我们国民政府的中央军来说还是有利的，张作霖如果活着，我们北伐军不会这样轻松地打到北平来，一定是要付出沉重的代价的。

宋美龄 达令，照你的意思，张作霖的突然死亡，对于我们中央军占领中原还是有利的？

蒋介石 是的，夫人，因为东北出事儿了，所以张学良才放弃了河南中原与我之战。

宋美龄 达令，老帅张作霖是胡子出身，没有文化，是个大老粗，少帅张学良可是军校出来的高材生，有勇有谋，我跟他打过交道。

蒋介石 哦？夫人，你怎么跟张学良打过交道呢？

宋美龄 达令，三年前，上海发生五卅惨案的时候，张学良将军奉北洋政府之命，率领东北军开进大上海，处理与英国人发生的流血惨案。我曾为他工作过七天，当了七天的英语翻译，出席中外各种记者招待会，充任现场翻译和文字记录秘书，我们因此成为好朋友。他为了感谢我对他工作上的大力支持，后来接受了我的邀请，视察了我创办的孤儿院，并且个人为孤儿院捐献了五万块大洋，算是奖励我的工作报酬，所以我到现在还非常感激他的慷慨布施！从张学良将军与英国人谈判，到他与英国人处理五卅惨案的过程，我发现了张学良将军的精明。少帅虽然年轻，可是处理问题智勇深谋，是我亲眼所见的。上海当年的五卅惨案，张学良将军仅用了七天时间就将问题解决了，而且处理得非常圆满，中英双方，以及上海的各界民众都对处理结果感到满意，这是所有人都没有想到的。所以，我说未来的张学良，可能比他的老父亲还要精明。

蒋介石 夫人，你跟张学良是好朋友，这可是个意外的好消息，如果以后东北军是张学良挂帅，那我们就可以找他和谈，到时候夫人可要出力，争取说服张学良归顺南京政府。

宋美龄 那当然，夫唱妇随嘛，到时候我一定争取说服东北军的少帅张学良。

蒋介石 好的，夫人，到时候唱戏就看你的了。

宋美龄 达令，你在干什么？

蒋介石 我在等客人。

宋美龄 你又在等客人？你又请谁来了？

蒋介石 我请了冯玉祥和阎锡山到六国饭店来会谈。

宋美龄 你请了冯玉祥和阎锡山来会谈?

蒋介石 是的，夫人，平定这些军阀需要我跟他们和谈。

宋美龄 达令，你这样费尽心机有用吗?

蒋介石 有用要谈，没有用也要谈，我总是要想办法向他们表明我南京政府的政治主张和统一国家的态度。

宋美龄 达令，你请冯玉祥和阎锡山到六国饭店来和谈能成功吗?

蒋介石 夫人，不管谈判能不能成功，谈判是必要的。如果能用谈判的方式来说服他们归顺我南京中央政府，这当然是一件好事，这样可以避免流血，避免双方大动干戈，同时也可避免两军大战两败俱伤。

宋美龄 那要谈不成呢?只有用武力解决了?

蒋介石 是的，夫人，文在前，武在后，这叫先礼后兵。

宋美龄 达令，你真是精明过人、足智多谋呀。

蒋介石 夫人，冯玉祥和阎锡山这两个人也都不是等闲之辈，他们就像官场上的老黄鳝鱼一样又精又滑，不过他们好在同意和谈，所以我愿意跟他们结盟，争取他们归顺中央政府。这也许是政治游戏，但是我还是愿意跟他们谈判，利用谈判的时间收买他们的人心。

宋美龄 达令，那要不要我参加这样的谈判呢?

蒋介石 不要，女人最好不要参与这样的政治游戏。

宋美龄 那我就回避了。

蒋介石 好的，夫人，你先找个地方自己消遣吧。

宋美龄 那我就回卧室看书，看报纸。

蒋介石 你去吧，夫人。

[宋美龄转身回了房间，下。这时蒋介石的秘书又从外面进来了。]

秘　书 报告总司令，张群先生和徐邦来先生来了。

蒋介石 请他们进来。

秘　书 是，总司令。

[秘书转身，下。张群和徐邦来先生上，他们向蒋介石敬礼。]

张群、徐邦来：报告总司令！

蒋介石　张群先生、徐邦来先生，我请的客人来了吗？

张　群　报告总司令，冯玉祥先生和阎锡山先生到了。

蒋介石　好哇好哇，那快请啊！

张　群　请进，冯司令！

徐邦来　请进，阎司令！

［冯玉祥和阎锡山从外面进来，上。］

蒋介石　欢迎冯先生，欢迎阎先生，见到你们我很高兴啊！

冯玉祥　蒋总司令，幸会幸会！

阎锡山　欢迎蒋总司令和北伐军到北平来呀！

［蒋介石和冯玉祥、阎锡山握手。］

蒋介石　谢谢，谢谢！能在北平见到冯总司令和阎兄，这是我们兄弟之间的缘分哪！

冯玉祥　蒋总司令，能在北平的六国饭店见到你，这也是我们的荣幸啊！

蒋介石　谢谢，谢谢！

阎锡山　蒋总司令请我们来面谈有何见教啦？

蒋介石　二位仁兄，我们有时间坐下来慢慢谈。里面请，里面请！

张　群　冯将军，里面请！

徐邦来　阎将军，里面请！

冯玉祥　好好好！

阎锡山　谢谢，谢谢！

蒋介石　请请请！

［蒋介石请冯玉祥和阎锡山进了会客室，把张群和徐邦来挡在了门外。］

蒋介石　张群、徐邦来，我现在有一件重要的事情要跟你们交代。

张　群　总司令有什么指示？

蒋介石　是这样，东北王张作霖叫日本人暗杀了。你们过两天去沈阳，代表我，也代表南京国民政府，去吊唁张作霖，同时向张作霖的家人表示慰问；特别是向少帅张学良表示我蒋某人和民国政府的慰问诚意，同时不要忘记带上一笔慰问金。

张　群　是，总司令。

徐邦来　请总司令放心吧。

蒋介石　你们要去参加张作霖的追悼会，不要忘记了，是代表民国政府，代表我，所以要大张旗鼓，让东北军政界的人都知道。

张　群　是，总司令。该怎么做，我们明白。

蒋介石　那好，多余的话我们就不用说了。等我和冯玉祥、阎锡山今天谈完了第一轮，你们明天就起程去沈阳。明白吗？

张群、徐邦来：是，总司令。

［蒋介石和张群、徐邦来进了冯玉祥和阎锡山所进的房间，下。］

第三场

六国饭店，蒋介石与宋美龄下榻的房间客厅。蒋介石和宋美龄上。

宋美龄　达令，你跟冯玉祥和阎老西的第三轮谈判谈得怎么样？

蒋介石　夫人，我和冯玉祥及阎老西的第三轮谈判还算有成果，我跟他们结拜了兄弟之盟，他们还算给我面子，口头上答应服从中央政府的领导，服从中央政府的指挥。

宋美龄　达令，这种政治游戏可靠吗？能维持多久呢？

蒋介石　夫人，这话怎么说呢？我跟冯玉祥和阎锡山桃园三结义，只是政治的需要、时局的需要，其实他们表面上答应服从中央政府，服从我蒋某人的领导，心里肯定还是很不舒服的。但是，他们至少在表面上接受了我的政治主张，接受了国家军队统一的主张，这就为我中央军争取了一段喘息休整的时间。我下一个要和谈争取的人物就是东北军的新统帅张学良了。

宋美龄　什么？东北军的新统帅是张学良？

蒋介石　是的，夫人，张学良子承父业，可谓是年轻得志，二十七岁就当上了东北军的统帅、东三省保安总司令，不可思议吧？

宋美龄　我确实没有想到，张学良会在东北军政界如此出人头地！

蒋介石 我也感到很意外。我已经通过张群和徐邦来邀请张学良到北平来谈判。

宋美龄 他会来吗?

蒋介石 他已经来了，今天下午到了北平。看来年轻的东北军少帅还是比他老奸巨猾的父亲好打交道。

宋美龄 我说过的，达令，张学良跟他的父亲不一样。年轻的少帅有知识，有文化，跟他父亲张作霖那个老军阀有本质的不同，差别很大的。

蒋介石 是的，夫人，张学良确实跟他的父亲不一样。张作霖有野心，想当国家的大元帅，与我南京政府相抗衡。而张学良识大体，明大局，知道顺应历史的潮流，不顾东北军政界老将们的反对，秘密到北平来与我会谈，这是明智的。

宋美龄 达令，你会怎样对待他呢?

蒋介石 张学良手握重兵，又坐镇东三省，我要利用张学良的忠勇，来实现我统一国家的目的，他太重要了。

宋美龄 那你想怎样接待他呢?

蒋介石 夫人，我想听一听你的见解。

宋美龄 达令，我以为，对待张学良应当以礼为上，以诚相待，您说呢?

蒋介石 可是阎老西向我建议，张学良到北平来，应该把他扣起来，不能让这只东北小老虎跑掉，他要不听话，就地杀了他。夫人以为如何呢?

宋美龄 达令，万万不可，你千万不要听阎老西的胡说八道，他是想借刀杀人，除掉张学良，借此排除心腹大患。

蒋介石 我不傻，我明白阎老西的用意。你说张学良该杀不该杀呢?

宋美龄 达令，我们为什么要除掉一个可以成为朋友的人呢?

蒋介石 夫人说得对，只要张学良听话，服从我南京政府的意志，听从我蒋中正的指挥，我们就应该跟他成为朋友，而不是敌人。如果他要不听话，那我也就只有按照阎老西的说法，对他不客气了。

宋美龄 达令，对待张学良我劝你千万要权衡利弊，不可乱动杀机。张学良手下有三十多万东北军，他还统治着东三省。杀了他，我们南京政府就有可能失去东三省的地盘，同时失去东北军三十多万官兵这块肥肉，而且也有可能让日本人钻了空子，趁机霸占东三省，张学良是万万杀不得的。

蒋介石 夫人说得有道理，我也想到了这些问题，张学良我是不会轻易除掉的，我要利用他统治东北，牵制日本人，不能叫日本关东军把东北给霸占了。

宋美龄 达令聪明，这样想就对了。

蒋介石 我就怕张学良听不进人话，听日本人的鬼话，在东北搞什么满洲独立王国，这是我最担心的事情了。

宋美龄 达令，这一点我倒是觉得不用担心，张学良即便听不进你的话，也不会听日本人的鬼话，因为他的父亲死于日本人之手，我相信杀父之仇他是不会忘记的。

蒋介石 当然，杀父之仇，无论何人都是不会忘记的。我就怕东北军政界有人当汉奸，有人当卖国贼，背后与日本人合谋暗算张学良，逼他就范。所以我要力争说服他，如果说服不了他，再想其他办法。

宋美龄 达令，你说服不了他，让我来呀。

蒋介石 夫人，我要说服不了张学良，难道你就能说服他吗？

宋美龄 有可能，先生，你不要忘记了，我和张学良早在三年前就有不错的交情。有的时候男人喜欢听女人的话。到时候，你宴请张学良或者与他谈判的时候，请我出场好了。

蒋介石 好吧，夫人，明天下午，我就在东德楼饭庄宴请张学良，欢迎他到北平来，同时为他接风洗尘。你随我同去好了。

宋美龄 好的，达令，到时候我一定周旋在你们中间，争取说服他服从南京政府的领导，服从您的指挥。

蒋介石 那太好了，夫人，如果张学良同意归顺我南京政府领导，服从我国民政府的指挥，我们两军就可以避免流血，避免厮杀，这样对谁都好。

宋美龄　达令，我相信张学良是头脑清醒的人，他绝对不会把东三省和东北军出卖给日本人的，他父亲被日本人阴谋暗杀了，他绝对不会投敌叛国的。

蒋介石　夫人，你的分析有道理，正是基于这一点，我认为，张学良一定会与我南京政府合作的。收服他，是我民国政府最重要的工作。东北是我们国家的一块风水宝地，东北军又是全国各路军阀中实力最强大的。所以收复东北，收复东北军，也就意味着中国各地由我南京政府统一了。虽然这样的统一还不稳固，但是大局形成了，我中华民国也就不是一盘散沙了，以后就好慢慢治理了。

宋美龄　先生，到那时候，你是不是就可以当上民国继任大总统了？

蒋介石　是的，夫人，等中国统一了，天下平定了，我中华民国就可以继续实行总统制了。

宋美龄　那太好了，先生，但愿国家能够早一天统一，天下能够早一天太平。

蒋介石　我也是这样想的。夫人，等我南京政府统一了国家，平定了天下，下一步棋就是消灭共产党，然后对抗东北的日本关东军。

宋美龄　达令，共产党一定要消灭吗？

蒋介石　是的，夫人，共产党一直是我的心腹大患，他们比军阀更难对付。我不能让共产党的组织在中国发展壮大起来！

宋美龄　达令不必过于担忧，共产党的势力如今在中国还是一条小鱼，翻不起大浪的。

蒋介石　夫人，共产党的势力可不能小视呀，孩子虽小，他早晚有一天要长成大人的。共产党的活动，如今已经在江西的井冈山闹得我不得安宁了。

宋美龄　达令不必为此担心，共产党的力量目前还小得很，成不了什么大气候。等平定了军阀，再消灭他们也不迟呀。

蒋介石　夫人，我也是这样计划的。

宋美龄　走吧，达令，我陪你出去走一走，散散心，不要一天到晚想问题了。你也应该多注意保养自己的身体，不要太劳累了，适当地休息一下是很有必要的。

蒋介石 好的，夫人，还是有太太在身边好哇。

[两人出门同下。]

第四场

北平东德楼饭庄，一间会客室。门口有持枪的卫兵站岗，张群和徐邦来从外面进来，上。门口的卫兵向他们立正，致礼。

卫　兵 张先生，徐先生！

张　群 总司令在里面吗?

卫　兵 总司令和夫人还有客人们，都在餐厅里面等着呢。

[张群走到里面餐厅门口。]

张　群 报告总司令，张学良将军到了。

蒋介石 快请！

[蒋介石和冯玉祥还有阎锡山，从餐厅出来。最后出来的是宋美龄。]

徐邦来 张总司令，请！

[张学良从外面进来，上。看见蒋介石，张学良上前敬礼。]

张学良 报告蒋总司令，张学良幸会蒋总司令！

[蒋介石与张学良握手。]

蒋介石 汉卿将军，你好！欢迎你到北平来呀，我已经在此恭候多时了！

张学良 多谢蒋总司令的邀请，学良因公务缠身，迟至今日才来拜见先生，实在抱歉，敬请先生原谅！

蒋介石 汉卿将军，你能来北平与我相见，已经给足我面子了。我对此表示欢迎，特在东德楼饭庄备下酒席，为你接风洗尘呢！

张学良 谢谢蒋总司令，学良不胜感激呀！

冯玉祥 汉卿将军，多日不见，你可好哇！

[张学良向冯玉祥敬礼。]

张学良 冯总司令，幸会幸会呀！

[冯玉祥与张学良握手。]

冯玉祥 汉卿将军真是精神抖擞、朝气勃勃呀！

张学良 谢谢冯总司令的美誉，学良向您致敬啦！

阎锡山 汉卿将军，你是少年得志、年轻有为呀！

[张学良向阎锡山敬礼。]

张学良 阎总司令，学良见到您老人家万分的高兴啊！

[张学良与阎锡山握手。]

阎锡山 汉卿将军，我们这是借着蒋总司令的光，在北平幸会呀！

张学良 是的，是的，阎总司令，大家今天能走到一起，这是蒋总司令的高瞻远瞩啊！我们大家都应该感谢蒋总司令！

阎锡山 是的，是的，为了国家的统一，为了军队的统一，蒋总司令费尽心机把我们各方召集到一起，实不容易呀！

张学良 看得出来，蒋总司令是用心良苦，我们大家应该赞同国家统一才对。

阎锡山 是的，是的，蒋总司令为了国家的统一真是煞费苦心呐！

[宋美龄此时走到了张学良面前。]

宋美龄 汉卿将军，春风得意，别来无恙，你还认识我吗？

张学良 呀？美龄小姐？怎么是你呀？

宋美龄 汉卿将军，你还记得我吗？

张学良 美龄小姐，我怎么敢忘啊？您怎么会出现在这里呀？

宋美龄 汉卿将军，难道我就不能来欢迎你吗？

张学良 欢迎我？当然当然。不过见到美龄小姐，我感到既意外又惊喜！如今您是……？

宋美龄 汉卿将军，我现在是蒋夫人，宋美龄……

张学良 噢，原来如此？汉卿这是有眼不识泰山啊，对不起，大姐，幸会幸会！

[张学良与宋美龄握手。]

宋美龄 汉卿将军，我们有三年多的时间没有见面了，你还是这样阳光，这样朝气！

张学良 是呀，美龄大姐，上海一别，我们有三年多时间没有见面了，想不到您现在成为了蒋总司令的夫人，恭喜恭喜！

宋美龄 汉卿将军，你不是希望我从政吗？我当年在上海创办儿童事业的时候，你说我搞儿童事业太屈才了，我适合从政。我认为你说的有道理，所以我就嫁给了蒋先生，改行从政了。

张学良 美龄大姐应该从政，美龄大姐从政绝对是一个出色的女性，这一点我是深信不疑的，不会看错的！

宋美龄 谢谢你，汉卿将军，你太抬举我了。听说你要来北平，我早就想见到你了。

张学良 是吗？大姐想见我有什么指示？

宋美龄 当然是为了政治，为了国家的统一，为了军队的统一，我和蒋先生欢迎你到北平来的目的，就是为了国家的统一，为了军队的统一！

张学良 大姐现在讲话好像一位政治家了，这真是夫唱妇随呀！蒋先生得到了美龄大姐，将来必成大业呀！

蒋介石 是吗？汉卿将军，我听说你和美龄是老朋友，所以我特地请她来欢迎你！

张学良 谢谢蒋总司令！谢谢夫人！不过确实地说，我和美龄大姐还真是老朋友！从国父孙中山先生那里说起，从国母庆龄女士那里说起，我和美龄大姐也是老朋友了，不是外人。

冯玉祥 噢，原来汉卿将军和蒋夫人早就认识呀？

阎锡山 难怪呀，汉卿将军到北平来，蒋夫人如此热情，亲自参加宴会，亲自出面作陪，我和冯总司令可没有这样大的面子，也没有得到过这样的殊荣啊！

蒋介石 百川，我和夫人结婚时有过约定，女人不得参政。所以我宴请你和冯总司令，也就没有叫夫人出面作陪。

阎锡山 蒋总司令，那现在你们怎么把夫人请出来了？

蒋介石 因为夫人说，她和汉卿是老朋友，她要出面见老朋友，我也不好阻拦吧？

张学良 是的，冯总司令、百川将军，你们有所不知，我和美龄大姐的交情和缘分，早在一九二五年就开始了。

宋美龄 不，冯总司令，百川将军，确切地说，汉卿将军与我们宋家的关系，其实早在一九二四年就已经确立了，应该说，我和汉卿将军的友情，是从我二姐庆龄那里就已经开始了。当年我二姐跟随孙先生北上时，就在天津与汉卿将军和老帅见过几次面，如果说到缘分，大家的缘分应该是从那时就开始了！

蒋介石 对的，对的，夫人所言极是，这确是我们南北两大政治势力相结合的缘分哪！

宋美龄 我相信，汉卿将军会从国家的统一、民族的团结立场出发，尽力而为的。

张学良 对的，夫人说得对，国家的统一、民族的团结，乃是我中华民族当前最重要的大事！学良为此，情愿与蒋总司令、冯总司令，还有百川将军，畅所欲言，肝胆相照，图谋国家大计！

宋美龄 汉卿将军说得好，我就知道汉卿将军是深明大义的人！

张学良 当今之中国，地方军阀各自为政的格局，实在是国不像国、家不像家呀！我张学良愿以百分之百的诚意，为国家的统一、民族的团结，牺牲个人利益，促成国家与军队的统一，共同抵御外敌！

宋美龄 怎么样，达令，我说汉卿将军会成为我们的朋友，不会成为我们的敌人吧？

蒋介石 是的，夫人对汉卿将军的为人还是十分了解的。

张学良 美龄大姐，现在您既然成为蒋总司令的夫人了，我们南北统一大业就有了更加牢固的基础！请蒋总司令放心，我张学良这次到北平来，一定成全蒋总司令统一国家的伟大梦想和宏伟目标！不论东北军政两界对换旗易帜有多少猜疑和反感，我张学良都会义无反顾，坚决实施！

蒋介石 好！汉卿，就凭你对国家统一事业的一片忠诚和决心，我今天也要敬你三杯！众所周知，我蒋中正是从来不喝酒的，但是今天我要破例，为了国家的统一大业而干杯！拿酒来，先让我们开怀畅饮三杯！

宋美龄 对，拿酒来！

张　群 拿酒来！

何成浚 快拿酒！

［一位漂亮的小姐端着酒具盘从餐厅里出来，大家随意从小姐的酒具盘中拿起酒杯，端起来。］

宋美龄 汉卿将军，今天我也要敬你三杯，为了国家的统一，你情愿牺牲东北和个人的利益，这种精神可敬可佩！

张学良 大姐有所不知，我张学良在东北深受日本关东军之苦，他们劝我、逼我，在东北搞满洲独立王国。我是个中国人，我情愿东北军和东三省归属南京政府，我在蒋总司令的麾下当一名小兵，我也不能出卖中国人的利益！

宋美龄 汉卿将军，你的爱国精神令人敬佩！

张学良 美龄大姐，我们中国人不能忘祖忘宗，对不对？如果说，我在此之前，还想过东北是否换旗，是否归属南京蒋总司令，那么现在见到美龄大姐之后，我下定决心了，东北一定要换旗，归属南京中央政府，因为我们是一家人，我不能把东北变成日本人的满洲国！

宋美龄 汉卿将军，我没有看错，你是一个堂堂正正的东北汉子，你是一个堂堂正正的中国军人！

冯玉祥 汉卿将军爱憎分明，实在令人敬佩。东北是不能变成日本人的满洲国！

阎锡山 汉卿老弟深谋远虑呀，你虽然年轻，但是爱国精神可歌可泣呀！你说的是对的，我们中国人不能把东北变成日本人的满洲国！否则就是愧对祖先！

张学良 是的，冯总司令，百川将军，我最近几个月思来想去，出路只有归顺南京政府，归属蒋总司令，我东北军和东三省才能摆脱日本人的纠缠和控制，所以我才到北平来面见蒋总司令。

冯玉祥 汉卿将军，你的决策是对的。

阎锡山　汉卿将军，你的决定是英明的。

蒋介石　来，诸位，大家为了国家的统一事业干杯！

宋美龄　大家为了中华民族的团结干杯！

张学良　大家为了国家的统一、民族的复兴干杯！

冯玉祥　大家为国家、军队的统一，干杯！

阎锡山　大家为精诚团结合作干杯！

张　群　大家为南北统一，国家统一干杯！

何成浚　大家为国家的精诚团结干杯！

众人齐声：干杯！干杯！干杯！

［大家相互碰杯，喝酒。］

蒋介石　汉卿吾弟，我感谢你肝胆相照，为了国家的统一，为了民族的团结，你深明大义，我再敬你一杯！

张学良　谢谢蒋总司令！东北换旗，国家统一，这是利国利民的大事情！我张学良宁愿不做东北王，也应该顺应历史的潮流，以国家民族大义为重！

宋美龄　说得好，汉卿将军，我现在真为你和蒋先生在一起共事感到高兴！

张学良　谢谢夫人的支持。过去我在东北易帜的问题上有些犹豫，因为反对的人太多。可是我今天见到蒋先生和夫人，我就下了决心归顺中央。当然，中国的统一是我小时候的梦想。在我看来，南北统一，东北和南京结为一体，总要比受日本人的控制和威胁好得多！

宋美龄　汉卿将军，我也敬你一杯！

张学良　谢谢夫人！

冯玉祥　汉卿老弟，你的决定聪明。

阎锡山　接受日本人的控制，那是亡国奴！

张学良　就是呀，我张学良宁愿做蒋总司令手下的一个兵，也不能做日本人脚下的亡国奴！

张　群　对的，汉卿将军说得非常对！

徐邦来　这才是堂堂正正的正人君子！

蒋介石 汉卿，干杯，今天我们要好好喝几杯！

张学良 好吧，蒋总司令！

宋美龄 干杯，尊敬的朋友！

张学良 谢谢夫人！

冯玉祥 我也敬你一杯，汉卿将军！

阎锡山 我也敬你一杯，汉卿老弟！

张学良 谢谢，非常感谢！

蒋介石 来，汉卿，干杯！

宋美龄 汉卿，干杯！

张学良 大家一同干杯！

众人同声：干杯！

［大家碰杯喝酒！］

蒋介石 大家请，请进餐厅，今天我们要痛痛快快地喝几杯。大家请！

［蒋介石以手势请众人进餐厅，大家同下。］

第五场

南京，蒋介石、宋美龄的住所客厅。宋美龄看着一份报纸，上。宋美龄的女秘书陈小姐从大门进来，上。

陈小姐 夫人，你大姐孔夫人来看你了。

宋美龄 我大姐来看我？

［宋美龄到门口迎大姐，宋霭龄上。］

宋霭龄 小妹！

宋美龄 大姐！

［宋美龄亲热地与大姐拥抱。］

宋霭龄 小妹，想我了没有？

宋美龄 大姐，我还真有点想你了。

宋霭龄 听说你从北平回来了，我就跑来看望你。

宋美龄 大姐，你怎么知道我回来了？

宋霭龄 中原要爆发战争了，我想你可能待不下去了。

宋美龄 是的，大姐，中原要爆发大战了。

宋霭龄 中原为什么又要开战？这才太平了几天时间呀？

宋美龄 国家的统一道路曲折，阎锡山不满介石，不满中央政府，联合了冯玉祥，还有广西的军阀李宗仁，联合起来反对南京政府，反对中央！

宋霭龄 美龄，这到底是怎么回事儿呀？介石跟阎锡山、冯玉祥、李宗仁，不是歃血为盟的结拜兄弟嘛，怎么说翻脸就翻脸啦？

宋美龄 出于政治目的结盟，就像小孩子们的游戏一样，一言不合就打起来了。冯玉祥和阎锡山联合了李宗仁，在中原集结了七十万大军，与介石领导的中央军相对抗，在中原摆开了战场。他们以津浦、陇海、鲁西南、平汉、湖南等地为战场，同时向中原进军，架势很大。他们的战略计划是以广西桂林的军队为主体，以李宗仁的第一方面军为主力，沿着京广铁路线压进，以山西阎锡山的晋军为主力的第三方面军，沿着津浦线南下，以冯玉祥的西北军为主体的第二方面军，沿着陇海东进南下，对我南京政府的中央军形成了南北合围之势，形势很严重。介石怕中原大战失利，让我提前返回了南京。

宋霭龄 小妹，那你为什么不劝介石退出中原呢？

宋美龄 介石他根本就不听我的，他要在中原与那些军阀决战。

宋霭龄 美龄，政府的中央军有多少人马呀？

宋美龄 四十万，我南京政府的中央军只有四十万，要面对阎锡山、冯玉祥、李宗仁的七十万大军，战局对我中央军是很不利的。我劝介石放弃中原，退守南京，他说我不懂军事，把我赶回了南京，他要与中央军共守中原！

宋霭龄 这真是要命啊！中原大战，看来是那些地方军阀想消灭中央军和南京政府啊！

宋美龄 是的，是的，他们的如意算盘是要消灭中央军和南京政府，但是他们的阴谋是不会得逞的。我回南京来，就是要坐守南京，帮助介石和南京政府渡过难关。

宋霭龄 小妹，你一个女人能做什么呢？

宋美龄 我已经电请原来山东的军阀韩复榘和他的小老婆纪甘青到南京来做客。我要想办法拉住韩复榘。韩复榘的军队眼下驻守河南郑州，战略地位很重要。介石对我说，韩复榘的军队倒向谁，这是很关键的问题，他的军队倒向中央军，就会有助于中央军与那些军阀相抗衡，他要是倒向军阀那一边，那就会对中央军很不利。所以韩复榘是个很关键的人物。不过他原来是西北军冯玉祥的老部下，拉拢他需要花钱收买他的心。

宋霭龄 花钱收买他，能成事吗？

宋美龄 不知道，死马当做活马医吧。

宋霭龄 小妹，那我能为你做些什么？

宋美龄 大姐如果有钱，就出点钱吧。

宋霭龄 钱不是问题。你要多少？

宋美龄 我先要个几十万大洋吧。我要请韩复榘和他的小老婆纪甘青来南京吃喝玩乐，叫他们满意。韩复榘只要倒向我南京政府中央军，我也就算助了中央军一臂之力。

宋霭龄 我明白你的意图了，小妹，钱我来出好了。

宋美龄 那我就谢谢大姐了。

宋霭龄 小妹，咱们姐妹之间还谈什么谢字呀？

宋美龄 那我就不说谢了。大姐，我想问你一件事情。

宋霭龄 你问吧，什么事儿？

宋美龄 大姐，你听说我二姐庆龄在国外生病的事了吧？

宋霭龄 我听说了。她得病是自作自受。她一个人跑到国外去，也不知得了什么病？

宋美龄 我听说，二姐是看了《纽约时报》上的一篇文章，上面的谣言把她气病了。

宋霭龄 一篇小稿就那么计较，还是第一夫人呢，心胸狭小，小肚鸡肠。

宋美龄 大姐，那篇文章无中生有，恶意中伤，说二姐即将嫁给陈友红，这对二姐的精神打击太大了，太伤二姐的自尊心了。

宋霭龄 小妹，话不能这样说呀，谁让她不改嫁呢？改嫁多好。世界上就没有见过这样不开通的女人。

宋美龄 大姐，我听说，二姐要改嫁的消息是你传到国外去的？可是真的？

宋霭龄 我说了又怎么样？她在国外发表反政府、反蒋言论，我这是为了维护你的面子。她要以后不改，我以后还要说的。

宋美龄 大姐，你不能这样做！我们是一奶同胞的姐妹，不能因为政治伤了我们宋家三姐妹的感情。大姐来看我，我很高兴。二姐要是能来看我，那就更好了。

宋霭龄 小妹，我们宋家以后权当没有她，我们跟她也好不到一起去。你跟介石结婚她都不参加，独自一个人远走莫斯科，我为此对她有气。

宋美龄 大姐，是政治原因把我们姐妹之间的感情分开了。但是，大姐，我还是敬爱二姐的，我希望你以后对二姐不要做得太过火了。

宋霭龄 她算老几，我都不想认她了。庆龄总是站在共产党的立场上说话，反对南京国民政府，反对蒋先生，难道你就不生气吗？

宋美龄 大姐，你不能这样，气归气，但是我们还是一母所生的三姐妹呀！手心手背都是肉，我们姐妹总有一天还是要见面的，所以大姐以后不要把事情做得太过分了。

宋霭龄 好了，小妹，我不想为这些事儿跟你废话了。

宋美龄 那你以后就对二姐客气一点儿，她毕竟是我们宋家人。

宋霭龄 好，小妹，你现在是民国第一夫人，我听你的。

宋美龄 大姐，你可以不听我的，但是你不能把对二姐的不满情绪传达给外人，你要考虑到二姐一个人的处境。她经常在报纸上，在记者们面前，发表反蒋、反政府的言论，其实我对二姐也反感。但她毕竟是我二姐呀！她的言论已经引起了介石的不满，如果你再跟着火上浇油，我怕有一天二姐要出事的。

宋霭龄 出事也是她自找的，这也怨不得别人。

宋美龄 大姐，你说这样的话就不对了，二姐是我们宋家的亲姐妹，我不能叫二姐出事。无论何人要暗算我二姐，我都是不会答应的。

宋霭龄 我也不希望她出事儿，我不过是期望她能回心转意，如此而已。

［这时宋美龄的秘书陈小姐又进来了。］

陈小姐 夫人，您请的客人韩复榘将军和他的太太到了。

宋美龄 快请他们进来！

陈小姐 是，夫人。

［陈秘书转身出门去请客人，下。］

宋美龄 大姐，关于二姐的事情我们先不谈了。你先上楼去吧，我要接待客人。

宋霭龄 好吧，在外人面前，大姐就不见客了。

［宋霭龄上楼去了。宋美龄到门口去迎接客人。陈小姐引导韩复榘和他的夫人进来。］

宋美龄 欢迎常胜将军向方先生！欢迎漂亮的夫人纪甘青女士！

韩复榘 蒋夫人！

［韩复榘向宋美龄敬军礼。］

纪甘青 夫人！

［纪甘青向宋美龄鞠躬。］

宋美龄 向方将军，你好！纪甘青女士，欢迎你来南京啊！

韩复榘 夫人，韩复榘见到夫人阁下深感荣幸啊！

宋美龄 哪儿呀，应该说，我能请到向方将军和甘青夫人到南京来玩，实在高兴啊！

韩复榘 谢谢夫人如此看得起我韩某人！

纪甘青 谢谢夫人如此盛情！

宋美龄 应该的，应该的。我听说你们从来也没有到南京来过，所以我请你们来玩儿也是理所当然的。请坐吧，向方将军，请坐吧，纪甘青女士！

韩复榘 谢谢夫人！

纪甘青 多谢夫人！

宋美龄 不要客气，请坐吧。［*三人在沙发上坐下来。*］我能请到向方将军和甘青夫人到南京来玩，到家里来做客，感到很荣幸啊！

韩复榘 夫人实在太客气了，派人接我们到南京来做客，韩某实在受宠若惊啊！

纪甘青 是呀，夫人，您对我们如此友好，令我们感动万分哪！

宋美龄 应该的，应该的。甘青夫人，我听说，向方将军是以英勇善战著称的，是战场上的常胜将军。我敬佩英雄，所以也想见一见闻名天下的英雄向方将军，同时也想会一会英雄美丽的夫人甘青女士！

韩复榘 夫人过奖了，向方实不敢当啊！

纪甘青 是呀，夫人，他这个英雄是名声在外，您就不要夸他了。

宋美龄 我听说，向方将军不但是战场上的英雄好汉，而且还是妇女解放运动的倡导者和支持者。是这样吧？

韩复榘 是的，是的。

宋美龄 而且我还听说，向方将军在地方上开展反对男人纳妾、反对女子缠足束胸等活动，我要代表自己和全国妇女界二万万同胞向向方将军表示深切的敬意！

韩复榘 谢谢夫人，向方本人素来尊敬女性，所以在地方上提倡女人破除旧习，不要缠足，不要束胸，男人不可以娶小妾；这些过去的旧习，都是对女人的不尊敬。

宋美龄 是的，向方将军，你做得很对；女人缠足、束胸、男人娶小妾，这些过去的旧习，都是对女性的不公平。据我所知，向方将军是第一个如此开明的地方长官，所以我应该向您致敬！

韩复榘 不敢不敢，夫人如此恭维，向方心里不安呢。

宋美龄 向方将军，你这是为女人做好事儿呀，心里有什么不安的？

韩复榘 谢谢夫人，谢谢夫人。

宋美龄 向方将军，中国目前就需要您这样开明的将军和英雄好汉哪！

韩复榘 夫人，有什么话您就直说吧，不要这样抬举我了。

宋美龄 向方将军如此坦率，那我们就打开天窗说亮话了。目前的中国局势有点乱，地方军阀不服从中央政府的领导，都想各霸一方，闹得天下不得太平。介石想统一中国，建立一个强大的国家，可是冯玉祥和阎锡山出于一己的私利，又挑起了战端，在中原摆开了龙门阵，想破坏国家统一的大政方略。中原大战，事关国家的统一及和平，对此，我希望向方将军能够深明大义，千万不要受了他们的拉拢，参与破坏国家统一的大政方略。

韩复榘 夫人，我是不想参与中原大战的……

宋美龄 向方将军，你听我把话说完。虽然外界对向方将军的传闻很多，但我还是相信，向方将军会以国家的大局为重，不会干出破坏国家统一的坏事情来，我也一直劝说介石不要听信谣言，不要受人挑唆……

韩复榘 夫人，蒋先生相信我吗？

宋美龄 当然，介石当然相信向方将军会以国家大局为重的，所以，这一回，他不但要让你担任第一军团的总指挥，并且还把陈调元、马鸿达和刘珍年的部队交给你调遣，归属你指挥，同时装备上也要加强。我和介石都相信，你向方将军是有民族大义感的人，会为国家的统一站在中央政府一边，不会倒向地方军阀的。

韩复榘 我谢谢夫人，谢谢蒋先生如此看得起我韩复榘。

宋美龄 向方将军，现在不谈谢字。国家的统一，中原的战局，需要向方将军能够站出来，维护国家的统一，支持政府的中央军，这是至关重要的。

韩得榘 夫人的意思是让我站出来支持蒋先生的中央军，对抗冯玉祥、阎锡山、李宗仁的联合军？

宋美龄 对的。向方将军果然是个聪明人，中原的战局你也是清楚的。介石代表的是国家的统一，民族的团结；而阎、冯、李呢，代表的是军阀混战。向方将军何去何从请多为国家与民族考虑。

韩复榘 夫人，恕我直言，国家的统一是一件大事儿，蒋先生的国策我也是支持的。夫人，我韩复榘也是希望国家统一的人，不希望国家如此混乱，天天混战。但是，我何去何从也很难办，为什么呢？夫人可能有所不知，冯玉祥过去对我恩重如山，他把我从一个普通士兵提拔为将军。冯先生就好比是我的亲生父母；蒋先生和夫人呢，现在又好比是我的再生父母，所以我既不能帮着冯先生打蒋先生，也不能帮着蒋先生打冯先生。当然，我是赞成蒋先生国家统一的主张的，我也是主张和平、反对打内战的。我不希望中国的军人打来打去的，今天你打我，明天我打你，为了争地盘，打得天昏地暗，难解难分。现在看在夫人的面子上，我听介石的。不过请夫人跟介石说一说，体谅我韩某人的苦衷，我不希望与西北军冯先生手下的兄弟们正面交火，就让我去打阎老西那个老王八蛋吧！

宋美龄 好的，向方将军，一言为定！我可以建议蒋先生调你的军队去山东，正面阻击阎锡山的进攻，叫中央军来对付冯玉祥的西北军。这样安排如何？向方将军？

韩复榘 夫人，蒋先生如能这样安排，我可以接受。

宋美龄 好的，向方将军，那就这样说定了。等中原大战结束之后，我会向蒋先生建议，为你记功授奖的！现在，为了感谢你对中央政府的支持，我代表蒋先生向你表示感谢！

[宋美龄向韩复榘深深地鞠了一躬。韩复榘惊得非常不安。]

韩复榘 夫人，这可使不得！

宋美龄 甘青夫人，我请你到南京来玩，也没有准备什么礼物，我就送给你一张五十万元的支票吧，请你收下！

纪甘青 夫人，这如何是好啦？

宋美龄　甘青夫人，请不要客气，这算是我们姐妹的见面礼吧。

［宋美龄把手中的支票给了韩复榘的夫人纪甘青，韩复榘和纪甘青拿着支票非常感动。韩复榘向宋美龄敬军礼，纪甘青向宋美龄鞠躬致敬。］

韩复榘　夫人，您太客气啦！

纪甘青　夫人，谢谢您的美意！

宋美龄　不要客气，甘青夫人，以后我们就是亲如一家的姐妹！

［这时宋美龄的秘书陈小姐又上来。］

陈小姐　夫人，为客人准备的晚餐已经在餐厅准备好了，可以开席了。

宋美龄　那就吃饭吧。向方将军，甘青夫人，我在家里设宴欢迎你们，如何？

韩复榘　谢谢夫人！

纪甘青　非常感谢夫人！

宋美龄　那就请吧！

［众人同下，进侧面餐厅。］

第六场

南京，蒋介石、宋美龄的住所客厅。宋美龄和大姐宋霭龄一起下来，经过客厅。

宋霭龄　小妹，最近一段时间你都忙活瘦了，今天请客，明天送礼的，大姐来你也不把我当客了。

宋美龄　对不起，大姐，我最近确实太忙了，没有时间陪伴你。为了中原大战，为了政府的中央军能够取胜，我不得不努力地工作。这是没有办法的事情，请大姐理解我。

宋霭龄　我理解你小妹，但是我劝你不要太辛苦了。打仗应该是男人们的事情。

宋美龄　可是，大姐，我不操心不行啊！大姐，中原大战的成败关系到国家的和平统一，我必须要全力以赴辅佐介石的中央军取得中原大战的胜利！我要做的事情很多。前一段时间，我拉拢收买了冯玉祥的老部下韩复榘、刘茂修，帮助中央军扭转了中原大战中的被动局面。现在我要请东北军的张学良出场了。这个东北军的小统帅如果能够站出来帮助中央军，那中原大战的局面就明朗了。所以我必须要把张学良请出来，进兵中原！

宋霭龄　你怎么能把张学良的东北军请出来呢？

宋美龄　事在人为，我已经邀请张学良将军和他的夫人于凤至到南京来了。我必须要唱好这一出戏，与于凤至结为干姐妹，调动张学良的东北军出山海关，参与中原大战，争取快一点结束这场旷日持久的战争！

宋霭龄　张学良和于凤至会到南京来吗？

宋美龄　他们已经来了，我现在就要到火车站去迎接他们！

宋霭龄　美龄，你现在越来越有本事了。

宋美龄　大姐，说实话，女人的外交本领，我还是跟大姐学的。你跟我一起到火车站去迎接张学良将军和于凤至小姐吧？如何？

宋霭龄　遵命，小妹，我现在好像成了你的秘书了。

宋美龄　那可不敢，我怎么敢请大姐给我当秘书呢？

［两人出大门同下。］

第七场

南京，蒋宋官邸客厅。宋美龄的保姆蔡妈从大门进来，上。

蔡　妈　夫人，夫人，先生回来啦，先生回来啦！

［蒋介石一身军装上，进门就解开了外面的披风，转手交给了佣人。］

蒋介石　蔡妈，夫人在家吗？

蔡　妈　在家的，先生，夫人在楼上。

蒋介石　美龄，夫人，美龄！

蔡　妈　夫人，先生回来啦！夫人，先生回来啦！

［宋美龄从楼上跑下来，到了丈夫面前。］

宋美龄　达令，我的达令，你回来了？

蒋介石　是的，夫人，我回来了。

［蒋介石拉起了宋美龄的双手，轻轻在她手背上吻了一下。］

宋美龄　先生，中原战事如何？

蒋介石　夫人，中原大战我们胜利了。冯玉祥、阎锡山退兵了，李宗仁也逃回老家了。

宋美龄　先生，这就是说，中原大战结束了？

蒋介石　是的，夫人，中原大战的胜利，你立了大功啊！

宋美龄　达令，你在前线辛苦了。半年的时间，你日夜操劳，总算可以回南京安心休息了。

蒋介石　夫人，我谢谢你，中原大战的胜利，你一个人的作用，等于两个超级军团呢！你的三步棋走得太漂亮了。第一步，拉拢韩复榘，帮我顶住了山东战场阎锡山的进攻。第二步，收买刘茂修，促成了其弟刘茂恩向我们倒戈反正，瓦解了敌军的进攻。第三步，你与张学良的夫人于凤至结为干姐妹，促成了张学良率领东北军出师中原，帮助我中央军进行战略反攻。历时半年之久的中原大战，以我南京政府的胜利宣告结束了。阎锡山、冯玉祥、李宗仁，同意向我们中央军及南京政府低头认输了。夫人，我应该为你嘉奖记功啊！

宋美龄　达令，中原大战的胜利，说明国家统一的局面已成定局了？

蒋介石　是的，夫人，国家统一的局面已成定局了。冯玉祥、阎锡山、李宗仁，已经向我南京政府请求握手言和了。

宋美龄　这就好，战争不打了，国家统一了，国民也就可以安宁了。达令，你也该好好休息休息了。

蒋介石　是的，夫人，我也可以回南京来好好休息休息了。中原大战的胜利，加强了我中央政府的力量，稳固了中央集权，保证了我作为国家领袖不可动摇的地位。这是胜利中的胜利呀！

宋美龄　达令，你作为国家的领袖，平定了军阀，我应该为你庆功！蔡妈，快去叫大师傅为先生做好吃的，我要在家里为先生设宴！

蔡　妈　是，夫人！

［蔡妈下。］

宋美龄　走吧，达令，先随我上楼去休息休息吧？

蒋介石　好的，夫人，我好想你呀！

［宋美龄拉着蒋介石的手，两人上楼同下。大幕落下来。］

第　六　幕

第一场

蒋宋官邸。宋美龄和蒋介石从楼上下来，在客厅的沙发坐下来。

宋美龄　达令，全国的军阀了，下一步你有什么打算？

蒋介石　我想休息一段时间，就可以腾出手来，围剿共产党，围剿江西井冈山的红军了。

宋美龄　达令，围剿共产党，围剿红军，还需要你亲自出马吗？

蒋介石　当然，我要亲自挂帅，去南昌，指挥围剿共产党，围剿红军！他们在江西的井冈山闹得太不像话了，越闹越大啦！现在湖南、湖北等地也发现了共产党红军根据地，他们的地盘也越闹越大了，人也越闹越多了；再不围剿，共产党那些土匪就要在中国闹翻天啦！

宋美龄　达令，共产党那些土匪能成气候吗？他们不过才有几万人，叫你手下的人去围剿就可以了，我想可以不用你亲自出马吧？

蒋介石　夫人有所不知呀，那些赤色共匪比军阀更难对付，他们聪明狡猾又不怕死，我清剿了他们几年，也没有把他们消灭。现在我有人力、物力，而且也有精力和时间围剿他们了，所以我必须抓紧时间消灭他们！

宋美龄　达令，要我说，围剿红军土匪，你不应该自己亲自挂帅，而应该叫你手下的将领们去挂帅。作为一国之领袖，你应该坐在后面指挥，而不是亲自上阵。

蒋介石　夫人是担心我的安全，我能理解。可是江西的井冈山和湖北的洪湖一带，都是中国的腹地省份，是华中与华南的交通枢纽，如果这些地方以后叫共产党的红军土匪控制了，那无异是将中国的南北分割开来，长此下去，实在不妥。我们应该趁着共产党羽毛尚未丰满之时，坚决地消灭他们！不能等到他们羽毛丰满了再实施打击，那就太迟了。

宋美龄 达令，那些土匪龟缩在湖北的洪湖、江西的井冈山那样的小地方，终有一天会给我们消灭的，达令不必为此忧虑。我建议你还是派手下的大将去剿匪，不必自己亲征。你是一国之君，亲自上阵剿匪，胜了是理所当然，败了脸上无光。所以我主张，发动第二次剿共战争，你还是派他人去吧。

蒋介石 夫人说得有道理。那么派谁去呢？

宋美龄 派你的军政部长何应钦去，叫他挂帅，我看合适。

蒋介石 对，派何应钦去，我叫他挂帅，担任剿匪总司令。来人！

［蒋介石的秘书汪秘书上。］

汪秘书 主席有什么指示？

蒋介石 汪秘书，你打电话，叫军政部长何应钦马上到我这里来，我要见他！

汪秘书 是。主席，这里还有一份我刚刚翻认出来的共产党的文件，请委员长过目。

蒋介石 拿过来我看一看，上面写了什么消息？

汪秘书 上面有一篇国母宋庆龄女士写的文章。

蒋介石 共产党的文件，上面刊登了国母庆龄女士的文章？

汪秘书 是的，主席。

蒋介石 什么内容？

汪秘书 主席自己看吧。

宋美龄 汪秘书，拿过来我先看一看。

蒋介石 不，还是我先看。

［蒋介石从汪秘书手里拿过文件看起来。汪秘书转身出门下。］

宋美龄 达令，我二姐写了什么？

蒋介石 她又在写文章胡说八道。你看看你二姐写的东西吧。

［蒋介石气得把文件扔给了宋美龄。］

宋美龄 国民党已不再是一个政治力量？

蒋介石 你二姐总是有意跟我们的南京政府作对！

宋美龄 念文件：当做一个政治力量来说，国民党已经不复存在了。这是一件无法掩盖的事实，谁也否认不了。促使国民党灭亡的并不是党外的反对者，而是党内自己的领袖。自一九二五年孙中山病逝北平，国民革命突然失去了领导，以致中辍。幸而当时广州的党内同志们严格遵守中山先生的遗教，以群众为革命的基础，使北伐能于短期内在长江流域取得胜利。但是不久以后，蒋介石的个人独裁与军阀政客之间的争吵，造成了革命的分裂，使党和人民之间的鸿沟日益加深……

蒋介石 夫人，你二姐到什么时候也不忘记攻击我！

宋美龄 达令，我二姐写这样的文章，也不完全是对你来的……

蒋介石 不是对我来的，他指名道姓？

宋美龄 达令，你不要生气，我这个二姐是叫人理解不了，她好像朽木不可雕也。

蒋介石 是朽木不可雕也！本来六月一日，我在南京为中山先生举行奉安大典，目的就是希望通过孙先生的葬礼，感化庆龄先生，期望她能感恩戴德，回心转意。想不到她还是对我这样不满，发表这样激烈的电文，反对我，反对国民党，反对我所领导的国民政府！

宋美龄 达令，我想这可能是二姐心情不好，难免有些糊涂……

蒋介石 这是难得糊涂吗？这是敬酒不吃要吃罚酒！

宋美龄 你说什么？敬酒不吃要吃罚酒？

蒋介石 我看你二姐就是这样不可雕的朽木，应该请她吃罚酒！

宋美龄 达令，你消消火，找时间我跟二姐好好谈一谈，我相信有一天她会回心转意的。

蒋介石 你也不要找她谈了，我请杜月笙找她谈好了。［蒋介石随手拿起了电话。］喂，给我接杜月笙杜老板！

宋美龄 达令，你要干什么？不许你给杜月笙打电话！

［宋美龄马上跑到蒋身边，把电话按了，同时把蒋介石手里的电话听筒也抢了下来。］

蒋介石 夫人，你要干什么？

宋美龄 你不能给杜瘩打电话！

蒋介石 美龄，你不要再保护她了，我要叫杜月笙教训教训她！

宋美龄 不行！她是我二姐，你不能胡来的！

蒋介石 她是你二姐，又是国母孙夫人，所以我才迟迟没有下手；如果不是这样特殊的人物，我早就想斩草除根，叫人打发她了！

宋美龄 斩草除根？你那宝贝公子还在苏俄骂你哩，你怎么不斩草除根？

蒋介石 夫人，你莫说了！我儿子经国跟你二姐不一样！

宋美龄 有什么不一样的？他们都是受了共产党的政治宣传，受到影响，所以站在共产党的立场上说话，我看没有什么不一样的！

蒋介石 经国他在苏联是因政治处境使然，他回到国内来就会回心转意的。

宋美龄 那我也敢保证，我找二姐好好谈一谈，她也会回心转意的。达令，你不能乱来的！你知道我二姐在国际、国内的影响有多大？你不好胡来的！

蒋介石 好好好，夫人，我听你的，我听你的，这样可以了吧？

宋美龄 达令，你先冷静冷静，我会给我二姐写信，叫她回心转意的！

蒋介石 你说的事情根本就不可能！我对你二姐也算是仁至义尽了。从我上台当选国民党主席、国民政府主席，你二姐就一直不忘在报纸上，在社会舆论面前攻击我、诽谤我！

宋美龄 达令，这件事情我会想出办法来与二姐沟通的，请你给我一段时间。你不能对我二姐无礼的。你要是指示杜瘩对我二姐下手，我是绝对不会答应的！

蒋介石 好好好，我的夫人，你真是无原则地护着你二姐，我就给你这样的面子。你二姐的事情我们就先不谈了，以后再说。

宋美龄 以后你也不许对我二姐胡来的！她是一个孤独的女人，你是一个大男人，好男不跟女斗，你不能跟她一般见识！

蒋介石 好好好，我的夫人，我答应你，不跟她一般见识，不跟她一般见识。

［这时蒋介石的秘书汪日章又进来了。］

汪秘书 报告主席，军政部长何应钦先生到了。

蒋介石 请他进来！

汪秘书 是，主席。

［汪秘书转身下去了。过了一会儿何应钦上，走到蒋面前敬军礼。］

何应钦 报告主席！尊敬的夫人！

蒋介石 请坐，何部长！

宋美龄 你好，何部长！

何应钦 主席找我有何事？

蒋介石 是这样，何部长，现在军阀的战乱已经平息了，全国已经统一了，我们可以腾出手来对付共产党和红军了。

何应钦 主席英明！

蒋介石 何部长，上一次我们出动了十万人，围剿共产党和红军那些赤匪，结果没有消灭他们，反而让他们得寸进尺，越闹越大了！再不围剿他们，他们就要闹中原了。所以，这一次，我要出动二十万大军围剿他们，军事力量比过去增加一倍，并且由你军政部长亲自挂帅，担任总司令。如何呀，你有信心吗？

何应钦 有，主席！

蒋介石 何部长，这一次围剿共产党，一定要消灭共产党的红军主力队伍！

何应钦 是，主席！

蒋介石 何部长，这一次剿匪，一定要铭记上一次的教训，采取步步为营、稳扎稳打、重兵包围的战术，一切行动由你指挥。现在正是春耕生产的时候，你统帅大军剿匪，一定要破坏共党土匪根据地的春耕生产，抢光种粮种籽，放马吃秧，放干水田，拆烧房屋，以达到斩草除根、杀尽共匪之目的！

何应钦 是，主席！

蒋介石 具体的剿匪计划由你先拟订，过几天在会议上定夺。

何应钦 是，主席！

宋美龄 何部长，你喝水吧？

何应钦 不喝，谢谢夫人。主席还有什么指示？

蒋介石 关于剿匪指示没有了。我现在想听一听你们军政部的工作情况如何？

何应钦 主席，军政部的工作，几句话说不清，以后有时间，我到您办公室谈吧。

蒋介石 不，我现在请你到书房谈。

何应钦 那好吧，主席。

蒋介石 请随我来。

何应钦 对不起，夫人，我和主席有一些内情要谈。

宋美龄 那就请吧！

［蒋介石与何应钦进书房门下。宋美龄在沙发上坐下来，接着看手中的文件。保姆蔡妈又从大门进来了。］

蔡　妈 夫人，又来客人了。

宋美龄 蔡妈，又来了什么客人？

蔡　妈 是杜先生，杜老板来访。

宋美龄 他来干什么？

蔡　妈 不知道。

宋美龄 请他进来吧。

蔡　妈 是，夫人。

［蔡妈转身出门下，过了一会儿蔡妈引着杜月笙进来了。］

杜月笙 夫人，您好！

宋美龄 杜先生，你好！你来有事儿吗？

杜月笙 夫人，我刚才接到了蒋主席的一个电话，电话线莫名其妙地断了，也不知蒋主席找我有什么事情？

宋美龄 杜先生，蒋主席的电话可能打错了。

杜月笙 是打错了？我还以为蒋主席找我有事呢。

宋美龄 他不会找你有什么事吧？

杜月笙 夫人，蒋主席在家吗？

宋美龄 蒋主席在书房里与军政部长谈重要的工作，不便打扰。

杜月笙 哦？那我就问一问夫人，蒋主席到底找我有什么事呢？

宋美龄 杜先生，你请回吧，你来的事，回头我会转告的。

杜月笙 是，夫人，那我就走了。

[杜月笙讨了没趣，转身出门走了。蔡妈把客人送走了。]

宋美龄 二姐，你要给我找麻烦呢。

[宋美龄从沙发起身，也上楼休息去了。客厅没有人了。]

第二场

景同前场。电话铃突然响起来，保姆蔡妈从书房门跑出来接电话。

蔡　妈 喂，喂，你找谁？找夫人？请等一下。夫人，电话！夫人，电话！

[宋美龄从楼上下来。]

宋美龄 蔡妈，是谁来的电话？

蔡　妈 是孙夫人的佣人李燕娥打来的电话。

宋美龄 什么？是我二姐保姆打来的电话？[宋美龄马上从蔡妈手里接了话筒。]喂，我是宋美龄。燕娥，你说什么？我二姐出事儿了？出什么事儿了？出了车祸？伤得重不重？重伤住院了？好，我知道了。

[宋美龄气得挂了电话，就要上楼去找蒋介石，蒋正好从楼上下来了。]

蒋介石 夫人，谁来的电话？

宋美龄 我正要问你呢！你这是要干什么去？

蒋介石 我要到总统府开会去。

宋美龄 达令，我二姐出了车祸，你知不知道此事？

蒋介石 你二姐出了车祸，我怎么会知道呢？

宋美龄 回来回来，你先不要走。我二姐出了车祸，是不是你指使杜痞干的？

蒋介石 这怎么可能呢？夫人，我怎么会指使杜月笙干这样的事情呢？

宋美龄 达令，你是不是跟我装糊涂？你跟杜月笙合伙欺负我，把我当小孩子？

蒋介石 夫人，这是谁告诉你的？还是你自己猜的？

宋美龄 达令，你给我把话说清楚，上次你打电话给杜痞，他来府上找过你。他回上海不过一周的时间，我二姐就出了事，这不是你指使他干的，又是谁指使他干的？

蒋介石 夫人，我实在不晓得此事，我也没有指使杜月笙干这样伤天害理的事情，请你相信我好了。

宋美龄 不是你，还有谁，还有谁有如此大的胆子敢伤害国母？

蒋介石 夫人，这真是天大的冤枉啊，我这是跳进黄河也洗不清了！

宋美龄 达令，你听好了，我二姐如有个三长两短，我跟你闹翻天！

蒋介石 美龄，我真是没有指使杜痞干这样的事情啊，我可以对你发誓，对天发誓！

宋美龄 你真的没有？

蒋介石 绝对没有！好了，夫人，时间快到了，我要去开会了。这件事情等我晚上回家来再说好不好？

宋美龄 不行！不说清楚，你不要想去开会！

蒋介石 我的美龄，你这样就不好了，等我开完了会，一切都会给你查清楚的，请你相信我好了。

宋美龄 我马上要去上海看望我二姐，亲查此事！如果二姐车祸这件事是你背后指使的，等我回来找你算账！

蒋介石 夫人，你去查好了，天地良心，我可以对天发誓，我真是没有指使杜痞干这件事儿！你让我走吧，时间要来不及了。

蔡　妈 夫人，你就让先生走吧。

宋美龄　好，等我去上海查明了事情的真相，回头咱们说话！

蒋介石　夫人，你去查好了。我真是要走了。

［宋美龄放了蒋介石，不再拦他了。蒋介石出门走了。］

宋美龄　蔡妈，去收拾东西，马上跟我去上海！

蔡　妈　是，夫人。

［宋美龄和蔡妈一起上楼去收拾行装，下。］

第三场

蒋宋官邸，蒋介石的办公室兼书房。将近半夜时分，电话铃声突然响起来。响了有几声，宋美龄跑进来，打开了办公桌上的台灯，拿起了办公桌上的电话听筒。

宋美龄　喂，我是宋美龄，你是哪一位？汉卿将军？你找蒋主席接电话？好，我马上叫他来。达令，达令，快来接电话，张学良从北平打来的电话！

［蒋介石从侧门走进来，上。］

蒋介石　是汉卿打来的电话？

宋美龄　是的，他找你，说有十万火急的大事要向你请示！

蒋介石　什么事情啊？十万火急？

宋美龄　你快来接电话吧。

［宋美龄把电话听筒递给了走到身边的蒋介石。］

蒋介石　喂，汉卿，有什么大事儿？请说话。什么，日本关东军炮轰沈阳，炮轰北大营，炮轰东北军驻地？汉卿，你等一等，容我想一想！

［蒋介石把电话听筒放在桌子上，沉思。］

宋美龄　达令，张学良说了什么事，你还需要想一想？

蒋介石　他来电话说，日本关东军突然袭击沈阳，炮轰北大营东北军驻地，看来日本鬼子要占领东北呀！

宋美龄　达令，日本鬼子的野心终于爆发了？

蒋介石　是的，夫人，可我们国家现在还没有实力与日本军队相对抗。［蒋又拿起了电话听筒说话。］喂，汉卿，听我的命令，你马上电令东北军撤退，撤至山海关、长城一线，不要与日本军队发生冲突；对，撤退，不要与日本军队相对抗，要保存实力。你听我说，汉卿，留得青山在，不怕没柴烧！［蒋介石放下了电话。］娘希匹，小日本！

［蒋介石气得骂人，说明他心里也不舒服。］

宋美龄 达令，命令东北军不抵抗就撤退，民众要骂人的。

蒋介石 骂就骂吧。现在的日本政府和日本军队，依仗强大的经济实力和军事实力，欺负我国弱民穷，这是势不可当的。东北军只有撤退，保存实力。

宋美龄 达令，你这样的决策，张学良和东北的民众能接受吗？

蒋介石 不接受又怎么办？日本人的实力太强大了，抗日的问题以后再说。眼下光凭张学良的三十万东北军，是挡不住两百万日本关东军的进攻和野心的，东北军不能死打硬拼。我的决策是对的，保存实力乃为上策！夫人，今天是多少号？

宋美龄 九月十八日。

蒋介石 九月十八日？娘了希匹的小日本！我这清匪剿共还没有结果呢，他们又开始发疯强占东北了！

宋美龄 达令，这是日本政府和日本关东军欺我中华无人呢！

蒋介石 是的，夫人，这是日本政府早有预谋的。这正是人善有人欺，马善有人骑呀。他们欺我国弱民穷，我们暂且也只能忍辱负重了。

宋美龄 达令，这样的决策，国人是要骂娘的。

蒋介石 国人骂娘也是骂张学良。知己知彼，我们的国力现在还不足以与日本政府和日本军队相抗衡。

宋美龄 达令，你命令张学良和东北军撤退，那把张学良置于何等尴尬的境地呀？全国人民都要骂他的！

蒋介石 为了国家，他只有受一点委屈了。我现在要保的是东北军三十万官兵平安退出东北，不能被日本关东军消灭，将来为我中央政府所用。

宋美龄 达令，你这样决策对张学良太不公平了，你叫他以后在国人面前怎样抬头、怎样做人呢？

蒋介石 夫人，我的决策没有错。我要到办公室去一趟，叫汪秘书给张学良发电，一定要执行我的命令！

［蒋介石出门，下。］

宋美龄 九月十八日，这是个黑暗的日子！

［宋美龄关掉了桌子上的台灯，舞台变得一片黑暗。宋美龄出门，下。］

第四场

蒋宋官邸客厅。蒋介石和宋美龄从楼上下来到客厅。

宋美龄 达令，我把全家人今天请到家里来团聚，不会影响你的工作吧？

蒋介石 不影响，不影响。你能把全家人请到家里来吃饭，我应该在家里作陪的。你把你二姐孙夫人庆龄也请来了吗？

宋美龄 没有，我这一次就是没有把二姐请回来，这是非常遗憾的事情，我们宋家所有的人今天都到了，就差她一个。

蒋介石 请不来就算了，你二姐是见不得我，她受共产党的毒害太深了，总是反对我。

宋美龄 达令，我想问你，你的第五次剿匪计划怎么样啦？

蒋介石 我的第五次剿匪计划又失败了，让共产党的红军逃出四川跑到陕北去了。不过共匪队伍剩下来的人已经不多了，只有三万多人。今年我要组织百万大军，亲自督阵，对逃到西北地区的共党红军进行最后的清剿，完全彻底地消灭他们！

宋美龄 达令，这一次剿匪你想让谁挂帅呢？

蒋介石 这一次西北地区剿匪，我要让张学良挂帅，指挥东北军和西北军清剿共匪，我指挥中央军在后面督阵。

宋美龄 张学良到欧洲考察军事回来了吗？

蒋介石 我已经通知他回国了。我要调他和东北军去西北剿匪、剿共，让他为我所用。

宋美龄 张学良是个难得的将才，你重新起用他是对的。“九一八”

事变后，张学良代中央政府受过，遭到了全国人民的谩骂，他实在太委屈了。你应该叫他官复原职，重新掌握东北军的大权，东北军离不开他。

蒋介石　我也是这样想的，东北军离了他玩儿不转，我还是要请他重新担任国家军队的副总司令，同时兼任西北剿匪总指挥，负责指挥他的东北军和杨虎城的西北军去剿匪。共产党的红军已经龟缩在西北地区不足一百平方公里的小地方，这一次清剿一定要争取消灭他们，不能让他们再跑掉了！

宋美龄　达令，你这样安排，张学良高兴吗？

蒋介石　张学良是有点不情愿接受，他想率领东北军打回老家去！

宋美龄　这可以理解，东北毕竟是他们的故乡啊！东北军官兵，忍辱负重，离开家乡，在外面流浪，但是他们对故乡的情结还是终身难忘的。他们想打回老家去的心情，也是理所当然的。

蒋介石　但是军令如山，军人就必须服从命令！

［这时宋美龄的保姆蔡妈上。］

蔡　妈　先生，夫人，大姐和孔先生，还有子文先生到了。

宋美龄　他们来得真快，快请！

［宋美龄和蒋介石到门口迎接客人。宋霭龄和孔祥熙、宋子文上。］

宋霭龄　小妹，今天是什么好日子呀，请我们来吃饭？

宋美龄　今天是我们宋家人团聚南京的日子，所以我要请大家来吃大餐！

蒋介石　各位嘉宾虽然是一家人，平时也是难得一聚。里面请！

宋霭龄　委员长贵为一国之君，我们要见您，是不容易了。

蒋介石　大姐就会拿我开心说笑！

宋霭龄　是这样的，我现在一年半载也难得见到委员长一面了。

宋子文　大姐，委员长官当大了，就不想见你了。

蒋介石　哪里哪里，大家总归是一家人。各位请坐吧！

宋美龄　现在就差小弟子良、子安没到了，大家在客厅等一下吧。蔡妈，上茶！

蔡　妈　是，夫人。

［蔡妈转身进餐厅，下。大家找地方随意坐下来。］

宋子文　小妹，二姐怎么没有来呀？

宋美龄　我前两天打电话请二姐来南京，她说身体不舒服，请不来。

宋子文　那你应该再打电话邀请，家人团聚，应该把二姐请来才算团圆！

宋美龄　我也是这样想的，可是二姐就是请不来，也不知为什么？如今二姐人在上海，再打电话邀请她也来不及了，下一次再说吧。

宋霭龄　请不来就算了，我们团聚，庆龄总是难得请到的。

宋美龄　政见不同，是政治把我们兄弟姐妹之间的感情分开了。下一次我一定要请她来！

宋霭龄　算了，不说她了。委员长最近在忙什么工作？

蒋介石　我呀，最近主要的精力都在忙于重建中国空军的工作，这很重要！

宋霭龄　重新组建空军部队那当然好了，有空军多风光啊？

蒋介石　组建航空部队不仅是风光的问题，而且也是国家的需要、战争的需要。我们如果有了过硬的航空部队，就可以加快剿共的步伐！而且为了以后的中日战事，我们也需要组建一支有力量的空军部队！

宋霭龄　委员长，中日以后一定要开战吗？

蒋介石　大姐，这是避免不了的事情，中日早晚有一天要开战的。日本人的野心太大了，如今占领了东北、华北，还要继续向察哈尔扩张，日本政府的野心是有可能占领中国！我们不可能让日本人长期得寸进尺的。我们现在没有实力与之对抗，我们只能量力而行。我们现在最重要的任务是清剿共匪，消灭共党和红军！攘外必先安内。我们只有先消灭了共匪，才有精力对付外敌！

孔祥熙　委员长想得对。

宋子文　重建国家航空部队，这是一件非常重要的大事呀！

蒋介石 对，这不仅是一件非常重要的大事，而且也是一件当务之急的大事！

宋美龄 达令，组建国家航空部队，我很高兴参与！

蒋介石 好，夫人，我也是这样想的！

宋子文 委员长，不客气地讲，自从“九一八”事变之后，我国民党的政治威望大大地降低了，这是日本政府向我们亲美英国民政府的挑战！

蒋介石 是的。子文，对于组建国家航空部队的事，你有什么想法，或者说有什么高见？不妨说一说。

宋子文 有关重新组建国家航空部队的事情，我还没有考虑成熟，但是我同意尽快成立起来，国家没有空军是不行的。

蒋介石 关于重新组建国家航空部队的事情，我的想法已经很久了。空军，不仅是显示国威军威的象征，同时也是壮我国威军威的面子！子文，这件事情还需要你掏腰包，向美国政府订购飞机呀！

宋子文 只要是壮国威军威的事情，我可以掏钱，但是要找一位能干事业的人，不然，我是舍不得掏这个钱的。

孔祥熙 对，一定要找一个干事业的人，这是问题的关键。

蒋介石 我想先成立一个国家航空委员会，负责创建空军的计划。

宋子文 委员长，我想问的是，你想请谁来担任这个国家航空委员会的领导人？

蒋介石 我物色的人选，保证你们大家都满意。

宋子文 那是谁呢？

蒋介石 夫人。

宋子文 夫人？

宋霭龄 美龄？

蒋介石 是的，我想请美龄出马，亲自担任国家航空委员会的秘书长，怎么样？

宋霭龄 我看可以！

孔祥熙 我也同意委员长的提议。小妹对美国的国情非常了解，在当今之中国很难找到比小妹更合适的人选了。

宋子文 行，小妹办事我也放心。

蒋介石 那我的提案就算通过了。美龄，你呢？

宋美龄 我？达令如果让我干，我当然同意，不过我有条件。

蒋介石 什么条件？

宋美龄 我要有权，说话算数，我应该有的权力，任何人不能阻碍，我不愿意当有职无权的官儿。

蒋介石 那当然，我可以任命你为航空委员会的秘书长，大权实握！干好了，将来也许当个空军司令！哈哈……

宋美龄 此话当真？

蒋介石 可以当真！

宋美龄 咱们一言为定。我可以为国家的航空事业尽职尽责！

孔祥熙 第一夫人就是有第一夫人的才干！

宋霭龄 大家在说正事儿呢，不许说笑！

孔祥熙 我也是说正事儿呢！

蒋介石 孔先生说得对！我想从黄埔军校第六期的学生中间挑选一批人，在南京成立航空班，并在军政部下面设立航空署。之后再成立几个航校，培养一批精干的飞行员！

宋美龄 成立哪几个航校？

蒋介石 至少南京、洛阳、南昌要成立航校。

宋美龄 好，航校归我管！

蒋介石 夫人，我再给你请一个懂行的顾问，好不好？

宋美龄 行，你说谁吧？

蒋介石 周至柔。

宋美龄 周至柔？

蒋介石 这个人很好，既有魄力又有经验。具体工作我还可以过问。

宋美龄 这样安排我同意。

宋霭龄 小妹，干好了，你将来就是国家的空军之母了。

宋美龄 我一定要干出样子来，请大家看一看！

蒋介石 不过，夫人，组建国家空军也是一份苦差事，任重而道远呢！现在空军注册的各种杂牌飞机有五百架，其实可用来作战的飞机仅有九十一架，其他飞机已经陈旧不堪。除此之外，我国的航空修理技术还很落后，迫切需要一批航空医生。怎么办？都要操心，都要想办法解决。

宋美龄 这好办，我去请！

蒋介石 你到哪里去请？

宋美龄 当然是去美国，我到美国去请！

宋子文 我赞成。

宋美龄 我到美国去不光要为飞机请医生，我还要请新飞机，请飞行员来呢！

蒋介石 那好，夫人，你什么时候出发，我为你送行！

宋美龄 达令，你这是见风就是雨呀？

蒋介石 当然了，办空军的事情当然是越快越好！

宋美龄 那好，我也争取快一点去美国出访。

［这时宋家小弟宋子良和宋子安来了。］

宋子良、宋子安： 三姐！

宋美龄 哟，小弟来啦？你们来得正好，大家在等你们哪！人到齐了，我看大家还是先吃饭吧？吃完了饭，咱们再说话。

蒋介石 请吧，大姐、庸之；请吧，子文先生！

宋美龄 子良、子安，里面请！

［蒋介石和宋美龄热情地招呼客人，请大家进餐厅，大家同下。］

第五场

美国白宫，宋美龄下塌的住所休息厅。宋美龄在自己下榻的房间休息厅，迎接前来看望她的美国总统夫人埃莉诺·罗斯福。宋美龄从内室出来，美国总统夫人从大门进来。两位尊贵的夫人走到了一起。美国总统夫人手里捧着一大束鲜花。

总统夫人： 您好，美龄！

宋美龄 您好，总统夫人！

［两个女人握手，美国总统夫人同时向宋美龄献花。］

总统夫人：美龄，总统让我来接待您！

宋美龄 谢谢埃莉诺夫人！总统阁下很忙吧？

总统夫人：是的，美龄，罗斯福总统这几天正在国会大厦开会，忙得不可开交，接到您的电报，他就让我来招待您，美龄有什么事，我们俩先尽情谈吧。

宋美龄 谢谢总统，谢谢夫人！这是介石给总统阁下的亲笔信，请夫人代转给总统吧。

［宋美龄打开皮包，拿出一封信转交给总统夫人。］

总统夫人：好的，美龄，我一定办到。

宋美龄 另外，关于我此次贵国之行，有关意见书也请夫人呈交给总统先生。请夫人尽快给我一个回话，中国战事吃紧，我不可能在这里久待。

总统夫人：我会把蒋先生的信件和您的意见书及时转给总统的。美龄，你应该在美国多住一些日子。你还像过去一样，办事这样急。

宋美龄 是呀，埃莉诺夫人，我天生就是个急性子；夫人还记得有一次我没有赶上飞机，急得哭吗？

总统夫人：是有这样一回事儿，说起来，那已经是十多年前的事情了。那时候你还是一个在美国读书的小姑娘，现在身份不同了，如今你是中国的第一夫人了。

宋美龄 是呀，总统夫人，我们的友情说起来已经有十多年了。

总统夫人：蒋先生很有头脑，他统一了中国，这是总统先生想不到的，就连孙中山先生在世的时候也没有能真正做到啊！

宋美龄 夫人，您不要夸他了，介石不过是顺应了历史，没有什么可赞扬的。如果说这几年他有点成绩的话，也是贵国政府的倾囊相助！这次我到贵国来，也是来求援的，不光求物，还想求人哩！

总统夫人：那好，总统很关心中国的事情，只要你来了，我想他是好说话的！希望你多住几天，总统有时间就会接见你的！

宋美龄 谢谢！

总统夫人：走吧，美龄，我陪你出去走一走、看一看，让你了解今天的美国。

宋美龄 好的，夫人。

［两个同下。］

第六场

美国白宫总统办公厅。美国总统罗斯福由贴身警卫推着轮椅来到办公室，总统的身后跟着白宫办公厅主任，还有航空部和国防部的头面人物。警卫把总统罗斯福先生推到了位，就退出去了。总统办公室的另一扇门打开，总统夫人埃莉诺陪着宋美龄和宋子文走进了办公室。

罗斯福 欢迎你，蒋夫人，美龄，见到你很高兴啊！

宋美龄 总统先生，见到您，我也很高兴啊！

［宋美龄手持一束准备好的鲜花献给了美国总统，随后在老人的脸上吻了一下。］

罗斯福 谢谢你，美龄女士！我很想了解你们中国的情况，正好你来了，我们可以当面谈一谈。至于你有什么要求，我请来了几位官员，你可以提出来，不必客气。这是我的办公厅主任！

宋美龄 先生，您好！

主　任 蒋夫人，您好！

［宋美龄与白宫办公厅主任握手。］

罗斯福 这是我的国防部长！

宋美龄 部长先生，您好！

国防部长：蒋夫人，您好！

［宋美龄又与美国防部长握手。］

罗斯福 这是我的航空部长！

宋美龄 部长先生，您好！

航空部长：蒋夫人，您好！

［宋美龄又与美航空部长握手。］

罗斯福 这是我的工作秘书！

宋美龄　先生，您好，请多关照！

秘　书　蒋夫人，您好！

宋子文　总统先生，您好！

罗斯福　宋外长，你好！

［宋子文与罗斯福总统握手，向老人敬献了一束花。随后宋子文又与其他几位美国官员握手。］

宋子文　先生，你们好！大家都是老朋友啦！

罗斯福　蒋夫人，欢迎你到美国来访问，正好请你谈一谈中国的情况吧。

宋美龄　那好，总统先生。最近几年，我丈夫介石先生，率领政府的中央军南征北战，基本上打败了四方割据的军阀，统一了中国，结束了军阀混乱的局面。

罗斯福　我听说了，蒋夫人，我也从报纸上看到了。蒋先生还是很有办法的，能够用几年的时间打败了四分五裂的军阀，统一了中国，这是很了不起的！

宋美龄　总统先生，继中国军阀统一之后，我先生介石又把他的敌对力量——共产党的红军，包围在西安西北地区不足一百平方公里的地域内，如果按常规不出意外的话，近期即可消灭之！

罗斯福　那好，那好，在中国消灭共产党的力量是很有必要的。蒋夫人，我还想问的是，日本对中国的入侵情况怎么样？请你也谈一谈。

宋美龄　总统阁下，我下面想谈的就是这个问题。罗斯福先生，日本本来是一个资源贫乏的国家，自“九一八”事变以来，日本政府和日本军队加紧了对中国的入侵以及掠夺！现在每天日本国都有上百架飞机轰炸中国的城镇，无辜残杀中国人民。日本的飞机对中国的城镇、乡村进行狂轰滥炸，还用重磅的炸弹像火焰喷射器一样地摧毁中国的民房，残杀可怜的贫民！战争的凶神在伤害吞噬着中国人的生命，无情的战火在燃烧着千万座中国的民房，那情景真是无法描述，惨不忍睹！可是贵国作为日本的贸易伙伴，对它的战略物资供应有增无减，而且还逐年递增，这实在是在无形之中支援了日本国对我国的侵略战争！对此，我希望总统先生能够中止或者减少与日本国的贸易，不要支持他们的侵略战争！

罗斯福 蒋夫人，宋美龄女士，关于我们美国与日本的贸易活动，这是商业性的往来，并不是我们要支持日本对你们中国进行侵略战争。

宋美龄 总统阁下，问题是，日本国从你们美国的贸易当中，得到了大量的物资援助，所以他们才有资本和经济实力支撑对中国进行野蛮的侵略战争！

罗斯福 是吗？可我们的本意，并不是支援他们发动惨无人道的侵略战争！蒋夫人，你能不能对我们两国的贸易，拿出一个基本的数据来？

宋美龄 当然可以，总统阁下。［宋美龄从手中小皮包里拿出早已准备的纸条来，念道：］据统计，一九三五年一年的数据：日本从贵国进口的物资，钢占百分之九十一；汽车及零配件占百分之九十；石油及其他燃料占百分之七十；生铁占百分之四十七；废钢铁占百分之六十三；机械及各种机床占百分之四十六。这就是我所得到的相关数据。

罗斯福 美龄女士，你真是有备而来呀，你说的数据也让我感到了惊讶和不安。是这样吗，主任？

主　任 总统阁下，我们和日本两国的贸易，具体数字蒋夫人说得基本如此，可以肯定的是，在过去的一年中，我国输往日本的战略物资，也其本保持着这样的水平，有的品种还略有上升。这些数字表明，日本人谋求同我国改善关系的要求是迫切的，离开了我国雄厚的物力，他们的战争一天也维持不下去，我跟日本大使野村先生的谈话，得出的也是这样的结果。

罗斯福 秘书，这些数字很重要。你们把近三年我国对日本国的出口物资数据统计上来交给我。

秘　书　是，总统先生。

罗斯福　两年前，德国的希特勒曾亲口对欧洲人许下诺言，说他要维持一代人的和平，可是他却在欧洲挑起了战争……算了，不提它了，我也天真地上了当。我希望这一次，我们美国能够作出正确的判断。哦，对了，蒋夫人，我还想听一听俄国佬的态度如何？有些时候，赤色分子的行动很有参考价值。美龄，你再接着谈。

宋美龄　好。总统先生，最近，日本驻苏联大使东乡茂德向苏俄提出缔结《日苏互不侵犯条约》，其目的是为了减轻满洲边境的压力，以便将其精锐的日本关东军主力调进长城以内，投入华中战线作战。另一方面，假若缔结成功，苏俄也可以将其屯集在西伯利亚的后备兵团投入西线战场，加强其正面防范。而令人费解的是，苏俄同中国订立了类似的条约，而断然拒绝了日本人的请求。

罗斯福　日本人在玩什么花招呢？他们的居心何在呢？野村差不多有两年的时间没有给我写信了。最后那封信是他从日本海军省发来的，他说他一直盼着同我重温旧谊。我过去认识他，只是表象，我听说过他是海军方面的专家，没想到他会到美国来当大使。

主　任　总统先生，野村这个人和日本政府的行为，还是需要警惕的。

罗斯福　您得下去慢慢摸清野村的底牌。我想这里面必有圈套，而我们美国人不允许再中圈套了。

主　任　是，总统先生。

罗斯福　我看欧洲和亚洲的火势越烧越大了，说不定有一天世界战火也会烧到我们美国的领土上来的。

宋美龄　总统阁下，你说的是有可能的。

罗斯福　美龄，你接着谈，你这次来有什么要求？

宋美龄　总统阁下，我这次来没有别的目的，主要想把这些严峻的形势通报给您和贵国政府，以便贵国采取相应的防范措施，对强盗要有所戒备。面对这样严峻的形势，我们中国已着手成立航空委员会，以便驱逐日本的侵扰。我受中国航空委员会的委托，来贵国，一是解决飞机援助问题，二是给中国已有的破烂飞机请医生问题。我想贵国政府如果豁达大度的话，应该满足我们的要求，日后我们是不会忘记的。

罗斯福 两位部长先生，你们看呢？美龄夫人提出来的要求能不能满足？

国防部长：总统先生，您的意思是不是说，咱们得冒着与日本人翻脸的风险，调兵遣将来支持道义性的措施？

航空部长：总统阁下是不是这样的意思？

罗斯福 二位先生，一位是国防部长，一位是航空部长，你们怎么看呢？

国防部长：我们当然是听总统和国会的意见。

航空部长：总统先生，我认为跟日本人翻脸，这是一件大事，需要慎重考虑。

罗斯福 先生们，我举一个例子吧，你们可以看见我的两只手是势均力敌的，谁也压服不了谁？为什么呢？因为这两只手臂的肌肉、骨头、血管，还有神经，都是相等的。白宫的东楼和西楼是对称的，它们所采用的建筑材料和规模也是相同的。轮船的左右甲板宽窄也是相等的，失去了平衡，就有翻船的危险。我的观点可以简单地归结为一句话：要保持我们这个世界的平衡，双方力量的消长也必须要保持平衡。自不待言，我现在是倾向于向中国提供有限援助的。

总统夫人 美龄，你听到总统说的话了吗？

宋美龄 夫人，我听到了。总统先生，我代表我的国家和我国的人民，向您和您的国家表示由衷的感谢！中日战争，我呼吁美国人民应该支持中国人民的正义斗争，以及应该维护美国人在华的利益。中国人一直把美国当做自己的大后方，美国人应该以无私的援助来支援中国政府的斗争。中国有句老话：人固未易知，知人亦未易也。我们期待着美国朋友的理解与支持。

国防部长：蒋夫人，听说，中国没有最充分地使用自己的人力，这消息是否确实？

宋美龄 部长先生，您问的是什么意思？中国目前有多少弹药就使用多少人力。总统说过，中国现在需要更多的弹药。中国已经训练了飞行员，但是没有足够的飞机和汽油；中国已经成立了航空部队，但它还名不符实。

航空部长：夫人的意思就是要我们美国人的支援？

宋美龄 是的，部长先生，我只是把中国的现实介绍给美国朋友，我们需要被别人理解。如果是朋友，你们援助我们当然也不拒绝。尊敬的总统阁下，您说呢？

罗斯福 美龄夫人，当前把飞机和供应品运往中国存在巨大的困难，但是我们美国可以想办法支援你们。如果美国人民能理解我的话，这将是无私的援助。美龄代表中国来不就是想要飞机吗？我们可以支援百架飞机，这等于我们每个美国人碗里少吃两块牛排！

宋美龄 感谢尊敬的总统阁下！谢谢您能如此理解我们中国人民的困难！我代表中国政府和中国人民，向您和您的国家表示衷心的感谢！这样吧，尊敬的阁下，今天晚上，我邀请总统先生以及埃莉诺夫人，还有诸位，带着夫人一起参加我的答谢宴会，好不好？

罗斯福 好，美龄，我参加你的答谢宴会！

总统夫人：我也参加，大家一起参加！

其他官员：OK！OK！OK！

宋美龄 谢谢！谢谢！谢谢！

［美国总统罗斯福和夫人埃莉诺高兴地拍手，在场的诸位官员也都跟着拍手鼓掌，笑起来，大家高兴地接受了宋美龄的邀请。宋美龄又万分感激地吻了一下罗斯福总统的面颊，随后拥抱了总统夫人埃莉诺，最后又向在场的美国政府官员鞠躬致敬，与他们握手。大幕落下。］

第 七 幕

第一场

上海，宋家官邸客厅。宋美龄的保姆蔡妈正在客厅里收拾东西，孔祥熙和端纳先生风风火火地从大门进来，上。

孔祥熙 蔡妈，夫人在吗？

蔡　妈 孔先生？夫人在楼上。

孔祥熙 蔡妈，你快到楼上把夫人请下来，我们有急事儿要见她！

蔡　妈 是，孔先生，我上楼去叫夫人下来。

[蔡妈上楼，去叫宋美龄，下。孔祥熙和端纳先生心情不安地在客厅里走动。]

孔祥熙 端纳先生，你说张学良会不会杀了委员长啊？

端　纳 不会的，孔先生，我想不会的，张汉卿是个有头脑的人，绝对不会杀害委员长的。

[宋美龄披着大衣从楼上下来。蔡妈在身边扶着她。]

宋美龄 端纳先生，大姐夫，半夜来访有什么急事儿呀？

孔祥熙 夫人，西安那边出大事儿啦！

宋美龄 大姐夫，出什么大事儿啦？

端　纳 夫人，蒋委员长在西安出事儿了。

宋美龄 委员长在西安出什么事儿啦？

孔祥熙 夫人，西安的天都要叫张汉卿捅漏啦，你却在上海一无所知！

宋美龄 大姐夫，你说什么？你说清楚！

端　纳 夫人，是这样，委员长在西安与张学良发生了一点不愉快的事情。

孔祥西 夫人，我们是来告诉你，刚才接到南京方面的紧急电话，委员长在西安被张学良和杨虎城抓起来啦！

宋美龄 什么？抓起来啦？

［宋美龄惊得立刻坐在了沙发上。］

端　纳　夫人，你不要紧张，不要着急。

宋美龄　大姐夫，端纳先生，你们是说，张汉卿胆敢对委员长无礼？

孔祥熙　是的，我的小妹妹，岂止是无礼呀，他们把委员长人都关起来啦！

宋美龄　什么？人都给关起来啦？这怎么可能啊？

孔祥熙　夫人，这有什么不可能啊？我打电话寻问西安方面的人，他们也证实了这一消息！

端　纳　夫人，委员长在西安确实失去了人身自由。

孔祥熙　现在的情况是委员长生死不明。

宋美龄　生死不明？这个张汉卿……他怎么敢对委员长如此胆大妄为呀？

孔祥熙　谁知道呀？夫人，你快想办法救委员长吧！

宋美龄　救委员长？我怎么救？我的委员长……我的达令……怎么办呢？

端　纳　夫人，你先不要急，慢慢想办法，你先冷静下来，再慢慢想办法。

宋美龄　张汉卿……你怎么会对委员长翻脸无情啊?!

端　纳　夫人不要哭……

孔祥熙　小妹，现在不是哭的时候，哭也解决不了问题。

宋美龄　张汉卿，你怎么这样无情无义呀？你这不是要我的命吗！

孔祥熙　夫人，还是不要哭了，要赶快想办法出面救委员长！

宋美龄　现在南京方面的情况怎么样？

孔祥熙　现在南京方面的情况很乱，政府中以何应钦为首的一部分人主张派飞机轰炸西安，以冯玉祥为首的一部分人持反对意见，南京已经乱套啦！

端　纳　孔先生，你先让夫人的心情平静下来吧。

孔祥熙　我是为夫人着急呀！

宋美龄　我的达令，我的丈夫，你怎么会遭遇如此不测呀？我该怎么办呢？

[宋美龄哭得更难受了，孔祥熙和端纳先生也不说话了。只有侍候她的保姆蔡妈劝她，安抚她。]

孔祥熙　夫人，不要伤心，不要着急，不要难过，总会有办法的。

宋美龄　张汉卿，你怎么会如此无情无义呀？就是看在我宋美龄的面子上，你也不该对委员长无礼呀！

孔祥熙　夫人，现在说这些话还有什么用？现在说这样的话已经没有什么意义啦，还是要尽快想办法搭救委员长呀！

宋美龄　怎么救啊？端纳先生，大姐夫，你们说怎么救？我的脑子已经乱啦！

端　纳　夫人，我看还是这样吧，应该先派人到西安去了解情况。

宋美龄　派人到西安去了解情况？

孔祥熙　是的，夫人，委员长现在生死不明，应该是先派人到西安去了解情况。现在南京方面谣言四起，有人说委员长已经死了，有人说委员长还活着。

宋美龄　委员长连死活都不知了？我的天哪，这可怎么办哪？

[宋美龄突然昏迷在沙发上，端纳先生、孔祥熙、蔡妈也慌神了。]

端　纳　夫人，夫人！

孔祥熙　夫人，美龄，小妹！

蔡　妈　夫人，夫人，夫人！

[蔡妈抱着宋美龄掐她的仁中穴。宋美龄醒了，失声痛哭。]

宋美龄　达令，我的达令，你怎么会遭此不幸啊！

端　纳　夫人，你一定要坚强，要挺住，哭是没有用的！

孔祥熙　夫人，当务之急是要想办法救委员长，光哭和流眼泪是救不了委员长的。

蔡　妈　夫人，你不要急，大家会想出办法来的。

端　纳　夫人，我的建议是，我先飞到西安去，了解一下西安事变的情况，你认为怎么样？

宋美龄　对了，端纳先生，您的话提醒了我！端纳先生，你马上坐飞机去西安面见张学良。你们是老朋友，你在东北军为他当了几年的外事顾问，他不会把你怎么样的！

端　纳　你说得对，夫人，我跟张学良的关系很好，他不会对我动粗的。

宋美龄　端纳先生，你到西安之后，如果委员长还活着，你求张汉卿千万要枪下留人，不能杀害我丈夫！委员长的命运事关国家大局，中国不能没有我丈夫，国家不能没有领袖，不能没有委员长，中国不能群龙无首！你一定要把话跟他说清楚！

端　纳　是的，夫人，我也是这样的意思。您最好再给张汉卿写一封亲笔信，我带到西安去，当面转交给张汉卿，我想他会考虑委员长的命运的。以张汉卿那么聪明的人，我想他会认真考虑杀害委员长的严重后果的。

宋美龄　我会的，端纳先生，我会给他写一封亲笔信，请求他枪下留人的。

孔祥熙　夫人，现在委员长的命很难说呀。

宋美龄　不，我相信我的丈夫还活着，一定还活着，张汉卿是不会轻易杀害委员长的！

端　纳　对，夫人，张汉卿并不是一个糊涂的莽汉，他是一个有头脑的军人。

宋美龄　大姐夫，南京方面的情况现在有什么反应？

孔祥熙　南京方面的反应很强烈，过于激愤，对委员长很不利。

宋美龄　大姐夫，你把话说直白一点儿。

孔祥熙　党国元老戴季陶和军政部长何应钦，还有许多政府官员，都主张讨伐张学良和杨虎城，除了派飞机轰炸西安，同时还要派大军征讨西安的叛军！

宋美龄　这个时候讨伐张学良、杨虎城，派飞机轰炸西安，这不是要委员长的命吗？

孔祥熙　是这样的，这是亲日派的阴谋，戏中有戏，他们的目的可能是动机不良，是想把委员长至于死地！

宋美龄　明白了。我要立刻回南京，阻止南京方面的一切行动！

孔祥熙　夫人，我跑来找你，就是这个意思。

宋美龄 好吧，我要誓死保护委员长！马上回南京！

蔡　妈 夫人，现在回南京？马上就走吗？

宋美龄 是的，现在就动身。端纳先生，辛苦你啦，我们一同去机场，我先送你去西安，然后我就坐飞机回南京。可以吗？

端　纳 好吧，夫人。

蔡　妈 夫人，您还没有换衣服呐。

宋美龄 不换了，衣服路上再换。

蔡　妈 夫人，您穿得太少了，外面冷，出去要受凉的。

宋美龄 马上走吧，你就不要啰唆啦。大姐夫，你跟我一起回南京！

孔祥西 好的，夫人，我陪你一起回南京。

[宋美龄心急如火地从沙发起身，率先走出了家门，其他人紧跟在宋美龄的身后一起出门下了。]

第二场

南京国防部，军事委员会会议厅。国民党军政大员丁惟汾、何应钦、冯玉祥、戴季陶、刘峙、顾祝同等，一大批国民党高级将领与政府大员上。

丁惟汾 诸位，军事委员会今天在国防部会议厅举行白衣誓师仪式，为营救蒋委员长，同时举行征讨叛贼张学良、杨虎城誓师会议。我代表国民政府军事委员会，对张学良、杨虎城十二月十二日在西安发动军事之变，宣读国民政府讨伐令：张学良背叛党国，劫持统帅，业经褫夺本兼各职，交由军事委员会严办，本犹自悔悟，束身待罪，反将所部集中西安，负隅抗命，妄图遂其逆谋，扰害大局。全国人民同深愤慨！政府为整饬纲纪起见，不得不明令讨伐。令讨逆军总司令何应钦，迅速指挥国军扫荡叛逆，以靖凶氛，而维国本。此令，南京政府军事委员会颁布！主席丁惟汾宣读。

冯玉祥 诸位，我反对派兵讨伐西安，这样会把国家拖入战争，国家局势陷于混乱！

戴季陶 冯副委员长，你不同意出兵讨伐西安，你有何良策？

冯玉祥 我主张致电张学良，以和平诚意解决西安事变，不能重新引发军阀混战！

戴季陶 焕章先生，你说的话等于白说，西安方面的张学良和杨虎城会听你的？

冯玉祥 听不听我的，我也不主张用武力解决西安事变，如果用武力征讨西安，势必引发国家的内战，这样的后果于国于民都是很不利的！

戴季陶 我主张讨伐西安，轰炸张学良和杨虎城的叛军，才能安定国家的大局，维护国民政府的威望！

何应钦 我也赞成戴院长的高见！诸位，张学良、杨虎城十二日通电叛国，举国震惊，举国痛恨！张学良、杨虎城，身为军人，劫持统帅，实属罪大恶极，军事委员会着令严办！政府以为，张学良、杨虎城，冒犯长官，劫持统帅，目无党纪，目无国法，实属犯上作乱！

戴季陶 丁主席，我以为，军事委员会应该责令军政部出兵讨伐西安！

冯玉祥 我反对，南京出兵讨伐西安，会造成国家军队的混乱！

戴季陶 对于张、杨的叛逆行为，国家和政府只能采取强硬措施！

何应钦 我同意戴院长的意见，对于叛国叛乱分子张学良和杨虎城，国家和政府决不能手软！丁主席，你说呢？

丁惟汾 我也同意您和戴院长的意见。

戴季陶 丁主席，那你就代表国家和政府军事委员会宣布讨逆命令吧。

丁惟汾 那好吧。我接受军事委员会多数委员的意见，责令军政部长何应钦，统兵讨伐张、杨，进兵西安！

何应钦 是！本人受政府军事委员会之重托，亲率三军，指日西上，讨伐张、杨，进兵西安！我任命，刘峙为东路军总指挥！

刘　峙 是！

何应钦 任命，顾祝同为西路军总指挥！

顾祝同 是！

［刘峙和顾祝同向何应钦敬礼之时，大门开，宋美龄与孔祥熙走了进来。丁惟汾惊呼：夫人！宋美龄与孔祥熙走到了众人的面前。］

宋美龄　丁主席、何部长，你们这是开的什么会？

丁惟汾　夫人，孔副院长，我们正在为营救蒋委员长举行白衣誓师会。

何应钦　夫人，孔副院长，为了营救委员长，我们正在部署进攻叛贼张学良和杨虎城，围攻西安的作战计划！

宋美龄　何总司令，一切事情我都知道了。现在我来问你，这是谁的指令？

丁惟汾　夫人，这是军事委员会的决定。

何应钦　夫人，张学良不忠领袖，背叛党国，不仁不义，应予声讨，严肃国法！

宋美龄　丁主席，何部长，委员长还没有死，你们为什么要这样做？

丁惟汾　夫人，我们这样做的目的，正是为了营救蒋委员长！

宋美龄　丁惟汾主席，请问委员长有指示吗？

丁惟汾　委员长指示……当然没有。

宋美龄　委员长既没有指示，南京为什么要发兵西安？军事委员会委员长没有说话，你们为什么要进兵西安？

丁惟汾　这个……戴老先生，戴院长也是这样的意见……

宋美龄　戴院长，是这样吗？

戴季陶　是的，夫人，我也主张发兵西安，征讨叛军！

宋美龄　戴老先生，你身为党国的元老、重臣，为什么会这样糊涂呢？

戴季陶　我糊涂？

宋美龄　你不是糊涂，那就是受了何总司令的唆使！

何应钦　夫人，我们政府发兵西安、讨伐叛军的决策是英明的！

宋美龄　何总司令，进兵西安的计划马上停下来！

孔祥熙　丁惟汾主席，何应钦部长，委员长没有发话，不能随意进兵西安！

丁惟汾　夫人，孔副院长，这不是我一个人的意见……

何应钦 是呀，夫人，孔副院长，这不是一两个人的意见……

宋美龄 不管是谁的意见，我请求你们进兵的计划立刻停下来！

冯玉祥 夫人，你来得正是时候，你说得对，不能进兵西安！

宋美龄 戴院长、丁主席、何部长，你们听到了吧？冯副委员长也同意我的意见！

何应钦 夫人，孔副院长，蒋委员长已经成为张学良、杨虎城的阶下囚，他不可能对南京军事委员会下指示。

宋美龄 蒋委员长既然没有下指示，何总司令这样做到底是何用意？

何应钦 夫人，这可不是我何应钦一个人的意见，这是军事委员会多数人的主张。

宋美龄 何总司令，如果发动战争，你能善其后吗？你能救出委员长吗？现在我老实告诉你，你这样做简直是想谋害委员长！

何应钦 什么？夫人，你这话说的，我怎么是想谋害委员长呢？

宋美龄 何总司令，这是你在指挥，要是别人指挥，我一定当他是异党分子看待！不过话又说回来了，一旦出了问题，你也是跑不了的！

何应钦 夫人，那依据您的意思呢？

宋美龄 马上停止讨伐，停止进兵西安！

何应钦 夫人，我们军事委员会部署的作战计划怎么能如此儿戏呢？

宋美龄 委员长没有发话，就不能进兵西安！

戴季陶 夫人，您不要激动，蒋委员长已经失去了人身自由，他不可能对南京政府军事委员会下指示了。

何应钦 是呀，夫人，蒋委员长在西安已经没有说话的权力了，他就是想下指示，也不可能传到南京来啦。

宋美龄 何部长，进兵西安的计划可是你想出来的？

何应钦 夫人，这不是一两个人的决定，我也是执行军事委员会的决议。

宋美龄 那就是丁主席和戴老先生的意见？

丁惟汾 夫人，这也不是我一个人的决定，这是军事委员会的决策。

戴季陶 我是主张用武力解决西安事变的，不然政府就在国民的心目中失去了威望！

宋美龄 丁主席，何部长，如果出兵西安的计划不是你们的意见，那我就请求你们把进兵西安的计划停下来。

丁惟汾 夫人，这怎么可能呢？

何应钦 夫人，这是军事委员会的决策，怎么能说停就停下来呢？再说了，我们部署的先头部队已经向西安进发啦。

宋美龄 何总司令，进发的部队也要马上调回来！

何应钦 夫人，有二十个师已经先期行动了。

宋美龄 何总司令，就是两百个师也要调回来！这种事情是闹着玩的游戏吗？你以为武力讨伐真有把握吗？你不要太聪明了，何总司令。好多外国朋友告诉我，为西安兵变的事，一旦发生大规模的战争，西北方面并不是孤立无援的。广东、广西、云南、湖南、四川、山东、河北、察哈尔、山西、绥远，还有宁夏等等地方，各地的军事政治负责人，都在观望，相机而动，谁愿意花力气帮你发动战争？丁主席，何部长，戴老先生，进兵西安的计划，就等于把委员长置于死地，所以我请求你们马上停下来！

丁惟汾 夫人，我们进兵西安的目的可是为了营救委员长啊！

何应钦 夫人，我们这样做的目的，不光是为了营救委员长，也是为了维护政府的威信，维护国家的尊严！

戴季陶 夫人，你一个妇道人家，你懂什么？

宋美龄 戴老先生，我虽为妇人，也有发言权，我救丈夫绝非为私意。戴老先生身为党国元老，我是很尊敬您的。我已经说过了，一切战争措施都要停止，马上停下来！各位先生们，各位军事委员会的大员们，尊敬的朋友们，我希望大家能以国家和民族的大局为重，不要听信何应钦的命令！进兵西安，这是明显的居心不良，逼着张、杨怒杀委员长，造成国家的动乱！

何应钦 夫人……你……你这是妇人之见！

宋美龄 何部长，你这样做，太辜负蒋先生啦！

何应钦 夫人，你一个妇道人家，就知道救丈夫，但这是党国大事！

宋美龄 不错，何总司令，蒋先生是我丈夫，也是国家的领袖！中国不能没有他，当今中国如果没有他，势必要造成国家的大乱！在座的各位，都是委员长多年的同志、朋友、学生、晚辈，如果委员长有个三长两短，这个国家会成什么样子，大家心里也是非常清楚的。我望诸位以国家大事为重，停止进兵西安。明天，我将亲赴西安营救蒋委员长，去救我的丈夫。后事如何，不得而知。如果有一天委员长离开了西安，平安回到了南京，大家还是要见面的。所以，我希望大家能够静下心来，好好地想一想，以后如何面对委员长！刘峙长官，顾祝同将军，你们过去都是蒋先生的同事、朋友，你们以后如何面对委员长！

何应钦 夫人，委员长被叛贼张学良、杨虎城抓起来，你是不是神经受刺激啦？

宋美龄 胡说！何总司令，明天我要亲赴西安，营救蒋委员长！

何应钦 夫人，委员长已经在西安被张、杨抓起来啦，你还要亲自去西安，会有什么好结果呢？

丁惟汾 是呀，夫人，这样的事情非同小可，您可千万要慎重，不能再给张、杨当人质啦。

宋美龄 丁主席，何部长，我只是来请求你们停止进兵西安的。至于我赴西安命运如何，我随张汉卿处置。我想他还不至于加害一个女人，对我下毒手的。

何应钦 夫人，这可是很难说的事情，张汉卿并不是一个光明磊落的大丈夫，而是一个叛国犯上的小人！

丁惟汾 夫人，您要是去了西安回不来怎么办？你考虑过冒险去西安的后果吗？

宋美龄 我不怕！我去西安，最坏的结果，大不了陪着委员长一死，到时候你们就可以随心所欲了，何总司令。

何应钦 夫人，我劝你还是不要去西安，太冒险。

宋美龄 西安我是去定啦！

何应钦 夫人，我看夫人就不必去了吧，那样太危险，政府可以派其他人代替你去西安。

冯玉祥 夫人，如果你要信得过我冯玉祥，我愿意代你去西安。

宋美龄 我谢谢冯副委员长。谁也代替不了我，我要亲自去西安！我想他张学良还不会把我怎么样的。何总司令，如果你眼里还有委员长，不是存心想谋害委员长，就请你把进兵计划停下来。再见！

［宋美龄转身走了。］

何应钦 孔副院长，蒋夫人如此激动，是不是因为蒋委员长的安危急得神经有些不正常啦？

孔祥熙 何部长，夫人的话，请你好好想一想吧。我们都反对进兵西安，以免把事态扩大化。蒋委员长的命运关系到国家的平安，望你们能够听进夫人的指示。

何应钦 那好吧，孔副院长，我尊重您和蒋夫人的意见，先暂停进兵西安，这样你们满意了吧？

孔祥熙 谢谢何部长。再见。

［孔祥熙也转身走了，追宋美龄下了。］

丁惟汾 蒋夫人看来是为了丈夫要急疯啦，什么也不顾啦。

何应钦 这样的女强人实在是天下少见。

戴季陶 何部长，今天的会议到此结束吧？蒋夫人为了丈夫好像有点疯了。

何应钦 散会！

［大家退场。］

第三场

黄埔路，蒋、宋官邸。宋美龄和孔祥熙、端纳先生同上，宋子文也来了。他们在客厅里商谈西安的事情。

孔祥熙 夫人，对于您去西安的事情，我还是劝你要慎重。我不赞成。

宋美龄 姐夫，现在事情已经到了火烧眉毛的紧要关口，西安我是一定要去的，非去不可。再说，我有子文、端纳先生陪着，我相信他张汉卿还不至于加害我的。

端　纳　不会的，孔先生，我为夫人担保，张汉卿是绝对不会加害夫人的。我在西安见了张汉卿，也见了委员长，他对委员长绝对没有加害的意思，只是要求委员长停止内战、对外抗日。这完全是政治方面的原因，没有其他方面的恩怨，所以委员长在西安平安无事。我和宋先生在西安都见过了委员长，他就是腿和腰部受了一点轻伤，没有大事，请孔先生放心吧。

孔祥熙　可是，端纳先生，我对于夫人去西安还是感到不放心，原因是，张学良，一个堂堂的南京国民政府副总司令，对委员长都翻脸无情，说动手就动手，说抓人就抓人，夫人去了能保证平安无事吗？

宋子文　大姐夫，美龄与委员长不同，我也敢保证，美龄去西安是不会有问题的。张学良能当上国家军队的副总司令，是原来夫人的交情与作用的结果，所以他对小妹向来是很敬重的，他不会忘记旧情。这次又是他邀请我和小妹去西安，所以他是绝对不会对夫人无礼的。

孔祥熙　子文，你不要忘记了，张学良的父亲可是东北的土匪出身，说翻脸就翻脸的，不然他怎么会如此不讲交情，要抓委员长呢？

宋子文　姐夫，张学良与张作霖不可同日而语，张作霖是土匪出身，但是张学良不是，我觉得张学良还是重情重义的东北汉子。我去西安感受到，张学良并没有加害委员长的用意，所以我说，美龄去西安，又有我和端纳先生陪着，绝对不会有事儿的。

孔祥熙　那好吧，既然你和端纳先生都这样说，我想张学良也不至于做得太绝情。

宋美龄　不！端纳先生，我想求你一件事情，可以吗？

端　纳　夫人有什么吩咐？只要我能办到的，我一定会办的。

［宋美龄从自己的手提挎包里拿出一支漂亮的小手枪，送到端纳

先生面前，宋子文和孔祥熙，还有端纳先生，看到她拿出手枪，都感到惊讶了。]

宋子文 美龄，你这是干什么？

孔祥熙 夫人，你拿枪是什么意思？

端　纳 夫人，你这是……

宋美龄 端纳先生，此去西安，我已经做了最坏的打算。这支手枪是我从上海家里带出来备用的，以防不测。

端　纳 夫人，你带着手枪没有用，我早就对你说过，到西安去是没有危险的。

宋美龄 不，端纳先生，西安之行对我来说还是有危险的。现在我才知道，政治是非常的可怕，在政治面前亲情有时也会变得一文不值。所以，我要求你，端纳先生，拿着我的手枪，到西安之后，万一我遇上难堪和危险，你就在我的脑后开一枪……

端　纳 夫人，你说些什么呀？

宋美龄 我说的是我的心里话，我想让自己人打死，总比被那些乱兵枪杀了要好一些。

端　纳 夫人，不会的，绝对不会的，张汉卿他绝对不会忘记夫人对他的友情、对他的好处，他怎么敢对夫人动枪呢？

宋美龄 这可说不上啊，端纳先生，听我的，你把手枪拿着，以备万一。

端　纳 夫人，你想得太多了。

宋子文 美龄，你是有点过虑了。

宋美龄 通过西安事变，我是有点怕张汉卿了，这个东北汉子，为了收复北方失地，居然连君臣关系也不顾了，一点私人的交情也不讲了；为了达到政治目的，居然跟委员长撕破脸皮，大动干戈，连我们的交情也不计了。所以，我觉得还是以防万一好。如果到西安出现了不妙的情况，端纳先生，你就照我说的话做，不要犹豫。

端　纳 好吧，夫人，我答应你。不过是你想得太多了。

［这时宋美龄的保姆蔡妈拎着皮箱从楼上下来了。］

宋美龄 蔡妈，东西收拾好了吗？

蔡　妈 收拾好了，夫人。

孔祥熙 夫人，你们现在就要走吗？

宋美龄 现在就走。大姐夫，我们走后，你要多留意南京方面的动静，有事电话联系。

孔祥熙 我会的，夫人。

宋美龄 此次西安之行结果如何还很难预料，旦夕祸福，只有听天由命啦。

端　纳 夫人，什么险情也不会发生的，你不要想得太多啦。

宋美龄 但愿如此吧。［这时电话铃声突然响起来了，宋美龄到电话机跟前接听电话。］喂，我是宋美龄。您是哪一位？是二姐？您在哪儿呀？广州？您知道我先生介石出事了？知道了？您愿意出面偕同何香凝一起飞往西安，劝说张学良、杨虎城以大局为重释放介石？我谢谢你，二姐，谢谢！［宋美龄放下了电话机。］

宋子文 是二姐来的电话？

宋美龄 是的，是二姐来的电话，二姐也愿意伸出援助之手救委员长。

［这时蒋介石的文官长陈布雷和军统特务头目戴笠也来了。］

陈布雷 夫人，夫人！

戴　笠 夫人！

宋美龄 陈布雷先生、戴笠先生，你们怎么来啦？

陈布雷 听说夫人要去西安救委员长，布雷特地来为夫人送行！

宋美龄 谢谢你，陈布雷先生。真难为你了，这几天你在做些什么？

陈布雷 夫人，我发动了报纸上的舆论，运用了某方面的力量，写了几篇文章。此外，我还同立夫、果夫，联名劝诫张学良不得对委员长无礼，要考虑后果。但以委员长的安全第一，万望夫人镇静应付。布雷蒙蒋公垂青，愿万死不辞；无奈局势如此，使我悲伤！根据各方面的消息，张、杨联合反党，实为深明大义，这件事情对外实在说不出口。南京方面……

宋美龄 陈先生，你是不是说，南京方面何应钦还别有阴谋？

陈布雷 夫人既然明白，我也就不多说了。

宋美龄 我早就明白了。何应钦的阴谋是不会实现的，大家可以放心。我马上要飞抵洛阳。我是国家航空委员会的秘书长，我想命令空军停止轰炸西安还是办得到的。

陈布雷 夫人明白了我的意思，我也就对委员长尽心了。皇天在上，此心耿耿！如果委员长有个三长两短，那一切也就谈不上了。

宋美龄 谢谢您，布雷先生，报界的舆论你要控制好。

陈布雷 报界方面的事情，就请夫人放心吧。

宋美龄 戴笠先生，你也是来为我送行的？

戴　笠 不，夫人，我是要跟随您一起去西安的！委员长在西安出了事，是下官的失职，戴笠愿随夫人亲赴西安，向委员长请罪！

宋美龄 现在说这些话已经没有意义了。戴雨农先生，你愿意随我赴西安去救委员长，这样很好。大家还有什么事要说吗？

陈布雷 夫人，我没有了，我要说的话都说了。

宋美龄 大姐夫呢？

孔祥熙 我也没有什么要说的了。我只是希望你们此去西安能解救委员长平安回来。

宋美龄 大姐夫，你现在作为南京国民政府的代理行政院长，一定要密切注意南京方面的一切动静，万万不可大意。

孔祥熙 夫人，南京各方面的动向，我定会密切关注的。

宋美龄 那好，有事保持联系，随时通报。我们走吧。

［宋美龄率先走前，宋子文、端纳、孔祥熙、陈布雷、戴笠紧随其后，最后宋美龄的保姆蔡妈和厨师两人拎着皮箱跟下。］

第四场

洛阳机场。宋美龄和随行人员到达洛阳机场，空军将领周至柔将军带领所有空军军官前来迎接宋美龄一行，军官们都向宋美龄等人敬礼。

周至柔 报告秘书长，洛阳空军基地所有军官向您致敬！

宋美龄 周将军，你好！你知道我为什么要来洛阳吗？

周至柔 知道，秘书长，夫人要去西安。

宋美龄 不对，周至柔将军，我是特地转道洛阳来看望大家的。

周至柔 感谢秘书长的关怀！

宋美龄 我来看望大家是理所当然的。因为，我是空军的秘书长，我是你们的首长，所以我要来看望大家。我希望大家能听从我的命令，服从航空委员会的指挥，最近不要动用任何飞机去轰炸西安。这是我的命令，也是蒋委员长的命令！

周至柔 是，秘书长！我们空军所有飞行员和军人，一定听从您和蒋委员长的命令！

宋美龄 我谢谢大家，我也代表蒋委员长谢谢大家！从西安回来之后，我一定还会来看望大家的！

[宋美龄一行人和空军基地的军人们一一握手告别，随后大家分头下。]

第五场

西安机场。张学良和杨虎城在机场欢迎宋美龄、宋子文、端纳、戴笠等人的到来。双方人员从舞台两边上。

宋美龄 汉卿！

张学良 夫人，让您受惊啦！

[宋美龄与张学良紧紧地握手。]

宋美龄 汉卿，你是把我吓着啦，你不会对我也实行兵谏吧？

张学良 夫人，不会的，学良平生从不负人，耿耿此心，可质天日，敬请夫人放心。我张学良还是从前的张学良。我是为抗日才对委员长实施兵谏的，绝对不会伤害委员长的一根毫毛，更不会对夫人不敬！

宋美龄 谢谢你，汉卿，有你的保证，我就放心啦。

张学良 夫人大可不必紧张，我张学良对您和委员长还是非常敬重的，只不过我对委员长实行兵谏，是为了政治主张，并非是为了个人恩怨，我想夫人心里应该是清楚的。我和虎城兄对委员长所做的一切，都不是为了个人的私利。我们一不要钱，二不要地盘，三不为官，我们就是为着改变当前蒋委员长对日本军队不抵抗的消极政策。只要委员长同意抗日，我保证他马上就可以恢复自由，重返南京！

宋美龄 汉卿，我们都不怪罪你，只是你做事太鲁莽了，扣押了一国之君，事情闹得太大了。你可知这样做的后果吗？必然是亲者痛、仇者快！

张学良 是的，夫人，请原谅。

宋美龄 汉卿，我来西安，希望你能给我面子，很好地解决西安事变的问题。

张学良 夫人，我也是这样想的。如果是您陪着委员长来西安，也许就不会发生这样不愉快的事情。

宋美龄 哦，为什么？

张学良 因为，夫人，我跟您有话会好说，我们双方彼此能沟通。我跟委员长就不行，什么话也说不通，什么话也说不进去，他也不愿意听。我们双方无法交流，交谈起来就顶牛，双方谁也说服不了谁，所以才会发生西安事变这样惊天动地的大事情。委员长在我面前既以领袖自居，又以长辈自尊，我跟委员长为了政治主张无法进行沟通，双方互不相让，所以才会发展到最后只有使用武力解决问题的地步。我希望夫人来了，能够好好劝一劝委员长，停止内战，一致抗日，争取早一天结束西安的局面。

宋美龄 汉卿，我刚到西安，以后再谈这件事情好吗？

张学良 那好吧，夫人，我们以后再谈。

宋美龄 你好，杨虎城将军！

杨虎城 您好，夫人！

[宋美龄与杨虎城握手。]

宋美龄 我原来还不认识虎城将军，这次能认识你很高兴。

杨虎城 夫人客气了，请原谅杨虎城对委员长的失礼之处。

宋美龄 你们也是为了国家大事对委员长失敬，大家都是误会，我是可以理解的。

杨虎城 谢谢夫人！难怪副总司令说，夫人跟蒋委员长不一样，果然如此，看来还是夫人通情达理呀。

宋美龄 虎城将军，谢谢你如此美誉我。

[张学良和杨虎城又与宋子文和端纳先生握手。]

张学良 谢谢端纳先生，谢谢子文兄，叫你们西安、南京来回地跑，实在太辛苦啦。

宋子文 我为委员长和夫人辛苦是应该的。

端　纳 汉卿将军，只要西安事变能很好地解决，我和子文先生再辛苦也算不得什么。

张学良 对。端纳先生，夫人，子文兄，我看这样吧，大家先回去休息一下，然后我们一起到新建的高桂滋公馆去见委员长。如何？

宋美龄 谢谢汉卿，到了西安，我们就听你们主人的安排了。

张学良 那就这样说，大家一路辛苦了，欢迎大家到西安来啦！

宋美龄 汉卿，你要这样说，我就放心了。我的行李不需要检查了吧？

张学良 不需要，夫人的东西可以免检。

宋子文 汉卿，我把夫人请来了，你和虎城兄可要保证夫人的安全呢。

张学良 放心，子文兄，有我和虎城兄担保，夫人的安全绝对不会出问题。

端　纳 汉卿，杨将军，夫人来了，我也是同样担了保的。

[端纳先生又与张学良、杨虎城握手。]

张学良 我知道，端纳先生。

杨虎城 我们是不会让大家为难的！

张学良 戴笠先生，你也来了？

戴　笠 张副司令！

［张学良与戴笠握手。］

张学良 戴局长，请把你身上的东西交出来吧？

戴　笠 好吧，张副司令。

［戴笠从怀里拿出一支小手枪来交给了张学良，张学良随手转交给了身后的侍卫。］

张学良 诸位请上车吧，大家到西安来一路辛苦了，我们欢迎大家到西安来解决问题！

［张学良陪着宋美龄、宋子文、端纳等人同下。］

第六场

西安金家巷，高公馆，蒋介石的住地。外面传来轿车的鸣叫以及一连串士兵的敬礼！敬礼！蒋介石马上从内室出来，上。随后张学良、杨虎城陪着宋美龄、宋子文、端纳、戴笠等人，从对面的大门进来，上。

宋美龄 达令，达令！

蒋介石 夫人？夫人！

［宋美龄走到蒋介石面前，仔细端详蒋介石。］

宋美龄 达令，你还好吧？

蒋介石 夫人，你为什么要来？

宋美龄 我来看你！我来看你人怎么样？

蒋介石 谢天谢地，我还没有死掉，我还活着。

宋美龄 我看你还活得很好，不像南京某些人传说的委员长已经遭遇了不幸。

蒋介石 南京传说我已经死了吗？

宋美龄 是的，南京有人传说委员长已经不在人世了，可你还活得好好的。

蒋介石 娘希匹！南京有人巴望我死吗？

宋美龄 是呀，南京有些人传说你已经被秘密解决了。

张学良 夫人，您已经看到了，委员长依然活得精神很好，南京方面的谣言实属造谣。

宋美龄 是呀，这是不幸中的万幸。他的气色还好，他的安全千真万确，看来南京方面的谣言不攻自破了。达令，你伤在哪里，给我瞧一瞧！

蒋介石 回去再找医生看吧。

宋美龄 哦，没有医生为你看伤吗？

张学良 有的，夫人，大夫每天都来为委员长换药、治疗。

宋美龄 那就好。我知道大家是不会亏待委员长的。

蒋介石 夫人，你来干什么？这里很危险的，不是太平的地方。

宋美龄 危险？南京传说你也危险，可是我看你并没有缺一条胳膊，少一条腿。

蒋介石 我是有上帝保佑。

宋美龄 对了，上帝保佑。我这次来，你们大家没有想到吧？

蒋介石 我想到了。

宋美龄 哦？南京方面来过电报？

蒋介石 没有。今天早上做早祷，耶利米书第三十一章中说得明白，耶和华将由一位妇人之手显示奇迹。

[大家听了蒋介石的话笑起来。]

宋美龄 瞧，子文兄，人家说他道行不深，今天你可是亲耳听见的，他已经悟到了。

宋子文 委员长对基督教的修炼还是很有长进的，能悟到意想不到的东西了。

戴　笠 委员长真是了不起，居然有先见之明！

蒋介石 雨农，你也来了。

戴　笠 委员长，下官失职，特地到西安来向委员长请罪的！

蒋介石 来了就好，先不说这些事情了。夫人，我不是做梦吧？你亲临西安？

宋美龄 你出了这样大的事儿，我能不来吗？

[宋美龄激动地望着丈夫。]

蒋介石 大家请坐吧。

张学良 委员长，夫人来了，您可以放心我不会加害您了吧？

蒋介石 你想怎么做，就敢怎么做。你们把我抓起来，是目无党纪，目无国法，目无尊长，目无领袖！

张学良 委员长，我们确实对您失敬了，但是也没有办法，只有请您多多包涵啦。

宋美龄 达令，看到你平安无事，我的心可算安定下来了。

蒋介石 夫人，你为什么要到西安来呀？

宋美龄 达令，你出事儿我能不来吗？是汉卿请我来的。

蒋介石 他们请你来干什么？他们对领袖不忠，是完全受了共产党的政治宣传和影响！

张学良 绝非如此！委员长，我和杨虎城发动兵变，绝不是受了共产党的政治宣传和影响，完全是我们自己的主张。

蒋介石 你们兵变的目的是什么？

张学良 我们兵变的目的，就是想请委员长停止内战，一致抗日！

蒋介石 这不是共产党的论调是什么？你们还说没有受到共产党的政治宣传和影响？

张学良 委员长，我们要求停止内战，一致抗日，这绝不是受了共产党的政治宣传所影响，这是全国民众一致的呼声！

蒋介石 普通民众的呼声，也是受了共产党的舆论宣传和影响！

张学良 委员长，话不能这样说吧？我张学良不管怎么说，也是您蒋委员长的部下，国民政府军队的副统帅，东北军的总司令，我不会轻易听共产党的宣传就对您实行兵谏的，实在是自作主张。我张学良心里所想的，也正是国家民众所希望的，停止内战，一致抗日。这不为过呀！东北沦亡，我离开家乡，不抵抗将军的罪名沉重地压在我头上，这种切肤之痛只有我知道，只有我自己扛着。国家已经要沦亡了，委员长还一再地下令剿匪，剿匪！中国军人的武器，不打外来的敌人，不打侵略我们国家的日本帝国主义！自己人倒死命地打自己人，中国人自相残杀，这对国家、对民族、对国民有什么好处呢？委员长，我实在是不忍坐视委员长的这种国策，这是一条误国之路！为公为私，我都实在看不下去了。我追随委员长多年，我素日所拥护的国家领袖，应该是激励全国的军民起来抗战，而不应该把国力、物力、财力和兵力都用在剿匪上面，都用在打内战上面。中国人继续这样自相残杀，要亡国呀！委员长，一个国家必须要有强固的中央政府，但是中央政府又必须是建筑在大众民意的基础之上！合乎民意的政府，才是好的政府，民众自然会拥护。若政府的行为违反民意，一定会把国家引领到灭亡的路上去！我们这次举动，完全是为民请命，决非是受了共产党的政治宣传和影响。只要委员长抗日，我个人的一切在所不计！

蒋介石 我不听，我不听，你这完全是共产党的舆论和腔调，是受了共产党的蒙骗和利用！

张学良 委员长，不是的，绝对不是的！

宋美龄 好了，达令，好了，汉卿，你们说话就要争论，为什么有话不能好好说呢？

张学良 夫人，这就是我和委员长水火不容的原因，他说话我听着心里就感觉不舒服，我说话他听着心里就反感，所以我们说话就是这样不合拍。

宋美龄 达令，你在汉卿面前不要太自尊啦，我觉得汉卿有些话说得还是对的，你应该听进去才对。

蒋介石 夫人，他说话还有对的？他完全是中了共产党舆论宣传的毒啦，受骗太深啦！杨虎城，西安事变这件事，事前你知道吗？你们干这种违法乱纪的事情，究竟是听了什么人的话？

杨虎城 委员长，我是从头到尾都知道这件事儿，我们没有听什么人的话，是我和副总司令一起决定干的，目的就是为了停止内战，一致抗日！

蒋介石 这又是一个被共产党蒙骗的受害者！你们一样，一样都受共产党的蒙骗太深啦！

宋美龄 达令，不说这些事啦。对我说一说，你的身体状况怎么样？

蒋介石 我还好，就是我的腰摔伤了，脚也摔伤了。

宋美龄 我听说了。不要紧吧？

蒋介石 不是很严重，人是死不了。

张学良 夫人不必担心，我已经请医生为委员长看过伤了，不要紧的，我为委员长请了专职医生。

宋美龄 那就好。谢谢你啦，汉卿。

张学良 委员长，我还想对您说另外一件事情。

蒋介石 有什么事，你就说话，我现在是要听的，不听也要听。

张学良 委员长，是这样，我希望您能给南京军事委员会，特别是何应钦部长，写一份手令，叫他停止进攻西安，不要派飞机来轰炸西安。

蒋介石 我在这里被扣，南京军事委员会下令讨伐，何应钦有所行动，这也是很正常的。你们扣押了国家领袖，政府是不会答应的，国民也是不会答应的。

张学良 委员长，何应钦的目的，显是醉翁之意不在酒吧？他命令刘峙、顾祝同，两路大军向西安进兵，其目的是挑起战端，逼我杀了委员长。他不光想当南京政府的军政部长，他可能还想当南京政府的军事委员会委员长吧？所以，我希望委员长能写一份手令，叫他停止进攻西安。这件事情只有您能办到。

宋美龄 汉卿，我已经在南京向何应钦叫停了。

张学良 可是，夫人，何应钦继续指挥东西两路大军向我西安进兵，同时天天有几架飞机来轰炸西安。他根本就没有停！

宋美龄 何应钦他敢骗我？

张学良 何应钦他有什么不敢骗您的？夫人毕竟不是委员长啊！

宋美龄 达令，你是应该给何应钦写一份手令，叫他停止进攻西安！

蒋介石 那好吧，我可以写一份手令，叫何应钦停止进攻西安，可我的手令谁送到南京去呢？

张学良 委员长，我可以放你我都信得过的人——蒋鼎文先生返回南京去，把您的手令带给何应钦。

蒋介石 好，那就这样说。我马上就写手令，叫蒋鼎文带回南京去。

[蒋介石马上到办公桌前，拿起毛笔在纸上写手令。]

张学良 夫人，你看委员长的精神状态和气色还感到满意吧？

宋美龄 我看还不错，不像我在南京时听到的传说，委员长已经被关进黑暗的牢房里，不见天日了。

张学良 夫人，我张汉卿怎么能对委员长做出那样无情无义的事呢？

宋美龄 我想也不会，所以我也没有相信过。

宋子文 南京方面的谣言传说很多，有些人还说，委员长已经不在人世了，说什么的都有。

杨虎城 夫人，您亲眼所见，委员长平安无事，那些谣言也就是胡说八道的。

宋美龄 是的，虎城将军，看到委员长安然无恙，我也就心安了。同时我也应该感谢你和汉卿对委员长的宽容。

杨虎城 夫人，感谢的话就不要说了，我们对委员长还有照顾不周的地方。

蒋介石 汉卿，我的手令写好了，你拿去吧。

[蒋介石回到张学良等人的面前，把写好的手令转交给张学良。]

张学良 谢谢委员长，我马上就放蒋鼎文先生回南京。

蒋介石 汉卿，虎城，你们打算什么时候放我回南京啊？

张学良 委员长，只要您接受了我们抗日的主张，接受了我们对时局通电上的八项主张，我立刻就放您回南京，您签字，我马上就放您走。

蒋介石 我要是不接受呢？

张学良 委员长，古人说，识时务者为俊杰。我想，从国家的大局来讲，委员长应该能接受的。我和虎城兄发动兵变，既不要钱，也不要地盘，也不要官位，我们还拥护您当委员长，您为什么不能接受呢？我们就是希望委员长出面，领导国家、民族的全面抗日，建立统一战线，大家起来走向抗日的战场。有钱的出钱，有力的出力，中国人不打中国人，共同对抗日本帝国主义，把我们中国人的一腔热血，洒在抗日的战场上，争取国家的独立，争取民族的自由，争取民族的解放，争取伟大的胜利，宁死不当亡国奴，这有什么不对呢？

杨虎城 委员长，我们对您发动兵谏的目的，就是为了抗日，停止内战，用我们中国人的精神和血肉之躯，保卫国家，保卫民族，打倒日本帝国主义，把外来的侵略者打出中国去！我们中国人不能在自己的国土上给日本人当亡国奴，这是所有中国人的愿望。我们中国人应该团结起来，努力抗日，抱着绝大的牺牲精神，来完成保卫国家、保卫民族的光荣使命！委员长是国家最高领袖，应该领导国民对日本宣战，把日本人打回老家去，这才是我们拥护的国家领袖！

蒋介石 你们讲得也对，说得也很好，想得也很有道理，但是国家有国家的国策，政府有政府的部署！我早就对你们说过，要抗日，必先安内……

张学良 委员长，您如果还要坚持攘外必先安内的错误主张，那我们今天就不谈了，等过两天，您的身体养好了，夫人也休息好了，中共代表周恩来先生到了西安，我们再谈，好吧？

蒋介石 什么？汉卿，你们邀请了周恩来到西安？

张学良 是的，委员长，我们邀请了中共代表周恩来先生到西安来，大家共同协商，解决西安事变问题。

蒋介石 汉卿，你邀请周恩来到西安，为什么不经我同意？

张学良 这用得着您恩准吗，委员长？

蒋介石 张学良，杨虎城，在你们的眼里，到底还有没有我这个委员长，到底还有没有我这个国家的领袖？

杨虎城 委员长息怒，邀请中共代表周恩来先生来西安解决问题，这也是迫不得已。

宋美龄 汉卿，虎城将军，你们为什么要邀请周恩来先生到西安呢？

张学良 夫人，我赞成共产党停止内战、一致抗日的主张，这样的主张是深得人心的，所以我请他来与我们大家一起共同坐下来解决西安问题，这有什么不妥呢？

蒋介石 我不跟共产党谈判，我不跟周恩来谈判，他们是共匪，我不跟他们谈！

张学良 委员长，大家都是中国人，有什么问题不能心平气和地坐下来谈呢？

蒋介石 我不见匪，我不见周恩来，要谈你们去跟他谈好啦！

张学良 委员长，周恩来先生马上就要到西安了，大家有什么话不能说开呢？

蒋介石 共匪是党国的敌人，是我的心腹大患，我不跟他们谈判，他们也没有资格跟我平等谈判！

张学良 委员长，大家都是老熟人，见见面有什么不可以的？我还听委员长说过，你跟周恩来先生过去是老朋友，一个是黄埔军校的校长，一个是黄埔军校的政治部主任，大家见了面叙叙旧也可以的吧？

蒋介石 我不见这样的老朋友，他已经变成了匪，我不想见周恩来！

宋美龄 达令，你不要激动嘛。

蒋介石 这简直是不可思议！张汉卿，你这是故意叫我在周恩来面前难堪，出丑！

张学良 委员长，我可没有这样的意思。我请周恩来先生到西安来，是真心诚意地想解决好西安事变问题。

蒋介石 这不可能，我跟共产党没有什么好谈的，你们可以杀了我！

张学良 委员长，您不要生气，您先消消火，我和虎城兄还有一点事，就先告辞了。您跟夫人谈吧。

杨虎城 是呀，委员长，不必为此大动肝火。

蒋介石 你们两个是莫名其妙！叫我跟共产党的代表周恩来谈判那是不可能的！

张学良 委员长，我们今天可以不谈问题。夫人，我们走了，您好好劝劝委员长。

宋美龄 好吧，汉卿，你也不要往心里去。

张学良 夫人，我不介意。我跟您说过，我跟委员长谈不到一起去。再见，委员长。再见，夫人。再见，端纳先生。再见，子文兄！

［张学良和杨虎城还是像军人一样大度，向蒋介石、宋美龄、端纳、宋子文等人敬礼，然后两人转身走了。］

宋美龄 达令，作为国家领袖，你怎么能如此沉不住气呢？

蒋介石 他们叫我跟周恩来谈判，这不是降低我的身份和人格吗？

宋美龄 好啦，达令，张汉卿和杨虎城已经走了，我们就不说这件事儿啦。

蒋介石 我要进居室躺下来休息一会儿，张汉卿和杨虎城气得我肝疼，腰也疼起来了。

宋美龄 达令，以后你要少生气，气大了伤身。

蒋介石 有他们在我面前，我能不生气吗？他们不光是对我这个领袖的不敬，也是对党国的不忠！

宋美龄 好啦，达令，张学良和杨虎城已经走了，你也不必生气了。

蒋介石 你们对我说一说南京的事吧。

宋美龄 南京方面是戏中有戏。何应钦在南京好像要一手遮天了。他上蹿下跳，极力主张轰炸西安、讨伐西安，想在乱中达到自己的目的。

蒋介石 娘希匹！

宋美龄 不过达令尽可以放心，我今天在洛阳耽搁了一些时间，会见了空军方面的军事将领周至柔、毛邦初等人，我已经命令空军不得轰炸西安，他们也答应了。陆军方面真正听从何应钦的也不多，他们发动不了攻势。问题是，就怕夜长了梦多呀。我们应该尽快离开西安，返回南京，这是上策。张学良和杨虎城发动兵变的目的，就是为了抗日，应该尽快跟他们举行谈判，真诚地答应他们的条件，尽快解决问题。

蒋介石 共产党的代表周恩来等人到了西安，我怕问题并没有如此简单。

宋美龄 共产党的代表周恩来先生到了西安，也没有什么可怕的。控制权在张学良和杨虎城手里，他们也不会一切听共产党的。问题是你要先冷静下来，我们要做好准备跟他们谈判。

蒋介石 谈什么谈？我跟他们没有什么好谈的！

端　纳　委员长，你不要太固执了。谈判还是要谈的，不谈判是不能解决问题的。

宋美龄　是的，达令，现在只有通过谈判才能解决问题。

宋子文　委员长，不谈判，不解决问题，您是走不了的，回不了南京的。

蒋介石　要谈，你们跟他们谈好了。夫人和子文代表我，代表南京国民政府，明天跟他们谈判好了。我已经说过了，我是不能跟他们谈判的。

宋美龄　达令，你不同意谈判，怎么可能平安离开西安返回南京呢？谈判是一定要谈的，而且张、杨对时局发表的八项主张，也是符合国情、符合民意的，没有什么过错，你不同意谈判是没有道理的。

蒋介石　夫人，你和子文两个人也足以代表政府了，你们代表我跟他们谈判也够身份够级别了。

宋子文　委员长，您不参加谈判，就怕张学良、杨虎城、周恩来他们不答应吧？

蒋介石　我身体欠安，不能长时间坐着，也不能长时间站立，我参加不了这样的谈判。你们可以代表政府答应他们的抗日要求，我以口头担保、负责。

宋美龄　那好吧，我们先说一说试着看。

蒋介石　哎哟，我的腰腿又疼起来了，你们请到内室坐吧，我要到床上躺下来休息一下了。

宋美龄　达令，那我扶你到内室床上去躺一下吧。

端　纳　委员长，夫人，如果你们没有什么事情了，我们就告辞了。

宋子文　大家都累了，我们也该回住地休息一下了。

戴　笠　委员长，下官该死，由于我的失职，让委员长吃苦头了。

蒋介石　你们不坐一会儿了？

端　纳　不坐了，委员长，您和夫人休息吧。

宋子文　小妹，有事我们再联系吧。

宋美龄　好的。

戴　笠　委员长，多保重！

［蒋介石与宋子文、端纳、戴笠握手，三人走了。宋美龄扶蒋介石进内室了。］

第　八　幕

第一场

金家巷，张学良的公馆，二楼办公会客室。张学良、杨虎城、周恩来、宋子文、宋美龄，五人同时从大门走进办公会议室。

张学良　诸位，有关西安兵谏问题，我们大家终于可以坐下来谈判了。夫人，这是中共代表周恩来先生，您认识吧？

宋美龄　周恩来先生，我久仰大名了；幸会，周先生。

［宋美龄与周恩来握手。］

周恩来　蒋夫人宋美龄女士，我也早就认识，虽然算不上是老朋友，也早知其名了。

宋美龄　周先生，我经常听委员长说起您。

周恩来　夫人，委员长是在您面前说我的坏话吧？

宋美龄　委员长不是小人，怎么能在我面前说您的坏话呢？

周恩来　夫人，我跟委员长可以算是老朋友啦。

宋美龄　听说过，周先生原来和委员长是黄埔军校的同志，后来改变信仰啦。

周恩来　人各有志，夫人，后来只有分道扬镳啦。

宋美龄　是的，周先生，人各有志，不能勉强。

宋子文　周先生，您好！

周恩来　子文先生，我们又见面了！

［周恩来又和宋子文握手。］

张学良　大家请随意坐吧。

［几个人自找沙发坐下来。］

宋美龄　周先生，我早就听说，您是民国三才子，对吧？

周恩来 夫人是在委员长面前听说的吧？

宋美龄 是的，委员长到现在还忘不了您，特别欣赏您的才华和敬业精神。

周恩来 谢谢，我跟委员长分开有十几年了，老朋友也快变为陌生人啦。

宋美龄 这都是因为政见不同分开的，可以不谈。

周恩来 夫人，我希望这次在西安能见到委员长，分开久了，我还是挺想见他的。

宋美龄 谢谢，大家应该能见面的。

张学良 夫人，我们是否可以开始谈判了？

宋美龄 是的，汉卿将军，虎城将军，还有周先生，正好我们三方的主要谈判代表都见面了，我也就委员长的意见转达给各位。委员长由于身体欠安的原因，不能来参加谈判了，委托我和子文兄代表南京政府与各位会谈，如何？

杨虎城 夫人，委员长不参加谈判，大家还怎么谈呢？

宋美龄 虎城将军，你是知道的，委员长腰部受了伤，还是挺重的，既不能坐时间长了，也不能站立时间长了，所以委员长授权我和子文兄代表国民政府与大家谈判，请周先生，还有汉卿和虎城将军能够理解。

周恩来 夫人，委员长的腰伤得很重吗？

宋美龄 伤得不轻，十天半个月肯定是好不了的。

周恩来 那就请委员长多休息，我们一样可以谈的。

宋美龄 汉卿、虎城将军的意见呢？

杨虎城 夫人，这件事情还是请汉卿定夺吧。

宋美龄 汉卿，你表个态，可以吗？

张学良 好吧，夫人，我答应你。

宋美龄 多谢各位朋友如此通情达理。汉卿将军、虎城将军、周先生，既然大家今天在此谈判，那就不妨直切主题吧，如何？

周恩来 可以，夫人，我们尊重您的意见。

宋美龄 那么，请问，周先生，你们共产党方面的谈判条件和谈判方针是什么呢？

周恩来　夫人，我们共产党方面的谈判条件和谈判方针与张、杨二位将军对时局通电的八项主张是基本一致的，也就是停止内战，一致抗日！

宋美龄　周先生，你们共产党的主张和谈判条件，是与张学良、杨虎城将军发表的通电完全一致吗？

周恩来　重要方针一致，条件有所不同。我党中央完全赞同张学良将军、杨虎城将军对时局宣言的八大主张。我党的条件是：第一，南京政府中增加几个抗日运动的领袖人物，排除亲日派，实行初步改组。第二，取消何应钦等人之权力，停止中央军讨伐西安，讨伐军退出陕西、甘肃两省份，承认西安抗日联合军。第三，保障民主权利。第四，停止剿共政策，并与红军联合抗日。第五，与同情中国抗日运动之国家建立合作关系。第六，在上述条件有保证时，同意恢复蒋委员长的自由，并在上述条件下赞助中国统一，一致抗日。如果日本军队继续进攻中国，应立即出兵抗日，保卫国家，保卫民族！

宋美龄　周先生，贵党还有其他条件吗？

周恩来　没有啦，就是我说的上面六条。

宋子文　周先生，你谈到停止内战，一致抗日，可以办到，但是立即出兵，是不是有点儿太操之过急了？你看，国家抗日需要做一些准备工作吧？同时也需要做全面的部署工作吧？立即出兵，我认为是有点操之过急了。

周恩来　那依宋先生的意思呢？

宋子文　我的意思是慢慢来，不要急，也急不得，要有一个准备的时间和准备的过程。

周恩来　宋先生，“九一八”事件到现在已经五年有余了，东北、华北还有察哈尔部分地区，已经陷入日本人之手了，我们中国人不着急还要等什么？等国家和政府做好一切准备工作，等到日本军队全部占领了我们的国土再出兵吗？

宋子文 那不会，周先生，你误会我的意思了，我是说，政府需要做一些必要的准备工作，周先生太会将军啦。

周恩来 我说的是事实呀，宋先生，等到日本军队完全占领了我们的国家，再出兵抗日那就太迟啦。

宋美龄 是的，是的，周先生，你说得对，我们愿意回去向委员长转达中共方面的条件和主张，同时我们也期望与诸位朋友就西安事变和平解决尽快统一条件，早一天解决，早一天确保国家抗日的主张实施。

周恩来 夫人，您这样说话我赞成，早谈早解决，早一天出兵抗日，早一天出兵抗敌，是我们国家的当务之急！

张学良 对，周先生说得非常对！

宋美龄 我赞成。

宋子文 我也同意。

张学良 夫人，子文兄，恩来先生，那我们会谈的内容就依照我和虎城兄的八项主张通电来展开谈啦？

周恩来 对，张将军，就依据您和杨将军的八项主张来展开谈。

张学良 那我们就到里面会议室谈吧。

杨虎城 夫人，周先生，宋副院长，里面请！

周恩来 女士优先，蒋夫人先请吧！

宋美龄 周先生，不用客气，既然是谈判嘛，大家都是平等的。我们一起请吧。

［五人同时向里面的会议室走去，同下。］

第二场

蒋介石的住所高公馆，外室，客厅，蒋介石在室内活动慢步。宋美龄上。

蒋介石 夫人，谈得怎么样？今天你和子文与周恩来、张学良、杨虎城谈得怎么样？

宋美龄 达令，共产党的领导人周恩来先生确实是个奇才呀，他的嘴巴是真厉害，虽然表面上看起来文质彬彬的，可是他说话可是柔中有刚啊！

蒋介石 周恩来我是了解的，他天生就是政治家、外交家，可惜这样有才华的人跑到了共产党那一边去了。

宋美龄 达令，经过两天紧张的谈判，初步达成了这样的协议，原来张、杨主张八项，共产党方面主张六项，最后两家主张合并，统一归结为九条，你看看吧，这样的条件你能不能接受？

［宋美龄把一份谈判协议书转交给了蒋介石，蒋马上过目。］

蒋介石 夫人，这九项主张就是最后的文献吗？

宋美龄 应该说是吧。我和子文兄已经尽了最大努力，周恩来先生和张汉卿、杨虎城也作了不少的让步，最后双方达成的协议条件是：［一］改组国民党与国民政府，由孔祥熙和宋子文组织行政院，负责组成令人满意的政府，驱逐亲日派，容纳抗日分子。［二］中央军全部撤离西北，由我和子文兄负责，派蒋鼎文即携委员长手令回南京，下令停战撤兵。［三］委员长回南京后释放七君子，释放一切政治犯，保证人民的权利自由，西安方面可先期发布消息。［四］目前苏维埃、红军名称照旧。停止剿共政策，联合红军抗日，并经张学良之手负责接济红军。抗战开始后，红军改番号，由委员长统一指挥，联合行动。［五］召开国民党中央全会，召集各党各派各界各军队的救国会议，决定抗日救国方针。［六］分批释放一切政治犯，具体工作由我来做。［七］抗战开始后，共产党公开活动。［八］外交政策，与同情中国抗日的国家建立合作关系，联俄，并与英、美、法联络，制定救国办法。［九］委员长回南京后发表通电自责，辞去行政院长职务。以上九条，基本上同意了张、杨的八项主张，也承认了共产党、红军和苏维埃政权的合法地位。就是这样。

蒋介石 夫人，这九个条件我是不能全部接受的，这九个条件全是周恩来、张学良、杨虎城他们的政治主张和条件，我们的主张和条件呢，一条也没有。

宋美龄 好了，我的达令，人在屋檐下，不得不低头，你就让步吧。我跟子文兄与他们谈判能谈到如此条件，已经是很不容易了。人家也讲道理，我们双方都作了一些让步，而且这九项条件从文字意义上来说，也是正确的，符合民意的。你就签字吧。

蒋介石 我不签字，这个字我不能签。

宋美龄 你不签字？你不签字怎么办？人家能答应吗？

蒋介石 我是国家领袖，这个字我是坚决不能签的，我如果签了字，以后在国人面前也就难得抬起头来了，这个字我是绝对不能签的！

宋美龄 达令，你不签字叫我和子文兄怎么办？人家能答应吗？

蒋介石 他们不答应，就继续跟他们谈，字我是不会签的。我已经在国人面前威信下降了，我不能不保持一点国家领袖的尊严！

宋美龄 达令，你这是保持国家领袖的尊严吗？你这是为难我和子文兄。你要知道，现在重要的不是保持国家领袖尊严的问题，也不是保持你的面子问题，而是要争取时间尽快地返回南京。

蒋介石 我要回南京，我也要顾及一点面子，我不能在历史的文献上留下不光彩的签名。

宋美龄 我的委员长，你怎么这样固执呢？你说是获得自由重要，还是签个字重要？是回南京重要，还是留在西安重要？现在天下所有的人都知道了这件事，你不签字也是瞒不过天下人的。现在国家大局需要你尽快回南京主政，你怎么不顾大局呢？你在西安万一出点什么事情，国家的权力就会出现真空，天下就要大乱，国家就要出现震荡。我的达令，现在回南京要紧，其他的事情都是次要的。

蒋介石 我的夫人，我知道回南京很重要，但是我也不能在历史的文献上留下不光彩的笔迹。我可以口头答应他们的条件，可以领袖的人格做担保，但是我不签字！

宋美龄 达令，你在文件上签个字又有什么不得了的？周恩来、张学良、杨虎城他们的九项条件又不过分，而且也没有什么不当之处，你作为国家领袖也应该服从民意，不能这样太要面子。该你做的事情，你还是要做，该你签的字，你还是要签。

蒋介石 夫人，你不懂，作为国家的领袖，我是不能和下面的官员签署这样的文献的，这个字我是绝对不能签的！

宋美龄 达令，如果你不签字，事情可能就要出现麻烦，我怕张学良和杨虎城手下的那些军官们是不会答应的。

蒋介石 小鱼翻不起大浪来，只要张学良和杨虎城不跟我过不去，不对领袖失礼、失敬、他们手下的军官是不敢胡闹的。你去把张学良、杨虎城和周恩来他们叫来，我可以当面对他们说清楚，做口头保证也可以，但是不能签字，这是我的原则！

宋美龄 那好吧，明天我去请张学良、杨虎城、周恩来，请他们来说一说看，如果他们同意不签字，这当然是一件好事。

蒋介石 夫人，指望他们同意也许是不可能的，我只要求他们默认。

宋美龄 达令，你还以为自己在南京呢？你可以自己说一，谁也不敢对你说二，你不要忘了我们是在西安。

蒋介石 不管是在南京还是在西安，这个字我是不能签的！

宋美龄 达令，你为什么做事不灵活呢？

蒋介石 历史将要记录在案的东西，我是绝对不能听从他们的！

宋美龄 好吧，达令，那明天我请他们来说说看。

［两人同下。］

第三场

宋美龄陪着周恩来、张学良、杨虎城，来到蒋介石的住所，走进客厅。

宋美龄 达令，达令，你快出来看谁来啦？周恩来先生来看望你来了。

［蒋介石听到宋美龄的话，从内室出来，上。］

蒋介石 哦，恩来先生，你好。

周恩来　蒋先生好。

［两人握手。］

蒋介石　十多年不见，恩来，你还好吧？

周恩来　我还好。委员长，十多年不见，你显得苍老多了。

蒋介石　我就是这次在西安伤了腰、伤了腿、心情也不好，所以显得精神不好。

周恩来　委员长，腰伤还疼吗？

蒋介石　我的腰还是没有完全好。大家请坐吧。

宋美龄　达令，周恩来先生特地要过来看看你。

蒋介石　我表示感谢啦，恩来先生。

周恩来　这是应该的，蒋校长。

宋美龄　恩来先生，汉卿，虎城将军，请坐吧，我来给你们泡茶。

周恩来　不客气，夫人。

张学良　不用泡茶，夫人。

蒋介石　恩来，你过去是我的部下，你应该听我的。

周恩来　校长，你如果同意抗日，不光我听你的，我们共产党的红军也可以听你指挥。

蒋介石　恩来、汉卿、虎城，你们是不是对我不在谈判文献上签字感到不满呢？

周恩来　委员长，我今天来的目的，主要是想来看看老朋友。

张学良　委员长，我们主要是不理解，您为什么不签字？

蒋介石　我在这样的文献上签字，这是我的耻辱，所以这个字我不能签。但是，我可以向你们诸位保证，我会认真履行职责的！

杨虎城　委员长，你不在双方谈判的协议上签字，叫我们怎样相信你呢？

蒋介石　你们可以放心，我以领袖的人格担保，回南京以后，我会认真按照西安谈判的有关协议开展工作，不会失信于各位的。

周恩来　委员长，你失信于我们无所谓，你不签字也可以，我们会把双方谈判的主张、条款、内容公布于众，刊登上报的，我们相信委员长是不会失信于民的。

蒋介石 对，我是不会失信于民的，我向你们口头承诺，我是绝对不会失信于民的。

周恩来 委员长，你签不签字并不重要，重要的是你回南京以后的行动，你签了字，不执行，等于一纸空文，你不签字有行动，我们大家一样看得到，全国广大的军民也同样会看得很清楚，所以这个字可以不用签。但是我希望委员长回南京之后，能尽快按照我们三方达成的协议，立刻出兵抗日，在国家民族危亡的当此关头，非抗日无以图存，非团结无以救国！

蒋介石 是的，恩来，我回南京之后，马上就在中央政府宣布，停止内战，联合红军抗日，并且邀请恩来先生到南京，继续谈判有关出兵抗日的问题。

周恩来 好，委员长，我接受您的邀请。只要委员长同意抗日，改变错误的国策，不仅我个人可以听蒋先生的，我们的红军也完全听从蒋先生指挥。只要委员长愿意领导全国军民抗日，我们的国家就不会亡，我中华民族和英勇的国民，就不会亡于日本入侵者之手！

蒋介石 是的，恩来先生，你们应该相信我，既然你们如此深明大义，我作为国家领袖，说话也是算数的。我会领导国家的军民共同抗日的，签不签字也是一样的。

周恩来 你说得对，委员长，全国的军民都在看着你呢，你的一举一动都将受到国家军民的瞩目，所以我们不怕你不签字。

蒋介石 是的，我的言行比签字更重要。汉卿、虎城，你们以为签字重要还是言行重要呢？

张学良 委员长，既然周先生同意您可以不签字，我们也不反对。

杨虎城 我也没什么可说的了，既然周先生和副总司令都表示同意，我也不反对。

宋美龄 周先生、汉卿、虎城将军，既然你们都同意了委员长的郑重承诺，我们三方的谈判协议就算敲定下来了。下一步的工作，就是我请求你们尽快同意释放委员长回南京，尽快组织抗日工作了。

张学良 好吧，夫人，我和虎城兄马上回去召集委员会的人开会，研究让委员长回南京的问题。

宋美龄 汉卿，既然我们双方已经达成了相互理解的协议，为什么不能马上释放委员长回南京，还要请下面的人开会研究呢？

张学良 夫人，您的心情我理解，我也愿意尽快让委员长回南京。可是，兵谏是我张学良发动的，我不能因为听了夫人的话，就断然改变所有兵谏官兵们的意志。如果我想委员长回南京，至少也要得到东北军和西北军主要将领们的同意才行。

宋美龄 那好吧，汉卿，你们马上回去召集开会，我们今天就等你们的消息。我相信你和虎城将军想释放委员长回南京，下面的人是不会阻拦的。

张学良 我们尽力而为吧。虎城兄，我们回去召集人开会吧？

杨虎城 我同意。走吧。

张学良 委员长，周先生，那我们就先走一步了，你们接着谈吧。

周恩来 那好吧，汉卿将军，虎城将军，我和委员长还想谈一谈出兵抗日的问题，你们先走吧，我再跟委员长聊一聊。

张学良 好的，周先生。委员长多保重，夫人再见。

杨虎城 委员长，多休息。周先生，夫人，再见。

周恩来 再见。

宋美龄 再见。

［蒋介石与张学良、杨虎城握手。］

蒋介石 我希望能尽快得到你们的消息。

张学良 好吧，委员长。

杨虎城 我们尽力说服下面的军官。

［张学良和杨虎城向蒋介石等人敬礼，下。宋美龄送他们至门口。］

周恩来 委员长，国家军队出兵抗日，我们共产党、红军的部队愿意打前锋！

蒋介石 恩来先生，我的腰又受不了啦，我们还是进里面谈吧？

周恩来　好吧，委员长。

蒋介石　里面请！

［蒋介石、宋美龄请周恩来进内室，三人同下。］

第四场

金家巷，张公馆，客厅。宋美龄上。她忐忑不安地在张学良的公馆客厅里焦急地等待着张学良的消息。宋子文和端纳先生来了。

端　纳　夫人，怎么样，有消息吗？

宋美龄　端纳先生。

宋子文　汉卿还没有回来吗？

宋美龄　还没有，端纳先生，子文兄，汉卿在止园召集东北军、西北军高级将领会议出现了麻烦。

端　纳　夫人，出现了什么麻烦？

宋美龄　东北军、西北军的将领们，不同意释放委员长回南京，会议已经开了一整天，现在已经又是半夜时分了，还没有结果，我怕委员长可能走不成了。

端　纳　不会吧，夫人，张汉卿来电话怎么说？

宋美龄　我白天打电话询问张汉卿，他说请夫人别着急，还有不同意见。我晚上打电话过去询问，张汉卿还是说，请夫人别着急，还是没有结论。

宋子文　美龄，情况会不会有变呢？

宋美龄　我怕的就是情况有变，委员长走不成啊！

端　纳　夫人，我怕的是共产党方面、张汉卿、杨虎城改变了主张，不想放委员长回南京，以东北军、西北军的将领们反对为借口，继续扣押委员长，另有了打算。

宋美龄　那不会的，端纳先生，共产党方面和杨虎城是不是有变我不敢说，但是张学良是绝对不会有变的，我了解他是个重情、重义、敢作敢为的东北汉子，绝对不是出尔反尔的势利小人。他要是不念旧情的势利之徒，他完全可以利用优势，杀了委员长，而不必请中共代表周恩来先生和我们南京政府的代表来西安谈判，玩这样大的政治游戏。

端　纳　夫人说的是有道理，就怕张学良、杨虎城他们也顶不住来自下面军官的压力。

宋美龄　我担心的问题就是怕东北军、西北军下面的军官们闹起来。

端　纳　夫人，您吃饭了吗？

宋美龄　我不想吃，我要等到张学良回来，有了消息，我才回去吃饭、睡觉。

宋子文　小妹，你不吃饭、不睡觉怎么行呢？

宋美龄　我吃不下，也睡不着。现在几点钟啦？

宋子文　已经凌晨三点钟了。美龄，你去睡一会儿吧？

宋美龄　我不睡，我就是等到天亮，也要等到张汉卿的回话。

端　纳　那好吧，夫人，我们陪着您一起等着张汉卿回来。

［三个人在沙发上坐下来。］

宋子文　美龄，我给你拿了一件大衣，你盖在身上睡一会儿吧。

宋美龄　我不睡，我这心里七上八下的，坐卧不安。委员长也急着等消息呢。

端　纳　夫人，难道张汉卿说服不了他们手下的那些军官吗？

宋美龄　端纳先生，问题并不那么简单，为发动西安事变，张学良和杨虎城组建了一个由东北军将领和西北军将领组成的设计委员会，这个委员会的成员不见得都听他的，即便东北军将领会听他的，西北军将领也不见得会听他的。

端　纳　夫人，我就不明白了，这个委员会的权力，难道比张学良将军和杨虎城将军的权力还要大吗？

宋美龄　他们的权力到底有多大，我也说不清，但是张学良和杨虎城既然当初授权成立了这个委员会，他们就要尊重委员会成员的基本权力和基本建议，所以事情还是有点麻烦的，不然他们不会连续开了十几个小时的会议，事情还没有最后决定下来，张汉卿人也不见回来。

宋子文　美龄，我担心设计委员会的那些军人要是都反对释放委员长，事情可就麻烦啦。

宋美龄　这就看张汉卿对我和委员长有没有真情实意，放我和委员长回南京啦。我相信，最后决定权还是在他手上。

端　纳　夫人，你说得对，张汉卿想放人，他手下那些设计委员会的军官们是阻挡不了他的意志的。

宋美龄　是的，端纳先生，张汉卿有最后的决定权。

［这时张学良从外面回来了，从大门上。］

张学良　夫人，您还在我这里？

宋美龄　是的，汉卿，我在等你。事情怎么样？

张学良　对不起，夫人，暂时还没有让您满意的结果！东北军和西北军的多数将领，都对委员长口头承诺抗战不敢轻信，他们说，如果一定要放委员长回南京，唯一的条件就是请委员长在双方协议上签字。任何不诉诸文字的许诺，都是无法通过的。

宋美龄　那怎么办？汉卿，你是知道委员长是不会签这个字的。我求你给想一想办法吧！

［宋美龄握着张学良的手，流下了眼泪。］

张学良　请夫人不必心急，容我再想想办法！

宋子文　汉卿，看来事情真的要麻烦吧？如果下面的军官都要闹起来，委员长可能就走不成了。

张学良　子文兄，不要紧张，有我张学良坐镇，可能问题还是不要紧的。

宋美龄　汉卿，我求你赶快想想办法吧。看来我们是有点儿错怪你了。

张学良　夫人，这样吧，你们马上回去休息，起来之后收拾东西，做好一切准备，明天下午我亲自送委员长回南京！

宋美龄　汉卿，你明天亲自送我们回南京？

张学良　是的，夫人。

宋美龄　汉卿，我谢谢你，委员长也一定谢谢你！谢谢！

［宋美龄感动地握着张学良的手，又流下了眼泪。］

张学良　夫人，天快要亮了，什么也不说了，明天我们送委员长回南京，回去休息吧！

宋美龄 汉卿，你还是我宋美龄敬重的好朋友！

［宋美龄深深地向张学良鞠躬致敬。］

张学良 夫人，端纳先生，子文兄，我就不留你们了，我也要休息。明天见吧。

宋子文、端纳 再见，汉卿。

［宋子文和端纳先生与张学良握手，然后陪着宋美龄走了。张学良也进内室，下了。］

第五场

还是张公馆，办公会客厅，一名士兵在门口通报。

士兵通报：杨总指挥到！

［杨虎城从大门进来，上。张学良马上从内室出来，上，后面跟着蒋介石、宋美龄、宋子文、端纳、戴笠等人，上。］

张学良 虎城兄，我打电话叫你来，是要告诉你，我要送委员长回南京！

杨虎城 什么？副总司令，你要送委员长回南京，怎么决策得这样突然呢？

张学良 虎城兄，我怕夜长了梦多呀。

杨虎城 副总司令，你要送委员长回南京，东北军就群龙无首了，谁来指挥呀？

张学良 我送委员长回南京，几天就回来了，我不在的时候，东北军归你指挥。

杨虎城 委员长，［杨虎城向蒋敬礼］您需要副总司令陪您回南京吗？

蒋介石 当然需要。我非常感谢他送我回南京，同时我也感谢你来送我。

［蒋介石与杨虎城握手。］

杨虎城 副总司令，我劝你还是想一想吧，你送委员长回南京，几天时间能回来吗？时间长了东北军我可是指挥不了，你那些东北虎也不会听我的。

宋美龄 虎城将军，请你不要为汉卿担心。汉卿，请你相信，只要你把蒋先生送到南京，我和子文，还有端纳先生，保证你三天之内返回西安。是吧，子文兄、端纳先生？

宋子文 是的，汉卿，只要有我们在，你只管放心去南京。虎城兄，我和夫人以人格担保副总司令平安返回西安。

端　纳 是的，扬将军，我也愿意担保。

杨虎城 你们都愿意担保，我也没有什么话要说了，我只是希望副总司令去南京的时间不要太长，因为东北军离不开他。

蒋介石 杨虎城，我不会留着汉卿在南京长期做客的。同时我还向你保证：一、明令中央军入关部队调离潼关，如再有内战发生，当由我个人负责。二、停止内战，集中国力一致对外。三、改组政府，集中各方人才，容纳抗日主张。四、改变外交政策，实行联合一切同情中国民族解放之国家。五、释放一切政治犯，并立即下令办理。六、西北各省军政，统由张、杨两将军负其全责。

宋美龄 虎城将军，蒋先生绝对不会忘记答应你们准备抗日的工作，东北军和西北军官兵每月薪饷五百，按月由中央发给；停止剿共，红军改编、简编等问题，由张学良具体负责；所有参加西安事变的人员一概不究。同时答应红军代表团，日本如果侵入华北，政府必须抗战。以上各条在手续上须经行政院通过，并宣布全国。

蒋介石 你们这一次的事情，做得有点冒失，幸好觉悟尚早。一切主张既经考虑，过去的事也就不必再说了。今后只当它没有这件事算了，大家安心训练部队就是了。

杨虎城 谢谢委员长。我送你们去机场。

蒋介石 那就走吧。

宋美龄 达令，看来我们可以回南京过新年了。

蒋介石 夫人，过新年，我要送你一件最好的礼物。

宋美龄 什么礼物？

蒋介石　届时你就知道了。礼物代表了我对夫人的敬仰！

张学良　走吧，委员长？

蒋介石　好，可以走了。

［蒋介石、宋美龄、宋子文、端纳、戴笠、张学良、杨虎城等人同下。过了一会儿，周恩来和孙铭九从外面跑进来，上。］

周恩来　汉卿，张学良将军，张汉卿副司令！

孙铭九　副总司令，副总司令！

周恩来　人呢？

孙铭九　人不在了，可能走了。

周恩来　人走啦？我们来晚啦？

孙铭九　可能是的，周先生。

周恩来　孙营长，你为什么不早一点打电话告诉我呢？

孙铭九　周先生，我一听说副总司令要亲自送委员长回南京，我就立刻打电话告诉您了。可是我们还是来晚了，他们可能去飞机场啦！

周恩来　张学良太重义气啦，他不该送蒋介石回南京啊！一代民族英雄，可能要就此终身失去自由的！他太重义气了，此去南京是凶多吉少啊！

孙铭九　那怎么办，周先生？

周恩来　马上开车送我去机场，争取把张副总司令截下来！

孙铭九　是，周先生，快走！

［周恩来和孙铭九又急忙转身跑下。］

第六场

南京，黄埔路，蒋介石、宋美龄官邸。蒋介石从内室出来到客厅走动，宋美龄从外面进来，上。

宋美龄　达令，请你诚实地告诉我，你准备把张学良怎么样？

蒋介石　张学良不是住在鸡鸣寺，住在你哥哥子文兄的公馆里吗？

宋美龄　不错，他是住在我哥哥子文兄的公馆里，可是你安排军统特务把他看起来是什么意思？

蒋介石 夫人，我在西安，他派人把我抓起来，我回南京派人叫他反省几天就不可以吗？

宋美龄 达令，你到底是什么意思？你为什么要派军统的人把他看起来？

蒋介石 夫人，难道他能叫人把我看起来，我就不能叫人把他看起来吗？

宋美龄 达令，不管怎么说，张汉卿这个人还有义气的一面。他和中国历史上任何一个为己私利而发动政变的人都不一样，他是个不为钱、不为地，也不为官的硬汉子。好在他重义气、重感情，所以达令才能在西安事变中化险为夷。你不能这样对待他！达令，你怎么不说话？张汉卿舍命送你回来，到了南京你可千万不能为难他呀！

蒋介石 夫人，我知道我该怎么做。张学良、杨虎城，他们对领袖不忠，在西安事变中侮辱我领袖的人格和尊严，这是我不能接受的！

宋美龄 达令，你要把他怎样？

蒋介石 我要他们受到司法的审判！

宋美龄 要他们受到法律的审判？达令，你怎么能这样做呢？

蒋介石 只有让他们受到司法的审判，才能恢复我委员长的名誉、地位和威望！

宋美龄 达令，我抗议！你应该以领袖的人格对自己在西安事变中的承诺负责！你不能拘捕张汉卿，他从西安把你送回南京，已经表示了对你的谢罪，你怎么能审判他呢？

蒋介石 那是他张汉卿要送我回来的，又不是我蒋某人要他送我回来的。

宋美龄 达令，你这样对他不公平！他发动西安事变并不是出于为己私利！

蒋介石 夫人，难道他在西安扣押我就公平吗？

［这时宋子文和端纳先生也从外面进来了。］

宋子文 委员长，军统看押了张汉卿，这到底是怎么回事？

蒋介石 这是我的指示，是我叫军统看押的。

端　纳 委员长，你扣押张汉卿对您的形象是很不利的，对国家大局也是有影响的。

蒋介石 端纳先生，我没有别的意思，我只是想叫张汉卿反省反省。

宋美龄 达令，你要审判张汉卿，还说只是叫他反省反省？

蒋介石 审判和反省，都是为了叫他检讨自己犯上作乱的错误行为，这是必要的程序！

宋子文 委员长，你要审判张汉卿，你叫我和夫人，还有端纳先生，以后怎么还有脸面对张汉卿？我们三个人可是拍了胸脯保证他平安回西安的！

蒋介石 子文先生，我把他提交军事法庭审判一下，不过是走一走过场，以后我还可以特赦他嘛。

端　纳 委员长，你还要提交军事法庭审判张汉卿？

蒋介石 是的，端纳先生，张汉卿必须接受军事法庭的审判！

宋子文 委员长，你的心胸太狭隘了，你怎么能把张汉卿提交军事法庭审判呢？

宋美龄 达令，你这样对待张汉卿，叫我和端纳先生，还有子文兄，如何对得起张汉卿？

蒋介石 我还有事，我不跟你们说了。

宋子文 你回来！身为委员长，你不能这样背信弃义！

蒋介石 我要的是委员长的威信和声誉，张汉卿是必须要审判、要反省的！

宋子文 你简直是个政治流氓、政治骗子！你如果敢对张汉卿进行公审，我就跟你拼命！

蒋介石 你说什么？混蛋！

［蒋介石挥手就打了宋子文一个耳光，宋美龄和端纳先生都惊呆了。］

宋子文 你敢打我？你个骗子，流氓！

［宋子文手捂着挨打的脸。宋美龄不高兴了。］

宋美龄 达令，你这是干什么？你为什么要打人？

蒋介石 他骂我是政治流氓、政治骗子，你没有听见？

宋美龄 那你也不能动手打人呢！

蒋介石 他再胡说八道，我还要打人！

宋美龄 你敢？身为国家领袖，你连一点修养都没有了？

宋子文 我要把西安事变的事实真相公布于众！我要把你的所作所为公之于众！

宋美龄 达令，身为委员长，你太过分啦！

［蒋介石自知理亏，马上走了。］

端　纳 蒋先生的所作所为实在太令人不可思议啦！

宋子文 他简直是个流氓、混蛋！

宋美龄 对不起，阿哥，我向你道歉。

宋子文 你道歉有什么用？

［宋美龄气得哭起来。］

端　纳 夫人，这如何是好呢？

宋子文 蒋介石翻脸无情，这是上海地痞流氓的作风！

端　纳 是呀，夫人，委员长如此出尔反尔，太莫名其妙啦！

宋美龄 谁知道他怎么会变得这样无赖！

宋子文 美龄，我觉得我们三个人好像落入了蒋介石的骗局之中。

端　纳 夫人，蒋先生这样不守信用，将来又如何在中国立于不败之地呢？我们这三个保人，将来岂不要落得历史上的骂名？

宋子文 他简直是无耻小人！不行，我还要去找他理论！

宋美龄 子文兄，你回来！不要去找他了，他肯定是躲出去了，你找不到他了。

宋子文 那怎么办？美龄，我们三人又如何向张汉卿交代呀？

宋美龄 我也不知道该如何向张汉卿交代。

端　纳 夫人，委员长这样做太不道德啦。

宋美龄 对不起，端纳先生，我对我丈夫的不道德行为感到脸红。我向你道歉。

端　纳 夫人，这不是向我道歉的问题，是如何向张汉卿道歉的问题。事情到了这一步，我们三个人对张汉卿怎么说呀？

宋子文 是的，美龄，我们三个人对张汉卿怎么说呀？

宋美龄 现在已经没有什么办法了，我们三个人等于上了委员长的当，受了委员长的骗，只有我去当面向张汉卿道歉了。

宋子文 问题是，我们向他道歉，张汉卿也失去人身自由啦。

端　纳 夫人，委员长这样做事太不公道了。

宋美龄 我要去看张汉卿，军统把他关押在什么地方啦？

宋子文 军统把他看押在我的公馆里，不许他出门。

宋美龄 端纳先生，子文兄，我们只能去看望张汉卿，向他表示我们的歉意，事已至此，这已是无法改变的事实了。

端　纳 夫人，我们真是无颜去见张汉卿。

宋美龄 那我就代表你们去吧。

宋子文 端纳先生，还是我们三人一起去吧，我们当面对张汉卿把话说清楚，相信他会理解我们的苦衷。

端　纳 那我们三人就一起去吧。委员长这是拿我们三个人当猴耍呀。

宋子文 委员长的流氓作风是跟上海滩的帮会学的。

宋美龄 我们真是有苦难言，不好向张汉卿交待了。走吧，我们一同去看张汉卿。

［三人同下。］

第七场

还是蒋宋官邸，客厅。宋美龄从书房出来，手里拿着一份自己写的有关西安事变《回忆录》的手稿上。蒋介石正好从外面回来，从大门上。

蒋介石 夫人，你这是要到哪儿去？

宋美龄 先生，你还知道回来呀？

蒋介石 夫人，我这几天很忙，在外面小住了几天，请夫人原谅。

宋美龄 我知道你很忙，你在陈布雷家小住几天不想回来见我，是吧？你怕见我，你不要回来呀，你还回来干什么？你还可以继续到外面去住，继续躲着我，不要回来，我也不想见你！

蒋介石 夫人不要生气，我在外面是为了清静几天，写一下有关《西安事变半月记》的事情。

宋美龄 我知道你在外面和你的文胆陈布雷先生忙着写《西安事变半月记》，同时还在忙着组建军事法庭，准备审判张学良。

蒋介石 夫人，你既然知道我的行踪，知道我所做的一切，那就不要生气啦。

宋美龄 我不生气，我还能快乐吗？先生，我就不明白，你为什么要组织军事法庭审判张学良？固然他在西安事变中对不起你，对你不敬，行动有些过分，但是你也不能记在心上，怀恨在心，马上就报复，这太不像一个国家领袖的行为啦！张学良发动西安事变是不对，但是他的动机和本意是好的，他是为国家、为民族，感情冲动！人家对你并无恶意，事后还主动亲自送你回南京，算是谢罪，你为什么就不能原谅他，还要审判他？

蒋介石 夫人，我组织军事法庭审判他，不过是为了走一走过场，给全国的人看的，不然我以后这个国家领袖还怎么当呢？

宋美龄 对，达令，你可以为了你的领袖面子审判张汉卿，但是你把我和子文兄，还有端纳先生的面子往哪儿放呢？

蒋介石 好了，夫人，我们不说这件事了。

宋美龄 为什么不说？我们怎么对得起张学良啊？

蒋介石 夫人，你手里拿的是什么？

宋美龄 是我写的西安事变《回忆录》的稿件。

蒋介石 你写的什么稿件？

宋美龄 是西安事变《回忆录》。

蒋介石 西安事变《回忆录》？夫人的稿件能不能拿来叫我看一看？

宋美龄 叫你看什么？你为什么要看我写的东西？

蒋介石 夫人，拿来我看一看，有没有写得对我不利的地方。

宋美龄 我要叫人送出去，拿到宣传部去发表。

蒋介石 夫人，要拿出去公开发表的东西，我还是要看一看的。

［蒋介石从宋美龄手里拿过她手上的稿件，宋美龄气得在沙发上

坐下来，蒋介石认真地看起夫人写的西安事变《回忆录》。]

宋美龄 达令，你可以组织军事法庭审判张汉卿，但是我要把西安事变的亲身经历写出来公开见报！

蒋介石 夫人，你这个《回忆录》最好不要发表。

宋美龄 为什么我写的《回忆录》不能发表？你写的《西安半月记》可以发表？

[蒋介石脸色阴沉地把夫人写的东西摔到面前的茶几上。]

蒋介石 夫人，你这是在做亲者痛仇者快的傻事！如果夫人想发表《回忆录》，当然也是可以的，不过一定要与我和陈布雷写的《西安半月记》口径相一致才好，否则是无法见报的！

[宋美龄火气十足地站起来，对蒋介石发火。]

宋美龄 我写的《回忆录》，每一句话都是真的，都是我亲身经历的，亲眼看到的，不像有些人写的东西文过饰非！

蒋介石 夫人，我知道你为张汉卿的事生我的气，我不跟你吵就是了。但是什么是真话？莫非夸奖张学良和他的东北军就是真话？我就不明白你，你说张汉卿不为钱、不为地、不为官把我逮起来了，究竟对你有什么益处呢？

宋美龄 我就是要这样写，就是要这样说，我就是要说真话！张学良和东北军确实不为钱、不为地、不为官、发动西安兵变，这是我亲眼所见，你凭什么不许我讲真话？

蒋介石 好了好了，夫人，不要哭了，你也不要生我的气了，你要发表就发表吧，也不会有人阻拦你的。不过吹捧张学良和东北军的那段话要删掉，一定要删掉，要不然，那会把我置于何等尴尬的地位呢？

宋美龄 我不删，我一个字也不删，我就要把事实真相公之于众，不然《回忆录》上通篇都是假话，发表还有何益？

蒋介石 夫人，我请你好好想一想，是我的名誉和地位重要，还是张学良和他的东北军重要？

宋美龄 我不管，我要坚持我的观点！如果我不去西安，你现在是什么结果还很难估计。哪儿会想到，你从西安一回来，马上就变了脸，甚至把我和子文兄，还有端纳先生，也置于言而无信的境地！你居然还打了子文兄！气得端纳先生也离开了南京！像你这样的人，还怎能当好党国的领袖？把你和张汉卿放在一起对比一下，就可以看出，他是个敢作敢为的男子汉，心大量宽，大仁大义；可你虽然身居要位，行事却不够光明正大。我为你这种苟且的行为感到脸红，感到羞愧！

蒋介石 好了好了，夫人，我不跟你吵了，你也不要生气了。我在外面工作是很辛苦的，又累又疲劳，回家来是想好好休息的。下一步的工作，我马上要主持国家全面的对日抗战工作了。我不想跟你斗气了，张学良的事情你也不要管了。

宋美龄 要对日抗战，你更不能把张学良抓起来，东北军是一支重要的抗日力量，张学良更是一员不可缺少的虎将！

蒋介石 我知道，夫人，这不是你操心的事情了。应该怎么对待张学良，我心里是有数的。

宋美龄 你回来！我今天非要跟你论明白不可！你要不跟我把话说清楚，你就不要想休息，不要想睡觉，不要想吃饭！

［蒋介石走了，不理宋美龄，上楼回内室去了。宋美龄气得拿起茶几上的稿件，又上楼去找蒋介石理论。大幕落下来。］

下　部

第　九　幕

第一场

南京，航空委员会办公厅的一间办公室。航空委员会的总指挥周至柔将军、副总指挥毛邦初将军、张有谷参谋长等人上。这时从大窗外传来了凄厉的警报声和飞机空袭的爆炸声。

周至柔 日他妈的日本鬼子欺人太甚，又来空袭南京了！

毛邦初 我们作为空军军人真的是感到脸上无光，面对日本人飞机的轰炸，只能眼睁睁地看着他们胡作非为！

周至柔 邦初，光发牢骚没有用，大家说，现在怎么办吧？秘书长美龄夫人要我们开会拿出一个对付日本飞机轰炸上海、轰炸南京的方案来。我们开了一夜的会，也没有拿出一个可行的方案来，等秘书长来了，我们怎样向夫人汇报呢？

毛邦初 有谷，你说一说，以我们目前空军这样的状况，拿什么飞机来参加保卫上海、保卫南京的空战？

张有谷 我说什么呢，副总指挥？其实大家心里都清楚，我们空军注册的飞机根本对付不了日本鬼子的轰炸，更不要说与日本空军空战了。我们只能派零星的飞机去偷袭日本空军的飞机。

周至柔 邦初，你是航空界的元老，你对空军的状况了如指掌，以你之见，我想你对目前这种局面应该有什么新的想法吧？

毛邦初 总指挥，你是要我说实话吗？

周至柔 当然，我要听你说实话。

毛邦初 那好，我今天就说实话，我们跟日本的空军作战不是对手，这个仗不好打。虽说我们航空委员会注册的飞机有五百架，其实能起飞作战的只有九十一架，而日本空军每次轰炸上海，轰炸南京，出动的飞机都不少于两百架，我们跟敌人的力量对比是二比一，而且我们的飞行员又是才训练了几个月的黄埔六期的青年学生，从人员到装备，我们空军的力量都实在太差。上天的飞机今天损失两架，明天损失三架，这样下去，早晚有一天，我们空军的那点老本都得报销。倘若近期内再得不到及时的补充，我们航空委员会的空军指挥部就要关门大吉！

张有谷 还有更糟的情况等着我们呢，你们不妨设想一下，等淞沪会战结束的时候，民众知道飞机都在我们手里玩光了，航空委员会的大门前可能就要闹翻天。到时候，我看咱们还是预先准备好证词，到法庭上去为自己开脱罪责吧！

周至柔 诸位，大家都是军人，军人的职责是绝对服从，上级叫我们干什么，我们就做什么，叫苦叫难也没有用。我会把问题向宋秘书长如实汇报的。现在我们还是重点研讨一下援助上海保卫战的作战方案。上海方面的求援电报已经不止一捆啦！

毛邦初 总指挥，饶了我们吧，你不要冲我们发难。你身为空军的军事总指挥，也要面对实际，睁开眼睛看一看，我们已经没有多少飞机可派出去参战了。

周至柔 那怎么办呢？我们能不能派出几架好一点的飞机，派出几个精干的飞行员，去迎战轰炸上海的日本空军，援助一下上海保卫战呢？

张有谷 派出几架飞机去上海，援助上海保卫战也是杯水车薪，解决不了根本问题。

毛邦初 我们的空军缺少经费，零配件供应不足，航校培养的学员太少，飞机过于陈旧，这些问题不解决，我们空军早晚有一天要灭绝的。

周至柔 邦初，不要说丧气的话。

毛邦初 总指挥，你不是让我们说实话吗？

［这时一名值班的参谋从外面走进来，向周至柔呈上一份十万火急的电文。］

参　谋 报告总指挥，上海守军又来了一份十万火急的电报，请求空军火速增援！

［周至柔看着十万火急的电报，感到头疼。值班参谋转身下。周看了一下电文，随手又递给了副总指挥毛邦初。］

周至柔 怎么办？大家说怎么办？这些电文简直就像催命似的，一份接着一份。

毛邦初 要我说，先不理他们，我们现在出动几架飞机，对上海地面保卫战没有多大作用。我们不如等到晚上，多派出几架飞机，夜里去偷袭日本海军停留在黄浦江上的军舰，轰炸之后就往回跑，这样对上海地面保卫战还有作用一些。

张有谷 好主意，我觉得毛副总指挥说的办法可行，晚上可以试一试。

周至柔 可是现在上海来的电报，请求白天支援。

毛邦初 我觉得，白天出动几架飞机支援上海保卫战，作用不大，不如晚上多出动几架飞机轰炸日本兵舰，多炸死几个日本官兵，就是对上海保卫战的最大支持！

张有谷　我同意毛副总指挥的说法。

［这时外面传来了值班士兵的通报声。］

通报声　宋秘书长到！

［大家听到宋秘书长到，都立正等待迎接首长。宋美龄带头走进了办公室，她的身后还跟来了几个美国军人。］

周至柔　敬礼！

［周至柔、毛邦初、张有谷等人向宋美龄和来宾们敬军礼。］

宋美龄　诸位，我给大家带来了几位美国朋友，请大家欢迎！

［周至柔、毛邦初、张有谷拍手鼓掌表示欢迎客人。］

周、毛、张：欢迎欢迎！

宋美龄　我给大家介绍一下，这几位是我从美国请来的空军顾问！这是陈纳德中校，这是爱利逊中校，这是希尔中校，这是阿康纳少校！

［中国军人用掌声表示对客人的欢迎。］

周至柔　欢迎欢迎，欢迎外国朋友！

宋美龄　我再向外国朋友们介绍一下我的航空委员会的军事将领：这是周至柔将军，空军的总指挥。这是毛邦初将军，副总指挥。这是张有谷将军，空军参谋长！

［美国的军人们向中国的将军敬军礼。］

美国军人：将军阁下，请多关照！

宋美龄　大家不要客气，请坐吧，以后大家就是同甘共苦的合作伙伴，精诚团结，共同对敌，共同对抗日本空军！

［中美两国军人相互握手，大家分两边在会议桌前坐下来。这时值班参谋又进来，呈给宋美龄一份电报。］

值班参谋：报告秘书长，这是刚才接到的电报！

［值班参谋向宋美龄敬军礼，把电报呈给宋美龄之后，转身下。］

宋美龄　这是杭州发来的电报，杭州也遭到了日本空军的空袭。现在开会。这次会议我是迟到者，应该跟大家说对不起。你们是夜里两点钟开的会，到现在已经是早晨七点钟了，你们开了五个小时的会，拿出来方案没有，我的周总指挥？

周至柔 报告秘书长，大家提了很多方案，但是意见不统一。正好秘书长来了，空军的详情首长也最了解，大家想听一听您的高见！

宋美龄 周总指挥，开了几个小时的会，你们连方案也没有最后定下来，还要听我的高见？

周至柔 是的，秘书长，我们拿不出来对日空战的最好方案，只有等您来。

宋美龄 诸位将军都是经过沙场的老军人，战争方面比我有经验。基于现实，你们没有好的方案，怕也有差的方案吧？大敌当前，十万火急。大家拿不出方案来，会让人家说我们航空委员会这些人只会吃干饭。大家说是不是？

周至柔 宋秘书长已经说了，那就请大家把你们的方案和意见都说出来好不好？毛邦初副总指挥，张有谷参谋长？

毛邦初 说什么呢，周总指挥？我们空军的情况外人不知道，您和宋秘书长心里都是很清楚的，真是不值得一谈。

张有谷 我也是不知道该说什么。

周至柔 刚才秘书长不在，你们一个个慷慨激昂，现在让你们发言，你们为何不说了？

毛邦初 说就说，也没有什么不得了的！夫人，您自上任我们空军首长以来，我们空军的家底您是一清二楚的；现在的情况是，我们要飞机没有飞机，要人也没有人，您说怎么办？

宋美龄 邦初将军，我一向是尊敬您的，因为您是中国空军的元老。不过，今天您首先质问我，我也并不怪你。因为，这里面确实有我的责任，难道除此之外，就没有诸位军事将官的责任吗？我知道现在我们的空军正处于起步状态，百废待兴，困难不少，难道我们就被这些困难吓倒了吗？对待困难的态度，应有两种，正确态度是要正视现实，空谈不能当饭吃，要勇于克服。然而，我们飞机装备的陈旧，却远远不及我们思想方面的陈旧!

毛邦初 夫人，有些问题，您作为秘书长不是不知道。关于书面报告，我们哪一年没有向上面打过？可是又有什么用？在上面那些大人物的眼睛里，我们空军只不过是装门面而已，是检阅的仪仗队。至于说到对日本空战，这么长时间了，一点准备也没有，要人还是没有人，飞机装备依然陈旧不足，您说叫我们拿出方案来，没有东西还谈什么方案？什么也谈不上!

宋美龄 毛副总指挥，你目前要我怎么办？请你把心里的气话说出来好不好？

毛邦初 说出来就说出来，夫人既然要我说，那我也就直言，不怕得罪上面了。别的问题我们暂时先不谈，现今当务之急最缺少的就是能用于作战的飞机。我们也知道政府有困难，不要多，按照咱们航空委员会年初给上面打的报告数字落实，一百架飞机好不好？有一百架飞机，我毛邦初自愿请命，带机上天与日本空军决战!

［大家听了毛邦初的话，都为他的勇气和胆识鼓掌。宋美龄笑了。］

宋美龄 毛邦初，你说话可算数？

毛邦初 夫人，君子无戏言!

宋美龄 好一个毛邦初，你这是将我的军呀？不过你说的意见很好。在座的各位，你们也都说一说你们的意见。

张有谷 夫人，邦初的意见，也就是我们大家的意见。有了一百架飞机，小日本轰炸我们，我们也就可以上天迎敌了。

宋美龄 大家还有什么要说的吗？如果想说还可以说，我给你们时间，如果大家不想说了，那就该轮到我说话了。我希望我说话的时候，你们不要打断我的话好不好？

周至柔 夫人，大家没有什么可要说的了，还是请宋秘书长指示吧。

宋美龄 那好，周总指挥既然让我说话，那我就不客气地说了。今天的会议开得不错，大家敢于在我面前直言，说明你们对我国空军这个家还是负责任的。要说没有方案也不是真的，你们的意见完全一致，看法相同，就充分说明大家对于我们这个家还是有想法的。大家不是说要补充一百架能作战的飞机吗？我满足大家的要求，这个工作我已经提前替诸位想到了，并且做到了。现在我可以正式告诉大家，这一百架飞机和两千万美元的巨款我已经筹来了，而且已经跟美国政府签定了合同，在座的陈纳德中校和他的诸位战友可以作证。

毛邦初 夫人，您说的是真的？

宋美龄 当然是真的，你可以问这几位外国朋友嘛。

周至柔 太好了，秘书长！

［周至柔听到这样的好消息，激动得拍手鼓掌，其他人也跟着高兴地拍手鼓掌。陈纳德站起来说话了。］

陈纳德 诸位将军，宋美龄夫人刚刚与我们美国政府签完了合同，就马上从美国大使馆跑来了，所以她说开会迟到了。

毛邦初 夫人万岁！

［大家又热烈地鼓掌。］

陈纳德 宋秘书长是好样的，为了抗日，为了战争，为了装备空军，她和她的大阿姐宋霭龄女士，倾其所有，把自己所有的精力和财力，全部投进了飞机事业上。我为蒋总司令有这样晓知大理的夫人而感到敬佩！

宋美龄 陈纳德先生，不要说了。我作为中国的一位公民，不在乎别人表扬两句。出点血算不得什么！况且那些钱也不是我自己挣来的，只是从父母大人那里继承下来的，应该献给国家，献给人民。特别是大敌当前，国家需要钱的时候，每一位有良知的中国人，我想都会这样做的。

周至柔 夫人讲得好！

张有谷 夫人做得漂亮！

毛邦初 夫人，有您这一百架飞机垫底，我们算是吃了定心丸了！

宋美龄 毛邦初将军，我现在还想问一句，你刚才说的话算数吗？

毛邦初 算数，当然算数！

宋美龄 那好，毛副总指挥，现在我有资格反过来将你一军了吧？

毛邦初 夫人有什么指示请讲！

宋美龄 那好，现在我就以空军秘书长的身份，发布第一道命令：明天空军要派出两架飞机去轰炸日本首都东京！

毛邦初 什么？夫人？明天要派出两架飞机去轰炸日本首都东京？

宋美龄 对，要派出两架好飞机和两位经验丰富的优秀驾驶员去完成这个任务。我们的飞机去日本东京的目的，不是去破坏日本东京的建筑物和轰炸日本的平民百姓，而是要带上传单，向日本政府和日本人民表明：中日战争，我们中国人是不会屈服的，无论抗战多久，我们中国人民都会坚持到底的！希望日本人民能够明白，日本政府发动的侵略战争是邪恶的，最后注定是要失败的！

毛邦初 是，夫人，这个任务交给我！

宋美龄 诸位朋友，我该做的事情，我做完了，接下来我就要看你们的表现了。

周至柔 夫人，请放心，我们空军只要有了能作战的飞机，我们是绝对不会给首长丢脸的！

毛邦初 夫人，没说的，您就是我们的空军之母！

张有谷 夫人，您是当之无愧的空军司令！

宋美龄 好了好了，大家不要吹捧我了。我个人的力量是微不足道的，战胜日本空军，还要靠你们这些军人！现在外面炮火不断，我们不能老坐在这里开会，还是长话短说吧。关于援沪作战一事，我已经跟陈纳德先生商量好了，空战方面，请他指挥。这次抗战，关系到国家民族的生死存亡，我希望大家有钱的出钱，有力的出力，大家同舟共济，不能儿戏！现在我宣布，陈纳德先生为中国空军特别飞虎队大队长，军职升为上校军衔！

陈纳德 谢谢夫人，谢谢秘书长！

［陈纳德向宋美龄敬军礼，表示感谢。大家为陈纳德的晋升热情鼓掌。］

宋美龄　周至柔将军，毛邦初将军，张有谷将军！

周至柔　周至柔听您的指示，夫人！

毛邦初　毛邦初也在听夫人的指示！

张有谷　张有谷也在听秘书长的指示！

宋美龄　你们要与从大西洋彼岸来华的美国空军自愿飞虎队密切合作，协同作战，争取为我们国家的抗战事业，为中华民族的解放事业，写下光彩的一页！

周至柔、毛邦初、张有谷：是，夫人！

宋美龄　那我就等着听你们的好消息了。

中外军人：是，夫人！

宋美龄　我谢谢大家，谢谢诸位！今天的会议到此结束。我马上要到上海去慰问抗战前线的将士们，到时候，我要在上海看着你们与日本的空军作战。我预祝大家旗开得胜，首战成功，到时候我为你们设宴庆功！

中外军人：是，夫人！

[军人们一起站起来向宋美龄敬军礼。宋美龄起来与军人们握手。这时外面又传来了警报声和敌机炸弹的轰炸声。]

宋美龄　日本鬼子的飞机又来轰炸了。大家同去地下室吧。

[宋美龄等人马上离开了会议室，外面日本飞机的轰炸声更猛烈了，会议室的灯也突然熄灭了，从大窗口冲进来的是日本飞机投下的炸弹声和漫天的火光。]

第二场

南京，黄埔路，蒋、宋官邸。舞台灯光再亮时，蔡妈扶着宋美龄从楼上下来。宋美龄到前线视察，慰问伤兵，路上受了伤，回南京休养。她看起来身体还很虚弱，蔡妈扶着她慢慢从楼上走下来。

宋美龄　蔡妈，你去给我倒一杯水，我要吃药。

蔡　妈　好的，夫人，您在沙发上坐着，我去给您端水来。

[蔡妈进餐厅小门下去端水。宋美龄在沙发上坐下来，有气无力地靠在沙发上。这时蒋介石从外面回来，从大门上。]

蒋介石 夫人，你怎么样？哪儿受伤啦？

宋美龄 我不要紧，达令，你怎么跑回来啦？

蒋介石 听说你受伤了，我能不回来吗？你告诉我，伤在哪儿啦？

宋美龄 伤在筋骨上，筋骨断了。医生说，我的情况已经不要紧了，没有生命危险，在家里慢慢休养一段时间就好了。

蒋介石 夫人是怎么搞的，公路上怎么会翻车呢？司机是怎么开的？

宋美龄 这也怨不得司机，是意外情况，日本的飞机来轰炸，司机慌了神，就出事了。

蒋介石 娘希匹，饭桶司机！

宋美龄 达令，你可不能处罚司机，他已经吓坏了。

蒋介石 我听说你受了伤，急坏了，中断会议，我就跑回来了。

宋美龄 我没有什么大事儿了。上海的战况怎么样？

蒋介石 上海的战事打得非常惨烈，日本军队不断地发动疯狂的进攻，我国军将士打得也很顽强。我就怕你出大事儿呀！

宋美龄 你看，我现在不是挺好吗？你不用担心了。

［这时端纳先生从外面进来了。］

端　纳 夫人，你现在感觉如何呀？

宋美龄 端纳先生，我是大难不死，托你的大福，多谢你的救命之恩。

端　纳 蒋先生，好险的，你差一点就见不到夫人了。

宋美龄 端纳先生，不要胡说。

蒋介石 我还正想问你，端纳先生，这是怎么搞的？

端　纳 蒋先生，这可是不怨我，也怨不得他人，要怨你就怨你的夫人吧。她太固执了，不听我的劝阻，非要到前线去看望伤兵，慰问伤兵，我无论如何相劝，夫人也不听我的。出了事儿，夫人才算老实了。

蒋介石 你们是怎么出的事儿呀？

端　纳 事情说起来有点儿后怕：二十三日当天，我陪着夫人，还有副官一行人，坐车去上海视察。路上轿车驶出了危险区，我们还以为平安无事了，谁知日本人的飞机又来轰炸了。时间是下午四点三十分左右吧，日本空军的几架轰炸机突然飞临我们的上空。我们的小车不巧陷进了路边的凹地里。司机由于精神紧张，怕夫人出事儿，结果加速想开出凹地，可是前轮又撞到了一块凸石上，车子被弹出一大段距离。在一般的正常情况下，小车这时是可以重新掌握方向的，但是，不巧的是，我们的小车就此翻出了公路，车里的人也从后座中被甩了出去。我觉得我自己好像飞起来一样，而且我看到美龄夫人和她身边的副官的身体从我眼前飞掠过去；我大惊失色，人也有点吓晕了，结果我摔倒在翻滚的小车旁。上帝保佑我平安无事，我居然没有受伤。我站了起来，立即赶到了夫人身边。我看到夫人倒在一个泥潭里，人已经失去了知觉……

蒋介石　多险哪！

端　纳　我看到夫人满脸是泥泞，四肢瘫软，但似乎没有擦伤。她躺在泥潭里，脸色白得像纸一样。我冷静下来，把夫人拖出了泥潭，弯下身子听她的呼吸。夫人虽然躺在地下一动也不动，但她还有呼吸，说明人还活着。我大声叫喊：夫人！夫人！这时一群农民聚拢来了，我们第二辆车的人也赶到了现场。我轻轻地摇着夫人的手，叫她醒一醒，睁开眼睛看一看。可是夫人还是昏迷不醒，我叫了她几声也没有反应。她的身上、脸上满都是泥，我以为她没有救了。我就给她唱歌，希望能唤醒她。结果还真灵验，夫人居然动了，呻吟了一声。我高兴地叫她起来，同时扶住她，夫人居然醒过来。她摇摇晃晃地站起来，似乎摸不清头脑，问我：这是怎么啦？我说：你没事儿，夫人，你能走！

宋美龄　端纳先生，你真是个坏家伙，我当时浑身无力，你还让我走……

端　纳　夫人，那你还决定继续去上海前线慰问伤兵呢！

宋美龄　端纳先生，我真是想不明白，车祸发生时，你怎么对我那样冷酷呢？

端　纳　因为，夫人，如果让一个女人倒下去，说她受了伤，她就再也爬不起来了……

宋美龄　你对女人可是够冷酷的，端纳先生。

端　纳　好了，夫人，现在你没有事儿了，委员长也回来了，我很高兴。

蒋介石　你们经历的事情真是太惊险了。夫人，以后你可不要到前线去慰问什么伤员了，这太冒险了。

宋美龄　这是意外事故，达令，我到前线去慰问伤员，鼓舞士气，并没有错。

蒋介石　好好好，我的夫人，你没有错，我也没有说你有错。你以后就在家里好好休养吧，哪儿也不要去了。

宋美龄　那不成，我还有我的工作要做的。我只是受了一点轻伤，你不要大惊小怪的。

蒋介石　我的夫人，筋骨断了，还是一点轻伤？把命送了才算重伤？

宋美龄　那不会的，上帝还没有请我去呢，因为我还年轻。

端　纳　夫人，下一次我可是不陪你去前线慰问伤兵了，再出事儿，我可是没有办法向委员长交代了。

宋美龄　没有下一次了，下一次绝对不会有事儿了。端纳先生，你没有听说过中国有这样一句老话吗：大难不死，必有后福！

蒋介石　我的夫人，你差一点命就没有了，还有心思开玩笑？

宋美龄　不会的，我亲爱的达令，你也太言重了。

［这时保姆蔡妈端着水杯从餐厅门出来了。］

蔡　妈　夫人，开水来了，您吃药吧？

宋美龄　好，吃药。

［宋美龄从蔡妈端的茶盘里，拿起水杯来喝水、吃药。这时一名副官进来了。］

副　官　报告夫人，空军指挥部来电！

宋美龄　有什么消息？

副　官　周总指挥来电说，我空军采用陈纳德先生的强烈冲击战术，在上海的对日本空军战斗中，打败了日本空军的波浪式战术。这几天的时间，就击落、击毁了日本空军的二十五架飞机！

宋美龄 我们的空军损失呢？

副　官 我方空军没有损失一架飞机，没有损失一员战将！

宋美龄 好，打得好！我要给陈纳德记功，并以航空委员会的名义，向陈纳德和他领导的飞虎队表示祝贺！

蒋介石 夫人，不但应该祝贺，还应该重奖！

副　官 是！毛邦初副总指挥来电说，空军派出两架飞机去日本东京散发传单，也胜利返航，完成了任务。

［副官向蒋和宋美龄敬礼，转身下。］

宋美龄 达令，你听一听，我们的空军表现不错吧？

蒋介石 他们的表现是不错，我看可以把陈纳德先生提升为将军！

宋美龄 达令，我也是这样想的，陈纳德先生和他的飞虎队，战绩辉煌，应该晋升及重奖！

蒋介石 空军的事情你当家，你身为航空秘书长说了算，晋升与重奖都是你权力之内的事，我完全赞同！

宋美龄 我现在就想去航空委员会，为空军的将士们摆酒庆功！

蒋介石 那可不行！你要到航空委员会去工作，还是等到你养好了身体再说吧。

宋美龄 要不这样吧，端纳先生，你先代表我到航空委员会去，向空军，特别要向陈纳德的援华飞虎队表示祝贺！等我的身体恢复了健康，我再亲自为他们摆酒庆功！

端　纳 好的，夫人，我遵命。

宋美龄 谢谢你，端纳先生！

端　纳 再见，蒋先生。

蒋介石 谢谢端纳先生救了我夫人的命！

端　纳 蒋先生，您说错了，夫人的命可不是我救的，是上帝保佑的。

蒋介石 对，是上帝保佑的。

［蒋介石和宋美龄与端纳握手。端纳先生走了。蔡妈也进餐厅门

下去了。]

蒋介石 夫人，你以后在家里好好养伤，不要到处乱跑了，不要到前线去慰问将士了。

宋美龄 达令，你不要把我当成娇小姐了，我还不至于那么娇气。

蒋介石 上楼吧，我亲爱的夫人，你的健康重于一切。

宋美龄 我有如此娇贵吗？

蒋介石 当然了，你是民国第一夫人，命比什么都重要！

[蒋介石扶着宋美龄上楼，下。]

第　十　幕

第一场

山城重庆，中央军校内，蒋介石、宋美龄的住所。山城下着大雨，外面的雨水敲打着玻璃窗。蒋介石早晨起来活动着肢体从楼上下来，在客厅晨练军操。宋美龄过了一会儿也下楼来了。

蒋介石 夫人，你怎么不睡觉了？

宋美龄 刚来重庆，我还不大适应这里潮湿的气候，一天到晚下雨，下得人心情烦死了，想睡也睡不着。

蒋介石 夫人，慢慢适应吧，我们到重庆来，不是住一天两天，也许要住上几年。你不是喜欢睡回笼觉吗？今天怎么不睡了？

宋美龄 心里有事，睡不着了。

蒋介石 夫人的心里有什么事呢？

宋美龄 还不是为国家抗战的事情吗？达令，我最近时常想，能不能利用通讯广播设备，向西方、向美国政府和美国人民呼吁，帮助我们中国人民的抗日战争？

蒋介石 你的想法是不错的，但是美国政府和美国人民能接受你的呼吁吗？

宋美龄 我想利用广播电台，直接用英语对美国人民发表演说，你看可以吗？

蒋介石 夫人，你为中国的抗战已经做到鞠躬尽瘁了，还是不要太操心了，有时间多睡一会儿吧。

宋美龄 达令，你这是什么话？我想利用广播电台对美国听众发表演说，以唤起他们对我中国人民的同情！我中华民族在与日本帝国主义英勇抗战，而美国政府和美国人民却在隔岸观火，坐山观虎斗，甚至利用中日战争倒卖军火。我想利用广播电台，企盼美国人民和美国政府的觉醒！你说我的想法不对吗？思路有问题吗？

蒋介石 夫人，你的想法是对的，思路也是对的。问题是，现在的美国政府与日本政府的贸易是利益使然，美国政府和美国人民也不见得爱听你的演说。美国人就是利用战争倒卖军火，发战争财，现在用什么广播电台呼吁美国政府和美国人民停止与日本做贸易也是徒劳的。狡猾的美国人既卖给日本人钢铁，也卖给我们飞机炸弹，他们是两头谋利，两面发财，所以要想改变美国政府的政策是很难的。

宋美龄 可是，达令，我想试一试。我们中国人民对日本的战争打得实在是太残酷了。想一想抗战三年来，我们的卫国战争死了多少人？上海保卫战，南京保卫战，武汉保卫战，长沙保卫战，我们的军民伤亡不计其数！哀鸿遍野，惨不忍睹！我看到国军将士们倒在沙场上，眼泪都流光了。现在日本军队占领了我们国家半壁江山，又把我们国民政府逼到了重庆，这样残酷的战争如果继续打下去，我怕我们的国家要亡的。

蒋介石 我们的国家亡不了。夫人，留得青山在，不怕没柴烧。日本人想灭我中华民族那是不可能的！再说中日战争还将继续，胜负还不能定论。我现在倒是赞同中共领导人毛泽东的说法，中日战争是持久战。

宋美龄 达令，这么说，你已经看过了共党头目毛泽东的军事理论著作喽？

蒋介石 是的，我最近闲来无事的时候，翻了一下毛泽东写的《论持久战》，我觉得他的某些说法还是有道理的。中日战争可能要打很长一段时间，不是一年，不是两年，也不是三年，可能要打上十年、八年。我需要我的夫人与我长相守，共患难，艰难地度过这危厄而又漫长的岁月！

宋美龄 也正缘于此，我想再到美国去一趟，争取美国的政府和民心！

蒋介石 夫人，你现在到美国去没有必要，时机也不成熟。我倒是很想派你到香港去。

宋美龄 什么？达令，你想派我到香港去？派我到香港去干什么？躲避战争，享清福？

蒋介石 不是的，夫人，你到香港去绝非是躲避战争，享清福，而是要去进行一场非常特殊的、艰巨的战斗！

宋美龄 你派我到香港去进行一场什么样的特殊战斗呢？

蒋介石 夫人，你到香港去是要进行一场特殊艰巨的战斗，而且你去最合适。

宋美龄 达令，请明示。

蒋介石 是这样，夫人，自抗战爆发以来，我与汪精卫在战与和的问题上发生了激烈的冲突。我主战，他主和，最后汪精卫出走河内，发表了《艳电》。他是国民党的元老，又是国民政府的副总裁，有一定的号召力，身边也有一帮人；经过一段紧锣密鼓的吹打，他决定在南京成立卖国政府。加之最近日本首相近卫公然声明，不以我为谈判对手。这样问题就来了。

宋美龄 达令，什么意思？你说的话我没有听懂。

蒋介石 夫人，这就等于说，日本人要把我们现在的重庆政府降低为地方政府了。如果自身难保的英国和法国屈服于日本政府的压力，或者说美国政府为了自身的利益，继续坐视日本人侵华，并追随日本政府之后承认南京的汪伪政府，那我们的重庆国民政府也就名存实亡了。

宋美龄 达令，那怎么办？

蒋介石 第一，必须要阻止日本政府承认即将诞生的汪伪政府；第二，利用瞬息万变的国际形势，争取陷入与德国人决战前夜的英国、法国等国家支持我们的国民政府；第三，争取说服美国利用经济手段和军事威慑，想办法遏制日本军国主义者对我中华和亚洲的继续侵略和扩张！

宋美龄 达令，那我到香港去，如何能完成这三件改观亚洲战场的大事呢？

蒋介石 这三件大事，我已经安排军统局戴笠的人去做了。

宋美龄 达令，你真是个足智多谋的政治家，这样重要的大事连我都瞒过了？

蒋介石 我是看到夫人实在太辛苦了，我不敢再把这样的重负压在夫人的肩上，几次想开口把这些事情通报给夫人，可一看到你那疲惫难支的倦容，我就只好封了口。现在我们几乎到了山重水复疑无路的绝境了，我不得不请病中的夫人出马。

宋美龄 达令，你是要我到香港去指挥军统的人刺杀汪精卫吗？这我可干不了。

蒋介石 不，夫人，杀人、放火也不是女人干的事情。你到香港去的工作重点不是去办汪精卫，这件事情有人去做，不要你介入。你到香港去的工作重心是做争取人心的工作。

宋美龄 什么？去做争取人心的工作？

蒋介石 是的，夫人，争取人心的工作，对我而言，是难于上青天，对你而言可是马到成功的。

宋美龄 我明白了，达令，你是说，叫我到香港去做我二姐庆龄的工作？

蒋介石 对的，夫人，你到香港去，主要的任务就是把你二姐庆龄请回来，还有你大阿姐霭龄，你哥哥子文兄，他们都在香港，你把他们都请回来，能办到吗？

宋美龄 这并不难。

蒋介石 夫人，我要听的就是你这句话。目前的局势是，我们的抗日战争主要有四个战场需要应对。其一，与日本军队正面作战的战场；其二，防止共产党的八路军和新四军借抗日之机壮大力量；其三，改变国际舆论导向，遏制汪伪政权的成立；

其四，动员一切力量支持我国民政府抗日，并拥戴我为领袖。随着战争的硝烟、国土的沦丧，国内相继有许多知名人士云集香港，团结在孙夫人庆龄阿姐的周围。他们在香港成立了保卫中国同盟，你二姐庆龄是同盟会的主席，你哥哥子文兄是同盟会的会长，还有孙中山的儿子孙科，他们在香港为中国的抗战筹款，工作开展得有声有色，在国内国际的影响很大。这是一支不可小视的力量，因为他们都是在中国有影响力的人物。如何改变这批民族精英反对我国民政府的立场呢？我认为最简单可行的办法，就是把你阿姐他们那些人请回来，请到山城重庆来。特别是你二姐庆龄，她是中华民国的国母，是孙中山先生的夫人，在国内国际影响力之大是众所周知的。审时度势，我以为，在汪精卫筹组伪政府的前夕，我们应该与你阿姐庆龄他们化敌为友，结成新的统一战线，不能叫他们落到汪精卫或者日本人的手里……

宋美龄　不会吧？香港是英国管辖的中立地区，我想汪精卫和日本人也不敢胡来的。

蒋介石　不怕一万，就怕万一呀。日本军队已经打到了广东，打到了香江。香港一个弹丸之地，虽然现在是属于英国人管辖的领地，但是日本人想过去也就过去了，这些日本强盗总有一天要发疯的。谁能去把孙夫人庆龄请回来呢？

宋美龄　当然是非我莫属了。

蒋介石　是的，夫人，只有你亲自出马才能成功！三国时有一句名言：卧龙凤雏得一可安天下。我以为在此国难当头之际，夫人能把你阿姐庆龄请到重庆来，就等于为我搬来了十万精兵啊！

宋美龄　达令，你不愧是当代中国的战略家！

蒋介石　夫人过奖了。

宋美龄　达令，我以为，争取阿姐庆龄还有另外的特殊作用。

蒋介石　夫人说说看？

宋美龄　你不会忘记我阿姐庆龄与共产党的特殊关系吧？

蒋介石　她跟共产党的关系一直是很密切的，众所周知。

宋美龄　由阿姐出面号召敌后的共产党军队八路军和新四军对日抗战，比你发布什么命令都有力量！

蒋介石　对的，对的，你说得有道理。

宋美龄　如果八路军、新四军保存实力，蓄意在敌后发展力量，由阿姐出面揭露其真相，更具有影响力。

蒋介石　是的，夫人，你说得很对。

宋美龄　如果共产党的八路军和新四军响应阿姐的号召，在敌后全力抗日，那我们就可以稳居山城，坐收渔利！

蒋介石　夫人，你也是政治家呀，你比我还精明啊！

宋美龄　达令，我服从命令，尽快启程去香港，争取快一点儿把二姐他们请回重庆来。

蒋介石　夫人，你一定要把二姐庆龄他们请回来！同时也不要忘记了还有你大阿姐霭龄，她在香港担任什么伤兵委员会的主席，也要一起带回来，不能让她们在香港继续住下去，我怕汪精卫要打她们的主意。

宋美龄　达令请放心，我大姐二姐是绝对不会投敌叛国与汪精卫合作的。

蒋介石　我也相信，她们是不会与汪精卫合作的，但是我怕的是汪精卫派人暗算她们，把她们当人质，押解到南京去，或者说是威逼她们到南京去演戏。

宋美龄　达令，有这样的可能吗？

蒋介石　当然有，汪精卫的人在河内，距香港也不远。

宋美龄　那我还是尽快启程去香港吧？

蒋介石　夫人，时间你自己安排好了。

宋美龄　那我马上就上楼叫蔡妈收拾东西，明天就去！

蒋介石　好吧，夫人，那我明天为你送行。

［宋美龄真的立刻上楼了。蒋介石在茶几上自己倒了一杯水喝起来。这时一名副官从外面大门进来了。］

副　官　报告委员长，戴笠先生到了。

蒋介石 叫他进来。

副 官 是!

[副官转身下。蒋介石接着喝水。戴笠走进来，上。]

戴 笠 报告委座，雨农听候委员长的指示。

蒋介石 戴局长，我叫你安排的工作都安排好了吗?

戴 笠 报告委座，一切工作都安排好了。

蒋介石 此项工作要细心，行动计划要周密，办事要精干，不得留下痕迹，并且不能露出马脚来。

戴 笠 是，请委员长放心!

蒋介石 戴局长，另外我再安排你一个重要的任务，夫人要到香港去，你要绝对保证夫人的安全，不能出任何问题。

戴 笠 是，委座，我亲自安排，保证万无一失!

蒋介石 好，你去吧。

戴 笠 是，委座!

[戴笠向蒋介石敬礼，转身下。蒋介石喝足了水，放下了手中的水杯，在客厅里慢慢练起了军操，慢慢出大门，向外面运动，下。]

第二场

香港九龙，宋子文的住所，客厅。宋子文引着小妹美龄、大姐霭龄从外面走进来，引进了客厅。

宋子文 二姐，有客人来了，大阿姐和小妹来啦!

宋美龄 子文兄，你请二姐住的地方倒不错，环境挺美的。

宋子文 坐吧，小妹，大阿姐。二姐也是我反复邀请她过来住，她才搬过来的。二姐原来住在育贤路八号一层楼，只有一房一厅，地方很小，两间房既当卧室又当办公室，地方也乱，也不安全。我就请二姐和保卫中国同盟总部搬到我这里来住。我这里的条件要好一些，而且也比较安全，有我照护二姐，我心里也安定一些。而且我和二姐工作起来也方便，不用出门，就在家里办公。

[这时宋庆龄从楼上下来了。]

宋庆龄 小妹，欢迎你到香港来，我实在没有时间到机场去迎接你，你不生气吧？

宋美龄 我怎么敢生二姐的气呢？我还怕你因为政治不理我呢。

宋庆龄 政治归政治，姐妹归姐妹。小妹到香港来，我还是应该表示欢迎的。

宋美龄 二姐，我们可是有多年没有见面了，让小妹好好看看我的二姐！

［宋美龄跟宋庆龄握手。］

宋庆龄 小妹，你想见二姐吗？

宋美龄 当然想见，不想见我就不会到香港来了。

宋庆龄 小妹，你到香港来是有什么事儿吧？

宋美龄 我到香港来一方面是治病，一方面是休养，同时也想来看一看大姐、二姐，还有子文兄，你们都在香港，不欢迎我来吗？

宋庆龄 欢迎，当然欢迎，我们宋家姊妹能在香港相聚，实在太难得了！

宋美龄 是呀，二姐，我们至少有五年的时间没有见面了吧？我想看一看我的二姐变成什么样儿了？

宋庆龄 二姐变老了吧？

宋美龄 二姐还不老，大姐还没有老呢，你怎么会老呢？

宋霭龄 就是的，我还没有说老，二妹就敢说老了？

宋美龄 二姐，有大姐在，您就不能说老。

宋庆龄 我是说，我已经四十多岁了，人到中年了，快变老了。

宋美龄 二姐，您还是不老，有大姐在，您不能称老。

宋霭龄 就是的，我已经年过半百了，我还不觉得老呢，你们都不要说老，年轻多好啊！

宋美龄 是呀，年轻好，小时候更好，原来我们姐妹在上海、美国读书的时候，经常见，天天见，那时候回想起来真美，现在想见一面也不容易了。

宋子文 大姐，二姐，小妹，大家坐下来说话吧。我叫人为你们泡茶！

宋美龄 不要，子文兄，今天我们宋家姊妹难得一见，我要向大姐、二姐敬酒！

宋子文 小妹，你要向大姐、二姐敬酒？什么意思吗？这太委屈你了。

宋美龄 有什么委屈的？在哥哥姐姐们面前，小妹是应该以你们为敬的。子文兄，你去拿酒来！

宋子文 那好吧，我去拿酒。

［宋子文下。］

宋霭龄 小妹，你到底要玩什么游戏？

宋美龄 见到你们高兴啊！

宋庆龄 小妹，高兴就要喝酒哇？

宋美龄 不喝酒喝什么？大姐、二姐，你们的身体还好吧？

宋霭龄 我的身体还好。

宋庆龄 我也没有什么大病。小妹，你为什么如此高兴啊？

宋美龄 看见姐姐了，我能不高兴吗？

［宋子文亲自端着酒和酒具来了。］

宋子文 小妹，法国葡萄酒和美国的酒具我都拿来了，你为大家敬酒吧。

宋美龄 哥哥，你再去拿点吃的东西来，我们不能光喝酒吧？

宋子文 你们要吃什么东西呀？大姐、二姐、小妹？

宋霭龄 我想吃灌头鱼。

宋美龄 我想吃火腿肠。

宋庆龄 我来一点儿点心就可以。

宋子文 好吧，我去给你们少拿一点吃的东西来，先垫一下肚子，等一下我请你们出去吃大餐好不好？

宋美龄 不要，我们宋家姐妹兄弟见面，就在家里欢乐。你去拿吃的东西来吧。

宋子文 小妹，你到底要干什么？

宋美龄 高兴，请大家喝酒，陪我吃一点东西。你不高兴吗？

宋子文 高兴，高兴，我去拿。

[宋子文又下。]

宋庆龄 小妹，你这是要跟我们开什么玩笑，你这又要喝酒，又要吃东西的？

宋美龄 高兴！我想请姐姐们喝几杯见面酒！

宋霭龄 我赞同。我们宋家三姐妹有好久没有欢聚了，自从母亲过世后，我们三姐妹很少在一起了。

宋美龄 是呀，父母不在了，大家分开了，难得碰到一起了。我还是怀念小时候，父母健在，大家在父母的大树下，有说有笑，有欢有乐，那样的日子真好！可是随着父母的谢世，大家各奔东西，我们连见面也不容易了，那样快乐的好日子好像一去不复返了。

宋庆龄 小妹，你今天怎么这样多愁善感呢？

宋美龄 树大了分叉，联系也少了，我们宋家姐妹兄弟之间的感情也慢慢疏远了，这是为什么？

宋霭龄 小妹，这是正常的生活规则，大家各有自己的家庭，各有自己的工作，各有自己生活的天地，自然是难得见面了。

宋美龄 大姐，二姐，我可以抽一支烟吗？

宋庆龄 可以抽，你抽吧。

宋霭龄 小妹，你以后最好不要抽烟，抽烟伤身体，没有什么好处。

宋美龄 我也知道抽烟没有好处，但是我高兴了想抽烟，苦闷了也想抽烟，这是在美国学的，改不了啦。

宋庆龄 小妹既然高兴，那你就抽吧。

宋霭龄 小妹，你一天要抽几支烟呢？

[宋美龄把烟从皮包里拿出来。]

宋美龄 一般情况下，抽三五支吧。你们抽吗？

宋庆龄 我不会。

宋霭龄 我也不抽烟。

宋美龄 那我就不客气了，自己抽了。

[宋美龄自己点火自己抽烟。]

宋霭龄 小妹，你们家中正不抽烟，他让你抽吗？

宋美龄 他不让，他自己不抽烟、不喝酒，所以他也反对我抽烟，反对我喝酒。不过我抽烟尽可能不当他的面抽，他也不管我。

宋霭龄 小妹，这说明你还是怕他的约束？

宋美龄 我就在这一点上怕他，其他方面他怕我。

宋庆龄 小妹，你是在我们面前吹牛吧？

宋美龄 我在姐姐们面前吹什么牛哇？小妹的性格姐姐们又不是不知道。我在家说话向来是说一不二的。他不听我的，我就跟他闹，除了抽烟我不理他，其他方面他都得听我的，不听夫人的话还行吗？

宋庆龄 小妹真有意思，你怎么还像小时候一样活泼好玩。

宋美龄 江山易改，本性难移，我的个性改不了啦。

宋庆龄 小妹，国内的抗战局面怎么样？还是糟吗？

宋美龄 国内的抗战局面说起来难受，国家两百多万国军，打了三年，现在还剩下不足一百万军队了。惨哪！日本军队疯狂地扩张，占领了大半个中国，我们的国土好像成了日本人胡作非为的天下了。

宋霭龄 小妹，莫谈国事了。

宋庆龄 小妹，蒋先生的抗战意志还坚决吗？

宋美龄 中正的抗战意志还是坚决的，就是我们国家的经济实力、军事实力太差了，打不过敌人。几次大的保卫战失败了，也伤了国家与军队的元气。但是我们国家的军人打得还是很英勇的，很顽强的！

宋庆龄 我们国家的军队只要坚持抵御外来侵略者，困难可以说是暂时的。

宋美龄 是的，二姐，我也是这样想，只要我们中国人坚持抗战，就不会成为亡国奴！

宋庆龄 对的，小妹，你一定要对蒋先生说，抗战一定要坚持的！

宋美龄 二姐说得对，我们中国人只要坚持抗战，我们的国家就不会亡！

宋霭龄 可是，现在我们中国人四分五裂，听说汪精卫已经投靠了日本政府，要成立新的南京政府，抗日战争越打越艰难了。

宋庆龄 再难也要坚持！汪精卫这个混蛋，叛国投敌，认贼作父，是绝没有好下场的！

宋美龄 二姐，我们的看法是一致的，抗战再难也要坚持！

[这时宋子文端着餐具盘上来了，把餐具盘放到了茶几上。]

宋子文 小妹，吃的东西我拿来了。大家请吧。

宋美龄 太好了！来，大姐，二姐，子文兄，大家陪我一起吃一点、喝一点吧？

宋子文 小妹，你这是喝的什么酒呀？

宋美龄 亲人相会酒！

[宋美龄给大家倒酒。]

宋庆龄 小妹，你这是以酒代水呀？

宋美龄 是的，二姐，我们就以酒代水。

宋庆龄 小妹，你这是有点儿强人所难了，你知道我是不喝酒的。

宋美龄 二姐，我们本家人相会，不讲规矩，你能喝多少算多少，大家一起来喝酒！

宋子文 好，我赞同！我跟姐妹们有几年时间没有在一起喝酒了。

宋霭龄 那就喝吧。

宋美龄 大家举杯，为我们宋家姐妹和兄长之间的感情干杯！

[大家端起了酒杯。]

宋庆龄 小妹的礼仪就是多呀！

宋子文 要不国人怎么说，小妹是杰出的女外交家呢！

宋美龄 子文兄，有大姐、二姐在小妹面前，我可算不得女外交家呀。

宋霭龄 小妹不要谦虚嘛。

宋庆龄 小妹是很有外交天才的，到美国跑了一趟，就能说服罗斯福总统支援中国空军一百二十架飞机、二千万美元的贷款，确实了不起！

宋美龄 其实这也没什么，美国人想发战争财，我正好满足了他们的胃口。来，喝酒！

［四个人碰杯、喝酒。之后，美龄又给他们倒酒。］

宋庆龄 这酒是真不好喝呀！

宋美龄 大姐，我先敬你一杯，你是大姐，上一次家宴，你把我喝醉了，我今天回敬一个。

宋霭龄 小妹是想报复我？

宋美龄 我哪儿敢报复大姐呀？

宋霭龄 好，大姐欢迎小妹到香港来，喝一个！

［宋美龄和大姐碰杯、喝酒。之后，宋美龄又给大姐和自己的酒杯满上。］

宋美龄 二姐，这第二杯酒，我要敬您！

宋庆龄 小妹，我还要喝呀？这样喝酒要喝醉的！

宋美龄 喝醉了好，姐妹情深，酒后吐真言。

宋庆龄 这么说，小妹是有话要对我们说呀？

宋美龄 是的，二姐，介石让我代表他，代表政府，向您和保卫中国同盟会的所有人士表示深切的敬意，你们在香港筹到的二十多亿元资金，已经全部用于抗日保卫战中了。介石代表国军全体将士向你们同盟会的同志表示感谢！

宋庆龄 资金只要用于抗战就好。

宋美龄 二姐，我敬您的这杯酒，您一定要喝的！

宋庆龄 好，我喝，我喝。

［美龄和庆龄又碰杯喝酒。］

宋子文 大姐，二姐，小妹，快吃一点东西吧，光喝酒真是要醉的。

宋美龄 哥哥，我今天高兴，喝不醉的。

［美龄又给自己倒了一杯酒。］

宋霭龄 小妹，你不要喝了，你什么时候学会喝酒了？

宋美龄 我什么时候也没有学会喝酒，不过我到香港来，有事儿要求大家，所以我愿意酒后吐真言，说真话。

宋子文 小妹，你慢慢喝，真的不要喝醉了。

宋美龄 来，哥哥，我也敬您一杯！

宋子文　好，我喝，你不要喝了。

宋美龄　敬阿哥的酒，我怎么能不喝呢？

［宋美龄又与哥哥碰杯喝酒。］

宋霭龄　小妹，你怎么啦，要这样喝酒？

宋美龄　没有什么，大姐，我就是高兴，该你们喝了。

宋霭龄　好，小妹，你吃点东西。大妹，我来敬你一杯！

宋庆龄　谢谢大姐，我理应敬你们，你们都反客为主了。我不能喝酒，让我喝一半吧？

宋美龄　不行，要喝就要喝光。

宋庆龄　小妹，二姐喝酒真是不行。

宋霭龄　不行也要喝，你答应了我，就要喝下去！

宋庆龄　好好好，我喝，我喝，大姐、小妹都厉害，我是怕你们。

［庆龄和大姐碰杯喝酒。］

宋美龄　二姐，你跟大姐喝了，我这里还有一杯呢。

宋庆龄　小妹，我们方才不是喝过了吗？

宋美龄　二姐，方才那杯酒，我是代表介石敬您的，这一杯是我代表自己敬您的。

宋庆龄　小妹，你就饶了我吧，我实在是不能喝了。

宋美龄　二姐，你先吃点东西，不能喝就慢慢来，我不逼你了。

宋庆龄　谢谢小妹，谢谢小妹。

宋美龄　二姐，你的样子，又使我想起了小时候，我跟你在美国读书的日子。

宋庆龄　这说起来三十多年了，时间过得真快，不知不觉的。

宋美龄　是呀，一晃三十多年了。我还记得我跟二姐在美国读书的时候，二姐总是关照我，有什么好吃的总是让着我。

宋庆龄　那是应该的，那时候你还是个孩子，我是姐姐嘛，当然是让着小妹妹了。

宋美龄　我记得那时候我总是多吃多占，欺负二姐，现在想起来怪对不住二姐的。

宋庆龄　小妹，莫说了，其实有些事，我也觉得有对不住你的地方。

宋美龄 二姐，其实无论什么事情，姐妹亲情之间都应该原谅。

宋庆龄 小妹，你心里还有话没有说出来。

宋美龄 二姐聪明！

宋庆龄 不，不是二姐聪明，其实在我们宋家三姐妹当中，最聪明的人还是大姐。

宋霭龄 行了，庆龄，我再聪明，也比不上你和小妹聪明，一个嫁给了国父孙中山，一个嫁给了民国领袖蒋中正。

宋庆龄 不，大姐，我说的是真的，在我们宋家三姐妹当中，大姐最聪明，可惜是女儿身，大姐如果是个男人，从政，肯定是个人才！大姐是最早跟着孙中山一起革命的人；如果从政，现在也是国民党内举足轻重的人物了。

宋霭龄 大妹，你不要抬举我了。还是听一听小妹说酒后的真言吧。

宋庆龄 我就知道小妹到香港来一定是有事儿的。

宋美龄 大姐，二姐，话既然说到这儿了，那我就坦诚相见。大姐，二姐，还有子文兄，你们知道我为什么突然到香港来吗？

宋霭龄 这不用想，肯定是介石派你来的。

宋美龄 大姐脑子还是聪明啊！

宋霭龄 小妹，说正题吧。

宋美龄 好吧，大姐既然点到了，那我就说正题。今天我虽然喝了一点酒，但是我不会说酒话的，我到香港来的目的就是请你们回去的。

宋庆龄 请我们回去？

宋美龄 是的，二姐，我是代表介石，或者说是代表国民政府，请你们回去的。

宋庆龄 小妹，请我们回去干什么呢？我在香港工作得挺好的。

宋美龄 二姐，香港并不是长久太平之地，虽然你们在这里工作得很出色，很有成绩，为国家抗战筹到了不少钱，但是，现在国家需要你们回去，国民政府需要你们回去，所以我是作为重庆国民政府的特使来接你们的。

宋庆龄 小妹，你说的事情容我好好想一想好吗？

宋美龄 二姐，我不着急，我有时间听你们的答复。现在国家抗战进入了最艰苦的阶段，国家需要各界爱国人士团结起来，回国帮助抗战，共同抵御外来的敌人，共同对抗日本帝国主义，大家共渡难关，共同为国家效力。国家需要你们回去，政府需要你们回去。所以我是特地跑到香港来请你们回去的！

宋子文 小妹，坦率地说，我是不想回去的。

宋美龄 为什么？哥哥，你能不能给小妹一点面子？

宋子文 小妹，你是知道的，我跟老蒋的关系已经是水火不容，我不想再为他的政府卖命，也不想再为他的政府工作，我跟他无法共事，也没有共同的理念。

宋美龄 子文兄，我知道你恨介石，你有理由恨他，你有你的道理。为了权力或者说是为了工作，他打过你一耳光，撤了你行政院长的职，叫你在国民面前太难堪了。他是对你做得太过分了。我跟他吵也吵过了，闹也闹过了，如果你还怀恨在心，不能原谅他，我只能代他向你道歉了。

宋子文 小妹，这不是你代他向我道歉的事儿，他打我一耳光我是一辈子也不会忘记的。为了他，为了他的国民政府，为了西安事变，为了张学良的事情，我为他出过多少力呀！我们宋家哪个人没有为他赴汤蹈火、鞠躬尽瘁？可是最后又得到了什么好结果呢？他翻脸无情，得势就不饶人！为了张学良的事，他还把我踢出了政府，踢出了国家机关，而且还免了我的中央行长的职。他做得太绝情了！我们把他从张学良和杨虎城手里救出来，他记着我的情吗？他简直就是个白眼狼……

宋美龄 哥哥，你不要说了！大敌当前，国家的灾难胜过于我们个人的恩怨，为了国家抗战的大局，你不能像小孩子一样计较个人的得失。在西安事变，在张学良的问题上，我们是对不起张汉卿，但是事情已经过去了三年，我们就暂时不要再提了。在你的问题上，蒋先生做得是有点过了，非常对不住您。但是，我们的国家现在是艰苦的抗战时期，国家需要团结，抗战需要团结，我们大家就应该团结起来，回国效力，共赴国难，共同对敌。至于个人的得失，可以忽略不计，放弃前嫌。你和介石之间的矛盾，我会想办法从中周旋。我希望你能回去继续为政府工作，负责对美外交事务。至于大姐和二姐，我想说的是，必须回去。我们宋家三姐妹不能分裂，国家的大局不容分崩离析。国家的政局需要团结。二姐是国父孙先生的夫人，是中华民国的国母，不回去是说不过去的。不管二姐原来与介石之间有什么矛盾，有什么过节，这都是政治分歧，不应该影响国家团结抗战的大局！所以，我希望二姐能以国家利益为重，能以民族大义为重，回山城重庆，号召国民坚持抗战，这是二姐义不容辞的责任！

宋霭龄 小妹说得对，国家的大事重于一切，大妹应该回去！

宋美龄 大姐也应该回去！

宋霭龄 我回去没有问题，就怕庆龄放不下香港同盟会的工作。

宋美龄 二姐，您的工作重心不是在香港，而是在国内。您的身份，您的号召力和影响力，是不能用钱来换算的。

宋庆龄 好吧，小妹，我答应你回去。不过我要把香港同盟会的工作作一下安排。

宋美龄 谢谢二姐，身为国母就是深明大义！

宋庆龄 小妹呀，你这张嘴能说服上帝。

宋美龄 二姐，我说得不对吗？

宋庆龄 你说得对，我听你的。

宋美龄 听我的就对了。这样吧，大姐，二姐，子文兄，今天晚上我请客，咱们找一家香港最大的酒店吃饭跳舞去！

宋霭龄 OK，我同意！

宋庆龄 我还要工作呢。

宋子文 二姐，今天我们放下所有的工作，听小妹的。

宋美龄 听见了没有？大姐，二姐，子文兄都听我的，二姐不给我面子？

宋庆龄 小妹呀，你到香港来，就成了我们宋家人的宝贝了，大家都要听你的。

宋美龄 因为我说得有道理，所以大家才会听我的。

宋子文 那我们现在就去香港最豪华的大饭店?

宋霭龄 我看行。

宋美龄 哥哥，你去安排吧。

宋子文 好，我先去安排。

[宋子文出门下。]

宋庆龄 那我就听你们的了，今天也休息一天。

宋美龄 这就对了。二姐，放下工作，轻松轻松，我们吃饭跳舞去。咱们宋家三姐妹重新结为统一战线，回国效力，那才是最重要的工作!

[宋美龄亲热地挽着大姐和二姐的臂膀，三人相视而笑，随后同下。]

第三场

山城重庆，黄山官邸。蒋介石和国民党重要官员及其夫人，在客厅热烈欢迎宋家三姐妹的到来。宋美龄高兴地双手挽着大姐、二姐的臂膀，走进客厅，人们热情洋溢地拍手鼓掌。

宋美龄 各位先生，各位女士，大家好！今天我们在这里欢聚一堂，就是为了欢迎孙夫人宋庆龄、孔夫人宋霭龄回到国内来参加政府的抗日工作，同时我介绍两位夫人和大家见面。孙夫人和孔夫人不仅是我的姐姐，而且也是全国姊妹的同志。这是大家久违了的孙夫人!

[大家再次拍手鼓掌。宋庆龄向前走了两步，向大家鞠躬致意。]

宋庆龄 尊敬的各位先生，各位女士，我这次回到国内，来到山城重庆，就是为了与大家风雨同舟，坚持抗战，与不幸的国家与国民一起坚持抗日战争。期望大家在抗战的艰难时期，与国家同甘苦，共命运，坚持斗争，争取胜利，争取全民族的解放！我们一定会胜利的！谢谢大家。

[大家再次鼓掌，向宋庆龄表示敬意。宋庆龄再次向大家鞠躬致

意，退回原位。]

宋美龄　这位是我大姐孔夫人，大家也好久不见了。

[人们对宋霭龄同样报以热情洋溢的掌声。宋霭龄向前走了两步，向大家鞠躬致意。]

宋霭龄　谢谢各位先生，谢谢各位女士，我很荣幸来到山城重庆，与大家一道坚持抗战，同时也非常感激大家对我们宋家三姐妹的热情。谢谢大家！

[宋霭龄再一次向大家鞠躬致意，人们再一次报以热烈的掌声。宋霭龄退回原位。蒋介石上前与宋家大姐、二姐握手。不少记者上前拍照。]

蒋介石　孙夫人，孔夫人，国民政府欢迎你们回来！我代表国民政府向你们致敬！

[蒋介石向宋庆龄和宋霭龄敬军礼，大厅掌声如雷。大幕落下来。]

第十一幕

第一场

黄山官邸。宋美龄陪着哥哥宋子文从大门进来走进客厅。

宋美龄　达令，达令，阿哥子文兄来啦！

[蒋介石听到叫声，从书房门走出来。]

蒋介石　子文，你好！[蒋介石上前与宋子文握手。]我们有好久不见了。

宋子文　委员长好。

宋美龄　达令，我把哥哥从香港请回来了，你们两个好好谈一谈吧。

蒋介石　回来就好，回来就说明子文兄心里有国家。大敌当前，国家需要你，政府需要你这样的政治家回来工作。

宋子文　我算什么政治家呀？委员长太抬举我了。

宋美龄　哥哥，请坐吧。

宋子文 我不想坐，我想知道委员长叫小妹请我回来安排我做什么工作？

蒋介石 当然是要安排很重要的工作了。

宋美龄 委员长希望阿哥重返政坛，专门负责外事工作。是这样吗，达令？

蒋介石 是的，子文兄，我打算让你重返政治舞台负责外交工作，如何？

宋子文 让我负责外交工作是否针对美国？

蒋介石 是的，子文兄，你还是个很精明的政治家。虽然说，目前的欧洲战场是美国人的主要利益所在，但是，一旦德、意、日结成军事同盟国，美国人就必然要关心他们在亚洲的利益。这样，中日交战的局面就显得特别重要，中国战场也就必然会为美、日角逐的格局所代替了。

宋子文 委员长的意思，美国人会出兵亚洲战场吗？

蒋介石 这就要看全球战局的发展了，也要看日本人下一步棋怎么走。

宋子文 我同意小妹的看法，美国人在出兵干预之前，一定会出钱、出枪，要我们在中国大陆钳制日本军队南下，和他们争夺太平洋的利益。

宋美龄 所以，哥哥，下一步的工作，与美国人打交道，就显得尤为重要。为了促使这种局面的到来，委员长希望阿哥专门负责与美国打交道的事务。

宋子文 请允许我坦率地说，与美国人打交道，时下还是不用国府的名义为好。这样，委员长可进可退，有回转的余地，另外也可以防止因我复出引起不必要的麻烦。

蒋介石 你是怕与你大姐夫孔先生发生不愉快的事情？

宋子文 我大姐夫孔老夫子现在是行政院院长，我重返政坛干什么？

蒋介石 那就委屈你了，当行政院的副院长，或者当外交部部长。

宋子文 我不想回行政院工作，也不想当什么外交部部长。

蒋介石 那你就借口处理在美国的财产问题，赴美国，帮我去办理向美国人要钱的事情，如何？

宋子文 这我可以接受。

宋美龄 达令，哥哥，你们到书房去好好谈一谈吧，我叫厨师给你们安排晚饭。我还要给大阿姐和阿姊她们打电话，约定明天到广播电台向美国听众发表演说的事情。

蒋介石 那好，子文兄，我们书房去谈吧。里面请！

[蒋介石和宋子文走进蒋出来的书房门，下。宋美龄走到电话机前，拿起电话听筒拨号，给两位姐姐打电话。]

宋美龄 喂，是大阿姐？我是小妹美龄。有关我们宋家三姐妹到广播电台对美国听众发表演说的事情，定在明天上午八点半，在电台花池门口见好吗？那就这样定下来了。我再给二姐打电话。[宋美龄又拨通了宋庆龄的电话。] 喂，是阿姐吗？我是小妹美龄，我已经跟大阿姐说好了，明天上午九点钟，我们宋家三姐妹对美国听众发表演说。您要做好准备。对了，明天上午广播电台见。

[宋美龄给两个姐姐打完了电话，又从另一个门下了。]

第二场

广播电台播音室。宋家三姐妹由电台播音员引领着走进播音室的播音台前。这时外面传来了敌枪轰炸的声音。播音员姑娘吓得叫起来。

播音员 啊——天哪——敌机又来轰炸啦！

宋美龄 姑娘，不要怕！

播音员 夫人，危险哪，还是等一下再播吧？

宋美龄 不，现在就播音，立刻播音！

播音员 是，尊敬的夫人，对美国播音的广播电台已经调试好了，可以播音了。三位夫人谁先请？

宋美龄 那就二姐先来吧。

播音员 那就国母先请吧。

宋庆龄 谢谢姑娘。

播音员　请国母坐到广播台上来。

［播音员扶着宋庆龄坐到了广播台话筒前面的椅子上。］

播音员　亲爱的美国听众，今天我们中国"民主之友"广播电台，请到了我中华民国尊敬的国母宋庆龄女士，对美国之友广播。宋庆龄女士是我中华民国开国元首孙中山先生的夫人。下面请尊敬的美国听众收听！

［播音员做了一个有请的手势，宋庆龄会意，就对着话筒讲起来。宋美龄和宋霭龄站在播音台旁边，看着宋庆龄对美国的听众发表演讲。外面继续传来敌机的轰炸声。］

宋庆龄　亲爱的美国听众，我不知道怎样才能表达我此时此刻的心情。我们刚刚经历了又一次野蛮的大轰炸，美丽的山城重庆已经变成了一所血腥的屠场。成千上万的和平居民丧失了他们最后的一点东西，流离失所，无家可归。他们中的许多人是从陷落的长江中下游逃难到四川来的，最大的奢望仅仅是想生存下去，可是万恶的日本帝国主义连这点起码的权利也不想给予他们。众所周知，中国是一个约有四万万人口的大国，但她又是一个非常贫穷落后的国家。连年的天灾、动乱，以及其他种种原因，使我国在战争的最初几个年头内一直处于劣势，被动地抗击着上百万装备精良的日本军队的进攻。我们缺乏武器、燃料、钢材和食品，更缺乏全世界主持正义和公道国家的支持。因此，我们呼吁你们，亲爱的美国听众，在力所能及的范围内给予我们有力的援助。我们无意滥花你们提供的资财，我们把每一个钱币都会用于神圣的抗战事业。我们呼吁你们，敦促美国政府抛弃所谓的"中立"政策，尽快与法西斯帝国宣战。因为，今天发生在中国的惨祸，明天或者后天就有可能降临到贵国人民的头上，这是法西斯帝国的本性所决定的。必须制裁日本帝国主义！必须阻止他们犯下更多的滔天罪行！必须惩罚他们屠杀中国妇女、儿童和无辜人民的罪恶行为！否则，中国人民就不会相信，在这个病态的世界里，还有公正和道义可言了！

[宋庆龄最后的演讲过于激动，在播音台上浑身发抖。宋美龄马上上播音台把宋庆龄从座椅上扶起来。]

宋美龄 二姐，你别激动，我扶你到休息室休息休息吧?

宋庆龄 我不要，小妹，过一会儿就好了。

[宋美龄扶着二姐下了播音台。]

播音员 蒋夫人，下面请谁讲?

宋美龄 请大姐孔夫人讲吧。

[宋美龄扶着二姐宋庆龄站在播音员旁边。宋霭龄走上播音台，坐在了话筒前面的椅子上。]

播音员 亲爱的美国听众们，下面对你们发表讲话的，是我中华民国行政院长孔祥熙先生的夫人宋霭龄女士。

宋霭龄 亲爱的美国听众们，当我向你们尊敬的听众讲话时，我感到并且深知，我正在向真正同情中国的朋友们讲话。在我们与日本帝国主义进行生死存亡的战斗中，我们始终都没有孤立的感觉。一想到友好的美国人民站在我们一边，我们的内心就充满了深厚的感激之情。我们中国人民正在万众一心，怀着必胜的信念坚持焦土抗战。必胜的意志也体现在我们妇女身上。妇女们已经从与世隔绝的生活中解放出来，参加各种工作。在前线，她们同士兵和伤员在一起；在后方，她们同受到战争灾难的同胞们在一起；在农村，在医院，在战时孤儿院，在工业和公共事业里，都有妇女们的身影出现。我们希望美国同胞们像我们中国的妇女们一样，投入到和平抗战的战壕中来！谢谢美国的听众帮助我们中国抗战，支持我们保卫国土的战争！谢谢！

[宋霭龄讲完走下了播音台。最后宋美龄走上了播音台，坐在了话筒前面的椅子上。]

播音员 亲爱的美国听众，下面为你们讲话的，是我中华民国政府主席、军事委员会委员长、蒋总司令的夫人宋美龄女士，请美国的听众认真收听！

宋美龄 亲爱的美国听众们，在这里，在中国“民主之友”广播电台庄严的讲台前，你们大概可以从广播中听到炮击声，但是却听不到死亡者的叫喊声、数以万计受伤者的痛苦呻吟声，以及房屋坍塌的巨响。你们也看不到千百万流浪、惊恐、无家可归的无辜人民所遭受的苦难和饥饿，看不到母亲们的眼泪以及在战火中燃烧着的房屋所冒出的黑烟和火焰。

亲爱的美国听众，一场不宣而战的战争，已经给中国人民带来悲惨的灾难，已经使成千上万的中国妇女和儿童沦为牺牲品。告诉我，面对这样的屠杀，面对房屋被烧毁，中国人在流血，在抗争，西方的沉默是否象征着具有人道主义行为的准则，骑士气概和基督教影响的文明的胜利？世界强国缄默地站成一排，似乎慑于日本的威力而不敢发出一声责备，这种奇观是否预示着国际伦理道德和基督教准则以及行为的灭亡？是否已敲响所谓西方道德优越的丧钟？尊敬的美国听众，通过日本对中国的所作所为，你们可以看到这是一个邪恶、残忍、武装和组织良好，按着预定计划在行动的国家。

多年来，日本人一直在为企图征服中国而准备的战争，在中国人民面前，他们无法达到目的。可奇怪的是，世界没有一个国家愿意阻止日本的野蛮行径，这是否由于日本每天广播的大量歪曲事实真相的消息已经被人们相信了？抑或是世界上的政治家被日本施了催眠术？日本似乎只讲了一句简单而富于魔力的话，就使世界陷入了沉默："这不是战争，而仅仅是一次事件。"日本准备彻底击溃中国，使其失去战斗精神和战斗意志。但甚至这句话似乎也没有能唤醒世界认清正在发展中的灾难。所谓正是为了避免这一灾难的发生，各大强国才签署了九国条约，以防止战争；组织国际联盟，以确保弱小国家免于遭受侵略国家的伤害。但说来奇怪，这些条约似乎已经化为灰烬，这在历史上迄今还是罕见的。更有甚者，在国际法中那些为制止战争和保护平民所逐步制定的复杂的条款，也似乎与条约一道烟消云散了。所以我们又回到了野蛮的时代，强国吞食弱国，不但杀戮他们的斗士，还株连他们的家庭、妇女和儿童。日本正是企图在中国这样做。但真正允许条约失效，以及在二十世纪恢复大规模残杀无辜人民的野蛮行径的却是文明的国家！

一九三一年日本军队占领东北时，他们允许这种行径在中国发生。一九三二年日本军队在上海轰炸沉睡中的中国百姓时，他们继续容忍这种行径。一九三七年，日本军队占领南京，实行惨无人道的大屠杀，他们继续容忍这种行径。现在日本军队在中国展开大规模侵略时，他们仍然保持沉默！我们不禁要问，这是不是意味着世界文明的衰亡？向四周看一看，各地成千上万的中国人在日本军队的飞机大炮轰炸下，到处是尸骨，到处是血迹斑斑的废墟。请大家看一看成千上万逃难中的中国人和外国人，呼喊着，在惊恐中逃命，成千上万的中国母亲和儿童在逃亡中露宿街头，忍饥挨饿，两手空空，眼看着房屋在战火中化为乌有。难道西方的民主国家还能保持沉默、无动于衷吗？难道世界上就没有主持正义和文明的国家与人民了吗？如果日本的宣传已经使西方的国家和美国人民相信，日本军队已经占领了中国大部分河山，事实并非如此。

我们在抗争，我们在各地都在抗击他们。凡是肉体和低劣的武器抵挡不住敌人的巨大炮弹时，我们就撤退，但是我们并没有被击败。如果我们能得到武装自己的装备，我们将来也不会被击败。我们正在为保卫国土，为捍卫其他国家亦声称拥护之原则而战斗牺牲！我们只央求这些国家清楚地表明，侵略者的野蛮入侵和非人道的滔天罪行将不会得逞，对中国和中国人民友好的国家应采取联合经济行动，迫使日本放弃征服中国的邪恶企图。我呼吁西方国家支援中国人民的抗日战争，我不知道各位朋友是否想过，如果中国政府向已吹嘘为不可战胜的日本帝国主义投降，那时世界将会发生什么样的事情？答案是显而易见的。日本将保持完整的陆、海、空军，它将利用我国的领土、我国的人力和资源，以支持极权主义反对民主国家的军事行动。

说到这里，应该说我们中国人民的抗日，就是为了你们阻击强盗，因为强盗的胃口并不仅仅是我们中国，下一个就是你们了！我并不想在这里恫吓各位尊敬的外面朋友，但是如果到了那一天，到了占全人类人口五分之一的中国沦为日本的殖民地时，整个世界的形势将变得一团黑。我说的话并不是危言耸听。我们中国人不愿充当亡国奴，必将全力以赴，同日寇血战到底。问题是，我们会得到国际社会公正的对待吗？这只能由美国人民和他们的国会议员来回答……

[这时外面传来了刺耳的报警声。]

播音员 夫人，警报，敌机又来轰炸啦！

宋美龄 不要紧，马上就完了。美国的听众们，中国人民已经被炸弹震聋了，但是他们正焦急地等待着你们的回应！

播音员 夫人，不要讲了，为了你们的安全，还是快走吧！

[播音员不由分说，就把宋美龄从播音台的椅子上拉起来，马上带着她们离开了播音室。]

第三场

野战医院病房。几个伤兵正在护士的陪护下走进病室。

护士长 大家快到病床上躺着吧，等一下宋家三姐妹要到病室来查看伤员，同时慰问大家。

伤兵甲 护士长，你说什么？谁要到病室来检查？

护士长 是宋家三姐妹，孙夫人、蒋夫人、孔夫人。

伤兵甲 她们是什么人物，这样兴师动众的？

护士长 兄弟，宋家三姐妹你不知道是谁呀？

伤兵甲 听说过，没见过。我看你们全医院上上下下都动起来了，都在打扫卫生。

护士长 三位夫人到医院来检查工作，不动起来行吗？

伤兵乙 难怪呀，有大人物来了，你们就开始做表面工作了。

护士长 好兄弟，等一下三位夫人来了，你可不能这样说话呀。

伤兵乙 不说实话就说假话吗？我们在前方与日本鬼子打仗受了伤，来到后方医院治疗，什么药物也没有，兄弟们眼看着今天死一个明天死一个，我要把这些实际情况如实向三位夫人讲！

护士长 好兄弟，你不认识宋家三姐妹，最好不要乱讲。

伤兵乙 宋家三姐妹中国人谁不认识呀？宋家三女性是当代中国的女中豪杰；孙夫人宋庆龄是孙中山的夫人；蒋夫人宋美龄是当今中国的皇后；孔夫人宋霭龄是行政院长的夫人。她们要到医院来视察，我要把医院缺医少药的情况好好向她们反映反映，这样不行，伤兵死人太多了！

护士长 兄弟，我劝你还是不要乌鸦嘴，有些话可不是随便乱说的。

伤兵乙 怕什么？我们在前方与日本鬼子血战，受了伤还得不到治疗，还不能如实说呀？

护士长 你快上床躺着吧，等一下我给你输液。

伤兵乙 我的病情已经不要紧了，死不了啦，你们要快一点想办法救一救 5 号病床的老王，再没有药救治，老王可就危险了。

护士长 老王的情况我们的医生护士也着急呀，可是没有抗生素怎么办呢？

伤兵丙 护士长，三位夫人到医院检查来了吗？

护士长 人已经来了，正在其他病室检查呢。

伤兵丙 护士长，宋家三姐妹，三位夫人，谁长得漂亮？

护士长 你问谁长得漂亮干什么？

伤兵丙 我想跟漂亮的夫人照一张相，一辈子回想起来也荣幸！

护士长 宋家三姐妹谁长得漂亮我也说不上，我也没有见过她们本人，只是从报纸上面见过，我看三位夫人都挺漂亮的。

伤兵丙 那总有一个最漂亮的吧？

护士长 我认为孙夫人宋庆龄长得最漂亮，端庄秀美。

护士乙 不对，护士长，我认为宋家三姐妹蒋夫人宋美龄长得最漂亮，最有风采！

护士长 不对，我认为还是孙夫人宋庆龄长得漂亮！

护士丙 其实宋家三姐妹长得都很漂亮，各有各的美！

伤兵丁 如果三位夫人能跟我们伤兵一起照一张相就好了。

护士长 兄弟，你为什么想跟三位夫人一起照相呢？

伤兵丁 我们打日本鬼子受了伤，住医院接受治疗，能得到三位夫人的慰问，这也是我们伤兵的光荣啊！

伤兵甲 我说兄弟们，你们就不要做美梦了，我们身上的臭汗味熏死个人，还不把三位夫人臭跑喽？

护士长 那不会的，大家不要瞎说了。

伤兵乙 去他妈了巴子吧，管她三位夫人谁漂亮，谁最美，我们伤兵需要的是药品！

伤兵丙 老兄这话说得对，我们伤兵需要的是药品、肥皂、毛巾，她们漂亮不漂亮与我们有什么相干呢？

护士长 你不是还想着跟最漂亮的夫人照相吗？

伤兵丙 我是想啊，就怕记者不给我们照啊！

［这时宋美龄和宋庆龄、宋霭龄，在医院院长和几位医生的陪同下进来了。三位夫人手里一人拿着一束鲜花，这显然是医院为了欢迎她们的到来，特意赠献她们的。］

宋美龄 亲爱的伤兵兄弟们，大家好！

护士、伤兵惊叫：夫人！

［护士们立正向夫人们行注目礼。伤兵能站起来的都立正向三位夫人敬军礼。］

院　长 同志们，蒋夫人、孙夫人、孔夫人，代表政府来看望大家啦！

［护士、伤兵们，激动地拍手鼓掌表示欢迎。］

宋美龄 伤兵兄弟们，我是代表国家妇女指导委员会来看望大家的！

宋庆龄 我是代表国家红十字委员会来看望大家的！

宋霭龄 我是代表国家伤兵委员会来看望大家的！

［宋氏三姐妹与病室的伤兵护士们握手致意。］

宋美龄 兄弟，你好！

伤兵甲 夫人好！

宋美龄 你伤在哪儿了？好像看不出来啊？

伤兵甲　报告夫人，我伤在腰部，已经快好了！

宋美龄　你是哪儿人呢？

伤兵甲　报告夫人，俺是河南鹿邑县人！

宋美龄　河南鹿邑县人？好地方，人杰地灵啊！老子的故乡，在河南东部，离商丘不远，对吗？

伤兵甲　夫人知道我的家乡？

宋美龄　老子天下第一，你是老子故乡的人，你应该引以为自豪！祝你早日康复！

伤兵甲　谢谢夫人！

［宋庆龄与伤兵乙握手。］

宋庆龄　你好，好兄弟！

伤兵乙　夫人，听说你们来了，我有些心里话想说，又不知道该说不该说？

宋庆龄　有话你就说嘛，你们是从前方下来的抗日英雄，什么话都可以说，我们也愿意听。

伤兵乙　夫人既然这样说，那就恕我直言了。夫人都是有钱有势的人，快想办法为医院弄一些药品来吧，这样的医院缺医少药，不该死的伤员死了，大家看着心里难过呀！你们看五号病床老王，我的连长，没有药就等死了。

宋庆龄　老王连长？

宋美龄　院长，五号病床老王连长受了什么伤，需要什么药？

院　长　五号病床老王连长，是从湖北战场下来的，他的腹部受了重伤，感染了，医院没有抗生素药品了。

宋霭龄　那赶紧派人去买呀！

院　长　夫人，我们医院没有钱，而且药品也买不到。

老　王　夫人……夫人……

［老王声音不大地叫喊三位夫人，宋家三姐妹马上就到他病床前去了。］

宋美龄　老王连长，你有什么话要说吗？

宋庆龄　老王连长，有什么话你就说吧。

老　王　夫人……我想握一握你们的手……

宋美龄　那好，你握吧。

宋庆龄　这是我的手。

宋霭龄　还有我的手。

［老王握着三位夫人的手，激动得摇晃。］

老　王　谢谢夫人……谢谢夫人……在我们老家那地方，是不时兴与女人握手的……今天我能握到三位夫人的手，我闭上眼睛也死而无憾了……

宋庆龄　老王连长，你不会死的。

宋美龄　你要坚持住！

宋霭龄　药品我们会想办法的。

老　王　谢谢夫人……谢谢！

［老王放开了三位夫人的手，抱拳向三位夫人致敬。］

宋庆龄　老王连长，你安心养伤，剩下的问题我们来想办法解决。

宋美龄　院长，马上派人去买药品，有什么问题提出来。

院　长　是，夫人，我们医院最头疼的问题就是药品补给问题，一是没有钱，二是药品也难以买到。

宋霭龄　院长，你统计一下数字，尤其是急需的药品，你列个清单给我。

宋庆龄　医院不能缺少药品，什么药买不到，我们帮忙想办法。

院　长　那好，夫人，我立即照办。

［宋家三姐妹最后又跟老王连长握了握手，才离开他的病床，到了三号病床前面。］

宋美龄　小兄弟，你好，你伤在哪儿了？

伤兵丙　报告夫人，我伤在腿上，过几天医生说给我锯腿……

宋美龄　锯腿？这么年轻就锯腿？院长，为什么要锯腿？做手术保留他的腿不行吗？

院　长　夫人，他双腿有好几块弹片，一块一块取，要做几次手术，人很受罪的……

宋庆龄　能保留他的腿，还是要争取保留他的腿，他还年轻，以后有腿，他还有个指望，没有腿，他就失去希望了。

宋霭龄 多给他用特效药，多给他输血，钱由我来付。

院　长 是，夫人，我们安排最好的医生为他主刀，争取保住他的腿。

宋美龄 要能保住他的腿，我们将感激你的工作。

[伤兵丙听了三位夫人的话，激动得流泪，连连向宋氏三姐妹鞠躬道谢。]

伤兵丙 谢谢夫人！谢谢夫人！谢谢夫人！

宋美龄 不必客气。

宋庆龄 小伙子，安心治疗，不要着急。

宋霭龄 有什么问题，我们会帮助你的。

[宋家三姐妹又走到了四号伤兵的床位前，与伤兵丁握手。]

宋美龄 你好。

宋庆龄 你好。

宋霭龄 你好。

伤兵丁 夫人好！

宋美龄 你伤在何处？

伤兵丁 报告夫人，我伤在胸脯上，不过快要好了。

宋美龄 那祝贺你！

宋庆龄 你有什么要求？

伤兵丁 报告夫人，医院缺少药品，我们伤兵缺少毛巾、肥皂，还有新军装。我们伤兵出院，重返战场，最好能穿上新军装！

宋霭龄 你说得对，这个问题好解决。院长，马上发给伤兵们洗脸洗澡用的毛巾、肥皂，我保证三天之内把钱支给你们，并且保证每一位伤员官兵在出医院时，都可以得到一套带领章的新军装，还有一包食品和一些零用钱。如果募捐工作顺利的话，我还打算为退伍的军人按月提供额外的津贴。

伤兵丁 谢谢夫人！谢谢！夫人真是我们伤兵的爹娘父母啊！

[伤兵丁激动地向三位夫人敬军礼。其他伤兵军人也同时向三位夫人敬军礼。]

宋美龄 好了，兄弟们，你们还有什么问题要说的？可以坦率地说，说出来我们想办法解决。

伤兵丁 夫人说的话只要能兑现，我们一辈子也会记着三位夫人的大恩大德的！

宋霭龄 小兄弟，放心吧，我们说话保证会兑现的。

宋庆龄 院长先生，医院的病房里没有安装暖气设备，到了冬天怎么办？

院　长 夫人，我不说夫人也知道，进口的暖气设备一般都先供应各部的部长和高级官员，医院里是很难弄到的。不过到了冬天，我们也有弥补的办法，冬天总是要在病房里烧木炭的。现在医院最重要的问题是药品，其他问题都好办一些。

宋美龄 院长，伤兵们的伙食怎么样？

院　长 伤兵们的伙食还可以吧，至少他们可以吃饱肚子。

宋庆龄 伤兵们的伙食应该吃得好一点，他们有肉吃吗？

院　长 夫人，我们医院的条件实在有限，伤兵们一个月能吃上一回肉吧。

宋霭龄 一个月吃上一回肉那太少了，应该增加到二至三次，伤兵们恢复健康是需要营养的。

院　长 夫人，我们也是这样想，可实在是力不从心呢。

宋美龄 这样吧，院长先生，等我们视察完了，到你的办公室去开会，就钱的问题、药品问题，还有伤兵们的伙食问题，专题谈论，到底需要多少钱，一条一条地落实。

院　长 好的，夫人。[院长激动地向三位夫人鞠躬致敬。] 你们真是伤病员的大救星啊！伤兵们都激动起来，齐声呐喊：夫人万岁！夫人万岁！夫人万岁！

[这时一个护士惊叫起来。]

护　士 院长，不好了，老王连长不行啦！

[人们听到护士惊叫不幸的消息，马上又围到了五号病床老王连长的病床前，关注他的情况。]

宋美龄 老王连长！

宋庆龄 老王连长！

宋霭龄　老王连长！

院　长　夫人，他已经咽气了，没有救了。

［人们听到院长宣布的不幸消息，心情沉痛起来，在场的伤兵和护士控制不住自己的感情，都流下热泪，哭起来。］

宋美龄　老王连长，对不起呀！

宋庆龄　老王连长，抱歉呢！

宋霭龄　老王连长，遗憾呢！

院　长　把人抬出去，送走吧。

宋美龄　等一等！老王连长，一路走好！

［宋美龄把手中的鲜花放在死者身上。］

宋庆龄　老王连长，平安远行！

［宋庆龄也把手中的鲜花放在死者身上。］

宋霭龄　老王连长，来世再见！

［宋霭龄也把手中的鲜花放在死者身上。医生、护士抬着老王连长的病床走了，大家一起为死难者送行，众人同下。大幕落下来。］

第十二幕

第一场

黄山官邸。蒋介石从书房出来，走进客厅，他眼睛看着一份美国总统的复电。宋美龄兴奋地从外面进来，看样子好高兴。

宋美龄　达令，你在看什么？我给你带回了一个惊人的好消息！

蒋介石　夫人带回了什么惊人的好消息？是不是美国方面传来了喜讯？

宋美龄　达令，你怎么知道我带回了美国方面的好消息？

蒋介石　想得出来，我是当今居蜀图兴的孔明，会算计！一定是你阿哥子文发来了有关美援的电文，对吧？

宋美龄　太对了，达令！子文来电说，罗斯福总统允诺给我们五千万美元的援助！

蒋介石 五千万美元太少了，美国人一定还会支援我们的！

宋美龄 我的达令，你的胃口可真大？

蒋介石 我的夫人，太平洋战争爆发了，国际局势已经发生变化了，美国政府不得不支援我们中国人的抗战了。

宋美龄 达令，你真是料事如神！

蒋介石 夫人，我也得到了好消息，十月九日美国副国务卿威尔斯先生召见了我国的大使魏道明，宣布了美国取消在华领事裁判权及有关的种种特权。美国最高法院院长为庆祝我中华民国“双十节”，在费勒得斐亚独立厅前发表了最亲切的祝辞，并且鸣自由钟三十一响。我致电罗斯福总统表示感谢！罗斯福总统复电说：取消在华领事裁判权是美国政府及我个人多年的心愿。中国抵抗外来侵略者的英勇奋斗精神令人敬佩。夫人，你听一听，美国总统也知道德、意、日结盟，他们需要支持我们中国的抗战了。

宋美龄 达令，这是好时机呀，我们应该争取多要美援。

蒋介石 夫人，你想一想看，欧战爆发以后，美国总统罗斯福为什么不给我们军援？法兰西亡国、大英帝国吃紧的时候，他为什么还主张搞远东慕尼黑政治？如今德、意、日三国签约结盟，他为什么会立即慷慨解囊？

宋美龄 达令，这里面有什么猫腻？

蒋介石 夫人，他们这是在使小钱赚大利，你懂了吧？

宋美龄 使小钱赚大利？怎么讲？

蒋介石 我告诉你，夫人，美国人是为了填补英国、法国在印支等地留下的空间争取时间。他是为了保护美国人在太平洋的更大利益，所以他希望我们中国把日本军队死死地钳制在中国大陆上。

宋美龄 那美国人支援我们的援助收不收呢？

蒋介石 当然要收下。

宋美龄 达令，那你的意思是？

蒋介石 十分简单明了。德、意、日签约，必然导致美、英、法结盟。换句话说，美国人坐山观虎斗、大发战争财的日子结束了。同时，亚洲战场上由我们中国人抗击日本侵略者的时代也就此结束了。

宋美龄 达令英明！

蒋介石 从现在起，我们的战略重心可以转移了，一方面抗日，同时也可以集中一切力量消灭业已强大起来的共产党军队：八路军和新四军！

宋美龄 对，达令你说得对。我觉得我现在可以抓住这样的机会到美国去一趟，争取要更多的美援回来。如何？

蒋介石 夫人，你到美国去以什么名义呢？

宋美龄 当然是以总统夫人的名义去了。

蒋介石 不可，夫人，不可以总统夫人的名义去。

宋美龄 为什么，达令？为什么不可？

蒋介石 因为，一是民国史上没有夫人外交的先例，后果不可预料；二是夫人在抗战中的威力和影响力可抵几个师，国内的政治斗争和抗战局势都需要你。

宋美龄 但是，达令，加强中美关系，争取更多的美援回来更重要。机不可失呀！

蒋介石 夫人，那你就以私人的名义，以到美国治病为由，秘密地对美国进行访问，成果要好就变为公开的访问。

宋美龄 不，达令，这一次我要以中华民国大总统夫人的身份公开访问美国，请你相信我的外交智慧和外交才华，我一定会说服美国人民和美国国会议员的！

蒋介石 那你就去吧，我不反对。先跟子文兄通个气，请他与美国总统商谈，请美国总统同意派飞机来接你到美国去访问。

宋美龄 这是个好主意。我想过几天就启程前往美国。

蒋介石 那好吧，夫人，我祝你访美成功。

宋美龄 一定会的。

［蒋介石在宋美龄的额头上吻了一下，两人一起上楼，同下。］

第二场

美国白宫，总统和总统夫人的官邸客厅。美国总统夫人埃莉诺·罗斯福在客厅里热情地迎接来访的中国客人宋美龄夫人。两位夫人见面非常高兴，热情拥抱。

埃莉诺 美龄夫人，你好，热情欢迎你再一次来美国访问！

宋美龄 总统夫人，您好！我很高兴再一次见到老朋友！

埃莉诺 美龄，你还是保养得这样好，依然如花似玉呀。

宋美龄 总统夫人，您也依然健康美丽！

埃莉诺 美龄，我可是比不上你呀，我已经老了。

宋美龄 请看埃莉诺夫人，我从中国带来了什么？

[宋美龄把一册大邮集呈送到美国总统夫人的眼前。]

埃莉诺 邮票？太美了，我亲爱的朋友！

宋美龄 夫人，这是我送给罗斯福总统的见面礼，请尊敬的夫人代转给总统先生，我希望我亲手挑选的一点礼物不会显得太过时了。

[埃莉诺双手从宋美龄手里接过集邮册，随手翻了几页，欣赏集邮册。]

埃莉诺 美龄，这些邮票可是太宝贝了。罗斯福总统小时候就是个集邮迷，现在又是个老集邮迷。他知道您送给他这样的礼物，一定比我更高兴。谢谢你，美龄，真是太感谢啦！

宋美龄 埃莉诺夫人，这一册邮票是我委托专人从国内民间收集起来的，从前清的第一套大龙票，到民国各时期的邮票，是应有尽有，堪称国宝。

埃莉诺 谢谢美龄，我马上引你去见总统。

[两位夫人下。]

第三场

转换总统接待厅。埃莉诺夫人陪着宋美龄来到总统接待厅。她们的身后跟着中国的特使宋子文。罗斯福总统由侍卫推着轮椅车上，后面跟着美国副总统亨利·华莱士先生。罗斯福挥挥手，示意侍卫可以走了，推轮椅车的侍卫转身下去。宋美龄马上上前，将手中的一束鲜花献给总统先生，继而在老人的面颊上吻了一下。

宋美龄 总统阁下，再一次见到您非常荣幸！

罗斯福 美龄夫人，再一次见到你，我也感到很高兴。我迟到了，夫人，对不起，我应该检讨。

宋美龄 总统先生，该说对不起的是我而不是您。

罗斯福 美龄，此话怎么说？

宋美龄 本来嘛，我应该早来看您的，只是忙于国内抗战的事务，耽误了启程的时间。若不是介石催促，可能今天还来不到这里呢。

罗斯福 美龄夫人，蒋总统他好吗？

宋美龄 他很好。[宋美龄又从手皮包里拿出一个大信封，呈送到罗斯福手中。] 这是介石让我转给您的信，总统先生，他让我向您问好，并祝您身体健康！

罗斯福 谢谢蒋总统！我代表美国人民欢迎夫人的到来。中国作为世界反法西斯的主战场，作为我们美国的盟国，我们一向是十分关注的。上一次你是秘密来美国求援，而这一次是公开地进行国事访问。关于中国抗日前线的战场形势，尽管通过新闻、广播、情报等渠道，我知道一些，但是我还是想听一听您的介绍。

宋美龄 OK！总统阁下，有关中国战场的情况，虽然目前我们中国的军队与日本军队打得很艰难、很惨烈，但是战场的形势已经发生了变化，已经相对好转了。台儿庄战役，我中国军队重创了日本军团，长沙保卫战随后也取得了不俗的战绩；之后的百团大战、昆仑山大战、平型关战役，我中国军队更是给予日本军队以有力的打击。现在的敌我双方正在中国的战场展开拉锯战，日本军队已经不像开始侵略中国时那样疯狂了，因为他们已经领教了中国军队英勇抗战、保卫国家、保卫民族、不怕死的战斗精神！在这里我特别想说的是，我上一次从美国请回去的贵国空军自愿飞虎队，在陈纳德将军的指挥下，重创了日本空军，为中国的抗战立了大功啊！

罗斯福 我也听说了飞虎队的事儿。照此下去，我感到中国的抗战离胜利已经为期不远了。

宋美龄 是的，总统阁下，关于中国抗战的胜利，应该说为期不远。不过，我只是讲了对抗战有利的一面，而困难的一面我还未向您通报呢。

罗斯福 夫人说，有什么困难？

宋美龄 困兽犹斗，日本军队是决不会自动承认失败的。他们每天有数百架飞机向我们的前线和后方投下数千吨的炸弹，妄图挽救危局。中国的制空虽然有美国盟军的援助，但还是难以与日军抗衡的。因此，中国士兵伤亡的情况每天都在增加。后方医院爆满，许多伤员不得不在露天场院等待手术和治疗。很多伤员由于缺医少药而牺牲了。临行前，我到一个后方医院去视察，那里有一百多位伤员没有床位，有几个伤员看到我，痛苦地呼唤着我的名字而死去，那情景看起来真悲惨，惨不忍睹。真的，太难过了。

［宋美龄说到这里用手帕揩了揩湿润的眼睛，总统的夫人埃莉诺也用手帕揩眼睛。］

罗斯福 夫人，不要难过，战争的伤亡是难免的。

宋美龄 可我们伤亡的太多了，我们伤亡了一百多万中国军人！

罗斯福 伤亡多少？一百多万军人？

宋美龄 是的，总统阁下，我们伤亡了一百多万优秀的军人，上至将军，下至普通士兵。我这里有几个统计的数字，请总统阁下过目。

［宋美龄又从皮包里拿出一张表格呈送给了美国总统罗斯福。］

罗斯福 这一百多万的数据都是军人吗？

宋美龄 是的，总统阁下，表格上面的数据，就是统计的军人伤亡数字。至于平民百姓的伤亡情况，那就更多了。据我们国家统计局调查统计的数据显示，光是一九四一年一年的时间，日本军队在我国华北地区，对我国军民实行烧光、杀光、抢光的“三光”政策，就杀害了我国华北地区军民一千九百万。现在死于这场战争的我国军民已经有三千多万，但是战争还没有结束，等到战争结束的那一天，还不知道要死多少人呢。

埃莉诺 太悲惨了，这样残酷的战争太悲惨了。

宋美龄 是的，夫人，这就是我中国军民为抗日战争所付出的沉重代价！

罗斯福 美龄夫人，请放心，作为中国的盟国，我们决不能袖手旁观的，尽可能满足贵国的困难及要求。但是比起在前线用生命和鲜血与日本军人作战的中国官兵来说，这些困难算不了什么。美国是一个民主国家，虽然我是一国之总统，但我不能一个人说了算，还要征求国会的意见，这点希望你能理解。今天你讲得很好，我心悦诚服。我想，如果你再能用你使我心悦诚服的讲话，讲给我们美国的议员们听，你此行到美国来访问的目的就不落空了。

宋美龄 是吗？总统阁下，您还要请我对你们的国会议员发表演讲？

罗斯福 是的，夫人，你明白我的意思吗？

宋美龄 谢谢总统阁下给我这样难得的机会。

罗斯福 美龄夫人，这是我的副总统亨利·华莱士先生，过几天，请他安排你到我们美国的国会讲坛上，对参、众两院的议员们发表你的演讲。你有此意吗？

宋美龄 谢谢总统阁下，谢谢华莱士先生！

［宋美龄激动地与罗斯福握手，与美国副总统华莱士先生握手。］

罗斯福 美龄夫人，你是我们美国有史以来第一个登上国会讲坛，对我们美国的议员发表演讲的外国女士，你有信心吗？

宋美龄 总统先生，我不会叫您失望的。

罗斯福 那就好，夫人，希望你的演讲能说服我们美国国会的议员！

宋美龄 我会的，总统先生。

罗斯福 美龄夫人，重要的问题定下来了，今天我和夫人就宴请你到家里吃饭，好吗？

宋美龄 那太好了，总统先生，我求之不得呀。

罗斯福 宋特使，华莱士先生，你们也一起去吧，我想请大家进一步认识一下中华民国大总统的夫人宋美龄女士！

宋子文 多谢总统阁下的美意！

华莱士 谢谢总统阁下！我们已经看出宋美龄夫人不是一般的中国女性。

罗斯福 你说对了，华莱士先生，美龄夫人确实不是一般的女性。走吧，美龄夫人，请到我们家做客去！

宋美龄 谢谢总统先生，谢谢埃莉诺夫人！

[埃莉诺和宋美龄一起推着罗斯福的轮椅车，宋子文、华莱士等人跟在后面，几个人同下。]

第四场

美国国会讲坛。宋美龄在美国副总统华莱士的陪同下步上讲台，坐在台下的美国国会的议员们立刻对美丽的女客人表示欢迎，鼓掌。

华莱士 各位议员，今天我们有请来自中华民国的总统夫人宋美龄女士，对国会的参、众两院的议员们，讲一讲中国抗战之事。

[台下的国会议员鼓掌欢迎。]

宋美龄 先生们，女士们，大家好！见到你们很亲切。美国是我的第二故乡。我在这里生活了十年。我在儿童时代便来到了美国，在这里读完了大学，度过了我的青年时代。所以说我把美国当做第二故乡。今天再来到这里，感到非常高兴，亲切。[台下众议员鼓掌。]可是，我的第一故乡正遭到日本帝国主义的非人性的侵略，他们每天把成万吨的炸弹倾注到我们的土地上，从空中，从海上，从地面……很多地方成了无人村。日本地面进攻部队在中国的大地上实行灭绝人性的烧光、杀光、抢光的“三光”政策。没有被杀死的人，他们拥挤在一起，闪着惊慌不安的眼睛，呼喊正义的人们去救他们……此时我们的国土，文明已被野蛮代替，正义已被邪恶驱除。他们急切地向你们呼救！中国到处在流血。我那善良的婆婆，总统的母亲，就是在家纺棉花时被日本飞机投下的炸弹炸死的。这一点没有去过中国的人是绝对不会想到的，侵略者是多么残酷！我的丈夫，作为中国的总统，把所有的精力和心血倾注在救国救民上，许多人不知道我丈夫的处境是多么的艰难。我，生于中国，长在美国，是属于中美两个国家的。我坚信，中美两国都不会屈辱地承认失败，而要以正义反对侵略！［台下人鼓掌。］在这里，请允许我再讲一个小故事。这个故事发生在我国衡山地区，叫磨镜台的传说。一千多年前，衡山地区有一座古庙，庙里有一位住持，天天在石头上磨一块砖。日复一日，年复一年。一天，一个小和尚问他：住持师父，以砖磨镜，究为何乎？住持答道：余欲磨砖成镜。小和尚说：住持师父，磨砖成镜是不可能的。住持师父说：这与你整日念阿弥陀佛以求福祉是同样不可能的。这个故事讲完了。我是想说，我今日对贵国的诸位议员们，以及所有在场的人，愿更进一言：吾人之诸领袖，倘无吾人全体积极协助，是不能实现此种共同理想的。此磨镜台故事之教训，乃诸君与余所宜深切领会的。［台下的人站起来向宋美龄表示热烈鼓掌。］

当今世界局势，以盟国军队与德国军队在欧洲为主战场，我当然敬佩盟国的官兵在世界各地英勇战斗之精神！同时盟国也感受到了欧洲战场，盟军与德军的战争有多么激烈，有多么残酷，没有经济实力和军事实力的国家，要面对军事强大的法西斯帝国，有多么的艰难！我国古代军事家孙子有一句军事名言：知彼知己，百战不殆。中国民间还有一句“看人挑担不吃力”的谚语。当战争残酷的压力压到自己身上的时候，才会感觉到这副担子有多么沉重！战争的初期，西方盟国对日本的估计过高，视为超人，但是中国军队硬是顶住了军事强大的日本法西斯帝国；战争持续到现在，又有人认为，击败日本为轻易之事。我以为，打败日本比打败德国更为重要，西方盟国应该改变偏重欧洲战场的战略观点。大家切记，日本今日在中国占领区内所掌握的资源，较之德国所掌握的资源更为丰富；大家切记，如果听任日本占有这些资源而不抗争，时间愈久，其力量必然也就愈大。多迁延一日，也就要多牺牲若干美国人和中国人之生命。大家不要忘记，在日本全面发动侵华战争之初的四年半时间里，中国是孤立无援的，是凭着自身的英勇、顽强的力量，顶住了日本军队的疯狂进攻。我希望美国能把注意力转向东方，转向亚洲战场，只有彻底摧毁日本之武力，使其不能作战，始可解除世界法西斯帝国对于文明国家的威胁！中美两国是世界上两个最伟大的国家，中美两国要在当前的反侵略战争中相互支持，胜利一定是属于国际反法西斯同盟的！谢谢大家！

［宋美龄演讲完毕，站了起来，向台下的国会议员鞠躬致敬。台下的人再一次向宋美龄致以热烈的掌声。宋美龄和华莱士走下讲坛，记者都蜂拥上前，为宋美龄拍照。宋美龄笑容可掬地向大家挥手致意。］

记者一　夫人，您真了不起，您的演讲太精彩啦！

记者二　夫人，您太美了，您的演讲太感人啦！

宋美龄　谢谢，谢谢大家，谢谢诸位，谢谢美国朋友们的支持与理解。我还要说，中国的抗战需要美国人民和美国政府的大力支援！

［人们再一次鼓掌。埃莉诺推着丈夫罗斯福的轮椅车到了宋美龄面前，罗斯福总统向宋美龄献了一束花，埃莉诺夫人热情洋溢地与宋美龄拥抱。］

埃莉诺　美龄，你讲得太好了，不仅盛极一时，亦且举世无双啊！

宋美龄　谢谢夫人！

罗斯福　美龄夫人，你真是一位了不起的演说家呀！

宋美龄　谢谢总统先生给了我这样难得的机会！

［宋美龄高兴地在老人的脸上吻了一下。］

罗斯福　先生们，女士们，这就是来自中国的总统特使宋美龄夫人！

记者三 夫人，您讲得太迷人了，我们有问题可以请教吗？

记者四 夫人，您讲得太美了，我们有问题，您能够解答吗？

宋美龄 我在中国曾与我丈夫亲临前线各处，对于日本人的刀剑从未有可惧之感，而今日面对这么多的记者舞笔速记，我反倒生出不安之感，诚如谚语所谓笔锋强过刀剑。不过我目睹诸君笑容可掬，又使我感觉到如置身良友之群。我无所谓其恐惧，且所谓之机巧问题，我相信不致发生吧？

记者五 请问，夫人来美国有何正式使命，是不是私人性质？

宋美龄 并无正式使命，我来贵国是为反法西斯同盟的建立。

记者六 请问夫人，舆论上对于援助中国确无二致，但曾微闻有人说中国并未充分利用人力作战，夫人对此有何见解？

宋美龄 吾人不能徒手作战，必须有若干配备。吾人用若干人力，毫无空军掩护，已坚持抗战四年半。所谓中国未充分利用人力之说，不值一驳。

记者七 请问夫人，在华美国空军对中国军民之影响如何？

宋美龄 战事初起时，吾人只有飞机数百架，后随战事紧张与持久而逐渐丧失……迨贵国志愿空军来华，屡创日机，取得辉煌战绩，日本飞机始不敢任意乱炸城市，美空军志愿飞虎队在华最大的效果，厥为使中国人民认识到己非单独作战，而有美国共同作战。中国现所需要者为军火，其要点在于如何得到飞机与汽油，贵国总统已经克服了许多困难，余意就此问题，还需要请总统先生解答。

记者八 总统阁下，您就此问题如何解答？

罗斯福 现在最难解决的问题就是运输问题，吾人不能横渡大洋，亦不能经由俄国，只能从中国西南飞航……吾人正在尽力设法，将来援助必能相当增加，此不仅为情感问题，实为整个战事胜败问题，当前把飞机和供应品运往中国存在巨大的困难。但是美国正在努力把东西运进去。如果美国人民都将理解我的话，这将是无私的援助……此为吾人确定之政策，必当竭力促速实现。上帝许吾人如何快，吾人即如何快。

记者九 夫人，有无具体办法，使吾人对华援助可以快速增加？

宋美龄 总统曾谓上帝许君等如何快，君等即如何快。我可在此补充一句：上帝助我也。中国军人以血肉之躯抵抗共同的敌人，美国对华的援助，在中国观之，实乃为尽其友情与盟义。

［众人听了宋美龄巧妙的回答，又爆发出了雷鸣般的掌声和叫好声。］

叫好声 好！夫人说得好！

叫好声 OK！夫人答得妙！

罗斯福 美龄，你确实说得好，答得妙。

宋美龄 总统阁下，看来我这趟美国之行没有白跑。我邀请诸公今天晚上带着夫人一起参加我的答谢宴会。谢谢大家！

［宋美龄以亲朋好友的微笑向大家鞠躬致敬，众人又叫好又鼓掌。宋美龄做了一个告别飞吻，然后与总统夫人埃莉诺一起推着罗斯福的轮椅车下场。众人也跟着退场了。］

第五场

山城重庆，机场。宋美龄成功访美归来，蒋介石率领国民党军政官员，还有乐队，在机场广场迎接夫人的归来。乐队指挥官高叫：夫人来了，奏乐！乐队指挥马上指挥奏乐。宋美龄、宋子文等归国人员上。

蒋介石 夫人辛苦了！

宋美龄 达令，我终于到家了！

［宋美龄激动地走到蒋介石面前，拥抱了一下久别的丈夫。蒋介石把手中的一束鲜花献给了宋美龄。］

蒋介石 夫人，你此次访美太成功了，太激动人心了，完全出乎我国民的预料之外。我没有想到美国人对你访美这样重视，这样高规格地破例接待！

宋美龄 是呀，达令，美国政府和美国人民对我太友好了，太热情了。罗斯福总统不仅要我到国会讲坛上对美国参、众两院的国会议员们发表了演讲，而且还安排我访问了美国十几个州、十几座城市，并且又给了我们上亿美元的战争贷款，同时还请我到美国十几个州去发表演讲，这是许多外国元首都得不到的礼遇和殊荣！

蒋介石 是的，夫人，我已经从美国的华文报纸上看到了宣传报道，夫人的访问不仅轰动了美国，而且也轰动了整个西方世界！

宋美龄 达令，有时候我自己也觉得奇怪，好像做梦一样，没有想到罗斯福总统和美国政府方面会如此隆重地欢迎我访问美国！

蒋介石 夫人，这说明美国政府已经非常重视我们中国战场的战事了。

宋美龄 是呀，达令，我在美国访问的时候，每天的日程都安排得满满的，每一天都觉得时间很紧张，累得人好像筋疲力尽，休息不过来。

蒋介石 夫人现在到家了，以后就可以好好休息休息了。夫人对美国的访问获得了极大的成功，这说明我们中国在世界政治舞台上已经是举足轻重的国家了！

宋美龄 是的，达令，这一点是肯定的，我不仅对美国进行了成功的国事访问，而且我还成功地访问了加拿大。我从美国和加拿大各方面人士，还有当地的华人那里得到了大量的捐款，带回了国内，这对中国的抗战事业是非常有益的。

蒋介石 夫人，你真是中国的外交天使，你对美国的成功访问，进一步使美国的公众了解了我们中国抗战事业的重要性，促进美国政府的对华援助，同时也使西方世界了解了我们中国抗战的战略意义和重要地位。

宋美龄 你说得对，达令，我还有好消息要告诉你：美国总统罗斯福先生和英国首相邱吉尔先生通了气，决定同盟国单独划出战区，成立中国战区盟军统帅部，由你出任最高统帅，派美国中将史迪威将军来华担任中国战区统帅部的参谋长！

蒋介石 这是个令人兴奋的好消息呀！夫人，这说明西方国家开始把我们中国当成患难的盟友了。

宋美龄 是的，先生，美国人已经把我们当成世界大国的盟友了。罗斯福总统私下对我说，他有一个想法，等过几个月的时间，在开罗准备召开一个重要的同盟国军事会议，到时候邀请您参加。

蒋介石 邀请我参加同盟国重要的军事会议，这说明我中华民国在世界反法西斯的战争中，已经跻身于世界大国的行列了。

宋美龄 是的，达令，我们对日本抗战五年，虽然受了很多苦，但还是有功的；虽然我们的国家牺牲很大，但是我们能跻身于世界大国的行列，这也是有失有得的。

蒋介石 夫人，我们的国家能跻身于世界大国的的行列，与美英结盟，这应该是你夫人外交的功劳呀！

宋美龄 先生，这可不是我一个人的功劳，这是中国人抗战的结果。我累了，达令，我想回家好好休息休息。

蒋介石 夫人，你访美成功归来了，是应该好好休息休息。你为国家的抗战事业鞠躬尽瘁，你为国家的外交取得了辉煌的成果，应该说满载而归呀！回家吧，回家吧。

宋美龄 大家好！谢谢大家，谢谢大家，谢谢！

[宋美龄与其他官员握手，蒋介石陪在宋美龄的身后，宋美龄与其他官员一边握手一边下。蒋介石和其他人员也随后下。]

第六场

开罗，尼罗河畔的草坪。出席开罗会议的美国总统罗斯福和英国首相邱吉尔，与中华民国总统蒋介石和夫人宋美龄见面了。他们的身后跟随着各国的官员、侍卫及记者。

宋美龄 总统阁下，您好，很高兴我们又见面了！

罗斯福 美龄夫人，您好，很高兴见到您和蒋总统！

[宋美龄上前与罗斯福总统握手，同时不忘在老人的脸上吻了一下。随后宋美龄又走到了英国首相邱吉尔的面前与之握手。]

宋美龄 首相阁下，您好！

邱吉尔 蒋夫人，您好！

[宋美龄回身向美国总统罗斯福和英国首相邱吉尔介绍自己的丈夫。]

宋美龄 我很高兴向总统先生和首相阁下介绍一下我尊贵的丈夫，中华民国总统蒋中正先生！

［蒋介石上前与美国总统握手。］

蒋介石 您好，罗斯福先生！

罗斯福 您好，蒋总统先生！我早就听美龄夫人说起过您，今天见面很高兴！

宋美龄 总统说，他早就听我说起过您，今天见面很高兴。

蒋介石 我也深感荣幸！首相阁下，您好！

宋美龄 首相阁下，我丈夫向您问好！

邱吉尔 谢谢！蒋总统，您好！

［蒋介石与英国首相邱吉尔握手。这时侍卫人员为英国首相邱吉尔和中国领导人蒋介石和宋美龄搬来了三把椅子。三位站立的领导人就此在椅子上坐下来了。］

罗斯福 ［英语］蒋先生，我和英国首相邱吉尔先生请你来参加开罗会议的宗旨，就是中国无论在什么情况下都要参加对日作战，使中国牵制住日本的军队，如果中国始终站在盟国的一边，盟国取胜之后，美国将保证中国战后取得应有的利益。

宋美龄 先生，罗斯福总统说，请您来参加开罗会议的目的，就是中国无论在什么情况下都要参加对日之战，使中国牵制住日本的军队，如果中国始终站在盟国的一边，盟国取胜之后，美国将保证中国战后取得应有的利益。

蒋介石 总统先生，我也是这样想的，中国的抗战会坚持下去，只要能得到盟国的支援，联合作战，我们最终会战胜日本，战胜德国的。

宋美龄 ［英语］总统先生，我丈夫说，中国的抗战会坚持到底的，只要有盟国的支援，联合作战，最终会战胜日本，战胜德国。

罗斯福 OK！OK！

宋美龄 首相阁下，您抽雪茄烟的味道很美，能不能少抽一点？

邱吉尔 夫人，请你告诉我，您对我的看法如何？

宋美龄 首相阁下，您抽烟的姿态很有气派，但是您说话的时候有点霸气。

邱吉尔 夫人，您太会说话了。

宋美龄 首相阁下，我说得不对吗？

邱吉尔 哈哈哈……罗斯福先生，这个女人可不简单。

罗斯福 是的，邱吉尔先生，您说得很对，蒋夫人宋美龄可不是一般的女人，她曾经连续几年被我们美国《时代周刊》杂志，评选为世界十大杰出的女性！

邱吉尔 OK！蒋夫人宋美龄是我在世界上最欣赏的少数女性之一，她的骄矜和妩媚都让人极为心动。通过她，我们认识了蒋先生。

罗斯福 邱吉尔先生，她可是我们美国培养出来的杰出女性，虽然她是中国血统，但她是在我们美国接受的教育。蒋夫人宋美龄对东方可以代表西方，对西方又可以代表东方。对美国人来说，她是中国的公主，又是美国的女儿。我们美国人对她有一种特殊的感情，源于她是我们美国培养出来的杰出人才，也可以说是美国的骄傲！

宋美龄 总统先生、首相阁下，你们私下在说我什么呢？

罗斯福 美龄夫人，邱吉尔先生说，你很有魅力。

邱吉尔 总统先生说，你是中美两国人民都感到骄傲的公主！

宋美龄 噢，谢谢，谢谢，非常感谢！

［宋美龄得意地笑了，罗斯福总统和邱吉尔首相也笑了，蒋介石也跟着笑了。记者们上前为三国、四位领导人拍照，记录下了历史性的镜头。大幕落下来。］

第十三幕

第一场

山城重庆，蒋、宋的官邸，宋美龄和蒋介石的卧室。宋美龄在家里洗过了澡，穿着睡衣走进了卧室，坐在床边的梳妆柜前面，照着镜子梳头。她突然发现了床下有一双漂亮的女人皮鞋。她弯腰从床下面把鞋子拣起来，仔细看着手中的女式皮鞋，突然火起来。

宋美龄 蔡妈，蔡妈，蔡妈！

[蔡妈听到夫人愤怒的叫声，慌慌张张从外面跑进来。]

蔡　妈 来了，夫人，我来了，您叫我什么事？

宋美龄 蔡妈，我来问你，在我的卧室里，怎么会有这样一双女人的皮鞋？

蔡　妈 夫人，这不是您的皮鞋吗？

宋美龄 不是，这根本就不是我的皮鞋！我没有这样的皮鞋，号码也不对！

蔡　妈 夫人，这就奇怪了，这不是您的皮鞋，还会是外来女人的皮鞋吗？

宋美龄 蔡妈，我现在是在问你，这双女人的皮鞋到底是怎么回事儿？

蔡　妈 夫人，我也不知道，这我也说不清楚。

宋美龄 你也说不清楚？你去把外面的侍卫给我叫进来！

蔡　妈 是，夫人。

[蔡妈看到宋美龄的脸色不对，吓得马上跑出去叫侍卫。过了一会儿，看守房间的侍卫进来了，向宋美龄敬礼。]

侍　卫 报告，夫人叫我来有什么事？

宋美龄 我来问你，老实回答我，这双女式高跟皮鞋是从哪儿飞来的？是谁的？是什么人如此大胆？

侍　卫 夫人，我……

[侍卫吓得浑身哆嗦，显然不敢乱说。]

宋美龄 我什么我？快老实说！

侍　卫 夫人……我……我不知道……

宋美龄 不知道？混账东西，你是怎么值班看守房间的？

[宋美龄气得把手中的一只高跟皮鞋朝着侍卫就掷过去，失魂落魄的侍卫吓得马上向后退，退到了门口，想溜走。宋美龄掷出去的鞋

子没有砸到侍卫，正好砸到刚进来的蒋介石身上。]

蒋介石　这是干什么？这是干什么？谁敢在此胡闹？

宋美龄　是我！你回来得正好！

蒋介石　噢，夫人，为什么事如此大动肝火呀？

宋美龄　你还有脸问我？你自己做了什么事，你还不知道吗？

蒋介石　你们先出去！

侍　卫　是，委员长。

[侍卫马上脱身，吓得转身就跑出去了。宋美龄手里还拿着一只鞋子走到蒋介石面前。]

宋美龄　你给我说清楚，我到美国去了九个月，这双女人鞋是怎么回事儿？为什么会在我的床下，这是谁的？是哪只野猫的？趁我不在的时候上了我的床？

蒋介石　夫人，你不要这样胡闹好不好，这样胡闹对你的病体是不利的。

宋美龄　什么不利不利的？你还知道关心我呀？你是巴不得我早死吧？

蒋介石　夫人，你做事不要忘记了身份，更不要不顾忌影响。

宋美龄　什么身份？什么影响？这就是你要的委员长身份？这就是你委员长顾忌的影响？

[宋美龄气得用鞋子抽打蒋介石。]

蒋介石　夫人，你这样胡闹成何体统？

宋美龄　什么体统？你还知道什么是体统？

[宋美龄气愤地用鞋子抽打蒋介石，把蒋介石也打急了，蒋本能地推了她一下，马上就把宋美龄推倒在门旁边的一个柜子上了。宋美龄勃然大怒，随手就把手里的皮鞋砸向了蒋介石。]

宋美龄　混账东西！

[宋美龄掷出去的皮鞋正好砸在蒋介石的头上，蒋介石疼得叫了一声。]

蒋介石　哎哟——！

[听到蒋介石的叫声，女佣人蔡妈和跑出去的侍卫又跑进来了。]

蔡　妈　这是怎么啦，夫人？这是怎么啦，先生？

宋美龄　滚，你们滚出去！谁让你们进来的?!

蔡　妈　瞧瞧，夫人，先生头上都流血了。快走吧，先生，我还是第一次见到夫人这样发脾气呢！

侍　卫　快走吧，委员长，好男不跟女斗。

蒋介石　我不跟你一般见识。

［蒋介石用手帕捂着头，在侍卫和蔡妈的扶助下走出去了。宋美龄气得跑到床前，把床上的枕头、枕巾、被子全摔到地上了。她伤心地扑到床上痛哭、流泪。蔡妈不声不响地走进来，要拿走被宋美龄摔在地上的东西。］

宋美龄　你回来！蔡妈，去给我马上收拾东西，我要走！

蔡　妈　夫人要到哪儿去呀？

宋美龄　我要到我大阿姐家去！

蔡　妈　是，夫人。

［蔡妈拿走了地上的东西出去了。宋美龄从床上爬起来，又到了梳妆台镜子前，草草地梳理了一下自己的头发，就走出去了。］

第二场

宋霭龄家。宋美龄跑到大阿姐宋霭龄家里来，眼睛里还有泪水。她用手帕揩眼泪。大姐宋霭龄陪着她从外面走进来。她们的身后跟着孔家二小姐孔令俊，也就是宋霭龄的女儿。

宋霭龄　好了好了，小妹，不要哭了，男人在外面拈花惹草这是他们的本性，你也不要生气了。

宋美龄　可是，大姐，他做得太过分了，他已经五十多岁了，居然还干这种下三烂的事儿。

宋霭龄　喜爱花草，这是男人的天性，哪个男人不喜欢女人？要我说，要怪也是怪你，到美国去治病，一年半载也不回家，他不找野女人开心找谁乐去？

宋美龄　大姐，你说这话我就不愿意听！你怎么不让大姐夫在外面找野女人去开心取乐呀？

宋霭龄 他敢！

宋美龄 说了半天，你也就是用话开导我，轮到自己头上就不能容忍了。你不要忘记了，阿姐，我也是一个女人！

宋霭龄 小妹，不要气了，出了这种事儿，你也只能想开一点儿，不要再跟老蒋闹了。家丑不可外扬。特别是你和老蒋两个人，一个是国家领袖，一个是第一夫人，这种事情张扬出去是要坏大事儿的。你明白吗？

宋美龄 大姐，我当然明白，这种事情传出去是不得了的，但是我也不能不声不响地放纵他们，我一定要查出那个上我床的女人是谁！

孔令俊 小姨妈，这还不容易吗？其实那个女人跟委员长来往已经很久了，他们可以说是旧情复发，你要不声不响地放任他们，委员长下一步的计划就是要写休书了。

宋霭龄 写什么休书？

孔令俊 当然是写休小姨妈的书据呀！

宋霭龄 你胡说八道什么？令俊，你越说越不像话了。

孔令俊 不是的，妈咪，我说的是实话。现在山城重庆已经有不少人知道了委员长有了新情人，这不是什么新闻，而是旧闻了。

宋霭龄 闭嘴！一个姑娘，你知道什么？这种事要是传扬出去，会产生多么坏的影响！

孔令俊 妈咪，不幸的是影响已经产生了。我从小姨妈身上总结出了这样一句话：男女私通，受害的是各自的配偶。

宋霭龄 你又在瞎说！

孔令俊 妈咪，我说的是实话，应该把实情告诉小姨妈，不然委员长把小姨妈给卖了，小姨妈还帮着他数钱呢。

宋美龄 令俊，小姨妈还没有那么傻吧。

宋霭龄 令俊，对小姨妈不许胡说八道！

孔令俊 妈咪，我可不是胡说八道，我是见过委员长和那个女人的。

宋美龄 在什么地方？

孔令俊 在中央军校的游泳池里，他们出双入对在那里游泳可开心啦。

宋美龄　那个女子是个漂亮姑娘吗？

孔令俊　什么漂亮姑娘，那可不是漂亮姑娘，应该说是半老徐娘了。

宋美龄　什么？半老徐娘？

宋霭龄　令俊，不要没正经的，要说就说实话！

孔令俊　妈咪，我说的是实话，这种事情我敢在小姨妈面前乱说吗？

宋美龄　令俊，你说的半老徐娘到底是谁？

孔令俊　我听说她就是委员长原来的如夫人陈洁如！

宋美龄　陈洁如？

孔令俊　对，就是她，陈洁如。

宋霭龄　令俊，这件事儿，你是怎么知道的？

孔令俊　小姨妈的事儿，我能不关心吗？

宋美龄　令俊，你知道陈洁如现在住在哪儿吗？

孔令俊　她住的地方我已经打探清楚了，她住在委员长的老朋友吴忠信家里。

宋美龄　住在吴忠信家里？

孔令俊　对，她住在吴忠信家里，错不了的。

宋美龄　我要去找她！

宋霭龄　小妹，你冷静一下，现在最好不要去。

宋美龄　我现在当然不会去找她，过几天我一定要去找她的！

宋霭龄　小妹，要我说呀，为了这件事儿，你也不要找那个女人闹过头了。男人都是狗改不了吃屎的，做了皇帝的男人更是一只离不开腥的野猫。再说，你身体病成这个样子，老蒋他和原来的如夫人一叙旧情也没有什么了不起的。

宋美龄　大姐，我知道我会怎么对付那个女人的。我要在你这里住上一段时间，养好我的身体，

宋霭龄　对了，养好身体才是本，这才是最重要的。

[宋美龄和宋霭龄、孔令俊三人上楼，同下。]

第三场

吴忠信家，陈洁如所住的房间。蒋介石原来的如夫人陈洁如也是有文化的人，戴着眼镜，坐在沙发上看报纸。一个女佣人进来了。

女佣人 陈夫人，有一位客人来拜访您。

陈洁如 姑娘，是什么客人来拜访我？

女佣人 是一位贵客。

陈洁如 是一位贵客？是男人还是女人？

女佣人 是一个女人，特别高贵的女人。

陈洁如 特别高贵的女人？请她进来吧。

女佣人 是，夫人。

［女用人转身下。过了一会儿，宋美龄进来上。陈洁如看见宋美龄来访，吓得大吃一惊，立刻就从沙发上站立起来。］

陈洁如 夫人？

宋美龄 陈洁如女士，想不到我会来拜访你吧？

陈洁如 是……夫人……洁如万万想不到……

宋美龄 陈女士，知道我为什么来拜访你吗？

陈洁如 对不起……夫人……请坐吧……

［陈洁如吓得在宋美龄面前跪下来，惊慌失措。］

宋美龄 你不要怕，陈洁如女士，你我都是女人，我是不会对你使用武力的，你不用紧张，我既不会打你，也不会骂你。起来吧，你不是罪人。

陈洁如 对不起，夫人，我知道错了，对不起您，请您饶了我吧！

［陈洁如吓得哭起来。］

宋美龄 你不要哭，陈女士，我是想来问你，你是什么时间到重庆来的？

陈洁如 夫人，我来重庆有两年了。

宋美龄 有两年了？你来重庆是自己跑来的，还是他邀请你来的？

陈洁如 对不起，夫人，我知道我错了，请您饶了我吧！

宋美龄 你起来说话，陈洁如女士，我是不会要你命的，你也不用这样心惊胆战的。

陈洁如 是，夫人。

［陈洁如在宋美龄的拉扶下勉强在沙发上坐下来。但宋美龄并没有就座，还是站着。］

宋美龄 陈洁如女士，我想知道，你为什么要到重庆来，你跑到重庆来的目的是什么？

陈洁如 夫人，这是命运安排我来的，其实我也不想来，我知道您和委员长在重庆，我也怕见你们。自从我和中正分手之后，我到美国去留学了五年，回国以后改名陈璐，隐居上海，与我的养女陈瑶光相依为命。一九三七年“卢沟桥事变”发生后，中日抗战全面爆发。上海沦陷于日本军队之手后，租界成了孤岛，我隐居于法租界巴黎新村，整日深居简出。一九四一年十二月中旬的一天，我跟弟妇庞定贞同去南京路惠罗公司购物，不料竟与汪精卫的夫人陈璧君、诸民谊在电梯中相遇。夫人知道，一九二四年至一九二六年，我与蒋先生在广州居住时，与当时的国民政府主席汪精卫和夫人陈璧君是很熟的。但是如今不同了，陈璧君、汪精卫已经是卖国投敌的大汉奸，诸民谊也是汪伪政权行政院的副院长兼外交部长。我意外地碰到他们，感到惴惴不安，强作镇静；但是陈璧君见到我，犹如捕到了一个珍贵的猎物，她当即邀请我同去对面的汇中饭店叙旧共餐，饭后以车送我归寓。陈璧君从此得悉了我的住址，常到巴黎新村来叫门，最后还跟我提出了随她一起出去工作，出任什么汪伪政权的侨务委员会副主任。由于我的身份和我原来与蒋先生的特殊关系，陈璧君想拉我当汉奸。但是我明白一个道理，宁死也不能当汉奸，宁死也不能当卖国贼，宁死也不能为汪伪汉奸政府工作。为了逃脱魔掌，我当即只身秘密离开上海，潜往抗战的大后方。我先越过敌人的封锁线辗转到了江西的上饶。第三战区司令长官顾祝同将军听到我的情况，立即电告了重庆的委员长。蒋先生回电要顾司令指定专人送我到重庆。我就是这样实不得已地来到了重庆。夫人，请原谅我吧！

宋美龄 你不当汉奸，不当卖国贼，不为汪伪卖国政府工作，精神可嘉，令人钦佩。但是你来到重庆，与蒋先生旧情复发，梅开二度，这是我不能接受的。

陈洁如 是，夫人，我知道我错了。

宋美龄 这不是对错的问题。陈洁如女士，你已经跟蒋先生分了手，我现在是蒋先生的夫人，我就不能允许你和他继续来往。看在你对国家的一片忠诚，一腔爱国热情，经历千辛万苦来到重庆，我可以原谅你跟蒋先生旧情复发的过错，但是，只能原谅一次，不能原谅第二次！你明白吗？陈洁如女士，蒋先生现在是身担国家命运之重任的人，你们这种不正常的关系会毁了他的名声和江山！你懂了吗？

陈洁如 是，夫人，我明白。

宋美龄 陈洁如女士，你也是个有知识、有文化的人，别的话也不需要我多说了。我给你指一条明路。

陈洁如 夫人请讲。

宋美龄 离开重庆，去美国。

陈洁如 夫人，我没有经济实力去美国。

宋美龄 你是不想离开重庆，离开蒋介石吧？

陈洁如 不敢，夫人，我要有钱，我会听您的。

宋美龄 那就这样吧，陈洁如女士，钱我可以给你，五十万美元够你到美国生活安家了吧？

陈洁如 谢谢夫人，我听您的。

宋美龄 陈洁如，我有言在先，敬礼在前，如果你要是敢骗我，继续与介石保持关系，我会对你不客气的。

陈洁如 是，夫人。

宋美龄 请你写个字据，好吗？

陈洁如 写什么字据？

宋美龄 写一纸保证，从此以后与他断决一切联系！

陈洁如 是，夫人，我写。

宋美龄　那你就马上写吧，我可以给你五十万美元，保证你一辈子到美国生活无忧无虑。

陈洁如　是，夫人。

［陈洁如马上找了笔和纸写了字据转交给宋美龄，宋美龄看了一下，把字据收起来，从手中的小皮包里拿出一张支票。］

宋美龄　陈洁如女士，这是一张五十万美元的美国花旗银行的支票，请你收下吧。

陈洁如　谢谢夫人。

宋美龄　再见。我希望你永远离开重庆，离开家，永远不要回来！

陈洁如　谢谢夫人，请慢走。

［宋美龄把手中的支票交给了陈洁如，带着她的字据走了。陈洁如虽然得到了宋美龄送给她的支票，但是陈洁如哭了，她知道她不得不离开重庆了。她送宋美龄出门也下了。］

第四场

孔祥熙、宋霭龄的家。客厅里的电话铃声响起来，宋霭龄从一楼的房间里出来接听电话。

宋霭龄　喂，是哪位？是委员长啊？你好委员长！你想我家小妹了？找美龄接电话？好，好，你等着，我叫她来。小妹，电话！小妹，电话！

［宋美龄从楼上下来。］

宋美龄　大姐，是谁来的电话？

宋霭龄　还能有谁？又是委员长来的电话，找你的。

宋美龄　他来的电话我不接，你就说我病了，还在床上睡着呢。

宋霭龄　你快来接电话吧，他打电话请你回去。

宋美龄　我不回去，我就住在你这儿挺好的，为什么要回去？

宋霭龄　他已经来电话请你多少回了，你也知趣点儿。他说，你若再不回去，家里的佣人们就要造反啦。

宋美龄　他一个人寂寞了，想到请我回去了？我就是不回去，我非要他亲自来请我，向我赔礼道歉，我才回去。

宋霭龄 小妹，你快来接电话吧。

宋美龄 我不接。

［宋霭龄把电话转交给小妹，宋美龄就把电话挂了。］

宋霭龄 小妹，你怎么不说话就把电话挂了？

宋美龄 我跟他没有什么话要说的，我要让他知道我宋美龄不是好欺负的！

宋霭龄 行了，小妹，你就不要不依不饶了，对委员长还是要给一点面子的，不能闹得太过火了，继续闹下去有什么好处呢？不要闹得不好收场了。

宋美龄 大姐，我知道演戏演到什么时候应该收场，因为我是学艺术的。我要叫他明白，在外面拈花惹草是要受到处罚的。

宋霭龄 小妹，我劝你该回去还是要回去的，不要把戏演过了，假戏成真了。

宋美龄 那还不至于。现在我还没有把他教训好，所以他才会在外面偷吃禁果。

宋霭龄 小妹，我以为这样教训教训他也就可以了。男人的风流事，过去也就算了，不必要认真的。过去的皇帝有三宫六院七十二妃，委员长偷吃了一颗禁果，也是不足为奇的。

宋美龄 可是我宋美龄接受不了他偷吃禁果的行为！现在是中华民国，不是过去的封建帝王的朝代！

宋霭龄 小妹，你听我说，此事不宜闹得时间过长；传得满城风雨，那样对你和蒋委员长的名誉及影响都不好，都是很不利的。你要懂得适可而止，你们的身份和影响太重要了。

宋美龄 听大姐的话是要赶我回去？

宋霭龄 大姐不是要赶你回去，而是要送你回去。你对委员长还是要给他留一点面子的，他是男人，又是一国之君，你要给他一个台阶下。夫妻之间的生活就像下棋一样，不能老是将军，该将军的时候要将军，不该将军的时候不要乱将军。特别是你和委员长的生活，就像过去的皇帝和皇后一样，不能乱将军把棋下死了，你明白这样的道理吗？

宋美龄　道理我明白。可是我宋美龄不是过去封建王朝的皇后，我就接受不了他的花心！

宋霭龄　小妹，我们女人有时候要学会容忍，要学会忍气吞声，要学会宽容，退一步海阔天空，让他一步又何妨？教训教训他也就足矣了。

宋美龄　大姐，你的意思我是应该回去了？

宋霭龄　你是应该回去了。闹了几个月的时间，说起来也不算短了，该收场了。我的小妹，我再陪你回去一起教训教训他，让他吸取此事的教训，下一次他保证不敢偷吃禁果了。

宋美龄　我的大姐，男人为什么就改变不了花心的本性呢？

宋霭龄　这是男人的本色。英国诗人雪莱先生的诗你忘记了？哪个男子不钟情，哪个女子不怀春？

宋美龄　可是我的大姐，我们已经不是少男少女了，不应该发生这样不光彩、不体面的事情了。

宋霭龄　走吧，我的小妹，男人和女人都是高级动物，这与年龄没有多大关系；五千年前我们人类还不穿衣服呢，民国之前，有钱人还可以娶三妻四妾呢。你就不要想那么多了。我安排车送你回去，我把你送到家。你和老蒋及早修好，国家还有很多大事等着你们去做呢！

宋美龄　大姐说得也有道理，我是该回去看一看家变成什么样子了。

宋霭龄　这就对了，小妹，你听大姐的话是不会错的。你还是安安稳稳地回去做你的民国第一夫人，这是大事儿！

宋美龄　大姐，我的夫人之位是谁也夺不走的！

宋霭龄　那可不一定，你不要把老蒋逼急了，闹得矛盾越来越扩大化，越来越公开，到时候两个人真翻脸了，那就不好收场了，两个人搞得两败俱伤，身败名裂，那可要动摇民国的江山了。

宋美龄　大姐，那不会的，我宋美龄还不会蠢到那一步。古人说请神容易送神难，我宋美龄可是既有本事请神，也有本事送神。

宋霭龄　走吧，小妹，我送你回去给委员长一个惊喜，他还是会爱你的！

［姐妹两人挽着手臂出门走了。］

第五场

黄山官邸客厅。宋美龄的保姆蔡妈拎着宋美龄的皮衣箱上，高兴地从外面跑进客厅，向家庭主人通报。

蔡　妈　先生，夫人回来啦！先生，夫人回来啦！

［蒋介石闻声从书房出来了。］

蒋介石　蔡妈，夫人真回来啦？

蔡　妈　是的，先生，夫人由大阿姐陪着回来了！

［宋美龄和宋霭龄挽着手臂从外面进来了。蔡妈把宋美龄的皮衣箱拿上楼去了。］

蒋介石　夫人，你回来太好了。

宋霭龄　委员长，我可是说了不少好话，才把我家小妹劝回来的。

蒋介石　谢谢大阿姐，谢谢大阿姐！

宋霭龄　你先不要谢我，委员长，我可跟你把话说清楚，你这一次可把美龄气得不轻，下一次可不能玩这样的游戏了，知道吗？这是在家里玩火呀。

蒋介石　那是的，那是的，但愿下一次动嘴别动手……

宋霭龄　什么？委员长，您还想有下一次？

蒋介石　不是的，大姐，我是说不会有下一次了。

宋霭龄　如果委员长真的一次又一次在家里放火，在外面玩灯，我可保不准小妹也学着你的样子，在外面也点它一次灯……

蒋介石　那不会的，那不会的，我相信夫人绝对不会以其人之道还治其人之身的。

宋美龄　如果有下一次，我就不要这个家了。

宋霭龄　委员长，都这把年纪了，还是自重一点为好，为了民国的江山和大业，不要再闹出不体面的事情了。

蒋介石　那是的，不会了。夫人的身体可好？

宋霭龄　美龄叫你气得皮肤病又复发了。

蒋介石　真的吗，夫人？

宋霭龄 当然是真的，难道我还会骗你不成？她回来需要好好保养，你不能再气她了。

蒋介石 不会了，不会了，我已经深刻反省自己了。

宋霭龄 反省就好。委员长，我可是把我家小妹给你送回来了，你要是再把她气跑了，我可是无能为力了。

蒋介石 大阿姐放心，我不会再惹他生气了。我可是知道她的厉害了，在你们宋家三姐妹之中，她的脾气是最火爆的一个，我是领教了。

宋霭龄 委员长，打是亲，骂是爱，这话说得一点也不错，要是我家小妹知而不闻，闻而不管，那就不正常了。

蒋介石 大阿姐说得对，大阿姐说得对。

宋霭龄 委员长，我把夫人给你送回来了，你就什么表示也没有？

蒋介石 啊，欢迎欢迎，欢迎夫人回家！

宋霭龄 那你就把夫人扶上楼去呀！

蒋介石 好好好，我来扶夫人上楼，我来扶夫人上楼。

宋美龄 我不要你扶，我自己还能走路。

宋霭龄 走吧，小妹，还是让委员长扶着你吧。老话说得好，一日夫妻百日恩，这夫妻之间的感情是难舍难分的。

[蒋介石扶着宋美龄取代了宋霭龄，三人上楼下。]

第六场

蒋介石和宋美龄的卧室。蒋介石和宋美龄走进了卧室，宋美龄看起来还是不高兴，蒋介石跟在妻子后面关上了门。

蒋介石 夫人，你也不要生气了，你也不要听外面风言风语的，其实我和陈洁如没有什么……

宋美龄 先生，请你在我面前不要提她好不好？

蒋介石 美龄，我是想把话跟你说清楚……

宋美龄 你能说得清楚吗？她已经上了我的床了，你还说什么？是不是还想让她取代我的夫人地位呀？

蒋介石 你看，夫人，你这就是胡思乱想了，其实我跟她真是没有发生什么……

宋美龄 你是不想承认是吧？达令，我告诉你，你做的什么事情也瞒不过我。你不嫌丑，我还嫌脸红呢。你们做的一切好事我全清楚，我不但清楚，而且还有证据！

蒋介石 你有什么证据？一双鞋能说明问题吗？

宋美龄 你还想抵赖是吧？你看看这是什么？

［宋美龄拿出一张纸条来，亮在蒋介石的眼前。］

蒋介石 这是什么？

宋美龄 你自己看。

［蒋介石从夫人手里拿过纸张过目。］

蒋介石 悔过书？这是她写的？

宋美龄 当然不会是我写的。你认得她的笔迹，你也应该熟悉她的签名吧。

蒋介石 夫人，你保留这样的东西干什么？

［蒋介石随手就把陈洁如写的东西撕毁了。］

宋美龄 先生，心虚了吧？魂没了吧？你不要以为自己干得事情很巧妙，我不会知道，你看错了人。你可以撕掉陈洁如写的证据，但是你撕不掉你们不光彩的事实。我劝你以后还是不要做这样令人耻笑的事情，我是不愿意撕破脸皮把事情捅出去，看在我们夫妻一场的情面上，我不愿意这样做；我怕丢你这个委员长的人，更怕动乱了国家对不起人民！

［蒋介石蔫了，被夫人宋美龄征服了。］

蒋介石 是，夫人，对不起，我是不该做这样的蠢事。

宋美龄 好了，不说了，一切都过去了，伤心的事情我也不想提了。我的皮肤病又犯了，我想到国外去治疗一段时间，可以吗？

蒋介石 夫人，我不希望你在这个时候离开，否则更不容易平息外面那些恶毒的流言蜚语，真的，我希望你能留下来，陪我一起共渡难关，像你从前做的一样完美。

宋美龄 你让我演戏，你叫我闷不作声地留在重庆，让人在背后捣我的脊梁骨，是吗？

蒋介石 夫人，不要再说了，我已经向你保证过了，我以后再也不会做这样的蠢事了，我可以用自己的人格向你担保！

宋美龄 达令，你不要在我面前担保了，你能设身处地地为我想一想吗？跟你结婚十七年来，我过的是一种什么日子？我跟着你提心吊胆，风里来，雨里去，毫无乐趣可言。我跟着你在枪林弹雨中穿行，国内国外马不停蹄地为你效劳，可是结果怎样？你太让我伤心了。我在人前，在公开场合，我还要强颜欢笑，面对大众，面对记者，面对一切中外人士，使人觉得我们的生活很美满，很顺心。可是谁知道我心里的苦衷呢？每一个春夏，每一个秋冬，每一次记者招待会，每一次去美国要美援，我都要厚着脸皮去。我凭什么？难道我愿意低三下四地去求人吗？这不是我的性格！但是为了你，为了国家的抗战事业，我只有低三下四地去求人。不管我怎么想，不管我愿意不愿意，我都要顺着你定的调子唱。这样的生活已经过了十七年了，十七年，我还是得不到你的心！我才突然意识到，这种日子漫无尽头……我有点受够了，我不想听你再解释什么了，我也不想按照你的节奏跳舞了。我要出去开开心，放松放松，有什么不可以的？

蒋介石 夫人想放松，你打算什么时候走呢？

宋美龄 当然是越快越好。

蒋介石 那你什么时候回来呢？

宋美龄 不知道，说不准。

蒋介石 那好吧，我同意你出去散散心，这些年你跟着我是辛苦了。

宋美龄 你能理解我就好。

蒋介石 夫人，你好好休息吧。我还要出去开个会。

宋美龄 那你去吧。我也想一个人清静清静。

［蒋介石出门走了。宋美龄一个人倒在了床上，想睡觉了。大幕落下来。］

第十四幕

第一场

黄山官邸。蒋介石的书房办公室。蒋介石正在书房里看文件，宋美龄上。

宋美龄 达令，我过几天就要走了，想去南美，后去美国，你还有什么事要吩咐的？

蒋介石 我没有什么要说的了，希望你到外面去玩得开心，好好养病。

宋美龄 谢谢，我到美国去你没有什么要说的了？

蒋介石 如果你愿意办的话，你到美国去最好从美国人那里了解一下你阿哥子文兄的情况，特别是关于他私人在美国存款的事，要查一查，国内有不少人风言风语，说他把不少美国政府给我们国家的军援贷款装进了自己的荷包里，这件事情最好通过美国中央情报局的朋友查一查。

宋美龄 这个子文兄是有点太过分了，我也从大阿姐、孔先生那里听到了不少闲言碎语。

蒋介石 夫人，这不是闲言碎语，据军统局从美国方面的调查，你阿哥子文兄确实在美国银行存放了一笔来路不明的存款，总数大概有上亿美元。

宋美龄 这是你从戴笠的人那里得知的？

蒋介石 是的，子文身为民国政府的外交官，国家政府与美国的全权代表，他在美国为国家工作的同时，也为自己的家庭办了不少事情，这件事传得美国朝野沸沸扬扬，影响很不好，你到美国去要劝他收敛一点，不要做得太过分了。

宋美龄 好吧，我到美国去想办法查一查他的私人存款之事，不过达令也不要随便听信外人的风言风语，外面有些传言有可能是夸大其词了。

蒋介石　但愿谣传不是真的。不过子文身为金融专家、外交家，他在美国的朋友是很多的，而且他在美国为政府工作多年，他为自己搞钱也是很有办法的。

宋美龄　达令，如果你觉得子文兄在美国做得太过分，不如把他从美国调回来。

蒋介石　我是有这样的想法，想把他调回来当行政院的副院长，可是他和你大姐夫孔先生又关系紧张，你大姐夫当行政院的院长，他又不愿意屈就当副手，所以这件事就不好办。你大姐夫和你阿哥，他们都是金融方面的专家，谁也不买谁的账，所以没有办法一起共事，也就是古人说的一山不容二虎。

宋美龄　他们都是为了钱，连亲情也不顾了。

蒋介石　问题的严重性是，子文兄在美国有不少朋友，他通过那些人，连你去年为国家争取来的美国政府军援经费他也敢装进自己私人的腰包里，这就有点太过分了。

宋美龄　有这样的事？那我到美国去了一定要查一查。

［这时一位侍卫进来。］

侍　卫　报告委员长，戴笠先生来了。

蒋介石　叫他进来。

侍　卫　是。

［侍卫转身下。戴笠上。］

戴　笠　校长，夫人。

蒋介石　雨农，我叫你查的事情查清楚了？

戴　笠　校长，查清楚了，有关宋部长在美国私人存款的事，查出了一点问题，但也不像外面人传说的那样严重。

蒋介石　好了，关于宋部长的事，你们军统就不要再查了，到此为止了。

戴　笠　是，校长。

蒋介石　雨农，你还有事吗？

戴　笠　还有事，校长。

［戴笠用眼光看了看宋美龄，宋美龄就明白了。］

宋美龄　好了，你们谈吧，我要去吃夜宵了。

［宋美龄走出了蒋介石的书房，随手把门关上了。］

蒋介石　我叫你查孙夫人的事情查清楚了没有？

戴　笠　查清楚了。

蒋介石　查清楚了，你就说吧。

戴　笠　校长，孙夫人确实通过美国军人史迪威将军，向共产党的军队输送了不少医疗用品和弹药，数目还不少。

蒋介石　娘希匹！史迪威这个老混蛋，竟然如此听一个女人的话！

戴　笠　史迪威将军利用职权给共产党的部队输送急需的医疗用品和弹药，我们实在卡不住它，也没有理由卡下来。

蒋介石　这只能说明你的军统无能！

戴　笠　是，校长，我一定想办法。

蒋介石　你们这些军统的笨蛋，如果说对美国人史迪威没有办法，难道对孙夫人还没有办法吗？

戴　笠　校长，您说的意思是……做了她？

蒋介石　日本人的飞机来轰炸的时候，搞一点小名堂，谁能说得清？

戴　笠　校长，日本人的飞机来轰炸的时候也不好办，谁知道日本人的飞机什么时间来呀？谁知道日本人的飞机在不在孙夫人住的地方扔炸弹呢？

蒋介石　你说的理由是技术问题，我不管，我只要你们采取行动，我要的是结果！

戴　笠　是，校长，我马上安排人去谋划，采取行动。

蒋介石　一定不能露出马脚。

戴　笠　是，校长。

蒋介石　还有一件事呢，查清楚了吗？

戴　笠　报告校长，查清楚了。据查，云南王龙云联络了一批青年军官想造反，要在云南建立所谓的开明民主政权，他们公推行政院长孔祥熙为最高领袖，由龙云代理最高政权。

蒋介石　果然有此事？

戴　笠　是的，校长，参与此次阴谋的有六百多名青年军官。

蒋介石　有六百多人？人数还不少。

戴　笠　校长，我把翔实的情报材料全带来了，请校长过目。

蒋介石　材料我不看了。

戴　笠　请校长指示！

蒋介石　马上逮捕所有涉嫌参与此事的青年军官，秘密扣押龙云和孔祥熙，行动要保密，不得有误！

戴　笠　是，校长！

蒋介石　你马上去办吧，不能叫一个参与阴谋活动的人漏网！

戴　笠　是，校长！

[戴笠向蒋介石敬礼，转身走了。蒋介石在办公台前坐下来，开了台灯，要写东西。宋美龄又从另一个门进来了。]

宋美龄　先生，戴笠走了？

蒋介石　走了。

宋美龄　他晚上跑来有什么事儿呀？

蒋介石　也没有什么事儿，夫人，就是一些鸡毛蒜皮的小事儿。

宋美龄　不对吧？军统局的戴局长，大晚上跑到委员长家里来，就为了向委员长报告一些鸡毛蒜皮的小事儿？

蒋介石　夫人，他是没有什么大事儿。

宋美龄　不对吧？达令，你们有什么事情瞒着我吧？

蒋介石　夫人，我能有什么事儿要瞒你呢？该让你知道的事情到时候会让你知道的。

宋美龄　委员长，你是不是命令军统要对我二姐采取什么行动？

蒋介石　没有的事情，夫人，你不要瞎猜疑了。

宋美龄　达令，我警告你，你们不能对我二姐采取任何行动；虽然她同情共产党，倾向共产党，但是你们不能动手，你明白吗？她不但是我二姐，也是国母，你们不能胡来的！

蒋介石　夫人，我发誓，我对你二姐宋委员绝对没有采取行动的意思，我继承孙先生的事业，怎么会对孙夫人有所不敬呢？

宋美龄　达令，你不用对我赌咒发誓，你们只管干，可别让我抓住把柄！

蒋介石 不会的，夫人，你想到哪儿去了？不看僧面看佛面，我怎么会对孙夫人采取过激行动呢？我还要到办公室去处理一件紧急要务。你就不要多想了。

宋美龄 你晚上还回来吗？

蒋介石 不一定，也许回来，也许不回来。

[蒋介石转身走了。宋美龄想了一下，马上走到电话机前，给二姐庆龄打电话。]

宋美龄 喂，是二姐吗？我是美龄。你现在怎么样？还平安吗？没有什么事就好；你如果有什么事情需要我帮忙，请立即直拨2080，对，2080，这是我新设的专线，你记下这个号码了吗？我对你的人身安全不放心，我劝你还是要注意一点的。老蒋对你跟共产党的关系火热，特别是对你通过史迪威将军为共产党的军队运送医疗用品，表露出十分的不满。所以我为你感到担心，我怕他和戴笠背着我对你下毒手！阿姐呀，你就不能听小妹一句劝吗？跟共产党的关系不要走得太近，少帮助共产党的军队，我这也是为了你的自身安全着想。好了阿姐，你要不愿意听我的话就算了，别的我们就不多说了。再见。

[宋美龄挂了二姐的电话，又接着给大姐宋霭龄打电话。]

宋美龄 喂，是大阿姐吗？我是小妹，你明天到我家里来一趟，对，明天上午一定要来！

[宋美龄挂了电话，心情还显得很不平静。她在蒋介石的办公桌前坐下来，翻着办公桌上面的东西看。随后她又拿起电话，给宋子文打电话。]

喂，是阿哥子文兄吗？我请你明天上午到我家里来一趟。对，一定要来。

[宋美龄放下电话，关了工作台上的灯，出了书房，走了。]

第二场

第二天上午，宋美龄在客厅里等着大姐和哥哥子文兄来，保姆蔡妈从外面进来了。

蔡　妈　夫人，你阿哥子文先生来了。

宋美龄　快请他进来！

蔡　妈　是，夫人。

［蔡妈转身下，过了一会儿宋子文上。］

宋美龄　阿哥，我问你一件事情，你知不知道大姐夫庸之参与了一起阴谋政变之事？

宋子文　我听说了，有这样的事情，具体情况我还不太清楚。

宋美龄　哥哥，你对我说实话，这是真的吗？

宋子文　可能确有其事，戴笠已经派人把大姐夫看起来了。

宋美龄　你是从哪儿得到的消息？

宋子文　是戴笠先生跟我说的，他今天早晨打电话跟我提前打了个招呼，说是奉委员长的指示，要拘押孔院长，他让我来转告你，怕你怪罪他。

宋美龄　这个戴笠是够聪明的。怎么会发生这样的事情呢？

宋子文　野心所至，这还不明显吗？大姐夫的野心是想取代蒋的领袖之位，大姐也有心想取代小妹的第一夫人之位。

宋美龄　阿哥，不许瞎说！宫廷政变这是要掉脑袋的事情，我不希望看到我们宋家的姐妹亲情之间出现血腥的事件！

宋子文　可是，小妹，事情已经出现了。

宋美龄　我真的没有想到在我们宋家的姐妹家族之间会出现这样的事情，我怎么事前一点风声也不知道呢？

宋子文　小妹不知道这件事也不奇怪，因为近几个月来，你和委员长的关系不好，他有什么事自然也不愿意对你说的。

宋美龄　可是现在怎么办呢？阿哥，怎么来平息这件事呢？

宋子文　说实话，小妹，我也不知道该如何平息这件事情，我与委员长的关系也不好，我跟大姐大姐夫也离心离德，两边我都不好说话，说了也不起什么作用。

宋美龄　阿哥，你是要看大姐大姐夫的笑话吧？

宋子文 不是的，小妹，我确实帮不了他们的忙，我跟委员长的关系你不是不知道。

宋美龄 我一定要预防家族亲情之间发生血腥事件！

宋子文 小妹，我也不希望家族亲情之间出现血腥事件。但是，蒋先生现在对我们宋家人明显不满，他叫军统的人在二姐家周围安排了不少特务，可能想对二姐有什么阴谋行动，刚才二姐家门前发生了一起炸弹爆炸事件。

宋美龄 伤到人了吗？二姐怎么样？

宋子文 人倒是没有伤着，但是至少说明，蒋委员长可能命令军统要对二姐下毒手。

宋美龄 这个混蛋！家门不幸，接二连三，我宋美龄还没有不中用哪！

宋子文 小妹，我来找你的意思，就是想说，你跟蒋委员长的关系不要闹得太崩，尤其是眼下我们宋家遭遇多事之秋，你更不能跟蒋委员长闹得过度破裂。

宋美龄 我知道我该怎么办。阿哥，你马上去找戴笠，警告他在二姐那里不许胡来，出了事儿，我是不会放过他的！

宋子文 小妹，二姐的事儿，我去找戴笠没有用，他听委员长的，他不会听我的。

宋美龄 那我来给戴笠打电话。

宋子文 你说话，戴笠还是怕三分的。

[宋美龄拿起电话拨号，给戴笠打电话。]

宋美龄 喂，戴笠先生吗？我是谁？我是宋美龄！你听着戴笠先生，我二姐孙夫人的家门前刚才发生了炸弹爆炸事件。叫你的人不许胡来！你可以听委员长的指示，但是如果我二姐孙夫人出了事，我也是绝不会答应的！再见。

[宋美龄放下了电话。]

宋子文 小妹，戴笠怎么说？

宋美龄 他说是误会。这个特务头子滑得很，他向我保证，以后不会再发生这样的事了。

宋子文　戴笠是中国的希姆莱，他在中国只怕一个人。

宋美龄　我会叫委员长听我的。

宋子文　这才是问题的关键，蒋委员长要听你的，一切事情都好办，他要是不听你的，一切事情都难办。二姐的事情还需要你多操心。

宋美龄　说了半天，你来是为了二姐的事儿？

宋子文　是的，我来就是为了二姐的事情。

［这时保姆蔡妈又推门从外面进来。］

蔡　妈　夫人，大阿姐孔夫人来了。

宋美龄　叫她进来。

［蔡妈转身出去，宋霭龄上。］

宋霭龄　小妹，小妹，你可要救救我们呐！小妹，你可是要救一救我和你大姐夫呀！

宋美龄　大姐，你不要哭了！有什么话，说，我现在的心情已经够烦的了！大姐夫怎么样啦？

宋霭龄　美龄，你大姐夫已经叫军统的人控制起来了！

宋美龄　人呢？在哪儿呢？

宋霭龄　人在家里。军统去了好多特务，不叫他出门，我家庸之已经失去了人身自由！

宋美龄　活该！放着行政院长、财政部长不当，非要跟云南王龙云搅和到一起，搞什么开明的民主政权？

宋霭龄　小妹，这真是天大的冤枉啊！

宋美龄　天大的冤枉？军统的人怎么就不冤枉别人呢？

宋霭龄　小妹，你不能见死不救啊！大姐对你一向是厚爱的，你不能见死不救呀，美龄！如果庸之被处死，大姐我就成了可怜的寡妇啦。

宋子文　大姐，问题还不至于那么严重，有小妹的面子在，委员长还不至于处死大姐夫。

宋霭龄　这可说不上啊！古往今来，多少皇权之争大开杀戒，委员长又是上海滩的帮会出身，我真怕他翻脸无情、六亲不认哪！

宋美龄　大姐，你不要把事情想得太可怕了，老蒋他也并非是无情无义之人。再说还有小妹为大姐夫担保，这你可以放心，死不了人。我就是不明白，你们为什么连内外都不分，为什么要跟云南王龙云搅在一起，建立什么开明民主政府？

宋霭龄　小妹，这是冤枉的，我们家庸之被人家利用了；其实他也没有那么大野心，想推翻委员长的统治。是龙云那些王八蛋要利用他的招牌，要公推他为领袖，这个傻货就上当了。其实我们家庸之没有想当国家领袖的野心，龙云那些人是利用他愚蠢善良的本性搞政变，这与我们家庸之是没有什么重要关系的。

宋美龄　好了，大姐，你什么也不要说了，小妹又不是未成年的孩子。如果大姐夫没有如此的野心和想法，龙云他们怎么会拉姐夫入伙呢？这肯定是事出有因的。大姐，大姐夫的事我会想办法的，你回家放一百二十个心，不要让大姐夫再做其他事了。我相信老蒋还是需要我们宋氏家族势力的，需要美国的援助，离开我们孔、宋家族的支持，他委员长在西方也是玩不转的。他处理姐夫的事，不会不考虑后果的。

宋霭龄　小妹，我就怕他什么也不想，到时候脑子一热，要了庸之的命啊！

宋美龄　那不会的，大姐，还有小妹呢，我也不会让他胡来的。

宋霭龄　小妹，那你大姐夫的事就拜托你了，我们真的是冤枉的，你可一定要尽力呀！

宋美龄　我会的，大姐，你不要哭了，哭得我心都要跳出来了。这真是山雨欲来风满楼了。子文兄，你先到总统府去找老蒋为大姐夫说一说情，他在办公室。不管你原来跟大姐夫有什么隔膜，现在是一家人，在这种时候就应该齐心协力共渡难关。

宋霭龄　子文去说怕是不灵的，老蒋是不会听他的。

宋美龄　他先去找老蒋谈，后面有我呢；你先去吧，阿哥。

宋子文　好的，那我就去了。

［宋子文下。宋霭龄还是哭，还是流泪。］

宋美龄 好了，大姐，你不要哭了，哭得我心里乱七八糟的！

宋霭龄 小妹，我怕老蒋要是不讲情面怎么办呢？

宋美龄 大姐，后面的事情我来处理，你就不要担心了，天大的事情有我呐！

宋霭龄 小妹，大姐和大姐夫的命运就全靠你了。

宋美龄 你们这是无事生非，没事儿给我找事儿呀。我和老蒋的事情还没有扯明白呢，你们又来给我添乱！

宋霭龄 小妹，这是误会，这真是误会，这是天大的误会！

宋美龄 好了，大姐，你回去休息吧，我也想休息一会儿，我的大脑需要冷静、休息。

宋霭龄 那我就走了，小妹，大姐谢谢你了！

宋美龄 大姐，你不用担心，回家好好照顾大姐夫吧，有什么事儿再给我打电话。

宋霭龄 好的，小妹，我真是怕终身失去自由呀！

宋美龄 不会的，大姐，你不要胡思乱想了。

[宋霭龄走了。宋美龄在沙发上坐下来，用双手按着自己的太阳穴部位，清理自己的思路。随后她又拿起了电话，给蒋介石打电话。]

宋美龄 喂，是达令吗？你晚上什么时候回来？你必须要回家来，我有事儿要找你谈，我等你回来，如果你不回来，我就不睡觉，就是等你三天三夜，我也要等你回来！听明白了吗？就这样。

[宋美龄放下电话，感到身心劳累，她靠在沙发上，双手揉着太阳穴两侧。后来她靠在沙发上闭上了眼睛，睡着了。]

第三场

深夜时分，蒋介石回来了。他走进客厅，看见宋美龄还在客厅的沙发上坐着，他走到宋美龄身边，发现夫人睡着了。

蒋介石 夫人，美龄，夫人，美龄。

宋美龄 你回来啦？

蒋介石 你怎么不回房间休息，躺在沙发睡啦？

宋美龄 我在等你。现在几点了？

蒋介石 已经深夜两点了，你为什么不回卧室睡觉？

宋美龄 我等你有话说。你要处理的事情处理完了吗？

蒋介石 大事已经处理完了。

宋美龄 达令，我想知道，你准备怎样处置我大姐夫的问题？

蒋介石 夫人，这个问题你就不要管了。

宋美龄 我是不想管，但是我要知道处理结果。

蒋介石 你大姐夫和龙云阴谋搞政变，想推翻党国和政府，当然是要受到处罚的。

宋美龄 达令，你不要跟我说外交辞令，我问的是你要怎样处理这件事？

蒋介石 所有参与政变阴谋的青年军官全部枪毙！龙云抓到南京来关禁闭！

宋美龄 那我大姐和大姐夫呢？

蒋介石 我对自家人当然还是要宽容处理的。

宋美龄 达令，我要听宽容处理的结果是什么？

蒋介石 像张学良、杨虎城一样，给他们找个地方，让他们去休养。

宋美龄 你说什么？让他们像张学良、杨虎城一样，找个地方去休养？

蒋介石 是的，他们阴谋推翻党国和政府，处理结果只能这样。

宋美龄 蒋先生，你说的结果真是这样？

蒋介石 是的，我已经想过了，这样处理他们也不为过。

宋美龄 你混蛋！蒋中正，你不能剥夺他们的政治权利和人身自由！

蒋介石 为什么不能？夫人，他们阴谋搞政变，阴谋推翻政府，想逼我下台，就应该受到这样的处罚！

宋美龄 达令，你听着，你是个不近人情的丈夫！他们跟张学良和杨虎城能一样吗？他们是我宋家人，也是你的连襟，你不能这样冷酷无情地处理他们，让他们终身失去自由！

蒋介石 他们阴谋造反，图谋犯上作乱，想推翻我这个党国的领袖，还有你这个民国的第一夫人，我这样处理他们也算说得过去。

宋美龄 你胡说！他们即便犯了天大的罪过，你也不能把他们终身监禁！

蒋介石 我没有说把他们终身监禁，我只是说暂时的。

宋美龄 先生，你还想骗我是吧？当年软禁张学良的时候你也说过是暂时的，可是现在八年的时间过去了，你也没有放他出来，还他人身自由。现在你想软禁我大姐和大姐夫，办不到，我也是绝对不会答应的！如果那样处理，中国政坛就会发生强烈的地震，影响之大，中外舆论反应都会很强烈的。不能这样办！

蒋介石 他们阴谋推翻国家领袖、党国和政府，他们行为的本身就造成了中国政局的地震，中外舆论和社会各界的反应已经非同一般，我不这样处理他们，后面还会发生这样的事情。所以必须要严厉地处理他们，才能稳定天下，稳定国家的政局！

宋美龄 就是杀鸡给猴看，你也不能拿我大姐和我大姐夫开刀！处理这样的事，你也要因人而异，不能不讲情面，不讲亲情，对谁都冷酷无情！

蒋介石 夫人，自古以来，对搞阴谋诡计篡权者都是杀头的，我不要他们的命，已经是够宽大了。

宋美龄 不行！你可以免他们的职，削官为民，但是不能把他们软禁起来，剥夺他们的生活自由！

蒋介石 夫人，你这是头发长，见识短，完全是女人之见！不扑灭燃烧的火种，火星早晚有一天还是要烧起来的！

宋美龄 先生，如果你要对他们如此冷酷绝情，我就到美国去，宣布跟你离婚！

蒋介石 什么？离婚？夫人，你疯啦？

宋美龄 我是要被你逼疯啦！如果你一点亲情也不讲，我就远走高飞，让你一个人在中国唱独角戏，我还要把你一些不为人知的事在美国张扬出去……

蒋介石 夫人，你说什么？好好好，我听你的，夫人，你说怎么办就怎么办，我听你的，好不好？我的夫人，你不要到美国去闹离婚，坏了大事儿！

宋美龄 我也不想到美国去闹离婚，坏了你我还有国家的大事儿。但是，政变的事情不能张扬，要冷处理，要稳定政局。龙云可以控制起来。至于我大姐和我大姐夫，可以让他们到美国去，当一个自由的公民。

蒋介石 好，那就照你说的办吧，我同意让他们到美国去，远离中国的政治舞台中心，以后永远做一个普通自由的公民，我不反对。

宋美龄 这样处理我能接受。

蒋介石 那好吧，夫人，事情好说好商量，也用不着离婚。

宋美龄 我就是不希望为了政治，为了权力，亲人之间自相残杀，六亲不认。你给我面子，我当然可以不离婚。

蒋介石 那你说，免了孔祥熙的行政院长职务和财长职务，出现的权力真空怎么办？

宋美龄 由我阿哥子文兄出面组织新政府，请他出任行政院长兼财政部长，我看可以。

蒋介石 那好吧，那就请子文兄出面组阁，出任新政府的行政院代理院长兼财政部长。

宋美龄 你要听我的，问题不就解决了吗？亲情之间也不用发生动刀动枪的血腥事件了。

蒋介石 是呀，夫人，你说话还是有道理的。那你就带着你的大阿姐他们一家人到美国去吧，你一方面养病，一方面代替子文负责对美外交事务。

宋美龄 说来说去你还是离不开我们宋家人。

蒋介石 对的，夫人，与美国政府的外交，是保障中国抗日战争胜利的重要支柱，没有美国政府的物资和美元的支持，我们的国家要想打赢这场战争谈何容易？

宋美龄 好吧，我也听你的，代替子文负责对美外交，争取美援，争取抗日战争的最后胜利！

蒋介石 我的夫人还是深明大义。谢谢夫人！

宋美龄 算了吧，你就不要对我说好听的了，用得着我的时候，你就夫人长夫人短的。

蒋介石 我的夫人，我向来都是怕你三分的。

宋美龄 你不是怕我，你是需要我，因为你的夫人还有一点用处，为了你可以赴汤蹈火，在所不辞，你还不知足。

蒋介石 知足，我的夫人，知足，知我者夫人也。

宋美龄 大事说好了，我的心情也算平静下来了。

蒋介石 走吧，夫人，你不要太累了，什么事都不要操心了。

宋美龄 事情太多了，我一辈子可能就是操心的命。

蒋介石 夫人，告诉你一个好消息，西方盟国的军队，美国的和苏联的军团已经战领德国的首都柏林了，希特勒自杀了，世界法西斯的末日到了，我们国家的抗战也快要胜利了。

宋美龄 战争是该结束了。

蒋介石 夫人，等到抗战胜利的那一天，我们就可以轻松轻松了。

宋美龄 是的。战争给我们的国家带来的伤害太大了，三千多万人死于这场战争。

蒋介石 夫人，该休息了，你还想干什么？

宋美龄 我要做的事情太多了。

蒋介石 夫人，身为女人，你为国家做的事情太多了。八年抗战，你为国家从美国政府和美国人手里争取到了数十亿美元的贷款，你是中国抗战的头等功臣。

宋美龄 你过奖了。先生，身为你的夫人，我不受气，也就谢天谢地了。

蒋介石 夫人，我实在感觉有点累了，我要上楼休息了。

宋美龄 好吧，达令，你上楼睡吧。我不想休息，我要想一想我该干什么啦。

[蒋介石下。宋美龄走到窗前，拉开窗帘，眼望窗外，外面响起了鞭炮声。]

第四场

抗日战争胜利了，日本投降了，山城重庆到处响起了庆祝抗战胜利的鞭炮声。宋美龄望着窗外的礼花听着外面的鞭炮声，等着客人们的到来。她要在官邸接见对中国抗日战争有功的美国来华参战的空军飞虎队指挥官陈纳德将军和他手下的外国飞行员，同时还要接见中国的空军将领周至柔、毛邦初等人。总统官邸的侍卫长从大门进来，上，向宋美龄敬礼。

侍卫长　报告夫人，您邀请的客人到了！

宋美龄　好，请他们进来！

侍卫长　是，夫人！

［侍卫长转身出门，下。宋美龄走到了门口迎接客人。陈纳德、周至柔、毛邦初等空军将领上。宋美龄拍手鼓掌，欢迎客人的到来。空军将领一起向宋美龄敬军礼。］

众将领　报告夫人，空军将士前来听令！

［宋美龄与来宾握手。］

宋美龄　欢迎欢迎，欢迎空军的将士们，欢迎空军的英雄们，欢迎空军的勇士们！

空军将士们同声：夫人万岁！

宋美龄　谢谢大家，谢谢空军的英雄们！谢谢你们在八年的对日抗战中的付出，功载千秋！

空军将士们同声：这是军人应尽的天职！

宋美龄　空军的英雄们，我敬爱的勇士们，你们在国家抗战的八年中，英勇作战，不怕流血牺牲，为国家、为中华民族的解放事业，立下了丰功伟绩！我代表蒋委员长特地请你们到家里吃饭，为你们庆功！

空军将士们同声：谢谢委员长，感谢夫人！

宋美龄　空军的英雄们在八年的抗战中功勋卓著，所以我特地安排在家里为你们设庆功宴！

空军将士们同声：多谢夫人！

宋美龄　陈纳德将军、周至柔将军、毛邦初将军，我想，中国空军的英雄们是特别值得表彰的，特别值得嘉奖的，因为你们在抗战中确实表现出色！

空军将士们同声：多谢夫人！

宋美龄　在此，我特别要代表蒋委员长向陈纳德将军所领导的美国来华参战的空军飞虎队全体官兵表示深切的敬意！

［宋美龄向陈纳德等美国军人鞠躬致敬。陈纳德和美国飞虎队的官兵们马上向宋美龄敬军礼。］

美国飞虎队官兵：谢谢夫人！

宋美龄　陈纳德将军，你和美国空军援华飞虎队，在中国的八年抗日战争中，表现得确实了不起呀！据我所知，八年的时间，中国空军损失了四百六十八架飞机，牺牲了一千五百七十九人。至战争结束时间止，你们共击落了日本敌机两千六百架次，击沉或重创敌商船二百二十三万吨，击毁日本军舰四十四艘，还有一万三千艘一百吨以下的内河敌船只，击毙日本官兵共计六万六千七百多名。是这样吗，周至柔司令？

周至柔　是的，夫人。

宋美龄　了不起，确实了不起！陈纳德将军，我已经建议蒋委员长授予你青天白日勋章！

陈纳德　谢谢夫人，本人深感荣幸！

［陈纳德向宋美龄敬礼，宋美龄与陈纳德将军再握手，众人再鼓掌。］

宋美龄　陈纳德将军，我请你们到家里来吃饭，不成敬意。虽然我已经不是空军的领导人了，也不是航空委员会的秘书长了，但是我一直以空军为荣，一直以空军为骄傲！

陈纳德　夫人，您是当之无愧的中国空军的光荣之母，您亲手组建了中国空军，没有夫人的英明领导，也就没有中华民国的空军。中华民国的空军在八年的抗日战争中取得的辉煌战绩，也是与夫人您的英明领导分不开的！

宋美龄　功劳都是你们的，我只不过是为空军做了一点力所能及的工作而已。抗战胜利了，全国军民放假三天，庆祝抗日战争的胜利。我和蒋委员长特意请大家来吃饭，为你们庆功，为空军的将士们庆功！因为，国家的空军有我的一分心血，也有我的一分光荣！欢迎大家的光临！

众人同声：谢谢夫人！您永远是中国的空军之母！

［众人一起再一次向宋美龄夫人敬军礼。这时外面庆祝抗战胜利的鞭炮声更响了，更热烈了，更火爆了。大幕落下来。剧终。］

2011 年 8 月 · 车城十堰

血雨腥风

剧中人物

杨子江：日本领事馆中国仆役。

苏荣华：地下工作者，杨子江的表哥。

美佳仪：日本领事馆的秘书。

杨得明：杨子江的父亲，南京市民。

杨妈妈：杨子江的母亲，家庭妇女。

秋　雨：杨子江的媳妇。

杨子英：杨子江的妹妹。

张　威：日本领事馆中国仆役。

小　林：日本领事馆武官。

总领事：日本领事馆长官。

朝香宫鸠彦：日本军队指挥官。

冢田攻：日本军队的参谋长。

谷寿夫：日本军队高级将领。

板垣征四郎：日本军队高级将领。

外交次长：日本帝国政府官员。

本庄田：日本宪兵大佐。

日本领事馆工作人员。

日本领事馆中国仆役、勤杂工，等等。

第　一　幕

第一场

一九三七年的夏天。日本领事馆门前招人处。领事馆院内有两扇大铁门，大铁门是关闭的，有一个小铁门，门前有两个日本兵持枪站岗，守门。日本领事馆武官小林上，他后面跟着领事馆的女秘书美佳仪小姐。美佳仪小姐手里拿着钢笔和记录簿。

小　林　美佳仪小姐，叫支那猪进来一个！

美佳仪　嘿，小林君。叫支那人进来一个！

［两个站岗的日本兵把小门开了一道缝。］

日本兵甲　进来一个，进来一个，快进来一个！

应招青年　该我啦！该我啦！该轮到我啦！该轮到我啦！

日本兵乙　只能进来一个，不要挤，只能进来一个！你的，出去！

［守门的日本兵放进来一个应招的中国青年。］

应招青年　谢谢太君，谢谢太君！

美佳仪　太君在那儿。

［中国青年走到小林武官面前，向日本武官鞠躬。］

应招青年　太君，日本老爷！

小　林　你的什么名字？

应招青年　太君，我叫无家喜。

小　林　年龄。

应招青年　今年二十五岁。

小　林　你是什么的干活？

应招青年　太君，我是农民，种地的农民。

小　林　种地的农民？出去！

应招青年　太君，我什么活都会干的！

小　林　滚！

应招青年　太君，日本老爷，您给我一个机会，我什么事都做得好！

美佳仪　走吧，出去，不要啰唆啦。

日本兵甲　出去，出去！

［两个日本兵用长枪刺刀逼着中国青年出去。］

应招青年　太君，太君再给我一次机会吧，太君！

日本兵乙　出去！

应招青年　好，太君，我走，我出去，您不要用刺刀扎我。

［应招青年挤出小铁门，下。两个日本兵随即又把小铁门关上了。］

小　林　这些支那人，东亚病夫，看起来不像人的样子，猪狗不如！

美佳仪　小林君，还要放人进来吗？

小　林　再放进来一个看一看。

美佳仪　再放进来一个！

几个应招青年在铁门外同时叫喊：该我啦！该我啦！该我啦！这回轮到我啦！这回轮到我啦！这一回应该轮到我啦！

日本兵甲　不要挤，不要乱！

日本兵乙　不要喊，不要叫！

［杨子江挤进了小铁门，从外面挤进来，上。］

杨子江　小姐、太君好！

美佳仪　去向太君问好吧。

［杨子江走到小林武官面前，马上向日本武官鞠躬。］

杨子江　太君，日本老爷好！

小　林　你的什么的干活？

杨子江　太君，我是来为太君服务的！

小　林　哟西，你很会讲话呀。你叫什么名字？

杨子江　太君，我叫杨子江。

小　林　杨子江？年龄？

杨子江　太君，我今年二十一岁。

小　林　二十一岁？你原来是干什么的？

杨子江　太君，我什么活儿都干过，为有钱人家当过差，帮过厨，当过汽车夫！

小　林　你的，当过汽车夫？你会开汽车？

杨子江　会的，太君，我会开汽车！

小　林　你还会做饭？

杨子江　会的，太君，我给大师傅帮过两年厨！

小　林　哟西，你的家住什么地方？

杨子江　太君，我家住杏花村十六号院。

小　林　你的父母是什么的干活？

杨子江　太君，我的父亲是种地卖菜的。

小　林　哟西！美佳仪小姐，你看他怎样？

美佳仪　小林君，我看他可以，为有钱人家当过差，帮过厨，还当过汽车夫，会开汽车，这样的打杂工在南京很难找的。他到领事馆来工作，一定做得好。

小　林　哟西，就是他啦。

美佳仪　哟西，太君说，你被录取到日本领事馆来工作了，还不谢谢太君？

杨子江　谢谢太君，谢谢日本老爷，谢谢太君，谢谢日本老爷！谢谢小姐太君！

［杨子江向小林武官鞠躬，同时也向美佳仪小姐鞠躬。］

美佳仪　先生，你非常聪明，到底是在有钱人家当过差的。

杨子江　是，有钱人家的规矩我都懂，我都明白。

小　林　你听着，支那人，从今天起，你可以到我们日本领事馆来工作，上班，一个月六块大洋。你的明白？

杨子江　明白，太君，我明白，谢谢日本老爷！

小　林　支那人，听我说，你要遵守我们领事馆的规矩，不该问的不要问，不该看的不要看，不该拿的不要拿，不该动的不要动，不该你进的房间不要进，不该你说的事情不要乱说。你的明白？

杨子江　明白，太君，我的明白。

小　林　重复一遍我说的话。

杨子江　太君，不该问的我不问，不该看的我不看，不该拿的我不拿，不该动的东西我不动，不该进的房间我不进，不该说的事情我不会乱说。是这样吗，太君？

小　林　哟西，你果然比其他人聪明。

杨子江　谢谢太君，谢谢太君看中我。

小　林　好，你进去吧。

杨子江　是，太君，谢谢日本老爷，多谢美丽的小姐太君！

［杨子江连连向日本人鞠躬致敬，高兴地跑到日本领事馆里面去了，下。］

小　林　美佳仪小姐，在我们这次招聘的中国仆役中，我对最后招的这个支那人是感到最满意的。

美佳仪　是的，小林君，他确实比一般支那人聪明，见过世面。

小　林　美佳仪小姐，我们这次招的中国仆役人数够了吧？

美佳仪　够了，小林君，这次招了十二个人。

小　林　十二个人，够用了，不招了。

美佳仪　小林君，我把这次招的十二个人的有关情况全部记录下来了，请您过目。

小　林　哟西，美佳仪小姐，我们此次招支那人的仆役工作就此结束了。

美佳仪　是，小林君。

［小林武官向右转，下。美佳仪小姐跟在日本武官的身后同下。挤在大铁门外等着应招的中国青年叫起来。］

应招青年　太君，再多招几个吧！太君，我们什么活都会干哪！太君，我们什么活都能干哪！太君，我们等了有三天啦！太君，给我们找一点活干吧！

日本兵甲　不要吵，不要闹，滚！领事馆不要人了！快滚吧！

日本兵乙　滚开吧！太君已经走远了，你们走吧，再吵，再闹，太君也听不见了。以后有机会再来吧！

［两个日本兵把铁门锁上了。门外的中国青年只有走人了。］

第二场

杨家小院。舞台上的杨家小院是个贫穷的家庭小院，这里既是全家人吃饭、做事儿、活动的地方，也是全家人说事儿的地方，所以小院内有小桌椅等东西。小院的两边有两个门，一个通杨家屋内，一个通向外面。杨家的母亲杨妈妈由于得了重病，从屋里出来到小院，坐到了椅子上。女儿杨子英为母亲煮了中药，端着药碗，走到老母亲面前。

杨子英 妈妈，中药我煮好了，也放了一会儿了，不烫了，正好喝，您喝药吧。

杨妈妈 英子，我跟你爸爸说过了，我不想喝药了，以后你跟你爸爸不要为我买药了。

杨子英 妈妈，您有病，不吃药怎么行呢？

杨妈妈 英子，妈的病是治不好的，喝药也没有用的，你以后跟你爸爸就不要为我花钱买药了，留着钱，以后全家人好过日子，知道吗？

杨子英 妈妈，您老人家的病还是要治的。

杨妈妈 英子，家里已经没有钱了，吃饭都成问题了，吃了上顿没下顿的，我不要治病啦。

杨子英 妈妈，您老人家就不要操心了，我跟哥哥还有爸爸会想办法的。家里的日子再穷也过得去，您老人家的病也是要治的。妈妈，您喝了药，病就会好的。

杨妈妈 英子，我的病不可能好了，我的孩子，我喝了半年的中药，也不见好，治不好的。

杨子英 妈妈，您的病已经渐轻了，再吃一段时间的药，也许就会好转的。

[杨子英把药碗端给妈妈，看着母亲喝药。秋雨拎着一个菜篮子从外面小院门进来了。]

秋　雨 妈妈，小妹。

杨子英 嫂子回来啦。

秋　雨　我回来了，我挖了一篮子野菜。妈妈，小妹，你们看，这野菜多鲜亮，多好。

杨子英　太好了！嫂子，我正好煮了一锅稀饭，把野菜洗一点儿，放进锅里一定好吃！

秋　雨　好，小妹，我去洗野菜，放进锅里，剩下来的留着明天吃。

［秋雨拿着野菜篮子转身进屋内，下。］

杨妈妈　英子，你嫂子好像又瘦了。

杨子英　是的，妈妈，咱们家实在太穷了，亏待我嫂子了。

杨妈妈　可怜哪，姑娘嫁到我们杨家来，就没有过上好日子，家里的生活越来越难了。你嫂子怀上了孩子，也因劳累过度流产了，现在她是越来越瘦了。

杨子英　妈妈，不说这些了，您还是喝药吧。

杨妈妈　英子，你哥干什么去啦？他怎么到现在还不回来？

杨子英　不知道。妈妈，我也不知道哥哥出去干什么去啦。他没有说。

杨妈妈　你哥他现在也发愁了，工作没了，钱老爷家干得好好的，说不要就不要了。

杨子英　妈妈，我听哥哥说，日本鬼子要打过来了，钱老爷全家人要去香港，所以就把家里所有的下人都打发了，就留了两个老佣人看守房子。

杨妈妈　唉，这年月，兵荒马乱的年头，连年的战乱，日子是越来越不好过了。

杨子英　妈妈，现在全国到处都在抗日，到处都在打仗。听说日本鬼子已经打上海奔南京来了。

杨妈妈　孩子，小日本鬼子怎么如此疯狂啊？

杨子英　妈妈，我听说是日本鬼子的枪炮好，咱们的国军打不过他们。

杨妈妈　唉，这年头，日本鬼子横行霸道，难道就没有我们中国老百姓的活头啦？

杨子英　妈妈，不会的。您老人家喝药吧，等爸爸哥哥他们回来了，我们好吃饭。

杨妈妈 时候不早了，外面天就要黑了，他们也该回来了。

杨子英 妈妈，爸爸今天到市场上卖菜去了，可能回来得要晚一点儿。哥哥可能是出去找事儿去了。

［这时秋雨又从屋内出来了。］

秋　雨 妈妈，小妹，稀饭煮好了，野菜也洗好了，要不要烧一壶水？

杨子英 是要烧一壶水。嫂子，你休息，我来吧。

秋　雨 我不累，还是我来吧。

杨子英 嫂子，你跟妈说一会儿话，我去烧壶水，等我阿爸和我哥他们回来，咱们就吃饭。

秋　雨 好吧，小妹，你去烧水，我来陪妈妈坐一会儿。

［杨子英拿着药碗进屋内，下。秋雨在婆婆面前的小椅子上坐下来。］

杨妈妈 秋雨，我的好儿媳妇。

秋　雨 妈妈。

杨妈妈 秋雨，你嫁到我们杨家来受委屈了。

秋　雨 妈妈，您不要这样说，大家的日子都不好过，我没有受什么委屈。

杨妈妈 孩子，你嫁到我们杨家来是受苦了。

秋　雨 妈妈，家里人都是一样的苦、一样的难，这没有什么，穷人就是这样的命。

杨妈妈 孩子，妈听说最近上海又打仗了，我们的国军与日本鬼子的军队在上海打起来啦，你听说了吗？

秋　雨 我听说了，妈妈，外面传得可吓人了。

杨妈妈 你在外面听人怎么说的？

秋　雨 妈妈，我听外面的人说，东洋鬼子又杀人，又放火，又强奸女人！

杨妈妈 东洋鬼子那样可恶吗！

秋　雨 妈妈，日本鬼子到我们中国来，已经把东北、华北占了，他们杀了很多我们中国人，还抢走了很多东西。

杨妈妈 日本鬼子是强盗恶鬼呀？

秋　雨 妈妈，日本鬼子比强盗更坏，比恶鬼还凶残！听说日本鬼子是既抢东西，又杀人，又放火！

杨妈妈 孩子，你说得太可怕了，那我们的国军能守住上海、守住京城吗？

秋　雨 谁知道呢？反正我们的国土东北是叫日本鬼子占了，华北也叫日本鬼子占了，日本鬼子的军队如今又打上海，又要打到南京来啦。

杨妈妈 唉，日本鬼子来了，以后如何是好哟？

秋　雨 不知道，妈妈，我也说不清楚。妈妈，您的病好一点了吗？

杨妈妈 孩子，我的肺痨病是不好治了，不过吃了几副中药倒是强一点儿了。

秋　雨 妈妈，肺痨病有治好的，您老人家不要着急，多吃几副中药，一定会治好的。

杨妈妈 可是家里没有钱呐，我的孩子，我的病实在是治不起了。

秋　雨 妈妈，您可不要这样想，有病还是要医治的。

杨妈妈 秋雨，子江他干什么去啦，这样晚了还不回来？

秋　雨 妈妈，我听子江说，他到日本领事馆找事儿做去了。

杨妈妈 他到日本领事馆找事儿做？能找到吗？

秋　雨 不知道。我听他说，日本领事馆正在招人，要招中国的劳务工，要找打杂的仆役。他去应试去了，能不能找上还不好说。

杨妈妈 他要是能找上事儿就好了，我们家的日子就好过了。

［这时杨家的老主人杨得明回来了。他肩膀扛着扁担和箩筐从外面小院门进来。］

秋　雨 爸爸，您回来啦？

［秋雨过去从老公公的肩膀上接下了扁担和箩筐。］

杨得明 是呀，我回来了。

杨妈妈 得明，今天的菜卖得怎么样？

杨得明 老太婆，今天的菜可是卖了个好价钱，听说日本军队打上海，又要打南京了，物资紧张了，粮食和菜价都涨起来了，所以今天的菜就多卖了几个钱。我回来顺便到药房又给你抓了几副中药来。

杨妈妈 你这个不听话的老头子，我不是告诉过你，不叫你给我抓药吃了，你为什么还要给我抓药？

杨得明 老太婆，你的病，离不开药，我卖菜多卖了两个钱，给你买药也不为过。

杨妈妈 你这个傻老头子，怎么不听我的话呢？家里的钱，以后要留着过日子吃饭用。日本鬼子要打过来，以后的日子还不知道要怎么过呢。

杨得明 以后再说以后的事儿吧，走一步，说一步，别人家能过，我们家也能过。

［这时杨子英又从屋内出来了。］

杨子英 爸爸回来了，您肚子饿了吧？

杨得明 是的，孩子，我的肚子早就饿了。这是给你妈妈抓的几副中药，你放起来吧。

杨子英 好的，爸爸。

杨妈妈 得明，我再跟你说一遍，以后不许再花钱为我买药吃了，你听清了吗？

杨得明 好吧，老太婆，下一次我听你的。

杨妈妈 以后你不许再给我买药了，再买药我就不吃了。

杨得明 好吧，好吧，老太婆，我听你的就是了。吃饭吧。

杨妈妈 吃饭急什么呀？儿子还没有回来呢。

杨得明 儿子还没有回来？子江到哪儿去啦？

苏妈妈 说是找事儿去了。

杨得明 那好吧，我先去洗个手，抽一袋烟，等儿子回来吃饭。

秋　雨 爸爸，您肚子饿了，您先吃吧。

杨得明 不要，还是等儿子回来一起吃吧。

杨子英 妈妈，爸爸肚子饿了，就叫爸爸先吃饭吧。

秋　雨　是的，妈妈，子江还不知道什么时候回来呢。

杨妈妈　好吧，老傻头，你先吃吧，先吃吧，我们等儿子回来再吃。

秋　雨　那我去给爸爸端饭来。

杨得明　我不要。

［杨得明下去洗手。秋雨下去进屋内端饭。杨子英拿着抹布收拾桌子，准备全家人吃饭。杨妈妈站起来，拿起扫把要清扫院子。］

杨子英　妈妈，您不要扫院子了，要吃饭了，等吃完了饭我来扫院子。

杨妈妈　我扫一扫院子也不累，院子有几天没有扫了，有点儿脏了。

杨子英　妈妈，您老人家还是坐着休息吧，等饭后我来扫好了。

杨妈妈　孩子，我已经坐半天了，我也想起来活动活动。

杨子英　妈妈，您的病算轻了一点儿，您在家可是不要太累着了。

杨妈妈　我不累的，我一个人在家里也没有干什么事儿，做一点事儿时间还过得快。

杨子英　妈妈，我哥哥他差不多该回来了吧？

杨妈妈　谁知道他？等天黑吧。

杨子英　妈妈，这些天你注意到了我嫂子没有？

杨妈妈　我没注意，你嫂子不是好好的吗？

杨子英　妈妈，我告诉你，我发现了一个小秘密。

杨妈妈　你发现了什么？发现了小秘密？

杨子英　是的，妈妈，我发现我嫂子可能又怀孕了。

杨妈妈　什么？你嫂子又怀孕了？

杨子英　是的，妈妈，她前一段时间总说是身体不舒服，吃东西想吐，您说是不是怀孕了？

杨妈妈　那是怀孕了。你说的是真的，英子？

杨子英　妈妈，我说的当然是真的，我发现嫂子好几回了吃饭要吐的。

杨妈妈　你嫂子怀孕了，这对我们杨家来说可是一件大事儿呀！

杨子英　妈妈，嫂子端饭来了，您注意看她的肚子。

［秋雨端着稀饭锅从屋里出来，上。］

杨妈妈 秋雨，你走路慢一点儿。

杨子英 妈妈，我去拿碗来。

[杨子英又进屋去拿碗。秋雨把饭锅放在小桌子上。]

杨妈妈 秋雨，来，你坐下来，让阿妈好好看看你。

秋　雨 妈，您怎么啦？您怎么这样看着我呀？

杨妈妈 孩子，你对妈说实话，你是不是又怀孕啦？

秋　雨 妈妈，您是怎么知道的？

杨妈妈 我是听子英说的。

秋　雨 妈妈，我可能是又怀孕了，我有三个月没来月经了，吃东西也恶心，有想吐的感觉，而且有反应了。

杨妈妈 那是怀孕了。孩子，你怎么不跟妈说呀？

秋　雨 妈妈，我怀孕对您老人家有什么好说的？

杨妈妈 秋雨，你怀孕这是我们杨家的大事儿呀，你要跟妈妈说的。

秋　雨 妈妈，我以为女人怀孕、生孩子，这都是很平常的事，不需要张扬的。

杨妈妈 孩子，你应该告诉妈，你想吃什么？妈要为你多做一口好吃的。

秋　雨 不用，妈妈，我不需要特殊照顾，我跟大家吃一样的饭菜就可以的。

杨妈妈 不行的，孩子，你现在怀孕了，子江以后找了事做，我们家的日子也就好过了。家里应该多为你做一点好吃的，以后你好为我们杨家生一个大胖孙子！

秋　雨 妈妈，瞧您说的。

[这时杨子英拿着饭碗又从屋内出来了。]

杨妈妈 孩子，妈妈说的是实话呀，你不要不好意思，女人怀孕是需要吃好一点的。

杨子英 是的，嫂子，妈妈说的是对的，以后你就不要到田里干活，不要到地里去种菜了。

秋　雨 小妹，我没有那么娇气。

杨妈妈 秋雨，你要特别注意的，上一个就流产了，这个一定要特别注意保胎的。

杨子英 嫂子，这样吧，以后我代你到田里干活，到地里种菜。

秋　雨 小妹，那怎么行呢？你代我做事，那我干什么呢？

杨子英 你在家里做事。

秋　雨 那不行的，小妹，我不能在家里吃闲饭的。

杨子英 要不这样，嫂子，我跟你换事做好不好？

秋　雨 你跟我换事做？怎么换？

杨子英 嫂子，以后你代我到我们老爷家里去洗衣服、做饭、收拾家。我呢，以后代你到田里去种菜，这样就省得你在外面受风吹日晒雨淋啦。

秋　雨 小妹，你这样安排不行的，你们家老爷能同意吗？

杨子英 我明天跟我们老爷家的人说一说看，也许行的。我们老爷一家人可好了；老爷、太太、小姐，都知书达理，人可善良了，从不打人，从不骂人，说话都是慢声细语的，对下人和和气气的。

秋　雨 小妹，你的事情还是你做吧，我还是在家里种我的田、种我的菜；我不愿意到大户人家里去侍候人。

杨子英 嫂子，我们老爷一家人真的可好啦。

秋　雨 好我也不去，我种地种菜已经习惯了。

杨妈妈 子英，你嫂子不愿意侍候人就算了。秋雨，你以后在田里干活千万要注意，不要累着，累了你就休息，小心不要再流产啦。

秋　雨 妈妈，我会注意的。我去把扁担和菜筐收起来。

［秋雨拿着扁担和菜筐进屋，下。］

杨妈妈 子英，你嫂子要生孩子了，你也该出嫁了。

杨子英 妈妈，您这说的是什么话呀？嫂子生孩子跟我出嫁有什么联系呀？

杨妈妈 孩子，妈妈是说，该给你找婆家了。

杨子英 妈妈，我可不出嫁。

杨妈妈 傻孩子光说傻话，哪有姑娘不出嫁的？你已经快十八岁了，该出嫁了。

杨子英　妈妈，女儿不出嫁嘛。

［妈妈的话说得女儿不好意思，害羞了。杨子江这时从外面回来，从小院门上。］

杨子江　妈妈，小妹！

杨妈妈　儿子，你可回来啦。

杨子英　哥哥，全家人就等你回来吃饭呢。

杨子江　小妹，妈妈，告诉你们一个好消息，我找到事情做了。

杨妈妈　是吗，儿子？

杨子英　哥哥，你找到什么事情做了？

杨子江　我在日本领事馆找到事做了，一个月能挣六块大洋呢。

杨妈妈　儿子，谢天谢地，这可是好事儿。你媳妇又怀孕了，你能挣到钱，我就可以给秋雨吃得好一点儿。

杨子江　什么？秋雨又怀孕啦？

杨子英　哥哥，嫂子又怀孕了，你知道吗？

杨子江　谁说她又怀孕了？

杨子英　哥哥，回头你问嫂子，你是怎么当的丈夫？

杨妈妈　子江，你真的不知道秋雨又怀孕了？

杨子江　不知道。她又怀上了吗？

杨子英　哥哥，你可真是的，你是个什么丈夫呀？连自己的媳妇怀孕了都不知道？

杨子江　我还真是不知道。最近为了找事儿做，心里着急上火，没有注意秋雨。

杨子英　哥哥，你可是太粗心大意啦。

［这时秋雨又从屋内返回来，上。］

杨子江　秋雨，我听妈妈和小妹说，你又怀孕了，是真的吗？怀上了吗？

［杨子江走到媳妇面前，弯腰观察秋雨的肚子，又听动静。］

秋　雨　去，不知羞。

杨子江　太好啦，还真是怀上了，我要当爸爸啦！

［杨子江高兴得叫起来，母亲、妻子、妹妹，全家人都开心地笑了。这时杨得明也洗了脸，从屋内出来了。］

杨得明　儿子，你们笑什么、叫什么呢？这样高兴？

杨妈妈　老头子，我们高兴我们家快要有孙子啦！

杨得明　什么，快要有孙子啦？这是真的？

杨妈妈　当然是真的，要不了几个月，你就可以当爷爷啦。

杨得明　好，我要当爷爷了，我快五十岁了，是该当爷爷啦。

杨子英　嫂子，我哥哥也在日本领事馆找到事情做了。

秋　雨　子江，这是真的吗？

杨子江　是真的，秋雨，日本领事馆招中国仆役，招打杂工，他们同意用我了！

秋　雨　太好了，找到事情做就好。

杨子英　哥哥，你什么时候到日本领事馆去做事？

杨子江　我今天就去了，一个月挣六块大洋，中午还给一顿饭吃！

秋　雨　一个月六块大洋，中午还给一顿饭吃，不算少了。

杨妈妈　儿子，你能挣到钱，我们家又有饱饭吃啦。

秋　雨　子江，你今天怎么回来得这样晚呢？

杨子江　日本人给我们训话，看我们干活怎么样，也就是看我们做事的能力。

杨子英　哥哥，你怎么样？

杨子江　我过关了。

杨子英　哥哥，你真行！

杨子江　小妹，我是运气好，日本人最后一个收了我，后面的就不要了。

杨子英　哥哥，你喝水吧？

杨子江　我不想喝水，我想吃饭了。

杨子英　好，那就吃饭好了。

秋　雨　子江，你先坐下来，我去给你端一盆洗脸水来，你好好洗个脸。

杨子江　好，你去给我端一盆洗脸水来吧。

［秋雨下去进屋内给丈夫端洗脸水。杨妈妈把一碗水给了儿子。］

杨妈妈　儿子，你还是先喝一碗水吧。

杨子江　好的，妈妈，以后我有地方挣钱了，我们家的日子又会好过一点了。

［杨子江端起母亲给他的水碗喝起来。这时从小院门走进一个人来。杨妈妈看着走进来的人，穿得很好的衣服，还戴着礼帽，觉得好奇怪。来客手里还拎着东西：一块肉和两条鱼。］

杨妈妈　先生，你找谁？

［来人摘下了礼帽，露出了本人的真面目，原来他是杨家的亲戚苏荣华，杨子江、杨子英的表哥。］

苏荣华　小姨妈，是我，荣华。

杨子英　大表哥？

苏荣华　对，表妹，是我。你好！

杨子英　大表哥，你怎么突然跑来了？

苏荣华　来看一看你们，不欢迎吗？

杨子江　欢迎，欢迎，快来坐，大哥！

苏荣华　子江！

杨得明　荣华，快坐吧。

苏荣华　哎。小姨夫，您还好吧？

杨得明　还好，还好，我们家人都还好。你怎么突然想着跑来的？

苏荣华　小姨夫，我就是来看望您老人家，来看望小姨妈，还来看望表弟表妹。

杨妈妈　荣华，你吃饭了吗？

苏荣华　我还没有吃饭，小姨妈，我就是跑来混饭吃的。

杨子江　快来坐，大哥，快来坐！

苏荣华　好，不客气。子江，我买了两条鱼，还有两斤肉，你拿进屋里去吧。

杨子江　好勒。

［杨子江从表哥手里接过鱼和肉进屋去了。］

杨妈妈　你来得正好，荣华，我们家刚好做了稀饭，正准备吃呢，一起吃好了。

苏荣华 小姨妈，您老人家的身体还好吧？

杨妈妈 小姨妈的身体不行了，一身都是病啊！

苏荣华 一身都是病？

杨妈妈 人老了，病就找上门来了。

苏荣华 小姨妈，有病慢慢治吧。

杨子英 大表哥，你今天这是被什么风吹来的？

苏荣华 我有好久没来看望小姨夫和小姨妈了，也好久没有来看你和子江了，所以想过来看一看。怎么样，表妹，近况如何呀？

杨子英 哎，大表哥，最近听说日本军队打上海，又要打南京，闹得人心惶惶的，我哥原来的差事也丢了，家里人吃饭都成大问题了。

苏荣华 子江的差事怎么会丢了？

杨子英 他原来的老主人，听说日本鬼子要来了，吓得全家要跑到香港去，所以就把家里的下人辞退了，哥哥也就没有事做了。

[这时杨子江又从屋里出来了。]

苏荣华 子江，那你现在做什么事呢？

杨子江 大哥，今天我的运气还不错，我到日本领事馆找了一份差事。

苏荣华 那恭喜你，子江。

杨子江 你不要恭喜我了，大哥，在日本领事馆当差做事可不是什么好事儿。

杨妈妈 只要能挣来钱，全家人有饭吃，知足吧。

杨子江 找到事做，能挣到钱了，我的心里也踏实了。

杨子英 大表哥？您饿了吧？一起吃饭吧？

苏荣华 我还不饿，不过饭我是要吃的。

杨得明 荣华，你可是难得来我们家呀，有几年时间没有来过了。

苏荣华 小姨夫，我今天不是来了吗？

杨子英 大表哥，你来是有事情的吧？

苏荣华 看表妹说的，我没有事儿，就不能过来看望你们啦？

杨子英 能来，能来。大表哥，你当兵跑出去了几年，怎么突然回来了？

苏荣华 想家了，我也该回家来看看了。

杨子英 大表哥，你快说一说，你在外面当了几年兵，怎么样？

苏荣华 一言难尽，在外面风风雨雨当了几年兵，经历了不少事儿。

杨妈妈 荣华，你在外面跑了几年，回来看着瘦了。

苏荣华 小姨妈，我身体结实了。

杨子江 大哥，你在外面吃了不少苦吧？

苏荣华 子江，怎么说呢？我在外面当兵这几年，是吃了不少苦，还受过伤。

杨子江 大哥，你还受过伤？

苏荣华 是的，我受过伤，有一次跟日本鬼子打仗的时候，我受了伤。

杨子英 大表哥，你伤在哪儿了？

杨妈妈 不要紧吧？

苏荣华 小姨妈，不要紧，我已经没事儿了，我的伤已经好了。

杨子英 大表哥，你到底伤在哪儿了？

苏荣华 伤在小腿上，一颗日本鬼子的炮弹皮，击中了我的左小腿，害得我住了两个多月的医院，所以我就离开军队回家了。

杨子英 大表哥，你这次回来不走了吧？

苏荣华 是的，表妹，我暂时不走了，我需要在家里休养一段时间。

杨子江 大哥，给你扇子扇一扇，你热得满头是汗。

苏荣华 天是热，我想喝点水。

杨子英 水有，大表哥，你尽管喝吧。

杨子江 大哥，到家了，水还是有得喝的。

杨子英 大表哥，我来给你倒水。

杨妈妈 荣华，水不要喝多了，马上就要吃饭了。

苏荣华 小姨妈，我不会喝多的，还要留着肚子吃饭呢。

杨妈妈 英子，快给你表哥端饭吃吧。

杨子英 好的，妈妈。

杨子江　妈妈，吃饭先不要急，让大哥休息一下，顺顺气儿。

杨子英　对了，妈妈，大表哥刚喝过水，还是等一下再吃饭吧。

苏荣华　小姨夫，您抽烟吧？

杨得明　孩子，你抽上纸烟了？

苏荣华　是的，小姨夫。子江，你要来一支吗？

杨子江　我不要，大哥，我不抽烟的。

苏荣华　你不抽烟，我可要抽一支了。来，小姨夫。

杨得明　孩子，我来给你点火。

苏荣华　不用，小姨夫，还是我来给您点火吧。

［苏荣华用打火机为小姨夫点火抽烟，同时也为自己点火抽烟。］

杨子英　大表哥，你是怎样受伤的？

苏荣华　我是在上海跟日本鬼子打仗的时候受的伤。

杨子江　大哥，日本鬼子打上海死了好多人吧？

苏荣华　是呀，死了好多人，我也是从死人堆里逃出来的。

杨妈妈　你说什么，荣华，你是从死人堆里逃出来的？

苏荣华　是的，小姨妈，我算命大的，好多人都死在战场上了，我算幸运地活下来了。

杨子英　大表哥，你快说一说，你是怎样从死人堆里逃出来的？

苏荣华　表妹，我算捡回了一条命。三个月前，我部与日本军队在上海苏州河打了一仗，我不幸在战场上受了伤。后来，我在上海后方医院养了一个多月的伤，日本军队打进了上海。我们医院的伤病员被日本军队打散了，我只有化装成老百姓，逃出了上海，躲过了日本鬼子的追杀，跑回南京来了。想起来是真惨呢。

杨得明　荣华，你的命真大呀！

苏荣华　是的，小姨夫，我算命大的。

杨子英　大表哥，我们的军队为什么打不过日本人呢？

苏荣华　因为，日本鬼子人多，还有先进的武器，我们的枪炮不如人家。

杨子英　大表哥，我听人说，日本鬼子杀人放火，还强奸女人，这是真的吗？

苏荣华 表妹，这是真的，日本鬼子所到之处，无恶不作，无所不为，对我们中国人是又烧、又抢、又杀。

杨得明 荣华，照你这么说，日本鬼子到我们中国来，又杀人，又放火，又抢东西，还强奸女人，不是成畜牲啦？

苏荣华 是的，小姨夫，日本鬼子在我们中国的地盘上，如今已经不能算是人了，比畜牲还不如，比野兽还穷凶极恶！

杨子英 大表哥，听说日本鬼子的军队打了上海，就要打南京来了，这是真的吗？

苏荣华 是真的，日本鬼子的军队已经打进上海了，正沿着苏州河向南京推进。

杨子英 大表哥，你说得太可怕啦。

苏荣华 表妹，不是我说得可怕，是日本鬼子的军队确实可恶。我亲眼目睹了日本鬼子的军队杀了许多中国人，烧毁了人们的家园。

杨子江 大哥，那你说，日本鬼子如果打到南京来，我们应该怎么办？

苏荣华 一条路是跑，另一条路是反抗，没有别的路。

杨妈妈 荣华，你说的事儿太吓人啦。大家还是先吃饭吧？

杨得明 吃饭吧。日本鬼子来了，也不知道该怎么活了。

［秋雨拿着饭勺在锅里为大家盛稀饭，摆放在小桌子上，杨家人都围着小桌子坐下来等着吃饭。］

苏荣华 子江，你说，你在日本领事馆找到了工作，这是真的吗？

杨子江 是真的，大哥。

苏荣华 那你以后可要多加小心，日本鬼子对我们中国人可是够残酷的。

杨子江 我会多加小心的，大哥。

杨子英 大表哥，不说日本鬼子的事了，你越说，我听着越可怕。

苏荣华 表妹，怕是没有用的，日本鬼子的军队要不了多久就要打到南京来的。

杨子英 那怎么办呢？日本鬼子来了，难道就不叫我们中国人活了？

苏荣华 日本鬼子来了，肯定就没有我们中国人的平安日子过了。

杨子英 大表哥，难道我们的国军就守不住南京城吗？

苏荣华 可能是守不住。

杨得明 我的乖乖，照你的说法，日本军队攻打南京，我们的政府和军队就没有办法阻挡日本鬼子的军队了？

苏荣华 小姨夫，小姨妈，我今天来，就是想劝你们离开家，离开南京的。

杨妈妈 劝我们离开家，离开南京，那我们到哪儿去呀，荣华？

苏荣华 先离开南京，到我二姨妈家去住上一段时间吧。

杨妈妈 荣华，你是说，叫我们全家人到苏北农村去？

苏荣华 是的，小姨妈，当务之急，还是要以保人为本。为了全家人的平安起见，我看还是这样，你们全家人离开南京，马上到苏北农村我二姨妈家去躲一躲吧。

杨妈妈 荣华，我们全家人到苏北去躲日本鬼子，我们的家怎么办？家不要啦？

苏荣华 小姨妈，为了躲避战乱，为了躲避日本人的烧杀，家只能不要了。

杨妈妈 家不要了，我们到外面去怎么活呀？乞讨，要饭？

苏荣华 小姨妈，乞讨要饭是不会的，我手上还有几个钱，够你们全家人在外面吃上几个月的。你们先离开家，离开南京，到外面去躲一躲吧。

杨妈妈 老头子，你看呢？

杨得明 我看不行。荣华，我们家离开南京，家不要了怎么行？我们一家人到外面去流浪，短时间还可以，时间长了，吃住到谁家也是问题。身上的钱花光了怎么办？时局这样乱，家里没有人看守房子，日本人来占了，我们全家人以后还能回来吗？到时候连家都没有了。

苏荣华 小姨夫，您老人家说，是命要紧呢，还是家里的房子要紧呢？

杨得明 命要紧，家里的房子也要紧，没有房子，没有家，就等于什么也没有了。不行，要走你们走，我是不离开家。要死我也要死在家里。我是不相信，日本人来了还不叫我们中国人活啦？

杨子英 爸爸，我们全家人就听大表哥的话吧，大表哥是见过世面的人；大表哥叫我们全家人到外面去躲一躲，一定是有道理的。

杨得明 荣华说的是有道理，可是我也不能躲到外面去要饭。我要守住我的房子，守护我的家，要走你们走吧。

苏荣华 小姨夫，家里的房子交给子江看管好了，他在日本领事馆做事，有时间跑回家来照看一下就是了，有他照应问题是不大的。

杨子英 是的，爸爸，大表哥说得有道理。我们全家人到苏北我二姨娘家去避一避风头还是对的。

杨子江 是的，爸爸，大哥荣华说的还是对的，我在家守护房子，你们出去躲一躲。

杨得明 我不听你们的，我就守着我的房子，守着自己的家，我哪儿也不去。我可不想到外面去流浪，当要饭的叫花子。

苏荣华 小姨妈，你们听我的好不好？先离开南京到苏北二姨妈家去躲一躲，等南京平安无事了再回来。

杨妈妈 算了，荣华，小姨妈谢谢你的安排。老话说，破家难舍，故土难离，我们家在南京生活了一辈子，跑到外面去怎么活呀？我想日本鬼子来，也不会不叫我们中国人活命吧？

苏荣华 小姨妈，如今南京有钱的人能跑的都跑了，有点办法的人，都准备离开南京了……

杨妈妈 孩子，有钱的人是怕日本鬼子来了抢东西，我们家里又没有钱，又没有什么值钱的东西，怕什么呢？不怕。

苏荣华 小姨妈，日本鬼子要来了，你们实在不听我的话也就算了。反正我还是劝你们最好离开南京……

杨子英 大表哥，你说的事情真有那么可怕吗？

苏荣华 日本鬼子到我们中国来就是杀人、放火、抢东西的，他们杀了多少中国人知道吗？不计其数。你们怎么还想不明白呢？

杨子英 大表哥，你说得太可怕啦！

苏荣华 表妹，不是我说得可怕，是我在外面亲眼所见。我这次来呢，一是想来看望你们，二来是想给你们送一点钱花。这是一百块大洋，拿着花吧。

杨子江 什么，大哥，一百块大洋？

杨子英 大表哥，你给我们家送这么多钱来？

苏荣华 多吗？不算多。

杨妈妈 荣华，小姨妈谢谢你，这一百块大洋够我们全家人一年花了。

苏荣华 小姨妈，一家人不说两家话。这些钱你们收起来吧。

［苏荣华把手里拿的一袋子钱放到小桌子上。］

杨子英 大表哥，你在外面发财啦？

苏荣华 没有。

杨子英 你没有发财，你怎么会有钱呢？

苏荣华 我一个月能挣二三十块大洋。

杨子江 大哥，你是做什么事的？怎么会挣这么多钱呢？

苏荣华 我挣的钱多吗？

杨子江 够多了，大哥，我一个月累死累活，早出晚归，也就挣六块大洋。

苏荣华 子江，你在日本领事馆工作累不累？

杨子江 大哥，怎么说呢？我在日本领事馆做事，工作既累时间又长。

苏荣华 子江，你在日本领事馆主要从事什么工作？

杨子江 什么活都干，什么事都做，日本人叫我们干什么，我们就要干什么。主要是打杂：端茶、倒水、擦地、擦桌椅、擦门窗、打扫卫生等等，杂七杂八的活儿。

苏荣华 子江，日本人对你们怎么样？

杨子江 大哥，我们是干活的仆役，你说日本人能对我们怎么样？

苏荣华　日本人打你们吗？骂你们吗？

杨子江　日本人打骂我们也正常，因为我们就是为日本人干活的苦役，靠人家吃饭，所以日本人也不把我们当差的中国人当人看。

苏荣华　那你想过没有，为什么要受日本人的气呢？

杨子江　这就没有办法了，大哥，这是命，我们在日本人的领事馆做事，挣人家的钱，就要看日本人的脸色过日子。

苏荣华　子江，你在日本人的领事馆里做事要多动脑子。

杨子江　是的，我在日本领事馆做事，觉得胆战心惊的，日本人的规矩太多了，日本人对我们中国人太恶了。

苏荣华　那你为日本人做事就要多长几只眼睛。

杨子江　是的，大哥，我觉得我的眼睛够用了，可有时候还是要受到日本人的训斥。

苏荣华　什么叫狗眼看人低呀？现在的日本人看我们中国人就是狗眼看人低，他们说我们中国人是东亚病夫。

杨子江　大哥，你一个月挣二三十块大洋，你是干什么工作的？

苏荣华　我的工作你有兴趣吗？

杨子江　我要是能像你一样，一个月也能挣上二三十块大洋就好了。

苏荣华　说了半天，你想挣大钱？

杨子江　是的，大哥，谁不想多挣几个钱呢？我要是挣得像你一样多，我们家的日子也就好过了。

苏荣华　你说的也不无道理。子江，你只要以后在日本领事馆里好好做事，说不一定有一天，你也会像我挣得一样多呢。

杨子江　怎么会呢？大哥，不可能。我在日本领事馆做事，根本就不可能挣到二三十块大洋。日本人算得比猴子还精，那些东洋鬼子比阎王爷还抠门儿。

苏荣华　你挣不到日本人的钱，我可以想办法叫你挣钱呢。

杨子江　你想办法叫我挣钱？

苏荣华　你不想吗？

杨子江　真的，大哥？你帮我重新找事做？

苏荣华　不是的，你就在日本领事馆好好做事，以后我有机会叫你挣钱的。

杨子江 大哥，你说的话是什么意思呀？我听不懂。

苏荣华 好了，子江，吃饭吧，挣钱的事以后再说。

［秋雨给每个人用碗盛满了稀饭，大家吃起来。这时天开始刮风了。］

杨妈妈 起风了，好像要下雨了，我们进屋里吃饭吧。

杨子英 爸爸，大表哥，大家进屋里吃饭吧？

杨得明 好，荣华，进屋里吃饭吧？外面要下雨了。

苏荣华 我不要，小姨夫，我正好想在外面吹吹风，凉快凉快，你们进屋里吃去吧。

杨子江 我也想在外面吹风凉快凉快，我陪着大哥在外面吃好了。

杨妈妈 荣华，你们不进屋吃，我们可要进屋吃了。看天色马上就要来雨了。

苏荣华 小姨妈，你们进屋吃吧，我正好想跟表弟说说话儿。

杨子英 那好，大表哥，我们进屋吃去了。

杨妈妈 在外面对着风吃饭不好。

杨子江 没有事儿的，妈妈，你们进屋吃吧，表哥又不是外人。

［杨妈妈和杨家人都端着饭碗进屋内吃饭去了。小院里只有杨子江和苏荣华两个人了。］

苏荣华 这白米稀饭加野菜吃起来还挺香的，我有好久没有吃了。

杨子江 大哥，你在外面没有吃过吗？

苏荣华 没有。我在外面吃饭还是吃得比较好。

杨子江 大哥，我想冒昧地问一句，你一个月挣那么多钱，你到底是从事什么工作的？

苏荣华 我？我的工作比较特殊。

杨子江 你的工作比较特殊？

苏荣华 是呀，子江，我是从事特殊工作的。

杨子江 从事特殊工作的？你是从事什么特殊工作的？

苏荣华 你就不要问了。

杨子江 大哥，你还对我保密呀？

苏荣华 我可以告诉你，我是干什么的，但是你对任何人也不能说。

杨子江 对我的父母，对我的家里人也不能说吗？

苏荣华 不能说。

杨子江 好吧，大哥，我保证不说。我想知道你到底是从事什么神秘工作的？

苏荣华 你想知道？那我就实话告诉你，我是专门从事除奸、除恶的地下工作者。

杨子江 什么？除奸除恶的地下工作者？

苏荣华 对，我是地下工作者。

杨子江 大哥，地下工作者是做什么事的？

苏荣华 我们要做的事就是铲除坏人。

杨子江 铲除坏人？

苏荣华 对，我们的工作就是铲除汉奸、卖国贼，还有日本鬼子的官员。

杨子江 我明白了，大表哥是特工？

苏荣华 对。你听说过？

杨子江 听说过。你是哪方面的特工？是军统，还是中统？

苏荣华 我既不是军统，也不是中统。

杨子江 那你是……？

苏荣华 子江，你就不要多问了。

杨子江 难怪你能挣到大钱呢。

苏荣华 子江，我们的工作是对任何人都需要保密的。

杨子江 这我知道。

苏荣华 子江，我还正想问你呢，你愿意从事我们这样的工作吗？

杨子江 大哥，我可不敢，你还是饶了我吧，你们从事的工作是提着脑袋干活。

苏荣华 你说的不错，从事我们的工作具有一定的危险性。但是，在国家与民族面临危难的时期，从事我们这样的工作，是有特殊意义的。

杨子江 有什么特殊意义？

苏荣华 国家兴亡，匹夫有责嘛。在日本军队大举入侵我们国家、占领我国土地的时候，从事我们这样的工作，具有非常特殊的意义。

杨子江 特殊在什么地方，非常在什么地方？

苏荣华 子江，我们是专门除奸、除恶，铲除一切汉奸卖国贼的，同时也设计铲除来自日本军政界的高官要人。这样的工作虽然具有一定的危险性，但同时也具有光荣与神圣的职责。

杨子江 大哥，从事这样的工作，你不怕吗？

苏荣华 习惯了，也就无所谓怕了。你喜欢从事这样的工作吗？

杨子江 大哥，我可从事不了你们那样的工作，你就是给我多少钱，我也不干这样可怕的工作。

苏荣华 你怕什么呢？

杨子江 我怕送了命。我在日本领事馆做事，一天到晚提心吊胆地过日子，就怕出事。日本人恶得狠，对待我们中国的劳工连狗都不如。

苏荣华 日本人的本性就是穷凶极恶，看不起我们中国人，所以我们中国人也不能活得太窝囊了；要敢于起来反抗，要勇于与穷凶极恶的日本鬼子进行生死拼杀的抗争。怕是不行的，越怕东洋鬼子就越疯狂。如果我们中国人都怕与日本鬼子进行抗争，最后我们中国人真的就要成为亡国奴了，连活路怕也没有了。

杨子江 大哥，我可是不敢从事你们那样的工作。

苏荣华 子江，现在正是需要我们每一个中国人为国家卖命、为国家效力的时候。

杨子江 为国家卖命，为国家效力？

苏荣华 对了，我的好兄弟，不要怕。

杨子江 大哥，我能干什么呢？

苏荣华 你在日本领事馆主要干的是什么工作？

杨子江 我说过了，主要是打杂，什么工作都干，端茶、倒水、擦地、抹桌子，打扫卫生等等。

苏荣华 子江，日本鬼子马上就要打到南京来了，现在国家正需要你为我们工作。

杨子江 国家需要我为你们工作？

苏荣华 对了，子江。

杨子江 大哥，可我真不知道能为你们干什么。

苏荣华 你可以做一些你力所能及的工作，譬如说，在日本领事馆内，利用工作之便，收集日本人的情报。

杨子江 收集日本人的情报？

苏荣华 对，特别是搜集有关日本军事方面的情报。

杨子江 大哥，你的意思是也想叫我当特工？

苏荣华 对，兄弟，我今天到你家来就是为了这个目的。国家的时局需要你帮助我们工作。

杨子江 大哥，这可是玩儿命的工作呀！

苏荣华 对，有时候可能是要命的。

杨子江 大哥，我从来没有从事过这样的工作，我怕没有经验。

苏荣华 经验是学出来的，是干出来的。

杨子江 大哥，我怕出事儿。

苏荣华 只要小心谨慎，一般是不会出大事儿的。

杨子江 大哥，难道你们如此需要我从事这项工作吗？

苏荣华 当然需要，如果不需要，我能跑来找你吗？

杨子江 可是我不敢，大哥，我实在没有这样的胆量。

苏荣华 慢慢来吧，子江，你听大哥我的，我不会害你的。

杨子江 大哥，你容我想一想吧。

苏荣华 你慢慢想吧，我不会逼你的，想通了，给我一个答复。

杨子江 好吧，大哥。天要下雨了。

苏荣华 这雨还说来就来啦。

杨子江 大哥，我们也进屋吃饭吧？

苏荣华 好吧，暴风雨要来了，外面也坐不住了。

［两人端着饭碗边吃边下，进屋吃饭去了。雨下来了。大幕落下来。］

第　二　幕

第一场

日本领事馆大厅。美佳仪小姐上。她在大厅中央吹响了口哨，领事馆内的十多名中国青年仆役、打杂工跑步来到了大厅集合站队。最后，日本武官小林带着几个日本领事馆的工作人员来到了现场。

美佳仪　现在开始点名：杨子江！

杨子江　到！

美佳仪　张海涛！

张海涛　到！

美佳仪　王必成！

王必成　到！

美佳仪　秦岭！

秦　岭　到！

美佳仪　万家宝！

万家宝　到！

美佳仪　马得力！

马得力　到！

美佳仪　齐天元！

齐天元　到！

美佳仪　周四方！

周四方　到！

美佳仪　白马壮！

白马壮　到！

美佳仪　李有田！

李有田　到！

美佳仪　张威！

张　威　到！

美佳仪　报告小林君，人到齐了，请训话吧。

小　林　哟西。今天我要向大家宣布一个重要的好消息：我们大日本帝国的胜利之师、威武之师，马上就要攻进南京城啦，五日之内即可以占领支那首都：南京！为了迎接大日本皇军进城，我们大日本帝国的总领事馆，从即日起，全面打扫卫生，要把领事馆内所有的地方，所有的角落，全部打扫干净，以新的面貌迎接大日本皇军的威武之师、胜利之师进城！我的话听明白了吗？

仆役众声　听明白啦！

小　林　听明白了，就马上行动，三日之内务必要把领事馆内的所有房间、楼梯、过道走廊、门窗还有仓库，都要收拾干净！

仆役众声　嘿！

小　林　你们去吧！

［众仆役自动解散，分头去拿东西打扫卫生。小林武官又转身对身后的日本工作人员训话。］

小　林　你们分头下去，用眼睛把支那的仆役盯好了，盯紧了，不许他们乱窜房间，随意走动，特别是所有的办公室，要看紧了，不能叫支那人偷了东西！

工作人员　嘿！

小　林　下去吧。

工作人员　嘿！

［日本工作人员向日本武官敬礼，分头下。］

小　林　美佳仪小姐，请你等一下。

美佳仪　是！小林君，您还有什么指示？

小　林　我请你去找两名支那女劳务工来，把我的办公室好好地打扫一下，男人打扫我的办公室我不放心。我的办公室里有一些重要的资料，是绝对不能丢失的。

美佳仪　是，小林君！

［美佳仪小姐向小林武官敬礼，转身下。小林武官随后下。杨子江和中国劳工仆役张威上。他们提着水桶，拿着抹布，来到大厅打扫

卫生。两人用布擦过道楼梯扶手。]

杨子江 张威，日本军队是快打进南京城了吗？

张　威 不知道。日本军队破城之日可能是为期不远了，你没有听见这几天的枪炮声明显越来越近了吗？

杨子江 枪炮声我是听到了。可我觉得奇怪，难道我们中国十万国军还守不住南京城？

张　威 子江，我听说，日本军队有二十多万之众，还有飞机大炮，还有军舰，他们分水陆两条线向南京进攻，凶得很呢，国军怕是挡不住的。

杨子江 张威，你是听谁说的日本军队有二十多万之众？

张　威 我是听小林武官昨天上午对美佳仪小姐说的，小林武官请她记录进攻南京的日本军队的战报情况。嘘，有人来了。

[两人马上分开，用布分头擦大厅楼梯两侧的扶手。这时美佳仪小姐带着两名中国姑娘上，经过大厅。]

美佳仪 不要怕，姑娘们，请跟我来吧。

[美佳仪小姐带着两名中国姑娘穿过大厅，下。]

杨子江 张威，这个美佳仪小姐到底是中国女人还是日本女人？

张　威 谁知道她是中国女人还是日本女人？我也不知道。你问她干什么？

杨子江 我觉得这个女人好像是中国人。

张　威 中国人？

杨子江 她的日本话说得非常好，她的中国话讲得也地道。她长得像我们中国姑娘，可是她又喜欢穿日本服装。

张　威 子江，你琢磨这些事儿干什么？吃饱了撑的？

杨子江 我不过是没有事儿随便问一问罢了。

张　威 子江，我提醒你呀，现在我们做事，最好少说话，什么事也不要多问。

杨子江 我不是跟你说嘛，我又不是跟其他人说。这不是干活聊天嘛。

张　威 行了，子江，咱们还是少说废话，快干活吧。今明两天时间，咱们争取把大厅收拾完，后天还有后天的工作呢。

杨子江 日本军队来了，我们以后可能更要累，更不得安宁了。

［两个人分开了，手拿着擦布，各干各的活儿。这时大厅外，后台，突然响起了哨子声。］

张　威 子江，怎么回事儿？

杨子江 不知道。

［两个人感到不知所措的时候，一个日本工作人员推着一个中国仆役从楼上下来。日本工作人员对中国仆役是连踢带打。］

工作人员 下去，混蛋！

［日本工作人员把可怜的中国仆役踢得从楼上滚了下来。这时日本武官小林，还有其他日本工作人员，还有所有的中国仆役，还有美佳仪小姐和两名中国姑娘也来到了大厅。］

小　林 小岛，什么事？

小　岛 报告武官，他私自跑进了您的办公室！

小　林 他私自进了我的办公室？

小　岛 是的，武官！

小　林 你的，为什么私自跑进我的办公室？

中国仆役 太君，不是您叫我们打扫卫生吗？

小　林 我叫你进我的办公室打扫卫生了吗？混蛋！［日本武官把躺在地下的中国劳工的头部拉起来。］是谁叫你跑进我的办公室的？

中国仆役 太君，我是看见您的办公室太脏了、太乱了，我是出于好心进去帮太君收拾的。

小　林 你来领事馆工作有多长时间啦？

中国仆役 报告太君，五个月了。

小　林 五个月了，你还不知道我们领事馆的规矩吗？

中国仆役 太君，我一时糊涂，忘记了。

小　林 一时糊涂忘记了？

中国仆役 是的，太君。

小　林 他拿了什么东西吗？

工作人员　报告太君，他从您的办公室里拿了一块表，这是从他身上搜出来的。

[日本工作人员把一块怀表交给了小林武官。]

小　林　混蛋！敢偷我的表，这是一时糊涂吗？你胆大包天，居然敢跑到我的办公室里去偷东西！

[日本武官随手就打了中国劳工两耳光，随后又从身上掏出枪来；中国劳工吓得叫起来，马上跪在地下，给日本武官叩头。]

中国劳工　太君饶命啊！下次我再也不敢啦，太君饶命啊！

[日本武官对着中国劳工的头部就开了两枪。中国劳工倒地身亡。两个在场的中国姑娘吓得惊叫起来。其他中国的仆役们，看到这样的场面吓得浑身发抖。]

小　林　把他拖出去，马上处理掉。

[日本武官把枪收起来。两个日本工作人员马上拖着死亡的中国劳工走了。]

小　林　你们所有的支那人都听着，以后谁敢再不遵守我们大日本帝国领事馆的规矩，乱窜房间，乱偷东西，他就是你们的下场！干活吧。

[中国的仆役们吓得该走的马上就走了。舞台上只有杨子江和张威两个人没有走，他们马上拿着抹布开始干活，擦门窗。日本武官也准备走了，这时从大门外面走进了日本领事馆的总领事。日本武官小林马上立正，向总领事敬礼。]

小　林　报告总领事阁下！

总领事　小林武官，有好消息。

小　林　总领事，有什么好消息？

总领事　我们大日本帝国的军队已经包围了南京城，突破了紫金山中国守军的防线，正在向城内进攻！

小　林　哟西！总领事，照这样看来，我们大日本帝国的军队，要不了几日就可以打进城里来了？

总领事　是这样的。请看我刚拿来的战报吧。

[日本总领事把手中的战报转交给了下级武官，两人同下。这时

外面传来了炮声。]

杨子江 张威，日本军队要破城了，日本鬼子也变得疯狂起来啦。

张　威 是呀，子江，日本军队破城了，我们中国人就要遭殃啦。

杨子江 反正日本军队进城了，就不会有我们中国人的太平日子过了。

[这时外面的炮声越来越响，越来越激烈了。]

张　威 子江，我们到外面去看一看吧？

杨子江 不行，绝对不行。

[两人扔下了手中的抹布，打开大门，外面的炮声越来越猛烈了。两个人吓得马上退回来，又关上了大门。]

张　威 乖乖，看来日本军队真的是攻进城来了。

杨子江 南京城怕是守不住了。

张　威 子江，我的眼皮跳得厉害，我觉得家里好像要出事儿。

杨子江 走，我们想办法跑回家去看一看。

张　威 你疯啦？子江，日本军队在外面到处杀人放火，无恶不作，你现在出去找死呀？

杨子江 正因为日本军人杀人、放火、无恶不作，我对家里人不放心，所以我想着回家去看一看。

张　威 你听我的，子江，老老实实在这里待着吧。日本鬼子在外面杀人放火，日本领事馆内是最安全的地方。你要回去看家里人，也不能大白天回去，外面太乱，你知道吗？

杨子江 我一定要回家去看一看。

张　威 那你就听我的，晚上回家看吧，白天不要回去，太危险。现在外面太乱。你没有听到出去买菜的人回来说吗？现在日本军人在城外到处杀人，见到女人就强奸；看到我们中国人就像杀鸡杀猪一样，吓死人的。

杨子江 正因为我听到这样可怕的事情，所以我对家里的人非常不放心。

张　威 又有谁对自己家里的人不牵挂呢？我劝你还是学聪明一点吧，子江，首先不要拿自己的命去送死。

[这时日本领事馆的大厅灯突然灭了，领事馆停电了，南京城突然断电了。日本军队要占领南京了，外面的炮声枪声更猛烈了。两个人也无心干活了，拎着水桶、拿着东西就走了。]

第二场

杨家小院。外面枪声阵阵，杨家小院的主人们精神都非常紧张。杨妈妈和杨子英还有秋雨，都从屋子里走出来，关注着外面的动静。

杨妈妈 子英，你爸爸出去看一看为什么还不回来？

杨子英 我也不知道。妈妈，我不让爸爸跑出去，他非要跑出去看动静。

秋　雨 妈妈，外面的枪声响得太吓人啦，我们还是回屋去吧。

杨妈妈 子英的爸爸跑出去没有回家，我这心里忐忑不安呢。

秋　雨 妈妈，我想爸爸不会有事儿的，很快就会回来的，外面的枪炮声越来越近了，怕是日本鬼子打过来了。

[这时一阵激烈的枪声传过来，好像打到了小院的门上，三个女人吓得叫起来：妈呀！吓得她们马上向屋里钻。由于秋雨大着肚子，行动过笨，吓得摔了一跤，倒在了地下。杨妈妈和女儿杨子英马上又返回来，从地下把秋雨扶起来。这时杨得明从外面跑回来，马上关上了小院的门。]

杨得明 不得了啦，不得了啦，日本鬼子打进城啦，日本鬼子打过来了！

杨妈妈 你个傻老伴，不叫你出去，不叫你出去，你非要跑出去，你跑出去看到什么了？

杨得明 日本鬼子打过来了，快进屋吧，快进屋吧！日本鬼子见人就开枪，见人就打，吓死人的！

[四个人刚跑进屋里去，一个日本军队的小队长，就带着几个日本兵跑过来砸门，他们破开了杨家小院的门，就冲进了杨家小院。]

日军队长 把躲进屋里的支那人统统抓出来！有用的东西统统拿走！

日本兵 嘿！

[日本兵分头冲进杨家屋里去抢东西，去抓人。有两个日本兵在

院子里发现了有鸡，马上抓鸡。日军小队长拿着战刀，站在小院的桌子前，看着手下的两个兵抓鸡。杨子英和秋雨姑嫂两个人，很快被几个日本兵从屋子里抓出来。]

日本兵甲 太君，花姑娘！

日军队长 哟西，花姑娘！

日本兵乙 太君，这儿还有一个大肚子的花姑娘！

日军队长 大肚子的花姑娘？有小孩？

[秋雨吓得和小姑子杨子英紧紧地靠在一起。这时有两个日本兵扛着棉被褥从屋子里出来，后面跟着杨妈妈和杨得明，两个人拉着日本兵要抢走的东西不放手。]

杨妈妈 太君，太君，日本老爷，你们不能随便抢我们家的东西呀！我们家的被褥全家人睡觉要用的！太君，日本老爷，你们不能抢走我们家的东西呀！

杨得明 太君，太君，行行好吧，我们全家人就指望这些被褥过冬啊！

[杨妈妈和丈夫杨得明死拉着被褥不放手，日本兵甲、乙二人，立刻上前用枪托砸他们。]

日本兵甲 嘿！嘿！

日本兵乙 嘿！嘿！

杨子英 爸爸、妈妈，快放手吧！

秋　雨 妈妈、爸爸，快松手吧！

[甲、乙两个日本兵，用枪托把杨子英的父母砸倒在地下，扛东西的两个日本兵立刻把被褥扛走了，出了小院。杨子英和秋雨两个人马上跑到父母身边，上前去扶他们。]

杨子英 爸爸！

秋　雨 妈妈，东西抢走就算了。

杨妈妈 大冷的天，家里没有了被褥可怎么过冬啊！

秋　雨 妈妈，碰到鬼了，咱就认了吧。

杨子英 爸爸，您的头流血啦。

秋　雨 妈妈，您的嘴也流血啦。

杨得明　娘的蛋，这是强盗来啦！

杨妈妈　老天爷呀，这是野蛮的强盗进家啦！

杨子英　爸爸，你疼吗？

秋　雨　妈妈，他们要抢东西就让他们抢吧。

杨妈妈　他们把被褥抢走了，我们睡觉盖什么，用什么呀？

［杨家的女人伤心地痛哭。日军小队长心烦啦。］

日军队长　叫支那人统统跪下！

日本兵甲　跪下！

日本兵乙　快跪下！

［日本兵甲、乙二人强迫杨家人跪下，并且用枪托砸他们跪下。杨妈妈和丈夫杨得明还有秋雨，马上给日本官兵跪下了。只有杨子英一个人还站立着，没有跪下。］

日军队长　花姑娘，在大日本皇军面前为什么不跪下？

杨子英　我为什么要跪下？

日军队长　我叫你跪下，你的明白？

杨子英　明白。

日军队长　明白为什么不跪下？

杨子英　我为什么要给你跪下？

日军队长　我叫你跪下！［杨子英不理他。日军小队长来火啦。］跪下！

［杨子英还不理他。日军小队长抽出了战刀照着杨子英的小腿就砍了一刀，杨子英惨叫了一声，就倒在地上了。］

秋　雨　小妹！

杨妈妈　英子！

杨得明　我的孩子……

［杨家人马上过去抱着被日军小队长砍断腿的杨子英，全家人泪如雨下。］

杨子英　爸爸……妈妈……嫂子……

秋　雨　小妹……

杨妈妈　英子……

杨得明　孩子……

杨妈妈　畜牲啊！你们日本鬼子不是人呢！

杨得明　娘的蛋，欺人太甚！

［杨得明看到奄奄一息的女儿，心中的怒火冲起来，他扑向日军小队长，要与他拼命，他打了日军小队长两拳，日军小队长掏出枪来就打了他两枪，杨得明马上中弹倒在了地上。］

杨妈妈　得明！

秋　雨　爸爸！

杨子英　爸爸……

［杨妈妈放下女儿，又跑过去抱起杨得明，呼唤丈夫。秋雨抱着杨子英落泪。］

杨妈妈　得明，得明，孩子的爸爸呀，你醒一醒啊，我的老伴儿呀！

杨子英　爸爸……爸爸……

秋　雨　子英，小妹，子英，我的小妹呀，你不能闭上眼睛啊……子英……小妹！

杨妈妈　英子怎么了？

秋　雨　妈妈，小妹不行啦，子英闭上眼睛了……

杨妈妈　子英，我的孩子呀……

［杨妈妈又放下丈夫，马上返回来抱女儿。秋雨吓得站起来，显然怕死人。日军小队长看见大肚子的中国女人，问身边的两个日本兵甲、乙。］

日军队长　大山君，田岗君，你们说，大肚子的花姑娘，她肚子里装的是男孩还是女孩？

日本兵甲　太君，要我说，她肚子里装的是男孩。

日本兵乙　队长，要我说，她肚子里装的是女孩。

日军队长　到底是男孩还是女孩？

日本兵甲　我说是男孩。

日本兵乙　我说是女孩。

日本兵甲　咱们俩打赌？

日本兵乙　赌就赌。

日本兵甲 我说是男孩。

日本兵乙 我说是女孩。

日军队长 破开她的肚子看一看，你们两人到底谁说得对。

日本兵甲、乙 嘿！

［两个日本兵端起刺刀要刺秋雨，可怜的女人吓得叫起来。］

秋　雨 妈呀……妈妈……

［杨妈妈马上放下死亡的女儿，爬到了日军小队长的脚下，给他叩头求情。］

杨妈妈 太君，日本老爷，你们不能啊！太君，日本老爷，你们不能啊！我求求你们啦，太君，日本老爷，她身上有两条命啊！太君，日本老爷，我求求你们啦，手下留情啊！太君，日本老爷！

日军队长 嗯！

［日军小队长示意不要理她，动手。］

日本兵甲、乙 嘿！

［秋雨吓得向后退，两个日本兵同时端起了枪，刺刀对向了中国怀孕的妇女。］

秋　雨 妈妈……

［杨妈妈起身跳到秋雨面前，用自己的身体挡住儿媳妇。］

杨妈妈 太君，日本老爷，你们不能啊……

［日本兵甲用刺刀刺向了挡在前面的母亲的肚子，杨妈妈惨叫了一声，手抓着日本兵的刺刀，倒在了地上。日本兵乙接着用刺刀扎向了秋雨的肚子，可怜的孕妇也同样惨叫了一声，倒在了地上。日军小队长觉得这样的场面挺刺激，哈哈地笑起来。日本兵乙用刺刀把孕妇肚子里的孩子挑出来，出了娘胎的胎儿在寒风中，在刺刀尖上，悲啼惨叫。］

杨妈妈 秋雨……

秋　雨 妈妈……

日军队长 看一看是男孩还是女孩？

日本兵甲 是男孩。我赢了。

［日本官兵们哈哈地笑起来。］

日军队长　开路！

［日军小队长带着日本兵走了。甲、乙两个日本兵，最后把在刺刀尖上的胎儿扔在地上，也走了。小院平静下来，没有动静了。］

第三场

还是杨家小院。晚上，天黑之后，杨子江从日本领事馆偷着跑回家里来。寒冷的夜晚，杨家小院一片黑暗。黑得伸手不见五指，什么也看不见。杨子江推开了自家小院的门，走进了小院。由于天黑得吓人，杨子江在小院门口摔了一跤。

杨子江　这是什么东西呀？［他自言自语。仔细一看地上躺着人，他吓得大吃一惊。］我的乖乖，死人？

［他吓得爬起来，后退几步，惊魂未定，突然看见从自家屋里走出一个人来。］

苏荣华　是子江回来了吗？

杨子江　是我。你是谁？

苏荣华　我是大表哥荣华。

杨子江　大哥，你怎么跑来啦？

苏荣华　我跑来看一看。你家里出事儿了。

杨子江　我家里出什么事儿啦？

苏荣华　你自己看吧。

［苏荣华把手里拿的手电筒开亮，照着小院的悲惨情景，叫杨子江看。］

杨子江　这是怎么回事儿呀？

［杨子江看到血淋淋的场面感到震惊。］

苏荣华　你家里的人都被日本鬼子杀害了。

［苏荣华用手电筒一个一个地照着躺在地上的杨家人的尸体，照着亮叫杨子江看。］

杨子江　爸爸……妈妈……秋雨……小妹……？

苏荣华　死得惨呢，四口人一个活的也没有了。

杨子江　大哥，这都是日本鬼子干的？

苏荣华　那还有谁？日本鬼子在南京城展开了血腥的大屠杀！

杨子江　爸爸！

苏荣华　小姨夫胸部中了两枪。

杨子江　妈妈！

苏荣华　小姨妈腹部中了一刺刀，前腹后背都扎透啦。

杨子江　我的秋雨！

苏荣华　你的媳妇死得更惨，叫日本鬼子开膛破肚啦。

杨子江　还有一个孩子？

苏荣华　你的儿子也死啦。

杨子江　日本鬼子，我日你八辈子祖宗！

苏荣华　还有子英，可怜的表妹，死得也很惨，双腿被日本鬼子用刀砍断啦。

杨子江　我的家人一个活的也没有了？

苏荣华　是的，子江，一个活的也没有了。

杨子江　爸爸——妈妈——秋雨——小妹！

［杨子江悲哀地给父母大人和死去的亲人跪下来。］

苏荣华　子江，不要哭，男儿流血不流泪。

杨子江　一天的时间，也就是一天的时间，我家里的亲人都死光了？

苏荣华　这不是你一个家庭的事儿。你从外面回来已经看到了，就一天的时间，南京城死了多少人？满大街都是死人，成千上万，不计其数！有多少中国人的家庭被烧杀，被涂炭，支离破碎的家庭数以万计！

杨子江　大哥，你看到还有比我的家庭灾难更惨的吗？

苏荣华　有，悲惨的家庭不只你一家。

杨子江　大哥，我要杀日本鬼子，我要杀东洋鬼子，我要为我的父亲报仇，我要为我的母亲报仇，我要为我的媳妇报仇，我要为我的小妹报仇！

苏荣华　子江，你先不要激动。

［苏荣华关了手电筒，把表弟杨子江拉起来，扶他在椅子上坐下

来，同时他也坐下来，从身上拿出烟来，点火抽烟。]

杨子江 大哥，我家里的亲人都死光了，我活着不中用啊，我不配七尺男儿呀！

苏荣华 子江，现在不是伤心流泪的时候，我们坐下来冷静一下，一起来为亲人收尸吧。

杨子江 爸爸——妈妈——秋雨——小妹……

苏荣华 子江，不要哭了，哭是没有用的，眼泪是救不了亲人的。

杨子江 日本鬼子害得我家破人亡，我要为亲人报仇，我要为亲人报仇！大哥，你帮帮我吧！

苏荣华 子江，报仇的事儿以后再说吧。现在重要的是，我们要为小姨夫、小姨妈，还有小妹，还有你媳妇、收尸，先叫他们入土为安。

杨子江 看到眼前的亲人死得这样惨，我实在是受不了啦。

苏荣华 受不了怎么办呢？我们两个人，总不能眼看着自己的亲人躺在这样冰天雪地的小院里，叫风吹，叫雪打吧？

杨子江 大哥，我不中用啊，我没有保护好自己的家庭免遭血灾，我不是男子汉大丈夫啊！

苏荣华 子江，不要难过，就是你在家，又能怎么样？你能保护自己的家庭吗？保护不了的。日本鬼子现在已经变成了疯狂的野兽，他们血洗了南京城。我们能活下来也算万幸了，就怕我们后面也躲不过这场血灾呀。

杨子江 大哥，我能躲过。

苏荣华 你能躲过？

杨子江 日本人为我们在日本领事馆工作的中国仆役，每个人发了一个护身符，就是我戴在胳膊上的小太阳旗。

苏荣华 噢？这是日本领事馆最近发给你们的？

杨子江 是的，大哥，这是日本领事馆昨天发给我们的，叫我们仆役出来买粮食买菜的时候用的。

苏荣华 太阳旗袖标？我也要马上搞一个。

杨子江 还有这个特别通行证。

［杨子江又给表哥看一个证件。］

苏荣华 这个也好办，我能做出来。

杨子江 娘了个蛋，日本鬼子太可恶了，简直是禽兽不如！

苏荣华 子江，骂是没有用的，我们还是要赶快为亲人收尸吧。

杨子江 收尸？怎么收？大哥，家里一个棺木也没有。

苏荣华 先把人抬到屋里去吧，只要不叫亲人的尸骨受风吹、雪打，叫野狗吃，叫野猫咬，也就算我们尽孝了。

杨子江 只能这样了。

苏荣华 那就马上抬人吧。

［苏荣华扔掉了手中的烟，把证件还给了杨子江，两个人就站起来为亲人收尸。他们先抬杨妈妈。］

杨子江 妈妈，对不起，儿子无能，没有保护好您老人家！

苏荣华 子江，不要说了，小姨妈听不见了。

［两个人把杨妈妈的尸体抬进屋里，随后又出来抬杨得明的尸体。］

杨子江 爸爸，原谅儿子不孝，不在家，对不起您老人家！

苏荣华 老人家的眼睛还没有闭上呢。

［两个人把杨得明的尸体抬进屋里，随后又出来抬秋雨的尸体。］

杨子江 秋雨，原谅我没有保护好你和孩子！

苏荣华 孩子死得真可怜，出了娘胎就没命了。

杨子江 这笔血债一定要找日本鬼子清算的！

苏荣华 这样的血债一定要叫日本鬼子用血来偿还！

［两个人把秋雨的尸体抬进屋里，随后又出来抬杨子英的尸体。］

杨子江 子英，我的小妹，哥哥一定要为你报仇！

苏荣华 表妹还不到十八岁，死得太可惜啦。

［两个人把杨子英的尸体抬进屋里，又返出来，已经感觉有点累了。苏荣华最后打开手电筒，找到了胎儿。杨子江把孩子抱起来。］

杨子江 我的儿子，爸爸一定会为你报仇的！

苏荣华 子江，不要哭了，眼泪是为亲人报不了仇的。

［杨子江最后把孩子抱到屋里去。苏荣华又拿出烟来，点火抽上

了烟，等着杨子江出来。过了一会儿，杨子江从屋里出来了，可是他手里拿了两把大菜刀。]

苏荣华 子江，你要干什么去？

杨子江 我要找东洋鬼子报仇，我要找日本人算账去！

苏荣华 子江，你回来！

杨子江 你不要阻拦我，大哥，日本鬼子害得我家破人亡，我要报仇，我要报仇！

苏荣华 兄弟，你是好样的，你有为亲人报仇的愿望，说明你还是有骨血的中国人！但是，你现在去找日本鬼子报仇能报得了吗？

杨子江 我有菜刀，为什么不能报仇？

苏荣华 你有菜刀，日本鬼子有枪，你拿菜刀能报仇吗？

杨子江 我暗地里袭击他们！我要杀东洋鬼子，我要杀日本鬼子！不报此仇，我就对不起我的父亲，我就对不起我的母亲，我也对不起我的媳妇，我也对不起我的妹妹，我也同样对不起我的儿子！

苏荣华 子江，国难当头，家遭不幸，你的头脑千万要冷静。

杨子江 我要杀日本鬼子，我要杀他们个狗血喷头！

苏荣华 子江，国家现在正需要你这样的热血青年。但是光嘴巴说找日本鬼子报仇，还不算男子汉大丈夫。

杨子江 大哥，我马上就有行动！

苏荣华 子江，你听我跟你说，报仇不能凭一腔怒火，要有勇有谋。

杨子江 大哥，用刀枪杀人，还需要有勇有谋吗？

苏荣华 当然需要有勇有谋，凭一腔怒火，你能杀死几个日本鬼子？一个、两个、三个、五个？

杨子江 我杀一个算一个！

苏荣华 子江，报仇需要头脑冷静，有勇无谋不行。

杨子江 那依大哥的意思？

苏荣华 你先冷静下来，报仇的事日后再说。

杨子江 为什么要日后再说？

苏荣华 你现在拿着菜刀找日本人去报仇，等于去送死，你明白吗？

杨子江 我杀一个就够本了，我杀两个就为我父亲报仇了，我杀三个就为我母亲报仇了，我杀六个日本鬼子，就为我全家人找回本钱啦！

苏荣华 子江，你不能头脑发热。你这不是去报仇，是去送死，你知道吗？

杨子江 大哥，你有枪吗？

苏荣华 要枪很容易。

［苏荣华从身上拿出两支枪来。］

杨子江 大哥，借我一支枪，杀了日本鬼子，为我的亲人报了仇，我就还你！

苏荣华 子江，不要枪也可以杀日本鬼子，也可以为亲人报仇。

杨子江 不用枪也可以杀日本鬼子为亲人报仇？那用什么？

苏荣华 用智慧。

杨子江 用智慧？

苏荣华 对，子江，你不是要找东洋鬼子复仇吗？

杨子江 是的，大哥，我肯定要找日本鬼子复仇的！

苏荣华 子江，我们的目标是一致的，我希望一切有骨血的青年人都加入到我们的队伍中来，为消灭日本鬼子变成敢作敢为的中国青年。

杨子江 大哥，你坦率地对我说，你到底是什么人？

苏荣华 我以前跟你说过，我是地下工作者。

杨子江 大哥，地下工作者是什么组织？

苏荣华 是爱国的组织。

杨子江 大哥，你是想拉我入伙？

苏荣华 说得对，我相信你是个敢作敢为的人。

杨子江 大哥，你想叫我干什么？请明示。

苏荣华 子江，你想为家里的亲人报仇，向日本鬼子复仇，我可以帮助你，只要你听我的。

杨子江 说吧，大哥，我愿意听你的。我应该怎样做？

苏荣华 日本军队占领南京，实在太疯狂了，我们是应该给日本鬼子一点颜色看一看了。

杨子江 大哥，有话直说。

苏荣华 好吧。子江，过几天，日本华中方面军司令官松井石根可能要来南京视察，还有日本外务省的外交次长也要来南京，这正好是我们向日本占领军复仇的好机会。

杨子江 大哥，我应该怎么干呢？

苏荣华 具体的任务到时候再说。你在日本领事馆工作，探听消息应该不难。你首先要搞清楚，松井石根什么时间到南京来视察？还有日本外务省的外交次长什么时间到南京来视察？日本领事馆什么时间为他们举行欢迎宴会？你把一切情况了解清楚了，我们再制定复仇的计划和方案。

杨子江 好吧，大哥，只要能为我的母亲报仇，只要能为我的父亲报仇，只要能为我的妻子报仇，只要能为我的小妹报仇，只要能为我的儿子报仇，只要能为我的亲人报仇，我什么都愿意干！

苏荣华 好，子江，那就这样说了。以后你听我的指令。

杨子江 听你什么指令？

苏荣华 到时候你就知道了。走吧，子江，我们找一个安全的地方躲一躲，后面的行动计划你听我的安排就是了。

杨子江 好吧，大哥，我听你的。

［两人站起来，最后看了一下家庭小院，两人走了，同下。大幕落下来。］

第　三　幕

第一场

日本领事馆。灯火辉煌的大厅。日本总领事率领领事馆的所有工作人员来到大厅，准备欢迎占领南京的日本军队将领谷寿夫、板垣征四郎等人。外面响起了日本国歌的音乐。大门打开，占领南京的日本军队将领谷寿夫和板垣征四郎，带领手下的军官们走进大厅。他们全副武装，趾高气扬地进来，向日本总领事敬礼。

谷寿夫、板垣征四郎 报告总领事阁下，谷寿夫、板垣征四郎前来拜见总领事先生！

总领事 欢迎欢迎啊！欢迎我们大日本帝国的威武之师、胜利之师！

谷寿夫 总领事阁下，我们已经完全占领了南京！

板垣征四郎 总领事阁下，我们已经完全占领了支那的首都！

总领事 欢迎英勇无敌的谷寿夫将军！欢迎英勇善战的征四郎将军！

谷寿夫 谢谢总领事阁下！

板垣征四郎 感谢总领事阁下！

总领事 祝贺谷寿夫将军，祝贺征四郎将军，祝贺你们所向无敌地占领了南京！祝贺二位将军在中国的首都胜利会师！

谷寿夫 总领事阁下，为大东亚圣战，这是我们光荣的使命！

板垣征四郎 总领事阁下，为大东亚共荣，这是我们光荣的职责！

总领事 天皇陛下万岁！热烈欢迎大日本帝国的英雄们！有请诸位将军！

谷寿夫 感谢总领事先生为我们举行庆功宴！

板垣征四郎 非常感谢！

总领事 请！

[日本总领事与谷寿夫、板垣征四郎等人一一握手，日本众人同下。]

第二场

日本领事馆大厅。张威和杨子江又在大厅里打扫卫生，用拖布擦地。

杨子江 张威，这两天我们一天到晚地打扫卫生，拖地，擦地，擦地，拖地，这是干什么？

张　威 你不知道吧？子江，听说这是为了迎接什么日本军队的司令官，还有什么外交次长。

杨子江 迎接他们也用不着一天到晚拖地呀？你看这地一天到晚擦了三遍，擦得快赶上镜子了，还叫我们擦！

张　威 日本人叫擦，咱们就擦吧。

杨子江 用得着这样擦吗？不就是来几个日本军队的大人物吗？

张　威 子江，你可不要小看了这件事呀，日本人可重视了。

杨子江 张威，那几个日本大人物什么时间到？

张　威 不知道。不该知道的事不要问，你忘记了？

杨子江 我不过是随便问一问而已。这地面擦得都反光了，我们也该休息一下了。

张　威 子江，你不要坐下来休息，最好站着休息，叫日本的监工看见了又要挨骂，又要挨打的。

杨子江 不要紧的，只要我们眼睛放亮一点儿，耳朵放精一点儿，不会有事的。

张　威 你坐吧，我可不敢坐着休息，我站着休息。

杨子江 站着休息也行。张威，你说的什么要来南京的日本军队司令官，是多大的人物？

张　威 不知道，反正官不小。你看领事馆内的上上下下的日本官员都动起来了。

杨子江 张威，你说的那个什么从日本国来的次长，又算什么官儿？

张　威 这我也不知道。你可以问美佳仪小姐，她正好来啦。

［两人马上又用拖布擦地。美佳仪小姐上。］

美佳仪 你们辛苦啦。

杨子江 美佳仪小姐，我们又把地擦了一遍，您请看，这地面擦得够明亮吧？

美佳仪 这地面擦得是够光亮的。

张　威 美佳仪小姐，这楼上楼下的地面，我们一天时间已经擦了三遍了。

美佳仪 你们擦得很干净，这里不用再擦了。

杨子江 美佳仪小姐，您给我们换一个地方擦吧？

美佳仪 那好吧，你们再到楼上去，把我的办公室再擦一遍。

张　威　美佳仪小姐，您的办公室只要一个人去就够了。

杨子江　那就我去吧，我换一个地方擦。

美佳仪　好吧，杨子江，你跟我来吧。

杨子江　是，美佳仪小姐。

［杨子江跟着美佳仪小姐下。］

张　威　你们走了，我该找地方休息休息了。

［张威拿着东西就走了，自己找地方休息去了。］

第三场

美佳仪小姐带着杨子江来到了她的办公室，开门进来，上。

美佳仪　杨子江，你就把我的办公室门窗，还有地面，再擦一遍吧。

杨子江　好的，美佳仪小姐，我一定把您的办公室擦得干干净净、亮亮堂堂的。

美佳仪　我希望如此，但是请你不要乱动我办公桌上的东西，听见了吗?

杨子江　是，美佳仪小姐，请您放心吧。

美佳仪　我还有件事要办，要出去一下，你慢慢干吧，等我回来检查。

杨子江　好的，美佳仪小姐，等您回来检查，我保证您满意。

美佳仪　那最好了。不过我要提醒你，杨子江先生，你只能打扫我的办公室，不能到里面的办公室去，里面的大办公室是总领事的办公室，任何人不经允许是不能进去的，你明白吗?

杨子江　是，美佳仪小姐，我听您的。

美佳仪　那你就先擦地吧，我办了事就回来。

杨子江　好，您去吧。

［杨子江用拖布开始擦地。美佳仪小姐出了办公室下。杨子江擦了两下地，就放下拖布，走到门口，看了看外面，随手关上了办公室的门，马上跑到美佳仪小姐的办公桌子前，去翻阅美佳仪小姐办公桌子上的东西。他觉得好像没有有价值的东西，他又大胆地打开了里面办公室的门，闯进了日本总领事的大办公室，去翻桌子上的东西。当

他正在翻着日本总领事办公桌上的东西的时候，美佳仪小姐突然开门回来了。杨子江站在总领事的大办公室的办公桌子前傻眼了，精神也有点紧张。美佳仪小姐，穿过自己的小办公室，走进了日本总领事的大办公室，走到了杨子江的面前，用眼睛盯着他。]

美佳仪　杨子江，谁叫你进来的？

杨子江　我……美佳仪小姐……

美佳仪　我叫你收拾我的办公室，你为什么到总领事的办公室来啦？

杨子江　美佳仪小姐，你的办公室地面我已经擦干净了，我想顺手可以把这间大办公室也收拾一下，所以我就进来啦。

美佳仪　这是要命的事，你知道吗？马上出去！

杨子江　是，美佳仪小姐。

[杨子江马上退出了总领事的大办公室，美佳仪小姐也跟着出来，把大办公室的门随手关上了。]

美佳仪　杨子江，你的胆子太大了，总领事的办公室也是你随便进去的地方吗？

杨子江　是，美佳仪小姐，您说得对，我忘记了……

[杨子江为了掩盖自己的过失，马上拿起地下的拖布擦地。日本总领事和日本武官小林先生两个人正好从外面进来了。]

总领事　美佳仪小姐，请你通知人到会议室开会，你都通知到了吗？

美佳仪　报告总领事，我都通知到了，过半小时，所有的人都会准时到会的。

总领事　好吧，那我们就到会议室去等人到齐了开会。

美佳仪　请放心吧，总领事阁下。

[日本武官小林看见了杨子江觉得不顺眼。]

小　林　杨子江，你怎么进来的？

杨子江　我，武官先生，是美佳仪小姐叫我来的。

小　林　是她叫你来的？

杨子江　太君，是美佳仪小姐叫我来的。

小　林　美佳仪小姐，是这样吗？

美佳仪　是的，小林君，我的办公室的门窗还有地面，还需要打扫一下，所以是我把他叫进来的。

小　林　美佳仪小姐，你的办公室和总领事的办公室，是特别重要的地方，不要叫支那人进来，难道你忘记啦？

美佳仪　是，小林君，我的眼睛一直盯着他，他很规矩的。

小　林　下不为例。

美佳仪　嘿！请你出去吧，这里不用你了。

杨子江　是，美佳仪小姐。

［杨子江向美佳仪小姐鞠了一躬，又向日本总领事和日本武官小林鞠了一躬，拿着拖布走了。］

总领事　美佳仪小姐，过两天，松井石根司令官和外务省外交次长就要到南京来视察工作了，领事馆的接待工作我就全权委托你了。

美佳仪　嘿！

总领事　小林武官，安全保卫工作我就全权交给你啦。

小　林　嘿！

总领事　美佳仪小姐，小林武官，松井石根司令官和外务省外交次长到南京来视察，接待工作和安全保卫工作，都是特别重要的，绝对不能出乱子，不能出任何的差错。

美佳仪　嘿！美佳仪明白。

小　林　嘿！小林明白。

总领事　走吧，我们到会议室去开会，共同研究松井石根司令官和外交次长到南京来视察的具体接待和安全保卫工作。

小林、美佳仪　嘿！

［三人出门同下。］

第四场

晚上。日本领事馆附近的小胡同。杨子江和苏荣华两个人从对面上。

杨子江　大哥。

苏荣华　子江。

杨子江 大哥，你也不怕路上遇到日本兵？

苏荣华 干我们这行工作的怕也要干。子江，怎么样，搞清楚了吗？日本华中方面军的司令官松井石根和从日本来的外交部的次长，什么时间到南京来视察？

杨子江 搞清楚了，大哥，他们是后天上午到达南京。晚上，日本领事馆的总领事要在领事馆的宴会厅为他们举行盛大的晚会。出席晚会的嘉宾有日本军队的高级将领。

苏荣华 这是个好机会，复仇的绝好机会。

杨子江 大哥，我也是这样想的。

苏荣华 子江，你不是要为死难的父亲报仇吗？你不是要为死难的母亲报仇吗？你不是要为死难的妻子报仇吗？你不是要为死难的妹妹报仇吗？机会来了。

杨子江 大哥，怎么干？请指教。

苏荣华 就利用日本领事馆举行盛大晚会的时机下手。

杨子江 大哥，请明示。

苏荣华 子江，这就看你敢不敢干了。

杨子江 大哥，为了给家父报仇，为了给母亲报仇，为了给妻子报仇，为了给妹妹报仇，我杨子江什么事情都敢干，不惜生命。大哥，你说吧，怎么干？我来执行。

苏荣华 好，子江，我们配合你的行动，一起铲除日本鬼子占领南京、制造大屠杀惨案的刽子手！

杨子江 方案呢？

苏荣华 我这里有两包毒药，是两种中药的药粉，你要找机会在日本领事馆举行盛大晚宴的时候，提前把这两种药放进日本人喝的酒里、饭后的茶水里。注意，这两种药粉不要同时放进酒里或者茶叶水里，要分开放。

杨子江 为什么要分开放？

苏荣华 你听我慢慢跟你说，子江，这两种药粉，有合成作用。这个白纸包的药粉，先放进日本人喝的酒里；这个红纸包的药粉，后放进日本人喝的茶水里。

杨子江 这有什么说法吗？

苏荣华 当然有说法。按照一般的宴会常规，人们都是先喝酒、吃菜、吃饭，对不对？

杨子江 对，一般来说是这样。

苏荣华 人酒足饭饱了之后想喝茶，对吧？

杨子江 对，人吃饱了、喝足了，想喝点茶。

苏荣华 这两种药粉的妙用就是分开放在酒里、水里，不会有毒；但是这两种药合成之后，过十五分钟，就会产生毒性。客人是在不知不觉之中中毒。下药的时候，你可以自己掌握时机。下药之后，可以脱身，十五分钟的时间，就是脱身离开现场的时间。

杨子江 脱身离开日本领事馆之后呢？

苏荣华 我们就在外面接应你。事成之后，我们送你离开南京。

杨子江 大哥，你的计划与安排倒是挺好，我就怕在实施的过程中遇到麻烦。

苏荣华 子江，要有勇气，要有信心。如果你在现场实施的过程中遇到麻烦或险情，必要的时候可以请人帮忙。

杨子江 请人帮忙？我请谁帮忙啊？

苏荣华 请一个漂亮美丽的姑娘。

杨子江 请一个漂亮美丽的姑娘？

苏荣华 对，请一个漂亮、美丽，会讲日语，又会讲中国话的姑娘。

杨子江 大哥，你是说美佳仪小姐？

苏荣华 对，请美佳仪小姐帮忙，到时候她一定会帮助你的。

杨子江 她会帮助我？这怎么可能呢？她是日本领事馆的秘书，她靠得住吗？

苏荣华 她靠得住。她虽然为日本人工作，但她还是一个有华人血统的中国人。

杨子江 她是中国人？

苏荣华 对，她是一个有华人血统的中国人。

杨子江 大哥，你们是不是搞错啦？

苏荣华 我说的没有错，她的父亲是清朝末年赴日本留学的中国人，后来娶了一个日本姑娘，生了孩子，就定居日本了。美佳仪小姐从小是在日本出生的，也是在日本长大的，但是她有一半血统是中国人，有一半血统是日本人。她大学毕业之后参加了工作，用的是母姓日本人的名字。中日战争爆发之后，由于她又会说日语又会讲中国话，所以日本方面就派她到中国来工作。但是作为有一半血统的中国人，她的良心还是同情我们苦难的中国人的。

杨子江 噢，原来是这样，难怪她暗中帮助了我呢。

苏荣华 为了日本领事馆的计划能够取得成功，我还要对你多说几句。你在实施计划的同时，也要考虑自身的安全。你记住了，你只有十五分钟的时间安排退路，你自己要计划好。另外你在实施计划得手的时候，马上要通知美佳仪小姐也赶快撤离日本领事馆。如果日本鬼子出事了，她的处境也将是很危险的，所以她必须要离开日本领事馆。明白吗？

杨子江 大哥，我明白了，到时候我会通知她的。

苏荣华 子江，对于这次行动计划，你有勇气、有信心吗？

杨子江 大哥，说实话，我有点紧张。

苏荣华 我祝你成功吧。

杨子江 但愿如此。

苏荣华 你对我们有什么要求吗？

杨子江 我想要一支枪。

苏荣华 你要枪干什么？

杨子江 以防万一呀！

苏荣华 不行，你要枪绝对不行，日本领事馆不是你带枪进出的地方。

杨子江 那我就自备一把刀。

苏荣华 不行，刀枪都不行。你只能用头脑、用智慧、用毒药来实施你的计划。明白吗？

杨子江 我懂了。

苏荣华　除此之外，你还有什么要求？

杨子江　我没有什么要求了。我该回去了，我不能出来的时间过长了。

苏荣华　那就再见。子江，要沉着、冷静，祝你成功。

杨子江　再见，大哥，我走了。

［两人握手之后分开，同时消失在夜色之中，同下。］

第五场

日本领事馆，餐厅后厨一间休息室。杨子江端着酒具开门进来，上，他双手端着酒具托盘，酒具托盘上面摆的都是瓶装酒。他把酒具托盘瓶装酒放到一个桌子上，马上用开酒瓶的工具开启酒瓶。然而张威也莫名其妙地随后开门跟进来了。

杨子江　张威，你怎么跟我进来了？

张　威　我看你在干什么，一个人偷偷摸摸的？

杨子江　这不关你的事儿，你跟我进来干什么？

张　威　子江……你不要生气……

杨子江　日本客人都来了吗？

张　威　该来的人都来了。我看到二楼宴会厅已经坐满了。你把酒瓶都启开了干什么？

杨子江　这不关你的事儿，你不必要多问。我这是为了端酒到宴会厅去给客人倒酒方便。

张　威　可是，子江，日本人是不让私下随意把酒打开的。

杨子江　你知道个屁，少啰唆！

张　威　好，我不啰唆了，我走可以吧？

杨子江　回来！

张　威　干什么？

杨子江　日本人都来了什么高贵的客人？

张　威　好像有头有脸的客人都来了，来的贵客还真不少。

杨子江　你都看见了什么大人物？

张　威　看见了我也不认识。我听说来了一个日本天皇的什么国戚，叫朝香宫鸠彦的。

杨子江　这家伙坏透了！听说他是代替松井石根指挥日本军队进攻南京的指挥官，也是南京大屠杀的罪魁祸首！

张　威　这我就不知道了。

杨子江　还有什么人来啦？

张　威　我听说，还有什么日本华中方面军的参谋长，叫冢田攻的。

杨子江　这个王八蛋也不是好东西！

张　威　还有什么日本国的外交次长。

杨子江　他来了吗？

张　威　听说来了，我不认识，你到宴会厅送酒的时候，你自己去看吧。反正来的客人是不少，都是日本军政界的高级将领。

杨子江　那个日本的司令官松井石根来了吗？

张　威　没有，听说他没有来。

杨子江　他为什么没有来？

张　威　听说他病了，人在杭州治病呢，可能来不了啦。

杨子江　你是说他不来啦？

张　威　这不是我说的，我是在宴会厅为客人端菜上菜的时候，听日本人之间聊天说出来的。

杨子江　松井石根这个老王八蛋为什么不来呢？

张　威　你问我？我怎么知道？

杨子江　我不是问你。

张　威　子江，你一个人在这里鬼鬼祟祟地干什么？

杨子江　不许胡说八道，你再敢胡说八道我杀了你！

［杨子江马上动手掐张威的脖颈。］

张　威　子江……你干什么……你疯啦……你放手……

杨子江　你恨日本人吗？

张　威　我怎么能不恨呢？日本人枪杀了我哥哥，强奸了我姐姐……

［杨子江把张威放开了。］

杨子江　听着，张威，你看见的事情，不能对任何人说，明白吗？

张　威　我明白，我也是中国人，日本鬼子杀了我一家三口人，我不会坏你的事儿的。

杨子江 明白就好，你去吧。

张　威 子江，你要往酒里放什么东西？你把我的酒里也放一点吧。

杨子江 张威，你不怕吗？这可是人命关天的大事儿，叫日本人知道了可是要掉脑袋的。

张　威 我怕？让日本人都见鬼去吧！

［张威从杨子江手里拿过启酒瓶的工具，把自己端来的酒瓶也全部启开了。］

杨子江 太好了，我的好兄弟，谢谢你帮我忙。

张　威 你要下毒，就多放一点，叫那些日本鬼子喝了都死光！

杨子江 张威，你再到酒房去端一托盘酒来。

张　威 好，我马上就去。

杨子江 回来。注意，不要叫日本人发现了。

张　威 你放心吧，我不会那么蠢的。

［张威出门下。杨子江从身上拿出药粉来，向每一个酒瓶里下药。这时候美佳仪小姐突然开门进来了。杨子江听见有人进来吓了一跳。］

杨子江 谁？

［他回身看见是美佳仪小姐，有点惊讶。］

美佳仪 杨子江，你在干什么？

杨子江 我没有干什么，美佳仪小姐。

美佳仪 宴会厅里的客人都等着要喝酒呢，你马上把酒送过去。

杨子江 是，美佳仪小姐，我马上就送过去。

美佳仪 现在时间太早了，宴会才刚刚开始。

［美佳仪小姐转身就走了，她又随手把门关上了。］

杨子江 现在下药时间太早了？

［杨子江虽然这样说，他还是把白纸包里的药粉放到一个一个的酒瓶里，然后把酒瓶盖上好。张威又端了一托盘酒开门进来了。］

张　威 我又拿来了六瓶酒，够了吧？

杨子江 够了，二六一十二瓶，一个桌子上放一瓶，足够了。

张　威　子江，我来开瓶，你来下药。

杨子江　好，这样动作快一点儿。

［两人自觉分工，一个开酒瓶，一个下药，然后又把酒瓶上盖。美佳仪小姐又开门进来了，对两人怒吼。］

美佳仪　你们动作快一点，干什么磨磨蹭蹭的？客人等酒都等急啦！

杨子江　来啦，来啦，来啦！

张　威　好啦，马上就送！

［两人端起酒具盘向外走，走到门口，两个日本领事馆的工作人员进来了。］

工作人员　你们在这里什么的干活？

美佳仪　你们动作快一点儿，宴会厅的客人都等急啦！

张　威　是是是。

杨子江　马上就送到，马上就送到。

［张威和杨子江出门走了。］

工作人员　美佳仪小姐，他们在这里干什么？

美佳仪　偷懒，休息，他们说太累了。

工作人员　他们该死拉死拉的！

美佳仪　来的客人太多了，服务的人太少了，他们是比较辛苦。

［美佳仪小姐出门下。两个日本工作人员随后也跟着走了。］

第六场

宴会厅门前。美佳仪小姐上。杨子江随后从过道出来，上。

杨子江　美佳仪小姐，美佳仪小姐。

美佳仪　什么事儿？

杨子江　我想求你帮个忙。

美佳仪　帮什么忙？

杨子江　我是实在没有办法了，美佳仪小姐，不得不求你办这件事。

美佳仪　说吧，什么事儿？

杨子江　把这包东西抽时机放到大茶壶里去。我干不成，两个日本监工看我看得紧，我没有机会下手，这件事只有请你帮忙了。

美佳仪 东西放进茶壶里就行了吗？

杨子江 对，东西放进茶壶里就可以了。客人们已经酒足饭饱，他们饭后肯定要喝茶水的。

美佳仪 干这样的事，我还真是有点儿良心上不安呢。

杨子江 美佳仪小姐，你不要忘记了你的父亲是中国人。

美佳仪 可我有一半血统也是日本人。

杨子江 你难道不能同情一下我们苦难的中国人吗？你已经亲眼目睹了日本军队占领南京，杀了多少中国人！

美佳仪 你把东西给我吧。

[杨子江马上把红药包从衣袋里拿出来交给了美佳仪小姐。]

杨子江 谢谢你，美佳仪小姐。请记住了，客人喝茶下肚十五分钟过后，药剂合成就会发挥作用。你要利用这段时间离开领事馆，外面有我们的人接应。

美佳仪 我知道了。

杨子江 那我走了，美佳仪小姐。祝你成功，再见。

美佳仪 再见。

[杨子江转身从过道走了。美佳仪小姐看了看手里的红药包，马上放进了衣服的口袋里。这时日本武官小林从宴会厅中间的大门里出来了。]

小　林 美佳仪小姐，客人们酒足饭饱了，快叫人上茶吧。

美佳仪 嘿，小林君，茶水马上就上！

[美佳仪小姐从过道下。小林武官转身返回了宴会厅。]

第七场

还是宴会厅门前。美佳仪小姐带着几个男仆役从过道出来到了宴会厅门前。男仆役们双手都端着茶具茶盘，上。

美佳仪 大家动作快一点，你们马上把茶水送到客人席上去！

众仆役 嘿，美佳仪小姐！

美佳仪 你们不要送乱了，要有秩序。你送一号桌，快去。

1 号仆役 是，美佳仪小姐。

［1 号仆役端着茶具进宴会厅，下。］

美佳仪　你送 2 号桌，快去。

2 号仆役　是美佳仪小姐。

［2 号仆役进宴会厅，下。］

美佳仪　你送 3 号桌，去吧。

3 号仆役　是，美佳仪小姐。

［3 号仆役进宴会厅，下。］

美佳仪　你送 4 号桌，去吧。

4 号仆役　是，美佳仪小姐。

［4 号仆役进宴会厅，下。］

美佳仪　你送 5 号桌，知道吧？

5 号仆役　知道，美佳仪小姐。

［5 号仆役进宴会厅，下。这时杨子江又从过道走来了。］

杨子江　美佳仪小姐，美佳仪小姐。

美佳仪　你怎么又回来啦？

杨子江　东西放了吗？

美佳仪　你信不过我？

杨子江　那就走吧，美佳仪小姐，我是返回来接你的。

美佳仪　你先走吧，我暂时还不能走。

杨子江　为什么，美佳仪小姐？

美佳仪　我的工作还没有完呢。

杨子江　那我在外面等你。美佳仪小姐，一会儿见。

美佳仪　好，你去吧。

［杨子江马上又从过道走了。这时日本武官小林又从宴会厅里出来了。他扶着喝多了酒的日本总领事出来，上。］

小　林　美佳仪小姐，美佳仪小姐，你过来一下，快过来帮帮忙。

美佳仪　怎么啦，小林君？总领事这是怎么啦？

小　林　总领事今天高兴，喝多了，喝醉了，你快把他扶到办公室去休息休息。

美佳仪　是，先生。

［美佳仪小姐马上扶着总领事走了。这时从外面走进来一名日本军官，走到小林武官面前敬礼。］

日本军官　报告小林武官，我是奉命来请指挥官、参谋长速回司令部的。

小　林　你来请指挥官、参谋长速回司令部，有什么事？

日本军官　帝国大本营来了急电，松井石根司令官叫他们回司令部待命。松井石根司令官马上要从杭州赶到南京来。

小　林　到底发生了什么事？

日本军官　这不是你该问的事。我要请朝香宫鸠彦指挥官和冢田攻参谋长马上回司令部。

小　林　您请吧，他们在宴会厅里面呢。

日本军官　多谢啦。

［日本军官进了宴会厅。小林在宴会厅门口等着日本指挥官和参谋长出来，准备为他们送行。过了一会儿，朝香宫鸠彦和冢田攻就从宴会厅里出来了。日本外交次长随后也跟着出来了。］

小　林　指挥官阁下，您不坐一会儿了？

朝香宫鸠彦　军务在身，小林武官，告辞了。

小　林　参谋长阁下，您也要走了？

冢田攻　军令如山，有要务在身，只有先走一步了。

小　林　次长先生，您也要走了？

次　长　我也走了。

小　林　次长阁下，到底发生了什么事情？

次　长　有些外国记者把南京的事情捅到西方世界和国际社会上去了！大本营来电，指示我们要想尽一切办法封锁消息，消除国际社会对我大日本帝国不利的影响。

小　林　该死的外国记者，应该枪杀了他们！

［日本重要的客人朝香宫鸠彦、冢田攻和外交次长等都走了。还有那个来请他们回去的日本军官也走了。小林武官送他们一起下。过了一会儿，宴会厅里突然响起了哨子声。宴会厅里异常的哨子声，震动了领事馆所有的人。送客的日本武官小林先生马上跑回到宴会厅门

口。这时宴会厅里的人乱哄哄地涌出来了。]

众人乱喊乱叫 不好啦！不好啦！大事不好啦！饭菜里面有人下毒啦！饭菜里面有人下毒啦！有人中毒啦！有人中毒啦！

小　林 怎么回事儿？怎么回事儿？宴会厅里发生了什么事儿？

[一个日本工作人员向小林武官报告。]

工作人员 报告武官，不好啦，宴会厅里出事儿了，宴会厅里出大事儿了！

小　林 出什么大事儿了？

工作人员 有人中毒啦，有好多人中毒啦！

小　林 什么，有人中毒了？

工作人员 是的，武官，有人吃东西中毒啦！

小　林 什么，吃什么东西中毒了？

工作人员 不知道，目前还不清楚吃什么东西中毒了！

小　林 见鬼！有多少人中毒了？

工作人员 目前发现已经有五六个人中毒了，口吐白沫，浑身抽筋，好像抽风一样！

小　林 赶快叫人来，赶快叫人来，马上送中毒的人上医院！

工作人员 嘿！

[日本工作人员立刻跑下，跑去叫人。]

小　林 坏了，坏了，出大事儿了，真出大事儿了！

[小林武官也惊慌不安地从身上拿出哨子，傻吹起来。有几个中毒的人已经被人从宴会厅里抬出来了。从宴会厅里出来的人，乱哄哄地、七嘴八舌地向小林武官发难。]

客人1 小林武官，这是怎么回事儿呀？

客人2 小林武官，宴会厅里怎么会有人中毒啊？

客人3 小林武官，这是吃什么东西中毒啦？

客人4 小林武官，已经有越来越多的人中毒啦！

小　林 诸位诸位，大家安静，大家安静，大家不要吵，大家不要乱，大家要保持安静，大家要保持镇定！

[这时跑下去叫人的日本工作人员，带着不少人拿着担架跑来

了。同时一队日本宪兵在本庄田大佐的带队下，也提枪跑来了。舞台上全是人。]

客人5　小林武官，马上把人送到医院去吧！

客人6　小林武官，这是要出人命啦！

客人7　小林武官，耽误时间是要死人的！

小　林　本庄田大佐，马上把中毒的人送到军队医院去抢救，快，快，快！

本庄田　嘿！

小　林　还有，马上封锁领事馆，不能叫一个中国的仆役跑出去。立刻清查是谁下的毒！

本庄田　是，武官！快一点，快一点，把人抬走，赶快送到医院去抢救！快快的！

［日本工作人员、日本兵在本庄田大佐的指挥下，手忙脚乱地把从宴会厅里抬出来放在地上的中毒人又抬上担架，一个一个地抬走。这时从宴会厅里又跑出来一个日本人，对日本武官说话。］

日本人　小林武官，宴会厅里还有人中毒……我……我……我也中毒了……

［这个日本人话还没有说完，就倒在地上了。］

小　林　这真是出大事儿了……

［小林武官吓得从身上拿出手帕来，擦着头上冒出来的冷汗。］

本庄田　快一点把人抬走！立刻关闭领事馆大门，不能叫一个中国的仆役跑出去！

［本庄田大佐带着日本兵下。这时日本领事馆的总领事由两个日本工作人员搀扶着来了。美佳仪小姐也在后面跟来了。］

总领事　小林武官，怎么回事？出什么大事儿啦？

小　林　总……总领事……有人下毒……有人中毒了……

总领事　有人中毒了？有多少人中毒了？

小　林　一二十个……二三十个……

总领事　到底有多少人中毒了？

小　林　具体人数还不清楚。

总领事　混蛋！［日本总领事挥手就打了日本武官两个大耳光。］怎么会发生这样的事儿？嗯？你的安全保卫工作是怎么做的？

小　林　是，总领事，是我失职。

总领事　中毒的人是吃了什么东西中了毒？

小　林　正在查。

总领事　是谁下的毒？

小　林　正在查。

总领事　一定要查出人来，一定要查出是什么东西中了毒？

小　林　嘿，总领事！

总领事　朝香宫鸠彦指挥官是否中了毒？

小　林　不知道。他走了。

总领事　他走了？到哪儿去啦？

小　林　回司令部了。东京总部来了急电。

总领事　他是我们大日本天皇的国戚，出了事，你我都该死啦死啦的！

小　林　我知道……总领事……

总领事　还有冢田攻参谋长呢？

小　林　他也走了，跟着朝香宫鸠彦指挥官一起走了。

总领事　外交次长先生呢？

小　林　外交次长也走了，跟着朝香宫鸠彦指挥官、冢田攻参谋长一起回司令部了。

总领事　快打电话去询问，他们是否中了毒！

小　林　嘿，总领事，不过他们走的时候还没有事儿。

总领事　我问的是现在！他们现在如何？

小　林　嘿，总领事，我马上打电话去询问，请阁下息怒。

［日本武官用手帕擦着满头大汗，下。］

总领事　美佳仪小姐，你去问一下本庄田大佐，送走了多少中毒的人到医院去？

美佳仪　是，总领事。

［美佳仪小姐下。］

总领事　想不到今天晚上出了这样大的事儿！

［日本总领事也拿出了身上的手帕擦汗。］

工作人员　总领事，您没有感觉不舒服吧？

总领事　我就是感觉喝多了。奇怪，我怎么没有中毒呢？我也喝了酒，我也吃了饭菜。

［这时日本武官小林打过了电话返回来了。］

小　林　报告总领事，我打电话询问过了，朝香宫鸠彦指挥官和冢田攻参谋长没有什么反应，一切正常。

总领事　外交次长呢？

小　林　外交次长也没有中毒反应，一切正常。

总领事　这就奇怪了，我们都没有事儿，为什么有那么多人中了毒？小林武官，你感觉怎么样？有没有中毒的反应？

小　林　总领事，我也没有反应，感觉正常。

总领事　奇怪呀，我们都吃了菜，喝了酒，没有什么反应，问题出在哪儿呢？

小　林　我明白了，总领事，问题出在最后喝茶的茶水里。我们都没有喝最后的茶水，就退席了。

总领事　对，小林武官，你分析得有道理。马上叫客人不要喝茶了，马上叫人把茶水送去检验！

小　林　嘿，总领事！

［这时美佳仪小姐返回来了。］

美佳仪　报告总领事，本庄田大佐说，一共送走了二十多名中毒者。

总领事　本庄田大佐呢？

美佳仪　本庄田大佐马上就来了。

［本庄田大佐带领日本兵押着十几名中国在日本领事馆打杂的仆役过来了。］

本庄田　报告总领事，我派人把领事馆的大门封闭了，把领事馆内所有打杂的中国仆役都抓来了。不过少了两个人，他们提前跑出去了。

小　林　什么人跑了？谁跑出去了？

本庄田　一个叫杨子江的人，还有一个叫张威的人，他们两个人跑了。

小　林　一切都清楚了，下毒的事一定是他们干的！

总领事　本庄田大佐，一定要把他们抓回来！

本庄田　嘿，总领事！

总领事　好了，各位嘉宾，各位朋友，今天的事情太对不起大家了！在场的各位看来没有什么事儿，请大家到休息室去休息一下，再观察观察，如果平安无事，大家就可以走了。

［参加宴会的客人听了日本总领事的话，自动退场了。舞台上还有日本总领事、日本武官、美佳仪小姐，还有日本宪兵大佐本庄田和几个日本兵，还有十几个中国的仆役。］

本庄田　总领事阁下，这些中国的仆役怎么处置？

总领事　先把他们关起来，审问，查清中毒事件的来龙去脉！

本庄田　嘿。

［本庄田大佐指挥日本兵要带走中国的仆役们。日本武官发话了。］

小　林　慢，本庄田大佐，把美佳仪小姐也一起带走，马上审问！

美佳仪　小林君，为什么要抓我？我犯了什么罪？

小　林　美佳仪小姐，你心里比谁都清楚，我为什么要抓你！

美佳仪　我不明白。

总领事　小林武官，中毒事件与美佳仪小姐有联系？

小　林　有关系，总领事阁下，而且有非常密切的关系。出了这样大的事，是我工作失职，我非常抱歉，对不起总领事阁下，也对不起大日本帝国，对不起天皇陛下。但是我工作的失职，都是由美佳仪小姐造成的，我的一切都毁在她手里！

总领事　事情坏在她手里？

小　林　是的，总领事阁下。

美佳仪　小林武官，你这话从何谈起呀？

小　林　美佳仪小姐，不要故作镇静了，你是他们的同谋。

美佳仪　我是他们的同谋？可笑，小林君有什么凭据？

小　林　美佳仪小姐，不要故作镇静了，今天晚上这起中毒事件，你是他们的合伙人。

美佳仪　口说无凭，小林君，证据呢？

总领事　对，小林武官，你应该拿出证据说话，这可不是一般的小事儿。

小　林　总领事阁下，我的证据是，今天晚上我两次看见了美佳仪小姐与那个逃跑的中国仆役、下毒分子、杨子江在一起。还有前几天，我们在您的办公室里，也看到了美佳仪小姐跟那个姓杨的支那人在一起。

总领事　你说的还真是这样，我想起来了。

美佳仪　小林君，这能说明什么问题呢？怀疑并不等于是事实。

小　林　事实本身也是如此。我最后一次见到你们在一起，就是今天晚上出事之前的几分钟，你跟那个姓杨的支那人就在这里，就在这宴会厅的门口，你们密谋策划了这起事件，看见我，你们就分开了。

总领事　美佳仪小姐，是这样吗？

小　林　美佳仪小姐，你不能否认我说的是事实吧？

总领事　美佳仪小姐，你怎么会跟支那人一起同流合污呢？

美佳仪　总领事……

［美佳仪小姐突然站不住了，坐到了地上。］

总领事　美佳仪小姐，你怎么啦？

美佳仪　我也中毒了。

总领事　你也中毒啦？

小　林　你想自杀？

美佳仪　我做了对不起日本帝国的事情，我认命了。

小　林　美佳仪小姐，你为什么要害我？你为什么要帮助那些支那人谋害我们日本人？

美佳仪　因为……我父亲是中国人……

小　林　混蛋！

［日本武官挥手就打了美佳仪小姐两耳光。］

总领事　小林武官，为什么要打女人？

小　林　总领事阁下，她毁了我的一生，她毁了我的一切！

美佳仪　大东亚圣战……太可怕了……惨无人道……

［美佳仪小姐倒地，口吐白沫，全身抽动。日本总领事看着美佳仪小姐的样子发呆。中国的仆役们看到悲惨的美佳仪小姐低下了头。］

总领事　本庄田大佐，明天送小林武官回东京。

本庄田　嘿，总领事阁下！

小　林　不，总领事阁下，我不回东京，我不想回国接受军事法庭的审判。我的工作失职，对不起天皇陛下，对不起大日本帝国，也对不起中毒的客人……

［小林武官从腰上掏出手枪，对着自己的头部开了一枪，就倒在了地上。］

总领事　悲哀呀，发生了这样重大的事故，我也该回国接受军法处置了……

［日本总领事望着开枪自杀身亡的小林武官，还有将要死亡的美佳仪小姐，感到神情沮丧。大幕落下来。剧终。］

2011 年 2 月 · 车城十堰